〖中华诗词存稿·地域专辑〗

中华诗词学会 编

重庆诗词卷

卷一

汪崇义 著

中国书籍出版社
China Book Press

图书在版编目（CIP）数据

重庆诗词卷 / 汪崇义编 . —— 北京：中国书籍出版社，2019.6

（中华诗词存稿）

ISBN 978-7-5068-7292-8

Ⅰ.①重… Ⅱ.①汪… Ⅲ.①诗词—作品集—中国
Ⅳ.① I22

中国版本图书馆 CIP 数据核字 (2019) 第 094746 号

重庆诗词卷

汪崇义 编

责任编辑	王志刚
责任印制	孙马飞　马　芝
封面设计	采薇阁
出版发行	中国书籍出版社
地　　址	北京市丰台区三路居路 97 号（邮编：100073）
电　　话	（010）52257143（总编室）（010）52257140（发行部）
电子邮箱	eo@chinabp.com.cn
经　　销	全国新华书店
印　　刷	北京虎彩文化传播有限公司
开　　本	710 毫米 ×1000 毫米 1/16
字　　数	855 千字
印　　张	81
版　　次	2020 年 6 月第 1 版 2020 年 6 月第 1 次印刷
书　　号	ISBN 978-7-5068-7292-8
定　　价	798.00 元（全 3 册）

《中华诗词存稿》
〈重庆诗词卷〉编委会名单

总　序

　　我们这个诗歌大国有一个很好的传统,历来注重"采诗"、搜集整理诗歌材料。作为唯一的全国性诗词组织的中华诗词学会,自1987年5月成立以来,就十分重视这项工作。学会每年的学术研讨会和历届"华夏诗词奖",都出版论文集和获奖作品集。纪念学会成立二十年、三十年时,还专门编辑出版了《大事记》《论文选集》《诗词选集》。《中华诗词》创刊以来,每年都制作年度合订本。2007年5月,在北京天识东方文化艺术传播有限公司的资助下,以近代以来诗词创作、诗词理论、诗词运动重要文献汇编,当代名家个人作品专集等为主要内容,出版了《中华诗词文库》。经过十来年的编辑整理,已经出了近百卷。这些诗集、文集的出版,记录了近百年来尤其是改革开放四十多年来,中华诗词从起步、复苏走向复兴的砥砺前行的历程,为近、当代诗歌史的撰写准备了丰富的资料。

　　党的十八大以来,中华民族优秀传统文化重新受到应有的重视。习近平总书记《念奴娇·追思焦裕禄》词和《军民情》七律的相继发表,引领中华大地诗潮滚滚而来。《中共中央关于繁荣发展社会主义文艺的意见》和中办、国办《关于实施中华优秀传统文化传承发展工程的意见》,都明确提出"加强对中华诗词、音乐舞蹈、书法绘画、曲艺杂技和历史文化纪录片、动画片、出版物等的扶持。"国家教育部组织制定由中华诗词学会起草的新中国语言体系中的新韵书《中华通韵》已经通过国家语言文字工作委员会语言文字规范标准审定委员会审定，即将颁布全国试行。这些都使我们真切地感受到，中华诗词的春天真的到来了。诗人们乘着骀荡春风，正以高昂的激情，书写着中华民族伟大复兴的新时代、新史诗，国家富强、民族振兴、人民幸福的中国梦；正以与人民同呼吸、共命运的诗人之心，对人民的欢乐、人民的忧患、人民的情怀给以诗意的表达；正以"美"或"刺"的诗人之笔，对市场经济大潮中人民对幸福生活的期待，对美好未来的希望，对假丑恶的深恶痛绝，或给以方向，或给以赞美，或给以鞭挞。正如习近平总书记所指出的："好的文艺作品就应该像蓝天上的阳光、春季里的清风一样，能够启迪思想、温润心灵、陶冶人生，能够扫除颓废萎靡之风。"

当前，传统诗词创作者和诗词爱好者队伍发展迅速，已超过三百万。每天创作的诗词作品超过唐诗、宋词、元曲的总和。诗词评论研究队伍也成长很快，诗词评论、诗词学、诗词创作理论研究成果丰硕。如何从浩如烟海的诗词作品中"淘"出优秀作品，并使之存下来、传下去，如何使诗词研究理论成果"面世"并发挥应有的指导作用，确实是摆在我们面前的无可回避的一个重要课题。中华诗词学会是一个没有国家编制，没有国家拨款的社会团体，事业的运转主要靠社会赞助和会员费支撑。俊识（北京）文化传媒有限公司总经理吕梁松、北京采薇阁总经理王强，两位一直是对中华传统文化情有独钟的热心人，慷慨解囊，愿意同中华诗词学会一起，搜集整理编辑推出《中华诗词存稿》这套书，共同为中华诗词文化的继承和发展，做成这件十分有意义的事情。

　　《中华诗词存稿》主要搜集整理出版三部分内容的资料：一是当代诗词名家的个人作品集；二是当代诗词评论家、诗词学者的学术著作集；三是当代诗词作品、诗词理论学术成果阶段性、专题性、地域性的集成类作品集。诗词作品强调精品意识，沙里淘金，把"有筋骨、有道德、有温度"的优秀诗词作品搜集起来。诗词评论、研究类资料强调理论性和创新性，应具有鲜明的个性特点，具有创建性的见解。集成类的资料应有一定的史料保存价值。总之，做成一套具有当代价值和历史意义的好书。在此，我们编委会人员，向提供资料、筛选编辑、版面设计、校对勘误，包括所有为这套资料付出辛勤劳动的同志们，表示真诚的谢意！

　　　　　　　　　　　　　　　　　　郑欣淼
　　　　　　　　　　　　　　　　二〇一九年七月于北京

序

汪崇义

  作为我国传统文化的瑰宝，中华诗词经历了《诗经》源远流长的奠基、《楚辞》创意精深的想象、《汉赋》绚丽多彩的铺陈以及魏晋《五言》酣畅淋漓的表达。在大笔抒写唐诗宋词的盛世辉煌之后，一路载歌载舞地走来，在重庆这座历史文化名城落英缤纷，留下了不朽的诗篇。

  人们不会忘记，太白三游渝州，纵情《峨眉山月歌》，举世传唱至今；少陵寓渝三载，吟诗四百余首，其中《秋兴八首》成其律诗典范；刘梦得谪居夔州，仿民风作《竹枝词》，接踵九篇直抒情怀。面对巴山渝水，苏轼、黄庭坚、陆游等诗词大家或咏物倾情，或思乡寄语，篇篇天籁之声，首首珠玉之作。及至享有"清末第一词人"之称的赵熙和近现代吴芳吉、何其芳、许伯建等人笔下脍炙人口的巴渝特色何其鲜明！上下千余年，构成了山城诗坛一道道靓丽的风景线。

  喜看今日之重庆，改革开放春风化雨，群众性的诗词创作活动如雨后春笋空前活跃。不少区县和企业顺势而为，相继成立了诗词创作组织，活动遍及城乡，内容殊为广泛，流派创新层现，艺术风格凸显。知名诗人梁上泉、董味甘、陈仁德、王端诚等怀着对中华诗词这一国粹的热爱和执着追求，不计功利，潜心创作，实在难能可贵。此次《中华诗词存稿·重庆市诗词卷》征稿，广大诗友闻风而动，挥笔吟咏。短短几个月的时间，40个区县推荐500余名诗友的作品6000余首，经筛选，集成此书。其中，既有名扬四方的诗坛宿将，也有毕露锋芒的后起之秀。尽管各自文化程度和职业背景不同，然而对弘扬祖国传统文化的强烈愿望和参与意识把大家凝聚在一起，共同的审美情趣和一致的艺术追求在一篇篇诗作中异彩纷呈，游刃有余，使这部集全市老、中、青诗友佳作的诗卷不乏上乘之作。从这个意义上讲，《中华诗词文库·重庆市诗词卷》可谓代表了当今重庆格律诗词的创作水平。谨以此作为献给建国60周年的一份礼物。

　　捧读诗卷，心潮澎湃。情难自禁，赋之于诗：银针助兴韵飞扬，笔下生花五色香。巴府从来育英地，华年更出溢才郎。是以为序。

（作者为中华诗词学会常务理事、重庆市诗词学会会长）

编著说明

一、《中华诗词存稿·重庆诗词卷》系根据中华诗词学会的要求，由重庆市诗词学会经过慎重研究，组织编辑班子初选，进而由《中华诗词存稿》编委会终审并编辑、出版的一部诗词作品，共收入诗词近 4000 首（阙）。因此可以说，该书是讫今为止重庆市的一部作者多，收诗广的诗词选集。

二、该书作品均系广大诗词作者自选，或由区、县（自治县）诗词学会推荐，并由编委会遴选的代表作，但因时间仓促，又受人力和财力所限，难免有遗珠之憾，或不尽人意的地方，请作者和读者谅解。

三、入编作者以姓氏笔划为序。

四、本书词条包括：作者简历、照片、代表作三部分。为了规范叙述，精简文字，根据《中华诗词文库》编辑规定，作者简历只包括姓名、字号、生卒年月、籍贯、性别（只标女）、民族（只标少数民族）、在职期间的最高职务、所在诗词组织和诗词获奖情况（中华诗词学会系统之外的不录）及本人主要著作。

五、当代作品用韵采用双轨制，多数为平水韵，凡使用新韵者，已在标题后的刮号内注明"新韵"二字。

六、为了促进我市当代诗词的发展，本书收入的绝大多数诗词均系当代诗人的作品，以后若能继续出版第二集乃至第三集，将适当增加古代和现代诗人的优秀作品。

目　　录

总　序···郑欣淼 1

序·· 1

编著说明·· 1

丁伟伦·· 1

赞改建后的少云大桥·· 1

白龙大桥·· 1

岚峰女儿路·· 1

渝、遂高速公路（渝铜段）·· 2

夜游雪庵公园·· 2

　　　（一）·· 2

　　　（二）·· 2

时代旋律·· 3

奇恋树·· 3

丁清赋·· 4

踏　青·· 4

咏深谷幽兰·· 4

秋　兴·· 4

中秋夜坐·· 5

马年春望·· 5

重庆直辖十周年有感 ························· 5

北京奥运会火炬手赞 ························· 5

浪淘沙·和蒋维世同志 ······················· 6

清平乐·滕王阁 ····························· 6

临江仙·祝"神七"飞船航天成功 ············· 6

万龙生 ································· 7

自　况 ··································· 7

　　（代序） ····························· 7

泛舟丁山湖答客问言及网名诗酒自娱 ········· 7

四面山之花果山五题 ······················· 8

　　进山途中口占 ························· 8

　　过水帘洞 ····························· 8

　　农家乐 ······························· 8

　　登了望台 ····························· 8

　　所　见 ······························· 8

凤凰三叠 ································· 9

　　惊　艳 ······························· 9

　　观　俗 ······························· 9

　　谒　墓 ······························· 9

七　绝 ··································· 10

　　（一） ······························· 10

　　（二） ······························· 10

　　（三） ······························· 10

　　（四） ······························· 10

其香居茶馆作业 ··························· 11

（一）…………………………………………… 11

（二）…………………………………………… 11

（三）…………………………………………… 11

题璧山翰林山庄………………………………… 11

送王琼返涪陵…………………………………… 12

长寿湖远眺……………………………………… 12

自贡四题………………………………………… 12

　　参观恐龙博物馆有感………………………… 12

　　谒富顺刘光第墓……………………………… 12

　　西湖碧波亭饮茶……………………………… 13

　　富顺谒文庙…………………………………… 13

大足广场之夜…………………………………… 13

卫　洪…………………………………………… **14**

赠小女…………………………………………… 14

论　诗…………………………………………… 14

采春茶…………………………………………… 14

郊　游…………………………………………… 14

游　园…………………………………………… 15

答小女…………………………………………… 15

书房写妻………………………………………… 15

晚春踏青………………………………………… 15

步江边忆涪翁…………………………………… 16

初冬村景………………………………………… 16

履新抒怀………………………………………… 16

四十自画像……………………………………… 17

忆江南·扬州 …………………………………………… 17

捣练子·初春 …………………………………………… 17

捣练子·过端午 ………………………………………… 18

天仙子·忆别 …………………………………………… 18

调笑令·女儿打工 ……………………………………… 18

如梦令·小女厌蔬菜 …………………………………… 19

长相思·神女溪 ………………………………………… 19

长相思·中秋 …………………………………………… 19

浣溪沙·盛夏遇雨 ……………………………………… 19

卜算子·暮春 …………………………………………… 20

卜算子·深秋 …………………………………………… 20

采桑子·春欢 …………………………………………… 20

诉衷情·七夕 …………………………………………… 21

忆秦娥·红叶 …………………………………………… 21

忆秦娥·中秋遇雨 ……………………………………… 21

阮郎归·郁江观龙舟 …………………………………… 21

阮郎归·大旱农家 ……………………………………… 22

清平乐·农家初秋之夜 ………………………………… 22

临江仙·五月农家 ……………………………………… 22

蝶恋花·春游芦渡沟 …………………………………… 22

王　岭 ………………………………………………… 23

白鹤梁四首（新声韵） ………………………………… 23

（一） ……………………………………………… 23

（二） ……………………………………………… 23

（三） ……………………………………………… 24

（四） ……………………………………………… 24

游威海望刘公岛（新声韵） ………………………… 24

游张家界谒张良墓（新声韵） ……………………… 25

钓鱼遣兴五首（新声韵） …………………………… 25

（一） ……………………………………………… 25

（二） ……………………………………………… 25

（三） ……………………………………………… 25

（四） ……………………………………………… 26

（五） ……………………………………………… 26

王万辉 ……………………………………………… **27**

贺神七升空（新声韵） ……………………………… 27

再赞神七（新声韵） ………………………………… 27

观汉丰湖有感三首（新声韵） ……………………… 28

（一） ……………………………………………… 28

（二） ……………………………………………… 28

（三） ……………………………………………… 28

水来了（新声韵） …………………………………… 28

抗雪灾（新声韵） …………………………………… 29

为汶川地震罹难同胞志哀（新声韵） ……………… 29

喜看奥运开幕式二首（新声韵） …………………… 30

（一） ……………………………………………… 30

（二） ……………………………………………… 30

王文科 ……………………………………………… **31**

浪淘沙·龙水湖 ……………………………………… 31

七　律·北京奥运会 …………………………………………… 31

清平乐·荷花山庄 ……………………………………………… 32

卜算子·长征 …………………………………………………… 32

登插旗山眺棠城春景 …………………………………………… 32

浣溪沙·汶川大地震 …………………………………………… 32

咏大足 …………………………………………………………… 33

浪淘沙·玉龙山降火魔 ………………………………………… 33

雨后观宝顶山景 ………………………………………………… 33

王长钧 …………………………………………………………… 34

七律·璧山赋 …………………………………………………… 34

七律·登艾坪山玄空阁 ………………………………………… 34

七绝·滨江灯饰 ………………………………………………… 35

七绝·展望新世纪 ……………………………………………… 35

武陵春·龙梭山桃花节 ………………………………………… 35

一剪梅·神州飞天 ……………………………………………… 36

鹧鸪天·咏武汉商代盘龙城 …………………………………… 36

　　　　（一） ………………………………………………… 36

　　　　（二） ………………………………………………… 36

长相思·赞声 …………………………………………………… 37

浣溪沙·环保 …………………………………………………… 37

沁园春·历史丰碑 ……………………………………………… 37

西江月·贺上海申博成功 ……………………………………… 38

水调歌头·特色灿乾坤 ………………………………………… 38

沁园春·贺北京申奥成功 ……………………………………… 38

七律·史海钩沉写在陈独秀诞辰 125 周年之际 ……………… 39

（一）……………………………………………………… 39

（二）……………………………………………………… 39

鹧鸪天·战冰雪……………………………………………… 39

腊梅香·清官赞……………………………………………… 40

蝶恋花·圣火………………………………………………… 40

庆春宫·迎奥运……………………………………………… 40

宴瑶池·北京奥运颂………………………………………… 41

鹧鸪天·齐心协力，抗振救灾……………………………… 41

（一）中央决策…………………………………………… 41

（二）全民抗震…………………………………………… 41

（三）英雄不朽…………………………………………… 42

（四）举国同悲…………………………………………… 42

七律·纪念真理标准讨论…………………………………… 42

鹧鸪天·庆祝改革开放三十周年…………………………… 43

王平浩……………………………………………………… **44**

咏　梅………………………………………………………… 44

游方山夜宿云峰寺…………………………………………… 44

纸花龙………………………………………………………… 44

神七飞天……………………………………………………… 45

200米蝶泳子歌夺冠………………………………………… 45

题隆兴古寺…………………………………………………… 45

黔江诗友来荣传经…………………………………………… 45

山城夜色……………………………………………………… 46

浪淘沙·寒山寺……………………………………………… 46

忆秦娥·讴英烈……………………………………………… 46

忆秦娥·端午情思 ………………………………… 46

江城子·登岚峰 …………………………………… 47

王世君 ……………………………………… **48**

涪陵农机校六、七、八届四十年同学会即兴 ……… 48

观　昙 ……………………………………………… 48

涪陵晚情诗社里程寄语 …………………………… 48

答孟蜀杰老夫子 …………………………………… 49

清湖山庄（之二） ………………………………… 49

读《柏叶集》 ……………………………………… 49

乙酉腊月二十六晚与袁智华、谭明二兄茶酒 …… 50

袭家富君《明家谒周煌墓》·诗意而为之 ………… 50

王仕新 ……………………………………… **51**

春夜情韵 …………………………………………… 51

吃喝风 ……………………………………………… 51

举国同哀 …………………………………………… 51

神州改革三十年 …………………………………… 52

哭　兄 ……………………………………………… 52

清平乐·夏夜纳凉 ………………………………… 52

忆江南·故乡恋 …………………………………… 53

苏幕遮·致奥运朋友 ……………………………… 53

江城子·六十抒怀 ………………………………… 53

王自容 ……………………………………… **54**

致净坛峰主 ………………………………………… 54

烹秋色······54

无 题······54

读步方虚先生《学书》有感······55

题大溪贞节牌坊······55

瀑 布······55

神女吟······55

自 题······56

镜······56

枫叶流丹三首······56

　　　（一）······56

　　　（二）······56

　　　（三）······57

采桑子·诗社作品展出有感······57

一剪梅·绿梅······57

王孟威······**58**

金缕曲·缅怀张澜校长······58

贺新凉·缅怀邓小平政委······59

缅怀胡耀邦老师······59

青玉案·歌改革······60

满江红·观悉尼奥运会······60

浪淘沙·中国女排出征世界杯夺冠感赋······60

王维理······**61**

浪淘沙·过"重庆大轰炸惨案遗址"······61

江城子·四面山中······61

感事怀江左诸同窗 …………………………………… 62

约张榕兄结伴游金刀峡 ……………………………… 62

旅次武陵源 …………………………………………… 62

吊虎门销烟池 ………………………………………… 63

送赴港驻军 …………………………………………… 63

写在一九九九 ………………………………………… 63

所　思 ………………………………………………… 63

返故里 ………………………………………………… 63

清明祭祖 ……………………………………………… 64

秋歌二首 ……………………………………………… 64

　　　（一） ………………………………………… 64

　　　（二） ………………………………………… 64

赴杭道上 ……………………………………………… 64

入住青城 ……………………………………………… 65

走青城山飞泉沟 ……………………………………… 65

金陵重聚二首 ………………………………………… 65

　　　（一） ………………………………………… 65

　　　（二） ………………………………………… 65

蓉城聚会 ……………………………………………… 66

不　遇 ………………………………………………… 66

淮安丁驾龙君来访 …………………………………… 66

友人刘君玉堂归来 …………………………………… 66

王锡权 ……………………………………………… **67**

吊祭千古词帝 ………………………………………… 67

过塘河 ………………………………………………… 67

奥运魂·献给乒乓运动员王楠…………………………… 67

武则天……………………………………………………… 68

麦　苗……………………………………………………… 68

大棚蔬菜…………………………………………………… 68

登长城……………………………………………………… 68

长田之夏…………………………………………………… 69

农　民……………………………………………………… 69

王端诚……………………………………………… **70**

菊花诗……………………………………………………… 70

　　忆菊用蘅芜君韵………………………………………… 70

　　访菊用怡红公子韵……………………………………… 70

　　种菊用怡红公子韵……………………………………… 71

　　对菊用枕霞旧友韵……………………………………… 71

　　供菊用枕霞旧友韵……………………………………… 71

　　咏菊用潇湘妃子韵……………………………………… 71

　　画菊用蘅芜君韵………………………………………… 72

　　问菊用潇湘妃子韵……………………………………… 72

　　簪菊用蕉下客韵………………………………………… 72

　　菊影用枕霞旧友韵……………………………………… 72

　　菊梦用潇湘妃子韵……………………………………… 73

　　残菊用蕉下客韵………………………………………… 73

成渝路上…………………………………………………… 73

黔桂道中…………………………………………………… 73

浣溪沙·青杠即事………………………………………… 74

　　（一）…………………………………………………… 74

（二）……………………………………………74

（三）……………………………………………74

霜叶飞·重九用吴文英韵……………………75

水龙吟·端午……………………………………75

邓庆伟　　　　　　　　　　　　　76

卜算子·咏《建设工业》报…………………76

咏　藕……………………………………………76

蝶恋花·咏竹……………………………………76

批评的艺术………………………………………77

赋建设集团………………………………………77

建设诗社成立二十周年…………………………77

百字令·鹅公岩俯瞰感怀秦锡文先生………78

邓传斌　　　　　　　　　　　　　79

山城无处不飞花…………………………………79

缅怀一一·二七死难烈士………………………79

北京奥运赋………………………………………80

水调歌头·圆梦…………………………………80

破阵子·春之歌…………………………………80

解愁诀……………………………………………81

满江红·中秋吟…………………………………81

渝州灯火…………………………………………81

钥　缘……………………………………………81

尹国民　　　　　　　　　　　　　82

朝天门烟火 ……………………………………… 82

冒雨上丛台 ……………………………………… 82

桂林象鼻山 ……………………………………… 82

读台湾马鹤凌诗词感赋 ………………………… 83

贺《青木吟稿》首发 …………………………… 83

获两项专利有感 ………………………………… 83

久雨初晴有感和仁德君韵 ……………………… 83

重庆工业职业技术学院五旬寿祺 ……………… 84

像阳光那样微笑 ………………………………… 84

又见西安 ………………………………………… 84

育才同学毕业冊年聚会 ………………………… 85

汶川抗震救灾咏怀 ……………………………… 85

潇湘神·徒步金鞭溪 …………………………… 86

满江红·忆八年抗战 …………………………… 86

鹧鸪天·重庆直辖十年 ………………………… 87

鹧鸪天·港澳回归 ……………………………… 87

卜算子·参观洪秀全纪念馆 …………………… 87

满庭芳·清华园夏晨 …………………………… 88

方华荫 …………………………………………… 89

戊子春节雪后吟 ………………………………… 89

丙戌春节见闻抒怀 ……………………………… 89

初游金刀峡 ……………………………………… 90

育才师生聚会南山即兴 ………………………… 90

重庆兰展应邀作画感赋 ………………………… 90

［双调］折桂令 ………………………………… 91

　　汶川地震感怀（二首选一） ………………………… 91

唐多令·重游华清池 ………………………………… 91

风入松·己丑新春颂 ………………………………… 92

方裕炯 …………………………………………… **93**

故乡三绝·故乡水口，2008 年 10 月被三峡水淹没 …… 93

　　清　泉 ……………………………………………… 93

　　老　街 ……………………………………………… 93

　　河　滩 ……………………………………………… 93

巫山红叶 …………………………………………… 94

　　（一） ……………………………………………… 94

　　（二） ……………………………………………… 94

　　（三） ……………………………………………… 94

屈　原 ……………………………………………… 94

昭　君 ……………………………………………… 95

瑶　姬 ……………………………………………… 95

咏　竹 ……………………………………………… 95

巫山一段云·小城怀旧 ……………………………… 95

韦吉华 …………………………………………… **96**

春日濑溪小游 ……………………………………… 96

路孔古镇记游 ……………………………………… 96

　　（一） ……………………………………………… 96

　　（二） ……………………………………………… 96

兴游螺罐山赋 ……………………………………… 97

游白帝城感赋 ……………………………………… 97

兴游常熟随笔…………………………………… 97

风　筝………………………………………… 98

白　梅………………………………………… 98

夜　读………………………………………… 98

漓　江………………………………………… 99

睡　莲………………………………………… 99

零七岁晚百年不遇暴风雪……………………… 99

无　题………………………………………… 99

清　明……………………………………… 100

黄桷树……………………………………… 100

毛　亮………………………………… 101

赞第五届亚太市长峰会在重庆召开………… 101

纪念长征胜利七十周年……………………… 101

感受网络……………………………………… 101

鹧鸪天·重庆南岸区书画家协会龙年年会偶占………… 102

一个普通共产党员的心路历程银海华笺读后………… 102

满江红·神舟四号颂………………………… 102

猴年春节戏咏………………………………… 103

龙光复………………………………… 104

满江红·本命年寄江流……………………… 104

念奴娇·游重庆金刀峡……………………… 104

小重山·苏州拙政园………………………… 105

沁园春·丽江至迪庆途中…………………… 105

高阳台·贺全国第九届中华诗词研讨会召开……… 105

冬夜独坐 ……………………………………………… 106

春　景 ………………………………………………… 106

赠　妻 ………………………………………………… 106

青木关情思 …………………………………………… 107

策马游长坪沟 ………………………………………… 108

登荆州城宾阳楼 ……………………………………… 108

汉江上观日落 ………………………………………… 108

二零零六重庆酷暑拾零二首 ………………………… 109

　　　（一） ………………………………………… 109

　　　（二） ………………………………………… 109

峨眉山金顶观日出 …………………………………… 109

偕诸诗友长江边夜酌 ………………………………… 109

九寨沟树正海辨色 …………………………………… 110

青玉案·日本神户瞻仰孙中山纪念馆并抚梦幻镜头 …… 110

齐天乐·北渡长江至嘉陵江岸 ……………………… 110

念奴娇·夜访重庆鹅公岩大桥 ……………………… 111

江城子·读张学良弈棋轶事 ………………………… 111

蝶恋花·再访乌蒙怀从军四十周年 ………………… 111

御街行·看电视剧《铁色高原》 …………………… 112

龙国庆 ……………………………………………… **113**

感事二〇〇一年 ……………………………………… 113

一剪梅·市花园小区 ………………………………… 113

重庆轻轨 ……………………………………………… 114

鹧鸪天·音桥步行街 ………………………………… 114

鹧鸪天·音桥步行街喷泉 …………………………… 114

江城子·重庆直辖十周年志庆·······························115

冯尧安···**116**

即　景···116

花　讯···116

南泉花滩溪泛舟···116

闻　蝉···117

涂山怀禹···117

枇杷山公园赏灯会···117

步韵答高梦兰文化宫菊花命名诗··························117

九旬抒怀···118

满江红·颂十五大···118

鹧鸪天·重阳敬老日南坪赏菊·····························118

冯治凡···**119**

人类"天书"译破有感·······································119

（一）···119

（二）···119

（三）···119

（四）···119

咏天军···120

人民解放军进驻澳门···120

咏南水北调···120

入世贸随笔···121

鹧鸪天·咏荣辱观···121

一剪梅·两岸炎黄高智能·····································121

一剪梅·一根扁担闹红尘 ⋯⋯⋯⋯⋯⋯⋯⋯⋯⋯⋯ 122

水调歌头·改革开放三十年 ⋯⋯⋯⋯⋯⋯⋯⋯⋯⋯ 122

水调歌头·祝党的十六大胜利闭幕 ⋯⋯⋯⋯⋯⋯⋯ 122

水调歌头·猴年全国两会颂 ⋯⋯⋯⋯⋯⋯⋯⋯⋯⋯ 123

水调歌头·西部大开发畅想 ⋯⋯⋯⋯⋯⋯⋯⋯⋯⋯ 123

水调歌头·开发太空 ⋯⋯⋯⋯⋯⋯⋯⋯⋯⋯⋯⋯⋯ 124

冯泽尧 ⋯⋯⋯⋯⋯⋯⋯⋯⋯⋯⋯⋯⋯⋯⋯⋯⋯⋯⋯ **125**

插秧妇 ⋯⋯⋯⋯⋯⋯⋯⋯⋯⋯⋯⋯⋯⋯⋯⋯⋯⋯⋯ 125

夜　航 ⋯⋯⋯⋯⋯⋯⋯⋯⋯⋯⋯⋯⋯⋯⋯⋯⋯⋯⋯ 125

横　刀 ⋯⋯⋯⋯⋯⋯⋯⋯⋯⋯⋯⋯⋯⋯⋯⋯⋯⋯⋯ 125

THE 保姆 ⋯⋯⋯⋯⋯⋯⋯⋯⋯⋯⋯⋯⋯⋯⋯⋯⋯⋯ 126

牛　运 ⋯⋯⋯⋯⋯⋯⋯⋯⋯⋯⋯⋯⋯⋯⋯⋯⋯⋯⋯ 126

水调歌头·六十抒怀 ⋯⋯⋯⋯⋯⋯⋯⋯⋯⋯⋯⋯⋯ 126

行香子·李家坪新景 ⋯⋯⋯⋯⋯⋯⋯⋯⋯⋯⋯⋯⋯ 127

贺新郎·戊子除夜 ⋯⋯⋯⋯⋯⋯⋯⋯⋯⋯⋯⋯⋯⋯ 127

冯瑞金 ⋯⋯⋯⋯⋯⋯⋯⋯⋯⋯⋯⋯⋯⋯⋯⋯⋯⋯⋯ **128**

鹧鸪天·贺重庆直辖十周年 ⋯⋯⋯⋯⋯⋯⋯⋯⋯⋯ 128

鹧鸪天·祝北京申奥成功 ⋯⋯⋯⋯⋯⋯⋯⋯⋯⋯⋯ 128

南乡子 ⋯⋯⋯⋯⋯⋯⋯⋯⋯⋯⋯⋯⋯⋯⋯⋯⋯⋯⋯ 129

　　献给中学同学聚会（之一）⋯⋯⋯⋯⋯⋯⋯⋯ 129

西江月 ⋯⋯⋯⋯⋯⋯⋯⋯⋯⋯⋯⋯⋯⋯⋯⋯⋯⋯⋯ 129

　　献给中学同学聚会（之二）⋯⋯⋯⋯⋯⋯⋯⋯ 129

丽江行三首 ⋯⋯⋯⋯⋯⋯⋯⋯⋯⋯⋯⋯⋯⋯⋯⋯⋯ 130

　　（一）江城子·丽江的山 ⋯⋯⋯⋯⋯⋯⋯⋯⋯ 130

（二）江城子·丽江的水 …………………………………… 130

（三）水调歌头·丽江古城 ………………………………… 130

冉启华 ………………………………………………………… **131**

酉阳桃花源诗社成立二十周年 ………………………………… 131

（一） ………………………………………………………… 131

（二） ………………………………………………………… 131

（三） ………………………………………………………… 131

土家族祝酒辞 …………………………………………………… 132

（一）婚庆祝酒辞 ………………………………………… 132

贺新娘 ……………………………………………………… 132

戏新娘 ……………………………………………………… 132

闹洞房 ……………………………………………………… 132

谢宾朋 ……………………………………………………… 132

（二）寿诞祝酒辞 ………………………………………… 133

（一） …………………………………………………… 133

（二） …………………………………………………… 133

（三） …………………………………………………… 133

（四） …………………………………………………… 133

（三）建房祝酒辞 ………………………………………… 134

（一） …………………………………………………… 134

（二） …………………………………………………… 134

（三） …………………………………………………… 134

（四） …………………………………………………… 134

（五） …………………………………………………… 134

（四）悼亡祝酒辞 ………………………………………… 135

（一）…………………………………………… 135

（二）…………………………………………… 135

鸭…………………………………………………… 135

致亲家…………………………………………… 136

赞欧阳修………………………………………… 136

踏莎行·题老年门球活动……………………… 136

冉景高………………………………………… 137

偶　见…………………………………………… 137

鸭　趣…………………………………………… 137

独　酌…………………………………………… 137

消防晨练………………………………………… 137

夜　渔…………………………………………… 138

家庭纪事………………………………………… 138

如梦令·大足石刻养鸡女……………………… 138

如梦令·卧佛…………………………………… 139

西江月·郊游…………………………………… 139

冉景福………………………………………… 140

秋　初…………………………………………… 140

夕阳红…………………………………………… 140

龙年团聚………………………………………… 140

夜游黔江河滨公园……………………………… 141

峨岭观日出……………………………………… 141

西沙步行街……………………………………… 141

晚眺黔江感怀…………………………………… 142

沁园春·贺段立生八十寿辰 …………………………… 142

卢　非…………………………………………………… **143**

纪念抗日战争胜利 60 周年·（本稿均用新韵）……… 143

台湾倒扁有感 ………………………………………… 143

重庆市直辖十年庆 …………………………………… 144

来渝五十二载有感 …………………………………… 144

七十感怀 ……………………………………………… 145

天　缘 ………………………………………………… 145

外星洋贵妃卢非藏石配诗 …………………………… 145

相见欢·劳燕分飞 …………………………………… 146

西江月·神舟六号载誉归来 ………………………… 146

满江红·颂渝州 ……………………………………… 146

满江红·巴渝景 ……………………………………… 147

水调歌头·纪念邓小平百岁诞辰 …………………… 147

念奴娇·渝江奇石 …………………………………… 147

水龙吟·重庆大旱酷暑 ……………………………… 148

永遇乐·香港回归十年庆 …………………………… 148

沁园春·印度洋地震海啸 …………………………… 149

莺啼序·祖国从沧桑走来 …………………………… 149

卢济德…………………………………………………… **150**

南岛晚情 ……………………………………………… 150

过赤壁 ………………………………………………… 150

黄鹤楼遐想 …………………………………………… 151

登滕王阁 ……………………………………………… 151

重访娄山关 ·············· 151

都江堰二首 ·············· 152

　（一）秦堰楼感怀 ·············· 152

　（二）玉垒关揽胜 ·············· 152

七旬述怀 ·············· 152

走马镇观桃花二首 ·············· 153

　（一） ·············· 153

　（二） ·············· 153

翰墨情二首 ·············· 153

　（一） ·············· 153

　（二） ·············· 154

赠杨智凡老师 ·············· 154

缅怀倪丁一老师 ·············· 154

直辖十年感重庆二首 ·············· 155

　（一） ·············· 155

　（二） ·············· 155

开放改革三十周年二首 ·············· 155

　（一） ·············· 155

　（二） ·············· 156

题画诗四首 ·············· 156

　济公图 ·············· 156

　鹦鹉图 ·············· 156

　春晓图 ·············· 156

　睡猫图 ·············· 157

乐山大佛 ·············· 157

雾中行 ·············· 157

乡　思·· 157

乘机有感·· 157

都江堰南桥观水···································· 158

宝瓶口感悟·· 158

过三峡四首··· 158

　　瞿　塘·· 158

　　巫　山·· 158

　　西　陵·· 159

　　峡　恋·· 159

赴京访故友五首···································· 159

　　途　中·· 159

　　相　会·· 159

　　聚　餐·· 159

　　旧　照·· 160

　　感　时·· 160

随　感··· 160

照　镜··· 160

学诗词·· 160

荷塘即景·· 161

读　泉··· 161

游丰都·· 161

十六字令二组······································ 162

　　山·· 162

　　云·· 162

忆秦娥·娄山关步毛泽东原玉················ 162

卢敬万 ··· **163**

读毛诗有感·······················163

周总理诞辰一百一十周年祭·············163

导航定向总书记···················164

看温总理答记者问命笔···············164

梦圆北京·······················164

神七问天·······················165

耕耘赋·························165

秋日抒怀·······················165

春　雷·························165

自　慰·························166

七十初度·······················166

春　兴·························166

晨游龙宝河·····················167

旧友萦怀·······················167

蝶恋花·改革开放三十年赋·············167

西江月·赏梅····················168

满庭芳·新万州···················168

江城子·夜吟····················169

鹧鸪天·情深深···················169

兰洪绪·······················**170**

古风·佳人·····················170

秋　夜·························171

蝉　心·························171

杨花吟·························171

寒梅（新声韵）···················171

悼至爱…………………………………………………… 172

思 念…………………………………………………… 172

丁亥初夏偕侣雨余游玄天湖………………………… 172

丁亥九月初十谒母坟（新声韵）…………………… 173

秋登巴岳山（新声韵）……………………………… 173

端午闻杜鹃…………………………………………… 173

又是中秋……………………………………………… 173

深夜寄友……………………………………………… 174

赠吴江枫冷…………………………………………… 174

秋 思………………………………………………… 174

十六字令·秋………………………………………… 174

柳梢青·怀伊人……………………………………… 175

长相思·别情………………………………………… 175

虞美人·夜不成寐…………………………………… 175

南柯子·江畔独步…………………………………… 176

望海潮·咏新重庆…………………………………… 176

长相思………………………………………………… 176

采桑子·赠亲人……………………………………… 177

江城子·记汶川大地震……………………………… 177

［越调］天净沙·中秋望月………………………… 177

史来胜……………………………………………… **178**

历史一刻……………………………………………… 178

　　（一）…………………………………………… 178

　　（二）…………………………………………… 178

贺新郎·师…………………………………………… 179

奥运颂 ·· 179

次韵程老春游李花山 ······························ 180

读程老新作兼谢怜爱 ······························ 180

叶义世 ··· **181**

叩文坛（新声韵）································· 181

秦巴烟梦（新声韵）······························ 181

晨牧（新声韵）··································· 181

傲金秋（新声韵）································· 182

　喜贺中华诗词（绵阳）金秋笔会 ·············· 182

牛郎归（新声韵）································· 182

　重庆夜景之二 ·································· 182

泪淋淋（新声韵）································· 182

　"5.12"汶川大地震抗震救灾纪 ·············· 182

人民喜颂五星红（新声韵）······················ 183

金瓯固（新声韵）································· 183

　携孙登上天安门城楼感赋 ······················ 183

刘　翀 ··· **184**

题刁蓬卧云楼 ····································· 184

拜宋先儒陈公少南夫子 ··························· 184

访青紫山古寨 ····································· 184

开频望母亲 ······································· 185

咸菜歌 ··· 185

拜　月 ··· 185

沁园春·西苑 ····································· 186

米粮川·······························186

刘　群·······························**187**

维多利亚云霞灿·······················187

歌山嘉水共庆欢·······················187

满江红·重庆未来更美好···············188

[越调]天净沙·颂改革开放············188

满江红·全民抗震·····················188

沁园春·喜观北京奥远会···············189

蝶恋花·佳节念台胞···················189

刘书东·······························**190**

游成都杜甫草堂哀奉节·杜公祠之毁弃（新声韵）·····190

行香子·今日白帝城（新声韵）········190

题三峡红叶···························191

返乡幸会夔门·众诗友（新声韵）······191

参观卫星发射场（新声韵）···········191

念奴娇·牛年元宵观灯················192

震后蓉城群众诗歌朗诵会冒雨举行···········192

刘万江·······························**193**

新　村·······························193

农民打工·······························193

新桃花源·······························194

耕夫曲·······························194

耕　读·······························194

黑山即景 ……………………………… 195

山中夏雨 ……………………………… 195

黑山谷寄赋 …………………………… 195

刘兴祥 ……………………………… **196**

草原思春（新声韵）………………… 196

水调歌头·西藏圣地 ………………… 196

森林卫士（新声韵）………………… 197

森警的生活（新声韵）……………… 197

池中蛙声（新声韵）………………… 197

开州诗社小江采风（新声韵）……… 198

登南岭公园赏秋（新声韵）………… 198

观开县汉丰湖蓄水（新声韵）……… 199

南岭俯观月潭（新声韵）…………… 199

刘庆军 ……………………………… **200**

游"棠堰飘香"故地 ………………… 200

云峰桃花 ……………………………… 200

同学会所见 …………………………… 200

春游鸦屿山 …………………………… 201

书　怀 ………………………………… 201

游古宇湖 ……………………………… 201

题《盆菊图》………………………… 201

题《青城之忆图》…………………… 202

浣溪沙·题《牧鹅图》……………… 202

刘有权 ……………………………… **203**

点绛唇·天山初雪晓望 ………………………………… 203

浣溪沙·忆旧 …………………………………………… 203

清平乐·暮秋 …………………………………………… 203

满江红 …………………………………………………… 204

月夜飞羊城 ……………………………………………… 204

咏　梅 …………………………………………………… 204

贺刘和璧写意荷花展 …………………………………… 204

香港回归庆 ……………………………………………… 205

出夔门 …………………………………………………… 205

过香溪 …………………………………………………… 205

初游香港 ………………………………………………… 205

由港赴澳门 ……………………………………………… 205

初抵乌市 ………………………………………………… 206

游吐鲁番 ………………………………………………… 206

访高昌古城 ……………………………………………… 206

雨后游那拉提草原 ……………………………………… 207

咏　月 …………………………………………………… 207

又悲矿难 ………………………………………………… 207

走马乡观花 ……………………………………………… 208

喜迎澳门回归 …………………………………………… 208

南戴河游海时风浪大作 ………………………………… 208

致当代诗人（新声韵）………………………………… 209

刘永才 ……………………………………………… **210**

思伊人（新声韵）……………………………………… 210

衡山秀色（新声韵）…………………………………… 210

偶　作（新声韵）……………………………………… 211

抗联颂（新声韵）……………………………………… 211

黎　明…………………………………………………… 211

醉莲湖（新声韵）……………………………………… 212

古剑山（新声韵）……………………………………… 212

刘国铭………………………………………………**213**

贺石天河老师七十高寿………………………………… 213

有感神舟五号升空……………………………………… 213

总书记慰群英…………………………………………… 214

纪念 12 月 26 日 ……………………………………… 214

咏南译迎宾……………………………………………… 214

成都吴芳吉研究会青城山纪念诗人冥诞……………… 215

游青城山………………………………………………… 215

怒斥藏独暴行…………………………………………… 215

改革开放三十年………………………………………… 216

江津诗词学会换届感赋………………………………… 216

清平乐·凝神聂帅陈列馆……………………………… 216

水调歌头·痛悼小平…………………………………… 217

满江红·欢庆重庆直辖………………………………… 217

念奴娇·喜迎香港回归………………………………… 218

清平乐·青藏铁路为党的 85 寿献礼 ………………… 218

清平乐·痛悼"512" ………………………………… 218

清平乐·奥运开幕……………………………………… 219

刘远森………………………………………………**220**

鹧鸪天·丁亥中秋月 ················· 220

清平乐·璧山天池 ················· 220

调笑令·天池水 ················· 221

腊梅二首 ················· 221

　　　（一） ················· 221

　　　（二） ················· 221

云雾山摩天岭 ················· 221

秋　菊 ················· 222

鹧鸪天·渝西诗友会 ················· 222

卜算子·戊子秋游重建佛荫寺 ················· 222

刘培新 ················· **223**

登巫山 ················· 223

小三峡之秋 ················· 223

秋　望 ················· 224

大爱无垠·汶川 5·12 大地震记 ················· 224

普洱八韵 ················· 224

新巫山 ················· 225

深山老者 ················· 225

情漫神女峰 ················· 226

许清富 ················· **227**

悼任长霞 ················· 227

钓鱼城 ················· 227

春风度玉门 ················· 227

纪念抗战胜利六十周年 ················· 228

春　播·························228

腊　梅·························228

西江月·春韵·····················228

浣溪沙·春耕·····················229

醉花阴·稻熟·····················229

任　杰···························230

陌上花·偶怀·····················230

临江仙·有感于四壁图书之蒙尘·············230

凤凰台上忆吹箫·喜伴爱女度童年············231

潇湘夜雨·夜雨灯下··················231

人月圆·冬阳里····················232

摊破浣溪沙·老母情结·················232

江居卧观日出·····················232

任悟非···························233

香港回归十年·····················233

　　（一）梦见小平··················233

　　（二）台胞思归··················233

我爱书法·······················233

弦　音·························234

补　课·························234

除　夕·························234

戊子新春运筹·····················234

统景温泉游······················235

　　（一）·······················235

（二）…………………………………………… 235

六十初度………………………………………… 235

读黄玉兰诗词感想……………………………… 235

自度曲·颈椎病………………………………… 236

向允中…………………………………………… **237**

益州为学………………………………………… 237

锦城抒情·78年夏秋之交，学习、教研于省城，赋此 … 237

高考阅卷遣怀…………………………………… 238

登乐山凌云楼…………………………………… 238

登黄鹤楼………………………………………… 238

杭州吟…………………………………………… 239

游张家界………………………………………… 239

向明阳…………………………………………… **240**

开州文韵读后（新声韵）……………………… 240

长龙颂（新声韵）……………………………… 240

开县广播电视台成立十周年志贺……………… 241

栾菊杰…………………………………………… 241

题李中华画鼠（新声韵）……………………… 241

题龚一权摄影作品（新声韵）………………… 241

鱼鹰竞舞………………………………… 241

冬水田园………………………………… 242

街头棋摊（新声韵）…………………………… 242

女子清扫队（新声韵）………………………… 242

向承彦…………………………………………… **243**

通字诗………………………………………………… 243

贺二弟五十寿五首·吾弟五十初度，欣然为诗以寿…… 244

　　（一）…………………………………………… 244

　　（二）…………………………………………… 244

　　（三）…………………………………………… 244

　　（四）…………………………………………… 244

　　（五）…………………………………………… 244

祭母诗·吾母辞世，于今十年，

　　清醴长歌，致祭灵前：…………………… 245

向承柱………………………………………… **246**

无　题……………………………………………… 246

贺周代枝先生七十寿……………………………… 246

咏　梅……………………………………………… 246

望　月……………………………………………… 247

云雨难期…………………………………………… 247

咏　莲……………………………………………… 247

巫山长江大桥……………………………………… 248

游妙峡……………………………………………… 248

庆祝抗战胜利六十周年…………………………… 248

沄泷八景…………………………………………… 248

题"凌波仙子石"…………………………………… 249

偶得奇石…………………………………………… 249

向承勇………………………………………… **250**

渔家傲·庆祝重庆市直辖十周年………………… 250

登神女峰感吟……………………………………… 250

荆巫赤枫 ···························· 250

枫叶流红 ···························· 251

忆　母 ···························· 251

忆　父 ···························· 251

感　吟 ···························· 252

教师节感赋 ···························· 252

老亦乐 ···························· 252

大风口观雪 ···························· 253

山涧幽居 ···························· 253

向炳全 ···························· **254**

长寿湖八景湖（新声韵）···························· 254

　　（一）长堤抒怀 ···························· 254

　　（二）角亭仰圣 ···························· 254

　　（三）浴滨戏水 ···························· 254

　　（四）高峰日出 ···························· 255

　　（五）湖岛果香 ···························· 255

　　（六）古寨雄姿 ···························· 255

　　（七）湘子遗石 ···························· 255

　　（八）飞瀑流泉 ···························· 256

向撑宇 ···························· **257**

吟诗乐 ···························· 257

退休偶得 ···························· 257

歌乐山春望 ···························· 257

贺澳星再次发射成功 ···························· 258

夏夜闻鹃寄台湾友人 ···································· 258

重九登高感赋 ··· 258

　　（一） ··· 258

　　（二） ··· 258

篱　菊 ·· 259

南湖浪游 ·· 259

重九怀台湾友人 ······································ 259

七十述怀 ·· 260

春游歌乐山访林园 ···································· 260

孙明全 ··· **261**

端午节凭吊 ·· 261

改革开放感赋 ·· 261

游七宝岩归途 ·· 261

和张邦照一池淡水 ···································· 262

秋日云峰寺登高 ······································ 262

濑水滨怀亡友 ·· 262

长相思·壮哉重庆城 ·································· 262

鹧鸪天·十年浩劫 ···································· 263

忆王孙·清明祭扫 ···································· 263

孙廷觉 ··· **264**

神七问天 ·· 264

放歌北京奥运会 ······································ 264

圣火耀珠峰 ·· 265

七言古风·有感于嫦娥1号探月飞行 ················· 265

武陵山水拾零·······································266
　　龙头山古刹·····································266
咏甘龙河景点和传说·······························266
　　雅二泉···266
巴　洞···266

孙传熙···**267**

营地情思（新声韵）·······························267
满江红·转业支商（新声韵）·······················267
香港回归前夕题岳武穆塑像（新声韵）···············268
七十抒怀（新声韵）·······························268
答友人（新声韵）·································268
绵州欢聚赠侄（新声韵）···························268
菩萨蛮·春日郊行（新声韵）·······················269
冬夜闻雷···269

孙耀璋···**270**

八十生辰偶得·····································270
临江仙·读党史资料有感···························270
烛影摇红·壬午岁暮怀乡···························271
鹧鸪天···271
一剪梅···271
风入松·田园夏景·································272

朱同文···**273**

满江红·庆祝香港回归十周年·······················273

水龙吟·三峡水库蓄水至175米·····················273

江城子·山城之歌······························274

连战西安谒祖母墓····························274

宋楚瑜率亲民党拜黄帝陵······················274

朱思润···275

南溪逢移民老者·····························275

三峡石···································275

缸　鱼···································276

寄吟长梦如君·····························276

赠农民工诗人郭建银························277

赏桂花···································277

小三峡行·································277

（一）龙门大桥·····················277

（二）龙门峡·······················278

汪崇义···279

饮茶缙云寺·······························279

苍山茶乡夜景·····························279

咏云南茶山千年古茶树······················279

西湖林间茶亭忆旧·························280

游秦淮河·································280

秦淮茶舫·································280

办公室随占·······························280

四面山茶坊偷闲·························281

阮郎归·茶道初悟·························281

唐多令·又游金陵夫子庙……………………… 281

西江月·金佛山夜思……………………… 281

西江月·春钓龙水湖……………………… 282

江南深巷……………………………… 282

江南黄昏……………………………… 282

乌蓬暮度……………………………… 282

赠宜兴诗友…………………………… 283

湖畔茶亭偶见………………………… 283

饮茶天下第一泉……………………… 283

农家冬景……………………………… 283

秦淮河………………………………… 283

竹海随占……………………………… 284

宜兴放舟……………………………… 284

为友《春雨闲钓》图题……………… 284

国　花………………………………… 284

西湖西泠桥畔瞻仰秋瑾塑像………… 284

游孤山并和元代刘因《观梅有感》韵… 285

杨柳盼春……………………………… 285

江南小镇寻度………………………… 285

采莲曲………………………………… 285

桂花吟………………………………… 285

腊　梅………………………………… 286

山　蹊………………………………… 286

街　景………………………………… 286

瘦西湖………………………………… 286

早　春………………………………… 286

梦钓子陵滩·······························287

送　别·································287

插队恋曲·······························287

　　（一）寒　舍·······················287

　　（二）思　乡·······················287

　　（三）夜　咏·······················287

　　（四）樵　歌·······················288

　　（五）返城途吟·····················288

若尔盖五月·····························288

过边陲江南西藏林芝·····················288

巫峡秋咏·······························288

归　乡·································289

江津白沙吊楼席占·······················289

合川徕滩古寺登三楼近观大佛···············289

读　史·································289

无　题·································289

观虎门炮台·····························290

咏缙云茉莉·····························290

二〇〇八年五月十一日夜登钓鱼城···········290

登黄鹤楼·······························290

又见报端披露煤矿垮塌事件················291

为友题《春》图·························291

长　江·································291

应友邀观南湖农场梨花····················291

阳朔夜色·······························292

读红岩村遗诗···························292

汪贤荣··**293**

观日历···293

党的十六大感赋 ···293

谒杨尚昆陵园···293

京师两会颂···294

痛忆国难···294

读陈毅元帅《梅岭三章》 ····································294

神舟六号上天···295

农村新访···295

陈　立··**296**

金鸡高唱两会红···296

春从天上来·重庆直辖十周年抒怀·························296

大桥行···297

三峡工程通航发电···298

吊诗人何其芳···298

瓷器口···299

海滨弄潮···299

韩国之旅·首尔···299

黑山谷···300

感悟人生···301

烛影摇红·执教六十年感怀···································302

皓首长忆结发情···302

恋山曲···302

丙戌母亲节记梦···303

读毛泽东诗词纪念·毛泽东诞辰一百一十周年···········304

谢仲九《松石图》 …………………………………………… 304

戏题欢喜罗汉 ………………………………………………… 305

状元宴 ………………………………………………………… 305

陈　玢 …………………………………………………… 306

铸犁休弃勤磨剑（新声韵） ………………………………… 306

赠唐富让（新声韵） ………………………………………… 306

春　望（新声韵） …………………………………………… 306

返蒲吕（新声韵） …………………………………………… 307

卖花翁（新声韵） …………………………………………… 307

铜梁龙舞（新声韵） ………………………………………… 307

畅游龙水湖（新声韵） ……………………………………… 308

盛会礼赞（新声韵）·热烈祝贺党的十七大胜利召开… 308

月殿欢（新声韵）·为"嫦娥一号"探月喜赋 ………… 308

临江仙·贺新岁（新声韵） ………………………………… 309

登螺罐山（新声韵） ………………………………………… 309

雨后游南山公园（新声韵） ………………………………… 309

浩气磅礴（新声韵）·献给
　　在汶川地震中献身的老师们 …………………………… 310

赠静苑在座诸君（新声韵） ………………………………… 310

路孔古镇（新声韵） ………………………………………… 310

咏史四首（新声韵） ………………………………………… 311

　　（一） …………………………………………………… 311

　　（二） …………………………………………………… 311

　　（三） …………………………………………………… 311

　　（四） …………………………………………………… 311

赠何泽（新声韵） …………………………………………… 312

回首戊子年（新声韵） ……………………………… 312

陈大德…………………………………………… **313**

感叹万州变化 ………………………………………… 313

赞葛城后山 …………………………………………… 313

赞欧阳修（古风） …………………………………… 314

送春梅（古风） ……………………………………… 314

晚游枇耙山 …………………………………………… 314

顽石韵（古风） ……………………………………… 315

白合花（古风） ……………………………………… 315

赞种草养畜 …………………………………………… 315

陈广文…………………………………………… **316**

得　诗 ………………………………………………… 316

新　凉 ………………………………………………… 316

中秋坐雨感赋 ………………………………………… 316

磨　朱 ………………………………………………… 316

新　月 ………………………………………………… 317

霉　天 ………………………………………………… 317

嫩　晴 ………………………………………………… 317

正竿河 ………………………………………………… 317

绿阴轩 ………………………………………………… 317

读　书 ………………………………………………… 318

夜　坐 ………………………………………………… 318

家居偶作 ……………………………………………… 318

陈仁德…………………………………………… **319**

清明访都江堰灾区 ················· 319

成都逢川大同学 ················· 319

西湖与诸诗友同赋送春诗 ················· 320

又一首 ················· 320

登镇江北固亭 ················· 320

登镇江焦山万佛塔 ················· 320

南　京 ················· 321

秦淮河夜访李香君故居 ················· 321

忆　昔 ················· 321

浣溪沙·开远云窝寺 ················· 322

临江仙·新年同求能雯些敬和熊鉴老原韵 ············· 322

陈关祥 ················· **323**

二妃墓 ················· 323

再游长沙 ················· 323

忆海南 ················· 323

寄友人 ················· 324

长相思·本意 ················· 324

画堂春·七十坝 ················· 324

撼庭秋·洞庭游 ················· 325

行香子·观奕 ················· 325

陈江发 ················· **326**

沁园春·改革开放三十年 ················· 326

行香子·喜闻媒体公布部分落网外逃贪官名字 ·········· 327

残荷吟 ················· 327

（一）···327

（二）···327

（三）···327

（四）···328

菜园坝大桥通车···328

广寒秋（双调）三峡大坝远眺·························328

献给中国奥运冠军（嵌名诗）·························329

　羽毛球男子单打冠军林丹·····························329

　女子蹦床冠军何雯娜·································329

　体操男子全能冠军杨威·································329

陈远鹏···**330**

月　怀（古风）···330

神　女（古风）···330

自度曲·婚纱照（新声韵）·······························330

自度曲·秋望···331

贵妃出浴图（古风）·······································331

山城步道（古风）···331

钓鱼城怀古（古风）·······································331

玉龙雪山水（古风）·······································332

果塘湖（古风）···332

陈启知···**333**

仲夏月夜吟···333

新农村掠影···333

再逢故人咏怀···333

凤凰改革展新颜 ································· 334

再登白帝城 ····································· 334

凤凰坝春郊即景 ································· 334

重九游白果森林 ································· 335

漫滩路行吟 ····································· 335

《巫溪诗词选》首发式感咏 ················· 335

新居舒心楼即兴 ································· 335

陈启国 ·· 336

咏"两会" ······································ 336

山溪吟 ··· 336

宝剑吟 ··· 336

折扇吟 ··· 336

朝天门抒怀 ····································· 337

拜师歌 ··· 337

陪诗友游龙水湖 ································· 337

钓鱼城怀古 ····································· 338

鹧鸪天·补拍结婚照 ························· 338

鹧鸪天·归燕 ································· 338

陈学斌 ·· 339

夔州秋早 ······································· 339

夔州好地方 ····································· 339

和周祚政《登黄鹤楼》 ····················· 339

清明时节 ······································· 340

桃花时节 ······································· 340

致戈夫儿获学士学位⋯⋯⋯⋯⋯⋯⋯⋯⋯⋯ 340

游大风堡⋯⋯⋯⋯⋯⋯⋯⋯⋯⋯⋯⋯⋯⋯ 340

题白帝城杜甫果园⋯⋯⋯⋯⋯⋯⋯⋯⋯⋯ 341

清玉案·当年初识檐阶处⋯⋯⋯⋯⋯⋯⋯ 341

陈时良⋯⋯⋯⋯⋯⋯⋯⋯⋯⋯⋯⋯⋯⋯⋯ **342**

西部开发抒怀⋯⋯⋯⋯⋯⋯⋯⋯⋯⋯⋯⋯ 342

中国参加"世贸"有感⋯⋯⋯⋯⋯⋯⋯⋯⋯ 342

一剪梅·颂新渝州⋯⋯⋯⋯⋯⋯⋯⋯⋯⋯ 342

忆江南·长寿升区好⋯⋯⋯⋯⋯⋯⋯⋯⋯ 343

长寿广场⋯⋯⋯⋯⋯⋯⋯⋯⋯⋯⋯⋯⋯⋯ 343

长寿湖避暑诗抄⋯⋯⋯⋯⋯⋯⋯⋯⋯⋯⋯ 343

  （一）⋯⋯⋯⋯⋯⋯⋯⋯⋯⋯⋯⋯ 343

  （二）⋯⋯⋯⋯⋯⋯⋯⋯⋯⋯⋯⋯ 343

游广安思源广场⋯⋯⋯⋯⋯⋯⋯⋯⋯⋯⋯ 344

读《三国演义》⋯⋯⋯⋯⋯⋯⋯⋯⋯⋯⋯ 344

古 树⋯⋯⋯⋯⋯⋯⋯⋯⋯⋯⋯⋯⋯⋯⋯ 344

陈桂锦⋯⋯⋯⋯⋯⋯⋯⋯⋯⋯⋯⋯⋯⋯⋯ **345**

洞塘仙境⋯⋯⋯⋯⋯⋯⋯⋯⋯⋯⋯⋯⋯⋯ 345

武陵山色⋯⋯⋯⋯⋯⋯⋯⋯⋯⋯⋯⋯⋯⋯ 345

秋月夜⋯⋯⋯⋯⋯⋯⋯⋯⋯⋯⋯⋯⋯⋯⋯ 345

夏夜濑水河⋯⋯⋯⋯⋯⋯⋯⋯⋯⋯⋯⋯⋯ 345

望江楼听涛会友⋯⋯⋯⋯⋯⋯⋯⋯⋯⋯⋯ 346

  （一）⋯⋯⋯⋯⋯⋯⋯⋯⋯⋯⋯⋯ 346

  （二）⋯⋯⋯⋯⋯⋯⋯⋯⋯⋯⋯⋯ 346

秋夜成都……………………………………………… 346

闸桥情………………………………………………… 346

扬州慢·盛夏走昌州………………………………… 347

陈绍斌……………………………………………… **348**

赞四面山并颂星宿丽景酒店（新声韵）…………… 348

春回骆崃山（新声韵）……………………………… 348

戊子之春（新声韵）………………………………… 349

初访聚奎校园黄昏唱晚（新声韵）………………… 349

云南旅行记（新声韵）……………………………… 349

江津新景（新声韵）·纪念改革开放三十年……… 350

重庆市高级法院成立十周年感怀（新声韵）……… 350

陈梦昭……………………………………………… **351**

游成都杜甫草堂……………………………………… 351

读弹词《屈原》有感………………………………… 351

乐将余热暖新苗……………………………………… 351

八十二岁自咏………………………………………… 352

自题墓碑诗…………………………………………… 352

自题《涉趣园诗集》………………………………… 352

彻底平反调酉阳师范任教…………………………… 353

　　　　（一）……………………………………… 353

　　　　（二）……………………………………… 353

酉北土家族诗人陈景星……………………………… 353

桂林山水……………………………………………… 354

偕竞寒游南泉………………………………………… 354

与竞寒结缡四十周年适其六十二生辰致贺 ················· 354

　　（一）　················· 354

　　（二）　················· 355

村居吟 ················· 355

自题诗作 ················· 355

巫山一段云·抗战期中作 ················· 356

　　（一）　················· 356

　　（二）　················· 356

小重山·酉阳青蒿 ················· 356

陈常国 ················· **357**

评国花有感 ················· 357

咏哈尔滨 ················· 357

咏　梅 ················· 358

题文明城区渝北 ················· 358

题文化名镇龙兴 ················· 358

题状元故里洛碛 ················· 359

题大渡口盆景、插花艺术展 ················· 359

读崔永生著《人生感悟》 ················· 359

咏华山 ················· 359

陈敬裕 ················· **360**

虹口漂流 ················· 360

植树有感 ················· 360

小林浩勇救同伴 ················· 360

吟大佛 ················· 361

太湖缅怀···361

　　（一）···361

　　（二）···361

　　（三）···362

　　（四）···362

浪淘沙·九龙沟···362

行香子·府河景···363

天仙子·磨西风情（海螺沟）·····································363

殿前欢·泸定咏怀···363

谢池春·火龙腾元宵···364

水调歌头·改革开放三十年·······································364

望海潮·汶川地震···365

陈善士···**366**

颂叶帅（步《八十书怀》）·······································366

挥　毫···366

行香子·摄影···367

叱咤风云盖世雄·为周总理诞辰百年而作···························367

鹧鸪天·歌乐乡居···367

忆秦娥·汶川抗震救灾···368

跳　蚤···368

陈盛邦···**369**

大坝颂···369

三峡水库蓄水 156 米观景有感（新声韵）·························369

今观白帝城···370

游小三峡有感……………………………………… 370

游草堂湖（新声韵）……………………………… 371

谒母墓（新声韵）………………………………… 371

鹧鸪天·诗仙广场落成有作……………………… 371

陈素梅……………………………………… **372**

夔门秋思…………………………………………… 372

观　书……………………………………………… 372

咏　梅……………………………………………… 372

夔　峡……………………………………………… 373

白帝感怀…………………………………………… 373

迎春乐·新春欢聚………………………………… 373

秋色横空·浮生若梦……………………………… 373

柳含烟……………………………………………… 374

荷塘思……………………………………………… 374

陈景星……………………………………… **375**

泛舟辰河…………………………………………… 375

春日即事…………………………………………… 375

舟行杂咏…………………………………………… 375

归　家……………………………………………… 376

早　秋……………………………………………… 376

栅山道中…………………………………………… 376

春日即事…………………………………………… 376

暮宿山寺…………………………………………… 377

重游武陵山………………………………………… 377

（一）…………………………………………… 377

（二）…………………………………………… 377

宋其洋……………………………………… 378

过冢书感………………………………………… 378

甲申春寒寄彭慧心老师………………………… 378

宿翠微山房得虞韵……………………………… 378

铁山坪分韵得游字……………………………… 379

春夜送友人兰州打工…………………………… 379

咏　菊…………………………………………… 379

生辰答客………………………………………… 380

辛亥岁作（一九七一）………………………… 380

丁伟伦

重庆铜梁人，1928 年生，曾任铜梁县股长办公室副主任。铜梁县政协文史员、县诗词学会会员。曾编撰两轮《铜梁县交通志》。

赞改建后的少云大桥

国际英雄故里桥，加宽改造更高标。
霓虹闪烁生奇幻，影落琼江万里涛。

白龙大桥

一桥飞架贯西东，借得白龙国道通。
淮远碧波摇日影，渝西锦绣醉东风。
雕栏灵兽呈祥瑞，坦道流车去阻壅。
伟丽躯宽四二米，居县榜首史篇中。

岚峰女儿路

岚峰娘子一支军，筑路开山远近闻。
敢让须眉开另眼，康庄共建有佳人。

渝、遂高速公路 (渝铜段)

毓青山外缙云山，横阻铜渝衢道难。

政府兴修高速路，工程隧过几重山。

昔年曲折半天事，今日奔驰转瞬间。

客货运载多捷便，飞车直达大江边。

夜游雪庵公园

(一)

喜踏音符进公园，甜歌伴舞众皆欢。

心花胜似百花笑，沉醉游人总留连。

(二)

朱龙托起雪庵亭，不辨霓虹夜幕星。

络绎犹闻澎湃咏，前贤虽逝有歌声。

时代旋律

县委门前异景添，钢筋红绿紫黄蓝。

音符五线呈旋律，骏马千军著快鞭。

按节随拍增伟绩，承先启后创新篇。

和谐共谱康庄曲，唱响渝西一片天。

【注】

观白龙大道隔离带花圃，县委门前两侧新添二座钢管塑型五线谱有感。

奇恋树

龙城凤岭有奇珍，黄葛洋槐连理身。

海誓山盟长拥抱，人间哪有此忠贞！

【注】

黄葛树紧紧拥抱着洋槐树合长一起，可能有一百多年了。

丁清赋

重庆市璧山县人，1926 年生，离休干部，曾任璧山大路中学校长，中华诗词学会、重庆市诗词学会会员，璧山金剑山诗书画社社长。著有诗集《仲英集》。

踏　青

桃李醉东风，春光似酒浓。
踏花归去晚，笑对夕阳红。

咏深谷幽兰

馨香素雅胜千红，不与群芳斗媚容。
乱石苍松常作伴，长留清气在胸中。

秋　兴

秋风秋雨惹轻寒，裁得新衣惬意穿。
待到晴明登绝顶，俯看红叶白云间。

中秋夜坐

三秋桂子满园开，阵阵清香沁我怀。
万籁无声思绪远，一轮明月破窗来。

马年春望

奔腾骏马至东方，驻足神州日夜忙。
蹄播一年春草绿，鬃扬十里腊梅香。
小池细雨鱼儿乐，曲岸微风柳絮狂。
多谢天公擂战鼓，催开百卉满庭芳。

重庆直辖十周年有感

春风今日遍天涯，二月山城处处花。
岩上红梅犹绽放，河边绿柳欲抽芽。
移民百万欣安定，徙厂千家为物华。
得见渝州轻轨绕，此生有幸不须嗟。

北京奥运会火炬手赞

天南地北聚群英，火炬高擎万里行。
撒播光明驱黑暗，燃烧腐朽焕人生。
新鲜事物不停涌，古旧残渣难再兴。
圣火迎来华夏暖，和平竞赛五洲馨。

浪淘沙·和蒋维世同志

聚首若匆匆，转瞬西东。羡君老眼赏芙蓉。报道今年花似锦，旧友难逢。　　谁个是英雄？浪蝶狂蜂，昙花一现可怜虫！应是秋山红叶好，霜重色浓。

清平乐·滕王阁

落霞孤鹜，昨日飞何处？唤取归来和睦住，秋水长天如故。　　古城前景辉煌，鸾翔凤集南昌。重塑滕王高阁，名楼分外芬芳。

临江仙·祝"神七"飞船航天成功

天下滔滔多志士，中华代有英雄。千年美梦竟成功。冲天飞玉宇，觅宝广寒宫。　　试问今朝全世界，几人可步长空？笑看"神七"上苍穹，从容舱外走，招展国旗红。

万龙生

1941 年生于湖南省衡阳市，1949 年移居重庆。大学本科学历。先后从事教育、文化、新闻工作，著有诗文集多种，现为中华诗词学会常务理事，重庆市诗词学会副会长。《巴渝诗家》书系主编。

自况

（代序）

莫道桑榆晚，笔耕犹自忙。
有诗堪佐酒，无恼梦偏长。

泛舟丁山湖答客问言及网名诗酒自娱

轻舟一叶喜同游，山色湖光一望收。
道甚文章千古事，无非诗酒可忘忧。

四面山之花果山五题

进山途中口占

一路鸣蝉伴，两山夹道迎。
峰回林暗处，天末起涛声。

过水帘洞

欲游花果山，先入水帘笼。
美酒从天降，饮生腋下风。

农家乐

青山可作屏，四季足鸡豚。
最喜三伏日，秋凉馈旅人。

登了望台

四山一望收，满目绿无畴。
应念看林者，巡行从未休。

所见

草木皆疯长，蒿高过我头。
野花开又落，岂为雅人讴。

凤凰三叠

惊 艳

走马渝黔湘，日夕见凤凰。
怡然梳翎羽，江畔沐霞光。

观 俗

初冬日尚暖，老少围火盆。
檐下方城战，旁若无路人。

谒 墓

人到古城外，捧花献大师。
天国惠故土，颔首笑吟诗。

七 绝

陪客人游北温泉重庆市诗词学会"二大"会后陪同成都、自贡客人畅游北温泉。

（一）

趁酒驱车北碚游，得栖磬室小洋楼。
诸公诗兴如春水，此唱彼答爪痕留。

（二）

当年泉水鸡犹香，今有青鲌劝客尝①。
应谢闻风东道至，解囊慷慨情意长。

（三）

十里长峡尽翠微，遮拦一夜雨幕垂。
晨昏不见片帆过，幸有翩翩白鹭飞。

（四）

靓女送餐感殷勤，两瓶啤水我独斟。
不时廊外惊宿鸟，论罢武侠夜已深②。

【注】

①嘉陵江著名鱼种。
②是夜著名诗人、四川省诗词学会副主席杨启宇先生大讲武侠小说源流，余为之心折也。

其香居茶馆作业

重庆市诗词学会以每月 20 日为沙龙活动日，在其香居茶馆茗叙，5 月首次活动后由唐元龙兄以"其香居"三字为韵，布置"作业"，因赋。

（一）

红尘绿岛总依依，半日诗天远绊羁。
素心雅友逍遥日，恰似鸥鹭苇下栖。

（二）

团团绿影氲茶香，今来古往话头长。
休谈国事不堪忆，任我悠闲任我狂。

（三）

楼高室阔怎安居，夜半凭窗灯火稀。
系念千家忧与乐，富裕和谐应可期。

题璧山翰林山庄

门前白露飞，庄后黑松围。
竹下一壶酒，问君归不归？

送王琼返涪陵

皆因诗之故，渝涪往返忙。
车发挥手后，东望水汤汤。

长寿湖远眺

山色湖光扑面来，经冬犹绿快吾怀。
忽思往岁牧牛客①，能不戚戚有余哀。

【注】

①当年湖区曾为右派流放地，诗人余薇野先生曾在岛上放牛。

自贡四题

参观恐龙博物馆有感

庞物称雄水陆空，累尸迭股余大冢。
岂知同纪桫椤木，摇绿招风自傲冬。

谒富顺刘光第墓

凄风苦雨黯园林，五府山头来吊魂。
已是捐躯经百载，鞠躬犹自少佳音。

西湖碧波亭饮茶

未惧湖心四面风，清茶一盏淬谈锋。
西湖见底不忍睹，仍望来年绿映红。

富顺谒文庙

祖师弟子历沧桑，重塑金身坐享堂。
到底圣贤终不倒，叫嚣丑剧早收场。

大足广场之夜

火树银花次第开，歌声舞影共徘徊。
双双对对翩跹侣，媚态观音①凡界来。

【注】

　　①大足是著名的石刻之乡，其"数珠手观音"容态柔媚，俗称"媚态观音"。

卫 洪

笔名乌江人，苗族，重庆彭水人，1968 年 3 月生，彭水自治县文联副主席，重庆市诗词学会会员，重庆黔江诗词楹联学会理事，彭水自治县诗词楹联协会名誉主席。

赠小女

厚厚师生意，绵绵父母心。
殷殷培小草，默默待佳音。

论 诗

秋深凉意起，夜黑过农家。
挥臂昏灯里，耆耆打尾麻。

采春茶

燕过春来早，桃红映面霞。
思君羞问讯，几度误新芽。

郊 游

盘山小径暖融融，野菊轻摇拂面风。
得意游缰迷险路，遥闻声响待牛童。

游　园

凉风渐起润黔州，漫步园中遇石榴。
半露枝头羞欲语，方知已是近中秋。

答小女

　　女儿来信询家中收入级别，有"难道是贫农？"之句，暗笑，作句以答。

老妈财政当从紧，小女开支略放松。
勤俭持家千古训，不分地主与贫农。

书房写妻

书房独坐品新诗，门破冲来黄脸妻。
抓过鼠标搜百度，如何白砍鼎中鸡？

晚春踏青

泥道草鲜如履沙，野村寻景近篱笆。
客来不速惹黄犬，正告房东没在家。

步江边忆涪翁

摩围春早雾蒙蒙，碧浪滔滔扑面风。
欲问当年山与水，可曾暗自忆涪翁？

【注】

涪翁即黄庭坚，曾谪居黔州（今彭水）。

初冬村景

雾散村头静，稀疏犬吠声。
楼前油菜茂，村外麦苗青。
紫蝶依蚕豆，黄豌挂露晶。
牛羊山野早，俯首不相争。

履新抒怀

履任晚秋中，箴言谨记胸。
埋头勤做事，低调少争功。
得失询庄老，悲欢问塞翁。
遥思南岭上，坦荡挺苍松。

四十自画像

人到此时后，方知岁月匆。
山妻明大小，爱女晋高中。
酒色叶公好，文章南郭充。
相逢君莫笑，对面白头翁。

忆江南·扬州

江南好，美景驻心头。红药桥边歌细软，瘦湖堤上柳娇柔。难忘是扬州。

捣练子·初春

河柳翠，菜花黄，泥燕双双展翅忙。屋后稚童牵纸鹞，路旁小犬斗蜂郎。

捣练子·过端午

咸鸭蛋，倒牵牛，带叶枇杷露水流。午后江边传急鼓，全家老少上虚楼。

【注】

包好的成串粽子一个个倒挂起来称"倒牵牛"，"虚楼"即土家苗寨吊脚楼。

天仙子·忆别

曾记涪州江岸别，淡淡香吻心切切。客轮消尽盼归期，一个月，两个月，转眼摩围三度雪。

调笑令·女儿打工

闺女，闺女，转眼婷婷如许。厨房接管暑期，菜少汤清饭稀。稀饭，稀饭，反正工钱照算。

如梦令·小女厌蔬菜

苦口婆心交待，多吃一些蔬菜。小女露愁容，不解母亲心态。无奈，无奈，只好强行摊派。

长相思·神女溪

云相思，雨相思，云雨悠悠神女溪。迢迢无尽期。　山相知，水相知，山水绵绵未可依。莫吟沈壁诗。

长相思·中秋

红豆沙，绿豆沙，微火锅中糯米粑。枝头八月瓜。　行天涯，走天涯，托与吴刚摘桂花。今宵寄到家。

浣溪沙·盛夏遇雨

夏至连来大暑间。蒸笼日甚起愁颜。孤蝉夜噪不能眠。　贯耳雷鸣惊午后，凌空电闪挂山前。偏东时节雨微甜。

卜算子·暮春

前日艳桃花，昨夜随风去。寂寞梧桐静静开，一阵清明雨。　凝望燕双飞，小妹何时娶？欲付心思寄远人，自叹搓茶女。

卜算子·深秋

衾薄梦生寒，昨夜秋风起。苦乐酸甜一念间，莫叹悲和喜。　独步小池边，欲问波心鲤。落叶疑为鸟影翩，眨眼清波底。

采桑子·春欢

初来夜雨晨曦早，小麦封行，白菜花黄，泥燕双飞犬戏忙。　迎新唢呐朝天响，喜了新郎，羞了新娘，拜过高堂抢洞房。

诉衷情·七夕

茫茫银汉锁穹天，欲坠月西残。今宵执手相对，举袖拭红颜。　　风软软，意牵牵，恨绵绵。夜深人静，往事悠悠，独倚危栏。

忆秦娥·红叶

霜风烈，一朝染透山中叶。山中叶，峰峰岭岭，层层叠叠。　　寻君不知君归月，天涯遍寄相思帖。相思帖，若君相遇，望君攀撷。

忆秦娥·中秋遇雨

西风冽，黄花雨打翻枯叶。翻枯叶，闻声飞去，一双秋蝶。　　云深可懂浓浓恻，霜寒不解千千结。千千结，万家灯火，为谁明灭？

阮郎归·郁江观龙舟

节来恰遇艳阳天，旌旗分外欢。万人空巷郁江边，红丝阵比肩。　　铜鼓响，浪涛翻，龙舟箭出弦。吼声一片盖云端，谁家敢领先？

阮郎归·大旱农家

旱魃魔爪舞渝州，田畴变草丘。默然无语对天愁，辛劳半载休。　　翻板土，整边沟，荞肥细细丢。雨来白露喜心头，明春有晚秋。

清平乐·农家初秋之夜

夕阳西坠，霞染群峰翠。晒坝黄金收满柜，土酒三杯欲睡。　　一弯新月东升，无心扰乱流萤。田里稻花正盛，喜忧皆为天晴。

临江仙·五月农家

烈日当空收尽麦，村夫却恼天晴。欣闻雨急起三更。柴房拿草笠，田野举油灯。　　最苦农家红五月，收粮抢种相争。栽秧过后曲儿轻。田边抓夜鳝，垄上辨蛙鸣。

蝶恋花·春游芦渡沟

夜雨初晴萦晓雾，小道羊肠，日曜新芽露。一派春光休久顾，云深更有迷人处。　　蝶舞翩翩闻鸟述，流水潺潺，鱼蟹悠然度。欲辟茅庐来小住，夜邻溪月吟新赋。

王 岭

重庆涪陵人，1963 年生，中学化学高级教师，中华诗词学会会员；重庆市诗词学会副会长；涪陵区诗词学会副会长兼秘书长。

白鹤梁四首 (新声韵)

白鹤梁在重庆涪陵区城下长江中。梁上有唐刻石鱼，相传每十年出水一次，出则兆年丰。谚云："石鱼出水兆丰年"。人以鱼出为吉，我独以为凶，盖兆一年丰而九年不保。

(一)

石梁卧大江，鸣鹤振八方。
湖镜鉴终古，渔歌诉凄凉。
十年鱼一见，百姓泪千行。
所兆何凶险，登临应感伤。

(二)

一梁横万载，阅尽世间春。
只为黎民苦，还留印迹深。
碑题皆痛史，鱼鹤尽骚魂。
历代登临客，知之有几人。

（三）

倾泻天山水，洪波绕鹤梁。

丰枯经鲤眼，福祸刻诗行。

业已延千代，行将没一汪。

平湖起峡岭，隐溺也呈祥。

（四）

刻记波澜韵，寄托千古情。

峡江筑巨坝，电站振声名。

胜迹沉湖水，灵鱼返龙庭。

吉凶须论定，更待后人评。

游威海望刘公岛 （新声韵）

一岛云横锁海湾，风高无处觅征帆。

霞铺远屿觉天近，胸涌热潮驱暮寒。

落日红如烽火起，洪涛怒似炮声酣。

料知浪底群雄会，誓雪伤心甲午年。

游张家界谒张良墓 （新声韵）

石峰簇列百千寻，峡谷森森开四门。
老树寂寥汉室冢，曲溪清冽子房魂。
当年帷幄多奇气，此际林泉有逸云。
几个喧喧纵横客，功成能做武陵人？

钓鱼遣兴五首 （新声韵）

（一）

沥沥秋雨好垂纶，闲甩长竿试水深。
且把尘嚣抛脑后，一心做个钓鱼人。

（二）

一心做个钓鱼人，雾树烟村看不真。
只见鱼漂三五点，听凭雨打起浮沉

（三）

听凭雨打起浮沉，谁是超然世外人。
莫道红尘能看破，鱼漂一抖也牵魂。

（四）

鱼漂一抖也牵魂，人钓鱼儿谁钓人。
名利恰如钩上饵，诱得世界乱纷纷。

（五）

诱得世界乱纷纷，且看姜公钓渭滨。
若是垂纶真有道，宁将白发待知音。

王万辉

笔名王辉，重庆市开县人，1973年生，大学本科文化，中学一级教师。现系重庆开县诗词楹联学会会员，重庆三峡诗社社员，重庆诗词学会会员，中华诗词学会会员。

贺神七升空 (新声韵)

倒计升空三二一，酒泉点火送神七。
冲霄使命搏风冽，信步束甲傲苍奇。
熠熠千星齐助阵，茫茫一宇好摇旗。
人间三马出征快，踏遍天庭去解谜。

再赞神七 (新声韵)

奥运北京喜落幕，神七又喜上征途。
酒泉飞起九霄箭，华夏捧出三勇夫。
绕轨游圆天宇梦，开舱步展大鹏图。
二十四万七千秒，好个凯旋世界殊。

观汉丰湖有感三首 (新声韵)

(一)

浓浓烟霭连秋雨，凿就滨湖始涨成。
欣喜乡亲围岸看，忽闻远处汽笛声。

(二)

去年闹市古城美，今日滨湖白鹭飞。
蓄水三峡风景好，游轮载客笑盈回。

(三)

瞬间水涨古城没，好个西湖妖娆多。
漂物无边诗句起，恐慌美景变污浊。

水来了 (新声韵)

三峡蓄水库，水涨汉丰湖。
万蟒逃生跳，千蛇上岸出。
冥冥湿雾起，粼粼影光浮。
惹眼乡邻看，两江飞鸟图。

抗雪灾 (新声韵)

年关冻雨锁南国，沃野疮痍魑魅多。
房倒树折车道堵，水停电断饭食薄。
乡亲四面焚心盼，归客千行画地踱。
援手党恩星夜赴，军民众志共除魔。

为汶川地震罹难同胞志哀 (新声韵)

风卷苍天暗，红旗半落杆。
三分哀乐断，亿众泪花蔫。
警报声声咽，汽笛阵阵寒。
举国共患难，一夜复西川。

喜看奥运开幕式二首 (新声韵)

(一)

八月北京披五彩，鸟巢浪漫似蓬莱。
缶击划桨三千史，筝舞弄拳五万宅。
冉冉红旗迎盛典，熊熊圣火上瑶台。
中英同唱《我和你》，四海五环携梦来。

(二)

夙愿百年今夜圆，五环奥运九洲连。
花灯叠彩秦俑笑，古卷流光唐史还。
缶乐歌来演字舞，太极拳后放鸽旋。
两千又八鸟巢聚，圣火祥云华夏燃。

王文科

重庆大足人，1965年生，大专文化。历任龙岗镇团委副书记、大足县政协办公室主任科员。现系中华诗词学会、重庆市诗词学会会员，大足县诗词学会副会长、大足县文联副秘书长。著有《王文科诗词选》。

浪淘沙·龙水湖

举目眺西峰，黛嶂重重。澄湖叠翠韵光中。浩淼烟波生秀色，天水惊鸿。　　堤岸柳丝蒙，摇曳临风。舟泊津渡意犹浓。楼外月桥云共影，梦幻瑶宫。

七 律·北京奥运会

故国方阵缶声鸣，诗幻和谐撼帝京。
百载飞天圆奥梦，九州腾焰荡激情。
群雄逐鹿鸟巢绚，众将劈波水立灵。
夺隘摘金沧海路，风骚引领举国惊。

清平乐·荷花山庄

风柔翠漫，菡萏蓬中艳。舟泛断桥池柳畔，残照荷庄古建。　　朱阑霞染芳菲，苍山白鹭双归。夜宴华灯初上，月明洒落清辉。

卜算子·长征

道道险关奇，漫漫长征路。赤水横拍恶浪高，飞雪弥天舞。　　草甸没苍穹，神勇功勋著。堵截围追若等闲，星火燎原布。

登插旗山眺棠城春景

濑水蜿蜒碧透东，棠城春色柳丝绒。
东风拂面胸襟阔，待到晨曦望日红。

浣溪沙·汶川大地震

地裂山崩举世惊，汶川梦魇舞狞。琼楼玉宇蓦然倾。　　满目苍凉岷水怒，无边翠野断垣尘。劫难共度曙光明。

咏大足

玉嶂亦峥嵘，龙湖落照中。
石魂惊世界，鬼斧化神工。
北塔悬崖壮，南山冷月风。
濑溪烟柳畔，碧色更茏葱。

浪淘沙·玉龙山降火魔

烈焰逞凶狂，玉脉遭殃。翠林片化焦黄。风助火魔群岭迫，肆虐难降。　　驱魅万民防，伐木星光。数条隔带矗高墙。众志成城烟尽散，夕照苍茫。

雨后观宝顶山景

风柔雨住草花薰，日照苍山分外明。
碧幕行云轻似梦，无边锦绣画图成。

王长钧

重庆市璧山人,1937年生,四川师大毕业,中学高级教师。中华诗词学会会员,重庆高教晚晴诗社、重庆诗词学会,江津诗词学会诗教部部长。

七律·璧山赋

一派风光耀眼帘,碧山碧水碧云天。
景观大道通高速,皮革小区卷巨澜。
花艳丁家开博展,鱼鲜来凤宴群贤。
营销经济与时进,西部明珠远近传。

七律·登艾坪山玄空阁

艾坪山上荡心扉,游目骋怀人欲飞。
东眺巴山万县府,西观蜀景三星堆。
凭栏幽谷花枝俏,隔岸圣泉银水回。
驻足探寻玄阁壮,风光四面揽神威。

七绝·滨江灯饰

谁遣月华浸绿窗，霓虹焕彩胜霞光。
夜空闪烁流星雨，疑是银河落几江。

七绝·展望新世纪

荏苒光阴促电波，开元新纪锦云罗。
和谐社会大家享，一统江山万户歌。

武陵春·龙梭山桃花节

春染龙梭山色秀，美景看难够。灼灼桃花压枝头。尽日惹人游。　　大地春风频送爽，天气雅忘忧。攘往熙来仙境处，游客尽风流。

一剪梅·神州飞天

目送神舟上月宫。喷火游龙，啸傲苍穹。人间天上轨接通，来也从容，去也从容。　　顿觉乾坤掌握中，奥秘穷通，华夏雄风。破除垄断霸权梦，警世洪钟，醒世鸿蒙。

鹧鸪天·咏武汉商代盘龙城

（一）

滚滚时轮飞向前，追怀往古逐波澜。三城精妙江南盛，九鼎绝伦寨北欢。　　山独秀，水逢源，天时地利人和全。金光大道蒙开放，全面小康齐手添。

（二）

拂土盘龙文物妍，苗裔拥戴楚江天。千秋辉映王权显，万丈灵光神器繁。　　山虎踞，水龙潭。卞和绝唱碧波澜。空灵创意商超远，瑰宝奇珍天下传。

长相思·赞声

新北京，会群英，既重金牌更重情。赛场展技能。　圣火明，紫气腾，敢于拼博负犹荣。五洲启赞声。

浣溪沙·环保

还草退耕一马先，科研环保解危难。栽花种树换新颜。　宁夏银花开正放，草原牧马漫平川。长城内外美河山。

沁园春·历史丰碑

旭日东升，划破长空，万里无云。看中华崛起，披荆斩棘，鼎新革故，步入强林。与时俱进，轻舟永载，广大干群驾巨轮。新天地，赞九州乘骏，四海翻腾。　高天托起霞云。唱万里征程壮绝伦。喜神舟焕彩，莺歌盛世，丰衣足食，美奂美轮。历史丰碑，京城盛会，战鼓八方尽报春。宏图展，观山河表里，伟大复兴。

西江月·贺上海申博成功

锣鼓掀天揭地，沪城彻夜难眠。掌声雷动喜空前，申博成功庆典。　　高唱神州胜利，欢呼上海梦园。新来世纪看花鲜，景象明珠耀眼。

水调歌头·特色灿乾坤

理念赋新意，月是故乡明。中秋佳节情话，桂影韵澄清。华夏春风骀荡，联想心花怒放，昂首步前程。开放琼芳艳，改革促繁荣。　　雄韬略，邓公卓，帜高擎。邦行两制，荆开莲绽待台澎。群力骈臻鼎盛，德法辉煌科教，经济日升腾。飞向新天地，特色满乾坤。

沁园春·贺北京申奥成功

翘首昆仑，岱岳钟情，气贯长虹。喜北京申奥，宏图大展，豪情似火，舞佾雄风。星耀旌旗，特色扬威，奥运营筹国力雄。金杯捧，伺华夏儿女，情有独钟。　　天清地泰交融。赞搏击精神竞碧空。待京都盛会，别添生趣，新招迭现，绝技无穷。笑绽红霞，赛场角逐，竞技高精撼峻峰。歌今日，颂天华雅韵，草长花红。

七律·史海钩沉写在陈独秀诞辰 125 周年之际

（一）

航船缔造历艰辛，劈地开天一伟人。
东雨西风播火种，北陈南李转乾坤。
铁肩事业垂青史，峻节高风泣鬼神。
身世传奇遗后代，千秋功过在民心。

（二）

金陵出狱蜀川行，流离江州劳苦辛。
万劫空留襄国恨，一袍典当为家贫。
抗衡权贵金难受，拒食吁嗟饭岂恩。
忆起当年初击楫，披荆斩棘拓荒人。

鹧鸪天·战冰雪

悬身云外斗坚冰，鸟兽惊呼风雪吟。忽令三军千万里，接通十亿上元灯。　安电路，送孤城，赤心拥抱伏雷霆。夜尽更深冰又结，难寻梦醒意中人。

腊梅香·清官赞

重担肩挑保一方。布景行腔，美化城乡。以人为本筑康庄。解困脱贫，盛世辉煌。　　两袖清风正气昂。反腐倡廉，除暴安良。同舟共济友情长，民拥清官，德政高扬。

蝶恋花·圣火

圣火百城龙滚地，一路鲜花，化作祥云寄。阅尽人间风和雨，天涯海角来新意。　　万里长空舒浩气。十亿炎黄，微笑迎兄弟。奥运人文薪火继，燃情似火长相遇。

庆春宫·迎奥运

七彩飞虹，八仙顺庆，福娃喜醉神京。日丽风和，景明霞蔚云蒸。匠心独运东方醒。阅沧桑，风度晴明。忍回眸，东亚病夫，衰旆危旌。　　千年一梦雄狮醒。这北京奥运，气数充神。四海英豪，圣通励晋文明。霞光万道神州路，大中华虎步龙腾。待鸣金，砥柱擎天，奥运归珍。

宴瑶池·北京奥运颂

看熊熊圣火耀神州，日新上高峰。喜尧天焕彩，千山耸翠，万圃呈虹。万代英雄砥砺，白鹤唳长空。四海归灵集，夺冠腾龙。　　首倡人文奥运，举五环旗帜，共庆成功。趁金风送爽，大地乐融融。逞雄风，和平竞技，夺险关，决赛露华浓。爱椽笔，撰和谐曲，永著尧封。

鹧鸪天·齐心协力，抗振救灾

（一）中央决策

西蜀大灾不倒人，中枢正气世皆钦。成功解救人为本，全力扶危华夏魂。　　帮有道，患无情。通天决策拯新民。前沿坐镇总书记，危境献身子弟兵。

（二）全民抗震

义演赈灾厚爱倾，空投抢险济苍生。人心撕裂十三亿，众志成城千万寻。　　人性显，世间亲。捐输爱意感情深。忘餐废寝独无我，救死扶伤岂顾身！

（三）英雄不朽

乐享天伦寄有心，悲逢地陷泪无痕。千秋大爱千秋暖，九域隆恩九域馨。　　豪杰士，济苍生。中华浩气满乾坤。宁安永祷献先逝，仁爱勿亡生幸存。

（四）举国同悲

血沃中华千载承，泪倾西蜀亿民情。五洲共愤天灾恶，万众同悲地震魂。　　旗半降，笛长鸣。山川失色恸生灵。齐哀大震救生命，共济天灾受困人。

七律·纪念真理标准讨论

神州改革特花丛，实践真知硕果丰。
百姓关心梧引凤，万邦试目我腾龙。
晨曦照耀长城舞，圣火传承大道通。
发聩振聋开玉宇，五环始共国旗红。

鹧鸪天·庆祝改革开放三十周年

改革花开谋小康，创新锣鼓庆华祥。神州大地逢甘露，沿海特区紫气扬。　　臻至善，衍辉煌。龙天骥首振兴邦。中央施惠三农乐，锦地时常谷满仓。

王平浩

　　笔名一土，1945 年出生于重庆荣昌。中华诗词学会会员，重庆市诗词学会理事，荣昌县诗词楹联学会副会长。

咏　梅

谁是东风第一枝，溪边杨柳报春迟。
花仙九族皆昏睡，唯有冷香展玉姿。

游方山夜宿云峰寺

方山古刹觅仙踪，揽胜飞天索道通。
接引燃灯虽未遇，但闻云外几声钟。

纸花龙

新春纸褙一金龙，狂舞长街八面风。
待到元宵佳节过，浑身破烂腹中空。

神七飞天

三马腾空别酒泉，瞬间神七越长天。
中华科技惊寰宇，遥祝飞船早凯旋。

（2008 年 9 月 25 日晚 9 点 10 分）

200 米蝶泳子歌夺冠

雏蝶方池踏碧波，如同仙女渡银河。
蟾宫折桂开新宇，泳史名存刘子歌。

题隆兴古寺

隆兴古刹古兴隆，风送钟声钟送风。
法佛千秋千佛法，宗禅万代万禅宗。

黔江诗友来荣传经

桃峰舒臂抱东湖，几片浮云淡欲无。
夏日诗朋香国聚，联文撰句共操觚。

山城夜色

星光萤火照千家，半岛两江铺落霞。
溢彩流金春夜暖，霓虹万道映茶花。

浪淘沙·寒山寺

古寺隐寒山，钟响千年。闻名中外唐人篇。
夜泊枫桥记往事，文苑流传。　　佛地结诗缘，
春满人间。而今处处胜桃源。墨客吟朋抒雅兴，
词颂尧天。

忆秦娥·讴英烈

鳌猖獗，汶川噩耗同悲切。同悲切，苍天掩面，
五洲声咽。　　三军将士齐飞越，救灾抢险多豪
杰。多豪杰，爱心争献，共讴英烈。

忆秦娥·端午情思

端午节，灵均汨水成忠烈。成忠烈，龙舟竞渡，
缅怀英杰。　　骚坛雅韵歌先哲，中华神骏挥鞭
越。挥鞭越，五洋揽胜，九天探月。

江城子·登岚峰

秋风萧瑟又重阳，桂枝香，菊花黄。濑水悠悠，白鹭竞翱翔。科技兴农花似锦，歌凤舞，赞龙骧。　　登高挚友逞豪强，鬓虽霜，气犹昂。谈笑风生，把酒咏宫商，但愿来年重九日，仍在此，叙衷肠。

王世君

重庆长寿人，1943 年生，长江师范学院退休职工。中华诗词学会会员，重庆市诗词学会理事，涪陵区诗词学会副秘书长，著有诗词集《边山檀歌》公开出版。

涪陵农机校六、七、八届四十年同学会即兴

窗外桃花笑，青春点欲燃。
寓情手足热，得意纵横谈。
雨雪风霜里，匆匆四十年。
茫茫人海也，魂系梦牵连。

观　昙

春去秋来随意哉，光阴荏苒过凉台。
此心一任风吹绿，这朵开连那朵开。

涪陵晚情诗社里程寄语

八君立社史堪称，沥血吟讴二十春。
日月相辉光愈灿，江河不废水长新。
心头山海千秋色，笔底榆桑万古馨。
更上层楼抬望眼，催鞭策马向青云。

答孟蜀杰老夫子

草长莺飞疾，江清晓月和。

聊斋随坦荡，边月砍檀歌。

春意桂溪好，感情夫子多。

风云凭际会，放纵饮长河。

清湖山庄 (之二)

草木悠哉天浅蓝，小阳春暖野花妍。

宾主诗书共娱笑，清湖影醉白云闲。

读《柏叶集》

大成至圣德传家，孔子先师誉伟华。

劲松绝壁凌飞雪，柏秀巅峰傲落霞。

九江司马同离泪，仰面琵琶泣酒吧。

之能百死抒豪夺，人到欲无丢唢呐。

乙酉腊月二十六晚与袁智华、谭明二兄茶酒

官达如时喧正经，秀才潦倒剩良心。

世人冷眼看文化，一醉三杯是故人。

袭家富君《明家谒周煌墓》·诗意而为之

学富千车满，尚书太傅贤。

诗工词痛快，著皂意飘然。

罹难丹心碎，琉球恶浪悬。

短松残月白，故里梦尤寒。

王仕新

字云鹤，号悠闲居士，常乐斋主，生于 1947 年 2 月。四川合江人，中专文化，先后任四川石油局川南矿区钻井公司团委书记等职。1993 年退休，重庆市诗词学会会员，永川诗词学会常务理事、副秘书长。

春夜情韵

一轮明月夜空悬，万只萤虫舞若仙。
静赏田园天籁乐，泉琴蛙鼓闹山川。

吃喝风

腐败之风刮正酣，层层海吃又贪婪。
西湖水比茅台酒，一载喝干好几潭。

举国同哀

声声汽笛动情怀，泪洒神州港澳台。
国祭黎元悲此际，红旗降半亿人哀。

神州改革三十年

神州改革赖希贤，接力扬鞭三十年。
两制回归圆夙梦，三通开放谱新篇。
迎来奥运光华夏，送达嫦娥灿九天。
莫道雄狮刚睡醒，腾飞跃起敢超前。

哭 兄

儿时相处共寒温，朝出暮归苦作耕。
入学求知三送校，寻人探恙几登程。
豆箕豆粒根茎系，难舍难分手足情。
今日长兄辞世去，痛心疾首泪盈盈。

清平乐·夏夜纳凉

乘凉消夏，闲坐房前坝。一卷蚊香燃脚下，竹影爬墙成画。   荷塘莲动风生，花香袭沁人心，醒来更深夜静，唯闻阵阵蛙声。

忆江南·故乡恋

风光美，最美数先滩。四面青山闻鸟语，一河绿水荡渔船，两岸竹蜿蜒。　　家乡美，伴我度童年，下水邀朋摸贝壳，登山约友捕鸣蝉，回首梦斑斓。

苏幕遮·致奥运朋友

有超前，无落后。对决争锋，誓摘金牌走。俊杰如云休软手，定夺输赢，贵在能拼守。　　情天长，谊地久，进出光芒，闪烁同星斗。奥运精神传不朽，盛会空前，四海交朋友。

江城子·六十抒怀

人生六十忆萍踪。献青春，效豪雄。乐在天涯，鏖战气如虹。钻地三千寻宝藏，擒气虎，缚油龙。　　苍苍白发不由衷。日沉西，水流东。洗罢征尘，逐鹤白云中。盛世摧人诗兴起，承宋韵，继唐风。

王自容

女，重庆巫山县人。别号小容斋主人，现为重庆市诗词学会会员，巫山县诗词楹联学会副秘书长。

致净坛峰主

会当绝顶谁骁勇，还问奇峰十二重。
寻石自然多雅趣，探幽未必少轻松。
欣怀李白诗千句，但写巫山情万钟。
傲物恃才常有度，闲庭信步也从容。

烹秋色

闲钓平湖三分绿，还斟峭壁一帘红。
漫游陌野观秋色，沉醉不知第几盅。

无　题

时常月下听风语，偶尔篱旁恋菊香。
酒意诗情堪与共，免生愁绪扰肝肠。

读步方虚先生《学书》有感

门外犹闻翰墨香，砚池激荡竟茫茫。
一朝得道风云笔，也效当年郑燮狂。

题大溪贞节牌坊

贞节牌旌真洁女，萋萋衰草寂寥心。
人生苦短茫茫夜，却整尘衾对影吟。

【注】

人溪现存有渝东片区最为完好，最大的贞节牌坊。

瀑 布

醉卧林溪镇日欣，设帘难掩意氤氲。
若非曼妙叮咚语，疑是巫山一段云。

神女吟

枕峡任由骚客赋，躬身未博世人怜。
浮生常做浑虚事，漫掷流云褒女仙。

自 题

不忮无求一草根，栖身只在护柴门。
秤心斗胆寻诗趣，最爱农家腊酒浑。

镜

浮尘难掩色清纯，百态人生幻亦真。
曾是木兰钟爱物，而今参照省吾身。

枫叶流丹三首

（一）

曼云飘渺湿轻尘，枫叶流丹峡谷新。
神女犹怜山色冷，初冬也寄艳阳春。

（二）

不慕春华旖旎姿，悠然自得在秋枝。
轻舟拍浪霜风劲，又是巫山红叶时。

（三）

小浪轻舟觅旧游，梵音古刹晚钟悠。
含羞神女残妆露，染尽江枫岭上秋。

采桑子·诗社作品展出有感

烟迷榴月秾归去，未写凄凉。末著诗殇。犹将离骚裹艾香。　　荷风翻逐诗千句，笑说书狂，休说沧桑。华夏文明万古长。

一剪梅·绿梅

霁雪茫茫绿影寒。雪孕芳菲，冰浸尤妍。蜗居斗室怎堪闲？荏苒光阴，绽放嫣然。　　绮梦难成渡不眠。素月婵娟，素影留连。倚窗无绪枉嗟吁，唯有疏枝，依旧香残。

王孟威

笔名若萍（若平），四川南充人，1932年生，中学高级教师职称，重庆诗词学会、永川诗词学会会员。

金缕曲·缅怀张澜校长

盛世思先哲。记当年、四川保路，壮怀激烈。怒斥清廷长专制，媚外求荣祸国。"水电报"、传通江浙。唤醒人民心一致，倒满清驱美欧强贼。维权益，轻斧钺。　　平生义守凌霜节，事田畴。情钟桑梓，饭烧竹叶①。创办建华中学校，聚八方精英杰。反动派，有手无策。又始创民盟政党，为国家谋事献良策。浩气存，贯星月。

【注】

①川北地贫瘠，少煤且贵，普通老百姓都拾柴草树叶为燃料，烧饭生活。在1944年校长在成都任职，我校一批女同学假日造访南溪口校长家，不识其宅，问及一位拾竹叶的妇女，岂知这便是校长夫人，回校传为佳话。

贺新凉·缅怀邓小平政委

饮马西南橄，但谁知、又临文革。十年煎迫。身离京都居赣上，面壁牛棚忍屈。华夏乱、君心啼血。祖国儿郎，炎黄嗣，五尺躯，甘向人民折。战恶浪，未能镢。　　三中全会更弦辙。树新标、为纲经济，小平豪杰。巡视手掀南粤浪，改革开先传捷，贫困去，欢歌唱彻。政委何时曾离别？听"开拓""两制"声犹切。兰图展，胜天阙。

缅怀胡耀邦老师

难忘恩师启迪音，人间正道指迷津。

悉心授业传马列，引典据经话猿人。

褒良疾恶溢言表，求真务实见精神。

纠错平冤张正义，丹心一片照汗青。

青玉案·歌改革

三中全会新标树。拓开了、康庄路。经济为纲驱瘴雾。科教兴国，搞活开放，已将春留驻。　　卫星天际如驰骛。宇宙飞船九霄旅。高峡平湖千水注。南江北调，旱消洪涸。国泰民殷富。

满江红·观悉尼奥运会

悉尼比武，赛场上，全球瞩目。中国队，黄衫红裤，初生牛犊。名标第三人未料，金牌廿八诸强服。忆当时，红旗挂长空，雄风出。　　屈辱史，要摒除。冲冠句，需勤读。友八方志士，中华民族。已树国威张正气，又凭赛事修和睦。待异日，奥运办燕京，重相逐。

浪淘沙·中国女排出征世界杯夺冠感赋

绿鬓拂征尘，场上身轻。十年一剑现纯真。重扣强拦心应手，斩棘摧薪。　　树无故精神。抖擞华袱。炎黄女子敛香裙。再驭"神舟"穷碧落，揽尽风云。

王维理

重庆北碚人，1934 年生，重庆师范大学副教授、重庆歌乐吟社社员。

浪淘沙·过"重庆大轰炸惨案遗址"

秋水拍蓝天，潮退潮还。两江汇处雾如烟，六十年来寻旧垒，隧道盘盘。　　怒发尚冲冠，碧血斑斑，大轰炸地久留连，劫火硝烟都散尽，月照雄关。

江城子·四面山中

丛峦叠翠雨初晴，水天清，风泠泠。山里葡萄，晚照水灵灵。天外飞过人字雁，行渐远，不留停。　　秋来露冷有蝉鸣，吐清音，倩谁听。云敛天高，恰是月三更。待问山妻今夜月，伊不见，了无痕。

感事怀江左诸同窗

楚天望断系扬州，阻隔云山眼底秋。
梦里吴音声了了，雾中秦栈路悠悠。
倾将款款期鸿鹄，无奈茫茫感旧游。
闻道江南风尚好，二分明月又当头。

【注】

金陵友人来渝，言及江南华西村事。

约张榕兄结伴游金刀峡

金刀百折白云端，去路盘盘险且难。
乡里兴资成栈道，客中有眚畏高寒。
丛丛翠竹摇新雨，叠叠回滩走激湍。
峡口秋风天外月，瀑飞霞舞梦中看。

旅次武陵源

占尽人间造化工，千峰竞峙傲苍穹。
虬松烟雨遮真面，缆道云天走彩虹。
溪水源头悲子骥，梦魂醉里说陶公。
武陵自古神仙地，黄发垂髫今又逢。

吊虎门销烟池

销烟池畔旧时功，忧患百年过眼中。
铁垒金汤今尚在，不堪国耻吊秋风。

送赴港驻军

军列南驰举世惊，香江此去作干城。
罗湖桥上今宵月，流照汉家万里营。

写在一九九九

大树临风上碧霄，枝柯高处凤还巢。
诸君欲问何能尔，破石盘根过路桥。

所　思

又见春风满绿台，青青客舍燕归来。
子规泪尽窗前月，不信君心唤不回。

返故里

春风伴我走天涯，野树芳菲掩旧家。
溪水依依流不尽，村头照眼石榴花。

清明祭祖

祭祖今来奠馔馐，绿兮菽稻已盈畴。
都溪流碧青山在，欲与葱茏铸壮猷。

【注】

都溪，故里地名，在今北碚山区。

秋歌二首

（一）

南山忙也北山忙，忙刚谷黄酒正香。
兴来横笛三千曲，不让秋光负夕阳。

（二）

菊黄时节走山乡，叠玉堆金谷上场。
煮酒桥头街肆上，秋风秋雨过重阳。

赴杭道上

街阳雁过夜飞霜，远别乡关去亦忙。
满座吴歌兼楚语，秋风一枕到钱塘。

入住青城

入住青城日影斜，竹林边上听泉蛙。
最爱隔邻双燕子，呢喃声里筑新家。

走青城山飞泉沟

满眼青山对碧空，云生涧底雾重重。
飞来百练临风舞，多少人行烟水中。

金陵重聚二首

（一）

远酬故旧渡重关，夕照秋风发半斑。
又是梦回思往事，月华如练下钟山。

（二）

钟山隐隐路迢迢，千里归来秋月高。
学舍依然承大化，弦歌翻作满江潮。

蓉城聚会

岁月悠悠情久牵，春风随我续前缘。
乍逢锦水惊华发，夜雨敲窗说少年。

不　遇

家山已远久暌违，五十年间晤见稀。
不忍群鸥江海隔，独循旧路漫低回。

淮安丁驾龙君来访

一壁山泉半壁霞，竹边垒石借为家。
倾觞尽盏醉归客，别梦悠悠到海涯。

友人刘君玉堂归来

兰台走马去匆匆，沧海归来尚挽弓。
池苑萋萋寻旧梦，依然故宅月朦胧。

王锡权

笔名长田，重庆江津人，1968年生，中学高级教师，江津八中党总支书记、中华诗词学会会员、重庆诗词学会会员、江津诗词学会副会长、白屋诗社社长。

吊祭千古词帝

人生自有难酬志，不及南唐李煜词。
故国残阳谁忍看？六宫粉黛独哀思。
题诗七夕凭栏处，祭酒西楼喋血时。
仰望星空无限阔，大鹏岂是宿低枝？

过 塘 河

雨过初晴万物新，风柔柳翠鸟鸣春。
可怜日懒桃花落，赤脚红妆种地人。

奥运魂·献给乒乓运动员王楠

奖牌举起浑身痛，热泪一挥尤觉沉。
多想年轻三五岁，再赴奥运建功勋。

武则天

红装不著够风流，砍落人头只当球。
纵比珠峰高万丈，终年积雪使人愁。

麦　苗

明知外面寒风烈，偏要生根破土来。
待到春桃苞欲放，一身碧绿早抒怀。

大棚蔬菜

日丽春风闹撒娇，闺中待嫁欲伸腰。
尘烟滚滚何方驶？但愿婆家是富豪。

登长城

不到长城不识风，刮人泪淌半空中。
秦砖汉瓦如无恨，好汉坡何冷九重？

长田之夏

大雨如瓢连日泼，长田滚滚似沙河。
蛙鸣水去千山静，雨过林新万鸟歌。

农 民

风横雨密百花残，遍地麦苗衣正单。
手捧锌肥随意撒，但求日暖早春还。

王端诚

生于 1941 年 2 月。上世纪 90 年代初，参与创建重庆市诗词学会，长期担任常务副会长（现为名誉副会长）。著有《重庆诗词欣赏》、《端诚诗文卷》及格律体新诗专著《秋琴集》等书。

菊花诗

用《红楼梦》中人物诗韵（原作见《红楼梦》第 38 回）。

忆菊用蘅芜君韵

昨夜星辰昨夜思，荷残柳老近秋时。
未忘去岁篱边韵，欲问当年笔底知。
寂寂寒山卿自隐，茫茫旧梦我何痴！
西风捎得黄花约，指日重阳是会期！

访菊用怡红公子韵

临水登山未倦游，东篱景美足堪留。
疏枝伴月常为客，傲蕊经霜又是秋。
访友应知情似旧，驱车哪顾路方悠！
好诗只向黄花索，借得幽香满案头。

种菊用怡红公子韵

仙姿袅娜伴秋来，一丈阳台次第栽。
运壤勤添倚壁立，移盆常使对窗开。
浇完才见花千态，锄罢自斟酒数杯。
栏内唯余卿与我，离尘绝俗永无埃！

对菊用枕霞旧友韵

蕊绽篱中瓣似金，花容默默意深深。
牵衣欲待枝前话，设座相邀叶下吟。
历尽严霜多慨叹，难逢益友吐清音。
香茶共品心灵近，笑对人间晴与阴！

供菊用枕霞旧友韵

东篱共话已相俦，更伴斋中案上幽。
入室伊人期雅韵，出尘隐者爱清秋。
借来月夜堪同梦，待得霜晴好共游。
我自怜君君惜我，晨昏守望愿长留！

咏菊用潇湘妃子韵

霜剑袭人雨箭侵，西风送句起秋音。
寻平觅仄篱边唱，遣字呼词露下吟。
怨曲清商惆怅意，高歌变徵慨慷心。
休言举世无知己，岁岁黄花伴至今！

画菊用蘅芜君韵

佳章吟罢兴犹狂，漫把丹青几度量。
纸上娇姿原是墨，毫端淡影竟成霜。
勾描雨落岂无迹，挥洒风生自有香。
冬夏春秋来复去，始终壁上对斜阳！

问菊用潇湘妃子韵

西风惊梦报秋知，犹恋黄花独叩篱。
枝上泪痕卿有怨？圃间瘦影我来迟？
妖桃媚杏何相妒？香草寒梅可苦思？
珍重晴霜常晤面，聊将岁晚作春时！

簪菊用蕉下客韵

闲里攀枝也是忙，插头聊学女儿妆。
牧之妙句耽成癖，彭泽华章爱欲狂。
帽小难遮篱畔影，花黄更伴发间霜。
时人不识此中趣，笑指疯癫在道旁！

菊影用枕霞旧友韵

月华筛过叶千重，万里秋光一望中。
三径枝摇香馥郁，九秋霜起滴玲珑。
拂墙影动人何在？倚枕灵思梦未空。
拂晓寻芳回望处，昨宵情景尚朦胧！

菊梦用潇湘妃子韵

远望南山景色清，斋中醉卧月光明。
谁人假我邯郸枕？此夕结君彭泽盟。
隐约随香归野隐，朦胧属句以诗鸣。
醒来回首真堪慰，不负黄花未了情！

残菊用蕉下客韵

露浓冬至茎方敧，怅惘留连叶落时。
任尔煎熬当药饮，倩谁拾取作衣披。
已伤今岁归何早，更盼明秋返勿迟。
此去天涯多保重，频将芳讯慰遐思！

成渝路上

一程蜀道一篇书，一水一峰一画图。
翻到令人神往处，平川沃野近成都。

黔桂道中

峰峦绰约列成行，一路随人入壮乡。
车过清溪窥倒影，始知山是女儿妆。

浣溪沙·青杠即事

辛巳之秋，余受四川美术学院聘，就任文学教职；翌年，该院新设青杠校区，其地园林秀美，课余漫步，颇得自然真趣，遂为《浣溪沙》三阕。

（一）

别样亭台曲径幽，斜阳入水诱鱼游。寻秋人在小桥头。　　淡酒催诗偏作客，深情忆旧爱登楼。临风一啸复何求？

（二）

落魄生平未许愁，教鞭粉笔也经秋。有诗无冕最风流。　　醉里书空常咄咄，竹颠啼鸟自啾啾。庸名俗利逐还休。

（三）

缱绻黄花已报秋，南来雁字正当头。青山有意拥群楼。　　志士胸襟销岁月，美人恩怨付江流。无荣无辱即无愁。

霜叶飞·重九用吴文英韵

休言愁绪，登临日，晨光照遍千树。伊人昨夜梦归来，何事泪如雨？真艳羡、飞禽逝羽。一般心事今同古！只检点微斋，赏几卷、寒郊瘦岛，颠张狂素。　　曾记隔岸传声，莺莺燕燕，译作江淹佳赋。犹将宿愿待明春，不作断肠语。到而今、情丝爱缕，未随潮卷风吹去。幸此生、真寻得，揾泪红巾，慰人栖处。

水龙吟·端午

空斋卷掩离骚，倚窗渺渺思今古。龙舟蒲剑，炎天长昼，又临端午。昔日忧谗，今朝畏嫉，一般辛苦。是浮云看淡，节操持重，方留得，神如虎！　　龟策卜居何处？说箴言，江边渔父，水清水浊，濯缨濯足，随吾所欲。儿女情浓，利名心切，长将人误！傍禅林，且把晨钟暮鼓，细听清楚。

邓庆伟

1959 年 4 月生，四川隆昌人，政工师，现任重庆建设工业公司群工处处长，重庆市诗词学会理事。

卜算子·咏《建设工业》报

出使职工家，鸿雁勤飞渡。信息桥梁纽带伸，紧系集团族。　　滚滚浪涛声，熠熠群英谱。异彩纷呈剑苑花，伴和东风舞。

咏　藕

虚怀素节卧南塘，翠盖矫花占日光。
不是有情人采撷，泥中浸润任天长。

蝶恋花·咏竹

万木秋来嗟落寞。叠影纷飞，萧瑟西风路。回首韶光谁久驻，岁寒君子心神悟。　　劲节四时颜色故。茂叶修枝，白鹭歌如注。羞向丘峦争沃土，每将夙愿为新绿。

批评的艺术

日月四时光景殊，世人长短费评估。
评人若似评估我，人我交融何独孤？

赋建设集团

鹊起汉阳百载雄，声名不废大江东。
凌烟阁上金枪著，转轨途中摩托隆。
领袖殷殷三代意，兵工历历几番功。
雄关漫道从头越，日月轮旋建设风。

建设诗社成立二十周年

百载军工逐大江，旌旗猎猎傲穹苍。
冠名特色鹊何誉，不尽风骚逸韵章。
鹊誉声名过眼烟，根深松竹任风旋。
新枝繁茂老枝壮，不息生生蔚大观。

百字令·鹅公岩①俯瞰感怀秦锡文先生②

　　会当凌望，大江浩、不尽春潮弦促。驰荡东风生异彩，璧岸丹青叠簇。雨笋琼楼，虹龙玉带，疏影婆娑舞。金蛇阡陌，逶迤八阵棋布。　　光景如画如诗，吟旌招展，廿载倾情付。谈笑师尊携众旨广忧乐人间衷曲。果累霜红，高吟唱彻，沥血传承路。阳关挥别，壶心无愧绍续。

【注】

　　①鹅公岩地处长江边，是重庆建设工业公司所在地。

　　②秦锡文先生（1924—2008），笔名席闻，酷爱人文科学，竭力弘扬中华传统文化，创作了大量诗词。1987 年倡导创立了建设诗社，先后担任了建设诗社社长、顾问、总顾问；重庆市诗词学会副会长、顾问，《重庆诗词》主编等职务。

邓传斌

四川岳池人，经济师，曾任建设工业集团公司法律顾问办公室主任，企业管理办公室主任。中华诗词学会、重庆市诗词学会会员。

山城无处不飞花

春光俏照满山茶，黄葛葱茏一树娃。
八射四环通富道，两江三岸映光华。
朝天门外云帆远，神女峰头烟雨斜。
千载巴乡多胜景，山城无处不飞花。

缅怀一一·二七死难烈士

正气人寰五九年，英雄殒命焕尧天。
红岩碧血千秋颂，歌乐寸心万世传。
博物馆中浮往事，石雕像上染霞丹。
缅怀先烈情无限，后世鹰扬挂远帆。

北京奥运赋

零捌北京喜气盈，鸟巢圣火步祥云。

五湖豪杰拼争烈，四海健儿友谊真。

击缶放歌千古魄，萧绍开卷九州魂。

龙腾虎跃展风彩，为国争光五一金。

水调歌头·圆梦

百世历悠远，无数梦飞天。欲临蟠桃宫会，香醪伴婵娟。无奈银河浩瀚，偏是身无双翼，仅作纸飞鸢。修炼不成道，面壁徒参禅。　鼎新策，织锦绣，万民欢。创新自主，探月巡宇有飞船。物质精神一统，前线后方合力，龙马竞摧鞭。神六乘风去，载誉返人间。

破阵子·春之歌

细雨无声滋润，春雷一响扬鞭。欲向东风凭借力，又是斯年三月三，风筝飞满天。　铁骑腾飞傲世，金戈征战犹酣。挥臂九龙描锦绣，洒汗花溪改旧颜，欢歌遍谢湾。

解 愁 诀

人云一醉解千愁，酒后孰知愁更愁。
不顺意时宽处想，清心少欲便无愁。

满江红·中秋吟

丹桂飘香，又到了、金秋时节。黄菊艳、一
番风过，一番香彻。红瘦成泥春早逝，绿肥渐老
颜衰色。掐指算、甲子榜初登，心微冽。　　夜
空静、星光澈。抬眼望，清辉月。借婵娟低诵，
解开心结。键敲上网开窍少，引吭曼舞天才缺。
把兴趣、付与读唐风，余情热。

渝州灯火

珍珠谁撒落山城，夜色幽幽满地晶。
三岸两江流溢彩，天街几许梦游人。

钥 缘

阿里巴巴醉未归，黄金台上断肠回。
钥开李杜尘封锁，举酒重阳赏夕晖。

尹国民

重庆璧山人，1946 年生，曾任重庆第三机床厂高级工程师、副厂长，现任重庆紫光机电技术研究所所长。系中华诗词学会会员，重庆市诗词学会理事，重庆工业职业技术学院诗词协会会长。著有诗词集《囊萤集》。

朝天门烟火

鲸吐龙喷频响雷，奇葩异卉竞芳菲。
两江红透炫三岸，心共烟波逐浪飞。

冒雨上丛台

细雨霏霏弥古台，风潇云重雾难开。
凝思溯远千秋事，恍见千军万马来。

桂林象鼻山

普贤跨象坠江边，独自飘空遗此山。
舌燥口干垂鼻下，欲将河海水喝干。

读台湾马鹤凌诗词感赋

笔底横驰十万兵，五洲四海驭风行。
诗情世事交融处，犹见拳拳报国情。

贺《青木吟稿》首发

灯火阑珊夜色茫，嘉书开卷放华光。
诗心词意如青木，郁郁葱葱竞茂昌。

获两项专利有感

科海遨游数十年，梦求专利挂云帆。
微功堪作冲锋号，催我乘风上浪巅。

久雨初晴有感和仁德君韵

晴光驱恶雨，花木笑颜开。
小妹舒裙袂，老翁步院阶。
功名何足道，冷暖应常猜。
一抹斜阳洒，曛风扑面来。

重庆工业职业技术学院五旬寿祺

春光熠熠耀袁岗，绿漫红煊瑞霭扬。
骏聘翎翔舒异彩，机鸣屏烁奏华章。
万千桃李芳林灿，五十春秋勋业昌。
剪下长虹开锦路，登游吴宇更铿锵。

像阳光那样微笑①

幽兰何惧历寒霜，叶茂花繁重散香。
扬子拨弦琴百曲，鹤皋和韵赋千章。
良朋几路杯茶暖，宝婺三星情意长。
笑对人生获自在，心中灿灿满阳光。

【注】

①此为重庆电视台报导青年女诗人任杰事迹的观后感。

又见西安

春风春雨醒长安，广厦立交次第连。
城阙重重呈霸气，平川浩浩荡祥烟。
马兵偃戟河山醉，钟鼓萦空魂梦牵。
欲向街头寻旧事，秦腔唐乐正连绵。

育才同学毕业卌年聚会

南泉有幸叙华年，鬈角虽秋笑语喧。

人越千峰前约践，鸿飞万浪挚情传。

风高日暖同冬夏，水淡山嵘共地天。

烟树空漾莺燕舞，清歌曲曲似甘泉。

汶川抗震救灾咏怀

八级强波震汶川，再颠甘陕又渝南。

天倾地陷昏星月，水激山崩惨宇寰。

旋口威州通路断，都江绵竹锦楼翻。

废墟处处鸣哀泣，残壁层层染血斑。

妻唤丈夫夫觅子，泪流脸颊颊朝天。

腥风血雨凄中冷，走石飞沙苦上难。

羌笛不闻闻哭嚎，藏歌顿绝绝炊烟。

苍生万万成冤鬼，楼宇千千变颓垣。

十面精兵军号怒，八方志士激情燃。

温公洒泪飞危境，胡总鞠躬立险关。

武警步奔趋映秀，伞兵空降达三川。

白衣天使峰峦现，电讯声波吴宇传。

余震频繁梁续倒，险情不断屋重掀。

官兵冒死临殊地，老幼生还露笑颜。

垂首笛鸣旗黯降，募资血献人争捐。

环球大爱祛饥困，奥运神光暖苦寒。
桥路渐通风雨歇，篷房新簇霭霞丹。
挖山排水舒胸臆，斗地开天建梓园。
家破魂殇同泪洒，情缝爱补共肩担。
陆沉夜黑风高后，一片朝霞胸宇间。

潇湘神·徒步金鞭溪

步金溪，步金溪。渡林顺涧赏幽奇。
细雨斜风云雾袅，魂牵魄系觅相知。

满江红·忆八年抗战

祸起东瀛，硝烟漫，东北戟折。卢沟畔，枪林弹雨，破惊晓月。虎豹肆狂残无忌，家园破碎哀悲切。两千万，妇孺壮英雄，肝胆烈。　　双锋并，军民协；旌旗奋，波澜阔。战敌前敌后，水泽山雪。首捷平关惊魍魉，再功台淮辉星月。历八载、喜泪洒神州，河山跃。

鹧鸪天·重庆直辖十年

步履蹒跚年复年。越崖破雾渡难关。惠风临降朝霞灿，碧水腾蒸紫气旋。　　龙荡水，凤翔天。虹桥飞跨入心田。琼楼助我摘云彩，化作征帆驱快船。

鹧鸪天·港澳回归

何故神州竟破残？百年魄系又魂牵。九州求统飞鸢放，两制促归离雁还。　　莲卉艳，紫荆妍。明珠合浦共尧天。一衣带水心波漾，翘首台澎共梦圆。

卜算子·参观洪秀全纪念馆

缓步入华堂，胸际风云荡。赤胆雄心照九州，梦盼天国亮。　　聚义起金田，倒海波澜壮。北进西征势卷席，伟业千秋唱。

满庭芳·清华园夏晨

　　欲露晨曦，微风和煦，隐隐钟韵犹馨。绿掩玉柱，雾润草青青。渠水穿林绕径，小桥畔，浪柳流莺。荷塘里，红幢翠盖，几处鼓蛙鸣。　　晗亭。笙管起，拳抒太极，舞曼歌轻。更田径操场，驰骏翔翎。水木清华池碧，树荫下，阵阵书声。怡神处，曙光普照，霞蔚伴云蒸。

方华荫

重庆人，1924年生，大学文化。处级行政干部。现系重庆诗词学会、高教晚晴诗社社员、曾合撰、独撰《重庆通》、《华荫诗集》、《故园春秋轶闻》、《霜叶集》等书籍。

戊子春节雪后吟

银山银世界，雪月雪楼台。

冻雨窗间挂，红梅岭上开。

京珠冰断路，黔桂电成灾。

十万精兵助，将军领队来。

丙戌春节见闻抒怀

爆竹声声解禁除，星空耀眼闪玑珠。

乾坤红遍靓新景，老幼欢娱贴倒福。

犬吠平门添瑞气，鸡鸣闾里入琼图。

家家最喜团圆饭，行令猜拳不认输。

初游金刀峡

金刀峡险路深幽，翠盖群山满目收。
梯石羊肠过栈道，荡舟击橹出犀牛。
滑竿代步添游兴，飞瀑悬空迷眼流。
泉水叮咚十二里，惊奇一线井天悠。

【注】

犀牛洞，有阴河，可行舟。

育才师生聚会南山即兴

携得阳春过大江，梅花怒放满山岗。
松风翠洒小园路，笑语欢声醉夕阳。

重庆兰展应邀作画感赋

六十年前学画兰，幽香优自在毫端。
夕阳不负春光好，盛世赢来带笑看。

[双调] 折桂令

汶川地震感怀 (二首选一)

汶川地震怆惶，举世皆惊，日月迷茫。地裂山崩，城乡屋舍变坟场。八万生灵遇难，尽悲声，竟日无笙簧。真无眼老天，路断楼桑。　　中央明令皇皇，领导亲征，赶赴川疆。十万援兵，飞奔震中救扶伤。血肉同胞捐献。且看看，国际输琼浆。令挂半旗，三日国殇。直觉民族聚凝，华夏隆昌。

唐多令·重游华清池

回首卅年前，华清旧地天。津阳门，新构更超前。都道"环园"景物好，五间厅，没硝烟。　　遗址五汤还，海棠温尚鲜。有遗篇，今古示人间。荡漾碧波龙吐水，池西面，气万千。

【注】

五间厅：西安事变时，蒋介石住所：海棠汤，杨妃浴池，遗篇：白居易的《长恨歌》。

风入松·己丑新春颂

　　金融风暴美欧悬，举世亦连牵。中华扩大内需面，投资巨，激活民间。支植国家建设，繁荣昌盛蹁跹。　　东风万里海峡天，主席话新年。对台六点申前愿，振余绪，荡起风帆。信心展示挑战，和平促统瞻前。

方裕炯

重庆市巫山人,1951年生,中专文化,巫山诗词学会理事,万州三峡诗社社员,重庆诗词学会会员,与人合著有《巫山移民史话》、《截断巫山云雨》

故乡三绝·故乡水口,2008 年 10 月被三峡水淹没

清 泉

巫山水口有清泉,冬暖夏凉古树边。
忍看沉沦湖水后,依然日夜涌心田。

老 街

老街无语跳深渊,泪溅乡音湿故园。
少小登高扬剑处,一泓碧水一云天。

河 滩

激流勇进化云烟,梦里常撑前舵船。
最忆炎天滚水去,裸身仰面浪花翻。

巫山红叶

(一)

丹心一片献寒枝，远避蝶蜂谁笑痴。
寄语骚人三峡去，巫山红叶好题诗。

(二)

神女秋来不望霞，眼前红叶满山崖。
飞鸿传信报王母，天外瑶池景色佳。

(三)

空山不见浣纱人，谁荡碧波洗绛裙？
醉看红颜垂玉露，分明霜叶附花魂。

屈　原

龙舟岁岁闹端阳，艾草青青粽子香。
但看国魂终不朽，沉江百世也流芳。

昭 君

大雁南飞陇水寒，佳人北上灭狼烟。
香溪涌泪香魂尽，青史留名青冢眠。

瑶 姬

千古任人论是非，情倾三峡不言归。
一朝寂寞登高处，化作望霞无字碑。

咏 竹

难以扭曲攀高层，此君不是藤条身。
且将气节化爆竹，送走旧岁迎新春。

巫山一段云·小城怀旧

夏夜波光美，江边浪漫人。阳台花草动风情，
月色溢芳馨。　　寒露连霜降，鸣虫诉冷清。秋
来雁去失音尘，往事化烟云。

韦吉华

1955 年生于上海，现为荣昌县食品药品监管分局主任科员。中国延安文艺学会、中华诗词学会会员，重庆诗词学会理事，荣昌诗词楹联学会副会长。

春日濑溪小游

翠竹连溪渡口深，风光无处不含春。
小舟十里清波面，桨橹声随笑语声。
轻舟冲浪泛银光，两岸随风竹叶香。
白鹭逐鱼争上下，鲤儿跳出水中央。
二月乡村多艳阳，山山尽见菜花黄。
濑溪潋滟春波绿，惹得骚家诗兴长。

路孔古镇记游

（一）

石桥接岸卧清溪，古渡横舟卖鳜鱼。
更爱嫩姜如佛手，白红甜脆世间稀。

（二）

夏日消溶涨大潮，浅滩生瀑浪滔滔。
趁机布下扳罾网，喜获银铂无数条。

兴游螺罐山赋

梨白桃红相竞开，衔泥但见燕徘徊。
今朝入目多佳丽，缘是春风作剪裁。

游白帝城感赋

回望当年势纵横，连营千里把吴吞。
汉祚振兴成一梦，空留遗愿恨深深。
白帝城中丽日高，游人络绎势如潮。
托孤堂上皆新客，不见当年万马嚎。
社稷当知百姓撑，可怜方计误民生。
连年征战出祁岭，戈壁黄沙风雨腥。
裙带扬风实可哀，论资排辈误人才。
蜀中无将诸臣老，一夜魏兵压境来。

兴游常熟随笔

六月江南亦媚娇，姑苏无处不魂销。
尚湖一夜荷花雨，绿满虞城杨柳梢。
景物不因时令改，虞山六月挂春桃。
今朝又作江南客，细雨微风过小桥。

风　筝

攀附春风百尺高，自以得势嘲凤毛。
可怜纸篾作身架，一遇狂飙便坠摇。
莫嫌纸篾一身轻，借得春风傍白云。
引领世人抬望眼，个中滋味费思寻。

白　梅

红梅未敌白梅鲜，绝色偏宜带雪看。
寂寞月光清冷冷，孤芳一树自婵娟。

夜　读

万籁无声月上墙，老夫聊发少年狂。
挑灯夜读三更半，佳句重温兴味长。
南山忙了北山忙，收了麦菽收稻粱。
墨客骚家齐努力，何愁天下少食粮。
勤奋伐柯路径宽，万千谜底在书山。
一朝登得书山顶，遍地丹枝任折攀。

漓 江

船儿来往要轻行，揉碎彩屏无处拼。
两岸璧山沉水底，一峰更比一峰青。

睡 莲

美人浴出水中央，脂粉尚留犹带香。
恨与污泥相共处，长掬清露濯红妆。

零七岁晚百年不遇暴风雪

休言祥瑞兆丰年，大地冰封行路难。
北国南疆成冻土，东巴西蜀失青颜。
舟停柳岸千河静，雪压关山万木残。
人困异乡车马倦，何时得唱把家还。

无 题

幸无羁绊一身轻，任爱青山与白云。
聚友赋诗诗百首，围炉酌酒酒千巡。
糊涂不问官家事，卑贱犹关百姓情。
夜夜枕边书画乱，入眠每待月深沉。

清　明

年年伤感在清明，更伴潇潇雨未停。

父母坟头一壶酒，儿孙心内几多情。

身前嗔笑难挥去，逝后音容无处寻。

今日山间何攘攘？往来尽是断肠人。

黄　桷　树

老干古枝历岁年，绿荫遮护万家园。

凄风苦雨寻常事，酷暑严冬亦等闲。

斧斫刀伤容不改，雷鸣电闪胆无寒。

天生不是瓶中物，难入厅堂博笑颜。

毛 亮

湖南韶山市韶山乡人，1932年生，高级工程师，重庆市诗词学会会员。

赞第五届亚太市长峰会在重庆召开

金秋华夏艳阳天，渝水巴山更灿然。
万里云天迎远客，百城峰会写新篇。
和谐构建人文美，改革唯求岁月甜。
人类和平同发展，永销金甲事桑田。

纪念长征胜利七十周年

高歌胜利庆长征，万丈豪情荡我胸，
困扰折腾真是苦，围追堵截系元凶，
水深火热民遭孽，豕突狼侵国欲倾，
救国救民谁是主，高歌胜利庆长征。

感受网络

网络好新鲜，声闻直达天。
中央开两会，全国纳群言。
盛世春风劲，民生日子甜。
和谐添胜景，康乐自年年。

鹧鸪天·重庆南岸区书画家协会龙年年会偶占

翰墨情缘架谊桥，今朝有幸会朋俦；春风常绿江南岸，喜睹龙蛇竞笔梢。　　新世纪，有新招，群贤少长乐陶陶。欣逢盛会精神爽，一曲高歌当洒筹。

一个普通共产党员的心路历程银海华笺读后

诸多感概悟人生，喜叙天伦享太平。
鲜有勋劳留史册，但无慵怠晃年轮。
位卑未懈人民志，俸薄牢存事业心。
胸境浩然情坦荡，国强民富共欢欣。

满江红·神舟四号颂

四号神舟，呼啸起，九天游弋；观宇宙，迎新送旧，风流无极。百又八圈环地绕，一二六时巡天毕；募归来，款款报佳音，心潮激。　　航天事，航船起，一二三，奔腾急；一万年太久，只争朝夕。众志成城齐奋发，顽强拼搏同心力。看中华，飞上太空人，创奇迹。

猴年春节戏咏

猴年春节喜洋洋，猴运亨通得久长。
猴棒雄挥浑宇净，猴睛威慑鬼妖藏。
猴拳保得人康健，猴戏招来票满箱。
猴气爽然灵气足，猴山无虎也称王。

龙光复

男，1941年2月生，重庆市人，建设工业（集团）有限责任公司高级工程师；曾任该集团公司副总工程师等职并参与组建建设诗社。系中华诗词学会会员，重庆市诗词学会常务理事、建设诗社顾问。著有诗词集《青木吟稿》。

满江红·本命年寄江流

野岭冰花，消溶处、情思漫溢。经日抚、或升云雾，再凝露滴。浸润人间尘与土，茂林穿石留心迹。挟余威、飞瀑注金沙，奔腾急。　　容溪涧，千壑碧。幽谷静，储生息。化惊涛入峡，斗旋星匿。纵有漩涡千百处，东流情结恒飘逸。几时涌、落叶又春风？明休戚。

念奴娇·游重庆金刀峡

抚云眺远，效凌风仙子，降价千级。百瀑乱悬崖断处，争奏绝尘音律。石乳横空，苔滑丛顶，一线天空碧。栈桥十里，涧流飞越声急。　　身附绵亘群山，潭深峡险，鸟兽无踪迹。续借船舷摇浅浪，渐识世间休戚。远古惊涛，今朝人意，挥洒同飘逸。树梢花瓣，亦知风物生息？

小重山·苏州拙政园

　　曲径回廊几处逢？荷香偕柳影，透帘栊。琴魂诗韵展迷蒙。斜阳照，倚阁听秋风。　　人气好争锋，胸怀山水恋，万夫雄。前朝烟雨已成空。重打点，锐意注繁穰。

沁园春·丽江至迪庆途中

　　撩雾分云，注目凝神，仰俯众山。喜车驰谷底，泉清草茂；旋奔峰顶，林木参天。雪岭晶莹，高原起舞，遥见长江第一湾。鸡鸣处，唱金沙激浪，虎峡飞湍。　　谁描幽涧潺湲？导前路苍茫绝世寰。有青藤绕树，扬花叠翠，弥天一线，日影阑珊。草甸葱茏，牛羊入画，红紫千株识杜鹃。君思否？把凡尘悟透，羽化登仙。

高阳台·贺全国第九届中华诗词研讨会召开

　　骊海探珠，龙门跃鲤，祥光又焕骚坛。千载文风，含馨漫卷乡关。泱泱大国枯荣事，注诗行、辉映人寰。话传承、饱蘸霓虹，点染江山。　　虔心欲引花争发，对纷繁百业，谁举吟幡？现代民情，怎生笔底波澜？兴观群怨溶清酒，酽大潮、几许飞烟。贺金秋、云送霞晖，露润层峦。

冬夜独坐

人间光影透层峦，洒向红尘照夜阑。
家国沉浮知冷暖，山河生息忆悲欢。
天涯尚蓄千般苦，心底犹存一片丹。
莫道寒冰归寂静，逢春也可化狂澜。

春　景

梦底春光何处寻？春风一夜撼窗门。
休因叶落怀秋怨，新叶已消旧叶痕。

赠　妻

与君相恋更何求？国盛家荣漫运筹；
动乱纷纭思射虎，振兴蓬勃欲飞舟。
文飘墨洒终长夜，词颂诗吟享丽秋。
淡泊一心能写志，清风两袖不言愁。
江郎感赋才非尽，贾子虚怀意未休；
细雨缠绵催大步，洪波激荡润歌喉。
峰回霭泻浓山色，海阔天空映绿州，
总是恩情深似许，人生路上共悠悠。

青木关情思

四十秋冬访校园，似今似昔忽悽然。

穷童茹苦离乡里，稚气随波羡云帆。

竹海攻书惊毓智，柏涛入壑起狂澜。

泉温水澈嬉鱼鳖，谊挚情纯舞玉蟾。

久辑周刊排寂寞，频临碧涧对潺湲。

或登峰顶长舒啸，偶赴野营勇跃攀。

反右整风迷世事，勤工俭学改愚顽。

渐挚积愫酬荒野，既织雄图托锦笺。

漫道师生分敌我，焉知牛鬼扰尘寰。

沧桑有意能消雾，狂士无才难补天。

旧事依稀充谷地，丰功隐约富关山。

但伤峻岭失葱郁，奚得松风抚汗颜。

村镇能兴添企业，校光难觅冒寒酸。

操场冷落盼球架，饭馆豪华欺石栏。

不信良师怯统考，愿闻金榜慰悲欢。

才分仲伯因施教，苗长参差费斡旋。

树木树人关国策，怀师怀友蜇心肝。

几时再现林中豹？何处重操影里弦？

忆昔方知年月老，凝诗犹觉梦魂牵。

春风不识故人面，戏卷尘埃迷眼帘。

【后记】

青木关，是我六年中学生生活的见证地。它融合了我从童年到少年的智慧、艰辛、迷惘和梦想。写此诗后八年，始知青木关中学又找回陪都期间与中央教育部比邻并有数所沦陷区国立重点中学并入该校时的盛况且被划定为重庆市统招学校。这所一度沉寂的我的母校会再度辉煌吗？

策马游长坪沟

乱挽青春策马行，长坪百里任纵横。
双河带雾倚天秀，半岭含晖映雪清。
沙棘已成风彩树，枯枝未泯栋梁情。
寻寻觅觅归来晚，回首迢迢意未平。

登荆州城宾阳楼

缓缓登楼揽战云，将军敛迹鼓无音。
江头空觅白衣渡，文士枉留绿水吟。
生息难随王者梦，兴衰已注士民心。
红尘未减痴迷客，故事悠悠接古今。

汉江上观日落

落日淡云天水边，春风沃野接人寰。
红尘故事知多少？尽在茫茫一线间。

二零零六重庆酷暑拾零二首

（一）

熏风落木两相侔，难辨人间夏与秋。
谁绘梧桐新叶绿？春心冉冉到枝头。

（二）

护村黄桷自悠然，久旱高温亦等闲。
只为平生担一诺，深根已扎断崖间。

峨眉山金顶观日出

俯瞰朝阳艳，霞晖照面红。
欢声偕笑语，参悟几人同？

偕诸诗友长江边夜酌

进退一杯酒，人生岂寂寥？
登程知路远，拨雾觉山高。
着意听风雨，潜心数浪潮。
临江堪顿悟，愁绪付滔滔。

九寨沟树正海辨色

渴饮湖中水，苍山已动容。
疏枝挥五彩，卧木欲重秾。
借瀑传声色，识途凭履踪。
沧桑知老树，余韵在心胸。

青玉案·日本神户瞻仰孙中山纪念馆并抚梦幻镜头

依稀梦幻溶轻雾，浪涛涌、人神怒。望断凡尘朝与暮。长江秋色，百年荣辱，汝镜能窥否？　凭栏遥望云深处，岁月如风已难驻。试问钢桥谁指顾？沟通天海，燃情心腑，再展英雄路。

齐天乐·北渡长江至嘉陵江岸

烁沙燃石炎炎暑，蒸腾撼山摇宇。寂寞滩头，凄清渡口，消失相依情侣，天何似许？俟船戏江涛，浪花飞舞，古洞玄机，顺流含爱布心雨。　凡人若仙几度，为谁寒热移，幽幻无数？绮丽红尘，霞飘墨染，又觉凉风难驻，熏风恚怒。渐梦境茫茫，此心神悟。远望苍穹，淡云归去处。

念奴娇·夜访重庆鹅公岩大桥

凭栏夜眺，仰桥门似岭，练灯精绝。车队飞驰羞月处，书写鹤皋新页。城景辉煌，江波如醉，彩影齐争说。远山星闪，是谁铺垫层叠？　　遥忆四十春秋，峰回路转，黄桷知寒热。喜识家邦兴废事，漫数车城英杰。愿借清风，逐云驱雾，吹散心头结。行程休问，此时多少华发？

江城子·读张学良弈棋轶事

月黑风高对局残。炮无烟，帅形单。楚河汉界，何处是乡关？虎帐谈兵今与昔，烽火续，梦魂牵。　　感愤推枰忆盛年。望空山，问苍天。满腔热血，激荡为谁喧？自古英雄多憾事，留正气，照人间。

蝶恋花·再访乌蒙怀从军四十周年

磅礴乌蒙神韵驻。波涌金沙，隐隐长征路。艰险千般开拓处，九州渐次消迷雾。　　四十华年倾与诉。情系先贤，勇迈人生步。急雨惊雷徊几度，清风未识桑榆赋。

御街行·看电视剧《铁色高原》

　　豪情作伴人无悔。笛语咽、蹄声碎。蓝天为帐近霓虹，堪赏云蒸霞蔚。开山炮火，铁锤风钻，勘采青春魅。　　流沙激浪交相恚。战士血、男儿泪。横流心底壮行程，谁解其中滋味？高原铁色，英魂长在，浓染群峰翠。

龙国庆

1940 年生于四川省古蔺县,大专学历,中学高级教师,重庆市诗词学会会员,重庆高教老协晚晴诗社副社长、编委。作品曾获第二届华夏诗词大赛优秀奖。

感事二〇〇一年

今年,我国有喜夺 29 届奥运会举办权等诸多美事,特诗以记之。

换纪千年物候新,群枝秋暮再逢春。
嫣红姹紫祥光映,嫩蕾芸芸共菊欣。

一剪梅·市花园小区

环立群楼侵碧霄,紫气昭昭,人气堪豪。繁花异草树妖娆。溪水莲娇,池水星摇。　　曲径通幽数十条,场上拳操,亭上歌谣。佳园毓秀乐陶陶。既喜今朝,更喜儿曹。

重庆轻轨

凌霄横卧半长龙，半入云崖潜影踪。
五彩凤凰龙背过，川黔湘鄂任西东。

鹧鸪天·音桥步行街

桥耸阳坡金字名，危楼四立日蒸蒸。游人红
椅偎榕树，叠嶂疏林绕曲浜。　　观彩雾，听韶声。
宽街地下大商城。辉煌金碧营天外，远胜瑶台与
帝京。

鹧鸪天·音桥步行街喷泉

弦管悠悠断夜空，冲天银箭画楼东。随风摇
曳飞毛雨，喷雾逶迤散彩虹。　　泉汩突，水和融。
秋池万盏小灯红。清波荡漾霓裳舞，南海何能及
此中？

江城子·重庆直辖十周年志庆

　　十年开拓岂寻常！破天荒，世无双。电送三吴，百万大离乡。神女惊呼新气象，河伯服，锁铜墙。　　更牵一线系渝湘。接南洋，利工商，轻轨凌霄，路网绕康庄，舰首朝东翻浪，迎旭日，映红光。

冯尧安

重庆人，1918年生，高中文化，重庆电冰箱厂退休，中华诗词学会、重庆诗词学会会员，歌乐吟社社员，曾获中华诗词学会新会员入会作品优秀奖。著有《鸿爪集》、《晚晴楼近稿》、《巴渝琐忆》等。

即　景

山窗横翠影，水色动晴波。
好鸟枝头咏，嘤嘤报晓歌。

花　讯

芭蕉已绿小樱红，柳色青青拂翠空。
若问今年花讯事，江南江北尽东风。

南泉花滩溪泛舟

轻舟鼓浆到溪头，枫叶蓼花两岸秋。
听罢渔歌随放眼，一湾翠竹锁江流。

闻　蝉

移坐阶前对月明，荷花香滤晚风清。
鸣蝉不待秋期早，催送新凉第一声。

涂山怀禹

辛壬癸甲离涂山，三过家门去不还。
呱呱泣啼思往事，长留禹迹在人间。

枇杷山公园赏灯会

名园胜会竞连宵，美景宜人处处招。
火树银花辉月夜，鳌山灯海架星桥。
散花仙女姿绰约，撕扇晴雯意悴憔。
射虎却嫌更漏短，艺宫恨未尽游邀。

步韵答高梦兰文化宫菊花命名诗

篱东佳种俗枝无，名士名花雅号呼。
衣着霓裳欣四躩，头缠锦帕绽千株。
直从晚节思陶径，应许朝霞耀玉都。
此日红星亭畔路，写生争谱聚芳图。

九旬抒怀

八秩筹添曾赋诗，悬弧又届九旬时。

老来倍感童年乐，生日难忘母难期。

自愧樗庸无建树，常叨益友启愚痴。

荣枯得失休相问，心态平衡事事宜。

满江红·颂十五大

万里神州，今又是，金秋时节。十五大，京华集会，群情欢悦。灿烂镰锤光玉宇，辉煌史册翻新页。萃群彦，全党喜同心，胸怀阔。　　昌四化，兴伟业，谋国是，抒英策。扬小平理论，中华特色。日月长明真理在，江山代有人才接。沿今朝，跨世纪征程，朝前越。

鹧鸪天·重阳敬老日南坪赏菊

老圃黄花秀且荣。银镶玉砌散金英。重阳敬老新风尚，处处欢腾笑语声。　　阴雨后，喜天晴，登高赏菊到南坪。人间信是秋光好，共向东篱细品评。

冯治凡

四川合江人，定居重庆市江津区，1929 年生。大专文化，曾任中共江津市委财贸部副部级主任科员，中华诗词学会会员。重庆诗词学会会员，重庆市江津区诗词学会原会长。

人类"天书"译破有感

（一）

破译"天书"梦变真，人间科学万家春。
打开生命铁门锁，慧眼灵光识自身。

（二）

基因问世特殊勋，探索功追达尔文。
指点江山圆美梦，司天制命福人群。

（三）

知识洪流盈广宇，炎黄后裔显奇才。
"天书"解读东方晓，抗霸和平创未来。

（四）

遗传解密史无前，忧喜兼含两挂牵。
用好吉凶双刃剑，挺胸奔向大同天。

咏天军

"神五"飞天喜凯旋，中华获得制空权。
穹苍占据至高点，世界增强反恐鞭。
发展和平添活力，自由民主展新颜。
呼之欲出天军壮，摄霸维和福大千。

人民解放军进驻澳门

春风晴日草青青，禹甸人歌子弟兵。
收拾河山成伟业，回归港澳守边庭。
不分解放和开放，都认红星作救星。
崛起中华驱外侮，军魂国魄最芳馨。

咏南水北调

自古长江流向东，分洪北调利工农。
穿山越岭波涛急，过堰冲渠水道通。
旱魃因之无孽迹，疯龙从此不狂凶。
资源南北共分享，特色河山分外红。

入世贸随笔

青丝白发话峥嵘，十五艰辛喜泪倾。

一国功成生四席，万邦雀跃说双赢。

国家运作循规则，企业生存靠竞争。

刻意频挥双刃剑，欢声一片莫忘形。

鹧鸪天·咏荣辱观

四海三江碧浪腾，图新改革壮歌声。宏扬美德妖氛净，鞭挞污行正气生。　　明耻辱，知光荣，城乡百姓唱异平。精神物质双丰果，构建和谐九域兴。

一剪梅·两岸炎黄高智能

两岸炎黄高智能，自破寒冰，白解纷争。连胡握手北京城，高举航灯，震荡寰赢。　　泯去恩仇阔步行，创造繁荣，共享繁荣。包容合作得双赢，统一和平，永久和平。

一剪梅·一根扁担闹红尘

一根扁担闹红尘，马列南针，定海神针。首义南昌始建军，枯木逢春，大地回春。　朱毛一体不能分，不是神人，胜似神人。北战南征日蒋泯，换了乾坤，誉满乾坤。

水调歌头·改革开放三十年

改革大开放，时代最强音。欢呼卅载煌绩，百族笑频频。思想三轮解放，桎梏千番卸弃，朝气扫邪瘟。实践创新论，人本万年春。　构和谐，崇科学，小康魂。万邦赞许中国，发展理真真。两制惊天动地，三峡平湖艳丽，青藏路穿云。奔月嫦娥舞，奥运五洲宾。

水调歌头·祝党的十六大胜利闭幕

世界沐风雨，马列历沧桑。创新发展前进，桎梏渐消亡。请看苏联解体，再说东欧巨变，惟独我辉煌。治国浮沉事，华夏特殊章。　毛思想，邓理论，钵传江。与时俱进，三个代表放金光。使党保持先进，执政以民为本。龙凤共呈样。实践创新理论，永远不迷航。

水调歌头·猴年全国两会颂

百姓传佳话，丽日照山川。群英表决，三个代表宪镌诠。马列传来中国，毛邓江胡一脉，精髓化灵丹。挺进大同路，快马又加鞭。　　谋民利，大突破，地天宽。求真务实，科学发展首为先。把握宏观调控，放活三农致富，反腐更倡廉。事事人为本，火箭托飞船。

水调歌头·西部大开发畅想

开发大西部，挥手治沙洪，为期半纪相约，荒漠换新容。粮菜牛羊遍野，湖泊森林草地，发电用天风。换地斗天事，历代数今雄。　　大愚公，钢铁志，气如虹。频依国力，群众力量大无穷。装点江山万里，科教人才网络，改革显神通。彩凤高飞起，直上九霄重。

水调歌头·开发太空

开发太空业，利泽地球人。太阳系内，地球使访八行星。访客曾经登月，掀起航天赛热，华夏直超群。占据至高点，自主建天军。　　飞神五，载人行，破天门。九州四海，炎黄雀跃庆欢心，从此遨游星际，利用空间优势，反霸福黎民。硕果献人类，铸造大同春。

冯泽尧

　　1948 年 6 月生,重庆永川人,中学语文高级教师。曾担任重庆文理学院附中党总支书记、重庆市诗词学会副会长,重庆市永川区诗词学会会长,著有诗文集《竹丛小屋》。

插秧妇

日下槐梢挽纸鸢,谁家小子倚薪眠?
河畴隐约红衣女,自采飞霞织绿田。

夜　航

电掣风驰上九天,星光隐隐月团圆。
云头一曲小康调,唱与嫦娥定百年。

横　刀

又见阴曹唤鬼身,幽幽钓岛笼烟云。
春帆①故事非今事,十亿横刀立马人!

【注】

①春帆楼,《马关条约》签订地点。

THE 保姆

镰月朦胧点点星，不如归去鸟声声。
衾寒屋冷潸潸泪，化作翁姑勺勺羹。

牛　运

满城牛气直冲天，纸塑金身宛若仙。
栉比新楼连广漠，时逢盛世不耕田。

水调歌头·六十抒怀

晨摘柳梢日，夜戏草丛光，欸欺惊梦童子，醒讶满头霜。圣水河沿钟鼓，狮子坡南楼宇，不识昨时郎。且看碾山色，依旧莽苍苍。　休言老，时方好，茗犹香。妖娆岁月，帆直风正莫停航。心系天涯风雨，诗写黎民忧苦，奋翅以腾骧。夜醉一盘豆，来日又疯狂！

行香子·李家坪新景

日出东峦，风煦云丹。李家坪、袅袅炊烟。参差楼宇，织缀斑斓，看山如画，水如练，人如仙。　　星稀月媚，柳荫婵娟。川鱼馆、醉汉偷闲。时兴妪叟，挤坐科坛，听书声朗，辩声疾，笑声欢。

贺新郎·戊子除夜

一屋萦欢笑，把金牛、紧粘门扇，引财招宝。点烛燃香迎先世，同享新潮格调。麻辣烫、云蒸雾绕；一桌天伦撩诗兴，老祖天高诵春来早。茅酒里，有谁老！夜来故事添多少。　　众孙儿、倏无踪影，广场惊小。"春晚"大屏牛气旺，都说英姑歌好。忽听得、雷霆凌昊，万里神州天似锦，万里歌、万里情呼啸。人醉了，夜疯了！

冯瑞金

女，重庆市人，1936年生，重庆大学副教授，重庆市诗词学会会员。

鹧鸪天·贺重庆直辖十周年

盛会盛世国运昌，几经风雨历沧桑。今朝细绘和谐美，满园春色吐芬芳。　歌直辖、步辉煌。长桥大厦遍渝乡。人灵地杰腾蛟凤，更谱新章奔小康。

鹧鸪天·祝北京申奥成功

冬去春来数十秋，浓情期盼实难收。北京申奥坚宏志，上下齐心夙愿酬。　天朗朗、情悠悠，一丘一壑尽风流。不知疲倦心欢畅，一夜无眠庆九州。

南乡子

献给中学同学聚会 (之一)

风雨伴流光，芳卉残枝恨太长，回首当年无限事，匆忙，荏苒年华斗志昂。　　共话旧情长，秋意浓浓映夕阳，霜发未挥童少样，苍苍，离去依依愁断肠。

西江月

献给中学同学聚会 (之二)

才得相逢蓉里，匆匆各奔家山，雨风梦醒故乡还，扬起相思一片。　　曾记戏玩江畔，水光山影斑斑。韶华已逝翠枝残，翘望斜阳无限。

丽江行三首

（一）江城子·丽江的山

巍巍玉龙停碧空，看银峰，映金红。雪凝皑皑，灿灿玉重重，翻卷啸成珠海浪，诉气象，意浓浓。

（二）江城子·丽江的水

倾飞而下雪山洪，似银虹，若蛟龙。无瑕白璧，坦荡示苍穹，誓为人间作奉献，情不改，古今同。

（三）水调歌头·丽江古城

远古大研镇，今昔丽江城。初来此地游玩，一卷史书临。花石铺成路面，桥影波光荡漾。杨柳动轻盈，四合院民所，风物现元明。　　乐声声，舞漫漫，梦难成。如痴如醉，前朝风物恍勾魂。千载流光未逝，明月清风此夜，人事几深沉。圆缺阴晴月，世事付烟云。

冉启华

重庆酉阳人,1952 年生,土家族,副主任医师,现任酉阳自治县人民医院书记、副院长,酉阳县文联副主席,为中华诗词学会会员、重庆市诗词学会理事、酉阳桃花源诗社社长兼《桃花源诗刊》主编。著有《方药新咏》、《杏林闲咏》、《杏林抒怀》。

酉阳桃花源诗社成立二十周年

(一)

社建桃源廿载长,诗词作品数千章。
士风苗俗华堂上,苗调土腔中外扬。

(二)

一代骚人铁笔忙,廿年社史铸辉煌。
墨调酉水和谐颂,笔醮乌江德政扬。

(三)

摆手入诗节律强,山歌制曲韵悠长。
土家习俗联佳句,苗寨风情入妙章。

土家族祝酒辞

（一）婚庆祝酒辞

贺新娘

锣鼓鰥锵唢呐鸣，新朋欢笑老戚欣。
频倾美酒新人敬，恭贺娇娘进福门。

戏新娘

缘份三生成并蒂，喜堂一拜定终身。
斟杯碰盏新娘戏，抱子莫忘庆贺人。

闹洞房

俗戏俚语绕新房，相拥交杯咬喜糖。
杯子谐音背子意，娇娘出口笑声狂。

谢宾朋

喜结良缘为会头，幸由诸友共筹谋。
一杯薄酒诚相谢，请谅忙中礼不周。

【注】

为会头，土家语。在操办婚、丧、寿诞、建房等情况下请客设宴，统称为会头。

（二）寿诞祝酒辞

（一）

妻贤子孝人生幸，体健家和福寿高。
畅饮三杯诚祝愿：夕阳无限乐陶陶。

（二）

诗酒遣年秉性中，身心康泰世人崇。
举杯祝福夕阳好，寿似常青不老松。

（三）

亲朋祝寿礼尤丰，稀客临门拜老翁。
夙愿稀龄超百岁，欣然恭贺倒三盅。

（四）

休嫌吾辈太轻狂，敢发豪吟放土腔。
拱手擎杯乘酒兴，祈求高寿仰仙光。

（三）建房祝酒辞

（一）

择地欣逢黄道日，上梁巧遇吉祥时。
华堂喜宴千杯少，新宅昌隆百世宜。

（二）

紫微高照华堂红，木匠陈辞富贵通。
盛宴传杯添喜气，祥云绕宅兆兴隆。

（三）

新楼映日化长虹，居室拥宾彩礼丰。
酒兴频添恭贺句，声同共祝福无穷。

（四）

声声鸣炮年年顺，步步上梁世世昌。
杯杯美酒祝兴旺，句句方言贺吉祥。

（五）

发家致富宏图展，创业开基奔小康。
今日功成同畅饮，衷心感谢众人帮。

（四）悼亡祝酒辞

（一）

一世精神励后昆，满堂号泣尽哀鸣。

陈辞祭酒祝安息，乘醉扶灵痛失声。

（二）

梯玛跳神伤永逝，柩前吊孝寄哀思。

悼亡痛饮断肠日，丧鼓频敲泣血时。

【注】

梯玛，土家族祭奠亡灵跳神的"土老师"。唐·张鷟《朝野佥载》中有"打鼓路歌，亲戚饮宴舞戏"之记述，土家族办丧事时击鼓唱孝歌、跳神、设盛宴等习俗，即源于此。

鸭

碧溪戏水扰栖蛙，红掌划波觅鲤虾。

早出晚归随主便，悠然漫步乐无涯。

致亲家

西北西南一线牵，娇儿玉女缔良缘。

亲家未见凭媒灼，寄语新疆表谢言。

赞欧阳修

史学词家号醉翁，千年遗韵贯长空。

名篇传世骚风劲，雅句惊天气魄雄。

金石收藏编古录，笔锋点画润无穷。

文求致用兼明道，誉满中华百代宗。

踏莎行·题老年门球活动

离退闲居，门球拾趣，重开豪迈人生路。雄风再振铸辉煌，青春焕发豪情吐。　　潇洒登场，球锤挥舞，争锋夺冠新章赋。修身养性乐无边，夕阳无限丰碑矗。

冉景高

土家族，重庆黔江人，1974年9月生，重庆市诗词学会理事，黔江诗词楹联学会秘书长。

偶 见

隔壁阳台兰蕊馨，邻人赠我一盆春。
谁家粉蝶先偷眼？忙趁东风舞断魂。

鸭 趣

青草池塘戏水乖，白舟黄桨漫徘徊。
忽闻脚步争攀岸，嘎嘎欢迎稀客来。

独 酌

抛饵垂丝布阵周，水中陷阱显温柔。
眸凝眉皱悄悄念：愿者鱼儿快上钩！

消防晨练

负罐持枪身似弓，一声令下竞冲锋。
满头热汗轻烟袅，融入山巅雾几重！

夜　渔

闲来偕友俦，明月伴清流。
手电水中照，群鱼石上游。
疲劳身后去，欢乐网前收。
窃把笆笼看，烟消一夜愁。

家庭纪事

周末闲来做主男，贤妻赐我掌勺权。
回眸菜市存余悸，献丑厨房觉汗颜。
锅碗瓢盆胡乱响，油盐酱醋恣情添。
珍馐烹就全家品，嘻笑声中酒共干。

如梦令·大足石刻养鸡女

地狱刀船滋味，遥想养鸡村妹。面壁叩良心，
几度留连沉醉。追悔，追悔，细把佛经熟背。

如梦令·卧佛

素面慈颜深邃，一觉已然千岁。试问往来人，可把禅经融汇？沉睡，沉睡，只为心儿无累！

西江月·郊游

锦雉林间漫步，斑鸠菜地寻欢。蜻蜓款款到身边，听取蝉声一片。　　野径山花馥郁，密林泉水潺潺。刺梨黄透地瓜甜，忙喊幺儿快看！

冉景福

土家族，重庆酉阳人，1932年1月生，黔江教师进修校高级讲师，重庆市诗词学会会员。黔江诗词楹联学会顾问，著有《耕夫诗联集》。

秋　初

晨坐阳台上，尽情浴日光。
微风轻拂面，习习沁清凉。

夕阳红

退休自在乐无穷，奉献余热仿赤枫。
斗室幽居怀四海，静观夕照满天红。

龙年团聚

龙年团聚话亲情，满面春风尽笑声。
中外古今家国事，通宵畅叙到天明。

夜游黔江河滨公园

河滨观夜景，梦幻入天真。
碧水虹光映，红楼彩色新。
闸桥闻瀑韵，酒馆听歌吟。
漫步云霞路，谁知仙与人。

峨岭观日出

朝游鹅岭上公园，一幅青纱罩九天。
雾散山城迎本色，云开重庆露真颜。
一轮红日升山顶，两带青江汇眼前。
灯火繁星虽淡化，百花竞艳更鲜妍。

西沙步行街

广场南面步行街，民族风情放眼开。
土寨栅栏楼吊脚，花园小宅树成排。
鲜花碧草萦幽径，红瓦黄墙映水台。
生态自然环境美，休闲购物乐徘徊。

晚眺黔江感怀

凭栏夕照眺黔江，满额深纹染白霜。

四十芳华随逝水，七旬寿岁面残阳。

清风两袖持高节，热血一腔抛异乡。

莫道晚霞时不久，黄蓝赤紫孕春光。

沁园春·贺段立生八十寿辰

八秩遐龄，寿比南山，健若碧松。赞精神世界，时时向善；行为准则，事事为公。意想成章，花生梦笔，文苑诗坛情有钟。赛台上，任银球来往，似凤如龙。　　身经雨雪霜风，忆投笔从戎立战功。置枪林弹雨，从无惧色；人生逆境，气贯长虹。贬谪农村，躬耕故里，昼伴田园夜宿棚。而今里，逢尧天舜日，乐似顽童。

卢 非

　　江苏镇江人，1936年2月生，中学教师，中华诗词学会会员，重庆市诗词学会会员，重庆高教老协晚晴诗社，歌乐吟社社员。

纪念抗日战争胜利60周年·（本稿均用新韵）

祸起东瀛魔肆虐，狼嚎华夏血横流。
家乡蹂躏男儿愤，田土烽烟赤子仇。
怒发冲冠辞父母，从戎投笔卫金瓯。
神州抗日惊天地，奏凯盟军誉宇球。

台湾倒扁有感

窃冕玩权藏鬼胎，施行倒逆乱局开。
家臣幕属触刑网，子女夫人敛横财。
恫吓法庭成虎豹，勾联美日引狼豺。
台独旗号狂招弄，拱手河山殃祸栽。

重庆市直辖十年庆

山城貌美汇双江，半岛朝天舰远航。
鹰绕峰峦宝塔小，桥接隧洞路网长。
巍峨大厦崎岖立，壮丽渝州灯火煌。
构建和谐齐迈步，直辖重任两肩扛。
名胜古迹旅游热，景点园林花果香。
场坝健身拳剑舞，街坊敬老道德扬。
医疗站室进区社，演艺团队下镇乡。
闹市繁华诸业顺，前程锦秀奔康庄。

来渝五十二载有感

年冬五二入巴渝，渐远南徐仰岸嘘。
扬子中游流变窄，荆襄西溯艇迭赊。
漩滩自古三峡险，泊暮航晨七月逾。
半岛朝天楼吊脚，两江汇处雾成渠。
人民礼堂正封顶，铁路蓝图未建衢。
解放碑周低店铺，上清寺外遍农居。
挥鞭舆马跑沙境，烧炭公车奔市区。
大厦如今春笋立，山城景美众欢愉。

七十感怀

身随日月度春秋，百态炎凉变不休。
世间自成长与短，人群各有喜和忧。
古稀智力均无奈，耄耋前程何欲求？
坎坷旅途植树少，修合向善上层楼。

天　缘

仙姑仰慕驾云来，玉体花容颜喜开。
裙袖婆娑舞转胫，秋波妩媚颖聪才。
同舟共赏山川秀，比翼双飞形影徊。
儿女情长人世美，愿依郎侧拜恩槐。

外星洋贵妃卢非藏石配诗

外星贵客现渝江，喜请奇石寒舍藏。
美发高梳鬓玳饰，俏睛眺望口红妆。
仙韵耳入瑶池忆，斗转参横月桂香。
笑选洋妃长作伴，人环共度好春光。

相见欢·劳燕分飞

根连两岸枝头，叶飘流，梦系魂牵遥盼四十秋。殷勤意，疑难聚，断肠愁。大雁无书须到几时休。　　峡深海阔分开，燕劳哀，万事云烟忽见鬓光衰。佳音至，如甘旨，喜心怀。翘首天涯扫榻待兄来！

西江月·神舟六号载誉归来

神六出征探秘，英雄联袂飞天。太空五日会星前，穿障平安降返。　　国力人才兴盛，宇航科技拨尖。嫦娥奔月唱千年，摘桂蟾宫梦现。

满江红·颂渝州

歌乐峰峦，横卧起，嘉陵下泄。沙坪坝，学宫荟萃，缅怀英烈。磁器古街轻舫泛，三峡广场园林阅。两江亭，鹅岭探苍穹，朝天瞥。　　金鹰顶，桥都月。飞索道，航船别。广厦依山建，夜灯星跌。枢纽交通达四海，繁华都市情缘结，与时进，万事竞生辉，人民悦。

满江红·巴渝景

　　高坝三峡，畜库水，女神峙立。峰十二，多姿秀丽，岸依悬壁。港汊宁河洋一片，巫山人祖留遗迹。壮瞿塘，白帝眺夔门，惊游客。　　张飞庙，迁府宅，新宝寨，藏湖泽。展乌江画廊，地坑天隙。大足佛雕唐首刻，钓鱼城外蒙哥卒。缙云巅，遥望莽巴渝，披春色。

水调歌头·纪念邓小平百岁诞辰

　　闭锁清庭朽，列强寇中华，辛亥虽终帝制，割据战如麻。志士仁人纷起，寻觅真知救世，贤俊赴天涯。由法转苏学，百色首得瓜。　　瑞金冤、文革难、祸三加，几度复出，邓老身正玉无瑕。烽火太行抗日，大捷海淮溃蒋，国建绩殊嘉。改放旌旗展，春宇满朝霞。

念奴娇·渝江奇石

　　造山运动，海洋升脊岳，洪冲崖碎。劈贯巫峡咆哮下，卵石搬迁万岁。鬼斧神工，惊涛磨砺，宝贝渝江睡。巧缘奇石，手忙足迈心醉。　　形色纹质非凡，丹青风韵，意境天然绘。百态千姿生妙趣，赏玩古今不废。觅遍长滩，珍藏庭馆，鼎力兴民粹。展播国际，绽开华夏花蕾。

水龙吟·重庆大旱酷暑

可知重庆火炉？高温上四十多度。烈阳酷暑，土田龟裂，水难人畜。山火频发，绝收庄稼，损失难补。旷日搏热浪，烤蒸两月，百年史，书无录。　　告市民书呼吁，抗天灾，共舟同渡。严防病疫，井开增雨，检修塘库。执政昌民，舍身补火，赈贫扶助。曙光欣在望，甘霖渝境，旱魃垂幕。

永遇乐·香港回归十年庆

洋祸鸦片，痛割香港，百岁沦丧。邓老千钧，执言仗义，力挽明珠傍。一国两制，回归典范，气象新睛空亮。地球转，弹指寸十载，九州庆迎欢唱。　　沪松抗战，倭临郊野，避寇举家逃港。辗转飘泊，流离颠沛，国耻真难忘。太平山下，天堂海景、望特区红旗荡。紫荆簇，香江璀璨，瑞祥永靓。

沁园春·印度洋地震海啸

　　猴岁冬寒，宾客携扶，热带逍遥。印度洋赤道，珊瑚"宫殿"；"珍珠"秀美，宝石名嘹。冠甲岛国，火山百座，旖旎风光胜景娇。仙人掌，橡胶棕榈树，鸥鸟翔翱。　　亚齐地震天摇。恶海啸疯狂卷巨涛。痛七邦漫水，倾家荡产，难民遍野，哀魄云霄。凶祸噬吞。游人梦断，生命二十一万调。救灾紧，我援功盖世，千载史彪。

莺啼序·祖国从沧桑走来

　　文明传承华夏，越五千寒暑。英鸦片，祸横神州，列强瓜解欺侮。马关耻、签约甲午，罄竹难书倭奴酷。御狼蹄，浴血八年，洗光屈辱。　　内战烽烟，自绝人民，蒋王朝倾覆。逃孤岛、漏网残余，妄言螳臂车阻。到今天、台独势力，附美日、阴谋裂土。海疆吟，屡现危机，战云频布。　　颁章独反，捍卫和平，统一征途赴。游子返、破冰连宋，继踵明敖，祭祀黄炎，谒参孙父，京城握手，江山春色，共识九二为基础。弟兄情、飞架金桥渡。沟通两岸，交流互信合作，奋斗并赢相补。　　和谐社会，建设初康，改革开放著。喜誉载，三峡枢纽，太空巡游，港澳回归，藏青铁路，扬眉吐气，红旗飘荡，北南调水真威武。看将来、丽壮诗篇谱。祖国狮醒东方，告慰中山，巨龙万古。

卢济德

重庆市人，1934 年生，第三军医大学师职退休干部，现为中华诗词学会会员。

南岛晚情

独步沙滩送夕阳，海风扑面带椰香。
远帆点点归心急，细浪涟涟寄语长。
天际彩云开锦幔，岸边广厦眷游郎。
多情更有婵娟妹，不待华灯己上妆。[①]

【注】

①婵娟妹指十五圆月。

过赤壁

赤壁硝烟尽散空，群雄远去绝尘中。
三分鼎足同归晋，万道川流永向东。
成败且看谋略力，弱强尚赖转旋功。
人间演义知多少，潮落潮生未有终。

黄鹤楼遐想

昔人乘鹤复归来，惊叹江城旧貌非。
宏阁新楼凌碧汉，楚天大地尽芳菲。
梅花散落千家巷，玉笛飞传盛世辉。
满眼繁华心欲醉，仙翁永驻不相违。

登滕王阁

斗转星移阁重光，层台耸翠展宏装。
虹桥飞架连瓯越，广厦兴延接远乡。①
胜友高朋鸿雁集，洪都新府锦龙翔。
王郎再若重来访，欣赋华篇续旧章。

【注】

虹桥指赣江八一大桥。

重访娄山关

凝望娄关忆长征，蜿蜒石路向天横。
硝烟不见晴空净，号角销声山鸟鸣。
芳草低头思勇士，青松肃立缅英灵。
清风翦翦傍身过，似述当年鏖战情。

都江堰二首

（一）秦堰楼感怀

胜地重来忆旧游，青山对峙景清幽。

浮云百代频过眼，秦堰千年未断流。

德水长流天府秀，黎民时听赞歌悠。

而今形像工程遍，几个堪同二李俦^①！

【注】

二李指李冰父子。

（二）玉垒关揽胜

无边烟树拥层峦，古道森森绕翠环。

时鸟争鸣迎远客，白云舒卷舞遥天。

雄关肃立英姿爽，芳水安流玉带延。

习习清风传雅韵，满山遍野尽诗篇。

七旬述怀

老来重做读书郎，余梦温馨兴未央。

墨海无涯鲸搏浪，书山万仞鹤邀翔。

荣枯尽解诗行里，宠辱皆忘砚匣傍。

喜见西园丛菊艳，一壶清茗笑斜阳。

走马镇观桃花二首

（一）

时逢三月竞风流，半日桃园结队游。
遍野红颜开笑靥，满怀雅兴驻芳丘。
留连林下拾幽趣，辗转花前赏媚柔。
莫道风情偏少壮，春光也照老人头。

（二）

过尽寒冬气转融，桃园彩焕吐新红。
玉腮粉面芳灵绕，抚媚温馨幻梦中。
默默含情迎庶客，婷婷舒立笑春风。
华容不叹凋零早，且看枝头硕果丰。

翰墨情二首

（一）

平生不敏却贪书，晚向碑丛觅艺途。
三尺龙泉常起舞，半潭秋水欲探珠。
擒蛟应铸倚天剑，伏虎还须霹雳弧。
一派风光别样好，彩霞万里艳阳初。

（二）

廿载临池费苦辛，天门凤阙路难伸。
日铺素纸追秦晋，夜览贤文辨伪真。
未可浮名趋俗弊，且将翰墨铸精神。
心潮起处游龙舞，万顷烟波万顷春。

赠杨智凡老师

两载知交胜念年，相投不必问从前。
书林墨海元无界，流水高山自有缘。
愧我才疏根底浅，感君艺博命途艰。
今朝有幸同携手，共步桑榆览大干。

缅怀倪丁一老师

亦师亦友亦前缘，相识相知十五年。
联苑谜宫真妙手，诗坛墨海隐尊贤。
谦和淡泊春风暖，坦荡达观朗日悬。
展诵遗篇无限意，知音远去断琴弦。

直辖十年感重庆二首

（一）

今日渝州意气豪，满城春色展风骚。

虹桥两水争相跨，玉宇千峰竞比高。

隧道频通天壤近，立交棋布四方遥。

轺车轻轨横空过，疑是天龙降九霄。

（二）

百载名城十载裁，描龙绘凤巧安排。

危楼改建康宁寓，陋巷装成锦绣街。

老镇新区同美奂，广场小院共和谐。

滨江路夜华灯灿，天上群星照影来。

开放改革三十周年二首

（一）

华夏龙舟启远航，卅年奋进若飞翔。

劈波斩浪开新宇，驱雾拨云见艳阳。

舵手高瞻明指向，船员齐力勇腾浆。

仙乡福地他时到，紫气祥光满禹疆。

（二）

卅载风霜卅载晴，神州巨变两分明。
折腾不断黎民苦，开放迎来社稷兴。
多谢邓公强国策，永怀赤子报春情。
扬鞭快马金光道，红日当空照五星。

题画诗四首

济公图

破帽芒鞋走四方，蓬头垢面浑身脏。
识人莫向衣冠取，善在心灵深处藏。

鹦鹉图

身在林间任尔游，大千世界放歌喉。
樊笼那有抒心曲，牙慧从冬拾到秋。

春晓图

人面梅花相印红，春光尽入画图中。
且邀秀色衡门驻，莫教繁华转眼空。

睡猫图

枭猫戍夜忙，小憩卧书房。
不敢贪长睡，当今硕鼠狂。

乐山大佛

擎天拔地镇三江，漫道澄波除祸殃。
任尔狂涛龛下过，黎民不断一炉香。

雾中行

雾里途程看不明，只凭感觉向前行。
不需回首来时路，秀丽风光在雾清。

乡　思

相约归期总误期，身难由已事多羁。
莫言游子轻离别，夜夜乡愁五更鸡。

乘机有感

千里归途如织梭，升沉几度等闲过。
高空朗朗阳光灿，低处迷茫霾雾多。

都江堰南桥观水

澎湃奔腾出闸门，高歌一路向千村。
我心寄与江流水，共赴田间惠万民。

宝瓶口感悟

宝瓶引水建奇功，化险为夷万代崇。
世上几多难解事，网开一面可疏通。

过三峡四首

瞿　塘

神工鬼斧劈瞿塘，仰面奇峰直若墙。
天遣雄兵陈两岸，一夫能敌万夫强。

巫　山

素带青衫秀雅装，层峦深处散幽香。
娇姿窈窕云中现，不枉襄王想断肠。

西 陵

西陵自古险滩多，今日楼船瞬息过。
赤裸纤夫何处去，浪花飞溅忆流波。

峡 恋

轻舟已过万重山，回望瑶姬意欲还。
经夜相思频入梦，何时再睹汝芳颜。

赴京访故友五首

途 中

金秋时节赴燕京，万里山川万里情。
遥望云天寻旧梦，诗潮滚滚伴车行。

相 会

离别京华岁月多，旧时景象半消磨。
独唯友谊参天树，向晚依然影婆娑。

聚 餐

少壮纯情老更珍，陈年美酒愈香醇。
举杯共唱长春颂，他日重逢不少人。

旧 照

一张合影撩心波，五十春秋快若梭。
老眼昏花凝目久，耳边犹荡旧时歌。

感 时

秋来春去太匆匆，转眼皆成白发翁。
花落花开天作意，随风潇洒任西东。

随 感

民安国泰仰贤卿，水覆行舟古训明。
唯乞廉风吹益劲，普天黔首乐升平。

照 镜

镜中白发是生涯，静对西窗日影斜。
唯有高情终不减，余年心事半庭花。

学诗词

居然岁晚恋诗书，仄仄平平入艺途。
游戏文辞真有兴，狂沙吹尽见明珠。

荷塘即景

花开焦月艳，倩影透横塘。
碧叶连天翠，荷风卷地香。
鸳鸯菱下戏，情侣岸边凉。
鸟语穿林出，清平好暑光。

读 泉

泉清明若镜，滴滴洗心尘。
除却铅华染，还归本性真。
浮云终有散，高鸟倦投林。
何日劳形解，山中不问秦。

游丰都

平生难信鬼，偏向鬼城游。
不为修来世，只因景色幽。
森森天子殿，郁郁望乡楼。
会上名山顶，江天一览收。

十六字令二组

山

山，百态千姿走蜿蜒，钟灵秀，造化出奇观。

山，默默无言度永年，沧桑变，冷眼看人寰。

山，莫道高峰不可攀，迎难上，绝顶可擎天。

云

云，无绊无羁自在行，凭天意，随处寄浮生。

云，时卷时舒任率真，千姿态，潇洒出凡尘。

云，亦假亦真梦幻身，匆消散，无处觅踪痕。

忆秦娥·娄山关步毛泽东原玉

吊先烈。英魂永照千秋月。千秋月，群山垂泪，清溪幽咽。　　而今列国争雄杰，长征又向新程越。新程越，复兴华夏，尽倾心血。

卢敬万

笔名育苗笛，39 年 6 月生，重庆万州人。曾任副校长，中学高级教师。现为中华诗词学会、重庆市诗词学会会员，2008 年 9 月荣获由中华诗词学会举办的全国第二届华夏诗词奖三等奖。

读毛诗有感

吾侪课内毛诗吟，如沐酥风满眼春。
映日黄花香战地，漫天白雪静浮尘。
诗情浩渺三千界，笔力雄浑九万钧。
指点江山千载业，诗风一代起鹏鹍。

周总理诞辰一百一十周年祭

伟人一代周恩来，长使苍生泪满腮。
德比日月拔乱世，勋高天地扫阴霾。
江河不废史长记，山岳无隳民永怀。
巍巍丰碑立寰宇，有誉毁无济世才。

导航定向总书记

渝州腾越占先机，两会运作发展计。
筹统城乡实验苑，打造西部增长极。
振兴大市绘蓝图，提速小康添伟力。
情系中枢施善策，导航定向总书记。

看温总理答记者问命笔

中外媒体挤一堂，连珠妙语出衷肠。
万机答理民生系，四海点击正义张。
雷动掌声传敬意，可掬笑貌露慈祥。
位高权重深修养，八斗相才强国邦。

梦圆北京

金秋奥运锣声鸣，记录刷新举世惊。
奋进精神倾玉宇，高超技艺盖群英。
九州骄子豪情迈，万国健儿齐奋争。
地球村人同念想，梦圆竟在北京城。

神七问天

追星逐日弄晨昏，万里巡天陷阱深。
有限光阴何切切，无形壁垒自森森。
乾坤久仰英雄气，日月长悬赤子心。
漫步太空探奥秘，三强问鼎寰宇新。

耕耘赋

冷暖沉浮心自知，虚名有愧暮年时。
迷津未改春风志，歧路还吟红烛诗。
造化多情甘雨骤，耕耘无意夕阳迟。
平生不羡麒麟阁，愿作春蚕吐尽丝。

秋日抒怀

人到晚秋亦释然，等闲万事若云烟。
吟诗作赋续遗韵，日日开怀不羡仙。

春 雷

春雷醒地回声远，丽日生辉千里青。
人赶新潮花赶海，万州吟唱小康声。

自　慰

执教四三秋，清霜染白头。

滋兰不觉苦，燃烛亦无忧。

桃李争春艳，弦歌向晚悠。

诗书抵万贯，足以傲王侯。

七十初度

弱冠求剑气轩昂，吟啸长天逸性扬。

笑语三春千日短，悲歌一曲十年长。

巴山暖月园丁梦，渝水热风诗赋肠。

竹绿枫红花谢去，清平淡守享斜阳。

春　兴

小雨轻雷催日薰，千红万紫画屏新。

水环浪影巧翻彩，莺啭楼台妙传音。

得意桃花迎客笑，含情柳眼向人亲。

抒怀寄志河堤草，竟向人间织绿荫。

晨游龙宝河

沐露踏莎登绿堤，新河晓色尚迷离。
上游浓雾下游雨，近处繁花远处畦。
岸柳风拂迎初霁，渔翁竿举钓晨曦。
游人欲问为何景？原是桃源一小溪。

旧友萦怀

每闻青鸟感君谊，一寸愁怀一寸思。
别去虽能涤谤语，归来岂可越雷池。
青春有意书偏少，岁序无情爱已迟。
往事重提堪一笑，怎吟月上柳梢时。

蝶恋花·改革开放三十年赋

三十年来风雨路，万象更新，成绩丰功著。力挽狂澜凭底柱，改革开放民殷富。　　"十一五"程同迈步，沥胆披肝，特色丰碑树。雨沐神州春处处，和谐社会江山固。

西江月·赏梅

凛冽寒风刺骨，纷飞瑞雪盈眸。霜天难寻百花稠，独见红梅吐秀。　　从不孤芳自赏，但期劲节长留。催春使命担肩头，万紫千红随后。

满庭芳·新万州

浴沐酥风，城乡焕彩，处处树绿花红。一方热土，都市二①先雄。群厦千楼竞秀，路桥众，四海达通。平湖美，山川锦绣，昼夜更新容。　　春浓。潮涌动，盈街商贾，店铺重重，构国际平台，客宠宾崇。三峡诗词荟萃，俏歌舞，喜煞翁童。凭栏望，翠屏苎水②，正百里晴空。

【注】

①万州为重庆第二大都市，
②翠屏指江南翠屏山，苎水指在万州汇入长江的苎溪河。

江城子·夜吟

纳凉吟咏费恩量，未成章，又彷徨。旧词新韵，无计写衷肠。门外虫声时叩问，星点点，夜茫茫。　　秋来绮梦染菊香，又风霜，浸寒窗。半生情愫，展转意苍黄，笔下心潮连广宇，天欲晓，步徜徉。

鹧鸪天·情深深

苦辣酸甜霜雪稠，沧桑几度济同舟。十年风雨寒沙尽，两颗丹心险处谋。　　同命运，共忧愁，暗中时滴泪难收。忘乎多少空怀志，终享晚晴盛世秋。

兰洪绪

女，重庆铜梁人，1973年10月生，小学语文教师。重庆诗词学会会员，中华诗词学会会员。

古风·佳人

佳人淡着妆，娉婷过雨塘。手撑油纸伞，素面露还藏。袅如风摆柳，回眸水含光。皓腕凝霜雪，蛾眉柳叶扬。欲笑花未绽，无语鬓微香。红裳迎风摆，裙裾扬海棠。忽忆少年游，何人诉衷肠？举头闻鹊喜，远望不见郎。当时青梅伴，竹马乐无双。念此心含怨，征人未还乡。塞外苦寒地，相思难有疆。欲寄君衣去，衣绣两鸳鸯。江南春已至，塞外草仍荒。迟日山水丽，闺中却凄凉。风吹读残书，花飞伴梦长。可恨流莺吵，啼破梦黄粱。愿作云中雁，丹心捎北方。想郎应念奴，中宵还南望。明月两处照，愁共一春江。花影欺玉户，泪染竹潇湘。何日干戈止，郎妾同倚窗？我为歌一曲，吟罢心茫茫！

秋 夜

远山沉夕照，近水曳层光。
平野蟾初上，寒蛩夜未央。
汀洲何寂寂，鹿梦已茫茫。
宿鸟忽惊起，乱飞江树旁。

蝉 心

寒秋已至曲难歇，长挂疏桐意若何？
冷雨潇潇粘薄翼，西风飒飒散悲歌。
皆云玄鬓质高洁，谁解尘心恨苦多？
幽怨一腔无处诉，且随树影自婆娑。

杨花吟

点点杨花逐晚风，涧边散乱任西东。
何由飘绕山间去，又送闲愁暮霭中？

寒梅 （新声韵）

月夜疏星淡，冷梅独凛然。
风来香送远，清峻勿需怜。

悼至爱

尤怜凄惨暮时鹃，啼血声声满稻田。
迷惘青岚逐云海，萧瑟冷风掠江天。
相思隔世黄梅雨，往事经年一缕烟。
芳草不知人已去，乱花犹绽小坟前。

思　念

暮霭沉沉意转迷，中霄难寐有谁知。
我耽三际恸君去，君往九重怜我痴？
底事欢颜成旧梦，缘何前诺化游丝？
梦中一晤执君手，相顾无言泪化诗。

丁亥初夏偕侣雨余游玄天湖

霏微烟霭罩山巅，路转平湖来眼前。
飞瀑一溪镶紫嶂，危岑几点逗清涟。
微风欲拂翩然鹭，细浪难推独钓船。
休问而今尘外事，声声野鸭入云烟。

丁亥九月初十谒母坟 (新声韵)

萧瑟秋山暮霭迷，东门城外草萋萋。
惊蝗盈道溅千朵，菊盏插头有几枝？
往日相拥常笑语，今时贪睡不偎依。
伏身三拜祝娘寿，树上寒鸦也恸啼！

秋登巴岳山 (新声韵)

群峰凝黛古松青，禅院钟声天外萦。
秋水澄鲜见白鹭，林烟深醉隐苍鹰。
溪亭拂晓只云过，涧户黄昏待月明。
山水当年邀小谢，怎及此处品幽清？

端午闻杜鹃

梅雨氤氲五月天，声声啼血动山川。
可因至爱寻无处？最是断肠应自怜。

又是中秋

钻雾穿云露亦藏，孤轮泻玉簟生凉。
溶溶桂魄杯中酒，款款深情衣上霜。
可是伶仃寻故友，为消寂寞倚寒窗？
即裁月色成轻翼，偕子飘摇万里疆。

深夜寄友

辛苦经年已化尘，繁华俱是梦中人。
天公何事恩情薄，回首烟云迷五津。

赠吴江枫冷

长夜临屏久，敲棋复改诗。
得朋情意惬，慰藉两心知。

秋　思

独立残阳万壑秋，几番风雨上心头，
三山更在海天外，思共归鸿云际游。

十六字令·秋

秋，断雁声声入画楼。凭栏处，
远水没行舟。

柳梢青·怀伊人

又是春妍，杨花片片，乱绕蹊边。三五归鸦，残阳剪影，红锦铺天。　　伊人独自留连，春江畔，溅溅若言。幽梦相期，忽惊淡月，北斗斜偏。

长相思·别情

春水长，秋水长，十里隋堤帆影茫，颊边飞絮扬。　　绣鸳鸯，恨鸳鸯，记取当时绿鬓香，星寒紫燕梁。

虞美人·夜不成寐

中宵始觉知音少，何处寄愁好？杯中也拟漫销魂，可恨酒家歌肆掩重门。　　敲窗细雨清秋惯，人静铃声远①。翻身索笔写心情，争奈笺残墨涩意难平。

【注】

①铃声：人力车铃声。

南柯子·江畔独步

醉里西风紧，酡颜衬淡妆，徐行江畔影成双过尽千帆点点意茫茫。　　水共云天远，鸥随江海茫，风中无语问斜阳，一粒相思脉脉寄何方？

望海潮·咏新重庆

两江交汇，苍山叠嶂，三都岁月悠悠。直辖十年，天翻地覆，参差亿万高楼。轻轨绕江州，落虹跨天堑，神鸟悠游。　　游人商贾淹留，喜巫峰绮丽，金佛清幽。赏夜景奇，听龙舞醉，放舟三峡金秋。惊儿女筹谋，西部鲲鹏怒，搏击方遒。万里扶摇直上，还看我渝州！

长相思

风亦狂，雨亦狂。杜宇声声啼断肠，玉兰^①沾泪光。　　痛一场，恨一场。冷月^②孤魂逝远方，何时入梦乡？

伤逝 5 月 7 日

【注】

①玉兰：每年五月上旬。广玉兰绽放点点白花，可也为我哀悼他？

②冷月：他去时，正是甲申年的今日，是晚，冷月满床，心碎满床。

采桑子·赠亲人

不知何事天公怨，子亦仓皇，余亦仓皇，颠沛流离走四方。　　亲人网络殷勤意，姐妹牵肠，兄弟牵肠，兰友今生永不忘。

江城子·记汶川大地震

山崩地裂蜀悲怆，倒东墙，压西梁。遍野哀号，万姓断肝肠。恸斥昊天何降罪？妻子别，爷娘丧。　　英明政府有担当。救儿郎，抚创伤。众志成城，援助爱无疆。赞我中华儿女意，擦血泪，建家乡。

[越调] 天净沙·中秋望月

中霄冰镜流光，湿人窗下罗裳。问子何牵向往？古今惆帐，原随君影彷徨。

史来胜

重庆市长寿区人，1941年生，小学文化，终生农耕，现为重庆市诗词学会会员，长寿凤鸣诗词学会会员。

历史一刻

（一）

万里长江白浪滔，鸿蒙画野乱奔涛。
凶滩恶水填苍海，骤雨狂风起浊涝。
三峡横天浇铁坝，九洲连畦润桑苗。
花香两岸黄梁熟，碧照清波映绿桥。

（二）

万顷茫然画彩屏，红霞万朵洒江汀。
青山隐隐连天动，白塔弯弯共鸟鸣。
鱼跃平湖花弄影，船游小峡月空盈。
喷洪卷起千堆雪，举世当惊华夏荣。

贺新郎·师

开卷尊师阅。笑盈盈，和颜悦色，十分亲切。斟字酌文淡心得，意境清新要决。多感觉，分清平仄。汗湿春衫声嘶竭。板书飞，字字铿锵瑟。清淡淡，似明月。　　年将八秩青丝白。器轩昂，吟鞭策众，利名长绝。誓为我区诗词史，写下春秋一页。千金字，呕心沥血。了不容思惊四坐，彩笔挥，写尽人间悦。长寿纸，贵如铁。

奥运颂

银花玉树缀祥云，献瑞福娃胜画屏。
四海雄鹰传圣火，五洲才俊战京城。
金光闪烁观长卷，笑语欢歌迎贵朋。
盛世千秋耀华夏，万邦拭目看龙腾。

次韵程老春游李花山

万顷平湖景色深，方舟停棹步园林。
莺歌燕舞谱春曲，紫蝶黄蜂戏李阴。
淡饭粗茶羹味美，简床旧被客怀钦。
惜花须白披肝胆，谢饷樱桃老宿心。

读程老新作兼谢怜爱

暮岁登门最不才，萧萧华发进书斋。
何堪溥老延东阁，那配诸君上曲台。
雅句多从词里出，佳音常自韵中来。
挑灯夜静寒难睡，漫把新诗百遍开。

叶义世

笔名叶璞，南岸区农民，1943 年生，高中文化。籍贯渝北区。务农 20 年。曾任大队长。著有诗词集《锦绣河山》、《宝鼎现》、《痴人说梦》，均已出版。中华诗词学会、重庆市诗词学会会员。

叩文坛 (新声韵)

一身粪土爱诗篇，两袖清风喜笔缘。
炼句发华穷求舍，拾章累卷叩文坛。

秦巴烟梦 (新声韵)

深处袅香烟，凝云境幻仙。
诱人多少梦，一梦到何年？

晨牧 (新声韵)

梯田婉上山，仙鹤诧飞天。
羊犬追晖闹，翁婆拄杖闲。

傲金秋 (新声韵)

喜贺中华诗词（绵阳）金秋笔会

绵阳添喜气，九寨傲金秋。
笔会神州客，清词千古留。

牛郎归 (新声韵)

重庆夜景之二

两江三岸闪霓虹，歌舞翩跹不夜宫。
织女牛郎携手降，龙桥凤艇喜相拥。

泪淋淋 (新声韵)

"5.12"汶川大地震抗震救灾纪

汶川强震毁城村，总理主席接踵临。
十万火急颁命令，争分夺秒救灾民。

人民喜颂五星红 (新声韵)

百年冰雪逞狂凶，阻断交通电塔崩。
号令三军排险碍，帮扶万户惠春风。
国防巩固开新路，经济腾飞立伟功。
部队辛劳千日苦，人民喜颂五星红。

金瓯固 (新声韵)

携孙登上天安门城楼感赋

天安门上望，龙虎九州腾。
玉宇千行盛，中华百废兴。
导师开伟业，民众奋长征。
万代金瓯固，同辉日月行。

刘 翀

男，笔名米粮一粟、野牛，重庆大足米粮人，1969年山生。现为中华诗词学会、重庆市诗词学会、大足县诗词学会副会长兼秘书长。

题刁蓬卧云楼

2007年10月于江津卧云楼秆访著名山水画家刁篷先生，丰得先生善待，即兴记之！

崇山见证沧桑史，高树相摇四季诗。
苍狗卧云催白发，笔挥斗室老梅知。

拜宋先儒陈公少南夫子

松风带路踏秋雨，顺水行舟载重楼。
昔日江边少南梦，渔歌逐浪寄哀愁！

访青紫山古寨

插汉云霄见列星，隐天霞壁忆层林。
野牛欲问沙场地，白鹤一声笑翠亭。

开频望母亲

一键相牵五月花，开频咫尺近天涯。
堂前且喜容颜佩，慈影安然落帔霞。
岁月其实怜体貌，寒暄不是奏琵琶。
银丝漫织手中日，风雨遥遥几回家？

咸菜歌

一盘咸菜聊岁末，几缕帘光寝暖窝。
梦里常将私欲减，沧桑更为素心磨。
缠丝情爱随风舞，裁句诗词对伊歌。
未想倦身逐日苦，却忧人事费斟酌！

拜　月

云托玉盘卧金秋，歌舞喷泉映绿洲。
仍觉此间情难尽，烟波拂面起闲愁。
鸳鸯一对声自了，白鹤两只影没收。
楼倒水中几重许，风临台上望白头。

沁园春·西苑

　　闩渐西山，古渡横舟，浪静渔闲。听风吟旅舍，窗纳月影；催眠笛响，迷引琴弦。草木琼花，缭烟锁道，疑是蓬莱落世间。瓦房内，有烤羊人影，炉火旁边。　　农夫锄倦收箢，欲问这升平不夜天；喜灯红酒绿，迪吧蹦卡。双双蝶影，对对婵娟。麦克莺啼，吉他滚唱，歌舞池中步欲颠。恍如梦，若凝眸远望，尽是新鲜。

米 粮 川

　　春风惠我米粮川，景色宜人一片连。
　　却月鹅鸣芦苇洞，司晨鸡唤栅栏间。
　　田边恍似儿童影，桐下犹然智凤闲。
　　脚点沙溪旋日月，鞭投塔耳戏龙潭。
　　七星澈底数层楼，一剑穿云破九天。
　　横卧乌石精欲变，恐惊顶上有雷仙。
　　千年玉伞擎风雨，两面青巖御暑寒。
　　双手劈开云与路，心田广种绿无烟。

刘 群

女，四川省内江市人，1930 年 8 月出生，重庆大学副
研究员。中华诗词学会、重庆市诗词学会会员。

维多利亚云霞灿

红日东方冉冉升，紫荆辉映五星莹。
百年耻剪史书鉴，十载胞归禹甸腾。
两制邓公辟天地，三军胡帅瞩台澎。
维多利亚云霞灿，曼舞轻歌庆向荣。

歌山嘉水共庆欢

直辖十载奋发篇，江水奔腾叠翠峦。
岁月峥嵘今胜往，干群智勇后推前。
教科果硕扬眉笑，工贸品精出口欢。
城市带乡同改貌，小康早先跃西先。

满江红·重庆未来更美好

三月春风，悄裁剪、千山绮锈。迎节日、锦涛关注，莅临析透。十载直辖花果累，五年奋战辉煌构。起点新、定位导航程，城乡秀！　　代表喜，提案厚。巴人庆，霞觞走。看挥旗击鼓，狠抓实耨。忧患意识长树立，公仆观念牢坚守。富渝民、江水唱谐言，西疆首。

[越调] 天净沙·颂改革开放

小平倡导门开。黎元庆幸福来。海北山南制改。民安国泰，神州日上春台。

满江红·全民抗震

万里晴空，羌族女、笑声爽朗。忽大震、楼坍树倒，山崩地晃。党政中枢急部署，军民各省争前往。力救援、受害众乡亲，降魔障。　　复电讯，修厂矿。武警勇，消防棒。紧捐资献血，九州同抗，痛悼国殇哀乐奏，抢回生命奇迹创。挺胸膛、重建我家园，春风荡。

沁园春·喜观北京奥远会

申奥当年，狂喜犹存，今庆大成。看举国挥舞，三山激动；和风吹荡，四海欢腾。丰获金银，广交朋友，欧美非拉赞誉盈。创新处，乃惊人画卷，科技结晶。　　亲临盛会都城。欣参与、八方贵客迎。赏飘飘环帜，熊熊圣火；摩拳劲旅，展翅雄鹰。男女同娇，肌肤各异，梦想追求均望赢。高强快、正层楼更上，携手攀登。

蝶恋花·佳节念台胞

两岸黎民亲骨肉。节日情牵，遥望频招手。地震蒙捐急拯救。梦圆京奥同欢久。　　胡帅高瞻诚问候。渴盼团圆，礼让开尊口。一统金瓯山水秀。国强民富弦歌奏。

刘书东

重庆市奉节人，1946年11月生，文学学士，高级讲师，中华诗词学会会员，夔州诗词学会副会长，《夔门诗汛》副主编。

游成都杜甫草堂哀奉节·杜公祠之毁弃 (新声韵)

茅屋重建胜昔日，馆所厅堂拱卫之。
岂惧秋风号古木，只知春雨润新诗。
辉煌目睹欣昌盛，毁弃心存寄远思。
但愿诗城无忘祖，斥资恢复杜公祠。

行香子·今日白帝城 (新声韵)

白帝城头，送目高秋。惊长江浩渺潴流。
凌波出世，云拥山幽。看铁桥横，巨轮走，钓鱼
舟。　　铲平滟滪，操舵无忧。又三峡大坝终修。
彩云依旧，激浪长休。叹名人句，无法解，待新讴。

题三峡红叶

峡风凄紧万山冷，坝锁平湖渊水深。
红叶不嫌崖土薄，欣陪地骨傲霜晨。

返乡幸会夔门·众诗友 (新声韵)

阔别千里遥，好友重神交。
盛事只独享，歪诗欠互聊。
庸生常碌碌，幸会苦廖廖。
试看长江水，情随碧浪高。

参观卫星发射场 (新声韵)

常在银屏看，云托火箭飞。
塔高迎面立，令下瞬时威。
山翠营房静，电光天际雷。
嫦娥将奔月，舜国益清辉。

念奴娇·牛年元宵观灯

分身无术，锦城遍，美味休闲行乐处。庙会历来皆赞赏，能否消魂同顾。东汉三分，西戎一统，人物巍然塑。纵横评点，既谈今又怀古。　　举首皓月悄悄，树间窥视，不夜鱼龙舞。梅抱余香桃绽朵，烟柳绿绦新吐。焰火冲天，炸雷轰地，惊掩轻轻幕。子时俱寂，清辉驱散尘雾。

震后蓉城群众诗歌朗诵会冒雨举行

痛定长歌天堕泪，含悲藏爱吐出来。
千呼万唤人何去，九死一生哀怎排。
履险幸存恩未忘，倾家重建志难埋。
神州合唱赈灾曲，时艰共度笑颜开。

刘万江

　　重庆万盛人，1943 年生。曾任万盛区青年镇党委书记、镇长。中华诗词学会会员，重庆市诗词学会理事。著有《路碑集》、《乡音集》、《方土集》、《初秋随笔》、《镇官心历》、《拾穗金秋》等十个诗文集。

新　村

绿水清渠绕半山，农家岁岁是丰年。
车行坦道千村社，路接园林万户田。
果树开花群色艳，莲荷映日满池鲜。
沧桑土屋随时变，赤壁楼中乐管弦。

农民打工

离家涉世路维艰，越岭飞车渡百川。
闹市穿流寻苦活，商场转动找力钱。
常观业主经营道，细想东家运作权。
十载辛勤明个理，回乡办厂哺农田。

新桃花源

锦绣山河映碧天，渔滓侧畔尽田园。
琼楼别墅连村野，坦道流车若市繁。
赤水欢歌千里乐，轻舟荡桨百禽喧。
巡空世外频飞碟，不识神州是桃源。

耕夫曲

栽禾插木田园曲，两岸溪边稻菽宜。
沃土耕耘丰硕果，良棉种植泛新枝。
青山麦浪凝成赋，绿水荷花汇着词。
暮日霞光呈彩句，明灯笔下万篇诗。

耕 读

碧野池边杨柳绿，轻风戏蝶舞花前。
劲牛踏破千重土，只为身醉在田园。
月下常谈天下事，炉前遍读古人贤。
半仓农器半仓书，晨耕夜读也潇然。

黑山即景

峰回路转断崖悬，几户农家拂晓烟。
俯首青山腾碧浪，飞车绿野入蓝天。
白云深处稀人迹，翠木丛中有石泉。
鸟语蝉鸣猴挂树，松风竹叶动歌旋。

山中夏雨

黄莺树上对蝉鸣，石壁流泉应有声。
夏雨来临风浪激，乌云卷动日光横。
千重帘幕随天落，万点珍珠覆地倾。
霹雳排空除浊气，山中景色更融情。

黑山谷寄赋

百丈深渊一线天，浮云几度绕群峦。
清泉集水穿深谷，激浪漂舟荡险滩。
万里行程飞蜀道，千峰屹立锁巴澜。
汪洋捉鳖谁言死，举目悬空吊冢棺。

刘兴祥

重庆开县人、1953 年生，曾任重庆市开县森林公安局刑侦队长。开州诗社社委，三峡诗社，重庆诗词学会会员，中华诗词学会会员。独撰诗集《森林之恋》、《刘兴祥诗词联选集》、长篇小说《白衣情结》等。

草原思春 (新声韵)

扑面朔风原草低，黄沙弥漫大漠泣。
故乡已是春耕季，李白桃红蜂酿蜜。

水调歌头·西藏圣地

远古洪荒野，神圣屋脊巅。春冬秋夏同日，雪线泻冰川。草原牦牛湖影，寺院巾幡长号，富矿地热泉。虫草雪莲地，香麝藏羚源。　　布达拉，天路架，银鹰旋，人流不断。何事蜂涌上高原？人厌喧嚣都市，月照祥和净土，均是两情缘。但要景长在，华夏有君篇。

森林卫士 (新声韵)

闪亮肩徽肝胆照，雄风再竖看今朝，
春雷绿盾攻坚战，森警出征士气高。

春雷绿盾：指国家林业局两次全国执法行动。

森警的生活 (新声韵)

春暖花开景色幽，忙碌办案尽风流。
爬山淌水保生态，苦累全当一日游。

池中蛙声 (新声韵)

夜半犹鸣惊梦醒，纱窗如听问询声。
谁从野外引池内？馋口封来续此生。

【注】

馋口：爱吃野生动物者。

开州诗社小江采风 (新声韵)

桃红竹翠江水平，船窗如画笑声盈。

白鹤惊起沙洲柳，燕子低回古墓茔。

选摄意境化入梦，腹稿斟酌暗自吟。

怦动挥毫新气象，国逢盛世喜诗人。

【注】

竹翠：万亩麻竹林。古墓茔：战国出土文物场地

登南岭公园赏秋 (新声韵)

秋循一寸一丝寒，落叶纷飞送雁行。

梯道蜿蜒林似火，山云僚绕树闻亭。

喜观今日欢南岭，遥忆当年梦复兴。

尽是青梅骑竹马，人生如戏惜真情。

观开县汉丰湖蓄水 (新声韵)

淼淼轻波淹古镇，迭迭岸望阳居青。

十年梦想今实现，一日永别热泪盈。

白鹭蓝天鱼影动，青山红照驶舟行。

未来仙景待装点，敢叫西湖逊色轻。

南岭俯观月潭 (新声韵)

大厦林中生雅境，青山绿水彩船横。

岸边亲友农家聚，山顶亭观商贸城。

日暖千竿渔雅兴，雨歇百侣步石径。

老宅湖底功千载，安稳新居笑脸盈。

【注】

老宅湖底：指开县旧县城被三峡库水淹没。霉农家：农家乐

刘庆军

号云松子，斋名云崧草堂。1952年生，重庆荣昌人，重庆诗词学会会员，荣昌县诗词楹联学会秘书长。

游"棠堰飘香"故地

青山林泉下，遍地海棠香。
芦叶盈田埂，梨花染院墙。
碧波增日色，翠竹映斜阳。
棠堰今犹在，空余野草芳。

云峰桃花

螺罐山头春正浓，丽人观景半城空。
崔郎几点伤心泪，化作桃花遍地红。

同学会所见

一梦尘烟廿五龄，青丝已作二毛生。
同窗相见不相识，含笑凝眸互问名。

春游鸦屿山

阳和野绿空山净，绮径醉红流水香。
采得野花无放处，脱却华服作篮筐。

书 怀

年少随波去下乡，东风浩荡战歌昂。
山寒水瘦心先冷，力竭身疲骨渐强。
几度春秋忧作乐，数番风雨汗凝香。
夜深忽梦校园事，一片蛙声透绿窗。

游古宇湖

巧夺天工古宇湖，千重雪浪水中铺。
浮光静影寒烟翠，一任游侣极目舒。

题《盆菊图》

暗雨浓烟耐岁寒，西风长与共缠绵。
九重秋色方凝翠，一室馨香独凭栏。
陶令篱边斟浊酒，易安帘里结愁缘。
但酬知己相知道，清供窗前任尔观。

题《青城之忆图》

青城别去物华新，芳草悠悠寻旧痕。
情寄云山飞瀑舞，心随幽谷翠流奔。
丹崖红叶真仙地，碧水蓝天忘俗尘。
漫道关山清梦远，生花笔下也消魂。

浣溪沙·题《牧鹅图》

濑水岸边系小船，新枝古木罩轻烟，牧鹅女儿棹歌甜。　　红掌雪衣腾碧水，清声玉影傲蓝天，梨花万朵落前川。

刘有权

四川叙永人，1937年生，现为中华诗词学会会员，重庆市诗词学会常务理事，重庆市工程师协会诗书画社社长，有《神女峰》、《一位公民的思考与建言》问世。

点绛唇·天山初雪晓望

谁换蟾宫？晓来万里寒凝瑞。满天皆翠，一点初阳醉。　玉室璇楼，多少嫦娥媚。声声吠，二骑联辔，马踏琼瑶碎。

浣溪沙·忆旧

柳色青青载舞游，山花流水竞娇柔，夕阳扶醉月含羞。　何处天涯寻旧梦，那堪衰鬓叹新秋，夜阑风雨又登楼。

清平乐·暮秋

天书雁巧，萸菊家乡好。踏遍关山归路渺，树瘦山空日小。　儿时嬉笑亲前，少年歌舞花间。老壮不惊风雨，将心呕入吟笺。

满江红

惊闻彭帅仙逝，眺望京都云封雾锁。长歌当哭，聊表哀悼。

百战疆场，旗指处，寰中谁敌。云骤起，庐山日暗，九州飞雪。四海但闻魔鬼唱，千村屡见炊烟绝。万言书，斗胆逆龙鳞，真豪杰。　　狂飙起，重遮月。心已碎，身傲立。怅群星摇落，雾京天裂。八载煎熬忧国泪，一朝耗尽忠臣血。去何方，奔见马克思，同悲切。

月夜飞羊城

银翼排云上，天高月倍明。
清晖随万里，一路见亲情。

咏 梅

笑绽东风第一枝，冰邀雪约不违时。
但喜心上和谐意，谱就人间绝妙诗。

贺刘和璧写意荷花展

笑立惊涛恶浪中，风狂雨怒自从容。
瑶池借得花千朵，香彻山城博物宫。

香港回归庆

男儿百载望神州，山在相思海在愁。
今日珠还须祝酒，携家跃上醉仙楼。

出夔门

电劈雷轰石峡开，怒龙到此岂徘徊。
长歌万里奔海去，再携云雨故乡来。

过香溪

溪流碧玉更流香，曾照村姑早晚妆。
护汉和亲弥战乱，芳魂今日可还乡？

初游香港

渝港崎岖路几千，相思百载梦今圆。
太平山上观江海，金紫荆花胜婵娟。

由港赴澳门

灿烂芙蕖映日开，仙姬期待在瑶台。
刘郎欲了相思苦，驭海乘风去复来。

初抵乌市

驱车驰万里，举臂抱边城。

问路多维语，闻歌少汉声。

红山观虎跃，碧海现龙腾。

百族和谐处，亲胜一家人。

游吐鲁番

宝聚珠成串，葡萄绿间红。

歌飞岚气外，人舞画屏中。

喜约天山月，来沾古井风。

田畴瓜果熟，车马接长龙。

访高昌古城

尘随车滚滚，古道探沧桑。

断壁知兴废，流沙纪汉唐。

和亲弥战乱，易物促工商。

万里丝绸路，驼铃接远邦。

雨后游那拉提草原

雨霁晴光满，云收草色新。
连天原似海，遍地畜如鳞。
骏骋疑追日，鞭挥欲断旻。
牛羊归暮霭，歌舞动毡屯。

咏 月

块璧浮霄汉，苍茫阅古今。
潮来江海怒，晦去地天欣。
玉魄家乡水，光辉父母心。
嫦娥应未嫁，游子动愁吟。

又悲矿难

矿难连番出，肝肠恸已深。
谁怜家爆炸？我共国悲吟。
殛恶雷伸律，吞人鬼逐金。
亡灵泉下聚，应识虎狼心。

走马乡观花

共赴云霞约，烟村入画中。
梨铺三岭雪，桃染几湾红。
鸟语迎歌客，香幽戏醉翁。
问花春后事，含笑舞东风。

喜迎澳门回归

相思五千月，今日泣团圆。
百族狂歌舞，三江醉管弦。
奔山和虎啸，望海祝荷妍。
焰火龙狮戏，犹迷不夜天。

南戴河游海时风浪大作

幼羡鱼龙戏，浮生几度游。
飙狂云水怒，海恶燕鸥忧。
跋浪鲸犹避，迎潮日亦愁。
蓬瀛当不远，何必待仙舟。

致当代诗人 (新声韵)

攀上昆仑望古今，奇峰几座耸入云。
诗超李杜图强国，词胜苏辛奋发民。
笔下雷霆天地诵，篇成龙虎海山吟。
江河后浪高前浪，一代风骚一代新。

刘永才

笔名刘寅,重庆市綦江县人,生于 1946 年 9 月。重庆天鹅驾驶学校教练员,重庆诗词学会和綦江诗词学会会员。于 2006 年独自编撰出版《迎斤集》一书。

思伊人 (新声韵)

落雁沉鱼不再逢,南柯长晤味无穷。
少时共读多亲密,此日回思似梦中。
久旱禾苗期雨露,欲明心愿盼春风。
牛郎织女虽河隔,两岸灵犀却互通。

衡山秀色 (新声韵)

欲飞南岳势腾空,万丈祝融①拔地冲。
修竹茂林云外绿,奇花异卉雪中红。
峰峦缠绕千重雾,石障频栽万里虹。
宁与仙山终到老,不争世上富和荣。

【注】

①指衡山主峰。

偶 作 (新声韵)

寒窗伴夜灯，报国有雄心。
熟料风云变，将人按类分。
黄金曾失色，废铁反充金。
谢邓乾坤扭，甘心献己身。

抗联颂 (新声韵)

抗联拼杀人马嘶，林海雪原展英姿。
大地当床天当被，棉花作饭襄作衣。
白山杀敌尸填野，黑水除妖血满溪。
日寇闻风惊破胆，群雄事迹构佳诗。

黎 明

寂静瀛峰夜未明，书声朗朗幽谷闻。
放牛溪畔吃青草，坐石河边读古文。
哪管瀑帘如雨泻，任凭牲畜似牛奔。
寒窗十载佳期到，欲出深山入考门。

醉莲湖 (新声韵)

江莲朵朵向天开，倒影青山巧匠裁。
叶蔽闻歌人不见，桨摇水动舴方来。
鸳鸯对对迂回乐，彩蝶双双往返徘。
醉眼惺忪舒管笔，天公赐我好题材。

古剑山 (新声韵)

名山雾漫石鸡公，古寺凌云峭壁松。
老树枯藤藏庙宇，幽林曲径入天宫。
喳喳鸟语栖苍柏，朗朗经声伴响钟。
忘返留连魂系梦，悠闲乐在此山中。

刘国铭

重庆市江津区人，1934年生，副教授，重庆文理学院老教授协会副会长。中华诗词学会会员、重庆诗词学会会员，曾任重庆高教老协晚晴诗社副社长。出版论文、散文、诗词集《湖山心曲》。

贺石天河老师七十高寿

寿客藏芳草木依，仲秋杖国两佳期。
东篱陶令寻酣梦，西圃诗翁咏入谜。
湖畔冷香逗笔趣，广场神韵自成蹊。
黄花虽瘦耐霜冻，且看灵犀出独奇。

有感神舟五号升空

"东亚病夫"游太空，吴刚邀访广寒宫。
嫦娥舒袖重飞舞，杨柳开颜忙奉觥。
万物争荣龙万寿，神舟小试艺神通。
来年订票冲天出，雄视人寰祝大同。

总书记慰群英

小虫肆虐小球惊，九城成城九鼎情。
北国军医身试戟，南山院士救生灵。
白衣天使千秋血，绿色小汤万代名。
两手齐抓双告捷，中枢主帅慰群英。

纪念 12 月 26 日

饮水思源敬诞辰，国强民富告新春。
小康朝旭昱群胆，利伟轻舟抒匠心。
斩腐倡廉兴社稷，同仇相应固邦邻。
平湖映月惊神女，万古云霄民族魂。

咏南译迎宾

重阳前夕，诗社同仁光临南方翻译学院，因赋之。

南译迎宾耆老行，夕阳光耀雨刚停。
诗翁走笔春常在，词媪采风慈母情。
韵脉传承吟盛世，歌弘律动激雏鹰。
巧逢重九思乡里，难得心宽求鹤龄。

成都吴芳吉研究会青城山纪念诗人冥诞

悼悲碧柳我同行，欲借丹梯觅圣经。
白屋重光研白屋，青城问道法青城。
婉容悬案何时结，幸有方家忙廓清。
观寺和居升紫气，诗文缭绕哭芳名。

游青城山

久慕青城垂暮游，眉飞腿健夜觥筹。
放翁长笛余音绕，子美神毫佳气流。
云挂树梢山滴翠，观藏崖壁道通幽。
时闻鸣鸟和鱼鼓，仙境悠悠不胜收。

怒斥藏独暴行

奥运和风正盛时，突闻藏独歹徒嘶。
投仇祸国诳言佛，嗜杀殃民本是魑。
狐狸居心唆作恶，暴君假手世人嗤。
飞蛾扑火炬龙旺，同梦赛场共竞驰。

改革开放三十年

春风阵阵卅华年，争艳百花舞翩跹。
神七出舱太空踱，奥运梦圆大地妍。
金融海啸袭环宇，清浊分明别有天。
众星拱月祈北斗，杨眉共商同着鞭。

江津诗词学会换届感赋

几水奔腾岁月添，讴歌开放颂延年。
新人接力开新宇，智叟交班戏智泉。
诗韵楚骚连白屋，古词今律共尧天。
强区千亿富民策^①，不负苍生薪火传^②。

【注】

① "强区千亿"，指江津打造千亿工业强区战略。
② "不负苍生"，借用吴芳吉"三日不书民疾苦，文章
辜负苍生多"名句。

清平乐·凝神聂帅陈列馆

九州俊杰，救国寻方切。统率千军顽敌灭，
核弹飞天奏捷。　　扶孤博大情怀，斗林坚毅消
灾。仰慕丰碑神韵，后生结队而来。

水调歌头·痛悼小平

寰宇巨星坠，九域倒春寒。恸哭珠峰悲咽，东海泪潸潸。百战运筹帷幄，磨难三番亮节，赤胆挽狂澜。志在山河壮，耄耋辅群贤。　　主开放，倡改革，捍红权。高举毛公旗帜，特色续新篇。洞察国情民意，驾驶和平发展，四海赞空前。统一神州日，玉玺慰黄泉。

满江红·欢庆重庆直辖

治世春浓，普天庆，巴渝大吉。两江水，欢腾东去，追潮不息。怎忍良机皆错过，试看山崀齐冲击。出平湖，细浪舞千帆，人间极。　　周公馆，精英集；渣滓洞，丹心碧。效忠魂报国，扫贫愚疾。血染红岩除旧政，汗浇沃土谋新绩。巧运筹，彩带系中西，争朝夕。

念奴娇·喜迎香港回归

春潮激荡，畏民心，还我神州坻阙。追溯万年同一脉，香木绳纹详确。英帝贪婪，林公受辱，港岛遭残虐。桩桩国耻，而今方得昭雪。　　双喜九七佳期，普天同庆，洒洒酬先觉。抗荷成功心未了，吾辈能看疆缺？两手齐抓，韬光养晦，夯实千秋业。太平盛世，仍需磨炼铜钺。

清平乐·青藏铁路为党的 85 寿献礼

北京西藏，霞彩从天降。雪域高原新景象，日月低眉嘹望。　　大军十万艰辛，巧攻极限争分。勇创千年伟业，只缘跟党同心。

清平乐·痛悼"512"

山崩地裂，瞬息汶川灭。万户生灵遭浩劫，十亿神州哽咽。　　燕京号令赈灾，救星接踵飞来。寰宇爱心奉献，相濡雾散云开。

清平乐·奥运开幕

贰零零捌，圆梦英姿飒。圣火熊熊传奋发，万物复苏梃拨。　　辉煌屈辱兴衰，卅年改革开怀。崛起宾朋喝彩，民熙国泰瑶台。

刘远森

1933 年生，重庆璧山人，曾任军工企业处长，重庆市及璧山县诗词学会会员。

鹧鸪天·丁亥中秋月

皓月横空十七圆，重磨宝镜胜他年。寒宫桂影风吹地，静宇蟾光雨洒天。　　山隐隐，水潺潺，融融万物自悠然。经秋复见纯真色，或令嫦娥夜不眠。

清平乐·璧山天池

缙云百里，拨地千峰起。翠竹苍松堪寄意，难得天生雅致。　　昆仑雪冷瑶池，王母袖转东移。待与穆皇觞举，更留方外仙居。

调笑令·天池水

修竹，修竹，尾动摇波起伏。蓝
天映水云飞，苍鹰不辨路归。归路，
归路，寻得山高处去。

腊梅二首

（一）

巧借冬寒不自伤，枝头准信吐芬芳。
风霜雨雪皆为友，举步和谐日月长。

（二）

不畏风霜独候春，呼回大地换装新。
华英落去终无悔，且把余香尽献人。

云雾山摩天岭

飞峰出众山，碧影映中天。
鸟醒迎朝日，牛归送夕烟。
蝉鸣幽谷静，雾去野花鲜。
百里芳菲地，凌空一眼观。

秋 菊

黄花簇簇纵情开，随伴金风结队来。

嫩叶倾心迎丽日，柔枝在意却尘埃。

身横大地存真美，足远雕墙厌巧乖。

最是性温功不古，华佗弟子尽称才。

鹧鸪天·渝西诗友会

拄笔文翁聚雅楼，黄花作伴咏吟稠。开窗句读腾空去，落墨词章顺水流。　　情切切，意悠悠，时兮不待势难收。金风玉梦今逢矣，有道渝西好个秋。

卜算子·戊子秋游重建佛荫寺

圣殿烛光明，雅阁青烟袅。紫竹红墙透梵音，曲径黄花绕。　　莫问昨风云，岁月年皆老。须记神灵了却忧，缘自凡人好。

刘培新

男，字真水，号三金阁主、朝云逸仙，1949年3月生，重庆市巫山县人。巫山县人民政府办公室主任。现为巫山县诗词楹联学会副会长兼秘书长，《巫山云》诗刊常务副主编，重庆市诗词学会会员。

登巫山

会当绝顶望无垠，金邑①巍然柳色新。
戏水蟠龙②观玉宇，盘山小径没白云。
轻舟帆隐巫峡霭，神女情牵游客心。
欲借长江书翰墨，钟灵毓秀古而今。

【注】

①金邑：巫山新县城。
②蟠龙：巫山县城东大宁河与长江交汇处有一山梁名江东嘴，其形似龙入水，故名。

小三峡之秋

天高云淡映河洲，帆棹飞歌不胜收。
白鹤悠然霄展翅，猕猴愉悦树低头。
渔舟唱晚载千古，霜叶逢时年百秋。
画意诗情人自醉，翩翩吟赋竞风流。

秋 望

芳佳二友气神清，书罢临窗放眼行。

山舞峦峰千嶂伟，水迎帆棹万关宁。

中升白日罩苍莽，半落银蟾思宿星。

歌赋诗词琴与画，风流潇洒几多情？

大爱无垠·汶川 5·12 大地震记

山崩地裂天灾降，总理披星戴月行。

余震连连存浩气，哀思切切悼亡灵。

情关生命胆肝照，心系孤儿肺腑铭。

众志成城彰显爱，九州感动泪盈盈。

普洱八韵①

甘霖初下润乾坤，普洱献姿杰俊门。

君入御宫温玉叶，毫逢琼液现金身。

游龙戏水茗承露，飞凤弄云庭沐春。

盛世呈样情不已，暗香浮动奉佳人。

【注】

①韵即情趣。

新巫山

适逢巫山对口支援十周年暨新县城落成庆典。四海宾朋纷至，一江欢歌飞出，盛况空前，欣然命笔。

烟波浩淼开天镜，金邑巍然沐旭阳。
云涌三山呼翌雨，水惊三斗奏华章。
扶摇紫气云霄外，歌赋宏图翰墨香。
绝景①奇观②誉何处，巫山神女称故乡。

【注】

①天下绝景：即 1992 年 10 月日本前首相中曾根康弘游览小三峡后的题词。

②中华奇观：即李鹏总理 1992 年 11 月游览小三峡后的题词。

深山老者

放荡不羁逐远波，农夫竟至辍田何。
进京壮士官敷衍，入邑老翁人叱呵。
言冷原为清正少，事难但恨蠹虫多。
包公明镜今安在，万唤千呼大众歌。

情漫神女峰

殷殷霜叶胜花红，仰慕依依似水东。
掩影层云飞峭壁，横空迭嶂傲峦峰。
闲来鬼斧惊天宇，忙里神工骇地公。
绝景留连情不已，心潮逐浪向苍穹。

许清富

重庆人，1945 年生，工程师，科长，中华诗词学会会员，重庆市诗词学会理事，北碚缙松诗社副社长。

悼任长霞

十里长街哭落霞，人民心上一枝花。
献身何惜血千滴，惩恶毋留祸半家。
耿耿丹心昭日月，堂堂正气暖中华。
含悲春雨含悲泪，洒向嵩山又发芽。

钓鱼城

凭栏一眺壮豪情，眼底江涛卷巨声。
古寨痕留半城恨，夕阳影照一山清。
千秋旧事牵心远，几处荒碑读史明。
最喜残垣添意趣，绿苔黄菊两相生。

春风度玉门

习习春风度玉门，而今戈壁大翻身。
船飞箭射惊天醒，气涌油喷动地闻。
塔水新浇旧草木，胡杨重绿老乡村。
谁吹芦管西羌韵，醉了敦煌梦里魂。

纪念抗战胜利六十周年

六十年前狗进村，竹篱见毁故乡门。
一腔恕火刀飞刃，万树红梅血染春。
苦难曾催日月老，光明重照地天新。
太平洋上涛千丈，还有贤孙拜鬼神。

春 播

播下春光耀眼明，山村农产正忙耕。
地头种满丰收景，苗与心花一道生。

腊 梅

谁遣华容上玉腮，一山春意共君来。
唯伊生有英雄胆，偏在冰天雪地开！

西江月·春韵

杜宇声声入梦，柳枝冉冉摇风。村边溪韵水淙淙，谁把春光拨弄？　　耘熟心中热土，移来云外寒桐。几番烟雨化葱茏，情与山川相共。

浣溪沙·春耕

　　二月春风柳上看，殷勤新绿染家山，偏来好雨送甘泉。　　种豆肥施窝下土，育秧膜覆水中田，春耕正盼小晴天。

醉花阴·稻熟

　　水染红霞山染俏，熟了秋田稻。何有此金黄？细浪微波，正共乾坤笑。　　打晒扬筛天趁好，人比星星早，弯月似镰刀。不怕辛劳，只恨粮仓小。

任 杰

女，1975年3月生，重庆市人，一级盲残，自由职业者，高级心理咨询师。现为重庆市诗词学会会员，重庆市残联盲协秘书长，九龙坡区盲协副主席。

陌上花·偶怀

归来拾起，扑腮红叶，为谁争艳？瑟瑟秋声，频寄菊香还挽。疾风密雨何怜那，撒羽伤心孤雁。任筝弦暗涩，素笺残句，镜奁尘满。　　忆高梳云鬓，嫁衣胜血，巧笑羞晕吹散。桂下轻吟，霜染青丝飘卷。不知梦里寒潭影，飞去哪边汀岸？逐心帆一片，摇明月棹，系斜阳缆。

临江仙·有感于四壁图书之蒙尘

自小钟情书海觅，如今咫尺难巡。颤摸满架似犹温，翻来嘘旧影，尘落泪无声。　　夺我光明悲不尽，纵然造化磨人。清晖驱魇照冰心，放声歌一曲，万卷铸诗魂。

凤凰台上忆吹箫·喜伴爱女度童年

一唤妈妈，十分辛苦，欣而化作飞烟。喜跳绳嫌短，鞋码新添。共读诗书朗朗，相携影，池畔庭前。迷藏罢，追扑蝴蝶，舞上秋千。　　甜甜，午间睡醒，何处小人儿，叫起寒蝉，正帚书狂草，兴甚歌酣。挽袖刷锅调蛋，煎饼乐，大厨宛然，焦糊味，呼声远飘，闹热霜天。

潇湘夜雨·夜雨灯下

微雨飘棂，疏风帘动，小灯照影无言。碧茗渐淡夜生寒。浑未觉，唇边笑，敲键急，纤指翩跹。文织锦，思燃兴涌，今夕何年？　　才情空负，纵然志远，梦落谁边？奈风掀浪遏，误了长帆。图破壁，痴心不改；三昧火，欲蠹冲天。俟狂雨，惊窗拍案，疑是励人喧。

人月圆·冬阳里

掀帘叩梦暖光透，金缕卷轻寒。倚窗梳发，何人玉笛，娓娓传言？　　复挑漫捻，梅香拂过，唇角微弯。浮云一片，千诗化蝶，为我翩跹。

摊破浣溪沙·老母情结

女大方觉尘鬓香，谆谆泪洒嫁衣裳。犹见娇娇小模样，蝶花冈。　　竹马布熊歪一旁，家家酒罢躲迷藏，嘬嘴算题唤外婆，应声忙。

江居卧观日出

薰风微煦抚娇慵，半转星眸曦色浓。
金缕薄疏轻掠岸，彩雯清浅漫盈空。
潋波剔透千层锦，霏焰燃腾万里红。
鸽哨徜徉逐煜去，飞桥托日戏云龙。

任悟非

1946 年 6 月生于渝北。原系渝北区石船中心医师。1991 年自动离职在渝北两路开办《世传医馆》至今。2007 年加入重庆诗词学会。

香港回归十年

（一）梦见小平

梦里依稀见小平，港归华夏已十春。
勿忘孤岛回归日，告我同祝享天伦。

（二）台胞思归

大陆本是自家人，同是炎黄一脉孙。
牵挂同胞十几亿，回归早望庆天伦。

我爱书法

从来书法是宣情，休为衣食休为名。
喜与羲之交挚友，谈心不觉过三更。

弦　音

乐此忘却已近翁，闲来无事爱拉弓。
弦中声韵谁人晓，学问文章在此中。

补　课

少去无缘学问疏，老来有意泪涕濡。
幸逢盛世衣食足，回首重读幼小书。

除　夕

年饭送年又进年，团圆丰满尽佳餐。
亲家贺岁口才闭，数盏来回皆酒仙。

戊子新春运筹

爆竹万响贺新晨，烟火祛寒喜庆春。
门上贴福年似此，街旁花树岁趋新。
旧年收获年留影，新岁和谐岁促人。
亲友相逢开口笑，师生电告运筹情。

统景温泉游

(一)

天釜天恩出热泉，饮浴确信可延年。
一墙圈地尽围里，只有阳光不卖钱。

(二)

名洞温泉游要钱，开发万贯系腰间。
李白杜甫生当代，欲做诗仙也枉然。

六十初度

甲子光阴如转瞬，杏林六五度春秋。
养鹅年幼墨池内，牧马花甲诗海头。
附子辛热扶火好，地黄甘润保阴优。
取来妙用精神爽，只管耕耘不问收。

读黄玉兰诗词感想

读罢君诗始感奇，黄花白颖泛红丝。
玉曲撰就嫦娥舞，兰草向生幽静区。
诗选乐天曲隐意，词缘清照婉约痴。
感随织女专心志，想引牵牛华夏弛。

自度曲·颈椎病

　　朋友问及身体好？我言甲子人趋老。共振核磁诊断了，颈椎病，项强手抖常疼叫。　　注射吃药还"上吊"，购来牵引脖环套。颈子像只癞疙宝，虽未死，阎王与我开玩笑。

向允中

1933 年生，重庆垫江人，四川师范大学中文系毕业，垫江中学高级教师重庆诗词学会会员，垫江《明月诗社》理事。

益州为学

负笈离乡赴益州，振兴华夏苦追求。
书山觅宝千姐路，学海探珠几度秋。
毕业辞行洙泗泪，梦魂时绕杏坛楼。
年年岁岁滋桃李，岁岁园林硕果收。

锦城抒情·78 年夏秋之交，学习、教研于省城，赋此

一别锦城二十年，九霄日月换新天。
邛峰融雪青山笑，锦水淘沙绿浪欢。
漫赏荷花吟柳永，细看丛菊忆陶潜。
此行专为育才事，甘作蹇驴嗤响鞭。

高考阅卷遣怀

前度向郎今又来，锦城朱厦阁门开。
孙阳识马选良骥，刘备顾庐得相才。
蔽日桐荫无盛夏，拂楼风爽有情怀。
凝神疾走奎星笔，喜看神州桃李栽。

登乐山凌云楼

84 年出席四川省邛海语文教研会后游峨眉、乐山，赋此。

寻芳漫步古高楼，西蜀画图一望收。
汇口三江耸大佛，沿河十里放扁舟。
子瞻洒墨青云志，沫若挥毫绿水悠。
回头遥看金顶灿，雪山红日映嘉州。

登黄鹤楼

仙人骑鹤几时走，访古寻踪我登楼。
长虹飞跨楚天阔，巨舰竞发江城悠。
崔灏题诗惜鹤去，李白步韵思凤留。
江山如画陶人醉，何用悲欢动离愁。

杭州吟

江南最忆是杭州，此日造访任遨游。
华丽别墅郊原美，巍峨琼楼市容秀。
钱塘大桥好观潮，西湖小舟便探幽。
自古东南形胜地，小康首居十二州。

游张家界

森林公园竹为屏，园内景色多奇新。
黄狮寨岩石嶙峋，兰天柱擎天不倾。
岩石夫妻永作伴，三谭四井五溪清。
罢游绝顶倚危崖，裁片风光纪湘情。

向明阳

1944 年生，四川省宣汉县人。大学文化，退休前长期从事开县人民广播站、有线电视台和《重庆广播电视台》开县版的采编、策划和编审工作。重庆市诗词学会会员、开州诗社副社长。有作品集《粗枝大叶》问世。

开州文韵读后 （新声韵）

三里竹枝雅味长，开州本是举人乡。
韦侯赋景千秋诵，刘帅题诗万代扬。
山水田园吟古韵，工农文教谱新章。
一书在手常欣赏，曲赋歌词墨亦香。

【注】

韦侯，即唐朝韦处厚，元和十一年以考功副郎任开州刺史，著有《盛山十二景诗》。刘帅，开县人，中华人民共和国元帅刘伯承。开县旧分江东浦三里，县人常以三里代之。

长龙颂 （新声韵）

水覆山重云雾封，开州公路舞长龙。
内联三里织络网，外接八方下沪榕。
修好家乡主干道，入融国内大交通。
四通八达成胜景，壮志豪情满襟胸！

开县广播电视台成立十周年志贺

十年辛苦不寻常，引导视听旗帜扬。
电视遍录三里景，广播彻响一字梁。
欣闻好稿居魁首，喜见新人发热光。
滚滚澎溪长逝水，一波一浪向前方。

栾菊杰

当年常忆剑出鞘，感动国人四化潮。
今日一幅祖国好，女侠半百亦风骚。

题李中华画鼠（新声韵）

鼠娃不识丁，何事嚼诗文？
书报人人爱，原来有墨馨。

题龚一权摄影作品（新声韵）

鱼鹰竞舞

江中亮翅欲飞天，尽显风骚舞美妍。
莫道娇娇好听话，指挥棒乃竹篙竿。

冬水田园

雾罩云遮大慈山，登临顶上眼界宽。
纵横阡陌金冬水，孕育明秋米粮川。

街头棋摊 (新声韵)

焚河汉界又操戈，虎斗龙争看客多。
小子进车吃小卒，老头退炮护老窝。
划脚指手抱膀子，察色观言把采喝。
马后一轰惜不响，几声笑骂又讲和。

女子清扫队 (新声韵)

马路天娇人称颂，上工收队服饰同。
高跟尖履可登可，低乳艳唇红又红。
手握竹笤腰似柳，眼蒙墨镜发如篷。
灰尘不动裙裾动，街不美容人美容。

向承彦

男，号巴月山人。生于 1952 年，巫山县人。著有《巫山古代诗歌选注》《巫山古代诗文选注》《三峡联粹》《三峡趣闻》《三峡奇闻》《巫山古迹录》《古老的神女文化》等书。现为重庆市诗词学会会员，巫山县诗词楹联学会顾问。

通字诗

近知血管阻滞，愀然不怿，作隐字诗二首，托言恋人之思，友人之会，暗含"通"字若干，祈望通则病愈也。

心有灵犀人未语，低头微叹几沉吟。
夜思河汉鹊桥渡，晨傍小轩听鸟音。
三杯陈酿和天地，六碗新茶论古今。
火树银花人不寐，高山流水得知音。

贺二弟五十寿五首·吾弟五十初度，欣然为诗以寿

（一）

吾家有弟正当年，幼承庭训诗书传。
夜阑秉烛苦为乐，心驰神往慕高贤。

（二）

吾家有弟正当年，豪气干云笔如椽。
撷来山水抒胸臆，妙句奇文泻峡川。

（三）

吾家有弟正当年，临池不觉砚磨穿。
笔走龙蛇多古意，意在行云流水间。

（四）

吾家有弟正当年，自称三峡一散仙。
乐山乐水得真趣，随意随遇又随缘。

（五）

吾家有弟正当年，神清气朗康而安。
吾称觥觞为弟寿，野鹤闲云天地宽。

祭母诗·吾母辞世, 于今十年, 清醴长歌, 致祭灵前:

吾母生长, 三峡巫山, 地名水口, 大宁河畔。毓秀钟灵, 名门之媛。清心玉映, 温恭贞娴。聪颖好学, 熟读经传。怜贫济困, 仁慈良善。亲族赞扬, 邻里称贤。与父结缡, 世事巨变。家道中落, 举步维艰。饮冰茹蘖, 处之泰然。孝顺祖母, 晨昏问安。敬重吾父, 齐眉举案。助父振兴, 相濡沫染。未及十载, 又遇灾年。幼妹早夭, 痛彻心肝。设塾乡下, 启蒙童顽。磨砺十指, 觅食针尖。吐甫育雏, 忍饥受寒。母年半百, 又遭故变。父罹沉疴, 辞世猝然。吾母疲累, 两鬓斑斑。为儿为女, 咬紧牙关。撑持家业, 踏平沟坎。儿女长成, 家境始宽。成家立业, 羽翼丰满。儿孙满堂, 绕膝承欢。愁眉尽扫, 笑语喧喧。苦尽甘来, 晚景人羡。想吾慈母, 受尽熬煎。生我养我, 千苦万难。儿在襁褓, 就湿推干。稍有不适, 昼夜不眠。亲手纺织, 缝制衣衫。己受饥寒, 儿必饱暖。想吾慈母, 身教言传。传儿美德, 教儿经典。勤奋向上, 学而不厌。淳朴善良, 坚强乐观。终身受用, 铭刻心田。想吾慈母, 春晖和暖。大恩大德, 山高水远。每思母亲, 泪仍涌泉。深恩未报, 难消隐憾。永世不忘, 木本水源。告慰慈母, 谨遵遗愿。儿女五人, 心手相牵。团结互助, 和谐发展。慈母护佑, 家家平安。发达兴旺, 子孙绵绵。

向承柱

男，1963年生于巫山，巫山供电公司职工。著有《巫山奇景录》（篆刻）等书。现为重庆市诗词学会会员，巫山诗词楹联学会理事。

无 题

巫地黔南各一方，无缘得识已情长。
今日何幸窥君面，又惹春风拂夕阳。

贺周代枝先生七十寿

翰墨诗书世代昌，一枝独秀看周郎。
斯人幸历崎岖路，大道始成共举觞。

咏 梅

丰姿绰约独芬芳，玉洁冰清逸暗香。
铁骨净铮非傲气，敢同松柏笑风霜。

望 月

三十韶华又七春，几番挣扎几浮沉。
但祈早遂儿时志，明月邀来共玉樽。

云雨难期

　　巫山神女传为王母之女瑶姬，因助大禹治水有功，享祀巫山"朝云"庙。但宋玉却在《高唐赋》，中将神女描绘成一个自荐枕席的淫荡女子，宋玉之罪大矣！余今试赋诗一首为神女一洗不白焉。

本是瑶池心爱女，何将玉体君王许？
三千粉黛顾不来，怎到巫山会云雨！
宋玉恃才闲吻唇，无端神女归二楚。
助禹之功何可没，逞客终遭世人诅！

咏 莲

根植泥沙身自强，纤尘不染爱红妆。
扩颜幸有擎雨盖，一片冰心万世芳。

巫山长江大桥

高峡隐江月，虹霓贯南北。
寒烟凝丹枫，金笛响宫阙。

游 妙 峡

栈道船棺峭壁悬，仙环迎客古松前。
白龙乘雾过江渚，展翅雄鹰啸九天。

庆祝抗战胜利六十周年

抗日只为卫国严，凛然正气激云天。
人民十亿同携手，赢得和平享万年。

沄泷八景

沄泷八景在巫山南岸的观阁村，那里古称沄泷，八处景观就环布在那方圆不足一平方公里的地方，诗中连线的四字即为景名。

谁凿龙门导河东，旗峰挂印万世雄。
仙洞玉拄擎天宇，层蛮连珠隐骊龙。
清渠萦带撩山雾，云垒观月照孤忠。
更有绿杨津桥处，澄潭翠笔舞东风。

题"凌波仙子石"

相思一点趁东风，漫漫飘飘隐碧空。

若到来年春信报，仙姑踏浪九霄中。

偶得奇石

庚辰春日，余游大宇河。偶得一石，纹与唐人张九龄"海上生明月"诗意暗合，因以为诗。

沧海浮云皓月奔，清辉无限洒乾坤。

从来仙境多诗意，难怪张生有妙文。

向承勇

字钧成,号不怯生,别号建平闲人、高唐居士。生于1956 年,巫山县人。现为重庆市诗词学会、万州区三峡诗社理事,巫山县诗词楹联学会常务副会长。著有《三峡文化撷英》、《巫山民俗风情》、《白水山人诗草》、《历代名人咏巫山》等书,与人合著《巫山文化史话》。

渔家傲·庆祝重庆市直辖十周年

重庆十年思巨变,和谐社会人人建。经济腾飞争贡献。乾坤奠,巴渝奋起三千万! 伟绩禹功掀画卷,楚天高峡平湖见。云雨巫山非梦断。世惊见,今朝喜了哲人愿!

登神女峰感吟

屈宋高标万世宗,九天仙女下云重。
巫山才子今安在,再赋高唐十二峰!

荆巫赤枫

赤橙黄绿紫青蓝,枫叶只为仙客丹。
我幸荆巫真灵地。便将山水占骚坛。

枫叶流红

巫山枫叶为谁红？灿若星辰满峡嵩。
我欲撷来书妙句，高唐赋罢起文宗。

忆 母

我母常怀怜悯心，贤良劭德动乡邻。
才施花子两升米，义送学人三件衿。
侍奉公婆堪典范，养育儿孙最艰辛。
今去西天参妙谛，终将南海伴观音。

忆 父

慈父撒手人寰三十年矣，时值三十周年祭，为诗以飨在天之灵。

三十年来仍感伤，每思慈父欲断肠。
老终尤恃荆山璧，操守但凭毛遂囊。
满腹经纶如粪土，一生坎坷尽彷徨。
奈何世事即如此，唯见坟头几炷香。

感 吟

最羡谪仙酒独尊，书生哪惯谄豪门。
凭轩听雨频敲句，隔岸看涛细酝文。
阡陌纵横寻自在，山林吟啸长精神。
寒来暑往无穷尽，野鹤闲云一俗人。

教师节感赋

豪情未减早身闲，常忆当年执教鞭。
粉末扬扬仍潇洒，精神奕奕白威严。
春风化雨育桃李，积善如流报地天。
漫道杏坛无建树，圣人弟子有三千。

【注】

相传孔子曾在杏坛设教，收弟子三千，授六艺之学，为士林称颂，成为美谈。

老亦乐

人到暮年如棘沙，野夫欣与话桑麻。
屋前宜种瓢儿菜，院后还栽扁豆花。
闲暇做罢文章好，忙里偷来诗句佳。
漫把心思付高远，夜阑再品早春茶。

大风口观雪

又是一年飘瑞时，喜将吉象入新诗。
风摇山月池塘影，雪打轩栏庭院枝。
岸柳依依生碧玉，炊烟袅袅绕丹墀。
如斯美景如常在，直叫骚人解梦痴。

山涧幽居

幽幽山间隐茅棚，撮土烧畲作垄耕。
数洞窗棂融日月，千杆篁竹孕枯荣。
闲来课子吟新句，夜静听妻拂占筝。
不羡世人居闹市，且将茶饭慢调烹。

向炳全

男，1943 年 10 月生，重庆市长寿区人。1966 年起先后从事教育和机关工作。退休后参加长寿区凤鸣诗词学会。

长寿湖八景湖 (新声韵)

(一) 长堤抒怀

巍巍大坝锁龙溪，浩渺烟波无际篱。
水映青山如玉镜，波摇丽岛泛珠玑。
伟人挥手山河改，万众齐心日月移。
重履当年兴业路，怎不心动入痴迷。

(二) 角亭仰圣

花香岛语绿荫丛，六角亭前觅影踪。
细读题词增厚意，纵观简介起尊荣。
长湖荡荡仙人没，岁月悠悠物景同。
总理英灵春永驻，抚今思往意无穷。

(三) 浴滨戏水

浴滨景色更堪夸，一望平湖不见涯。
远看长堤呈玉带，近观金鲤闪银花。
浅滩戏水游人醉，深浦驱舟老少哗。
尽兴归来多惬意，岸边闲坐品香茶。

（四）高峰日出

东风一夜皱长湖，望远登高心境舒。
云透红光铺锦绣，风摇碧波泛金珠。
迢迢绿树江天晓，霭霭朝霞鱼鹭苏。
揽胜觅幽谁处好？高峰岛上看日出。

（五）湖岛果香

百里长湖千岛翠，流光树影重叠深。
层层橘柚压枝重，累累蜜桃坠树沉。
遍地烟笼千顷练，满坡日照万株金。
行观硕果心扉醉，顿感清香填满襟。

（六）古寨雄姿

古寨雄姿今更存，赵云在此屯三军。
马踏蹄印依稀辨，震耳军声似可闻，
陷阵冲锋忠悍勇，出生入死义凌云。
麻竹岩上觅踪影，长坂雄风励后人。

（七）湘子遗石

砥柱孤出令胆惊，依稀仙境更传神。
三岩叠嶂如神造，两寨抟青向日伸。
湘子养身修道处，洞宾舞剑破石痕。
游人到此益非浅，半入江风半入云。

（八）飞瀑流泉

万仞悬空不可攀，飞泉直挂险峰间。

一枝玉柱依绝壁，两道白云漫半山。

万马奔腾惊胆碎，千钧霹雳震心寒。

流泉飞瀑堪称绝，迷见奇观已忘还。

向撑宇

笔名涪滨子，别号芝兰斋主人，1932 年生，重庆市合川区人，原四川外语学院副厅级调研员，中华诗词学会会员，重庆市诗词学会原常务理事，著有《梅林凤吟》（五）、《枥边鸡肋》、《吟花咏草》、《重庆风光吟》等。

吟 诗 乐

跳舞能增腰足健，唱歌可以吐情衷。
灵犀一点通诗窍，我自吟哦乐未穷。

退休偶得

卸冠深感一身轻，名不争兮利不争。
一卷诗词娱晚岁，管他风雨与阴晴。

歌乐山春望

登高一览尽葱葱，淡淡云烟漫碧穹。
渝水多情偏激滟，斜阳点染浅深红。

贺澳星再次发射成功

澳星再射喜成功，举世争夸中国龙。
一箭凌霄惊玉帝，东风终究压西风。

夏夜闻鹃寄台湾友人

子规声里梦难成，暮暮朝朝不忍听。
啼血犹闻民贵也！相思日日计归程。

重九登高感赋

（一）

重九登高话孟嘉，无冠不虑帽横斜。
霜林尽染斜阳里，胜过春风二月花。

（二）

满山红树间疏黄，碧水蓝天秋兴长。
莫道耄翁怜九九，百年犹有几重阳。

篱　菊

陶令缘何咏此身，东篱西苑自天真。
傲霜挺拔秋容淡，浴露峥嵘不染尘。
近取松筠珍晚节，远疏桃李耻争春。
抱香枝上贞心在，留得清芬与世人。

南湖浪游

南湖乘兴荡轻舟，归路匆匆一浪游。
碧水蓝天无限意，柔情似水水长流。

重九怀台湾友人

握别家山五十霜，重阳每忆共萸觞。
春鹃泣血思千里，秋雁鸣空泪几行。
两岸三通期有日，神州一统岂无方？
何时同饮菊花酒，莫把他乡当故乡。

七十述怀

人生七十忆行藏，两袖清风老更狂。
艺苑倾心书锦绣，骚坛沥血习宫商。
吟成莲蕊章章净，写到黄花字字香。
几卷诗词遗后嗣，一樽聊以慰重阳。

春游歌乐山访林园

游兴年来老更浓，寻芳拾翠上歌峰。
林园竹树千般秀，小苑夭桃别样红。
洗面繁花唏夜雨，摇头碧草醉春风。
数声鸟语黄昏近，伴我归途月一弓。

孙明全

1942年生。重庆万州人，重庆煤校毕业。现为荣昌永荣矿务局退休干部、荣昌县诗词楹联学会会员。

端午节凭吊

君昏朝暗是非颠，逐放堪悲一大贤。
卷卷雄文光咏史，堂堂正气照人寰。
高山难载流离恨，深水何涤罢黜冤。
千古汨罗江不废，万年长缅悼屈原。

改革开放感赋

一九七八京阙中，邓公执柄步从容。
改革开放开新宇，破浪乘风起巨龙。
创业兴邦除旧貌，群情众志撼天穹。
殊勋伟建三十载，盛赞羞无笔底功。

游七宝岩归途

雨霁云开潦未晞，与妻陌上手相携。
田蛙作戏蛙声闹，枝鸟谈情鸟语低。
蝶舞蜂翔花坞乱，翠拥芳溢路人迷。
眼前有景无多赏，快步登舟过濑溪。

和张邦照一池淡水

学养才情君不凡，张灯拍案读华篇。
泛舟观景忆龙水，酌酒品诗怀故园。
文苑探珠同进取，咏坛琢玉共陶然。
古来识曲知音少，今日伯牙又抚弦。

秋日云峰寺登高

兰天万里彩云翔，把酒凌虚眺远岗。
如画江山来眼底，纵情览胜尽诗章。

濑水滨怀亡友

花褪余红春渐残，花开花落奈何天。
恩君抚景未成梦，濑水空吟怀旧篇。

长相思·壮哉重庆城

山里城，雾里城，二水三分一古城，火锅香
满城。　火炉城，桥梁城，起凤腾蛟直属城，
壮哉重庆城！

鹧鸪天·十年浩劫

往事不思不断肠，铁窗内外界阴阳。缩身暗室人和鬼，抬眼碉楼刀与枪。　莫须有，岂能防，风华年少锁镣铐。劫波渡尽残躯在，何又人前言感伤。

忆王孙·清明祭扫

纸钱余烬去纷纷，烛影摇红染血痕，祭扫清明赤子心，意虔诚，世世因袭代代人。

孙廷觉

重庆酉阳人，1933 年生，中学语文高级教师，中华诗词学会、重庆诗词学会会员，退休后编著本县史志书籍逾300 万字。

神七问天

酒泉甘冽饯英雄，七送飞船上太空。
姮娥展袖迎三杰，共话家常语意浓。
畅叙家国兴隆事，千年寂寞付罡风。
待到月宫建逆旅，人间天上任相通。

放歌北京奥运会

东亚病夫耻辱名，贫穷积弱受欺凌。
何堪回首当年事，不忘国耻永铭心。
曾几何时睡狮醒，拭目端详举世惊。
自立自强兴国运，十亿神州面目新。
经济腾飞百业旺，人民当家作主人。
亚运会上夺魁首，北京奥运第一名。
义勇国歌声声奏，五星红旗冉冉升。
炎黄胄裔创佳绩，全球一片欢呼声！

圣火耀珠峰

熊熊圣火耀珠峰，皑皑雪原现彩虹。

注目荧屏万民喜，九州沉浸欢娱中。

圣火莹莹耀苍昊，中华健儿显雄风。

摩天峻岭踩脚下，魁峰为托人为峰。

摩挲圣火喜泪盈，次第传承热血腾。

人间圣火连天宇，历险传奇抒豪情。

七言古风·有感于嫦娥1号探月飞行

碧海青天不胜寒，悔尝灵药恨绵绵。

形单影只蟾空寂，关山迢递鱼雁难。

伐桂吴刚怜斧钝，捣药玉兔怨杵残。

庆幸当今科技盛，"嫦娥一号"信息传。

故国富强民乐业，和谐社会举世瞻。

宇宙开发前程美，星球可望建家园。

姮娥喜涌滂沱泪，化作飞雪降天山。

待到飞船航班便，天上人间任往还。

【注】

唐代诗人李商隐诗云："嫦娥应悔偷灵药，碧海青天夜夜心。"

武陵山水拾零

龙头山古刹

蜿蜒夭矫气势雄，吞云吐雾若游龙。
梵钟缥缈鸣仙界，庇护苍生香火隆。

咏甘龙河景点和传说

雅二泉

先贤谁为赋芳名，映月二泉伴瑶琴。
流水高山皆心曲，堪怜幽谷待知音。

【注】

雅二泉在甘龙河流经长滩处，两泉对岸相望，形与声各异。

巴　洞

石乳农田展陌阡，天赋膏腴永丰年。
贷谷还糠凡心昧，米神不再赈人间。

【注】

相传巴洞米神每逢青黄不接之时都赈济凡人，后因有人借谷还糠欺哄神灵，神怒不再赈济凡尘。

孙传熙

号观心屋主人，1925 年生，重庆永川人。大学学历。中华诗词学会、重庆诗词学会会员，永川诗词学会顾问。著有《观心屋片鳞集》。

营地情思 (新声韵)

晨起常推门外雪，夜行每叩月中铤。
百川激浪惊虾蟹，千岭摩天近日星。
异地风光开眼域，边城烽火涤心旌。
男儿不道身为客，魂系高原万缕情。

满江红·转业支商 (新声韵)

再下金陵，今番是、依依惜别。回首处、寸三寒暑，几多风月。往事如醇堪薄醉，壮怀似浪无消歇。一望中、红日映青松，情尤切。　　财贸线，伤竭蹶；支商号，声声烈。有男儿十万，勇奔宏业。范蠡放舟何猥琐？弦高纾难诚高洁。盼来朝、商海换新颜，金桥崛。

香港回归前夕题岳武穆塑像 (新声韵)

精忠一片铸民魂，此日化为横海鲸。
纵入香江乘浪去，涛声相伴到台澎。

七十抒怀 (新声韵)

碌碌浮生七十秋，沧桑几见作诗囚。
壮怀似浪头先白，往事如烟志未休。
且把文章酬大块，敢将心事付东流！
登楼喜看连天碧，旖旎春光满九州。

答友人 (新声韵)

沧桑难改寸心坚，曲径斜阳更著鞭。
笑摘晚霞酬盛世，欣呈馀热踵时贤。
何云有梦吐仙风？应愧无才蹑彩鸾。
漱石枕流同意气，相期不作出檐椽。

绵州欢聚赠侄 (新声韵)

笑语腾欢月渐西，南山夏水诂儿时。
情深倍富天伦乐，别久尤多故里思。
白发萧疏伤落叶，苍松郁茂看新枝。
梦回燕市唯安命，望寄吾家千里蹄。

菩萨蛮·春日郊行 （新声韵）

东风又入山村晓，千红万紫春来早。夜雨复晴暄，小园花更妍。　　童心依旧在，俯仰朱颜改。举手掖新枝，任他人笑痴。

冬夜闻雷

雷声阵阵破冬云，岂是谢仙①胡运斤？
想必天公伤物极，阴霾早扫好迎春。

【注】

①谢仙——雷部之鬼。（《国史》）

孙耀璋

上海浦东川沙人，1928年生，高级工程师。重庆市第六届、七届、八届政协委员。现为合川区诗词学会会员。

八十生辰偶得

八十生辰春意稠，晚逢盛世已无忧。
今天庆幸和谐乐，畴昔曾为动乱愁。
孙女唱歌欢阵阵，发妻挠背喜悠悠。
烛前许下衷心愿，亲见和平统九州。

临江仙·读党史资料有感

己亥饥荒灾害重，当年谁说真情？彭公据实写书呈。浮夸登凤阁，耿直下牛棚。　　往昔风波成史料，而今言路宽平，民心舒畅乐清明。和谐天下治，华夏喜中兴。

【注】

彭德怀（1898——1974），湖南人，元帅，曾任国务院副总理兼国防部长。1959年上书获罪，1980年平反。

烛影摇红·壬午岁暮怀乡

东鹊西飞，栖居宝地留鸿迹。镜中日日换朱颜，渐渐东隅失，益把桑愉珍惜。晚霞红，年来祥吉。美美生活，难以消除，思乡痼疾。　　遥望天涯，浦江万里云山隔。归期何日有谁知，岁暮青阳逼。卧看晴空月色。夜深深，千家灯熄。曲声惊梦，折柳阳关，何人吹笛！

鹧鸪天

企业裁员便下岗，心情调整去惶惶。茫茫人海求出路，有志男儿必自强。　　为苦力，也安详，热汗浸透旧衣裳。辛勤所得养家小，虽是劳累神态昂。

一剪梅

1949年秋，告别家乡上海浦东川沙，到合川工作。历经艰辛曲折，到1982年春始得探老家，携妻顺江而下，船过宜昌时作此。

卅载艰辛久旅巴，幸得生还，幸携贤娃。客袍洗净好归家。船到宜昌，心到川沙。　　一片阳光照浪花。江上飞鸥，江里游虾。机声悦耳节拍佳，边赏彩云，边品香茶。

风入松·田园夏景

烟消絮尽换新颜，浓绿染田园。浮萍水面忙飘动，枝头鸟、即在偷闲。高树蝉鸣盛世，深塘蛙叫平安。　　一场雷雨洗层峦，石上水潺潺。新篁虽嫩迎风立，向日葵，腰更倾弯。处处阳光灿烂，村村景色鲜妍。

朱同文

重庆市忠县人，1930年生，系奉节县农业银行营业所主任，现为夔州诗词学会秘书长、中华诗词学会会员。

满江红·庆祝香港回归十周年

华夏明珠，追往事，金瓯残缺。烟毒害，万名含恨，英夷猖獗。蚕食鲸吞强掠夺，丧权辱国遭残虐。怨清廷，软弱割香江、天呜咽。　　百年耻，今涮雪。米旗偃，红旗揭。一邦施两制，港人心悦。十载间繁荣稳定，千秋伟业开新格。望台澎，仿港澳和谐，团圆月。

水龙吟·三峡水库蓄水至175米

长龙万里神奇，西来东去无边际。深山泉涌，百川汇合，银河天赐。两岸奇姿，神工鬼斧，千秋含媚。看风光多处，水淹无迹，雄风在，添新绮。　　三峡湖宏图峻，坝拦江，吞龙漱玉。湖宽万丈，水深千尺，秀峰映丽。输电华中，促新百业，国强民惠。赞中枢筹策，志酬夙愿，功标青史。

江城子·山城之歌

　　琼楼玉宇布丘山，两江蟠，户朝天。多少英雄，热血染红岩。魂铸丰碑千载焕，留后世，继前贤。　　看今日直辖旬年。敢超先，换新颜。船首恢宏，四海紧相连。构建和谐民气爽，雄措举，冠西南。

连战西安谒祖母墓

　　飞航渡海话沧桑，六秩春秋首拆墙。
　　畴昔兵荒人马乱，时今国泰庶民康。
　　崇山弱水迢遥路，黄土茔前敬侑觞。
　　凭冢轻声何影在，望云思祖缅怀长。

宋楚瑜率亲民党拜黄帝陵

　　春风化雨破冰寒，赤子归家谒祖先。
　　醇酒三樽千载记，祭文一纸万金言。
　　黄陵翠柏长青树，海峡人民骨肉连。
　　两岸和谈民意顺，金瓯无缺盼团圆。

朱思润

又名朱潢，重庆市云阳县人，1941 年生，中学一级教师，现为重庆市诗词学会理事，万州三峡诗社社委，云阳诗社社长兼《云阳诗风》主编，独撰、合撰《巴窗吟稿》、《标准楷行书教程》，《行书技法十二讲》等五种。

南溪逢移民老者

平湖伟业启移民，村头遇叟道心旌。
祖辈千年桑柘远，后昆异日新崇明。
亲吻黄土掬乡水，凝望绿田别故人。
吾侪心红爱国志，神州处处皆是春。

三峡石

沧桑满脸写额纹，曲突东行万嶂分。
风浪一生任击打，诗章万卷纵哦吟。
质朴韵律神工铸，锦绣风情鬼斧痕。
跨进辉煌新千纪，平湖浪下仍精神。

缸 鱼

鱼儿窜水在缸中，心想河塘撞壁胸。
只为贪食捞钓饵，才终入彀①委身容。
空间受限违天性，游境遭钳类网笼。
善待放归自然去，重振姿态逐轻松。

【注】

①彀（gòu）：比喻牢笼、圈套。

寄吟长梦如君

嘀嗒秒秒促人生，如蕣①红尘惊梦魂。
无愧青春留格调，有为紫髯接高尊。
剪裁诗卷歌盛世，寄予灵犀浴良辰。
携手刻雕丹桂②路，孰言泥爪不孥云？

【注】

①如蕣（shǔn 顷）：蕣，木槿花早开晚落。喻光阴似箭、青春易逝。

②丹桂，喻子女贤能，红霞满天。引自冯道赠《窦十》诗："灵椿一株老，丹桂五枝芳。"

赠农民工诗人郭建银

奇松涧谷自成材，环境苦寒心境恢。
护育幼苗伸岫穴，塞居壮志展情怀。
果针累累亮乡月，枝叶葱葱映玉台。
钻探峥嵘黑金土，收获锦绣满园开。

赏桂花

经年桂树适苍浓，我以我怀赏景崇。
耿直生涯标胜境，和谐领略放清容。
含苞颗颗凝香气，放蕊频频送雅风。
把笼乘船馈凡际，分享芳洁五湖同。

小三峡行

　　丁亥九月，余偕亲友至巫山畅游小三峡，恍如进入梦境，真乃幽奇险绝。

（一）龙门大桥

曾传古鲤跳龙门，今见铁桥通万津。
峭壁幽峡齐捧卫，千幅画卷递情深。

（二）龙门峡

栈道蜿蜒留古音，龙柱银滩曾悚惊。
峰鹫灵芝传故事，琵琶欲抱白鹤鸣。

汪崇义

别名汪重邑，笔名崇力。重庆人，1947 年生，曾任重庆市商业银行（现重庆银行）董事长。现任中华诗词学会常务理事，重庆市诗词学会会长。曾出版《汪崇义饮茶诗词集》。

饮茶缙云寺

一碗禅茶品暖凉，山颠晴雨总无常。
青松不占黄昏景，依旧悠然看夕阳。

苍山茶乡夜景

不夜奔泉和响松，白云只在直腰中。
一弯桥影一弯月，一半馨浓一半风。

咏云南茶山千年古茶树

曾听汉王歌大风，惯看南北霸图空。
春秋无尽悲欢事，收拾一壶清液中。

西湖林间茶亭忆旧

香桂绿茶月下波，音柔曲靡坠烟萝。
欲聆那句断肠话，悄向栏台问鹦哥。

游秦淮河

春驻秦淮絮撒娇，飞同桃萼占青皋。
茗楼笛送游舟远，回首烟波十二桥。

秦淮茶舫

彩瓯桃扇泛渔乡，喉媚弦柔玉管狂。
早失南朝旧宫曲，新歌犹醉后庭郎。

办公室随占

窗案不离兰草花，目疲宜看夕阳斜。
偶迎茶友愧无具，权用纸杯沏闽芽。

四面山茶坊偷闲

寻幽为避宴喧哗，此处毗邻陶令家。
句挂青山诗入境，金笼飞瀑日蒙纱。
浅杯蘸水描行草，高阁顺香窥路花。
思静心浮图一卷，翁锄云隔种春瓜。

阮郎归·茶道初悟

飞花流月好匆匆，荣华灶烟中。解茶索句拜龟蒙，恋佳兴始浓。　　闲柜壁，置孤筇，七盅腋起风。欲寻往日病衰翁，铁山翠竹丛。

唐多令·又游金陵夫子庙

春庙配红袍，壁龙腾绿潮。恋当初、船舶亭皋。笑靥妍如桃李面，同依阁，醉吴萧。　　花影厌橹摇，茶烟随霭飘。滴檐珠、尽打堤蕉。梦醒依依苦追忆，才偕度，几重桥？

西江月·金佛山夜思

功利万重雾里，春秋几页历中。又闻靡靡断魂风，吹引孰君春梦？　　别怅乱云翻滚，依然群岭葱笼。滇茶一洗欲千锺，唯剩清心搏动。

西江月·春钓龙水湖

圆月清湖里近，烦云垂钓中消。丝纶直向碧光抛，钩出蟾宫鱼跳。　　怀恨难称仙佛，忘愁便是英豪。炒青香引度南桥，未饮人先醉了。

江南深巷

雨阑小巷透幽凉，叫卖声中带杏香。
一段光光青石路，低吟宋句久回肠。

江南黄昏

初收霉雨好看花，积水青阶踱影斜。
犬吠方知入篱院，主人呼坐捧姜茶。

乌蓬暮度

隐隐青峦泛紫烟，摇蓬九曲自临禅。
汪郎初好龙山酒，酩酊船头抱月眠。

赠宜兴诗友

酒浊常酣唱楚骚，凉寒境遇节清高。
不平激怒狼毫笔，仗义顿成三寸刀。

湖畔茶亭偶见

乌蓬拢岸影柔摇，绸伞时遮系佩腰。
茶沫低吹刚拂散，高跟声碎玉阶桥。

饮茶天下第一泉

灵气聚芽香，奇琼化碧汤。
茶禅融一体，心物两相忘。

农家冬景

远钟唤醒岭蹊园，别有风情漫雪天。
定是前身缘未了，娇梅待我晓扉前。

秦淮河

总是新潮送旧潮，惯听玉树宴箫飘。
春花无奈随流水，秋月知情恨未消。

竹海随占

浪竹飞芳爽肺脾，酒廊半醒半迷离。
梢头忽跃谁家少？只向红衣不住啼。

宜兴放舟

缘系三溪终一游，随风随雨任横舟。
多情只怨青湾水，因恋桃花不肯流。

为友《春雨闲钓》图题

香和柔雨洗无尘，钓住悠闲罢不能。
犹听溪鸟啼画外，画前更妒画中人。

国　花

虽盈富贵占春华，鲜入寻常百姓家。
倘若雪天同吐艳，瓶中不改是梅花。

西湖西泠桥畔瞻仰秋瑾塑像

出鞘宝刀刃吐风，挥旌直捣帝王宫。
河山因溅女儿血，才染樱花点点红。

游孤山并和元代刘因《观梅有感》韵

放鹤亭扬卷叶沙，本无世外避尘家。
芳丛难掩嶙嶙骨，正待风寒斗雪花。

杨柳盼春

柔姿娜娜楚腰斜，半露羞容半掩纱。
由你流波笑妆浅，春郎不见不簪花。

江南小镇寻度

月挂高枝雪絮飘，争随路客上亭桥。
灯红已晓津头近，小舫载来吴越谣。

采莲曲

忽露荷丛桡打浪，水花惊溅网渔郎。
笑声更比波声脆，霞满蓬船籽满筐。

桂花吟

万千银蕊默然开，羞与秋光占景台。
月淡风寒芳洒地，余香犹待故人来。

腊 梅

插得床头三两枝，夜来悠枕梦梅诗。
玉珠一颗腮边落，香醒南山客醉时。

山 蹊

石阶芦蕊拂霜头，竹道清溪叹静幽。
鸟弃黄林人不见，一声俚曲暖寒秋。

街 景

云楼霓彩耀繁华，人涌歌喧店道斜。
遥见郎车江岸至，忙朝橱镜理鬟花。

瘦西湖

白塔亭桥泯雾空，湖光舟影两朦胧。
樱花未怨风掀面，羞掩轻纱半露红。

早 春

堤梅暗地换年华，香抚滩冰慢润沙。
春色不分贫与贵，绿红悄送去山家。

梦钓子陵滩

卸装宽带一身轻，七里滩头钓石亭。
无饵鱼钓愿则上，又听流水又看星。

送　别

早春时节雨花寒，油纸伞撑温润天。
桥下一声孤橹响，绵绵别梦落江南。

插队恋曲

（一）寒　舍

山坳油坊籽散香，斩荆作障竹当床。
春风不厌篱边客，吹紫牵牛倚断墙。

（二）思　乡

风悄云静水天长，北斗遥遥指故乡。
一曲良宵弦咽泪，月怜人依小楼窗。

（三）夜　咏

屋屹峰头好揽天，风鸣蛙唱合孤弦。
推窗伸手邀星月，银汉无声蝠挂檐。

（四）樵　歌

恋南孤雁拍天飞，寂寞众山枫染辉。
含泪并非儿模样，束柴挂笑扛霞归。

（五）返城途吟

烟笛鸣愁谷雨天，恋乡眷友两难全。
分明一路闻啼泣，怕是相思托杜鹃。

若尔盖五月

茫茫地角即天涯，无处蹄飞不带花。
云托羊儿潭未见，挥鞭一道赶回家。

过边陲江南西藏林芝

峰青湖翠菜花黄，七彩民居叠水乡。
不是五方逢盛世，牧人焉得赞安康。

巫峡秋咏

神女著红倾国娇，枫林巧剪系纤腰。
画前如持马良笔，先绘连峰十二桥。

归 乡

明月青波送客还，杨花未老鬓先斑。
近乡索碗船家酒，霜颊绯红少十年。

江津白沙吊楼席占

津头何处笛萧萧？烟锁吊楼三丈高。
闲把竿伸阁栊外，避风合目钓江涛。

合川徕滩古寺登三楼近观大佛

八面风来侧耳听，目光直透九重云。
几人无愧像前站，咫尺任看方寸心。

读 史

史册沉沉几尽开？黄泉难点众雄才。
功名如雪堆高塔，不速春风化水来。

无 题

古来功利幻非真，却诱男儿舍命争。
只怨黄粱不催梦，有人枕上慕卢生。

观虎门炮台

裂岸惊涛涌雪堆，昂头塔炮欲鸣雷。

弹狂撼地火妖舞，气壮冲霄龙旆飞。

英烈何哀空立志，炎黄应笑傲扬眉。

来年祭日朝天赋，齐聚鬼雄豪饮杯。

咏缙云茉莉

觅芬昨晓上山坪，遥见姣客暗定情。

香漫狮峰层叠嶂，秀羞古刹袅娜林。

无心鸡唱三更曲，知意风传十里馨。

几刻缙云飘入梦，夜阑载我赴芳庭。

二〇〇八年五月十一日夜登钓鱼城

骄狂铁马几曾愁，何折金鞭小钓楼？

仰问苍天天不语，一刀寒月似吴钩。

登黄鹤楼

风自逍遥水自流，江山已易旧时楼。

愁乘黄鹤蓬莱远，莫教烟波总带愁。

又见报端披露煤矿垮塌事件

未见坟坡纸蝶飞，却闻哀号恸天悲。
矿东知否金山下，多少思家白骨堆。

为友题《春》图

青红任舞化山茶，春色随毫上竹笆。
寸挂冷清斋阁里，一双飞蝶扑墙花。

长 江

开天辟地玉龙游，万里甘霖润绿洲。
此去原知身俱泯，向东依旧不回头。

应友邀观南湖农场梨花

弄潮商海险无涯，梦有南湖草舍家。
乐在园宁茶饭素，自甘淡白似梨花。

阳朔夜色

照江碧树月荫斜，香扑堤栏拥橙花。
偎入青湾怀抱里，数星岭际落人家。

读红岩村遗诗

抗日烽烟九野烧，陪都曾聚众英豪。
翻吟先辈血凝句，耳卷两江咆哮潮。

汪贤荣

重庆市涪陵鸭江人。1928 年生。西南师范学院毕业，曾任重庆一中语文教师。现系重庆市高教老协晚晴诗社社员，虽双目失明，仍笔耕不辍。

观日历

准描彩历出祯祥，兆我中华国运昌。
精绘山河添锦绣，细调朱翠托玄黄。
风吹桃圃花重艳，雨润柑园蕊又香。
更展明朝天地美，神州处处是甘棠。

党的十六大感赋

琴弦讴哑燕天祥，万姓欢呼党运昌。
京殿嘉宾歌盛世，会场韶乐颂辉煌。
抡高一把中国火，煮沸全球大海洋。
喜看今朝新赤县，楼台亭榭满城乡。

谒杨尚昆陵园

昆陵雄峙双江畔，水绕山围好地盘。
雕像巍巍凌日月，声名赫赫震乡关。
龙飞瀛海迎新世，负跃汪洋恋故渊。
已在潼南寻圣境，无须他处访仙山。

京师两会颂

遥知红日照幽燕，举会和谐谱史元。
贤士訚訚言远路，干城侃侃话高瞻。
中华一统合作好，世界多极共处安。
待到明年春又暖，花开香透九州天。

痛忆国难

儿童噩梦在心头，痛忆当年国难忧。
饥馑已成黎庶苦，爇灾更使鬼神愁。
九州烽火传中十，万字枭鹰入北欧。
孤寡一门家境惨，桃源被难向何求！

读陈毅元帅《梅岭三章》

今传梅岭好诗篇，浩气长流在皖南。
言厉声声抨庆父，语激侃侃詈凶顽。
陈兵歌凯军营整，蒋卒遁逃阵局残。
实现重开尧舜世，人欢沧海变桑田。

神舟六号上天

神六人上九重霄，吐雾吞云胆气豪。
乐与天庭盟友好，喜同瑶府缔邦交。
统承尧舜崇周孔，绪缵马恩仰邓毛。
宇内华裔齐奋发，和谐社会在今朝。

农村新访

儿媳进城去打工，婆孙留守在家中。
三农政策是甘雨，土润城乡化异同。

陈 立

名永延，重庆市万州区人。生于 1921 年。于 1949 年毕业于四川大学中文系。重庆三峡学院中文系主任，副教授。重庆市三峡诗社名誉社长。

金鸡高唱两会红

四野芳菲春色浓，鸡年两会送东风。
人和万户心扉暖，政畅千村气象宏。
民乐皇粮一夕黜，马嘶紫陌万夫雄。
老夫剪亮风前烛，坐看中华国运隆。

春从天上来·重庆直辖十周年抒怀

喜漫山城。看焰火缤纷，礼炮轰鸣。锦簇花绽，坠玉流星。两水熠熠云蒸。听繁弦铜板，狎舞袖，曲演升平。乐盈盈，庆渝州直辖，十载飞腾。　西南异军崛起，醉十度春风，揽月追星。百万移民，扶贫脱困，重振产业飙升。望琼楼高耸，桥飞越，水碧天青。鼓鹏风，驾大车幺马，光耀龙庭。

大桥行

　　丁丑春迟，四月犹寒，诗社诸友择丽日前往万县长江大桥采风。巡行工地，耳闻建设之艰辛，目睹长龙之宏伟。漫步全桥，凌虚驭风，怦然心动胆裂，深感工程之伟大高精，人力之豪迈宏伟，作大桥行歌赞之。

一线曲曲接云天，百溪九河汇万川。

风卷狂涛闻十里，浪高潮立锁夔关。

风幽暗，山虚悬，绝飞鸟，泣清猿。

千钧石畔千帆去，望夫崖上望夫还。

吁嗟兮！行路难，行人驻足仰天叹。

欲渡长河济四海，川回路断肝胆寒。

客说山外通海市，人稠烟密车马喧。

山内闭塞地贫瘠，长刀短笠烧畲田。

安得五丁运斤斧，壅沟塞堑移大山。

打开万古盆封地，震醒沉睡老四川。

志士年年兴蜀梦，悠悠岁月何时圆？

风展红旗多壮志，巴蜀英豪敢斗天。

睥睨穷山战恶水，忠心赤胆斗志坚。

三新三大好胆艺，空腹单跨世居先。

巨擘挽得长虹落，桥卧南北通衢宽。

俯瞰凌虚三百丈，雷鸣风吼万壑翻。

今日车辚辚，明年帆翩翩。

东穿巫峡通荆楚，西越秦岭达陕甘。

水衔洞庭接湘桂，辐并京九连粤燕。

长风破浪喜时到，跳出井底好加鞭。

大胆改革辟新路，开放市场换旧颜。
历史带来好机遇，重庆直辖万民欢。
渝州西部咽喉地，紧追沿海箭扣弦。
开发中西部，振兴大西南。
长江黄河齐飞舞，小康大富在眼前。
待到年丰人寿日，喜看春色满人间。
寄语凌烟论功者，莫忘建桥好儿男。

三峡工程通航发电

纤夫岁月去难还，壁立西江铁石坚。
截断夔巫云共雨，畅通吴越电和船。
平湖浩淼连天阔，商旅呕哑动地欢。
重整河山应刮目，乾坤万象与时鲜。

吊诗人何其芳

情结汉园画梦成，未输十载白岩灯。
诗多兰蕙雅芳气，文似宇天灿烂星。
力挽狂澜扬赤帜，穷究艺理正颓风。
一腔肝胆励冰雪，留得诗魂照汗青。

瓷器口

秋老嘉陵木叶黄，千年古镇旧时光。
小街斜巷石板路，矮屋低檐花格窗。
蜀锦丝绵精美好，麻花炒豆脆酥香。
松几竹椅品茗苑，渔鼓道琴演艺场。
酱醋油盐杂货铺，氅襦书画古玩廊。
渣洞采购炊资处，中共交通联络商。
一任宫娥衣广袖，不追时尚换新装。
游人一往镇中走，如酌陈酿梦汉唐。

海滨弄潮

海阔天空波逗霞，风和日暖浪淘沙。
三山蜃气幻千象，一浦清波环万家。
气爽秋高涛唤客，女娇男帅妆羞花。
扶将嘻笑弄潮去，浪逐裙裾人影斜。

韩国之旅·首尔

三无首尔气温馨，无警无氓无大门。
社会祥和无狗盗，山乡静谧有鸡吟。
车如流水往来畅，警似晨星斗讼贫。
教育修成高素质，尊贤敬老世风淳。

黑山谷

跃上笼苁九百旋，身临绝顶手摩天。
青峰隐隐白云外，黑谷深深苍莽间。
秋老霜林红胜火，雾濛冷岫碧如烟。
崖危嶂险绝飞鸟，露重石寒愁野猿。
峡束悬陉垂帛练，风吹急雨涨龙潭。
谷深林茂疑无路，铁冷索横驾悬帆。
万木稍头翻绿浪，满怀轻气度仙关。
一条幽径隐还现，十里浮桥断复连。
怪石狰狞狼虎立，老根屈曲虺螭蟠。
瀑泉喷泻如崩雪，枯干天成似怒鹊。
溪涧崖峰相错杂，小桥红线界渝黔。
青山排闼开天地，碧水萦纡抱驿轩。
玉殿琼廊氲雅气，珠帘绣户挽征鞍。
山高路险心神困，榻暖衾香旅客欢。
户入松涛天籁发，瓯浮蚁乳齿牙甜。
一杯方尽涤昏寐，再饮神清兴致酣。
帘卷西窗霜叶老，棘丹两岸醉颜妍。
孤峰迎面冲霄起，一柱擎天势伟然。
行者告知尤物石，日精月魄育人鞭。
先民永记女娲事，膜拜图腾世代传。
莫笑斯言多妄诞，自然崇奉见书编。
人文山水美难收，游目骋怀兴不阑。
无奈年高力不继，哪堪跋涉寸跬艰。

欣逢小辈来相助，跳出谷坑宇宙宽。

袅袅炊烟墟里起，团团皓月照人还。

归来倒榻和衣睡，瀑吼山崩惊梦寒。

【注】

黑山谷是重庆市万盛区著名避暑、旅游胜地。

感悟人生

荣华花上露，富贵草头霜。

旭日当空照，露晞霜疾烊。

人生一百岁，过隙白驹忙。

才得青衫佼，须臾发已苍。

功名过眼事，何必太张扬。

和气能多福，慎独息诬伤。

负气须毛白，凌人品德亡。

好强心力瘁，斗狠胆肝戕。

甘效马牛苦，应羞蜂蝶狂。

有容天地阔，无欲寿眉长。

薄俸棉麻暖，居贫寐梦香。

闲云迷峭岫，野鹤恋遐荒。

智者乐知足，达人解否藏。

盈亏天有数，人力岂能强。

堪笑蚍蜉小，心高胆气张。

谵言撼大树，梦破泪沾裳。

为人多自省，花谢不凄惶。

烛影摇红·执教六十年感怀

烛影摇红，杏坛授业情如海。一腔碧血化春泥，邀众芳青睐。志在鸾麟鼎鼐，举红旗，心潮激湃。宵衣肝食，兀兀穷年，炬蚕风采。　　李茂桃夭，风和日丽霞芳艾。万千气象壮神州，崛起龙章脉，挥斥才华慷慨。胆肝雄，胸怀大块。挥戈落日，引手攀星，雄魁中外。

皓首长忆结发情

负笈都门束发年，伏园立雪菊芳天。
赤绳缘结陈张好，夫子喜吟鸾凤联。
光国耀家歌萼棣，永祺长寿乐年延①。
兰孙桂子绕堂立，难易画眉情万千。

恋山曲

忆昔筑庐居护城，依山傍水竹为屏。
堂前郁郁柳榭翠，屋后森森松柏青。
岁月如歌多野趣，童年似梦任欢腾。
漫山嬉戏狂奔逐，静夜凭窗望月星。
习字鸦涂唇齿黑，诵诗蛙唱颈腮赪。
日长课业人思睡，灯暗背书眼懒睁。
炎夏寻声笼蟋蟀，凉秋逐草扑流萤。

架梯叠凳捕麻雀，爬树张罝捉狸狌。

腊尽燃鞭钱压岁，春归摸菜庆丰登。

汤圆好吃岁难守，牲礼献过天出行。

力尽精疲身犬卧，磨牙呓语鼾雷鸣。

花开叶落童颜老，岁去年来马齿增。

草恋青山藤恋树，魂萦故土梦萦庭。

鹧鸪声里乡愁起，归去来兮请息征。

丙戌母亲节记梦

赤子衷心怀母亲，护城宅院记犹新。

厢房寝舍小窗牖，烟袋大床棉布衾。

清瘦脸庞尖粽足，鹣鹩身段短绨裙。

理家勤俭心聪慧，教子相夫意悃忱。

厨艺女工千户誉，剪裁针织万人钦。

一生清淡远珠玉，半盏白干暖嫠魂。

孤影独形甘茹苦，瓢浆箪食不厌贫。

鞠躬尽瘁拳拳意，抚幼顾孙眷眷心。

白发萧萧忧子女，黄昏寂寂傍家门。

可怜天下爷娘臆，长使儿男泪满襟。

弟妹成年娘困老，儿孙抱恨愧萱椿。

心香遥祭五桥冢，小草长铭雨露恩。

绕膝融洽情笃笃，偎怀缱绻语殷殷。

一声狂哮惊酣梦，怒怨毗邻山犬狺。

读毛泽东诗词纪念·毛泽东诞辰一百一十周年

革命诗词革命人，金戈铁马势拿云。

气吞五岭乌蒙小，雨涤钟山草木春。

剑截昆仑同冷暖，雪晴北国数鹏鲲。

横塘残月断肠曲，绝唱千秋惜别吟。

谢仲九《松石图》

庚辰七月，余八十初度，仲九寿以《松石图》，松贞石坚，题吟旷达，画如其人，诗亦属之。率成一律以谢。

苍苍北岳松，落落达人风。

情寄云天外，心存竹石中。

炎凉知劲节，冰雪自从容。

无欲忘荣谢，狂歌五柳同。

戏题欢喜罗汉

　　家有瓷塑罗汉一座，系学生寿我八秩之礼。据云价值三五百元，闻之有感，戏题并跋。

乐乐呵呵欢喜禅，开襟一笑绝尘缘。
光头不怕骄阳烈，赤足何愁白雪寒。
腹大能容三界供，胸空那见半枝莲。
泥胎假冒菩提种，披上袈裟值万钱。

状元宴

高楼玉盏泻琼浆，阆苑银灯照夜长。
折桂状元张宴喜，拈花举子谢师忙。
肴罗熊掌驼峰腻，酒献茅台琥珀香。
一箸千金犹恨少，箪门愁煞入闱郎。

陈 玢

　　笔名耳冬、迩东，重庆铜梁人，1938年生，永荣中学
退休语文高级教师，中华诗词学会、重庆诗词学会、铜梁荣
昌两县诗词学会会员。

铸犁休弃勤磨剑 （新声韵）

凯歌高奏六十秋，欢庆声中敢忘忧？
神社叩头频拜鬼，海疆伸脚欲吞舟。
铸犁休弃勤磨剑，握手尤须牢记羞。
但愿环球兵火灭，晴空鸽哨韵悠悠。

赠唐富让 （新声韵）

少小同窗谊未忘，归途泥泞夜风凉。
君家一宿心长暖，不在红炉与药汤。

春 望 （新声韵）

芳郊放眼碧无涯，遐迩锦添桃李花。
农舍户扃嬉豕犬，田畴鞭啸试犁铧。
牛前掠水翩双燕，人后抓鱼蹦众娃。
四野相闻春意闹，稻香逐梦入千家。

返蒲吕 （新声韵）

别梦依稀岁月长，还乡翻认是他乡。
松竹旧雨凝霜雪，桃李新枝成栋梁。
桥拱取直铺马路，檐低拆陋建楼房。
相识剩有葫芦月，犹带滩声入琐窗。

卖花翁 （新声韵）

鹤发银髯步履矫，芳葩艳卉一肩挑。
莺声蝶影随花赠，闹市缘翁见绿郊。

铜梁龙舞 （新声韵）

霓腾虹跃云霞涌，舞醉神州第一龙。
尾卷浇花巴岳雨，鬃飘栉柳毓青风。
京中献艺光华表，海外传情收异功。
破壁扶摇禀浩气，传人十亿露峥嵘。

畅游龙水湖 (新声韵)

长湖烟雨不湿船，文侣诗朋游兴酣。
岸矗层楼红树里，山飞群鹭翠微巅。
系舟松鹤楼头敞，聘目丹青画境宽。
归涌欢声淹返棹，丰年玉缀满林园。

【注】

归途见林梢栖鹭如雪。

盛会礼赞 (新声韵)·热烈祝贺党的十七大胜利召开

旗舞花歌十亿喜，贴心盛会北京开。
宏图妙续龙腾谱，班子精挑凤矞才。
四海祥和营乐土，五湖豪迈步天陔。
明霞旭日欣同享，玉宇联翩港澳台。

月殿欢 (新声韵)·为"嫦娥一号"探月喜赋

青鸟来翔传喜讯，雕栏一扫望乡愁。
筵芳桂酿候嘉客，笑溢眉睫辉秀眸。
云路浩茫铭到访，弦歌亲切起同讴。
家邦今日酬奇志，碧昊星河期壮游。

临江仙·贺新岁 (新声韵)

岁月如歌歌未已，流光巧换娇颜，雪铺祥瑞梅泼丹。花灯红四海，紫气漫云天。　　遥寄心香撼岁禧：阖家福寿长添！更研彩墨写春山。东风翩柳燕，高路着先鞭！

登螺罐山 (新声韵)

灼灼螺罐万梢红，赤焰烘云暖梵钟。
非为礼佛瞻古寺，骋眸花海奋登峰。

雨后游南山公园 (新声韵)

尘嚣淡远南山秀，新霁兼得半日闲。
踞岭金鹰竦碧落，司花神女媚清涟。
红鱼簇锦嬉垂柳，白雨凝珠嵌杜鹃。
一路画图逐跬步，飘香诗句落长笺。

浩气磅礴 <small>(新声韵)</small>·献给在汶川地震中献身的老师们

遗体尊尊矗塑像，泪湿望眼肃然钦。
舍身作盾遮花蕾，奋臂成垣阻死神。
脊拱倾墙拼护稚，躯砸三段尚拥门。
何曾一念及私己，浩气磅礴万古魂！

赠静苑在座诸君 <small>(新声韵)</small>

睽违重聚甚欢欣，难却莘莘寿我情。
赠表张筵愧厚重，停杯话震喜真诚。
灾区驰赴风尘在①，希望乐捐肝胆倾②。
颇惬拳拳输大爱，知春桃李富芳馨。

【注】

①座中高、贺二君曾驱车亲赴灾区救助捐赠。
②决意捐赠希望小学一所，正筹款中。

路孔古镇 <small>(新声韵)</small>

幽篁照水影横桥，鳞次岸屋拥寨高。
户俏红灯苔点径，小街读过又一条。

咏史四首 (新声韵)

(一)

奉命红妆代甲戎，果然嫣笑破吴宫。
水云深处沉花影，行赏君王善论功。

(二)

众女皆然独不然，琵琶抱向北庐弹。
回眸故土绝敌骑，缕缕炊烟袅翠岚。

(三)

自求为饵赴卓门，投火玉石惜俱焚。
狗斗鸡争干底事？致失真爱慰芳魂。

(四)

鼙动长生殿欲摧，落花流水驾难回。
多情皇上轻盟誓，休怨王师昧是非。

赠何泽 (新声韵)

共饮毓青山麓水，龙都花月奈相违。
归来欣羡诗情酽，柳絮蝶衣逐笔飞。

回首戊子年 (新声韵)

悲喜夏秋歌哭度，凌冬海啸岁添寒①。
扬鞭险阻今回首，曾共梅花斗雪妍。

【注】

①金融海啸。

陈大德

重庆城口县人，1952年生，现人大常委会副巡视员。

感叹万州变化

一别万州二十年，旧地重游到江边。
昔日繁华二马路，如今已成羡鱼渊。
西山公园何处在，大道滨江广场前。
万安桥赴东流水，神女漂游万重山。
笛声阵阵钟楼听，江水横流极楚天。
平湖高峡云雾霭，大江跨桥接平川。
太白醉酒话诗情，悲鸿泼墨抒画鲜。
百万移民惊日月，伟人泽东把梦圆。

赞葛城后山

安顶重迭两层山，鸟瞰葛城碧水沿。
昔日荒山秃岭地，曾经诸葛也汗颜。
朱总理发天保令，退耕植树遍山峦。
八年管护添秀色，绿荫屏障插云端。

赞欧阳修（古风）

才华横溢志清远，思维敏捷疾如风。
居官不傲品高洁，忠骨青山葬河东。

送春梅（古风）

创业历来百战辛，商场多变诡谲云。
巾帼不逊须眉志，胜过木兰去从军。

晚游枇杷山

渝中半岛枇杷山，朝天一望水相连。
黄桷树守南天门，龙湖遥指佛图关。
沙坪红岩渣滓洞，大佛脚踏长江边。
观音桥上铁山坪，白公馆座歌乐山。
大坪鹅岭龙戏水，解决碑轴九商圈。
嘉陵滚滚东流水，长桥卧波黄花园。
灯火万家繁星灿，缤纷七彩不夜天。
商机无限财源茂，重庆领先大西南。

顽石韵 （古风）

沉睡深山亿万年，顽石无缘补苍天。
女娲忘挥五色手，留下蛇族代代传。

白合花 （古风）

仁河岸上白合花，点头含笑岩中扎。
洁身自爱精神贵，志鹃笔下展芳华。

赞种草养畜

黄安坝下蛇儿梁，蜂绕花丛草色香，
牧童歌韵荡山谷，赶着牛羊奔小康。

陈广文

号答猿，土家族，清代酉阳著名诗人，有遗著《答猿诗草》传世。

得 诗

我不作诗人，偶然又得诗。
若问诗来处，诗人自不知。

新 凉

雨后新凉夜透帷，长吟耐坐四更时。
开窗一笑无人觉，山月飞来欲租诗。

中秋坐雨感赋

天涯除月少乡邻，令节何堪雨阵频。
恐是倚门慈母泪，西风吹寄为游人。

磨 朱

新卷磨朱作点圈，无心偶得句清圆。
就提朱笔书成稿，字比心头血更鲜。

新 月

微吟拥鼻未成篇，人倚西楼欲暮天。
新月笑如评句笔，等闲打个半边圈。

霉 天

霉天有例不多晴，处处分秧野水平。
好是夜来灯下候，田蛙齐学读书声。

嫩 晴

嫩晴几日断春寒，春树春山翠作团。
开尽向西窗格子，斜阳烘几砚池干。

正竿河

溪流汇处水平桥，溪上人家杂汉苗。
画出隔溪双水碾，草房低覆柳条条。

绿阴轩

该有黔中谪，何曾实录诬。
绿阴千古在，抱石一轩孤。
茅屋侔工部，诗名敌大苏。
戎州蛮树密，鸿爪更模糊。

读 书

拥书随意读，每到四更时。
地僻客来少，夜凉人睡迟。
灯光红似豆，虫韵响于诗。
得句不堪煮，人家怪我痴。

夜 坐

一盏灯如豆，草虫飞上书。
秋怀人瘦后，天气夜凉初。
悄悄成吟短，潇潇过雨疏。
欲眠还耐坐，清绝小堂虚。

家居偶作

屋边楼起出心裁，窗格玲珑四面开。
山翠补烟疑雨落，天风扫榻待云来。
书能熟读儿声续，诗未成篇鸟语催。
消受林泉清静福，人间原自有蓬莱。

陈仁德

重庆市忠县人，1952年生，毕业于四川大学，先后任《重庆商报》《重庆青年报》等多家媒体记者编辑主编等，中华诗词学会理事，重庆市诗词学会副会长，四川省诗词学会副会长，有《陈仁德诗词钞》《云气轩吟稿》《吾乡吾土》等多种著述。

清明访都江堰灾区

风吹玉垒白云低，断壁残墙近古堤。
灾后山形多破碎，春来草色太凄迷。
血光满眼何堪忆，噩梦惊心未忍提。
正是清明营奠日，茫茫蜀道杜鹃啼。

成都逢川大同学

一自扬镳久别离，故人乍见喜难支。
春回天府花如火，节近清明雨若丝。
锦水风波萦旧梦，汶川歌哭入新诗。
惊心二十年间事，惟有肝肠似昔时。

西湖与诸诗友同赋送春诗

落花流水太匆匆，散尽繁华褪尽红。
三月春光看又老，半随烟雨半随风。

又 一 首

望中烟雨满孤山，桃叶青青柳絮残。
莫道春随三月尽，风光依旧属江南。

登镇江北固亭

兴亡过眼变枯荣，剩此怆然北固亭。
疑有英雄魂魄在，大江渺渺草青青。

登镇江焦山万佛塔

万里江天一望收，此身已到最高楼。
大风起处云飞去，碧水茫茫入海流。

南 京

当时万里下秦淮，阅尽湖山写壮怀。
三十五年如一梦，此行是觅旧踪来。

【注】

（余初游南京时年仅廿二，今则头半白也）

秦淮河夜访李香君故居

媚香楼下久徘徊，南国佳人事可哀。
扇上桃花凝碧血，空教烟月满秦淮。

忆 昔

忆昔离家时，庭前别父母。
白发双倚门，苍苍如老树。
相对久黯然，欲语不能语。
那堪已暮年，犹嘱避风雨。
目送儿远行，用心一何苦。
而今离家时，庭前景如故。
倚门少一人，老母影踽踽。
感此泪泫然，忽焉心如堵。

浣溪沙·开远云窝寺

一路晴光翠影浮，层林次第接高丘，灵山爽气暑如秋。　崖畔云飞风乍起，桥头石润水横流。拈香人在诵经楼。

临江仙·新年同求能雯些敬和熊鉴老原韵

开卷何曾有益，归家早已无田。杜鹃声里自年年。围炉中夜坐，照影一灯燃。　诗酒难消岁月，功名易化云烟。今宵何事动心弦。笙歌辞旧岁，山水入新篇。

陈关祥

汉族，重庆秀山人，1962年10月生，中学高级教师。重庆市诗词学会会员，黔江诗词楹联学会会员，秀山自治县诗联学会理事，著有《醉墨集》。

二妃墓

苍梧思舜帝，酷暑访君山。
东麓双妃泪，南江万竹斑。
德高三楚仰，望重九凝瞻。
落日辉湘水，丰功振宇寰。

再游长沙

橘子洲头景万千，湘江如带意缠绵。
楚天浩淼英豪志，岳麓馨香壮士渊。
万里风光存画卷，满城喜气沁心田。
老夫醉诵仙乡曲，笑引诗情到碧天。

忆海南

走马行吟夕阳斜，抒情叙志到天涯。
千顷椰影叠清舞，四面波光晾白沙。
浪顶停舲思好友，舟中执手伴红霞。
馨香同入杏林圃，夜月敲诗醉万家。

寄友人

读罢君诗已忘餐，心潮似海卷波澜。
情深片纸传真意，语陌半笺愧易安。
红袖苑中春酒暖，烟波江上晓风寒。
人生苦恨觅知己，憔悴容颜带渐宽。

长相思·本意

花满枝，果满枝，卅载相逢陌路凄。夕阳已
渐西。　　长相思，短相思，头上青丝日渐稀。
为伊情更痴。

画堂春·七十坝

布谷知晓种田忙，暖风绿遍村庄。一川溪水
涨平江，春满荷塘。　　最美清溪坝上，遥闻窖
酒飘香。长歌情重纺花娘，唱醉斜阳。

撼庭秋·洞庭游

楚天千里缥缈，情断君山岛。洞庭波涌，纯阳庙里，冷光残照。　　回廊画栋，烟霞堪赏，冢丛荒草。念名利场中，红尘浪里，醉多醒少。

行香子·观奕

卧马摇铃，野渡舟横。小征东、满目旗旌。蟾宫折桂，林暗风惊。看鸡催晓，风拂柳，马悲鸣。　　吹箫引凤，大地春迎。铁笼山、兵伏洪亭。金甲银铠，复道空行。有虎出铗，鹏展翅，雁驰京。

陈江发

湖北仙桃人，1938 年生，原重庆建专党委宣传部副部长，现为重庆大学诗书画院副院长，重庆市诗词学会常务理事，重庆歌乐吟社社长兼重庆高教老协晚晴诗社社长。有《陈江发诗词选》出版。

沁园春·改革开放三十年

真理旗张，改革帆扬，开放路长。望神州八面，春潮激荡；城乡六合，丽日辉煌。木秀花妍，稻香棉壮，卅载河山换艳装。田免税，喜农村新貌，千古无双。　　科学发展金方，导国力飞升日日昌。看九天揽月，三英出帐；五环奇迹，两次称王。大坝巍巍，峡湖漾漾，舜地尧天奔小康。回眸处，尽丰碑林立，熠熠发光。

行香子·喜闻媒体公布部分落网外逃贪官名字

爵位煌煌，赃款洋洋：貌堂堂、贼手长长。一群硕鼠，是咋逃亡？哦明关紧，贿关放，黑关张！　　天涯无路，海角难藏，网恢恢、一枕黄粱。难填欲壑，赚了牢房。看哭无泪，地无缝，死无方！

残荷吟

（一）

叶破已无珠玉炫，莲房犹有眼观天。
残荷静等花红日，挺立寒冬待翌年。

（二）

池塘水浅冷风侵，秋老残荷未辍吟。
茎梗深深情系藕，根根丝线紧连心。

（三）

谁言听雨用残身，枯叶长留另有因。
最是担心污秽染，满池生出不肖孙。

（四）

雨打风摧色自消，枯茎可断不弯腰。
新荷头角尖尖出，化作精肥育藕梢。

菜园坝大桥通车

色色旗林卷彩潮，滔滔激浪赞新桥。
一龙横卧群星举，万马穿梭独臂挑。
犁雪巨轮桥孔过，嘶风轻轨九霄飙。
山城观景添娇媚，致富金衢又立交。

广寒秋（双调）三峡大坝远眺

长江浩浩西来，浪卷云排，万岭门开。肆虐连年，神女悲哀，大禹伤怀。　高坝矗清波泛彩，平湖现玉宇连台。电网荒垓，处处蓬莱，一半烟遮，一半霞埋！

献给中国奥运冠军（嵌名诗）

羽毛球男子单打冠军林丹

英雄林立马潇潇，技艺丹心试比高。
白箭横飞谁问鼎，五星冉冉上云霄。

女子蹦床冠军何雯娜

何家小妹一枝花，雯化缤纷灿烂霞。
娜娜飘飘天上舞，金星摘下耀中华。

体操男子全能冠军杨威

杨君勇破五连关，威镇群雄霸业安。
磨剑八年今满贯，赞歌曲曲卷狂澜。

陈远鹏

重庆市渝北区人。1941 年生，高级工程师，重庆市诗词学会会员，中华诗词学会会员。独撰有《布衣集》，《闲后吟草》等诗集。

月 怀 (古风)

寒楼独倚莫看月，悲从中来惜远别。
亲人何处讨生活，愁肠难为千山越。

神 女 (古风)

神女孤凄望碧空，长伴无情水流东。
痴问造物郎何处？不尽幽怨恨天公。

自度曲·婚纱照 (新声韵)

捧花含羞，白纱罩新人，凤侣鸾俦；四十年旧影，何有彩绢绸？终生事，难谋筹。革命不问牛。半身黑白五寸照，已属风流。　　风华洗白背佝，时过境迁也，遗憾难酬。当羡今代人，豪奢消永昼。补余愿，科技优。蜃气变真楼。昔日脸，借身修拼，虚假成就。

自度曲·秋望

燕瘦环肥已多年，韶华早逝，人在哪边？日日翘望南飞雁。愁怅无尽，江流不断。　　秋风吹寒独倚栏，星光冷漠，月色清淡。往事勾起思绪连。落叶满襟，人到暮年。

贵妃出浴图 (古风)

华清御池天下闻，只缘曾洗贵妃身。
男人都爱美娘娇，帝王哪堪玉体分。
千年古训红颜祸，万代欲迷刚愎心。
烽烟一起家国亡，名腐多为石榴裙。

山城步道 (古风)

繁华闹市去寻幽，独行步道细汗流。
小憩半山花解语，随吾吟唱频点头。

钓鱼城怀古 (古风)

钓鱼城头宋桂花，传馨抗战慑天涯。
"坚苦卓绝"英雄事，长共江山染红霞。

玉龙雪山水 （古风）

玉龙雪水夹馨凉，欢声笑语出丽江。
余愿化为一片叶，随尔清流回故乡。

果塘湖 （古风）

敞对尖山斜阳昏，风鳞微漪水摇金。
石舟唱晚人一个，璧月沉潭花万情。
新叶滴翠岸边柳，艺墅傍荫湖中城。
四围楼影声寂寥，亭榭独我和诗吟。

陈启知

又名岂知，1943 年生，重庆巫溪人。中学高级教师，三峡诗社社员，宁河诗社副社长、副主编，曾为《巫溪诗词选》执行编委。

仲夏月夜吟

飒飒清风夜未央，银盘皎皎映星光。
笛声幽雅农家乐，蛙鼓激昂稻蕊香。
不向瑶台追梦幻，却怜烟柳播芬芳。
自然赠我凉如水，心涌歌诗锦绣章。

新农村掠影

池中鱼戏漾波光，花底莺声闹琐窗。
几处亭台飞笑语，无边稻麦泛馨香。
楼堂入画翻新彩，山水为屏换旧妆。
万类和谐佳气象，农家风景胜仙乡。

再逢故人咏怀

半世颉颃返旧林，相逢亦梦亦为真。
抚膺常愧输奇趣，援笔尤欣振玉音。
世事随它风共雨，人生淡我富和贪。
呕心无悔培桃李，烂漫群芳慰笃勤。

凤凰改革展新颜

凤凰改革展新颜，彩笔挥成锦绣篇。
座座青山横玉带，环环碧水奏和弦。
紫栏处处连高阁，金谷丛丛满沃田。
拂面春风人欲醉，繁花遍野赛桃源。

再登白帝城

薰风送我入夔门，一路繁花一路春。
浩浩平湖浇日月，巍巍白帝锁烟云。
殷勤三顾经纶手，憔悴两朝辅弼臣。
再览碑林仰贤圣，悲歌一曲缅雄魂。

凤凰坝春郊即景

垂钓绿杨湾，春流碧若蓝。
风和蝶对舞，日丽鸟齐欢。
墨客行吟醉，村妹坐绣酣。
谁歌夕照里，谈笑往回还。

重九游白果森林

且将冗务扔旁边，重九登高上翠巅。
驰骋扶摇峦嶂险，盘旋逶迤雾云闲。
葱茏嘉树苍千里，灿烂娇花焕九天。
日丽神怡秋韵秀，当临绝顶勇登攀。

漫滩路行吟

昔日垃圾臭水湾，今朝笔直路平宽。
晨喧紫雾人歌舞，午戏清波鸟集翩。
玉带画廊风采粲，凤山麟趾物华嫣。
我心欲醉陶陶乐，漫步遥瞻锦绣添。

《巫溪诗词选》首发式感咏

峡郡诗坛剑气冲，旌旗猎猎舞晴空。
墨池浪阔雄鹰起，翰苑林深劲骥腾。
沥血呕心情壮烈，衔华佩实绩恢弘。
长缨共举群英会，齐奏八音唱大风。

新居舒心楼即兴

远峰亘簇碧螺群，雨霁天清气象新。
绕屋娇葩吝映日，冲霄紫燕竞鸣琴。
江明广厦芸窗月，霓暖通衢锦玉人。
好友满堂歌满苑，壮怀万里会搏云。

陈启国

　　重庆市荣昌县人，1939 年生，四川大学中文系毕业，曾任主任编辑、高级政工师。现为中华诗词学会会员，重庆市诗词学会理事，双桥区诗联学会副会长，著有《灯火集》。

咏"两会"

年年桃杏闹东风，今岁花开别样红。
酥雨春晖似醇酒，时时撒向草根中。

山溪吟

环佩叮咚小仙姑，穿林跨涧上征途。
高山人坝莫拦我，要汇清流荡浊污。

宝剑吟

许身天地净妖氛，长恨平生未识荆。
闻道恶魔兴鬼蜮，铿然击鞘作龙吟。

折扇吟

单薄尤怜瘦骨香，折腰不为米和粮。
秋来料理休闲事，长忆炎炎夏日忙。

朝天门抒怀

朝天门外水连天，潮涌双江扬巨帆。

号子推开千层浪，乘风直下大江南。

拜师歌

径向班门弄斧斤，白头学艺倍情真。

不羞趋步附风雅，怕笑掉牙贻子孙。

探宝但求满车载，取经何惜尽狼吞。

勤耕换得丰收乐，报与东君一片金。

【注】

金——金秋。

陪诗友游龙水湖

墨客骚人意兴痴，迷濛山水雨丝丝。

波摇绸缎縠纹腻，岫吐岚烟归鹤迟。

一处风光一帘画，一船灵感一湖诗。

龙泉依旧清如许，濯我尘襟不自持。

钓鱼城怀古

云水苍茫怅望间，楼台碑堞忆忠贤。
山川依旧英雄气，人世焉留上帝鞭。
孤柱犹能撑半壁，一杆直可钓中原。
江流不尽斜阳外，雀噪寒林落暮烟。

鹧鸪天·补拍结婚照

簇拥婚纱上影楼，花枝犹带几分羞。世人莫笑老来俏，难得相知到白头。　　情切切，意悠悠，当年婚嫁一何求？园中桃李伤风雨，池上鸳鸯恨未休。

鹧鸪天·归燕

万里征程万里赊，倦飞无力剪余霞。怯窥朱户传歌舞，惊绕长街逐彩车。　　风细细，雨斜斜，故园无复见桑麻。新城不识归来客，满目繁华何处家。

陈学斌

重庆市开县人，1958年2月生，大专文化。现任重庆市奉节县科委主任，中华诗词学会会员，重庆市夔州诗词学会副会长。

夔州秋早

冷雨含秋物候迁，旬初八月把衣添。
缤纷伞点繁花景，入眼山峦云带烟。

夔州好地方

夔州好地方，临水伴长江。
白帝云添彩，瞿塘舟正忙。
天坑观奇景，地缝赏风光。
游罢平湖后，脐橙细品尝。

和周祚政《登黄鹤楼》

黄鹤楼高岁月悠，当年太白亦曾游。
欲吟美景休成句，缘谢崔诗写此楼。
山水亭台呈百态，神情韵味赖双眸。
凡当兴至姑须唱，诗海不辞涓细流！

清明时节

风和水暖又清明，鸟语花开山色青。
结伴人群郊外去，踏春归返日西倾。

桃花时节

又是桃林花放时，红霞脂粉染春枝。
每当身入园深处，世上悲愁全不知！

致戈夫儿获学士学位

一路黉门且顺通，前程风雨或疏浓。
须随志士行为伍，勿与庸才苟且同。
淡对功名思有度，重求价值乐无穷。
正当年少勤奋力，滋味人生成就中。

游大风堡

莽莽群山叠翠青，谷风带响拂衫迎。
凡间夏日炎炎苦，吾入清幽仙境行。

题白帝城杜甫果园

江岸夔州五谷丰，地灵人杰古今同。
每当时节秋风后，遍野千山橙映红！

清玉案·当年初识檐阶处

当年初识檐阶处，已心动，凝神目。欢悦流阴时两度，春花秋月，晚风朝露，好梦知无数。　　真情欲吐终还住，万里风尘各奔路。音讯茫茫无问处，红颜将老，韶华东注，回首吟歌赋！

陈时良

又名可夫，重庆长寿区人，1925 年生，长寿区教师进修学校校长，中学高级教师，中华诗词学会会员，长寿区凤鸣诗词学会常务副会长，长寿区诗书画研究会名誉会长。自著《凤嘤》诗集，主编《凤鸣诗词选》，合编《骥鸣集》等多种书刊。

西部开发抒怀

东资西转不平凡，西气东输跨远山。
巴蜀风光无限美，宛如仙女洒花环。

中国参加"世贸"有感

经年十五梦方圆，科贸追新竞在先。
骇浪惊涛何足惧，神州一任挂飞帆。

一剪梅·颂新渝州

浩荡春风拂绿畴，喜了山头，乐了田头。韶华千里赞渝州，岸上高楼，江上船楼。　　大坝平湖巧计谋，百业增收，百姓丰收。放歌把酒颂金瓯，时代风流，人物风流。

忆江南·长寿升区好

升区好，彩凤入云翔。长寿化工新步跨，园区热气正拂扬。怎不动诗肠。

长寿广场

一进广场金碧辉，百花锦簇暖风吹。
高楼矗立惊天外，地道车流衔尾随。
十里商场人踵至，万家灯火颂歌飞。
凤凰展翅扶摇上，追赶渝城解放碑。

长寿湖避暑诗抄

（一）

长湖秀水小蓬莱，霞蔚云蒸抹石岩。
信手拈来成妙句，小舟静坐细心裁。

（二）

东来紫气日氤氲，山色空濛万木蓁。
碧水连天风景异，西湖一叹逊三分。

游广安思源广场

思源场上话思源，源远流长挽巨澜。
马列创新光祖国，南巡讲话乐尧天。
莹莹玉镜迎头照，滚滚狂涛出涌泉。
流水青山多曲折，坡坡坎坎忆当年。

读《三国演义》

三国史书传五经，是非功过后人评。
华容关羽岂无过，鸡肋杨修自趁刑。
董卓官官相卫护，孔明处处不徇情。
以人为镜知兴废，惩腐倡廉雷厉行。

古　树

疤痕遍体着纹皮，雨覆云翻雪又欺。
啄木叮咚施小技，春风一度发新枝。

陈桂锦

土家族，重庆黔江人，1970年生，大专文化，个体户，重庆市诗词学会会员，重庆黔江诗词楹联学会理事。

洞塘仙境

轻舟荡漾绿波中，碧海深情抚古松。
借得蓝天云几片，飘来白鹭伴诗童。

武陵山色

锦鸡独立武陵峰，静坐灵猴面向东。
皑皑云飘天子殿，层林尽染晚霞红。

秋 月 夜

独坐雕楼饮桂香，清醇窖酒润衷肠。
半弯琴月仙人弄，弦上流云片片忙。

夏夜濑水河

明月清歌夜色娇，玉人美酒醉陶陶。
轻摇折扇虹桥上，柳线沾凉袅袅飘。

望江楼听涛会友

(一)

小楼独坐钓诗才，细品香茶情满怀。
忽听帘外涛声起，开窗放入大江来。

(二)

听涛望月品鸡汤，酒冷风轻阵阵凉。
鸟瞰南滨星万颗，银河倒射点秋光。

秋夜成都

水戏银镰月，星缠金带云。
花香盈美酒，柳软拂佳人。
心旷神思远，情怡韵味深。
今宵留恋处，惜别恨无音。

闸桥情

夜伴贤妻漫步溜，闸桥两崖不停留。
柔灯醉柳轻轻语，皎月枕波漫漫游。
瀑布声声含雅趣，霓虹闪闪戏清流。
劳辛一日身心累，借点微风解困愁。

扬州慢·盛夏走昌州

华夏名城，渝西佳处，永川大足荣昌。看晴空万里，醉棠蕊芬芳。览竹海、青茶涌浪，长街弄墨，诗韵悠长。走濑溪、烟柳虹桥，折扇清凉。　　苍山卧佛，显神通，威震天堂。赏器乐仙姑，宏声齐奏，天籁声扬。信女信男同访，诚心拜、圣阁仙廊。品人生真味，畅吟尘世沧桑。

陈绍斌

重庆江津人，1953年出生，高级法官，江津区法院副院长，中华诗词学会会员，重庆诗词学会会员，重庆市江津区诗词学会会长。

赞四面山并颂星宿丽景酒店 （新声韵）

天然宝地有评说，洗净凡尘好快活。
星宿龙潭迷丽景，仙家洪海恋清波。
望乡台上帘谁挂，响水滩边蟹自摸。
四面山歌迎远客，杨梅美酒劝君喝。

春回骆崃山 （新声韵）

茶花怒放映山红，断树残竹怨去冬。
嫩笋出泥一夜壮，新茗吐翠满池浓。
鸡公岭上观沧海，化雪石前沐暖风。
握手当年多故旧，今朝尽在画廊中。

戊子之春 （新声韵）

金猪玉鼠破天荒，遍地银花裹素装。
雪舞南疆凝两粤，冰连塞北冻三湘。
军民共御寒流退，党政齐抓暖气扬。
盛世和衷灾害减，年年岁岁好春光。

初访聚奎校园黄昏唱晚 （新声韵）

村夫不辨聚奎楼，只恨家贫志未酬。
古树参天忘岁月，残花落地忆春秋。
巢归白鹤无踪影，岸靠驴溪有渡舟。
片片寒窗灯火晚，条条曲径可通幽。

云南旅行记 （新声韵）

长空鸟瞰满园春，对面飞来七彩云。
大理风流苍海月，丽江古朴玉龙魂。
神工点化石林苑，鬼斧掘开水府门。
植物王国花似锦，天人和睦地球村。

江津新景 (新声韵)·纪念改革开放三十年

卅年开放几江春，改革风吹气象新。

四海船停通泰港，五洲宾至艾坪村。

长桥两岸车流水，半岛双龙土变金。

万米画堤披锦绣，千条丝柳奏弦音。

津城胜景难详叙，天上人间请问君。

重庆市高级法院成立十周年感怀 (新声韵)

渝州法院十年春，铁卷宗宗写自尊。

正义阳光昭日月，公平雨露润乾坤。

开庭审理权责重，调解磋商利益均。

构建城乡发展路，巡回办案走千村。

陈梦昭

（1924-2008），土家族，重庆酉阳人，酉阳民族师范教师，曾任重庆市黔江诗词楹联学会副会长、顾问，酉阳桃花源社原社长兼《桃花源诗集》主编，著有《涉趣园诗集》、《涉趣园诗词续集》。

游成都杜甫草堂

清风助笔耕，明月咏心声。
耻逐生前利，荣留死后名。

读弹词《屈原》有感

耿介情怀未可捐，自知名利早无缘。
秃毫化作生花笔，写出《离骚》付泣鹃。

乐将余热暖新苗

民愁国虑一肩挑，力振中华胆气豪。
为国育才为己任，乐将余热暖新苗。

八十二岁自咏

纵横诗笔乐余生，何物能消块垒平？
日写真诗三五首，七情吐尽便舒心。

自题墓碑诗

黄土掩身难掩心，青山埋骨不埋文。
醒吾恶梦还清梦，留得诗魂护国魂。

自题《涉趣园诗集》

一生如野鹤，半世若惊鸿。
衰发凌头白，苍颜恃酒红。
爱诗如至宝，学艺未精通。
有志为吟叟，无能作富翁。

彻底平反调酉阳师范任教

(一)

韶华虚度十余年，欲献青春苦乏缘。
衰朽残年逢治世，得瞻丽日仰蓝天。
育才任重情尤重，报国心坚志更坚。
尚有丹心红胜火，岂容华发付苍烟。

(二)

莫效骚人惜暮年，育才报国正春天。
晴空万里追鹏翮，碧海千顷驾铁舰。
破雾穿云无惧色，劈波斩浪有欢颜。
重新跃马长征路，朝夕宜争快着鞭。

酉北土家族诗人陈景星

人情世态叹炎凉，矢志攻书客异乡。
五秩科场登进士，三齐放赈始腾骧。
南疆北国收吟稿，胜水名山入锦囊。
两袖清风辞宦海，一池绿水守荷塘。

桂林山水

奇峰秀水聚漓江，锦绣河山若画廊。

翠阁红楼花弄影，仙庵梵院桂飘香。

秋山直似黄金铸，春水犹如碧玉镶。

今作桂林三日客，人间始觉胜天堂。

偕竞寒游南泉

樱花季节到南泉，花好人圆百景妍。

两岸修篁映绿水，一溪小艇荡蓝天。

虹桥倒影弓如月，浴室蒸腾气若烟。

摄影女郎勤诱导，屡留彩照遍铧园。

与竞寒结缡四十周年适其六十二生辰致贺

（一）

四十年前杏月天，果州春色映红颜。

琴园花烛明如昼，新妇婚装素若仙。

一震春雷惊客梦，三重疑虑迫南旋。

饱经风雨伤离别，喜到白头乐晚年！

(二)

患难夫妻四十年，魂离梦断奈何天！
养亲葬母劳卿力，育女扶儿赖汝贤。
菇苦含辛添白发，省衣节食减红颜。
卅年心血浇苗圃，慈孝忠贞四美兼！

村居吟

管训归来遣化田，竹篱茅舍两三间。
闲来花下戏蝴蝶，闷去山中听杜鹃。
日出荷锄歌岭上，夜归读史笑灯前。
更阑酌酒邀明月，醉卧花阴伴柳眠。

自题诗作

诗词豪放学苏辛，字里行间涌激情。
昂首挺胸除暮气，引吭长啸振新声。
一歌一哭申民意，三叹三呼诉众心。
慢道诗人皆弱士，千钧笔力震雷霆。

巫山一段云·抗战期中作

（一）

抗日烽烟紧，疆场血泪流。梦魂登上岳阳楼，远眺思悠悠！　　国耻何日雪？失地几时收？乘风破浪驾飞舟，渡海斩倭酋。

（二）

梦步湖滨路，洞庭瞰碧流。湖光山色岳阳楼，天下我先忧！　　苦读朝还暮，蹉跎春复秋。飘飘风雨一归舟，载不尽侬愁！

小重山·酉阳青蒿

昔日蓬蒿此日金。年随春草绿，漫山青。乡农大运转鸿钧。勤采集，野草变金银。　　利国复利民。穷乡可致富，可扶贫。苍天惠我太多情。多采售，相竞把财生！

陈常国

重庆渝北人，1945 年 1 月生，笔名秋雁，斋号坦然居。曾任龙兴、鱼嘴、洛碛镇文化站站长，渝北区第七、八届政协委员，现为重庆市诗词学会理事。著有《秋雁诗文选》等三部。

评国花有感

各有千秋都感人，谁为国冠比难分。
寒梅逊牡三分富，贵牡输梅一倍神。
菊在霜中生傲骨，荷于垢里显洁身。
而今世事皆如此，微妙相差澄后真。

咏哈尔滨

开放带来一片新，如诗似画好迷人。
太阳岛上太阳醉，月亮湾中月亮馨。
南北畅通迎贵客，中西合璧显风神。
虽然笔者住重庆，梦里常游哈尔滨。

咏　梅

此花不与别花同，冻土生根雪里红。
不学牡丹夸富贵，只和木槿比雌雄。
霜摧玉蕊香千里，冰压琼枝挺九重。
迎得阳春归大地，悄悄结实绿丛中。

题文明城区渝北

晨练湖边闻婉啭，夜玩坝上伴芬芳。
衣于两百随挑选，食在三街任品尝。
住宿城中超丽野，行飞世外逊佳乡。
秋升皓月亲全镇，夏起清风爽满场。

题文化名镇龙兴

古镇龙兴我故乡，宏图大展美名扬。
祠堂几座千秋景，庙宇多家万道光。
骏马归山创伟绩，蛟龙出海铸辉煌。
二环高速修成后，此地旅游更胜强。

题状元故里洛碛

古镇千年卧岸边，移民过后换新颜。
状元故里真实在，臣相家乡虚假传。
秋雁诗文留厚爱，子虬武术盖前贤。
当官历届谁为好？唯有德福应领先。

题大渡口盆景、插花艺术展

鬼斧劈来天下景，神工插出世间情。
早知大渡有今展，何必花钱去旅行。

读崔永生著《人生感悟》

深深体验深深意，字字精华字字情。
半卧三更书在手，沉思默读到天明。

咏华山

登峰一道险，《智取》应为先。
《论剑》传于世，今朝更壮观。

陈敬裕

重庆云阳人，1943 年 5 月生，电气高级工程师，重庆市诗词学会会员，重庆市三峡诗社会员，云阳诗社会员。

虹口漂流

虹口湍急绕岫湾，叠岩峭嶂巇缠岚。
漂流小将搏狂浪，澎湃心潮戏水欢。

植树有感

腊月水岸雾冲霄，植树人穿莽草腰。
舞动银锄翻旷地，绿苗普种唤春潮。

小林浩勇救同伴

瓦砾劈头挽泪摸，回眸校友殁伤多。
疾驰履险背童子，义胆髫龄献爱乐。

吟大佛

横流逆转三江合^①，浪滚咆哮冲暗嶙。
沉舫惊魂常怆泪，海通凿佛佑黎民^②。
神威千古坐磐石，镇水伏魔舸畅行。
嘉郡千畴疏万浍^③，人杰地美物丰盈。

【注】

①三江：即大渡河、青衣江、岷江。
②海通：唐代海通和尚，他代募钱财组织人力在凌云山下开凿了大佛。
③嘉郡：古时的乐山市。

太湖缅怀

（一）

包孕吴越美震泽^①，湖光潋滟翠山洁。
碧螺茶品芳馥漫，诱戏银鱼嬉斗决。

（二）

惠岫二泉水甘冽，石床偃卧听松悦。
阿炳迷奏琴悠荡，如怨如诉映皓月。

（三）

寄畅园围桥亭台，康乾南巡驻跸歇②。
嵯峨假山林葱郁，九狮奇石显姿色。

（四）

鼋渚春涛伴晓雪，天然画图心辽阔。
蠡园铭刻西施婧，隐匿范臣怡翰墨③。

【注】

①震泽：太湖古称谓。
②康乾：清代康熙、乾隆皇帝。
③范臣：春秋赵国大夫范蠡。

浪淘沙·九龙沟

六顶秀奇峰，聚首群龙，披烟带雾郁葱葱，滴翠凝幽杉岫媚，花海鹃红。　谷水隐深丛，击浪叠冲，乱石飞瀑送清风，暑夏凉宵情未了，歌亮星空。

【注】

六顶：即六顶山，位于崇州市中山区三郎镇内。

行香子·府河景

柳絮垂飚，河岸清凉，暖秋风，慢赏群芳。琴棋歌赋，一路风光，有缦裙红，拳装绿，舞绸黄。　　伫望悦眸，密密高房，展幡牌，栩画楼墙。繁华里市，满目琳琅，正驾车急，人潮勇，贾商忙。

天仙子·磨西风情 (海螺沟)

云滚雾腾遮雪岭。冰瀑冰川千岁景。天域绝色绛石滩。凌龟静。皑狮炯。展翅鹏怡峭雪影。　　遂壑水激叮响磬。天药温泉消体病。猕猴嬉笑戏攀乐。骑马劲。滑雪竞。秀美神奇茶马径。

殿前欢·泸定咏怀

五月寒。征途谋斗险津关。幽河峦岫狂飙漫。艰履追欢，休言众寇拦。红军汉，泸定桥鏖战。旌扬号叫，敌溃骑翻。

谢池春·火龙腾元宵

　　商埠弥陀，彻夜鼓锣声震。靓火龙，腾云气盛。亲龙仪仗，祷福家和顺。闹元宵，户阖休问。　　龙蟠火艳，炮炫氤氲珠喷。抵竹篙，接龙邪镇。同斟醇窖，灌龙嘻龙诨。溅钢花，熠辉龙滚。

【注】

弥陀，即泸州市长江边上的弥陀镇。

水调歌头·改革开放三十年

　　相顾三十载，华夏展新颜。改革开放潮涌，勤奋建家园。匡世济时策划，城镇扶援乡里，经济领航前。沿海特区创，飞跃步连年。　　举才俊，兴科教，宇船旋。纪纲庶务，严惩污吏倡清廉。执政以民为本，解放三农实惠，政企喜分权。社会和谐景，笑赋小康篇。

望海潮·汶川地震

　　汶川摇晃，崩山裂地，楼房轰毁坍塌。衷号痛切，惊慌泪涌，倾刻殒命天涯。悲怆遍神州，举国齐悼念，共难一家。同克时艰，彰扬大义救援他（她）。　　突罹地震中华。有军民抚慰，辎重亟达。撤退迈行，飞舟引道，陆航施救齐夸。舍碎砾石扒。挽同胞性命，血指抬挖。大爱无疆，拯危济困放奇葩。

陈善士

四川开江人，1935年6月生。1951年参加军干校，1954年转业。曾任中铁二院科长（工程师）。重庆市诗词学会会员。

颂叶帅（步《八十书怀》）

北战南征为国兴，匡扶未敢计晨昏。
吕端风范瞻环宇，诸葛情怀步后尘。
按剑除妖光伟业，抛肝献胆挽沉沦。
亿民顶礼齐恭颂，光照江山一伟人。

挥 毫

三尺丹青笔底呈，龙腾虎跃任纵横。
紫烟碧霭曦阳暖，绿水青山皓月明。
摩诘诗中原有画，朱耷画里蕴诗情。
常师造化书真意，慷慨挥毫趁晚晴。

行香子·摄影

浩渺云烟，锦绣江山，尽收入方寸之间。星移斗转，再见童颜。恰驻青春，记婚礼，录寿筵。　　鱼翔水底，鸟歌林畔，又晨曦绚丽为还。流年似水，美景长斓。喜多丰姿，添美感，伴余闲。

叱咤风云盖世雄·为周总理诞辰百年而作

诞辰百载仰星空，叱咤风云盖世雄。
十里长街都是泪，中华名相数周公。

鹧鸪天·歌乐乡居

歌乐群山绿葱茏，天池潋滟荡春风。鸡鸭成群奶牛壮，幢幢小楼林荫中。　　花似海，气若虹，摩托来往兴冲冲。"云顶"共展诗书画，乡居歌乐喜相逢。

【注】

"云顶"系歌乐山森林公园内之云顶山庄。

忆秦娥·汶川抗震救灾

　　山崩裂，千万同胞遭浩劫。遭浩劫，家破人亡，路断粮绝。　　全球救援情激烈，救兵十万坚如铁。坚如铁，大爱无疆，五洲同热。

跳　蚤

　　跳蚤，灵巧，国王身上跑。咬一口，好似针挑，领儿窜到裤儿腰。眼睁睁，抓不住。直急得，嗷嗷口叫。侍卫戒严捉跳蚤。嗨嗨，跳蚤！一个跟头不见了。

陈盛邦

　　字可茂，1937 年出生于重庆市奉节县，在职期间职务为小学校长，现为中华诗词学会会员，重庆市夔州诗词学会理事。

大坝颂

　　　瞿塘险峻鸟心惊，鲍氏题联白帝铭①。
　　　滚滚川流难锁住，悠悠岁月总关情。
　　　中央决策宏图展，天堑截流高坝横。
　　　航运防洪添美景，明珠赛过满天星。

【注】

　　①鲍氏：鲍超，重庆市奉节人，清末湘军将领，官至提督。白帝城碑林中有他题联曰：巫山峡锁全川水，白帝城排八阵图。

三峡水库蓄水 156 米观景有感 (新声韵)

　　　峡光今古誉人间，险峻雄奇谱颂篇。
　　　大坝三期阔湖面，碧波万顷映苍山。
　　　六合入夜繁星灿①，两岸还林硕果妍。
　　　风物人文自然景，八分人力二分天。

【注】

　　①六合：指天地四方，此句描写地上、四方的电灯与天上的星星相连之立体景象。

今观白帝城

2008 年秋，三峡平湖达 175 米最高水位，秋日水澈，山色倒影清晰可见。几友相邀观赏白帝城，由远至近，然后入游之。

峡东横大坝，白帝焕新图。
身影浮江面，仙宫落碧珠。
楼台环古寺，花卉傍芳途。
漫步盘山路，悠然赏舳舻。

游小三峡有感

龙门一进景如何？水曲山重峡谷罗①。
两岸青林传鸟语，一溜短艇对情歌。
碧流宛转迷宫妙，翠岭连绵奇石多。
难怪阳台神女俏，千秋钟爱大宁河。

【注】

①峡谷罗：从巫山县城沿大宁河溯水而行，在数十里间，有龙门峡、巴雾峡、滴水峡。

游草堂湖 (新声韵)

专车三十里，邀赏草堂湖。
南耸赤甲顶，东陈八阵图。
山光影明镜，入口嵌龙珠①。
王母倾心问，瑶池能换乎？

【注】

①龙珠：指白帝城。

谒母墓 (新声韵)

每到佳节念母亲，育儿养女倍艰辛。
应时处世同才俊，尚礼持家继义门。
傍墓鹃花悲泣血，依山孝幔挽成云。
萱堂辞世深惜早，未赏今朝万象新。

鹧鸪天·诗仙广场落成有作

玉砌雕栏一广场，休闲健体比甘棠。前贤碑刻词章灿，后土高歌国运昌。　情细细，意长长，百花齐放竞飘香。俯观高峡平湖美，笑看苍翁醉夕阳。

陈素梅

女，笔名：雨荷，重庆市奉节县人，1964 年生，副处级，本科文化，夔州诗词学会会员。

夔门秋思

瞿塘峡谷碧波沧，争艳群峰醉杜康。
峭拔险崖思大禹，傲生栌叶咏寒霜。
天苍水静诗不尽，李白舟归帆满张。
妙境仙居潇洒处，魂牵梦绕是吾乡。

观　书

书文多趣伴吾身，早晚忧欢不避亲。
眼下阅来千古韵，胸中涤去九重尘。
欹风玉勒寻芳久，闲笔文章逐日新。
月落水流何处往，倏然回首又经春。

咏　梅

疏影横斜立落彩，众花纷谢一时稀。
耻依女逦妍台榭，甘友长松老翠微。
不与牡丹争富丽，喜同瑞雪斗芳菲。
百花头上将春报，惹得诗人醉咏归。

夔 峡

夔府清江日夜流，依云白帝自悠悠。
昔为天险争雄地，今作渔人放钓舟。

白帝感怀

晴日清江色似刀，杉松古庙度猿号。
孤城月下悠悠立，千载英雄共一蒿。

迎春乐·新春欢聚

池光皱碧春来早。枝头上，殷勤鸟。恰恰啼，嫩语穿林坳。行客远，吹笙道。　　醉拍春衫情不老。梅似雪，梦窗词好。且雅集良朋，飞醉笔，樽前笑。

秋色横空·浮生若梦

霜锁残阳，碧天空落寞，满眼飘黄。遥岑雾黛轻寒落，西风怨起清江。思惆怅，惹寂凉。暮色近，声声幽蛰怆。暗坠江波水远，一片流芳。　　风雨漫侵绿舫，怯红消香谢。远棹茫茫，夜深反侧灵腾急，何况梦断他乡。人生路，坎坷尝。笑世事，红尘行客狂。且若梦浮生，须看杜郎。

柳含烟

重云叠，画楼边。寂寞花开深院，寄情春燕梦南山，不成眠。　　雨点窗棂苔绿瓮，杨柳春风依旧。人生愁绪几时完，绕心间。

荷塘思

繁星点点月朦胧，白鹭争飞井上桐。
夜舸徜徉依恋照，满塘残藕动秋风。

陈景星

别号笑山，土家族，重庆酉阳人，1839 年生，卒年不详，清代进士，一生浪迹江湖，游迹几遍湘黔川楚滇粤，入仕后先到齐鲁放赈，继宰兰山、日照，暮年流寓天津、上海，著有《叠岫楼诗草》。

泛舟辰河

斗大孤蓬泛晓风，苍黄林木间深红。
清霜毕竟浓于酒，醉遍山头十万枫。

春日即事

小别经旬暂转家，山头红紫灿成霞。
春风正是繁华极，开遍桃花又李花。

舟行杂咏

半江新雨晓来收，舟共轻鸥逐浪流。
独有白云行太懒，夜来依旧宿峰头。

归　家

去时高兴托云霞，裘敝囊空又转家。
久别任他猿鹤怨，只愁惭愧对梅花。

早　秋

一雨全将暑气收，早凉先上最高楼。
泥城桥北青青树，画出长堤槲叶秋。

栅山道中

水竹回环合，村烟入望低。
出篱寒犬吠，争树乱鸦啼。
枫叶霜千片，芦花雪半溪。
野鸥能导客，先我过桥西。

春日即事

雨意十分足，小园花怒生。
春心苏草木，天气乱阴晴。
水静鱼吞影，风高鹊纵声。
前村烟树隐，叱犊听农耕。

暮宿山寺

寻秋来古寺，林桥路重重。
过岭一声笛，催人半响钟。
溪头喧暮雨，云气束高峰。
倚仗僧相问，留行慰客踪。

重游武陵山

（一）

芒鞋踏破翠重重，石磴纡回古木封。
奇景易穷千里目，名心销尽五更钟。
崖悬飞瀑喧高树，亭裹疏烟补断峰。
天半梵音何处答，涛声万壑吼虬松。

（二）

偶从旧事感沧桑，鸿爪重寻迹已忘。
欲驾长风招白鹤，却看小劫换红羊。
天开异境空黔楚，雨蚀残碑昧汉唐。
倚槛笑从高处坐，白云犹在半山忙。

宋其洋

　　笔名彭君洋，1945 年生，重庆巴县人，曾任重庆市国营峡口化工厂厂长；现为重庆市诗词学会理事，有个人专集《橘里馆诗词》行世。

过冢书感

劫换沧桑随处看，枯肠芒角转森然。
当时海瑞骂皇帝，也是维持旧政权。

甲申春寒寄彭慧心老师

十年动乱渐忘之，老眼重磨未足奇。
消受松风才醒酒，难堪世态更无辞。
国人想走承平路，冠盖流行作秀时。
屹立荒郊惟点墨，杜鹃啼处雨如丝。

宿翠微山房得虞韵

行次蓬门酒未沽，雨来细路变模糊。
故园田地千般好，浮世尘埃半点无。
劫后凋伤忘魏晋，花前尚拟醉工夫。
人情融合自然界，明月清风归雅儒。

铁山坪分韵得游字

石响泉声地更幽，渺然危径认重游。
山浮碧霭高低影，霜冷黄花远近秋。
鸟踏藤萝门坠果，樽邀客子月当头。
论文复坐红灯下，解酒还需茗一瓯。

春夜送友人兰州打工

贤弟欲将西北行，冷风摇动夜灯昏。
已知弱势成群体，相傍穷途醒几人？
面色颓唐嗟我辈，家庭饱暖冀儿孙。
三杯酒罢君离去，茅店惟留雨滴盆。

咏　菊

经惯霜威爱此花，北窗靖节拟生涯。
念余天遣为寒士，卖画钱来付酒家。
风雨时辰堪窈窕，书生本色忌浮华。
相邀一个篱边月，坐对幽枝漫品茶。

生辰答客

浊酒喝多醉半旬，醒时露重北江村。

青岩不接长安道，蜡屐远交禅院琴。

制策英雄先领富，足其利益后扶贫。

只缘世象看清楚，故已抽身占水云。

辛亥岁作 (一九七一)

非是少年强说愁，位卑名贱只堪忧[①]。

月移花影空春梦，手执锄头修地球。

此等人生难想象，这般时代已无求。

念余原本杏坛后，逢劫写成文字留。

【注】

① 时，吾属"黑五类"之子。

〖中华诗词存稿·地域专辑〗

中华诗词学会 编

重庆诗词卷

卷二

汪崇义 著

中国书籍出版社
China Book Press

目　　录

宋鸿浩···381

昙　花···381

夜来香···381

玫瑰花···381

茉莉花···382

黄桷树···382

千里乌江画廊···382

中秋鼓楼赏月···382

诉衷情·奥运北京·······································383

临江仙·茅尖山林场···································383

蝶恋花·游茂云山·······································383

李光荣···384

蒙冤狱中题内子寄照···································384

漩口夏趣···384

三峡行···384

念奴娇·登虎台南山炮台····························385

双飞燕·自题金婚照···································385

杂　感···386

首届长江（金沙江）国际漂流节··············386

看耍猴·调寄一剪梅···································386

李吉光……………………………………………**387**

广场音乐喷泉…………………………………… 387

开县三峡移民新居感赋三首…………………… 387

（一）都市新民居六组团实录………… 387

（二）新居两度中秋…………………… 388

（三）试蓄水 175M 游小江…………… 388

贺友生日二首…………………………………… 388

（一）……………………………………… 388

（二）……………………………………… 389

贺勉外侄………………………………………… 389

燮霞夺首金……………………………………… 389

追忆贾秀山……………………………………… 390

重阳有怀………………………………………… 390

北京奥运盛会…………………………………… 391

神七飞天………………………………………… 391

赞嫦娥一号……………………………………… 391

冬　晨…………………………………………… 392

春　游…………………………………………… 392

三峡库区开县最后一爆二首…………………… 392

（一）……………………………………… 392

（二）……………………………………… 392

李传荣……………………………………………**393**

忆秦娥·红船颂………………………………… 393

卜算子·喜庆十七大…………………………… 393

忆秦娥·嫦娥一号飞临月……………………… 393

菩萨蛮·春光迎昊天 …………………………… 394

十六字令·春 ……………………………………… 394

海上飞船 …………………………………………… 394

钢城遐想 …………………………………………… 394

十七大颂 …………………………………………… 395

奥运颂 ……………………………………………… 395

赞神七航天英雄 ………………………………… 395

李纯国 …………………………………………… **396**

迎接中华人民共和国成立六十周年大庆 …… 396

农家乐 ……………………………………………… 396

颂古松 ……………………………………………… 396

重庆直辖十年有感 ……………………………… 397

周公颂 ……………………………………………… 397

三峡情思 …………………………………………… 397

行香子·三峡赞 ………………………………… 398

临江仙·重庆市奉节文峰塔 ………………… 398

李流国 …………………………………………… **399**

故乡情 ……………………………………………… 399

农 居 ……………………………………………… 399

探故里 ……………………………………………… 399

老 农 ……………………………………………… 400

农 嫂 ……………………………………………… 400

康乐巨变 …………………………………………… 400

忆江南 ……………………………………………… 400

郊 游 ·· 401

春 播 ·· 401

夫妻捕鱼 ·· 401

李承赋 ·· **402**

三峡石韵 ·· 402

溪城夏夜小景 ·· 402

怀友人 ·· 402

答友人 ·· 403

三峡三咏·三峡大坝下闸蓄水后，
　　峡江景观更新，感而有赋 ················ 403

　　（一） ·· 403

　　（二） ·· 403

雅 雨·四川雅安市，号称"雨城"。 ········ 404

宁河杂咏 ·· 404

　　（一） ·· 404

　　（二） ·· 404

　　（三） ·· 404

　　（四） ·· 405

　　（五） ·· 405

　　（六） ·· 405

巫溪游五首 ··· 405

　　题野猪峡 ·· 405

　　游仙人洞 ·· 406

　　登云台观 ·· 406

　　逛双溪溶洞 ····································· 406

访石柱坪电视差转台 …………………………… 406

上峨眉 …………………………………………… 407

登庐山 …………………………………………… 407

题红军长征纪念碑 ……………………………… 407

万州郊游 ………………………………………… 408

地震壮歌 ………………………………………… 408

遥祭汤公绪泽 …………………………………… 408

一剪梅·咏剪刀架 ……………………………… 409

行香子·闲赋 …………………………………… 409

寄友人·致董家琦 ……………………………… 410

李相民 ………………………………………… **411**

清　明 …………………………………………… 411

　　（一） ……………………………………… 411

　　（二） ……………………………………… 411

　　（三） ……………………………………… 411

南桥品茶 ………………………………………… 412

退休感赋 ………………………………………… 412

读鲁迅小说，自嘲 ……………………………… 412

登钓鱼城书怀 …………………………………… 412

路孔白银湾（回文诗） ………………………… 413

鹧鸪天·黔江采风即席赋 ……………………… 413

临江仙·德国莱茵河泛舟 ……………………… 413

钗头凤·忆旧次韵陆游《题沈园壁》 ………… 414

木兰花慢·问月寄怀 …………………………… 414

沁园春·咏鹅 …………………………………… 414

定风波·咏农民工·····································415

念奴娇·梦游都江堰次韵苏轼《赤壁怀古》·············415

贺新郎·螺罐山赏桃花································415

李泽全 ·· **416**

夫人参加四川省羽毛球大赛双打夺冠···················416

胡锦涛夫妇举行国宴·································416

各国元首盛赞开幕式·································416

中国羽毛球男女单打双夺冠··························417

中国乒球男女双打升起六面红旗······················417

南岳衡山七十二峰··································417

汶川地震赞三军····································417

游钓鱼城··418

神箭飞天闯九霄····································418

瓜山新貌··418

李萱华 ·· **419**

吟诗乐··419

赞雅舍重开······································419

念奴娇·哭小平····································420

汶川大地感怀······································420

金刀峡··420

长生洞··421

忆江南·故乡行····································421

如梦令·重庆直辖····································421

缅怀张自忠上将····································421

肖先顺 ·· **422**

神州喜气扬 ··· 422

院坝梨花开 ··· 422

人生寄言 ·· 422

长寿区创建"全国诗词之乡" ··············· 423

读书偶感 ·· 423

采桑子·祖国万岁 ······························· 423

卜算子·咏蜡烛 ································· 424

忆余杭·咏粉笔 ································· 424

忆秦娥·春游张关山 ························· 424

肖德华 ·· **425**

一代伟人毛泽东、周恩来、

　朱德逝世三十周年敬赋四首（新声韵）········· 425

　　（一）··· 425

　　（二）··· 425

　　（三）··· 425

　　（四）··· 425

直辖渝州颂六首（新声韵）···················· 426

　　（一）··· 426

　　（二）··· 426

　　（三）··· 426

　　（四）··· 426

　　（五）··· 427

　　（六）··· 427

金融风暴自从容（新声韵）···················· 427

吕 洪 ·· **428**

晚 景 ··· 428

咏白菊 ··· 428

夜 读 ··· 428

品红楼 ··· 428

踏 春 ··· 429

春游静月湾及云峰寺 ································· 429

回乡过年 ··· 429

登峨眉山 ··· 430

自 遣 ··· 430

中秋望月怀远（新声韵）·························· 430

杨 叶 ·· **431**

春 讯 ··· 431

家居杂咏 ··· 431

（一）··· 431

（二）··· 431

（三）··· 432

青 莲 ··· 432

飞燕迎春 ··· 432

漫步九曲河 ·· 432

菊傲秋霜 ··· 433

耕 耘 ··· 433

武陵春·三峡作家莅临彭水 ····················· 433

杨守炳 ·· **434**

重观电视剧《西游记》有感 …………………… 434

贺三峡电站初步建成 …………………………… 434

再登璧邑龙梭山 ………………………………… 434

观电视新闻特别节目《沙尘暴》 ……………… 435

丙戌立冬日游安居波斋寺 ……………………… 435

［中吕］斗鹌鹑·蜗牛 ………………………… 436

欢呼嫦娥奔月 …………………………………… 436

热烈祝贺中共十七大胜利召开（新声韵） …… 436

杨廷光 ………………………………………… **437**

庆祝香港回归十周年 …………………………… 437

水调歌头·重庆直辖十年喜赋 ………………… 437

沁园春·颂改革开放三十年 …………………… 438

满庭芳·聂帅陈列馆落成典礼 ………………… 438

鹧鸪天·贺江津老年大学韩锦光校长七旬华诞 …… 439

重阳自咏 ………………………………………… 439

沁园春·三峡平湖神女舒 ……………………… 439

杨昭耀 ………………………………………… **440**

为巴渝交通八小时重庆感赋 …………………… 440

朝天门广场 ……………………………………… 440

（一） …………………………………………… 440

（二） …………………………………………… 440

新重庆 …………………………………………… 441

綦江南州广场 …………………………………… 441

红梅赞 …………………………………………… 441

航天颂 ·· 442

告慰千年陆放翁 ······················· 442

红岩魂 ·· 442

杨通才 ······································· **443**

再寄涪师校友 ···························· 443

纪念晚情诗社成立二十周年 ······ 443

登雷锋塔瞰西湖 ······················· 444

重庆直辖十周年 ······················· 444

破阵子·游浙江奉化溪口镇 ······ 444

插旗山桃花随笔四首 ················ 445

　　（一） ······························· 445

　　（二） ······························· 445

　　（三） ······························· 445

　　（四） ······························· 445

何启敬 ······································· **446**

巨人（新声韵）·纪念邓小平诞辰百年 ······ 446

圣手（新声韵） ······················· 446

众志成城战震灾（新声韵） ······ 446

西江月·三军救难 ···················· 447

"龙乡吟"成立二十年 ················ 447

夏日田园 ···································· 447

咏岛（新声韵） ······················· 447

盛夏时装（新声韵） ················ 448

神六发射成功（新声韵） ·········· 448

何金鹏 ··· **449**

祝贺凤鸣诗词学会成立 ······················· 449

活水源头 ··· 449

咏　志 ·· 449

偶　题 ·· 450

品渡舟小桥大闸蟹二首 ······················· 450

　　　（一）································· 450

　　　（二）································· 450

新长寿 ·· 451

老　骥 ·· 451

夏橙颂 ·· 451

咏重庆直辖十周年 ···························· 452

青藏铁路通车礼赞 ···························· 452

哭汶川地震遇难同胞 ························· 452

赞袁隆平禾下乘凉梦 ························· 453

祭　母 ·· 453

咏渡舟三好村农民诗人 ······················· 453

品海南白沙茶 ································· 453

书龙畅想 ·· 454

七秩初迈 ·· 454

咏　牛 ·· 454

长寿湖春 ·· 454

登白云山 ·· 455

新凤城颂 ·· 455

何顺庆 ··· **456**

冰雪无情人情真 ·· 456

民本颂 ·· 456

中华健儿逞征鞍 ·· 456

贺铜梁《龙乡吟》创刊二十周年 ····························· 457

寿楼春·怀念毛主席 ·· 457

［越词］天净沙·春 ·· 457

秋登天灯石感赋 ·· 457

何镜华 ··· **458**

牢记屈辱珍爱和平未来（新声韵）

　　纪念九·一八事变七十五周年 ····························· 458

浣溪沙·纪念长征胜利长十周年（新声韵） ············· 458

七律·清明节感怀（新声韵） ································· 459

江城子·东方明珠庆香港回归十周年（新声韵） ········ 459

鹧鸪天·河南王公庄村画虎（新声韵） ···················· 459

七绝三首·棠城螺罐山赏桃花（新声韵） ················· 460

　　（一） ··· 460

　　（二） ··· 460

　　（三） ··· 460

邹贤海 ··· **461**

回乡感赋（新声韵） ·· 461

与朱墨君（新声韵） ·· 461

自　侃（新声韵） ·· 462

戊寅岁夕客居灌县独宿南桥（新声韵） ···················· 462

"其香居"三韵 ·· 462

品　茶 ………………………………………………… 462

禅　坐 ………………………………………………… 462

读　书 ………………………………………………… 463

羌乡感赋（新声韵） ………………………………… 463

鱼城怀古（新声韵） ………………………………… 463

供　菊（新声韵） …………………………………… 464

汶川大地震祭（新声韵） …………………………… 464

次月城（新声韵） …………………………………… 464

鹤顶格·编《古今情缘诗文集》（新声韵） ……… 465

杜鹃（新声韵） ……………………………………… 465

戊子感怀 ……………………………………………… 465

（一） ……………………………………………… 465

（二） ……………………………………………… 466

（三） ……………………………………………… 466

（四） ……………………………………………… 466

渔家傲·夜泊又逢渔家女（新声韵） ……………… 466

忆秦娥·戊子清明祭恩师三阙 ……………………… 467

邹绍文 …………………………………………… **468**

沁园春·圆梦成真 …………………………………… 468

抗雨雪灾 ……………………………………………… 468

六州歌头·欢庆大丰收 ……………………………… 469

满江红·抗震救灾 …………………………………… 469

醉花阴·"神七"航天圆满成功 …………………… 470

邹成厚 …………………………………………… **471**

三峡大坝蓄水告别古城有感……………………… 471

怀杜工部………………………………………… 471

自　述…………………………………………… 471

三峡大坝下闸蓄水感赋………………………… 472

登青城第一峰…………………………………… 472

访果乡感赋……………………………………… 472

　　（一）……………………………………… 472

　　（二）……………………………………… 472

悼亡妻家瑛…………………………………… 473

邹仲祥……………………………………… **474**

水仙花………………………………………… 474

咏竹梯………………………………………… 474

咏　鸡………………………………………… 474

乖孙（古风）………………………………… 475

登缙云山狮峰………………………………… 475

游九黄山风景区……………………………… 475

瞻仰福州林则徐铜像………………………… 475

十万三军大救援……………………………… 476

户口迁城……………………………………… 476

题老伴春游龙梭山留影……………………… 476

邹延代……………………………………… **477**

赞改革开放（新声韵）……………………… 477

千古龙舟祭圣豪（新声韵）………………… 477

读《茅屋为秋风所破歌》有感（新声韵）… 477

满江红·长征七十周年颂（新声韵）·············· 478

"嫦娥"奔月（新声韵）························· 478

欢聚巴乡谷感赋（新声韵）····················· 478

墨香情（新声韵）···························· 479

水调歌头·欢呼废止农业税（新声韵）·············· 479

江城子·512 显国力军威（新声韵）················ 479

蝶恋花·歌杂交水稻袁隆平（新声韵）·············· 480

清平乐·跳水精英郭晶晶（新声韵）··············· 480

鹧鸪天·人间仙境九寨沟（新声韵）··············· 480

更漏子·山城夜景美（新声韵）··················· 481

鹧鸪天·纪周总理逝世三十周年（新声韵）··········· 481

行香子·飞吧神七（新声韵）···················· 481

青玉案·香港回归十周年（新声韵）··············· 482

菩萨蛮·纪念南京大屠杀（新声韵）··············· 482

严孝辉·································· **483**

题画诗牡丹······························ 483

课　童······························· 483

红叶诗······························· 483

（一）······························ 483

（二）······························ 484

（三）······························ 484

（四）······························ 484

（五）······························ 484

望天坪观新城···························· 484

七绝·游巫山老城旧居址···················· 485

七绝·远古遗珍 ·· 485

读王镛先生印谱 ·· 485

汶川地震 ·· 486

向承勇先生五十有二感题 ···································· 486

但启荣 ··· **487**

观焰火 ··· 487

朝天门 ··· 487

北碚大沱口金刚古镇 ··· 487

为友人题篾扇 ··· 487

登青城山（新声韵） ··· 488

金刚碑（新声韵） ··· 488

浪淘沙·和友人 ·· 489

尹流芳（古风） ·· 489

邵碧清 ··· **490**

云台古刹 ·· 490

神谷颂 ··· 490

端午节祭屈原 ··· 491

团城一瞥 ·· 491

洪先岩揽胜 ··· 491

宿小河中学 ··· 491

胜利吟唱 ·· 491

邵基安 ··· **492**

咏橙花（新声韵） ··· 492

相见欢·红翠香橙赞（新声韵）………………………… 492

三峡大坝（新声韵）…………………………………… 493

渔家傲·白帝新貌（新声韵）………………………… 493

自度曲·北京奥运（新声韵）………………………… 493

北京奥运盛典………………………………………… 494

灾后重整建家园……………………………………… 494

瞻仰刘伯承元帅铜像………………………………… 494

杜正群………………………………………………… **495**

破阵子·颂神舟七号载人飞船………………………… 495

鹧鸪天·游新三峡…………………………………… 495

虞美人·北碚好……………………………………… 495

颂北京奥运会………………………………………… 496

诉衷情·颂两岸大三通……………………………… 496

金河滨江路…………………………………………… 496

大渡河大峡谷览胜…………………………………… 497

临江仙·示外孙（献给陆泓廷十岁生日）…………… 497

杜师宇………………………………………………… **498**

祖国六十周年颂……………………………………… 498

我爱我中华…………………………………………… 498

过三峡眺巫山神女峰………………………………… 498

访杜甫草堂…………………………………………… 499

欣闻重庆直辖市成立喜赋…………………………… 499

游圣泉寺……………………………………………… 499

我爱昆仑……………………………………………… 499

中白沙……………………………………………… 500

喜归澳门…………………………………………… 500

春雨临黑石………………………………………… 500

西部大开发畅想…………………………………… 500

红豆情思…………………………………………… 500

登天安门城楼……………………………………… 501

登庐山缅怀彭德怀………………………………… 501

欢庆青藏铁路胜利通车…………………………… 501

雾…………………………………………………… 501

欢庆党的十七大胜利闭幕………………………… 501

纪念红军长征胜利七十周年……………………… 502

北京紫禁城………………………………………… 502

纪念孙中山先生诞辰一百四十周年……………… 502

盼　归……………………………………………… 502

伞…………………………………………………… 503

即　兴……………………………………………… 503

咏　秋……………………………………………… 503

咏菊（感时）……………………………………… 503

全党开展先进性教育喜赋………………………… 504

诗人节吊屈原……………………………………… 504

寄答友人…………………………………………… 504

过金陵……………………………………………… 504

咏江津长江公路大桥……………………………… 505

咏北国防护林……………………………………… 505

临江仙·喜读中共十四届五中全会公报………… 505

鹧鸪天·和杨眉《话说汉文帝刘恒的为人》

　　后寄作者诗群》……………………………… 506

水调歌头·观国庆五十周年盛典 …………………………… 506

满庭芳·建党八十年颂 ……………………………………… 506

金缕曲·开国领袖毛泽东 …………………………………… 507

贺新郎·读小平同志南巡讲话感赋 ………………………… 507

金缕曲·在聂荣臻元帅陈列馆前 …………………………… 508

满江红·香港回归祖国志感 ………………………………… 508

鹧鸪天·和杨眉《诗言志》 ………………………………… 508

桃源忆故人·咏春光兼和友人 ……………………………… 509

贺圣朝·庚辰岁首抒怀兼和友人 …………………………… 509

哭克明先父 ………………………………………………… 509

吴俊林 …………………………………………………… **510**

上瀛山 ……………………………………………………… 510

白云观四景赞 ……………………………………………… 510

首次由渝飞武汉纪感 ……………………………………… 510

登黄鹤楼 …………………………………………………… 511

旅桂林有感 ………………………………………………… 511

答青年友人 ………………………………………………… 511

二〇〇二年春节抒怀 ……………………………………… 512

祝孙儿龙年出世并寄冀 …………………………………… 512

叹河污二首 ………………………………………………… 512

  （一） …………………………………………………… 512

  （二） …………………………………………………… 512

水调歌头·纪念世界反法西斯战争胜利五十周年 ………… 513

满江红·一九九八年特大洪灾 ……………………………… 513

满江红·愤怒谴责以美国为首的北约轰炸我驻南使馆，
    并悼邵许朱三烈士 ……………………………………… 514

满庭芳·七秩抒怀·······················514

鹧鸪天（二阕）·祝神舟六号载人航天成功···········515

　　（一）·························515

　　（二）·························515

西部大开发···························515

宦海清音···························516

咏青藏铁路二首·······················516

　　（一）·························516

　　（二）·························516

走路健身往返跨江有感····················517

纪念辛亥革命九十周年····················517

二〇〇八年伟绩颂······················517

改革与弘诗···························518

咏蚕二首···························518

　　（一）·························518

　　（二）·························518

看广西李乘龙敛财千万案···················518

张　榕·····························**519**

回渝前夕别"牛棚"难友····················519

赤壁二首···························519

　　（一）·························519

　　（二）·························520

　　流增飞焰烛天红，铁甲楼船卷地空。········520

丁丑返乡登少岷山······················520

还乡杂咏录二首·······················521

（一）……………………………………………… 521

（二）……………………………………………… 521

念奴娇·祝北京奥运 2008 …………………… 522

张 燕…………………………………………… **523**

春 宵 ……………………………………………… 523

冬 意 ……………………………………………… 523

乡 思 ……………………………………………… 523

春 桃 ……………………………………………… 524

夏 荷 ……………………………………………… 524

秋 菊 ……………………………………………… 524

春 晨 ……………………………………………… 525

湘妃竹 ……………………………………………… 525

巫山十二峰 ………………………………………… 526

品 茶 ……………………………………………… 526

咏 竹 ……………………………………………… 527

吟 菊 ……………………………………………… 527

梅 魂 ……………………………………………… 527

秋 吟 ……………………………………………… 528

忆江南·春二阙 …………………………………… 528

（一）……………………………………………… 528

（二）……………………………………………… 528

卜算子·咏"神七" ………………………………… 528

张 颢…………………………………………… **529**

擎天柱 ……………………………………………… 529

咏神舟六号飞天 …………………………………… 529

登峨眉感赋 ………………………………………… 529

登长城 ……………………………………………… 530

丁亥之春回家乡喜赋 ……………………………… 530

回乡偶感 …………………………………………… 530

应周一鸣、付安吉夫妇金婚征诗而作 …………… 531

人神鬼 ……………………………………………… 531

张文信 ………………………………………… **532**

贺杨利伟首航太空 ………………………………… 532

登泰山观日出 ……………………………………… 532

乘船游长江三峡 …………………………………… 532

纪念欧阳修诞辰一千周年 ………………………… 533

惊蛰登山 …………………………………………… 533

鹧鸪天·叶红 ……………………………………… 533

满江红·念谭嗣同诞辰一百四十周年 …………… 533

沁园春·嫦娥一号 ………………………………… 534

麦地护青 …………………………………………… 534

张大明 ………………………………………… **535**

远　望 ……………………………………………… 535

统　景 ……………………………………………… 535

感怀二首 …………………………………………… 536

（一）路 …………………………………………… 536

（二）野菊 ………………………………………… 536

金刀峡 ……………………………………………… 536

小小虫 ………………………………………… 537
　　（一）………………………………………… 537
　　（二）………………………………………… 537
　　（三）………………………………………… 537
开　会 ………………………………………… 537
大　旱·2006 年夏，重庆特大旱。 ……………… 538
汶川大地震三首 ……………………………… 538
　　（一）………………………………………… 538
　　（二）………………………………………… 538
　　（三）………………………………………… 538
驯　牛 ………………………………………… 539
洪　灾 ………………………………………… 539
　　（一）………………………………………… 539
　　（二）………………………………………… 539
有　感 ………………………………………… 539
餐　船 ………………………………………… 540
天净沙·戏作 ………………………………… 540
天净沙·戏作 ………………………………… 540

张玉林 ……………………………………… **541**

诗　观 ………………………………………… 541
晨窗鸟语 ……………………………………… 541
学禅偶得 ……………………………………… 541
寄友人 ………………………………………… 542
耳顺吟 ………………………………………… 542
　　（一）………………………………………… 542

（二）…………………………………………………542

诗　梦………………………………………………543

　　（一）…………………………………………………543

　　（二）…………………………………………………543

诗　迷………………………………………………543

诗　瘾………………………………………………543

秋月吟………………………………………………544

　　（一）…………………………………………………544

　　（二）…………………………………………………544

山妻颂………………………………………………544

夏　展………………………………………………544

春　晨………………………………………………545

有容斋………………………………………………545

自　吟………………………………………………545

大理行………………………………………………545

春日读唐诗…………………………………………545

诗　趣………………………………………………546

夜　吟………………………………………………546

西沙步行街…………………………………………546

家聚小饮……………………………………………547

含饴弄孙吟…………………………………………547

新纪神州吟…………………………………………547

神龟峡………………………………………………548

　　（一）…………………………………………………548

　　（二）…………………………………………………548

古稀老伴同上老年大学………………………………548

看电视剧《海瑞》有感……………………………… 549

忆江南·湘西吟…………………………………… 549

如梦令·逍遥三步曲………………………………… 549

    （一）晨韵……………………………………… 549

    （二）午眠……………………………………… 549

    （三）夜修……………………………………… 550

一剪梅·花甲感怀…………………………………… 550

张长炯……………………………………………… **551**

［中吕］卖花声·杭州西子湖……………………… 551

［中吕］山坡羊·武汉东湖………………………… 551

［双调］沉醉东风·雨后游骊山华清池…………… 552

［仙吕］一半儿·案头蜡菊………………………… 552

［双调］水仙子·胜券全操………………………… 552

［越调］醉扶归·别了，彭定康…………………… 553

［正宫］鹦鹉曲·耿斋吟…………………………… 553

张正伟……………………………………………… **554**

西湖春柳……………………………………………… 554

西湖之夜……………………………………………… 554

西湖归来……………………………………………… 554

登开州南山…………………………………………… 554

戊子春游盛山公园…………………………………… 555

重游栖霞岭…………………………………………… 555

西湖印象……………………………………………… 555

送　春………………………………………………… 555

吊曼殊大师…………………………………556

三角梅………………………………………556

闲情偶寄……………………………………556

中秋望月之一………………………………556

中秋望月之二………………………………556

张为善…………………………………557

咏北京残奥会………………………………557

丹顶鹤………………………………………557

中秋情思……………………………………558

南泥湾………………………………………558

馆娃宫………………………………………558

改革开放抒情………………………………558

　　（一）…………………………………558

　　（二）…………………………………559

　　（三）…………………………………559

飞　花………………………………………559

急　管………………………………………559

渔　夫………………………………………559

张代玉…………………………………560

夜宿白云寨…………………………………560

绘画有感……………………………………560

观济南趵突泉………………………………560

瞻仰红岩烈士墓……………………………561

山村新貌……………………………………561

弘一法师 …………………………………………… 561
登泰山 ……………………………………………… 562
　　（一）………………………………………… 562
　　（二）………………………………………… 562

张发安 …………………………………………… **563**

山城夜景 …………………………………………… 563
世界第一跨 ………………………………………… 563
重庆花卉园 ………………………………………… 563
新重庆 ……………………………………………… 564
朝天门大桥 ………………………………………… 564
洪恩寺公园 ………………………………………… 564
磁器口古镇 ………………………………………… 565
嘉陵江渔歌 ………………………………………… 565

张安福 …………………………………………… **566**

月　夜 ……………………………………………… 566
建文峰 ……………………………………………… 566
杜甫草堂 …………………………………………… 567
太白祠 ……………………………………………… 567
窦团山 ……………………………………………… 567
成都观书画展 ……………………………………… 567
梅　雪 ……………………………………………… 568
登上歌乐山云顶寺山峰 …………………………… 568

张邦照 …………………………………………… **569**

全国抗震救灾表彰会感赋 ·························· 569

春　灯 ··· 569

清明祭（新声韵）·································· 569

观隆昌石牌坊有感 ································ 570

追梦七宝岩 ·· 570

棒棒礼赞 ··· 570

屏前同哀 ··· 570

鹧鸪天·幼儿接力赛（新声韵）·········· 571

张兴茂 ··· **572**

喜闻我国登山队再登珠峰成功（古体）····· 572

登白帝山 ··· 572

缅怀长征（古体）································ 573

新县城第一个除夕夜（古体）·············· 573

诗城人民迎总理 ·································· 573

新夔州（古体）·································· 574

由万州乘飞船返奉（古体）·············· 574

自度曲·瞿塘感怀 ······························ 574

张金河 ··· **575**

小孙张可 ··· 575

旧城拆迁大爆破 ·································· 575

大　道 ··· 576

自度曲·感赋二〇〇八年 ··················· 576

张志一 ··· **577**

山城春日 …………………………………………… 577

沙坪赏菊 …………………………………………… 577

访重庆大学城 二首 ……………………………… 578

　　　（一） ……………………………………… 578

　　　（二） ……………………………………… 578

渝北统景记游 ……………………………………… 578

画家吕凤子抗战时办学璧山 ……………………… 578

文　坛 ……………………………………………… 579

有　赠 ……………………………………………… 579

祭　母 ……………………………………………… 579

重游南温泉 ………………………………………… 580

沁园春·抒怀 ……………………………………… 580

浣溪沙·大学校友聚会二首 ……………………… 581

　　　（一） ……………………………………… 581

　　　（二） ……………………………………… 581

自行车队上学 ……………………………………… 581

张忠海 ………………………………………… **582**

巴山渝水竞放歌·庆重庆市直辖
　　十周年诗词朗诵会纪赋 ……………………… 582

牛年桃岭春来早 …………………………………… 582

登临重庆平顶山 …………………………………… 583

重庆缙云山行 ……………………………………… 583

大足宝顶山行吟 …………………………………… 583

永川茶山竹海雪 …………………………………… 584

回望江 ……………………………………………… 584

眷　恋 ··· 584

行香子·重庆人民广场晨曲 ············· 585

张昌畴 ······································· **586**

高峡平湖游 ································· 586

澳门环岛游 ································· 586

参加世界养生科学大会 ··················· 586

赠红红烛园退休教师 ····················· 587

赠学生赵勇 ································· 587

吟笼中画眉 ································· 587

采桑子·师魂 ······························ 588

水调歌头·廉政颂 ························· 588

留别老年大学诗词班 ····················· 588

耳聋叹 ····································· 589

嘲自画 ····································· 589

应邀参加《三峡诗社》 ··················· 589

游阳朔世外桃源 ··························· 590

鹧鸪天·致老编辑 ························· 590

花仙峡赋 ··································· 591

张笃均 ······································· **592**

水调歌头·中秋寄语海外同胞 ··········· 592

念奴娇·庆香港回归 ····················· 592

渔家傲·六旬寿庆感赋 ··················· 593

满江红·澳门回归 ························· 593

鹧鸪天·秋怀 ······························ 593

满庭芳·赋山城夜景 …………………………… 594

赞不老人生（秋出韵）………………………… 595

江城子·归故扫墓祭双亲 ……………………… 595

满庭芳·游鼓浪屿 ……………………………… 596

诉衷情·水操台 ………………………………… 596

清平乐·重阳登高（六首）…………………… 597

　　　（一）…………………………………… 597

　　　（二）…………………………………… 597

　　　（三）…………………………………… 598

　　　（四）…………………………………… 598

　　　（五）…………………………………… 599

　　　（六）…………………………………… 599

张桂香 ………………………………………… **600**

携妹览山城 ……………………………………… 600

　　　（一）…………………………………… 600

　　　（二）…………………………………… 600

参观南湖 ………………………………………… 600

昭君墓 …………………………………………… 601

故乡奇村镇 ……………………………………… 601

汉宫春·著名词人李清照 ……………………… 601

高阳台·鉴湖女侠秋瑾 ………………………… 602

正宫·双鸳鸯看《白蛇传》口占 …………… 602

　　　（一）…………………………………… 602

　　　（二）…………………………………… 602

　　　（三）…………………………………… 602

张炯和··**603**

北京奥运开幕式·····································603

庆香港回归···603

端午悼屈原···603

岳　飞···604

鹧鸪天·犬颂·······································604

春　雨···604

春游男女石笋山·····································605

　　（一）···605

　　（二）···605

七十述怀···605

梦亡女德芳···606

张映辉··**607**

沁园春·百年奥运···································607

水调歌头·游华蓥山感赋·····························607

蝶恋花·怀故人·····································608

沁园春·登鹅岭感巴渝卅年巨变·······················608

满江红·汶川大地震·································608

鹊桥仙·寄语爱女张蓓爱婿怀波·······················609

张春林··**610**

诗言志三字经·······································610

教学三字经···611

家教四字经···613

张德音·································· **615**

中秋望月有感 ···························· 615

神七问天 ································ 615

海南岛之旅 ······························ 616

　　（一）······························ 616

　　（二）······························ 616

空调自述 ································ 616

春　怨 ·································· 616

老有所乐 ································ 617

　　（一）······························ 617

　　（二）······························ 617

　　（三）······························ 617

夏日阳台观景 ···························· 617

一剪梅·春游即兴 ························ 618

张瑜蕴·································· **619**

秋日南山小憩（新声韵）··················· 619

山乡晨妆（新声韵）······················ 619

清平乐·纳凉（新声韵）··················· 619

夏日偕友人孔进游铜锣峡（新声韵）········· 620

重温杜甫（新声韵）《茅屋为秋风所破歌》有感········ 620

赞北京奥运（新声韵）···················· 620

满江红·汶川抗震歌（新声韵）············· 621

酒泉子·神七问天（新声韵）··············· 621

清平乐·园林漫步（新声韵）··············· 621

洞仙歌·雨浴南山后（新声韵）············· 622

夏初临·游南山植物园感怀（新声韵）……………… 622

如梦令·二〇〇五年春游出生地
　　南京秦淮区有感（新声韵）………………… 622

念奴娇·一甲之后游少城（新声韵）……………… 623

周　琪……………………………………………… **624**

画　兰………………………………………………… 624

画　荷………………………………………………… 624

垂　钓………………………………………………… 624

浪淘沙·农家游……………………………………… 625

清平乐·郊游………………………………………… 625

画　竹………………………………………………… 625

画山水………………………………………………… 625

老父上网……………………………………………… 626

如梦令·画牡丹……………………………………… 626

清平乐·慈母心……………………………………… 626

周小千……………………………………………… **627**

诉衷情·香港回归之夜（新声韵）………………… 627

西江月·登缙云山狮子峰（新声韵）……………… 627

忆汉水筑堤开荒……………………………………… 627

退休十年……………………………………………… 628

夜　吟………………………………………………… 628

游峡度寿……………………………………………… 628

重庆长江第二桥……………………………………… 628

我跳水女杰奥运夺冠………………………………… 629

钓 ·· 629

思战友 ·· 629

周明扬 ····································· **630**

秃翁自嘲 ······································ 630

咏矮牵牛花 ···································· 630

七十感怀 ······································ 630

学诗偶成 ······································ 631

登青城山 ······································ 631

惜分飞 ·· 631

沁园春·新居 ·································· 632

金缕曲·哭母 ·································· 632

周洪宇 ····································· **633**

逸　情 ·· 633

暮　景 ·· 633

临南桥大楼顶层 ································ 633

纪松溆诗词联谊会 ······························ 634

佳人（新声韵） ································ 634

题扇面画《散花天女》 ·························· 634

登高有怀 ······································ 634

贺荣昌县诗词楹联学会成立 ······················ 635

题隆昌云顶寨 ·································· 635

参观隆昌南关石牌坊群 ·························· 635

周祚政 ····································· **636**

神七问天·························636

登天安门城楼····················636

乘车夜行长安街上················636

飞赴三亚·························637

漫步夔门长江大桥得句············637

卜算子·三角梅···················637

鹧鸪天·上白帝城·················638

周朝诚·····························**639**

旅美新曲·························639

新居祝词·························639

迎羊年侨胞联欢··················640

红叶颂···························640

万里关山留友声··················640

无　题···························641

看卫星电视·用杜甫韵·············641

春节即事·························641

游卡博东城公园··················642

登石头山春望····················642

喜友见访·时在亚特兰大北郊·······642

石头山公园圣诞节看灯············643

寒秋怀古·时在亚特兰大北郊·······643

欢呼免征农业税··················643

浣溪沙·采茶女···················644

浣溪沙·四月乡间忙插田··········644

南歌子·翠袖金环丽···············645

满江红·讨还血债 ………………………………… 645

血 债 ……………………………………………… 646

阿尔泰山喀纳斯见闻 …………………………… 646

沁园春·庆祝建国六十周年 …………………… 646

满江红·悼彭德怀元帅 ………………………… 647

沁园春·北京奥运开幕典礼 …………………… 647

周淑慎 …………………………………………… **648**

丝路风情绝句六首·依韵和大马莫顺生诗长 ……… 648

（一） ……………………………………………… 648

（二） ……………………………………………… 648

（三） ……………………………………………… 648

（四） ……………………………………………… 649

（五） ……………………………………………… 649

（六） ……………………………………………… 649

读《梅岭三章》 ………………………………… 649

端 午 ……………………………………………… 649

昙 花 ……………………………………………… 650

题"江风渔火"卡贺年 ………………………… 650

读陆幼青《死亡日记》 ………………………… 650

富道贤棣七中赠书活动致庆 …………………… 650

西山龙门 ………………………………………… 650

郑 毅 ……………………………………………… **651**

读法眼宗禅诗悟道 ……………………………… 651

又 …………………………………………………… 651

大理蝴蝶泉口占 ·························· 651

又 ······································· 652

登华山听五云峰卖笛翁吹笛 ·············· 652

访尼日利亚促经济合作陪市政协
　　刘副主席等飞阿布贾拜会阿堤库前副总统口占 ····· 652

因陪尉亭瀚伉俪观学田湾大礼堂服装节迟到歉吟 ········ 653

迎"神七"回家口占 ······················ 653

登居庸关 ······························· 653

又 ······································· 654

游乾陵叹无字碑咏武则天 ················· 654

赠薛香川先生有感于吾陪坐磁器口"钰和祥"茶楼 ····· 654

端午欲送曾明先生返京不遇 ··············· 655

又 ······································· 655

登台北阳明山 ··························· 655

又·登"一〇一"大厦 ····················· 656

京生兄过渝与吾及春潍陈忠兄等一晤示句 ·············· 656

读康熙帝《江宁驻跸》韵和 ··············· 656

北京奥运会开幕式咏 ···················· 657

晏济元翁入渝余因故未赴翁画展
　　亦食言未索翁诗结集愧作 ··············· 657

夜访黄中模翁借读马鹤凌先生诗
　　手稿遥忆陪都抗战史事 ·················· 658

郑远彬 ································· **659**

临江仙·贺德全兄花甲寿 ················· 659

即　兴 ································· 659

启宇兄示岁暮赠友诗原韵奉答·······················660

中秋前夜月久不至诗以邀之·······················660

读友人诗偶感····································660

春日登钓鱼城····································661

腊残寄友人······································661

游安居古镇······································661

郑英材···**662**

悼优秀特约顾问扬眉······························662

闻大贪官被执行枪决······························662

愚翁怨··662

酬五十年前离宁赴朝战友··························663

题友人《毛泽东画像》····························663

山城暴雨··663

悼任长霞··663

游黑山抒怀······································664

读万承宾诗稿感赋································664

深宵独处··664

鹊桥仙·寄语素娥································665

临江仙·离人入梦································665

江城子·寄北京周爱群吟座························665

读全球汉诗总会副会长陈图渊先生

《韩江柳》诗集感吟··························666

沁园春·赠李锐诗翁·······························666

沁园春·赞袁隆平·································667

沁园春·缅怀于佑任·······························668

郑德健··**669**

献身林业有感···669

日本投降六十周年感赋二首·····················669

　　（一）··669

　　（二）··669

红翠脐橙···670

贺夔门大桥通车··670

重庆市直辖十周年感赋······························670

步韵奉和彭炳夔会长《咏桃花》原玉··········671

采风感赋··671

金玉良··**672**

退休感怀··672

塔吊礼赞··672

现代行乐图···672

谒岳王墓··673

除夕爆竹··673

楚江晚眺··673

送美藉华人宓海潜校友······························673

金缕曲·七七自寿抒怀······························674

［南吕］骂玉郎带感皇恩·采茶歌贺秦锡文校友离休···674

金正良··**675**

今日山城美···675

北京奥运之歌··675

渔歌子·西疆月··676

怀念周总理 ·· 676

丰　碑 ··· 676

鹧鸪天·晨曲 ·· 677

凤凰台上忆吹箫·春 ··· 677

金家富 ··· **678**

乘车过清华北大校门 ·· 678

嫦娥一号探月成功看央视特别节目"拥抱月球"有作··· 678

戊子人日乘车过李渡长江大桥 ····························· 678

题《家琮诗选》第二集 ····································· 679

戊子季春京津纪游（选四） ································ 679

　　游故宫 ··· 679

　　游颐和园 ·· 679

　　游大观园 ·· 680

　　登天安门城楼 ··· 680

戊子惊蛰结伴自南湖寻别径登望州关 ···················· 680

林　洁 ··· **681**

赏根雕 ··· 681

咏　荷 ··· 681

江津遗爱池 ··· 681

爱自然 ··· 681

黄果树瀑布 ··· 682

咏　梅 ··· 682

缅怀屈原 ·· 682

四面山卧龙沟 ·· 682

钗头凤·情尤昨 ·············· 683

思佳客·赠友人 ·············· 683

林发礼 ························· **684**

重庆海底世界 ················ 684

谒杜甫草堂 ·················· 684

九华山凤凰松 ················ 684

步蟾宫·咏昆明西山 ·········· 685

汉宫春·"神五"凯旋 ········· 685

［中吕］喜春来·英雄中国 ····· 686

岳鹏飞 ························· **687**

夜班归人 ···················· 687

登鹅岭 ······················ 687

夏　读 ······················ 687

文廉武勇赞 ·················· 687

权　力 ······················ 688

夏夜江边 ···················· 688

梦　境 ······················ 688

随　感 ······················ 688

三峡大坝赋 ·················· 689

巨人之歌·祖国颂 ············ 689

欧文宽 ························· **690**

六五述怀 ···················· 690

参观七星岗通远门遗址 ········ 690

奥运健儿赞 ·· 691

　　张娟娟 ··· 691

　　陈若琳，王鑫 ································· 691

黔江小南海 ··· 691

一剪梅·观回归国宝 ······························ 692

仙女山赏雪 ··· 692

参观江油李白故里 ································· 692

　　陇西院 ··· 692

　　青莲石 ··· 693

纪念胡耀邦同志诞辰九十周年 ················· 693

苟　君 ·· **694**

论诗书画印 ··· 694

如梦令·咏春 ······································ 694

［双调］风入松·友人劝饮 ····················· 695

西湖楼外楼 ··· 695

和沈鹏先生题王铎草书原韵 ··················· 695

和冯其庸先生题余草书原韵 ··················· 695

念奴娇·赤壁怀古用东坡原韵 ················· 696

启功先生题敞庐 ··································· 696

过三峡四首 ··· 696

　　（一） ··· 696

　　（二） ··· 697

　　（三） ··· 697

　　（四） ··· 697

蠡园怀古 ··· 697

自 嘲·······················698

贺新郎·读史前柳湾文化···········698

苴却砚铭····················698

水调歌头·登长城···············699

荀屏周 ···················**700**

綦江师范校庆五十周年颂（新声韵）·····700

庆香港回归祖国二首·············700

　　（一）··················700

　　（二）··················701

赞"110"···················701

老园丁欢庆教师节··············701

欢庆党八旬华诞···············701

痛斥李洪志··················702

綦江新虹桥咏二首··············702

　　（一）··················702

　　（二）··················702

幽林逸致···················702

乔迁喜报···················703

浣溪沙·孤鹤·················703

闻退休老师张君病重吟···········704

看家庭暴力影视随感············704

颂人民子弟兵汶川抗震···········704

铭记二○○八年···············705

与妻儿结伴云贵行（组诗）·········705

　　（一）大理好风光············705

（二）车行版纳热带作物园途中二首……………………706
（一）……………………………………………………706
（二）……………………………………………………706
（三）独往黄果树瀑布…………………………………706

卓丽华……………………………………………………**707**

如梦令·晚归……………………………………………707

如梦令·问候……………………………………………707

如梦令·晚钓……………………………………………707

如梦令·田舍……………………………………………708

忆王孙·摘花……………………………………………708

相见欢·独上天楼………………………………………708

长相思·清明……………………………………………708

昭君怨·邻女出嫁………………………………………709

点绛唇·山村晚晴………………………………………709

清平乐·凤凰山…………………………………………709

诉衷情·花间聚会………………………………………709

乌夜啼·夏日垂钓………………………………………710

朝中措·夕阳下…………………………………………710

鹧鸪天·钟灵茶…………………………………………710

鹧鸪天·绿窗纱…………………………………………710

浪淘沙·中国银杏王……………………………………711

行香子·黎明……………………………………………711

风入松·回家……………………………………………711

卓绿波……………………………………………………**712**

咏嫦娥一号探月成功 …………………………………… 712

丁亥中秋嘉州花园遣兴二首 …………………………… 712

　　（一） ………………………………………………… 712

　　（二） ………………………………………………… 712

戊子岁祖坟修缮落成中元节祭祖诗四首 ……………… 713

　　（一） ………………………………………………… 713

　　（二） ………………………………………………… 713

　　（三） ………………………………………………… 713

　　（四） ………………………………………………… 713

咏四川汶川 512 特大地震 ……………………………… 714

言老志 …………………………………………………… 714

罗必芬 ………………………………………………… **715**

庆改革开放三十周年二首 ……………………………… 715

　　（一） ………………………………………………… 715

　　（二）念奴娇 ………………………………………… 715

如梦令·红岩村革命纪念馆怀周公 …………………… 716

　　（一） ………………………………………………… 716

　　（二） ………………………………………………… 716

　　（三） ………………………………………………… 716

高峡平湖二首 …………………………………………… 717

　　（一）望海潮 ………………………………………… 717

　　（二）行香子 ………………………………………… 717

汉宫春·喜迎奥运 ……………………………………… 718

天仙子·天庭喜迎双雄 ………………………………… 718

喜神舟七号飞天二首 …………………………………… 719

（一）…………………………………………… 719

（二）…………………………………………… 719

罗长友……………………………………………… **720**

登歌乐山云顶………………………………………… 720

步和《惠风山庄唱和录》…………………………… 720

和江老怀义访岳麓书院……………………………… 721

乘船游漓江…………………………………………… 721

再行木洞……………………………………………… 721

贺新郎·和友人兼怀往事…………………………… 721

苏幕遮·月下思往事寄友人………………………… 722

自度曲·再行凉亭关………………………………… 722

罗昭培……………………………………………… **723**

思　友………………………………………………… 723

春　怀………………………………………………… 723

六旬生日自白………………………………………… 724

题璧山摩崖石刻"悟"……………………………… 724

梅……………………………………………………… 724

热烈庆祝重庆直辖十周年…………………………… 725

烛影摇红·难舍昔时情……………………………… 725

菊……………………………………………………… 726

抒　怀………………………………………………… 726

窗友喜游璧山桃花山………………………………… 726

罗国全……………………………………………… **727**

上海明珠塔……………………………………… 727

吊脚楼风光……………………………………… 727

　　　（一）……………………………………… 727

　　　（二）……………………………………… 727

　　　（三）……………………………………… 727

麒麟山…………………………………………… 728

　　　（一）……………………………………… 728

　　　（二）……………………………………… 728

　　　（三）……………………………………… 728

红籽恋歌………………………………………… 728

　　　（一）……………………………………… 728

　　　（二）……………………………………… 729

太平洞…………………………………………… 729

火铺情怀………………………………………… 729

园丁之歌………………………………………… 729

罗昌重……………………………………… **730**

桃花岛之恋……………………………………… 730

四面山水口寺瀑布……………………………… 730

朱鼎固老巧创木节画…………………………… 731

真情吟…………………………………………… 731

春节家庭歌舞会………………………………… 731

苏幕遮·涉海…………………………………… 731

归自谣·与五岁孙同观国际机器人大赛……… 732

转应曲·梦亡夫………………………………… 732

转应曲·坚韧…………………………………… 732

一剪梅·多情鹭岛鼓浪屿 …………………………… 732

诗 绪 …………………………………………… 733

题小孙百日照 …………………………………… 733

汉诗结友情 ……………………………………… 733

风浪行舟 ………………………………………… 733

自 强 …………………………………………… 734

忆江南·老年英语自学小组 ……………………… 734

点绛唇·合川钓鱼城 …………………………… 734

一剪梅·怀君 …………………………………… 734

鹊桥仙·读汪崇义君《饮茶诗词集》 ……………… 735

唐多令·军中姊妹花 …………………………… 735

罗福高 ……………………………………… **736**

小南海采风 ……………………………………… 736

　　（一） ……………………………………… 736

　　（二） ……………………………………… 736

　　（三） ……………………………………… 736

咏 竹 …………………………………………… 737

荣昌濑水河沿漫步 ……………………………… 737

早春图 …………………………………………… 737

孤 岛 …………………………………………… 737

荷池漫步 ………………………………………… 738

浣溪沙·山乡 …………………………………… 738

江城子·春深夜 ………………………………… 738

奉 春 ……………………………………… **739**

汛情·记丁亥小暑嘉陵江发大洪水·························739

话　梅·····························739

彷　徨·····························740

筵　贤·····························740

雨夜得句·····························740

游璧山青龙湖·····························741

秋游武胜太极湖·····························741

初春踏青过农家·····························741

春　晓·····························742

重阳感怀·····························742

徘　徊·····························742

夜投无名庵·····························742

寒蝉中秋·····························743

中秋父女情·····························743

夜·····························743

狂　潮·····························743

春梅·诗赠尹渝梅女士·····························744

画　荷·····························744

秋　叹·····························744

武陵山区中秋行吟·····························744

雨　夜·····························745

游乐山·····························745

游丽江古城·····························745

朝天门点放孔明灯·为汶川地震死难者志哀·············746

春　景·····························746

宿丁山湖农家登楼赏雨景·····························746

畅游洱海 ·· 746

春游（新声韵） ·· 747

题丽江玉龙书院 ·· 747

水龙吟·与万先生龙生同游凤凰古城 ················ 747

鹊桥仙 ·· 748

点绛唇·月台送别 ·· 748

宋鸿浩

苗族，重庆彭水人，1965年生，中学语文高级教师，现任彭水苗族土家族自治县教委教研室副主任，重庆市诗词学会会员，重庆黔江诗词楹联学会会员，彭水县诗词楹联协会副主席兼秘书长，著有《乌江之恋》。

昙 花

叶茂枝繁如碧带，因争宏爱把花开。
芳容怎奈无人睹，玉殒香销入梦怀！

夜来香

独自开花入夜香，凄风冷雨守空房。
孤芳自赏身如玉，缱绻深情梦一场。

玫瑰花

带刺枝条带刺花，偏偏爱恋喜欢她。
千辛万苦难如愿，海誓山盟血染霞。

茉莉花

朵朵白花馥郁香，蜂飞蝶舞采收忙。
洁身自好心如水，留待他人论短长。

黄桷树

团团伞盖扎根深，叶茂枝繁荫后人。
沟壑悬崖何所惧，乌江两岸喜安身。

千里乌江画廊

乌江美景醉游人，绿水青山似画屏。
座座飞桥添异彩，巍巍大厦扮新城。
声声笛韵随波涌，滚滚长龙出洞吟。
最爱花红叶绿处，依稀别梦又逢春。

中秋鼓楼赏月

丹桂飘香过鼓楼，石榴结果挂枝头。
吴刚伐桂嫦娥怨，玉兔升天后羿愁。
太白长歌抒壮志，东坡把酒展风流。
千村共话巴山夜，万户同欢盛世秋。

诉衷情·奥运北京

百年奥运梦圆成，华夏聚精英。奥林匹克神圣，圣火照京城。　　倡绿色，尚文明，创和平。健儿雄起！中国加油！胜者扬名！

临江仙·茅尖山林场

绿海茫茫云雾绕，林场胜景奇观。文联聚会茂云山。天鹅池秀美，墨客尽心欢。　　漫步杉林思绪乱，天坑地缝荒原。牛羊嬉戏草场边。茅尖山壮美，文友醉留连。

蝶恋花·游茂云山

莽莽林涛翻绿浪，郁郁苍苍，久慕心神往。船厂沟森林负氧，天鹅池鸟鸣蛙唱。　　云雾升腾锅底凼，蝶舞蜂飞，笑看奇花放。圣水迷宫听水响，天门神韵添遐想。

李光荣

　　重庆市忠县人，1926 年生，退休教师，万州区老年诗书画研究会会员，重庆市诗词学会会员，著有《野味诗词》、《野味联话》。

蒙冤狱中题内子寄照

一别十三载，相看不复识。
容颜两俱损，笑语更何日？
幸得童心在，那堪迁客泣！
劝君勤织锦，莫去望夫石。

漩口夏趣

漩口桥头独倚栏，西来寿水自潺潺。
狮峰对峙白云岭，电站屹巍黑水滩。
楠木参天乱树拥，远山带雾近岗岚。
蝉声断续鹃声曼，林野风光六月寒。

三峡行

豪歌一曲大江东，漫卷战旗三峡红。
改道截流夸鬼斧，移山垒坝惊神工。
浦沉鱼渡无寻处，宫著永安有遗踪。
十二奇峰波浩淼，女神今住第几重？

念奴娇·登虎台南山炮台

南游老叟，临大海，正阳春三月。伫立虎门，焚烟事，听取渔樵相说。回首百年，熊熊烈火，鸦片飞灰灭。炮台屹立，林公千古豪杰。 人间正道沧桑，睡狮惊梦醒，吼声激越。革故鼎新，展宏图，一派繁荣景色。香港回归，澳门又复，补了金瓯缺。临风把酒，笑题咏史新页。

双飞燕·自题金婚照

萧疏白发，谁家翁媪？深情偎倚，胜似少年相好。风雨同舟苦海，历历辛酸全共晓。蓦然五十春秋，喜说金婚来了！ 春到，没蹄浅草。更燕语呢喃，柳丝轻袅。元宵夜月，惹动诗情萦绕。应是神仙伴侣，忘却人间烦恼。缘分世世生生，漫道百年偕老！

杂 感

年华逝水又经年，思绪无端万万千。
八秩晋三人更老，一身空剩骨犹坚。
回眸往事生余悸，方爱当前惜美甜。
千古文章憎命达，何如浊酒满樽前。

首届长江（金沙江）国际漂流节

新禧千年歌盛世，江山如画更妖娆。
木棉含笑迎豪客，铁树整容搭友桥。
绝世男儿抒壮志，风流人物看今朝。
金沙江上激情荡，万里长江第一漂。

看耍猴·调寄一剪梅

我也当年被耍猴。批斗靶头，骑狗使牛。无端受辱笼中囚。泪也长流，血也长流。　　岁月磨消积怨稠。今看耍猴，牵动情疣。辛酸苦涩忆难收。思绪悠悠，意绪悠悠。

李吉光

笔名片羽，重庆市开县汉丰镇人，1949年生，大专文化。曾任办公室主任、工会主席等职。重庆诗词学会会员，开州诗社副秘书长，合著有《开州文韵》（二、三集）。

广场音乐喷泉

天籁之音伴水来，莫非造化闯瑶台。
喷红吐紫迷双眼，溅玉飞珠乐满怀。
咏古歌今抒意气，清心悦耳净尘埃。
留连未觉天行晚，母子寻亲笑口开。

开县三峡移民新居感赋三首

（一）都市新民居六组团实录

六组团居景秀幽，温馨丽苑乐无忧。
千人万户同庭院，百卉群芳满坝周。
书画香飘琴韵雅，儿童趣溢笑声稠。
公民懿范人称颂，共建和谐硕果收。

（二）新居两度中秋

别离古镇两春冬，又见银盘挂夜空。

广厦居苏诗圣梦，平湖画现马良功。

欣尝月饼相思远，醉望金蟾意念朦。

妙景流连舒坦事，遐游浩渺叹苍穹。

（三）试蓄水 175M 游小江

驱车渠口小江幽，解缆机船去下游。

倒影青山呈水画，逐波白甲戏枝头①。

诗人墨客征联出，和者艄公对仗讴。

赞叹平湖商贸旺。观评寨堡古情悠。

【注】

①白甲泛指河鱼。

贺友生日二首

（一）

廿九年华四化风，当年勇气贯长虹。

书山涉猎求知路，学海遨游探宝踪。

奋斗勤勤才女艳，打拼竞竞壮年红。

温文尔雅多贤惠，立业兴家孟母钟。

（二）

朋交四海又如何，萍水相逢取笑呵。
人世歌吟纯友谊，洞天淡画美娇娥。
君临夏至观红蝶，尔梦秋分赶白鹅。
诞日良辰当祝贺，年华易逝莫蹉跎。

贺勉外侄①

送鼠迎牛贺瑞年，张灯结彩庆团圆。
贤妻爱子娱娱乐，严父慈娘蜜蜜甜。
海味中西皆独特，山珍南北已双全。
精诚所至多商路，节俭持家礼义先。

【注】

①外侄戴明兵在外打拼，专厨艺，营酒店，成家业，特牛年春节贺勉。

燮霞夺首金

问鼎体坛急战临，燮霞头阵报佳音。
一冲亮点夸成果，双举新闻暖将心。
热泪纷飞群俊彦，激情溅洒众嘉宾。
炮隆桂殿乡亲庆，茧破超凡奥运村。

追忆贾秀山①

秀水幽廻乐曲觞，山原旷阔事农桑。
蜗居尽孝供慈母，庐室挥毫著雅章。
银镐翻飞千草翠，紫鬓飘莅万花香。
秋翁李白人间返，韵溢芬芳靓老乡。

【注】

①贾秀山自称蜗翁，家名蜗庐，少有人识；但说贾（假）马克思就无人不晓了。他是闻名的奉母孝子，作诗行家、养花里手，是开县最早的花草专业户，但已仙逝五年，这未送出的诗就作为对"卡尔"的追忆吧。

重阳有怀①

纯青似锦菊花黄，杜老如诗翰墨香。
峻岭荒峦幽景秘，寒塘枫叶雅词芳。
丹心志在神州统，皓首胸怀祖国煌。
挚友相逢重九度，一觞醉咏胜宫商。

【注】

①应黄埔军校开县同学会吴纯青，杜芳园邀请小河山庄度重阳，丝竹管弦之盛，文人骚客之多不亚"滕王阁"聚会。

北京奥运盛会

世纪辉煌梦变真，中华屹立万邦钦。

五洲劲旅鸟巢聚，四海嘉宾友谊新。

虎跃龙腾拼技艺，金争冠夺显精神。

体坛健将英姿爽，盛会空前赛古今。

神七飞天

翱游宿梦逝千年，羽翼无缘叹九天。

后羿嫦娥皆妄诞，吴刚玉兔亦虚谈。

射台耸立酒泉处，火箭直冲月亮边。

问讯三雄寰宇事，出舱探秘讲机玄。

赞嫦娥一号

卅万航天不再难，须臾万里等闲间。

嫦娥访友碧空去，月亮联姻红线牵。

桂殿蟾宫迎地客，琼浆玉液醉天仙。

殉情一吻星辰烂，归宿蟾宫伴宇寰。

冬　晨

霜露皑皑冷月垂，鱼舟夜捕戴曦归。
红梅树瘦悄开蕾，寂静河沿唱画眉。

春　游

上九春游山路弯，亲朋挚友凤崖攀。
谈今论古频斟酒，逸兴飞歌四野欢。

三峡库区开县最后一爆二首

（一）

移民大建迁，拆屋技高端。
爆破随心倒，群楼化粉烟。

（二）

古镇化湖渊，新城映碧天①。
巴渝评十二，开县景奇观。

【注】

①开县移民新城已评选为重庆市人文新十二景。

李传荣

重庆长寿人，1939年5月生，大学专科毕业，中学一级教师，曾任长寿区万顺镇初级中学校总务主任、教导主任。长寿区凤鸣诗词学会会员。

忆秦娥·红船颂

南湖烨，红船率领千舟越。千舟越，改天换地，九州欢悦。　　乘风破浪披星月，与时俱进争前列。争前列，以人为本，再添新页。

卜算子·喜庆十七大

天上白云飘，大地花枝俏。万里江山一片红，华夏齐欢笑。　　旗帜卷长空，四处佳音报。继往开来百业兴，红日千秋照。

忆秦娥·嫦娥一号飞临月

金秋节，嫦娥一号飞临月。飞临月，惊天动地，五洲欢悦。　　千年梦幻今朝揭，科研技术传奇绝。传奇绝，鼎新革故，跃升前列。

菩萨蛮·春光迎昊天

汶川一带遭灾劫，山崩地裂惊全国。泪水汇三江，中华悲国殇。　　一方多大难，八面真情献。难者得生还，春光迎昊天。

十六字令·春

春，万紫千红柳色新。长城外，百鸟送佳音。

海上飞船

海上生红日，霞光剪绿波。
飞船迎玉宇，浩瀚谱新歌。

钢城遐想

钢花红似火，铁水铸长虹。
影映长江水，波涛展笑容。

十七大颂

金秋时节菊花香，盛世群贤聚一堂。

协力同心商国是，同舟共济导新航。

红旗卷起千层浪，大地迎来万物芳。

国泰民安传笑语，神州处处更辉煌。

奥 运 颂

五环旗帜北京扬，万国精英聚一堂。

更快更高圆梦想，金樽美酒庆辉煌。

赞神七航天英雄

十年锤炼展才雄，三马①飞天立战功。

漫步太空探宇宙，坐天揽月乐无穷。

【注】

①三马: 翟志刚、刘伯明、景海鹏都是1966年出生,属马。

李纯国

重庆市奉节县人，1945年生，小学高级教师，2001年退休。夔州诗词学会会员。

迎接中华人民共和国成立六十周年大庆

共和成立一轮甲，祖国河山遍地花。
高峡平湖天下赞，北京奥运世人夸。
春风化雨免农税，政策惠民添彩霞。
宇宙飞船苍昊绕，东升旭日耀中华。

农　家　乐

晓雾炊烟峦罩纱，苍松翠竹映朝霞。
房前豆麦千重浪，屋后香橙万树花。
芳草茵茵生野兔，溪流曲曲闹青蛙。
顽童垂钓河边水，老者悠闲喝绿茶。

颂古松

落地根生山石旁，雨淋日晒度沧桑。
饱经风雪百年过，历享人间五谷香。
春纳顽童嬉戏耍，夏栖飞鸟趁新凉。
从无羡慕花红艳，只爱常青成栋梁。

重庆直辖十年有感

群山起舞三江笑，直辖十龄堪自豪。
高峡平湖千载伟，孤洲白帝万年韶。
移民安置添兴旺，高速建修逾益饶。
社会和谐黎庶贵，库区河水涨春潮。

周公颂

精忠报国受磨难，万里长征身在前。
起义南昌旗帜艳，强攻大渡索桥寒。
满腔热血神州地，半缕白灰江里边。
无私日月普天照，辉共周公一寸丹。

三峡情思

一江春水满平湖，天下奇观入画图。
神女依峰窥美景，相思凡界配渔夫。

行香子·三峡赞

三峡风光，举世无双，母亲河，碧水清凉。渝州门户，沐浴朝阳。白帝云彩，今比昔，更辉煌。　　西江石壁，固若金汤。截云雨，神女称觞。移民百万，乐业它乡。逝水西还，惊天下，永流芳。

临江仙·重庆市奉节文峰塔

立地顶天多少代，饱经霜雪秋风。侵华鬼子炮声隆。国家遭战乱，尽睹在眸中。　　高峡平湖惊所见，改革开放繁荣。北京奥运势恢宏。九州农税免，遇上艳阳红。

李流国

重庆市奉节县永安镇人，1953年生，初中毕业，任奉节县殡葬管理所殡管员，夔州诗词学会会员。

故乡情

水涨平湖移外乡，回看故地变汪洋。
妻栽榆柳拴船柱，儿戏沙滩布网箱。
小虎长成欲婚配，大毛老去染秋霜。
时光流逝情难改，越鸟朝南永不忘。

农 居

梅溪碧水绕村流，祖辈荷锄修地球。
日伴晨星种瓜菜，学归山坳牧羊牛。
疏灯细雨南槐梦，红橘绿蕉西式楼。
月下同邻三碗酒，西皮散板唱春秋。

探故里

漂泊半生今退休，回归故里满村游。
左邻右舍勤看友，后岭前山多建楼。
日曙村翁耕种地，舟横渔父荡垂钩。
院中圆月一壶酒，闲话桑麻无税收。

老 农

逢春枯木又开花，八十老翁唱卡拉。
腰硬眼明脚勤健，转悠田坎看西瓜。

农 嫂

刚满产期三十天，牵牛割草上青山。
婴儿睡醒呱呱叫，轻晃摇篮桐树间。

康乐巨变

郭家横路跨梅溪，港汊平湖绿柳堤。
河布网箱鱼戏水，山栽茶树客称奇。
洞开隧道修高速，桥架清波达鄂西。
栉比洋楼农汉建，园林小镇鸟欢啼。

忆江南

清早起，邀友去爬山。小道桃红攀绿柳，游
人遍地草芊芊。百姓乐平安。

郊 游

休闲携子去乡间，一敞情怀视野宽。
俯瞰梅溪布箱网，欣闻农汉唱歌欢。
大桥新架接南北，隧洞初开含对山。
梨杏碰头枝压断，群群鸡鸭履蹒跚。

春 播

春暖催牛忙耙犁，平湖两岸柳丝丝。
游人哪晓务农苦，阡陌新秧汗透衣。

夫妻捕鱼

祖辈依山濒水居，扁舟驶过浣花西。
船头掀浪勤张网，艇尾翻波歌闹溪。
今岁鱼虾看价好，近来米酒花钱低。
迎风帆快芦苇港，对月畅吟寻小诗。

李承赋

重庆开县人。1941 年生，副编审。曾任万县地区人民广播电台副台长，重庆市诗词学会副会长、三峡诗社副社长、《三峡诗词》主编。著有诗文集《高峡云水录》等。

三峡石韵

出没风波里，打磨千万年。
不施一点墨，妙趣在天然。

溪城夏夜小景

雨洗黄昏净，倏然缀小星。
龙岗渔火耀，凤岭晚风清。
剪影四厢竖，机船一带横。
溪城夜不寐，依槛听涛声。

怀友人

1995 年春出差往苏州，遍访中央团校学友不遇，有怀。

漫步苏州市，丽人何处寻？
不谋新月面，长忆旧时春。
笑靥小荷秀，明眸秋水深。
别来三十载，长忆旧情真。

答 友 人

问余何事滞溪城，作茧桃源廿五春。
几度徘徊难舍去，半缘山水半缘人。

三峡三咏·三峡大坝下闸蓄水后，峡江景观更新，感而有赋

(一)

建造十年盖世功，西江石壁锁蛟龙。
醒来神女梳妆罢，敬献毛公酒一钟。

(二)

泱泱湖水漫夔门，滟滪沉江浪不兴。
破了孔明东八阵，浮槎白帝一孤城。
百万移民离故乡，张飞依旧恋云阳。
举家迁徙南山下，守望新城护大江。

雅 雨·四川雅安市，号称"雨城"。

春风习习雨筛星，岚雾濛濛草色青。
莫道雨城明月少，也多云雨也多晴。

宁河杂咏

1962年8月28日，学友一行40余人分乘两只木船，自巫山
大宁河口溯流而上240里，历时四天，抵达巫溪县城。

（一）

清清河水碧波流，夹岸笔峰送客游。
一曲船歌山应也，悠悠飘出筏薪舟。

（二）

风光一线锦屏开，"虎象龙狮"两岸排。
岩陡欲倾瞻落帽，遥看峭壁"铁棺材"。

（三）

船行百里少烟村，荆竹丛中隐猴群。
击浪中流消暑气，人心如火水如云。

（四）

一梦舱中回万县，彩云系在碧峰巅。
图南鹏鸟初展翅，情寄巴山蜀水间。

（五）

峡中夜早日升迟，不觉舟行见山移。
莫道旅程乐趣少，一山一水尽诗题。

（六）

环山面水一溪城，僻静雅幽列画屏。
卵石小街连窄巷，桃源峡郡接峰青。

巫溪游五首

题野猪峡

野峰岩罅月牙湾，半里画廊一线天。
嘉树葱茏篷翠盖，春花烂漫挂珠帘。
腊梅迎客幽香渺，秋水照人情意牵。
莫道君来相见晚，桃源多半隐深山。

游仙人洞

摩崖古洞傍云生，秉烛探幽梦幻真。

王子丹炉知冷暖，罗公遗墨写浮沉。

烂柯石室棋犹在，返棹瑶池水乍分。

神佛从来山鬼做，山人何故爱求神？

登云台观

夜宿云台百姓家，早登观顶望朝霞。

清风送我铃声晚，紫气萦城玉带斜。

漫步丛林寻碎佛，攀援峭壁采山花。

他年古刹重光日，上炷高香走海涯。

逛双溪溶洞

埋没深山亿万年，一朝面世叹奇观。

郦公遗恨相逢晚，霞客归来捷足先。

安泰不为源里叟，逍遥才访洞中仙。

欣看野谷凄凉地，从此花红车马喧。

访石柱坪电视差转台

远陟寒山石柱林，星罗千岛散浮云。

杜鹃簇簇犹燃火，阳雀声声欲唤人。

无线电波通四海，荧屏影视闹千村。

喜看闭塞蛮荒地，远隔京城不隔音。

上峨眉

金顶佛光拜九重，一山寺庙半虚空。

清音古刹钟声杳，洗象云峰树影浓。

猴崽几群迎客戏，杜鹃一路映山红。

乐山不畏跋涉苦，弯路尽头通顶峰。

登庐山

宁沪归来访庐山，如琴湖畔觅诗泉。

披风抚竹思彭总，沐雨窥松哭杜鹃。

三宝厅堂三叩首，仙人古洞几回观。

伟人一首题诗照，蝶逐蜂驰万万千。

题红军长征纪念碑

红军长征纪念碑立在四川省松潘县圆宝山，1990年8月25日落成。碑高41.3米，碑园背靠雪山，面对草原，侧连九寨风光，后接黄龙仙境。四周山势雄伟，松柏苍翠，三水环绕，五岭逶迤，如龙护珠。红色花岗石雕塑的红军将士大型群雕，气宇轩昂，磅礴壮观。每当夕阳晚照，碑体金光闪烁，璀璨夺目，数里外可见。是年秋，瞻仰此丰碑，有幸目睹这奇观，感而赋之。

倚天宝剑耸松潘，长忆当年战马喧。

砥柱群雕啸草地，金碑玉塔映河山。

都夸此地风光好，更喜威灵浩气轩。

九寨归来君应记，长征路上莫停鞭。

万州郊游

龙年仲春，巫溪县寓万离退休干部三百余人，聚会在鱼泉榨菜工业园，乐不思归。

魏紫姚黄新雨后，故人约会菜香楼。
拍肩叙旧频青眼，握手言欢尽白头。
浊酒三杯谈往事，残棋一局话春秋。
晚霞不改苍天色，云在青山碧水流。

地震壮歌

汶川地震动神州，呜咽岷江血泪流。
百万苍生嗷待哺，三军勇士战无休。
主席掌舵方舟渡，总理亲民社稷谋。
多难兴邦群奋起，爱心凝聚铸金瓯。

遥祭汤公绪泽

落花时节雪纷纷，我哭良师怀故人。
县志编修灯共影，词坛布道路难分。
风窗吟咏声律细，巫史探微潜海深。
峡郡痛失汤夫子，天堂笑纳一诗神。

一剪梅·咏剪刀架

织女偷抛剪彩刀，插在河腰，耸在云霄。牛郎赶岭架天桥，山涌波涛，水涌波涛。　　乐在深山剪刀硗，谁道孤标？不自孤标。江山旧缕换新袍，金带飘飘，翠带飘飘。

行香子·闲赋

文革波澜，十载风烟。几沉浮，如梦萦圆。挥毫苦撰，心瘁身残。叹前年病，去年圉，这年闲。　　文墨难丢，总是前缘。访群贤、艺苑诗园。孤灯冷月，漫步书山。伴一杯茶，一张报，一支烟。

寄友人·致董家琦

避嫌西蜀去，眷恋离巫溪。

鹰飞岩松在，别梦常依稀。

拄杖走野岭，赤足涉寒溪。

深山访农友，归来月落西。

煮酒话桑麻，壮志修水利。

挥锤战顽石，刈麦汗湿衣。

点响赶山炮，愚公鏖战急。

壁岭修公路，开山引水渠。

伏龙三万里，揽月千层梯。

京城赴国宴，猎猎一杆旗。

山民有口碑，念叨好书记。

短笺寄故人，山水情依依。

李相民

号龙葵轩主人,重庆荣昌人,1944 年生,退休前系荣昌仁义中学高级教师。现为中华诗词学会会员,重庆市诗词学会常务理事,荣昌县诗词楹联学会会长。出版有《龙葵轩诗词选》。

清 明

(一)

每近清明魄暗销,关山到处纸幡飘。
苍天亦洒伤心泪,散尽杨花湿柳条。

(二)

柳絮翻飞草木荣,今年时节又清明。
神州普放祭亲假,好与泉台共太平。

(三)

兄妹儿孙拜墓前,纸船明烛照中天。
长空不断潇潇雨,便是思亲泪未干。

南桥品茶

寒斋直道苦秋茶，白眼鸡虫世味嗟。
诵罢南华经一卷，桥头会所试新芽。

退休感赋

粉笔生涯四十春，常从蜡炬悟前身。
杏坛种玉披肝胆，学海撷珠牵梦魂。
汗洒江天风化雨，血凝荒土石成金。
归来笑对青山赋，嘉树葱茏果满林。

读鲁迅小说，自嘲

闰土犹吾半世身，一篇日记作狂人。
曾随双喜观村戏，也效Q哥骂豸狲。
血蘸馒头为有病，婚逃林嫂岂无因。
长衫脱却酒痕在，一事无成坐两轮。

登钓鱼城书怀

石径荒台草木森，秋高气爽喜登临。
三江激浪拍危岸，十万精骑困钓津。
夺命蒙哥惊命绝，偏安宋帝赖安身。
英雄胜绩频回首，把酒临风浩气存。

路孔白银湾 (回文诗)

湾银白浪白银湾，滩上江村江上滩。
寨耸雄关雄耸寨，船游古渡古游船。
鹜飞林茂林飞鹜，竿钓鱼肥鱼钓竿。
梦入仙乡仙入梦，山河壮丽壮河山。

鹧鸪天·黔江采风即席赋

锦绣东南望断肠，几回梦里到黔江。阿蓬秀美兰舟荡，南海清幽白鹭翔。　山俊伟，水慈祥，苗哥土姐斗新妆。殷勤置酒农家乐，野味珍馐细品尝。

临江仙·德国莱茵河泛舟

叠翠千山迎淡照，浪花醉拍江楼。莱茵河里荡轻舟。云间横古堡，水底舞银鸥。　万顷葡萄红两岸，珍珠滴露香流。秋千架上女郎羞。梦中人宛在，海客乐悠悠。

钗头凤·忆旧次韵陆游《题沈园壁》

温馨手，舒心酒，冰肌玉骨风前柳。世俗恶，情缘薄；一朝离别，万难求索。错！错！错！　　花依旧，人消瘦，泪红如线伤心透。月将落，倚窗阁；暗香犹在，愁怀无托。莫！莫！莫！

木兰花慢·问月寄怀

可知天上月，去何处，转悠悠？是古道荒烟，秦关汉塞，赤壁勾留？是忧捣衣声断，照闺中思妇泪痕收？酒醒晓风残夜，寒凝玉宇琼楼？　　千秋，苦乱无休。天地转，解人愁。照南湖荷满，娄山雁叫，延水萤流？江流怒涛翻卷，照何人操舵主沉浮？待到金鸡报晓，清光洒遍神州。

沁园春·咏鹅

池畔篱边，白毛绿水，红掌清波。正无忧无虑，右军恩宠；有粮有饮，饲料精奢。脑满肠肥，心宽体胖，曲项朝天时放歌。笑云鹤，与平沙落雁，苦越关河。　　从来乐极悲多，看君子庖厨利刃磨。把肥鲜卤熟，佐人杯酒；舌肠刮净，籴我汤锅。炖炒烹烧，玉盘金碗。食罢犹思羹味何？俱尽矣，待羽绒细化，充塞绫罗。

定风波·咏农民工

江海飘零岁月忙，听风听雨过重阳。醉卧残灯寻美梦，霜重。谁家玉笛断人肠。　　晓露寒钟惊酒醒，微冷。朦胧似见病爹娘。满眼泪花仍劝勉，休返。打工钱挣好儿郎。

念奴娇·梦游都江堰次韵苏轼《赤壁怀古》

青天碧海，似何人低唤，胸中灵物。梦入都江杨柳路，草色青青如璧。共步芳林，同穿花径，惊起波光雪。涛声依旧，料寻当日奇杰。　　曾记素手相携，江楼离夜，肠断归帆发。度尽却波情未了，玉露深深难灭。舞鹤诗中，葬花词里，往事催华发。梦残无寐，愿君还似江月。

贺新郎·螺罐山赏桃花

万树飞红紫。止倾城，桃花人面，云蒸霞蔚。扇底风甜歌未尽，乳燕娇莺休忌。碧潭岸，踏歌送李。庵内仙人抒雅兴，意绵绵，暗惹秋香泪。谁记省，刘郎意。　　陶公梦入桃源里。有秦人，衣丰食足，雨离风避。天下三分狂飚涌，是处英雄结义。又还解，秦淮心志。收艳埋香情何限，赏夭桃，兴会云峰寺。酒未饮，人先醉。

李泽全

生于1932年，在建设集团工作四十多年，有《泽全诗选》出版，现任重庆市诗词学会名誉副会长，中华诗词学会会员。

夫人参加四川省羽毛球大赛双打夺冠

绝技藏身万众夸，四川竞赛展风华。
娇莺飞舞英姿美，紫燕凌空体态佳。
短吊轻捞施巧技，长抽重扣算行家。
省区夺冠雄心勃，笑看山城两朵花。

胡锦涛夫妇举行国宴

奥运宾朋聚北京，八方元首举杯倾。
邦交礼义传天下，世界和谐体育兴。

各国元首盛赞开幕式

盛会空前万众欢，文明古国五千年。
童音唱响神州韵，现代高科展眼前。
场馆辉煌工艺好，惊呼华夏技精研。
媒传世界同欢度，罗布赞扬我最先。

【注】

罗格和布什盛赞开幕式。

中国羽毛球男女单打双夺冠

林丹气势压群贤，巾帼张宁过五关。
技艺高超人共睹，逐波破浪正扬帆。

中国乒球男女双打升起六面红旗

小小银球凌上空，骏男奇女压群雄。
拍飞电闪穿梭急，中国健儿上顶峰。

南岳衡山七十二峰

七十二峰云雾环，诗朋幸喜共登攀。
灵芝产自深山壁，奇字长留名士篇。
南极湘江新气象，洞溪流水本无仙。
祝融绝顶临渊处，海角无涯街远山。

汶川地震赞三军

抢险三军冲在前，同甘共苦度时艰。
扶桑救治丹心在，民有长城万事安。

游钓鱼城

拾级千梯入寨门，悬岩百丈筑烽墩。
天池有井兹田亩，石像临风忆战尘。
太守精兵皆砌节，蒙歌铁骑每亡魂。
攻防百世留佳话，遗址辉煌励后入。

神箭飞天闯九霄

飞船闹宇马蹄骄，破雾穿云腾九霄。
变轨巡天凭指令，太空漫步任逍遥。
中华彰显英雄气，神箭拱星意兴豪。
唤醒嫦娥千载梦，蟾宫驾返待明朝。

瓜山新貌

百里长廊水果香，禾苗万顷菜花黄。
群鸭戏水鱼儿跃，竹院新楼步小康。

李萱华

重庆开县人，1931 年生，副编审，重庆市诗词学会常务理事，北碚缙松诗社社长。独撰、合撰、主编正式出版有《张问陶诗选注》、《北碚诗词》、《缙松诗词》和《梅花上将——张自忠传奇》等 10 部。

吟诗乐

异地逢诗友，吟兴更盎然。

音韵选工稳，格律对仗全。

诗情促画意，平仄贵粘连。

高论吟诗乐，讴歌颂晚年。

赞雅舍重开

欣闻雅舍重辉彩，往事宗宗涌满怀。

日寇侵华烽火起，秋郎辗转蜀巴来。

陋居八载苦中乐，小品千章思路开。

一举名扬海内外，文坛熠熠一奇才。

念奴娇·哭小平

　　天传噩耗，小平啊，世纪巨星坠落。少小寻觅崎岖道，探究真理求索。拯救中华，挥师百色，奋战斩妖魔。中原血战，败敌声威磅礴。　　率军跃进大别，解放大西南，功勋昭著。二代核心总设计，重定建国方略。巡视南方，改革开放，创建新学说。伟人去矣，留下特色中国！

汶川大地感怀

　　惊天地震袭西川，党政军民总动员。
　　主席亲临第一线，总理坐阵震中间。
　　自强不息战凶魔，众志成城意志坚。
　　家毁人亡何所惧，辉煌再创更昂然。

金刀峡

　　双崖峙立不盈尺，狭谷栈道人似织。
　　头戴白云天一线，脚踢青波溪满碧。
　　古藤倒悬壁如削，钟乳喷彩争幻奇。
　　名胜游罢兴未尽，回首金刀再探密。

长生洞

走进回龙沟，高官也发愁。
天立长生洞，谁敢不低头。

忆江南·故乡行

故乡美，峡峻洞犹深。渠水粼粼腾细浪，巴
山莽莽罩红云。水秀共山清。

如梦令·重庆直辖

渝水巴山三峡，地大物博华夏。喜看大重庆，
举市欢呼直辖。直辖，直辖，万里江山如画。

缅怀张自忠上将

年年五一六，地恸天泣哭。
痛悼英雄魂，献身为民族。
热血洒九洲，丹心映千谷。
伟哉张上将，梅花伴忠骨。

肖先顺

重庆渝北人，1948 年 1 月生，大学本科毕业，中学一级教师，曾任长寿沙溪中学、十字中学副校长和党支部书记，系长寿区凤鸣诗词学会会员。

神州喜气扬

阳春十月好风光，赤县神州喜气洋。
社会和谐需共建，民生事业创辉煌。

院坝梨花开

春来夜漫雨沙沙，簌簌风摇院树丫。
翌日开门瞧远景，皑皑满目尽梨花。

人生寄言

平生顾首志凌云，少小从戎未弃文。
四卷读完宗旨定，全心尽意为人民。
年将而立归乡里，蜡渐成灰献已春。
雨细风柔桃李润，花鲜果艳叶蓁蓁。

长寿区创建"全国诗词之乡"

诗乡长寿应时兴，起凤腾蛟受好评。
作赋吟诗歌盛世，填词谱曲颂升平。
春回桃李枝枝秀，秋至柑橙个个馨。
龙喜凤鸣多杰作，新声古韵两峥嵘。

读书偶感

参军入伍一年半，四卷雄文阅两轮。
想后思前求改造，笔耕记事读灵魂。
雷锋已立千般树，我辈追学万类寻。
不在虚名图样子，原来只是度青春。

采桑子·祖国万岁

晴空万里开新宇，世界多娇。祖国多娇，大
地春回更艳妖。　　神州景致非常好，春也风骚。
人也风骚，鸟语枝头日易消。

卜算子·咏蜡烛

　　漫夜里燃烧，没起熊熊火。但放明光照世人，愿舍区区我。　　不是苦争名，哪有辉煌果？身首成灰未见尘，早把凡间躲。

忆余杭·咏粉笔

　　身世卑微，声价低廉不显贵。任君驱谴恍一生，何望有荣升？　　你能桃李结天下，吾自碎骨安怕？为他奉献不图名，含笑化埃尘。

忆秦娥·春游张关山

　　青山翠，神州大地春明媚。春明媚，莺歌燕舞，云蒸霞蔚。　　鹏程万里车千队，长征路上新一辈。新一辈，宏图不展，心潮不退。

肖德华

1931 年生，重庆綦江县人，曾任重庆铝厂党委副书记，綦江南州诗书画院会员。

一代伟人毛泽东、周恩来、朱德
逝世三十周年敬赋四首 (新声韵)

(一)

覆地翻天手，拿星揽月人。
殊勋赢禹域，浩气荡乾坤。

(二)

乾坤欣再造，旷世颂风骚。
伟绩倾寰宇，冰心映碧霄。

(三)

山河生异彩，先辈写忠贞。
不是东风护，何来锦绣春？

(四)

卅年悲陨落，十里泪长街。
亿众同声哭，共哀济世才。

直辖渝州颂六首 (新声韵)

(一)

雄关古镇锁东川，绕水环山汇二澜。
风舞龙腾天地阔，东风送我任飞潜。

(二)

京都春暖发东风，希冀殷殷待巨龙。
播雨耕云铺绵绣，拿星揽月啸长空。

(三)

四峰环半岛，二水抱山城。
处处添新貌，时时换旧痕。
繁都频远客，闹市遍盈门。
直辖兴宏业，腾飞福庶群。

(四)

渝州堪秀伟，半岛甚娇娆。
环市滔滔水，双江座座桥。
桥都名赫赫，水国路条条。
迈步珍机遇，逢时敢弄潮。

（五）

峡高耕脊土，滩险走羊肠。
常冷凄风里，时饥苦雨旁。
平湖添锦绣，沃土绝荒凉。
电发千乡富，船行万吨航。

（六）

春风催灿烂，直辖倍芳芬。
卧虎藏龙地，钟灵毓秀岑。
山河添异彩，岁月写情真。
重镇名中外，新姿耀古今。

金融风暴自从容 (新声韵)

雾锁云封日月消，几番风雨涌狂潮。
催涛逐岸千帆落，掠地摇天万木凋。
环宇茫茫皆失色，中州莽莽自多娇。
从容击水争朝夕，锦绣山河壮碧霄。

吕 洪

1979 年生，重庆市荣昌县人，中学语文教师，荣昌诗词学会会员，重庆诗词学会会员。

晚 景

新月升残暮，疏林映落晖。
牧童驱犊返，故宅燕双归。

咏白菊

菊开秋尽物华殊，借问刘郎赋有无？
只怕新菊成白叟，寒香初透抱枝枯。

夜 读

静心亭里绝喧哗，小院蛩鸣透茜纱。
半盏窗灯半夜宿，心开掩卷又烹茶。

品红楼

曲以幽弦裁恨色，花遗碎锦聚伤声。
无稽顽石堪痴幻，万境归空梦一庭。

踏 春

香径石苔柳线斜，飘然无处不飞花。
田园又暖桑重绿，醉向春风问酒家。

春游静月湾及云峰寺

静月微澜浪几重？桃花山寺觅春踪。
清风斜燕花洲鹤，暖树柳莺玉蝶蜂。
轻点碧波江岸柳，漫随幽径古云松。
梵音涤去心头乱，有未有来空未空。

回乡过年

开轩绿圃菜花妍，林薄初干草色鲜。
笑入当年提旧事，待温诗兴到云天。
犹闻除夕新衣味，更喜今朝福寿连。
玉箸金杯皆欲醉，高歌一曲意如泉。

登峨眉山

古木参天山寺隐，淙淙泉水紫烟升。

流丹金顶映高殿，普照佛光度众生；

云海茫茫翻雪浪，青山隐隐着神灯。

风光如画游人醉，一夜酣眠到日明。

自　遣

小楼独酌不胜愁，孤梦空回一枕秋。

春月重开近陌巷，微霜不觉上人头。

三尺穷儒年年论，卅载云烟事事休。

破浪乘风愿有日，扬帆竞发泛中流。

中秋望月怀远 <small>(新声韵)</small>

盈盈河汉玉轮深，岂是愁心寄故人？

似水秋光流画阁，如烟旧梦绕江村。

忆君一片敲砧白，断韵半宵折柳音。

君问余心何所似，天涯孤客可逢君？

杨 叶

土家族，重庆酉阳人，1933年3月生，中学一级教师，任多年中学校长，重庆市诗词学会会员，重庆黔江诗词楹联学会副会长，彭水县诗词楹联协会主席，著有《格律诗写作专谈》、《词曲联写作专谈》。

春 讯

柳条垂嫩绿，紫燕送春来。
江水鱼初跃，岭梅花半开。

家居杂咏

（一）

案上常存新旧韵，枕边时换引眠书。
古今诗体勤思索，自信骚坛马识途。

（二）

九曲清流入大江，天高浪激任徜徉。
猿啼鸦噪添游兴，稳驾轻舟向远方。

（三）

秋杨红叶也多情，落地无声胜有声。
化作春泥扩花去，不图名利净人生。

青 莲

美人出浴青青裙，不染污泥半裸身。
舞女亭亭香缕缕，荷塘月色胜三春。

飞燕迎春

风和归燕舞，雨细柳条苏。
水暖潜鱼跃，春来浊气除。
诗坛飞彩笔，艺海展宏图。
喜看百花艳，迂夫亦乐乎。

漫步九曲河

两袖舞春风，桑榆举步雄。
岸行五里路，景醉七旬翁。
曲水含诗意，高山带笑容。
天然水彩绘，我在画图中。

菊傲秋霜

冷露凝花圃，英姿溢彩光。

蕊寒疏粉蝶，叶茂赛群芳。

陶令荒三径，黄巢有二章。

百花皆杀尽，独秀傲秋霜。

耕 耘

乌江两岸四时春，育李培桃护绿阴。

九曲河边哺幼燕，金龙山下绾朝云。

妙吟新韵诗千首，甘作人梯苦一身。

今日耕耘挥汗雨，他年硕果献人民。

武陵春·三峡作家莅临彭水

夏去秋来天气爽，三峡作家临。云海浮觞敬酒频，喜咏武陵春。 娓娓交谈情谊重，隽语赛黄金。共写乌江岁月新，彭万一家人。

杨守炳

重庆市铜梁县人，1942 年生，成都航空工业学校毕业。现任重庆市诗词学会会员、铜梁县诗词学会理事。

重观电视剧《西游记》有感

险山恶水苦奔波，只为真经拜佛陀。
魍魉凶横无法度，唐僧善弱少安和。
妖精狡狯缘神道，大圣机灵扫恶魔。
顿悟仙凡同一理，纪纲不正祸端多。

贺三峡电站初步建成

三峡电站已初成，位踞前茅举世惊。
供电强国奔富裕，防洪保土护苍生。
巨轮往返商贾盛，快艇穿梭旅游兴。
高坝平湖风景美，丰功伟业万年青。

再登璧邑龙梭山

春寒料峭日瞳曚，晚伴偕行兴味浓。
昔岁演兵百草盛，今朝赏景万桃葱。
轻车走马烟尘暗，倩影傍花粉面红。
卅载重登惊巨变，改天换地建丰功。

观电视新闻特别节目《沙尘暴》

女娲昔岁欠精工，缝隙残留起飓风。

盖地铺天垂默幕，遮空蔽日滚乌龙。

埋房拔木千家走，塞谷削峰万类空。

沙进人离何世了？楼兰故地叹遗踪。

丙戌立冬日游安居波斋寺

一匠突兀气势雄，百阶蜿蜒甫登峰。

鸢飞鱼跃今犹在①，波斋捧月已无综②。

万壑雾霭趁落日，两江烟霞拂晚风。

荣枯自有玄元理，规律似藏冥数中。

【注】

①　"鸢飞鱼跃"，唐文学家韩愈题字在寺后摩岩上。

②　"波斋捧月"为此寺杰作。据传，原寺每年夏历八月十五日夜，月光从一小洞中直射佛之手心，故名"波嵜捧月"。寺毁于十年动乱之中，20世纪末重修此庙。

[中吕] 斗鹌鹑·蜗牛

背上光环，容佳视短。缓慢爬行，外刚内软。
空有牛名竟小胆，蝼蚁困、望分餐。集众犁庭，
功成未晚。

欢呼嫦娥奔月

月城月女弄月琴，曲送嫦娥离凡尘。
千年一梦今实现，万人齐心正起身。
月里嫦娥迎嫦娥，地上仙女会仙人。
满腹浩歌响玉宇，他年天涯是近邻。

热烈祝贺中共十七大胜利召开 （新声韵）

盛会开宋遍地金，人民咏赞友邦钦。
科学发展精深理，富裕和谐玉振音。
高举红旗明正路，复兴禹甸建奇勋。
腾飞更靠英明党，崛起神州处处春。

杨廷光

1935 年生，重庆市江津人，会计师，退休干部，现受聘江津区老年大学太极拳教师。是江津区诗词学会副秘书长、中华诗词学会会员。

庆祝香港回归十周年

旌旗飘猎猎，耻雪亿民欢。
商贾兴千业，金融举万帆。
狂风五岳挡，巨浪港湾拦。
两制相依辅，中华亚太先。

水调歌头·重庆直辖十年喜赋

直辖十年庆，盛况喜空前。两江四岸华宇，彩帜映兰天。虎跃龙腾锦绣，鼓乐喧天欢庆，阵阵凯歌旋。直辖结新果，超过四旬年。　总书记，新指示，快加鞭。导航定向，千万民众悦心田。统筹城乡发展，关注民生问题，快马更争先。时雨壮春笋，节节向高攀。

沁园春·颂改革开放三十年

大地回春，日月增辉，改革兴邦。看成功早奥，全民振奋；艰辛入世，外贸隆昌。港澳回归，峡湖发电，绕月嫦娥国力张。龙腾跃，教炎黄儿女，挺起胸膛。　　人民奋发图强，制11·5蓝图意气扬。建创新体制，资源共享；节能社会，环保精良。科技农村，和谐社会，十亿黎民奔小康。除贪腐，育中华宝黛，再创辉煌。

满庭芳·聂帅陈列馆落成典礼

鼎山巍巍，长江环抱，帅馆雄踞中央。彩桥飞练，华盖系归航。儒帅南征北战，七十载，功绩辉煌。恩威处，人民拥戴，敌寇魄魂丧。　　回乡。花烂熳，期颐庆典，隆重非常。看江总题辞，闪闪金光。亲友嘉宾涌拜。美穗子，热泪盈眶。家乡美，江城如画，伴您永流芳。

鹧鸪天·贺江津老年大学韩锦光校长七旬华诞

　　浇灌杏坛似有缘，馨香硕果数千千。小儿教大教孙子，花甲壮心教老年。　　情不尽，意绵绵，园丁执著胜"愚顽"。古稀蜡炬金光灿，心系中华锦绣篇。

重阳自咏

　　此身最是爱重阳，稻熟鱼肥菊酒香。
　　驰骋疆场皆往事，出巢雏燕任飞翔。
　　吟诗舞剑童心乐，交友观山老叟康。
　　漫漫人生谱新曲，春花秋月共弦簧。

沁园春·三峡平湖神女舒

　　滚滚长江，养育炎黄，兴废难书。忆中山遗诣，围堤发电；毛公宏愿，高峡平湖。历代仁人，九州志士，兴利防灾眼望枯。今朝喜，让中华儿女，众望皆孚。　　工程宏伟前无，要劈水推山绘彩图。看巫山让道，移民百万；古城迁建，文物开储。西电东输，南水北调，三峡平湖神女舒。谁堪比？展雄才伟略，同赞中枢。

杨昭耀

男，一九五四年生，重庆市人，现居綦江古南镇，爱好
文学，自学诗词。

为巴渝交通八小时重庆感赋

千里行程一日回，万重高速两时归。
巴山有路平如履，渝水无波渡若飞。

朝天门广场

（一）

巴渝胜景赞朝天，门在城头二水间。
夕照灯辉江似海，朝迎日出岛如船。
一天纵览江山隔，三地宏观广宇连。
渝古雄关重庆港，广场龙尾展新颜。

（二）

两江合璧自天然，半岛巨轮日向前。
辟浪驶来声动地，扬帆远去出朝天。
广场渝水金三角，重港巴城赋一篇。
早已开工修地铁，两桥两隧过江南。

【注】
　　两桥指东水门大桥、千厮门大桥，两隧指过江北到南岸
的过江隧道。

新重庆

辉煌再造夜山城，直辖十年万象更。

拔地大都修地铁，摩天世贸筑天庭。

金街街巷织经纬，玉宇琼楼走纵横。

解放碑前人际会，月宫闪亮礼堂灯。

綦江南州广场

广场彩蝶报春红，今昔南州大不同。

鸟叫声声啼夜雨，行人个个笑春风。

【注】

彩色蝴蝶花、红色报春花。

红梅赞

梅花一曲唱红岩，今日江南处处栽。

雪落山中观常去，云横岭上嗅香来。

寒倚疏影萧萧竹，暖报春心漠漠开。

铁骨风姿人赞颂，国花高格上评台。

航天颂

揽月飞星上碧天，琼楼玉宇下人寰。
惊天科技花开日，动地诗情写笔端。

告慰千年陆放翁

宇宙飞船上太空，卫星电视九州同。
中华崛起腾飞日，告慰千年陆放翁。

红岩魂

白石丰碑塑广场，红岩英烈永流芳。
丹心铁骨红梅赞，赤胆忠魂青史扬。

杨通才

重庆涪陵人，1931年生，涪陵区委党史研究室退休干部，副主任编辑，重庆市诗词学会、涪陵区诗词学会会员，著有《劲竹诗文选》付梓。

再寄涪师校友

放旅蓉都府，老兵已八旬。

逆风曾仗剑，吹角梦连营。

气渗轩辕血，胸培子弟根。

回看青壮路，劲草几枯荣。

纪念晚情诗社成立二十周年

不慕浮名不慕官，只圆佳梦舞吟鞭。

诗花朵朵梅千树，椽笔枝枝竹万竿。

风接唐宋添壁垒，魂牵生活浚源泉。

万年虽久争朝夕，喜看洪流激险滩。

登雷锋塔瞰西湖

三面青山一面城，含烟柳岸隐楼亭。
苏堤横亘白堤纵，天色空蒙水色新。
莫道远游多陌客，相逢问答似亲人。
秋光入画凝如许，绘成仙湖美女心。

重庆直辖十周年

长江旧卷添新卷，梦里巫山吻楚山。
神女更知人世美，雄州十载胜千年。

破阵子·游浙江奉化溪口镇

一抹青山碧水，常留溪口惊魂。雪窦山前终遗恨，丰镐房边介石墩。无心也有新。　梦呓延芳百世，醒来出丑当今。未独台澎天下幸，爱国仍多奉化人。云空天自清。

插旗山桃花随笔四首

（一）

夭夭灼灼满芳园，万树层林透紫烟。
傍水桃姿风更美，一花当作两花看。

（二）

灼灼夭夭又一年，东君绰约耸吟肩。
人花共酒须当醉，恍若离尘隔世仙。

（三）

一片桃林一片春，繁花似锦欲消魂。
阳春若是无长足，扇底香清何处馨。

（四）

春来万卉浓，象管一犀通。
雾裹双江色，山藏五柳风。
才眠低树下，却在乱花中。
远望环峰阻，桃源露本容。

何启敬

笔名和达,男,1952年12月生,大专文化,中医副高职称。重庆市和铜梁县诗词学会会员,铜梁县诗词学会副会长。

巨人 (新声韵) ·纪念邓小平诞辰百年

少怀天下事,立志转乾坤;
白色兴民运,瑞金献苦心;
千军定大别,万众颂经伦;
日月新华夏,东方屹巨人。

圣手 (新声韵)

神州大地乐融融,赤子衷心仰邓公;
实践真知拨众乱,改革体制弃严冬;
一国两制宽天地,五令三申正党风;
民富国强歌圣手,恩泽黎庶万年松。

众志成城战震灾 (新声韵)

天旋地转水腾汤,楼陷山崩万户荒;
冒死救灾劳将士,安生解难贵中央;
炎黄掩面谁无泪,华胄鸣哀子悼殇;
振臂捶胸还有我,仁心义举汇八方。

西江月·三军救难

　　石走砂飞路断，山深壁峭崖悬二三军抢险世人夸，危难长城伟大！

　　打盹荒郊午夜，充饥干饼雨花。艰辛苦累脸飞霞，为了巍巍华夏。

"龙乡吟"成立二十年

　　华夏悠悠传雅音，龙乡朗朗诵吟声；
　　登峰巴岳难蜀道，信步玄天水洞庭；
　　童幼开蒙慈母线，耄耋执杖醉翁亭；
　　久闻成趣邯郸步，愚学斯文百感生。

夏日田园

　　荷塘碧叶亲，起落几蛙声；
　　梁稻忙抽穗，芳香醉农耕。

咏岛 (新声韵)

　　身在江心何谓难，波摧浪打我依然。
　　清浊流水擦肩过，百草繁花伴我妍。

盛夏时装 (新声韵)

街花衣爱少，醉眼叶嫌多；
老衲羞出产，混睛无处搁。

神六发射成功 (新声韵)

火箭上云霄，神州万里潮；
男儿诗泪涌，女士酒歌高。

何金鹏

重庆长寿人，男，1941 年生，曾任长寿粮食局副局长，现任长寿区凤鸣诗词学会秘书长，重庆市诗词学会理事。

祝贺凤鸣诗词学会成立

老凤雏莺拍手呼，十年砺剑出熔炉。
添沟皱脸莹珠闪，继夜荧灯灼韵书。
连阵诗词牵慧眼，飘香翰墨醉千夫。
青山夕照何其美，笔底波澜漫五湖。

活水源头

怡然自得诗书味，室静常闻翰墨香。
浩气扑来收笔底，激情喷涌列诗行。

咏 志

雄鹰万里竞翱翔，蒿雀愁餐觅食忙。
腹饱栖枝犹噪嚷，大鹏已涉数重洋。

偶　题

一梦人生几十年，棹歌声里数流连。

烟波涤荡尘和土，岁月消磨险与艰。

三十九年寻归梦，万千里路试新篇。

从来天赋多情种，独坐清斋总灿颜。

品渡舟小桥大闸蟹二首

（一）

大闸秋池浅，膏黄蟹白多。

红袍犹战甲，肉皙赛金鹅。

馥郁牵馋口，香飘百尺柯。

临风清韵起，把酒且高歌。

（二）

大闸起烟萝，清秋正下锅。

金袍招众客，美味溢坩埚。

九母膏黄厚，十公蟹白多。

八方君入口，茅屋起春波。

【注】

"坩埚"指蟹的背壳。"九母膏黄厚，十公蟹白多"农谚说：九月份吃雌蟹，十月份吃雄蟹的说法。

新长寿

五湖四海寿名传，紫气东来数百年。
霹雳声声惊凤醒，蛟龙滚滚出巴山。
凌空银燕绕三匝，波涌长湖寿献天①。
三地一心连广袤②，两园异彩耀华冠。

【注】

①"寿献天"长寿湖，由几百亩岛屿组成天然"寿"字，这一发现给长寿更增加了神密的色彩。

②"三地一心"指长寿要建成工业高地，生态农业基地，旅游胜地，形成物流集散中心。

老　骥

红颜早付潺潺雨，白首犹存耿耿心。
闲看浮云沉往事，静听归雁浩歌声。

夏橙颂

绿叶秾秾碧玉妆，果花烁烁世无双。
年年岁岁硕丰果，岁岁年年致富乡。
三黄三变傲霜雪，父子同堂压众芳。
色香味美蟠桃果，童叟喜欢保健康。

咏重庆直辖十周年

一从大地起风雷，渝水巴山映曙晖。
大厦横波连玉宇，雾都耸翠里程碑。
巨龙滚滚依山尽，长江泱泱神女麾。
百废俱兴千里鸟，与时俱进燕双飞。

青藏铁路通车礼赞

昆仑出世舞群龙，满载声威上九重。
屋脊高危开隧道，江流沟壑跨长虹。
无人禁地神鹰展，冻土荒原铁脚通。
天马行空云雾里，雄师十万震苍穹。

哭汶川地震遇难同胞

野径横天乱，苍茫大地残。
从林弥瘴气，夏日觉霜寒。
草木残枝萎，野花泥碎丸。
溪流千万里，滴滴是辛酸。

赞袁隆平禾下乘凉梦

一枕稻田酣梦香，杂交撑伞伴情郎。
风摇长穗龙鳞扇，日射高株形似梁。
皓首穷经三衍系，夕阳审度灌初浆。
平生宿愿人温饱，华夏嘉禾四海扬。

祭　母

悲歌号恸阴阳界，一别萱堂不计年。
相貌音容存眼底，临终遗训当甘泉。
少时多病骨干瘦，娘为愚儿祈佛仙。
岁月煎熬干瘪嘴，心扶嗣后上高端。

咏渡舟三好村农民诗人

鸟语花香三好村，文明致富早逢春。
高歌云鹤惊人梦，国粹传承有力军。

品海南白沙茶

琼海白沙润绿芽，清心明目启风华。
周天雅士喜佳茗，亘古贤人好品茶。
杯内春秋观有色，壶中天地乐无涯。
招来四面贾商客，品出八方色味佳。

书龙畅想

东山毫颖带霞开，欲展流云作纸来。
龙舞长天谁出手，老夫把墨待雄才。

七秩初迈

古稀高迈自开颜，煮酒诗书乐似仙。
谈笑凯歌逐巨浪，清风两缕绕东山。
从心所欲情难尽，笔落云飞盛事年。
得句自从开放起，千红万紫入毫端。

咏　牛

垦地拓荒耕紫泥，横头南北又东西。
老牛自识年华贵，昂首挥鬃自奋蹄。

长寿湖春

晴光消尽晚霞多，春日莺声大放歌。
无限风光留不住，干红万紫入清波。

登白云山

危崖耸立插云霄，一路攀沿兴致高。
登上方知非极顶，青沙笼罩半岚腰。

新凤城颂

凤凰展翅落平沙，百里风雷贯迤逦。
诗唱桃花河锦绣，墨香笔底舞龙华。
红尘环绕新城邑，妹影初开园地花。
公路大桥添古韵，钢都斜日满天霞。

何顺庆

重庆市铜梁人，1933 年生，中学语文高级教师，重庆市诗词学会会员，铜梁诗词学会会员。

冰雪无情人情真

雪冰巨灾卷湘黔，祖国南疆亦被煎。
粮断途瘫停水电，医稀药少受风寒。
八方暖意排忧患，一路温情解倒悬。
华夏子孙捐物款，中央赈济化冰川。

民本颂

抗震救灾勇士多，临危舍己首当歌。
亲人遇难无时顾，女警救婴己乳呵。
大爱情深忘小我，捐资汇滴成江河。
长城不倒因民本，洗礼凶残奈我何？

中华健儿逞征鞍

百年奥梦而今圆，盛会宏开举国欢。
世界精英呈绝技，中华健儿逞征鞍。
倾心竞取争先进，奋力拼搏夺桂冠。
上百奖牌金过半，五环铸谊写新篇。

贺铜梁《龙乡吟》创刊二十周年

凤岭诸翁结社成，骚坛一秀二旬春。
繁花夺目千山丽，硕果飘香万水清。
旧韵篇篇歌盛世，新音句句颂龙城。
雏鹰展翅迎红月，老骥奋蹄摘彩云。

寿楼春·怀念毛主席

功德千秋传。忆南湖建党，湘赣着鞭。两度妖风迭起，乱刮航船。滩浪险，谁扬帆？舵手毛，长征直前。率万马千军，南征北战，方打下江。　　新中国，民身翻。敢兴邦抗美，重绣山川。费尽心谋民利，楚天斑斓。功盖世德无边。国富强，常思甜源。导师去犹生，讴歌继业人不凡。

[越词] 天净沙·春

红花绿柳山岗，莺啼燕舞鱼翔，联袂三三两两。春光灿烂，归来且看诗囊。

秋登天灯石感赋

仰望苍穹手摸天，俯观大地雾缠山。
身沐丽日心舒畅，遥看龙城仙景般。

何镜华

女，1932 年生，四川省崇州市人，中学教师。重庆市诗词学会会员。重庆市荣昌县诗词楹联学会会员。

牢记屈辱珍爱和平未来(新声韵)·纪念九·一八事变七十五周年

勿忘国耻九·一八，恶魔兽性烧抢杀。
山河破碎国沦丧，东北义勇齐奋发。
卢沟晓月响炮声，战鼓雷震天地崩，
国共齐心驱倭寇，八年苦战出火坑。
滔滔黄河血泪流，滚滚长江诉冤仇，
膏药烂旗抛粪淖，玩火狂夫气运休。
大地春回阳光灿，华夏振兴尽欢颜，
弹丸岛国当反省，前车已覆六十年。

浣溪沙·纪念长征胜利长十周年 (新声韵)

蔽日乌云昏暗天，红旗擎起众心安。星星之火盼燎原。　　尸骨成山山感泣，溪流滴血血盈川，长征壮举史无前。

七律·清明节感怀 (新声韵)

梨树迎风飘白羽，祭扫祖坟正清明。
南京血溅黄花冈，重庆身亡渣洞营。
束束鲜花思烈士，巍巍塑像撼心灵。
红旗舞动歌潮涌，血染江山凤凰鸣。

江城子·东方明珠庆香港回归十周年 (新声韵)

青青小岛似仙山，海兰兰，晚霞丹。游艇翩翩，满载笑声欢。舷外熏风拂大浪，心潮涌，起波澜。　　百年期盼梦终圆，乐陶然，喜凭栏。香港澳门携手共登攀。一对明珠多璀灿，双飞燕，志云天。

鹧鸪天·河南王公庄村画虎 (新声韵)

画虎艺乡王公庄，全村翰墨竞流香。情倾幼崽翻心海，勇猛雄风啸夜光。　　一张画，半吨粮，韩国日本畅销忙。两千金虎形神异，敬报国家迈小康。

七绝三首·棠城螺罐山赏桃花 (新声韵)

(一)

二月清风春色丽，云峰寺外百花开，
喜观桃树红云浪，馥郁馨香扑面来。

(二)

艺海无涯乐为舟，鲜妍桃景齐吟讴，
春光作伴寻幽趣，雅韵清音唱不休。

(三)

青青麦秀菜花香，桃树佳人着盛妆，
大地缤纷红间绿，喜迎宾客赏菲芳。

邹贤海

自署秉烛斋主人。1946 年生于铜梁安居镇。中华诗词学会会员，重庆诗词学会理事，有《随缘诗稿》出版。

回乡感赋 （新声韵）

戊子季秋，与诸友作安居古镇游。远彬、健安、昌达均有佳作。余乃乡主，亦勉力成句跟之，以为故土游乐之记矣。

乡茶土酒老痴心，伴作涪江水上行。
岁月己添新面貌，山河依是旧时情。
清风扑面楼台远，碧浪平沙滩草青。
汀鹭欲飞船近岸，芦花深处掩渔灯。

与朱墨君 （新声韵）

曾经瀚海访诗人，我字堂中会墨君。
淡泊衣冠腹锦绣，平凡相貌面风云。
沧桑不改书生气，岁月难消志士魂。
巨赋成篇名世后，巴渝万里响龙吟。

自 侃 (新声韵)

无悲无喜是真禅，缘起缘来乐水山。
牌桌我曾观夜战，书斋谁可远尘寰。
宁心一遍金刚偈，饱食三餐肚腹圆。
若把人生参透了，乾坤万象本平凡。

戊寅岁夕客居灌县独宿南桥 (新声韵)

新春我作片云游，岁夕他乡客灌州。
求谛寻真心不改，爱山好水梦难收。
桥边一店静犹寂，市里千家乐正遒。
任是声光烟炮响，孤窗只听水悠悠。

"其香居"三韵

品 茶

聚散谈天缘任其，三开茶过解痴疑。
境由心造实非境，慢品人生味自知。

禅 坐

禅坐心生一炷香，忽闻钟磬起莲乡。
敲开觉路知当下，大梦空空了万方。

读 书

久累尘嚣好静居，孤灯我已变书鱼。
偶然读到明心处，日月星光耀太虚。

羌乡感赋 (新声韵)

　　庚辰秋末，客茂县叠溪数月。黄昏散步，山风劲拂。情景相对，感而成韵：

寒流摧我鬓毛斑，怕见南归北雁还。
一峡江风吹碧浪，满坡秋叶染丹峦。
胜游将息车方少，农事已休人未闲。
老大心痴尘外水，清流汩汩在深山。

鱼城怀古 (新声韵)

岸屹雄关上堞楼，三江壁垒卫渝州。
千军守土尽忠勇，一女存城寄履谋。
只有苍生成社稷，奈何汉域化蒙畴。
孤撑久不回天意，嘉水无心自在流。

供 菊 (新声韵)

乍见秋光耀眼明，长街一夜漫清馨。
三枝点缀亮书案，一束添香插净瓶。
养供豪门争斗富，打工扁担为谋生。
年年花市送花处，同样西风别样情。

汶川大地震祭 (新声韵)

何事天公怒向谁？楼房瞬变葬身堆。
千层浪闪岷江泪，万里心同蜀地悲。
幸有国民撑大爱，岂无人性放光辉。
众生多难深思返，狂发资源应慎为。

次月城 (新声韵)

当年击浪正青春，游子不期今又临。
十载风云成过去，几番国策换来今。
有心难访昔时友，无意相逢同学亲。
往事如烟散若梦，一轮山月照痴人。

鹤顶格·编《古今情缘诗文集》（新声韵）

编书览史动心襟，古有忠贞鉴后孙。

今日尘中寻苦恋，情天云外问痴魂。

缘何错过当时梦，诗却吟来补旧痕。

文事多伤千载事，集成肠断泪声吞。

杜鹃（新声韵）

岁岁春风暖，催归信守时。

朝闻惊客旅，暮听动乡思。

柳陌莺啼啭，花篱燕弄姿。

羽林多快乐，何事独心痴？

戊子感怀

（一）

混得虚名又一年，丘山难见起峰峦。

管中窥到大千界，黄叶碧云皆有缘。

(二)

梦觉浮生总是空，最惊高处打秋风。
还来朝暮蒲团上，静虑如如几点钟。

(三)

万般世象万般情，戳破苍生底事明。
何分贵贱衣蓝白，尘中都是打工行。

(四)

人生天地似虫沙，妄把痴心对镜夸。
浊酒三杯侃下肚，任他秋月与春花。

渔家傲·夜泊又逢渔家女 (新声韵)

水上少年轻橹翩，春风漾起碧波涟。乍觉船儿梢后窜，回头看，娇娇小女"双飞燕"！　竟日相随夜泊滩，笑颜痴对却无言。心想明朝分解缆，愁思漫，一弯新月照江畔。

【注】

双飞燕即一人推双桨。

忆秦娥·戊子清明祭恩师三阕

慧风沐，寻师求法因缘熟。因缘熟，老僧如父，趋身虔匐。　　禅关证道光明出，悲心总为众生福。众生福，文殊访友，宝光参佛。

春山绿，难忘师父熬斋粥。熬斋粥，晨风缕缕，温馨满屋。　　此情当是前缘续，每怀思念泪如瀑。泪如瀑，渝峨千里，朝天三祝。

风雷裂，金刚何急冲霄别。冲霄别，长天泪洒，千山濛色。　　今生大愿来生结，吊怀怅望峨嵋月。峨嵋月，罗峰庵上，子规啼血。

邹绍文

笔名文谟，汉族，重庆开县人，1939年生，曾任开县汉丰镇人大常务主席。现为中华诗词学会、重庆市诗词学会、三峡诗词学会、开州诗社会员。撰有《文谟诗词选》十数集。

沁园春·圆梦成真

舞唱昆仑，乐奏江河，服务豪情。贺北京奥运，百年圆梦；中华儿女，万里鹏程。扬五环旗，福娃英俊，喜递全球圣火明。翻新史，赞"病夫"甩帽，驰骋纵横。　二零零八欢迎，鸟巢妙、齐全场馆精。邀世间强手，竞争高下；体坛健将，赛比输赢。勇夺冠军，不甘后进，美玉金牌华夏擎。奔康路，为和谐加彩，盛世增荣。

抗雨雪灾

雪灾风雨狂，旅客阻南方。
受困安排妥，滞留疏导良。
险排修电网，急救解煤荒。
英模温暖送，山乡到处香。

六州歌头·欢庆大丰收

殷期百载，胜障碍重重。征程远，齐努力，敢冲锋，举旗红。奥运北京办，七年做，承诺兑，绿色建，科技用，耗宏工。现代文明、最热情周到，时尚提供。百城传火炬，圣火上珠峰。开幕成功，气氛隆。　有形肢体，展奇技，将力美，两交融。"我和你"，心相映，梦相同，劲无穷。虎跃龙腾赛，高强快，彩如虹。全球友，人谦逊，貌雍容。各显健儿身手，金牌夺，满面春风。欣看炎黄子，第一是英雄，收获尤丰。

【注】

中国获奖牌第一，金牌 51 块，银牌 29 块，铜牌 21 块。

满江红·抗震救灾

赤县民惊，四川震、汶川地裂。高八级，毁城房垮，伤亡惨烈。水缺电无通讯失，山崩路断行车绝。华夏族，大众志成城，驱灾孽。　胡书记，亲决策；温总理，情真热。赴灾区援助，救人迫切。抢险排危军警快，捐资拨款医工杰。半旗降，哀后建家园，从头越。

醉花阴·"神七"航天圆满成功

"神七"载人真叫绝，翟志刚三杰。抖擞应征雄，镇定轻松，必胜坚如铁。　　航天中国翻新页，六任完无缺。猎秘太空行，舱外成功，报捷民欢悦。

邹成厚

重庆市奉节县人，1928 年生，奉节县经委退休干部。现为中华诗词学会会员、重庆三峡诗社社员、夔州诗词学会副会长。

三峡大坝蓄水告别古城有感

夔州古肆没江潮，千载诗城韵未消。
秋兴彩云传禹甸，白盐赤甲矗晴霄。
卧龙跃马留陈迹，新市高楼接玉桥。
三峡涛声音信早，风流人物看今朝。

怀杜工部

怀才不遇鬓毛斑，颠沛流离走蜀川。
身老江湖思魏阙，民生疾苦入毫端。
诗中圣哲千秋颂，卷里文章万口传。
屐迹夔州何处是？草堂西阁浪涛喧。

自 述

达观知足自悠闲，坦荡胸怀可对天。
早晚常行五六里，诗书日诵两三篇。
难成东倒西歪客，弗作吞云吐雾仙。
寡欲清心甘淡泊，酣然一觉放心眠。

三峡大坝下闸蓄水感赋

百年梦想十年成，一代辛劳百代称。
高峡平湖惊世界，灯光红透满天星。

登青城第一峰

石磴蜿蜒窄径通，岭深林密绿千重。
高呼绝顶四山应，登上青城第一峰。

访果乡感赋

（一）

结伴初冬访果乡，山南山北脐橙香。
驰名四海君知否？戴月披星半百霜。

（二）

名果畅销商旅频，歌声四起隐柑林。
丰收最喜农无税，一树脐橙一树金。

悼亡妻家瑛

梅溪同学忆当年，月老情绳一线牵。
记得书房初晤日，脸红直到耳根边。
兵荒马乱就医难，四面楚歌生活艰。
纵有华佗无计觅，误卿一命恨绵绵。
病染沉疴力不支，孤灯似豆命如丝。
一声唤我悲离去，永忆梨花凋落时。
留得娇儿最可怜，失娘无乳影形单。
母亡认作酣眠去，趺趺爬爬到母边。
屈指光阴五十年，驻颜无术鬓毛斑。
愁心又见梨花白，朝夕思卿泪暗潸。

邹仲祥

四川荣县人，1939年生，1959年毕业于泸州医专，历任铜梁县卫生局局长、县政协秘书长，现任铜梁县诗词学会会长，重庆市诗词学会常务理事。

水仙花

寒梅作伴雅姿盈，饮淡无奢自洁身。
玉面檀心仙骨在，俏播馥郁报新春。

咏竹梯

臂坚柔力好，负重不躬腰。
借助阶梯上，凡人步步高。

咏 鸡

不为风雨阴晴变，夜守五更报晓鸣。
日日年年乐不倦，嗤鼻和尚懒敲钟。

乖孙 (古风)

六岁启蒙会拼音，阴阳上去懂四声。
笑听川普频摇手，常当爷爷小先生。

登缙云山狮峰

薄雾轻风雨罩帘，苍松翠柏傍阶边。
群翁不计登山累，倚栏峰亭眼底宽。

游九黄山风景区

九黄远古西羌域，美洞猴王百态幽。
栈道沧桑追忆久，天梯扶摇共云俦。
放歌咂酒红颜舞，飞驶索车雾中游。
古寨风光景秀美，明珠闪烁耀神州。

瞻仰福州林则徐铜像

一身浩气挺南天，昂首低眉虑万千。
宠辱祸福全度外，傲霜风骨至今传。

十万三军大救援

汶川强震民遭难，十万三军大救援。
徒步飞奔临险处，冲舟抢渡夺时前。
空投无惧英雄胆，救死争先好儿男。
血洒废墟奇迹创，长城举世谱新篇。

户口迁城

阿哥世代耕种手，汗滴禾田肚难填。
五载打工腰袋鼓，一家户口梦城园。
老人兴雅操拳练，小女念书接院前。
跨过农门勤创业，连年日子胜蜜甜。

题老伴春游龙梭山留影

龙梭三月阳春日，共舞兰天彩蝶间。
桃树满山花似海，丛中绽笑露朱颜。

邹延代

1931年4月生，重庆市长寿区人，公务员，高级会计师，曾任云南省曲靖市财政局副处级调研员。长寿区凤鸣诗词学会，云南省诗词、楹联学会会员。

赞改革开放 (新声韵)

"嫦娥" 低咏太空巡，天路高歌大地春。
两制兴国情正迫，百年奥运梦成真。
长桥跨海惊天地，南水输京泣鬼神。
农税废除千载梦，国强民富改革勋。

千古龙舟祭圣豪 (新声韵)

五月风急汨水骄，红流滚滚起哀涛。
大忠大勇心如铁，忧众忧国笔作矛。
饮恨扬琴咏《桔颂》，呕心沥血著《离骚》。
中华粽子飘香远，千古龙舟祭圣豪。

读《茅屋为秋风所破歌》有感 (新声韵)

爱民诗圣怨秋风，屋漏衾寒念士农。
广厦豪言初显现，两极分化怎匆匆？

满江红·长征七十周年颂（新声韵）

三路红军，为抗日，罹尽万难。围堵剿，血凝湘水，从越娄关。飞渡乌江，惊蒋宋，旗扬遵义震川滇。得军图，调虎破金沙，成笑谈。　　夺泸定，铁索寒草原阔，少人烟。野菜充肌膳，意志弥坚。雪岭低头迎远客，龙江欢唱送英贤。战凶敌，奋起赶苍龙，诗史篇。

"嫦娥"奔月 （新声韵）

冲霄一箭破长空，遥望"嫦娥"绕月宫。
织女哈达迎远客，吴刚桂酒献英雄。
九天揽月原非梦，四海淘金正火红。
勇上外星寻乐土，中华儿女建奇功。

欢聚巴乡谷感赋 （新声韵）

特回凤岭觅乡音，细语声声倍感亲。
谷里鹃花迎远客，池边杨柳吻亲人。
梦中几忆青年事，惊醒难忘赤子心。
体健休悲双鬓雪，凝眸霞景尚缤纷。

墨香情（新声韵）

五十年代爱兰亭，拙笔重执意不灵。
兰草几丛鱼戏水，自怜自赏墨香情。

水调歌头·欢呼废止农业税（新声韵）

农税几时有？超越两千年。农民戴月披星，世代受熬煎。废止"皇粮国税"九亿都得实惠，男女笑开颜。工业哺农业，建设小康园。　　春草绿，红梅艳，水潺潺。改革开放，经济文化震人寰。共享人人心醉，平等年年祥瑞，减赋喜频传。异彩烟花灿，鞭炮响兰天。

江城子·512 显国力军威（新声韵）

瞬间生死两茫茫。不思量，也心伤。山崩地陷，路断毁楼房。八万生灵吞噬掉，人为本，启国殇。　　主席总理赴灾场。好儿郎，救灾忙。各国援助，华夏爱心翔。国力军威民勇见，惊四海，美名扬。

蝶恋花·歌杂交水稻袁隆平 (新声韵)

袁氏东方魔水稻。亩产千斤，粥饭香而妙。南北种植真火爆，中华科技出奇效。　　"五大发明"何佼佼。几亿人民，从此得温饱。稻里雄猫国宝俏，欢呼院士隆平好！

清平乐·跳水精英郭晶晶 (新声韵)

水云间里，阵阵狂欢起。跳板单双何绮丽，入水浪花微细。　　阿娜俊俏晶晶：中国跳水精英。北奥两金在握，伦敦再立功勋。

鹧鸪天·人间仙境九寨沟 (新声韵)

翠海明珠水自悠①，飞流叠瀑世难求。青松爱在波中长，绿水多从林里流。　　山靓靓，箐幽幽，彩林涛吟纵情讴。雪山藏韵名中外，仙境风光誉五洲。

【注】

①当地人称湖泊为"海子"。

更漏子·山城夜景美 （新声韵）

江泽民、李鹏、朱镕基等党和国家领导人，几次到南岸一棵树观景台观赏神奇的山城夜景。

彩虹灯，天上月，倒影两江何烨。如玉宇，似天庭，水天不夜城。　　一棵树，观奇熠，领袖几番亲莅。慢指点，细研评，山城夜更明。

鹧鸪天·纪周总理逝世三十周年 （新声韵）

处险红岩扫旧尘，长征青史照丹心。声威早已播中外，才智真堪烁古今。　　勤政务，爱人民，鞠躬尽瘁为国春。莲花朵朵因君放，神六飞天慰总魂！

行香子·飞吧神七 （新声韵）

神箭穿空，欢送中龙。新神舟，奔向苍穹。千年梦想，尽显峥嵘。看北星灿，金星亮，火星红。　　神七入轨，正倚东风。太空行，步履从容。自由来去，华夏英雄。更拓新路，创新纪，立新功。

青玉案·香港回归十周年 (新声韵)

　　东风绽放荆千树，更吹散，殖民雾。碧海明珠珍璨露。珠还十载，月明十五，华厦龙狮舞。　　五星旗艳香江处，两制诗魂小平谱。五万精英香港助。同舟风雨，游资败吐，豪壮中华路！

菩萨蛮·纪念南京大屠杀 (新声韵)

　　紫金山下长江水，内中多少军民泪。玄武血潺潺，秦淮尸骨寒。　　采石凝碧血，抗日英雄烈。何事议东邻？警钟声正频。

严孝辉

男，号香草堂主，生于 1945 年，巫山县人。爱好颇多，喜吟诗，好书法，能篆刻。现为巫山县诗词楹联学会会员。

题画诗牡丹

丛绿捧艳锦团开，沉香亭北遂君怀。
清平三章犹可证，名花倾诚富贵来。

课　童

童稚书艺各参差，为师劳心费神思。
书写范字常辛苦，唯恐学童进步迟。

红叶诗

（一）

黄栌满山红欲燃，傲向霜风不畏寒。
闻名合当酬知已，惹得游人笑颜观。

（二）

贫地瘦土存芳踪，风刀霜剑仍从容。
好如中华奇男女，只愿江山遍地红。

（三）

相约梅兰共清寒，好同竹菊结尘缘。
红叶不称五君子，敢当三友等同观。

（四）

枫叶黄栌两不同，各抖精神立寒风。
大千世界呈万象，装点江山别样红。

（五）

残红褪尽春意喧，细花精巧含羞颜。
枫叶黄栌性本善，相伴山花共春天。

望天坪观新城

驱车直上望天坪，远眺河山气象明。
错落千楼如困鳄，往来百舸似游艇。
冈龙昂首山光好，河蚌躬身水色清。
四顾群峰竞耸翠，槐香初酽最抒情。

七绝·游巫山老城旧居址

故地重游忆早前，江边指认旧家园。
新春留影存新纪，美景佳期到永年。

七绝·远古遗珍

远古遗珍岁月长，问君曾历几沧桑。
开天辟地已然在，沉睡至今悠梦香。

读王镛先生印谱

莫觑铁笔耕犁痕，大师金刀功力深。
行文炼达书生意，款识精妙大匠心。
飘逸潇洒多佳境，古拙简朴无俗氛。
朝霞满天最灿烂，中日光耀倍清新。

汶川地震

汶川五月屡遭灾，地裂山崩厄运来。
房倒屋倾真怅惨，人亡家破最堪哀。
中央执意救危难，万众一心见襟怀。
博爱铸成民族魄，阴霾扫尽尧天开。

向承勇先生五十有二感题

向仰荆巫月半翁，自承传统逾高重。
仁和勇智多嘉誉，曲赋诗词乃良工。

但启荣

四川南部县人,1933年生,政工师。重庆市诗词学会会员。

观焰火

谁持妙笔绘云空?银瀑珠帘紫映红。
彩雨琼花飘碧落,和平炮响乐融融。

朝天门

朝天似舰浪涛中,过客匆匆此处逢。
世界宾朋游胜地,巴渝儿女赶江东。

北碚大沱口金刚古镇

天蓝水碧绿常留,凫划舟摇动画幽。
老屋溪桥黄桷树,幕屏影视竞风流。

为友人题篾扇

闲藏屋角自从容,酷暑忙忙送大风。
握手深交情谊厚,鞠躬尽瘁也光荣。

登青城山① （新声韵）

绿涌苍穹鸟语欢，清凉世界倍新鲜。

三皇石刻藏仙境，百合花开映圣泉。

唐有岐棕仍挺拔，汉存白果正青年。

女冠咏叹修行苦，只怪爹娘决策偏。

【注】

① 1964 年 7 月 4 日作。

金刚碑① （新声韵）

擎天柱石立山阿，草舞花飞野趣多。

炮打雷轰身仍健，霜堆雪压背未驼。

情钟峡水奔腾浪，意乐松涛激荡歌。

传说此碑为剑化，安民除害斩妖魔。

【注】

①北碚缙村煤疗后山，有巨石突兀凌空。高约 6 米，宽厚各在 2 米以上。古名"立石子"，后改名"金刚碑"。文革前夕，有人为取石料，借口"破四旧"炸碑未遂，准备再炸；护碑人在碑的西东两侧，刻上两个"万岁"（当时党和党的领导人），使碑得以幸存。

浪淘沙·和友人

患难识红颜，浩劫时间，难忘营救保平安。
痛失知音追悔晚，愧对婵娟。　　派性紧纠缠，
逝水难还，一曲新词了情缘。挚友何须皆眷属，
恋史遗编。

尹流芳（古风）

轻盈风拂柳，桃花面更强。
肌肤嫩白玉，气息飘兰香。

邵碧清

重庆巫溪人，1966 年生，现任巫溪县劳保局副局长，宁河诗社常务副社长。

云台古刹

云台直插九霄中，峻岭逶迤两卧龙。
石壁观音龟作伴，遥看八卦一山空。
炀帝九州兴佛道，深山僧道觅神踪。
青霞观下小桥水，庙峡云台立圣翁。
宁河山脚茫一线，绝壁千寻龙跃空。
传说神天齐相助，如夷履险雾云中。

神谷颂

巴人强悍出巫诞，骁勇士民独木棺。
风雨萧萧千古事，解密历史万年难。
悠悠荆竹遍群山，宁水碧波峡谷间。
蔡氏水车造草纸，其情其事似当年。

【注】

碧波，指重庆大学江碧波教授。

端午节祭屈原

国破郢空哀渺渺，楚江千载水滔滔。
端阳诗友祭屈子，万古风骚逐浪高。

团城一瞥

荫天蔽日万丝藤，瀑布高悬碧水盈。
蝉噪鸟鸣幽峡寂，山花烂漫扮团城。

洪先岩揽胜

山峦重叠危岩起，泉水半湾一隙溪。
椅背险奇藏两寨，砦如双眼梁如鼻。

宿小河中学

马鬃飘岭鹤鸣耳，朝雾朦朦龙虎腾。
历代兵家争执地，深山长响读书声。

胜利吟唱

群山环洪峰峦起，公路盘旋蜿蜒逊。
肥壮猪牛羊满山，桑园万亩漫山碧。

邵基安

1941年4月生,重庆市奉节人,原为小学教师,继参加中国人民解放军,复员后安置在县医院一直从事内科临床工作。主治医师,曾任门诊部主任。现为夔州诗词学会和中华诗词学会会员。

咏橙花（新声韵）

橙花怒放吐芬芳,漫地弥天入户窗。
脑醒神提洁肺腑,鼻通气畅益肝肠。
人思世外桃源地,我爱山中橙海乡。
林茂气清增乐趣,延年益寿雅吟长。

相见欢·红翠香橙赞（新声韵）

初瞧红翠娇颜,面施丹。体态端庄香溢,动心弦。　　兴高涨,情难耐。解衣衫,细品甘甜滋味,醉如山。

三峡大坝 (新声韵)

百年梦想秋午修，大坝横江断浩流。
发电防洪航运畅，功高盖世屹千秋。

渔家傲·白帝新貌 (新声韵)

水绕山环仙界岛，墙红林翠集花鸟。飞渡廊
桥生俊俏。游人笑，亲临览胜风光妙。　　刘备
公孙身影渺，夔门留有雄关道。八阵彩云名不老。
今换貌，蓬莱胜境平湖浩。

自度曲·北京奥运 (新声韵)

北京奥运，莫市重申准。国重视，民情振。
人文科技举，绿色忙跟进。筹办细，非常完美多
极品！　　参赛多面迅，强将精兵阵。临场馆，
心先奋。使平生技艺，扬友和根本。旬半会，狂
欢世界全球震！

北京奥运盛典

火树银花不夜天，寰球名将大团圆。
中华文化传四海，奥运精神归五环。
圣火点燃人类梦，擂台待写体坛篇。
豪情激越飞天外，梦醒犹思盛典妍。

灾后重整建家园

地震八级毁汶川，人民多少命难全。
亲朋罹难抛悲泪，城镇倾塌火乐园。
灾害开头激斗志，支援牵手敢搏天。
山河重绘当由我，美好家园胜住年。

瞻仰刘伯承元帅铜像

儒雅胸藏百万兵，纵横海内五洲惊。
金戈挥舞杀倭寇，铁马直驱捣蒋庭。
辟地开天常胜将，整军经武淡薄名。
为民矢志义无改，瞻仰威仪崇敬生。

杜正群

重庆云阳人，1933年尘，曾任区公安分局局长、政委，参加中华诗词学会、重庆市诗词学会，著有学写诗词手册、夕晖诗词集、夕晖诗词选集。

破阵子·颂神舟七号载人飞船

火箭升环宇震，神舟再上天庭。漫步太空留足影，星月同游凝友情。航天梦成真。　　科技空间先进，三英壮志山征。扬国威增强实力，捍卫和平铸国魂。中华留美名。

鹧鸪天·游新三峡

大坝岿岿真壮观，千湖美景更斑斓，巨船万吨穿梭过，飞艇奔弛白浪翻。　　游艳岛，尝奇山。夔门神女换新颜。悬棺古镇游人赞，座座新城耸岸边。

虞美人·北碚好

山环水绕碚城好，整洁林荫道。繁华都市百花香，霓彩高楼壮丽辉煌。　　振兴经济腾飞快，璀璨人文在。重教办学史无前，社会和谐共谱诗篇。

颂北京奥运会

神州展画卷，世界在狂欢。

健将英姿爽，赛场勇夺先。

丰碑留史册，经典载人间。

友爱长桥架，同胞手足连。

相逢恨太晚，泣别依依难。

华夏雄风振，综合国力添。

全球同一梦，共建美家园。

奥运光茫照，精神代代传。

诉衷情·颂两岸大三通

陈江会谈破坚冰。三通梦成真。求团结解仇恨，手足更加亲。　　谋发展，创双赢。繁荣经济，祖幽强兴。捍卫和平。

金河滨江路

昔日荒凉乱石滩，今朝闹市大花园。

长街锦绣滨江路，五彩缤纷似画栏。

大渡河大峡谷览胜

地质天书峡谷间，基因库显动物山。
成昆铁路峡中过，公路金乌谷里穿。
峡谷一刀成绝壁，重山千仞捅云端。
俯观河水千层浪，仰望瓦山一线天。
怪石奇峰云绰绰，消泉幽洞水潺潺。
猿声阵阵啼不住，飞鸟翩翩去复还。
叠瀑蒙蒙虹彩艳，凉风阵阵透身寒。
峇峇电站明珠灿，放眼金河尽诗篇。

临江仙·示外孙（献给陆泓廷十岁生日）

十载流光真烂漫，少年壮志登攀。经风雨大浪扬帆。要千锤百炼，先苦后来甜。　　德智双全强体健，乘风策马加鞭。勤钻苦学勇争先。雏鹰丰羽满，展翅上蓝天。

杜师宇

笔名丹心、胜愈、松子，又名秦满江。1919年生，四川合江县石龙乡人。现居重庆市江津区白沙镇。大学文化，中学高级教师。中华诗词学会、重庆鹅岭诗词学会会员，江津诗词学会顾问。著有《丹心诗稿》。

祖国六十周年颂

耳顺年华灿若霞，工农商学绽新花。
五洲赞叹惊环宇，一树峥嵘香国家。
科技航天皆越世，民安物阜实堪夸。
山河万里朝阳丽，锦绣前程岂有涯？

我爱我中华

黎民忧乐总萦怀，祖国繁荣笑眼开。
深情爱意浓如酒，不尽长江滚滚来。

过三峡眺巫山神女峰

巫山横断笑苍穹，银镜生辉日影瞳。
神女晓妆羞色里，碧波万顷一芙蓉。

访杜甫草堂

拜谒草堂步履轻，学诗尤欲学其心。
情怀黎庶穷愁死，长使骚人泣到今。
于今寒士得欢颜，广厦何愁千万间。
倘若诗人能再世，几翻忧乐在心田？

欣闻重庆直辖市成立喜赋

浮屠关锁大江流，妩媚春光乐事稠。
直辖渝州腾巨浪，精灵龙尾舞龙头。

游圣泉寺

云水沧桑索有由，人间正道展风流。
贤能异日焕新貌，明月笙歌共一楼。

我爱昆仑

尤喜身披白战袍，穿云破雾比天高。
铮铮铁骨历千古，岂畏严寒竟折腰？！

中白沙

身边江水弄琴弦，古镇新装美少年。
慢步长街景扑面，万花筒里识真颜。

喜归澳门

雄狮一醒展雄威，香港澳门次第归。
得扫乌云天宇净，濠江浪涌笑声飞。

春雨临黑石

滴翠松樟欲暮天，嵘嵘黑石阅千年。
一曲弦歌震域外，漫随春雨过江边。

西部大开发畅想

送暖东君出汉乡，玉门杨柳沐朝阳。
驼铃声渺车流疾，丝路繁荣蕙草香。

红豆情思

东瀛宝岛系离魂，日日盼归泪有痕。
何事不圆相望月，惟将红豆寄情深。

登天安门城楼

煌楼高拔气豪雄，此日登临仰九重。
忆得伟人挥巨手，江山万里彩霞红。

登庐山缅怀彭德怀

不将假话骗黎民，赢得歌吟举世钦。
风雨庐山仍拭泪，松涛犹作不平吟。

欢庆青藏铁路胜利通车

文成远嫁去萨城，一往难回恨古今。
兹得长房缩地术，天涯可有泪飞人？

雾

贴面亲亲不用迎，轻如蝉翼薄如绫。
俨然一位多情女，揽袖牵衣不放行。

欢庆党的十七大胜利闭幕

茫茫大海明航向，漫漫长宵出曙天。
十亿人民含笑待，蟠桃圣果满人间。

纪念红军长征胜利七十周年

不怕远征难，千山走泥丸。
等闲过草地，轻蔑笑岷寒。
矢志为黎庶，横心向太阳。
行程忽二万，今古一奇谈。

北京紫禁城

金碧辉煌紫禁宏，人民智慧世惊崇。
游客痴迷竟忘返，争看瑰宝数飞龙。

纪念孙中山先生诞辰一百四十周年

千年帝制苦黎民，风雨凄迷泪湿襟。
多少灾民齐奋起，江山随愿世情新。
逸仙举旆聚贤能，起义武昌帝业倾。
天宇乌云期净扫，此行堪誉启明星。

盼 归

太阳一粒相思豆，拥抱地球情致飞。
我有佳人天一角，深宵明月几时归？！

伞

盆雨不沾襟，骄阳一朵云。
怜心谁似汝，不是我情人？

即 兴

杏花春雨入新诗，重利酣名任所之。
清水一潭明似镜，芙蓉梅蕊两心知。

咏 秋

自古逢秋悲寂寥，我言秋日胜春朝。
一年一度黄金节，车似游龙客似潮。

咏菊 (感时)

万花纷谢独鲜妍，占尽风情向小园。
任尔西风狂似虐，依然香味溢人间。

1991 年，世界历史骤然发生了巨大变化，苏联解体。中国共产党毫不动摇地高举伟大社会主义旗帜继续前进，从而稳住了社会主义阵营的一角。有感而写下了这首小诗。

全党开展先进性教育喜赋

江南塞北暖风吹，细雨连江上翠微。
瑞霭千家春意播，海天一色彩云飞。
雷锋榜样应时出，裕禄旌旗指日回。
冰洁晶怀多福国，昆仑泰岱自崔嵬。

诗人节吊屈原

怀王迷悟实堪忧，屈子丹心岂为侯。
自古忠良多厄运，汨罗江水恨悠悠。

寄答友人

往事重提不用伤，风风雨雨断柔肠。
坎坷道路寻常事，湍急河川别有梁。
大节文章愉晚景，繁荣国是喜斜阳。
若无司马难言痛，哪有史书万代香。

过 金 陵

装备精良气似牛，三年势去走瀛洲。
其中深意君知否，水载舟来亦覆舟。

咏江津长江公路大桥

巧夺天工一巨龙，波光荡影韵无穷。

千帆送目瞻风采，万类痴情着意浓。

辐射西南连广宇，沟通内外促繁荣。

城乡致富康庄道，金凤来归志亦宏。

咏北国防护林

黄尘岁岁犯中华，万里长城只自嗟。

从古君王无一策，于今黎庶尽专家。

春风常拂玉门树，朔漠频开幸福花。

塞北荒原披锦绣，绿霞飞彩壮天涯。

临江仙·喜读中共十四届五中全会公报

万里春风传喜讯，群英盛会京门。蓝图锦绣话前程。明朝惊寰宇，千古更无闻。　兄弟花枝连理发，神州众志成城。炎黄儿女醒狮魂。巨人抬望眼，阔步上昆仑。

鹧鸪天·和杨眉《话说汉文帝刘恒的为人》后寄作者诗群》

后乐先忧富有情，观今鉴古誉刘恒。丹心怀抱光华夏，冷对邪污意不平。　精警语，岂难听，为民服务应修明。千年多少醒人训，国运兴亡未可轻。

水调歌头·观国庆五十周年盛典

万里晴空碧，气爽正秋高。京都庆典隆重，旗海涌人涛。雄伟阅兵方阵，大展中华志气，个个逞英豪。江总金言出，声响彻云霄。　人已老，图报国，意难消。峥嵘岁月，多彩人生当自描。应许鞠躬尽瘁，热血一腔献众，风范树高标。利欲和私念，二者可齐抛。

满庭芳·建党八十年颂

苦难神州，人民水火，历经百载堪忧。清廷积弱，大国竟蒙羞。蒋府亲夷媚外，图剥削，苦水难收。工农起，心求解放，血野骨盈丘。　难休！红旆指，三山尽倒，百姓歌讴。看援朝胜美，百业谁俦！尤喜廿年改革，日千里，匹敌西欧。珠连返，环球瞩目，国势日荣修。

金缕曲·开国领袖毛泽东

灿烂神州路。睹山川、红花绿水，满怀情愫。痛忆当年遭宰割，遍野哀鸿哭诉。正宇内，人天齐怒。多少英雄头颅掷，喜韶山，焕发光明处。挥巨手，灭狐兔。　　井冈号角催人悟。举锤镰、工农奋起，赤旗高高竖。推倒三山新国立，大地奇葩无数。任自由，国魂重铸。领袖英明堪赞颂，论评功，劳绩超千古。浊浪涌，从容渡。

贺新郎·读小平同志南巡讲话感赋

福满前程路。喜神州、花明柳暗，彩霞飞渡。万户千村歌陇亩，共庆民安物阜。盼永世、登游仙土。沉睡千年舒望眼，畅心怀、乐事今逾古。奔四化，可堪睹。　　春风吹绽花千树。感平公，运筹帏幄，渴求鹏翥。讲话一篇人醒悟，奋进腾飞似虎。笑帝国、图谋霸主。发愤自强知险困，任凭他、制裁兼施武。倡自立，孰能侮。

金缕曲·在聂荣臻元帅陈列馆前

几水情深绕。睹津城、时装新上，月容花貌。喜看长桥卧波绿，叠翠群山美好。聂帅馆、心连芳草。风送桔香千里外，碧云天，比翼霞飞鸟。欣欣意，不知老。　　情思一往何年少。寻真理、壮怀去国，马恩襟抱。戎马一生倾血汗，誓把神州再造。砍黑夜、妖魔惊倒。两弹腾飞凌霄汉，业辉煌、举世奔相告。忧故国，帅行早。

满江红·香港回归祖国志感

犹忆当年。虎门炬，烟光壮阔。林则徐、干城柱国，堪称人杰。无奈清廷深腐败，群僚衮衮输洋贼。唯有泪，海上一明珠，悲割裂。　　百年耻，今朝雪；民族恨，休忘却。喜回归、香岛峥嵘岁月。两制并存光寰宇，荆花艳放来春色。展红旗，壮丽好山河，新飞越。

鹧鸪天·和杨眉《诗言志》

如画江山处处诗，琴弦拨动总难离。雄深雅健皆新韵，赞誉留芳未敢辞。　　歌技短，咏怀痴，老来学步发情思。人文风物呈高意，一事一花入我题。

桃源忆故人·咏春光兼和友人

　　江山捧出新兴户，欲挽春光同住。芳草喜迎朝露，日暖摇情树。　　炎黄儿女御欺侮，浴血长城永固。玉史篇篇新赋，齐把国魂铸。

贺圣朝·庚辰岁首抒怀兼和友人

　　风摇碧柳柔枝细，媚迷人春季。壮歌高唱步青云，唤煌煌新纪。　　声声吟咏，欣欣赞意，喜香风迢递。龙腾虎跃我兴邦，展英雄才气。

哭克明先父

　　严慈二任一双肩，切盼儿孙能且贤。
　　夜补挑灯情脉脉，期成训勉意甜甜。
　　悯贫恤苦施仁义，兴学怀乡美故园。
　　踏遍青山无哭处，声声杜宇响云天。

吴俊林

1930 年生，重庆綦江人，曾任綦江县县志办公室副主任。现为重庆市诗词学会理事，綦江南州诗书画院诗词学会会长。先后主编《綦人诗词选》、《瀛山诗草》和《南州诗刊》。著有《瀛松作品选》和《贻人诗联稿》。

上瀛山

瀛山赏景省心寒，率子欣游劫后安。
虽越险崖无倦意，但思绝顶有奇观。
雾弥曲径何妨窄，云漫高天岂碍宽。
回首半生皆度外，晚年犹胜壮年欢。

白云观四景赞

庙毁林疏亦有仙，奇观异景在岩缘。
棋盘远眺青山隐，石笋高擎白日悬。
玉井洞天盛碧水，香碑峭壁绕苍烟。
频摧风雨仍无恙，胜迹长留在世间。

首次由渝飞武汉纪感

往昔飞行幻梦中，今朝喜得上苍穹。
身飘玉宇渝忠远，目旷烟霞楚汉空。
日照祥云堆絮白，江腾瑞气映山红。
高天舍管窥全豹，无限风光在九重。

登黄鹤楼

晚照清风楚汉秋，登临游目醉高楼。
天低水满浮三镇，地阔粮丰誉九州。
五月落梅聆古唱，一桥飞架动今讴。
长江滚滚东流去，试看新潮泯旧愁。

旅桂林有感

寻芳恨晚日西斜，久欲游观路舛赊。
苗长春潮沾雨露，枝生夏旱失风华。
深秋雾锁崎岖径，腊月梅开雅洁花。
跨人坦途奔老骥，心怡山水在天涯。

答青年友人

百年志士奋兴邦，多少头颅换富强。
欲骋风云奔世界，当思雨露爱家乡。
纵然遂意如春短，亦可流芳共地长。
漫道前驱皆过客，金言高韵永生香。

二〇〇二年春节抒怀

精诚秉笔历艰辛，半世风霜不负文。
纂乘体虚甘沥血，弘诗发白喜呕心。
千年伊始千山秀，万事从头万象新。
漫道冯唐人已老，稀龄未减竞阳春。

祝孙儿龙年出世并寄冀

龙年出世应成龙，长大鹏飞击浩空。
心向书山修德智，力从尘海效工农。
强邦矢志追科技，报国扬眉尽孝忠。
倘若为官须洁白，无私方葆一生红。

叹河污二首

（一）

高楼遗矢枉为池，未有污流不汇私。
地下千渠通万户，投肥多少有谁知？

（二）

暗道纵横胜往时，河遭污染世人知。
而今更觉山泉贵，浊少清多梦也思。

水调歌头·纪念世界反法西斯战争胜利五十周年

世界凶灾最，鬼蜮法西斯。轴心三国相约，武力霸东西。日侵中华南亚，德占欧洲各国，非北意戎欺。寰宇硝烟漫，亿万粉身躯。　　河山破，人民怒，止悲啼。荷枪实弹，同仇敌忾把妖驱。一枕黄粱梦破，八载苍龙受缚，四海尽扬眉。五十年前事，强弱也当思。

满江红·一九九八年特大洪灾

久雨成灾，滔天水，冲南漫北。江高处，洪峰不断，险情常迫。噬命三千狂浪卷，护堤百万雄师激。六旬天，昼夜战洪魔，坚如铁。　　惊未醒，南州客；黔雨骤，仍安歇。及至天明望，水淹千宅。半日波涛呈洗礼，多家财产贻饥鳖。未必然，天意警麻痹，难猜测。

满江红·愤怒谴责以美国为首的北约轰炸我驻南使馆，并悼邵许朱三烈士

狗肺狼心，北约首，疯狂至极。帮凶助，空中用武，南盟遭击。惯用人权淆视听，常将炮火标魔力。胁华人，使馆竟遭轰，横飞血。　　三烈士，忠于职；勤报导，真情白。为揭恶而死，天人皆泣。唤醒五洲批霸道，振兴华夏安英烈。更发扬，两宝护江山，枪和笔。

满庭芳·七秩抒怀

满座高朋，增辉寿诞，诗联匾画陶情。承蒙厚爱，把酒谢光临。面对亲朋赞誉，思往历，风雨曾迎。三生幸，神州巨变，万众乐升平。　　崇文。弘国粹，勤吟盛世，激浊扬清。纵稀龄皓首，壮志犹存。更喜夕阳正好，人敬老，国际倡行。康庄道，从头迈步，跨纪写龙腾。

鹧鸪天 (二阕) · 祝神舟六号载人航天成功

(一)

五日环球七六圈，神舟六号又航天。十年奋发追俄美，载客游空位列三。　杨利伟，敢居先。独来独往两年前。俊龙海胜今同上。祖国威扬万众欢。

(二)

奔月嫦娥众口传，《淮南子》载两千年。太空孰见神仙过？确有英雄在眼前。　乘火箭，上蓝天。安全飞返内蒙原。喜趋奥秘神舟路，科学高峰代代攀。

西部大开发

往日东南此日西，适时开发不迟疑。
繁荣禹域新思路，鼓舞人心热话题。
两会倾诚齐献策，群黎竞富正逢机。
长征道上多英杰，万水千山任骋驰。

宦海清音

不忘宗旨不离群，事激神州亿万尊。

兰考献身焦裕禄，藏区遗爱孔繁森。

兴华首重培公仆，治国须先惠庶民。

白发野居歌盛世，喜从宦海听清音。

咏青藏铁路二首

（一）

庆党生辰八五秋，欢呼天道冠全球。

工程艰巨前无古，技术精良此更优。

五载修通惊世界，千年营运乐神州。

铁龙载客游青藏，地阔山高孰望周？

（二）

净土今游普赞优，焉知昔日望曾愁。

冰封屋脊寒千里，雪压高原冷万秋。

天道车通牵远客，铁龙声吼动全球。

兴华富藏频来往，更好风光在后头。

走路健身往返跨江有感

上游东去下游西，南北皆通尽坦衢。
车辆盈街奔快慢，楼房夹道比高低。
昔年舟小河难渡，今日桥多水易逾。
两岸如斯过海峡，陆台无阻更心怡。

纪念辛亥革命九十周年

辛亥于今九十秋，沧桑巨变涌风流。
英雄辈出超三国，革命翻新荡九州。
天下为公凝志士，妖氛须靖奋金猴。
连赢大敌强中共，一统河山万众讴。

二〇〇八年伟绩颂

二〇〇八展新颜，科技人文灿地天。
西部汶川遭重震，北京奥运汇奇观。
太空首见华人走，伟绩无前世界宣。
试看神州今更盛，英雄辈出耀黄炎。

改革与弘诗

回首骚坛近卅年，也因改革盛吟篇。
腾飞经济情随激，建设文明势必然。
漫赏山川添雅趣，紧跟科技感奇观。
与时俱进丰诗作，多少今人胜昔贤。

咏蚕二首

（一）

日夜辛勤度一生，频将绿叶化经纶。
腹中丝蕴三千尺，尽吐精华献世人。

（二）

身虽弱小有芳心，至老无私体透明。
休看代代生期短，造福人间万万春。

看广西李乘龙敛财千万案

受审方思是与非，当年何苦仗权为。
贪时不耻官官卫，落网群嗤一大堆。

张　榕

字燧苍，号榕庐。生于 1929 年 9 月。四川合江人，现居重庆。曾执教于四川建材工业学院、重庆师范学院。四川省诗词学会、重庆市诗词学会顾问。著有《榕庐诗草》、《张榕诗词钞》等。

回渝前夕别"牛棚"难友

忧患频年老此生，沧桑回首意难平。
凄凉大渡河边路，记否同辕负轭行①？
莫向江天怅别离，浮云遇散亦难期。
相忘他日江湖阔，犹胜艰难濡沫时。

1982 年

【注】

①当时同在大渡河边拉板车。

赤壁二首

（一）

功成一炬说周郎，故垒重寻迹已荒。
惟有大江流不尽，怒涛犹自诉兴亡。

（二）

流增飞焰烛天红，铁甲楼船卷地空。
八十万军怜烬灭，只馀青史颂英雄！

2005 年

丁丑返乡登少岷山

雨霁秋如洗，登临宿雾开。
三峰云外出，二水望中来。
地险栖猿次，时平惜将才。
英雄立马处，凭眺欲兴哀①。
仙去仍留寺，人归尚有亭。
摩崖新刻字，古洞旧藏经。
泉水和云掬，松风倚醉听。
匆匆留一顾，无语谢山灵。

1997 年

【注】

① 1919 年，朱德在讨袁护国中任旅长时，曾登此山赋诗，有"立马高岗遥注目，群山低首拜英雄"之句。

还乡杂咏录二首

(一)

卅年长别梦家乡，今日重闻荔子香。

赤水依然情脉脉，少岷长在郁苍苍。

裹尸未及随名将①，衣锦还应笑霸王。

何日结庐榕岭畔，一灯容与读文章。

(二)

共嗟劫后幸馀生，白首来归聚一城。

老杜灯前疑梦寐，大苏月下感阴晴。

欲歌棠棣神先沮，待插茱萸泪已盈②。

但祝婵娟千里共，莫将后死负升平。

1987 年

【注】

①在乡时曾报名参加抗美援朝志愿军，未得征集入伍。

②弟兄姐妹劫馀重聚，而六弟已逝，不及见矣。悲夫！

念奴娇·祝北京奥运 2008

金秋丽日，正京华盛会，举杯邀月。高树筑巢延凤翥，多少体坛英杰！振翮雄鹰，嘶风骏马，雷动惊弦发。珠峰万仞，试看谁更飞越？　　恰喜奥运精神，中华文化，异轨今同接。共向赛场争一搏，不诉人间兵铁，圣火光中，五环旗下，薄海心同热。和平寄望，五洲烽燧长绝。

张 燕

女，1955年生，重庆江津人，中文本科学历。现任重庆市万州广播电视报社副总编辑（职称：高级编辑），三峡诗社社委。

春 宵

寒月悬天外，风摇竹影长。
三更幽梦远，独向一枝香。

冬 意

几树寒梅瘦影横，天涯归鸟两三声。
清描淡写隆冬意，雪月风花酿晚晴。

乡 思

雁影江天外，孤舟暮水寒。
此间闻宿鸟，彼岸和秋蝉。
霜雾千帆冷，参商两处悬。
遥遥明月夜，何处是乡关？

春 桃

南岸桃花艳，盈盈别样红。
柔枝摇嫩叶，粉蕊点羞容。
轻叩芳菲雨，欣噙杨柳风。
春光先独占，何叹太匆匆？

夏 荷

悠悠池面月，袅袅夏塘荷。
碧叶摇晶露，红荧点玉波。
暗香弥暮野，清影伴渔歌。
幽雅娉婷态，飘然入梦河。

秋 菊

一簇篱边倚，亭亭见雅芳。
风高自摇曳，霜重愈柔刚。
冷蕊噙贞意，幽枝释暗香。
远尘悄隐逸，独占好秋光。

春 晨

春晨沐软风，漫步小桥东。
紫燕衔青柳，黄蜂戏白蓉。
舟轻划镜面，山远映湖中。
拾得新词句，吟开一萼红。

湘妃竹

　　湘妃竹（又名斑竹），其杆光润，上有紫褐色斑纹，竹之最贵重者。传说舜帝南巡，死在湖南，他的两个妃子娥皇、女英来到湘水边伤心痛哭，泪珠洒在竹子上，留下斑斑痕迹。湘妃竹由此而得名。

庭前清瘦竹，丽质本天成。
骨韵随风至，肌芳和露生。
扬枝瞻故土，落叶祭离人。
但见湘妃泪，斑斑乃血痕。

巫山十二峰

戊戌酷暑，重游巫山，行之江上，叠叠十二峰的眼帘。适日出风清，山长水邈；触景生情，诗意盎然；即兴提笔，一挥而就。

长江一脉水朝东，但见巫山十二峰①。
聚鹤集仙起云处，登龙飞凤望霞中。
松峦浮动翠屏远，烟霭上升圣泉淙。
妙用真人今可在②，朝云缥缈净坛空③。

【注】

①巫山十二峰：传说是王母娘娘的十二个女儿的化身。

②妙用真人：古代巫山百姓为纪念助禹治水的巫山神女，在飞凤峰山麓为她修建了一座凝真观（神女庙），"妙用真人"即巫山神女。

③后六句嵌巫山十二峰名：聚鹤、集仙、起云、登龙、飞凤、望霞（神女）、松峦、翠屏、烟霭、上升、圣泉、朝云。

品　茶

篱边石桌一杯茶，七片叶青三朵花。
沸水倾冲舒卷意，热情洋溢发新芽。
博收天地存精气，浓缩春秋储物华。
恬淡清馨君子爱，良宵品到月西斜。

咏 竹

几枝墨绿映西窗，春夏秋冬韵味长。

直节昂扬凌雪雨，高材挺立傲风霜。

修身正气贤人爱，傲骨虚怀美誉扬。

环抱一团根叶在，东南留待发新篁。

吟 菊

南山小径自哦吟，碧叶黄花白露噙。

诗有晚香篱下觅，蝶无冷翅蕊前寻。

红楼美色添新韵，紫月清辉泻雅音。

风雨无端缭旧梦，淡浓随意一秋心。

梅 魂

一缕馨香一缕魂，清幽淡雅着无痕。

冰肌冷蕊凌霜雪，玉骨贞姿傲风尘。

逸韵高标真隐士，孤芳绝俗俏佳人。

今朝幸得梅花谱，袖舞丹青更传神。

秋 吟

九月清霜洗月华，晚香淡淡女儿家。
鸳鸯有盏独斟酒，蝴蝶无双自贴花。
冷梦三更寻冷句，流云一朵倚流霞。
往来君子寻常是，携手谁人渡海涯？

忆江南·春二阙

（一）

春来早，云逐彩筝轻。日丽云飘花似锦，莺
歌燕舞草成荫。又是一年新。

（二）

春来早，绿了柳丝条，蝶扑蜂飞虫鸟唱，粉
芍白李小红桃。野外好逍遥。

卜算子·咏"神七"

神七问苍穹，长箭穿云啸。谁舞红旗宙宇间，
五角金星耀。　　科技敢争先，追月方知妙。待
到归来奏凯歌，把酒酬天笑。

张颢

重庆人，1931年生，大专学历，曾任中小学教师、校长，现为中华诗词学会会员、万盛诗社副社长，著有《山中石》《岭上松》《怪味歌》诗集。

擎天柱

毛邓开天定指针，江胡泽地播甘霖。
锦涛掀起和谐浪，家宝送来仁爱心。
默默雄狮声振宇，堂堂大国酒盈樽。
高端远瞩春风拂，虎奋龙骧贯古今。

咏神舟六号飞天

环球瞩目破天荒，智慧之光耀脊梁。
海胜放歌惊玉兔，俊翔倾酒醉吴刚。
嫦娥夜夜深宫冷，华夏朝朝吉地香。
北国南疆山水笑，神州步步创辉煌。

登峨眉感赋

恰值生辰八十年，云烟缭绕至峰巅。
林间鸟语声声脆，脚下猴儿个个缠。
冷眼何愁悲白发，昂头即可吻青天。
名山赏罢增归意，看透菩萨我是仙。

登长城

脊梁横亘万千年，烽火连天峻岭巅。
浩气悲歌惊魍魉，铜墙铁壁化云烟。
黄沙血染先人手，青史功垂后辈肩。
但愿干戈成玉帛，关山不碍月长圆。

丁亥之春回家乡喜赋

大山深处隐琼楼，孰谓当年"鬼见愁"。
柳絮舒春开笑靥，桃花露脸启明眸。
黄莺奕奕歌声脆，彩蝶翩翩舞兴稠。
最喜村姑迷电脑，祖孙畅想月同舟。

回乡偶感

少小离家已古稀，倚门静坐望东篱。
登山捷足君常早，赶马扬鞭我独迟。
雨雪冰霜全是水，酸甜苦辣尽成诗。
天高地厚方初晓，百味人生始自知。

应周一鸣、付安吉夫妇金婚征诗而作

沉沉闷闷屈君身，雨雨风风忍不闻。

坎坎坷坷临险境，凄凄惨惨入牢门。

辛辛苦苦拖儿女，冷冷清清恋故人。

死死生生何所惧，堂堂正正铸师魂。

人神鬼

天生万物自有人，古今无鬼更无神。

人神善意难驱鬼，鬼魅狼心巧弄神。

人鬼撕皮神撒手，神仙打架鬼联姻。

玄虚奥妙缘神鬼，呐喊长天黑脸人。

张文信

河南南阳人。1941年生,高级工程师,中华诗词学会会员,重庆市诗词学会会员。

贺杨利伟首航太空

英姿飒爽君真健,信步天庭谈笑间。
织女断梭抬望眼,嫦娥未语泪湿衫。
飞天幻梦千年久,利伟乘舟一日圆。
忍看地球村落小,誓留广宇谱新篇。

登泰山观日出

日没日出常日有,岱宗苍郁立千秋。
橙橙西壁沉落日,蔚蔚东瀛升赤球。
暮雨催归游客醉,晨星促起旅人稠。
极峰客栈天天满,秋去春来何日休!

乘船游长江三峡

刀劈悬崖万仞高,急流一叶逐江涛。
凭谁一指引航向?神女巫山笑正娇。

纪念欧阳修诞辰一千周年

独领诗骚日月同，千年流韵壮东风。
借来居士笔一管，飞舞神龙共点睛。

惊蛰登山

阵阵惊雷报仲春，生灵萌动长精神。
披襟拾级西山顶，手执斜阳绘彩云。

鹧鸪天·叶红

寒气侵人始见冬，山巅枫树伴青松。百花开
罢藏身影，一树红妍迎北风。　　江畔坐，钓鱼翁，
笑纳风雪在心中。闲来懒忆三春景，独爱悬崖霜
叶红。

满江红·念谭嗣同诞辰一百四十周年

日月经天，数千载、谁为人杰？刀逼颈、对
天长笑，气摇宫阙。难觅公车留迹影，唯看谭子
甘流血。唤国人、效死不徘徊，心如铁。　　变
法废，仇未雪。高气节，齐天月。一声春雷震，
千山俱裂。莫道维新雄图败，笑迎辛亥王朝绝。
上昆仑、把酒祭英才，山川咽！

沁园春·嫦娥一号

　　大地茫茫，玉轮遥遥，如浮如飘。望吴刚伐桂，汗流汩汩；嫦娥舞袖，云浪滔滔。地月相隔，八十万里，筑起乡愁万仞高。梦中泣，思金瓯如画，处处妖娆。　　长征三甲多娇，立月亮城郊山半腰。[①]送嫦娥一号，追逐王兔；歌谣卅首，尽领风骚。黄帝传人，英雄本色，搏揽风雷胜大雕。登月桂，请素娥归省，就在明朝。

【注】

①月亮城，西昌市的别称。

麦地护青

　　百亩青苗田里哭，严霜夜降土将酥。
　　我燃箐火烟如被，垄垄麦秧筋骨舒。

张大明

笔名安平，重庆青木关人。曾任重庆无线电五厂厂长兼党委书记，现为重庆好管家物业公司董事长，系重庆市诗词学会常务理事、中华诗词学会会员。

远 望

石峰陡立似刀成，野草苍松杂缝生。
折棘攀枝觅险路，临风放眼瞰渝城。
两江三岸高楼列，百里千丘稻禾清。
指点波涛翻卷处，心思搅起久难平。

1973 年 6 月

统 景

桃红李白菜花黄，细雨春风人已狂。
一路欢歌心荡漾，满车男女意张扬。
温汤十里沿山淌，翠竹万枝邀客忙。
蹦极凌空惊叹时，老夫不让少年郎。

2005 年 3 月

感怀二首

（一）路

秋风细雨雾沉沉，烂泥滑粘更恼人。
莫望天公施好运，跌跤只怪技非真。

（二）野菊

装点青山片片黄，清风一缕也飘香。
植根荒岭有人顾，结籽开花命总长。

2005 年 11 月

金刀峡

暗夜林间鸟啭频，通宵大战苦乐分。
悬心万步有艰险，吊胆百梯无安宁。
粒粒珍珠头上落，丝丝凉气耳边行。
风光无限迷人处，却是天惊石破情。

2004 年 9 月

小小虫

（一）

我本烦人小小虫，空间限定簸箕中。
无肝无胆无心肺，不是呼风唤雨龙。

（二）

不是呼风唤雨龙，怎分南北与西东。
梦中偶尔思飞跃，可叹身驱曲似弓。

（三）

可叹身驱曲似弓，夕阳权当早晨红。
枯肠刮尽丝难吐，我本烦人小小虫。

2006 年 3 月

开　会

岭上黄花细雨中，塘前白鹭恋长空。
品茗尝柚催发展，究底刨根辨异同。
实弹真枪行酒令，虚情假意迷魂功。
物竟天择谁可改，大浪淘沙唱始终。

2005 年 11 月

大 旱·2006 年夏，重庆特大旱。

一百年间大旱灾，三千里地漫尘埃。
禾苗枯死收成绝，人畜心焦盼水来。
探泉打井寻甘露，送水捐粮有将才。
唤雨呼风神话事，官民抗旱金石开。

汶川大地震三首

(一)

地裂山崩屋宇倾，惊天惨景世人惊。
爱心捐赠狂潮涌，南北东西都是情。

(二)

绿白红橙灰紫青，中流砥柱子弟兵。
生灵抢救分分秒，没有硝烟是战争。

(三)

陆海空军听号令，忘生舍死志成城。
全球四处多灾祸，且看神州十亿情。

2008 年 5 月 12 日

【注】

绿: 解放军, 白: 医务人员, 红橙 消防特警、专业救助队,
灰紫青: 公安干警及其他人员。

驯 牛

清明时节圣灯游，路遇农夫赶小牛。

负犁耕田肩上重，挥鞭击背意中柔。

昂头噙泪鸣辛苦，驻足侧身动隐忧。

2007 年 4 月

洪 灾

（一）

雷暴雨狂惊神鬼，渝州儿女把天撑。

抗灾之后思量久，颠倒乾坤祸起人。

（二）

打破平衡殃自身，灭顶之灾似转轮。

若将欲壑都填满，天上人间哪有人？

2007 年 7 月 17 日

有 感

寒江不语向东流，怎耐乌鸦噪更愁。

世上林间同样冷，随它是鸟或是猴。

2007 年 1 月 19 日

餐　船

文朋诗友聚渔舟，妙语华章水上流。
老者初吟唐宋句，巴巴结结不觉羞。

2007 年 1 月

天净沙·戏作

香风华服鲜花，佳肴美味伦巴，宠物名居宝
马，台前灯下，有闲人打"机麻"。

天净沙·戏作

透风漏雨人家，锄头粪桶泥巴，儿女读书泪
挂，打工南下，讨薪却上高塔。

张玉林

　　苗族，重庆彭水人，1946年生，1964年参加工作，退休前任重庆市黔江区政协学习文史委主任，中华诗词学会会员，重庆市诗词学会副会长，重庆黔江诗词楹联学会会长，著有《有容集》、《有容斋诗集》。

诗　观

有兴即吟诗，情真不怕嗤。
自然通大道，甘苦寸心知。

晨窗鸟语

莺声惊晓梦，曙色吻纱窗。
山鸟频呼唤："哥哥快起床！"

学禅偶得

胸阔笑声润，欲清禅味浓。
菩提何处觅，佛在我心中。

寄友人

别后期华翰，几回泪纵横。
梦阑思远客，轻唤两三声。

耳顺吟

（一）

耳顺人生乐，风和世味甜。
有书真富贵，无虑小神仙。

（二）

匆匆花甲满，灿灿履痕香。
往事心无憾，前方路更长。

诗 梦

(一)

摘片白云填素词，此情唯有自家知。

盼来天上及时雨，降到人间便是诗！

(二)

此生有幸作书痴，朵朵心花入砚池。

魂与谪仙相接处，经常梦里也吟诗！

诗 迷

诗山韵海乐逍遥，炼句熔词兴致高。

炎夏清凉冬不冷，灵魂深处有空调。

诗 瘾

灵感飞来梦境香，柔情蜜意入诗囊。

心如止水求平淡，一遇知音又放狂。

秋月吟

（一）

明月悠悠照大千，神怡心旷欲成仙。
欧风美雨皆如画，总觉神州月更圆。

（二）

桂树婆娑景万千，诗情画意醉中仙。
婵娟万里相思梦，月正圆时梦也圆。

山妻颂

米面油盐葱蒜姜，锅边手艺大文章。
遍尝天下珍馐味，还是山妻饭菜香。

夏屐

入夏年年穿草鞋，通风透气乐悠哉。
心无芥蒂海天阔，大笑一声诗就来！

春 晨

拂晓登高约太阳，白云邀我叙家常。
清风听见悄悄话，笑送山花阵阵香。

有容斋

陋室书斋号有容，历经挫折倍兴隆。
人生多少麻烦事，都付开怀朗笑中。

自 吟

骀荡春风花万枝，躬逢盛世正当时。
老夫多少贴心话，蹦出胸膛就是诗！

大理行

雅兴秋游大理州，苍山洱海梦悠悠。
金花一笑思千里，销尽浮生万古愁。

春日读唐诗

千秋老友喜重逢，味道年年总不同。
握手谈心尤拥抱，桃花笑得脸飞红。

诗　趣

乐咏意何之，天天一首诗。
水穷山尽处，灵感韵来时。
魂动笺先觉，情怡笔早知。
慧心生雅趣，万物俱相思。

夜　吟

宵吟韵味长，诗笔诉衷肠。
五内辉光溢，六根明慧扬。
性灵驱寂寞，心地自清凉。
一纸书天籁，三更入梦乡。

西沙步行街

穿双水草鞋，游咱步行街。
绿树萌诗意，喷泉洒玉台。
土家哥子俊，山寨妹儿乖。
欢乐毕兹卡，恭迎远客来！

家聚小饮

文人邀客饮，档次不须高。
搞碟花生米，来盘泡海椒。
侃吹皆趣事，谈笑起狂潮。
半夜龙门阵，一壶包谷烧。

含饴弄孙吟

业余乐天伦，爷孙得其所。
悠哉老顽童，细品开心果。
亲情甜如蜜，痴心红胜火。
名为我带孙，实是孙诓我。

新纪神州吟

华夏履新喜事多，党生八秩等闲过。
京都办奥萨翁笑，国足冲关米帅歌。
上海唐装群脑靓，多哈锤响万邦和。
羊城九运诸雄聚，滚滚洪流涌浩波。

神 龟 峡

（一）

壮游龟峡觅芳踪，百里长廊造化工。
峭壁抹霞红霭霭，翁林夹岸郁葱葱。
谷幽水碧粼粼浪，河曲舟轻淡淡风。
前望方疑临绝境，转弯又入画图中。

（二）

寄身奇峡似参禅，逸兴回归大自然。
绝壁有情书国画，碧波无语映仙山。
神思崖树化心苦，细品林泉识味甘。
原始景观欣素朴，满怀淡泊写明天。

古稀老伴同上老年大学

征途漫漫影成双，五十年前吃喜糖。
银发夫妻齐上学，金婚伴侣又同窗。
翩翩起舞心花艳，娓娓吟诗韵味长。
无虑无忧娱晚景，活他百岁也平常！

看电视剧《海瑞》有感

千秋封建叹朝庭，皇帝是人不是神。
憎谏憎批憎正直，喜吹喜捧喜逢迎。
严嵩放胆倾城富，海瑞空怀报国心。
可笑书生难醒悟，几朝天子爱忠臣！

忆江南·湘西吟

吉首好，最好是湘泉。四秩艰辛兴伟业，三
杯"酒鬼"驻红颜。一醉五千年！

如梦令·逍遥三步曲

（一）晨韵

快步河堤修炼，出点毛毛香汗。早膳不沾荤，
回屋简单操办。清淡，清淡，小米红苕稀饭。

（二）午眠

恬静吃完中饭，顿觉有些疲倦。收拾即登床，
感应梦乡召唤。轻便，轻便，径入神仙宫殿。

（三）夜修

看罢新闻联播，移步容斋闲坐。宁静读诗书，直把欲城参破。思过，思过，笔下来些"干货"。

一剪梅·花甲感怀

步履匆匆六十年，半世皆难，万事皆难。人生况味苦中甜，心不愁烦，泪不轻弹。　　沧海桑田慕古贤，一不争权，二不贪钱。胸宽体健结仙缘，自撰箴言，自品清泉。

张长炯

号耿斋。重庆江津人，1919 年 5 月 22 日生，国立中央大学中文系毕业，重庆第一师范学校高级讲师（现重庆师大退休教师）重庆北碚区老年诗、书、画研究会会员、重庆市诗词学会顾问。著有《耿斋散曲集》《耿斋唱晚》《耿斋散曲全集》等作品多部。

[中吕]卖花声·杭州西子湖

青山叠叠湖腰抱，古木森森岳庙高，碧波点点画船摇。西施多俏，慧娘堪悼！喜今朝世间新貌！

[中吕]山坡羊·武汉东湖

天高云淡，湖宽山远，柳堤十里人如线。百花园，舞翩翩。行吟阁下频频奠，画舫徐歌轻调啭。悲！屈氏冤！欢！今世妍！

【注】

东湖畔为纪念屈原建有"行吟阁"

[双调] 沉醉东风·雨后游骊山华清池

雨洗骊山旖旎，风摇池水涟漪。柳丝垂，亭台丽。　想当年明皇杨妃，私语良宵七月七，正在那长生殿里！

[仙吕] 一半儿·案头蜡菊

瓶中斜插一丛花，镜里光摇百朵霞，婀娜笑迎陶令夸。细甄查，一半儿形真一半儿假！

[双调] 水仙子·胜券全操

啦啦队喊叫震如潮，裁判员笛声响特高，飞球箭射人称妙。忽低传突快抛，哗啦一声狂嚣，小梁艳回身短吊，猛姜英腾空重敲，啪嗒一声五连贯胜券全操！

[越调] 醉扶归·别了，彭定康

薄暮愁云罩，督府意寂寥，一阵哀乐米字旗儿灰溜溜地落下了，彭定康低头捧旗把眼泪偷偷掉，霎时节人影车儿顿消，看那紫荆花开得愈加鲜俏！

[正宫] 鹦鹉曲·耿斋吟

缙云山下咱家住，是一个不逢遇的伧父。盛年时困顿蹉跎，年既老笑问晚霞朝雨。　　（幺）春和秋叶落盈阶，喜鸟语花开花去，远尘嚣更觉心闲，唱几曲巴人巧处。

张正伟

辽宁省本溪市人，1971 年生，2008 年初迁开县。习书之余以诗歌自娱。

西湖春柳

长忆浙东山水异，小瀛洲里四时春。
多情最是西湖柳，装未梳成不嫁人。

西湖之夜

望湖楼阁一杯酒，洗尽铅华和古今。
索句漫随花雨路，一轮明月照天心。

西湖归来

问君何所适，留我是钱塘。
检点无余物，唯存诗一囊。

登开州南山

立定脚跟心更宽，人生最是肯登攀。
随缘漫拾新诗句，我在巴山蜀水间。

戊子春游盛山公园

故旧文章不足希，年来吟赏只尤痴。
斜风细雨迷幽径，为看花坞桃半枝。

重游栖霞岭

振衣重上栖霞岭，已是萧萧草木稀。
但把尘劳挥手去，任凭思絮向云飞。
可怜万里寒山瘦，尤爱一川红叶肥。
点点小青君记取，春来处处尽芳菲。

西湖印象

十里烟波湖上柳，六桥春色水中天。
桃花渡口飞香雪，明月歌声入画船。

送 春

新绿枝头青杏小，梨花带雨下三巴。
留春不住随春去，却向清溪数落花。

吊曼殊大师

曼殊墓在孤山北，隐入青葱人不知。
红绿枝头花泣血，烟波摇荡觅君诗。

三角梅

一树花开一地红，花开花落亦从容。
常将此事比人事，自在随缘任大风。

闲情偶寄

夜来风雨打江波，半饷偷闲画碧萝。
写尽红蓼无尽意，再添新藕待新荷。

中秋望月之一

但爱中秋月，谁怜玉女悲。
两行红粉泪，夜夜洗胭脂。

中秋望月之二

莫道相思苦，相思何处寻。
今宵秋月净，万里照同心。

张为善

重庆綦江人，1931 年生。1960 年毕业于陕西师大生物系，留系执教。1983 年调渝州教院，任生物系主任、副教授。中华诗词学会、重庆诗词学会和永川诗词学会会员。

咏北京残奥会

自强自立志成城，浩荡旌旗上北京。
独拐撑开新记录，双轮推走旧人生。
结缘奥运残非疾，怀梦五洲苦是情。
竞技赛场非为奖，残联旗下满天星。

丹顶鹤

文采神州钟物秀，仙乡飞出雪鸾容。
清虚仁益千年寿，华岳谊邻万壑松。
漫舞穿云初日白，高歌蹈浪暮霞浓。
羽衣素玉天姿色，最贵冠心一点红。

中秋情思

至情无限意，最是月明时。

地角光何满，心潮静欲思。

月圆人入梦，海阔梦来迟。

笑泯恩仇日，相期永不离。

南泥湾

临危受命南泥湾，果满荒山谷满原。

花惹双飞灵燕子，呢喃昵叫小江南。

馆娃宫

馆娃宫里管弦初，缱绻依依似欲无。

爱海情天千古恨，三千越甲可吞吴。

改革开放抒情

（一）

凤舞龙飞三十年，年年丝管奏和弦。

麒麟漫步长安道，朗朗北辰玉宇悬。

（二）

气爽山明雾霭无，源清水秀九州殊。
花妍还得清风拂，禾美尚须革弊锄，

（三）

滚滚黄河清有日，长江北上访中原。
平湖神女倾情顾，三峡光辉赤县天。

飞 花

晴光变幻草花滩，烁紫萦金彩焕间，
恍惚鲜花飞碧树，定睛元是蝶翩翩。

急 管

急管繁弦日，寒潭映月心。
朝迎千里白，暮送五洲云。

渔 夫

桨拨双波翠，网抛一朵花。
银鲢舟里跳，肴美自先夸。

张代玉

女，重庆永川区人，1934年生，小学高级教师，永川诗词学会会员。

夜宿白云寨

夜宿白云寨，清晨览玉容。
雾填深壑满，云涌密林濛。
风拂鸟翻飞，日暄花吐红。
青城无限意，游人入葱笼。

绘画有感

光阴似箭岁翻新，我爱丹青忘老龄。
再现梦中花世界，满园春色荡胸襟。

观济南趵突泉

得天独厚济南城，泉水潺潺地下生。
小似珍珠成串串，大如元宝涌澄澄。
悠悠慢慢池中冒，沸沸腾腾釜内蒸。
趵突奇观闻四海，护源环保水长清。

瞻仰红岩烈士墓

歌乐峰高浩气存，青山郁郁伴忠魂。
丰碑一座昭千古，不尽松涛鸣至今。

山村新貌

白雾漫山山似龙，蝉鸣阵阵水淙淙。
参天银杏松为伴，匝地弥桃栗作朋。
绿树丛中靓村墅，康庄大道广交通。
扶贫政策人心暖，九顶山前花正红。

弘一法师

山深林茂远尘喧，落发为僧虎跑泉。
书画诗词堪妙手，乐章剧目有遗篇。
亭前仰止怀高士，馆里流连缅哲贤。
横溢才华名四海，孤灯黄卷意何虔。

登泰山

(一)

古稀结伴登山去，万仞天梯叹路难。
索道腾空云雾绕，天街游客走云间。

(二)

天街游客走云间，俯瞰千重郁郁山。
日照群峰金灿灿，顿消尘虑似神仙。

张发安

　　字华安,笔名秋叶红也,四川巴中市人,生于1938年1月,副教授(退休),重庆大学晚晴诗社社员,重庆诗词学会会员。与同行合编《文学基础理论》《巴蜀旅游文化》。

山城夜景

水绕都城月笼纱,云霞火树万千家。
山从人面高出顶,回首江流夜看花。

世界第一跨

彩霞虹拱碧天横,数万人流步道行。
观赏桥都生感叹,惊天一跨亮山城。

重庆花卉园

昔日本农田,今成花卉园。
山城一肺叶,负氧益天颜。
花好出佳丽,寿长源自然。
城乡共一体,引导创新天。

新重庆

山城腹地大田湾，五彩缤纷建筑妍。
大会礼堂多气派，博观三峡异珍传。
下穿车辆如潮涌，广场游人似等闲。
重庆敢当三角大，龙头西部跨前沿。

朝天门大桥

山城门户大桥铺，江跨虹霞水跳珠。
壮丽岿然天下冠，中华雄起一桥都。

洪恩寺公园

翘首山城第一高，万株花树漫山腰。
中秋赏月飘金桂，醉倒嫦娥下九霄。

磁器口古镇

江滨矗古镇，吊脚楼竹林。
佛殿漫香雾，画坊淘性灵。
满街茶艺客，深巷酒狂人。
刎颈将军立，魂留巴国门。

嘉陵江渔歌

嘉陵江水绿悠悠，三月春荒欲断流。
沙白渚清鱼产子，老翁也把钓钩收。

张安福

男，籍贯：四川遂宁。1943年2月生于重庆。于1959年参加工作至2000年退休。曾任重刚车间主任。现为重庆市诗词学会会员，合编著《一粟馨香》一书。

月　夜

繁星点点闪晴空，一片蛙声田野中。
银色洒池塘水碧，微风轻拂兴尤浓。
借光信步漫移动，暗觉稻花香气融。
两眼惺忪人顿倦，鸡声唱晓月胧朦。

建文峰

建文峰险壮南泉，虎啸飞泉珠挂帘。
绿野芬菲映碧水，花溪河畔景奇然。
俊男靓女相依恋，翠柏青松绕岗峦。
风送花香香四溢，傍溪卧石听鸣蝉。

杜甫草堂

千古草堂万世仰，西郊城廓可寻踪。
名齐太白誉诗圣，锦锈华章树正风。
命蹇偏逢离乱劫，长期寄寓在川中。
荒村茅舍安然度，虽亦清贫无动衷。

太白祠

林荫幽翠映蓝天，绿水青松如画悬。
太仙遗祠皆敬赞，刀溪磨练育诗仙。
才华横溢如苍海，冷眉斜目对宦官。
不为权门再谱曲，逍遥自在畅周天。

窦团山

三峰鼎立接云端，独领风骚眼界宽。
钟磬悠扬传寺外，信徒叩拜跪台前。
五狮盘岭扬眉舞，百鸟飞翔绕殿旋。
一线天门游子过，回头惊叹景天然。

成都观书画展

名家翰墨大挥毫，书苑画坛技艺高。
德艺双馨堪典范，山河花鸟分外娇。

梅　雪

窗外梅花迎雪飘，山峦旷野裹银袍。
梅先含笑解妆后，大地复苏万物娇。

登上歌乐山云顶寺山峰

登临峰顶彩云间，俯瞰沙坪醉眼帘。
伸手撕来绫一片，英魂遥祭舞翩翩。

张邦照

重庆市荣昌县人，1942年生。中华诗词学会会员，重庆市诗词学会会员，荣昌县诗词楹联学会常务理事。

全国抗震救灾表彰会感赋

玉阶金殿奏强音，重彩特书华夏魂。
浩气惊天秋雨骤，却缘神女泪倾盆。

春 灯

七彩情倾现代城，春风一度满华灯。
霓红闪耀龙王殿，光焰窥探玉帝庭。
天女散花羞技老，仙翁铺锦恨功轻。
乾坤朗朗世人醉，万紫千红照太平。

清明祭 (新声韵)

青松翠白掩陵园，浩气英灵罩宝山。
忠骨捐天天不老，丹心赋地地长安。
丰碑垒壁国身正，显誉填基政体坚。
先烈凌云观盛世，交集百感泪如泉。

观隆昌石牌坊有感

石坊群立县城中，历尽沧桑气宇雄。
德政标青民拥戴，孝贞旷世帝嘉封。
弘扬善美千秋业，褒誉贤良百代功。
烈女节操诚可贵，丰碑滴血祭遗踪。

追梦七宝岩

久闻七宝水垂帘，梦里依稀见洞天。
冒雨登临极目眺，飞流未晓向谁边。

棒棒礼赞

直来直去不卑躬，车站码头处处雄。
偏喜力哥油汗味，总嫌娇妹粉脂风。
羞依高第撑颜面，甘进柴门藏影踪。
厚土养成钢骨气，铁肩结伴傲天公。

屏前同哀

泪眼昏花凝视屏，木雕泥塑也心惊。
罹灾历险苍生难，抚幼托孤羽翼情。
百亿善捐匡赤地，万千义士救危城。
国殇三日半旗降，无处不闻哀泣声。

鹧鸪天·幼儿接力赛 (新声韵)

雪雨严冬初放晴，幼儿接力赛飞鹰。俯身一气奔终点，昂首全场报掌声。　　先踏线，第一名，欢声笑语似雷霆。四龄小子豪气壮，敢与刘翔赛几程。

张兴茂

笔名松青，号海川，生于 1942 年 10 月。重庆市奉节县人，奉节中学高级教师，夔州诗词学会副秘书长，已出版《松青诗稿》六集。

喜闻我国登山队再登珠峰成功（古体）

风卷残云逐日开，摊纸挥毫尽抒怀。
酒酣击节歌盛世，珠峰又传喜讯来。

登白帝山

轻纱薄雾艳阳天，信步登临白帝山。
滟滪回澜今何在，铁柱空锁夔门关。
千艘巨轮穿峡过，涛声汽笛震东川。
万国衣冠接踵至，刘备托孤像宛然。
遥望川江来天上，俯瞰峡江无险滩。
层层彩云映赤甲，古城从此换新颜。

缅怀长征 (古体)

马啸长空惊天地，气吞山河泣鬼神。
奋战二万五千里，华夏自此振乾坤。
牢记当年创业苦，代代传承民族魂。
生于忧患死安乐，勤政廉洁炼真金。

新县城第一个除夕夜 (古体)

新城楼房层层高，江边排到半山腰。
家家门前楹联挂，户户烟花冲云霄。
迁居新城第一载，十万市民乐陶陶。
平湖高坝指日待，满城桂香柳絮飘。

诗城人民迎总理

艳阳高照小阳春，诗城儿女动欢心。
彩旗飘飘迎风展，掌声如雷迎亲人。
总理关爱老百姓，移民家中亲问询。
油盐柴米酱醋茶，句句话儿暖人心。
衣食住行都问遍，鼓励直向小康奔。
心系百姓好总理，锦绣江山万年春。

新夔州（古体）

高峡长湖碧水天，万仞赤甲耸云间。
汽笛声声响耳畔，轻纱薄棉盖峰巅。
滟滪凤凰潜江底，码头上移宝塔边。
八阵图上迎宾客，幢幢新楼排满山。

由万州乘飞船返奉（古体）

春风吹绿万山头，平湖坦荡好行舟。
四百华里眨眼到，一杯香茶未下喉。

自度曲·瞿塘感怀

　　白帝彩云，为诗仙千古叫绝。夔门月，雾绕
云遮，惊涛飞雪，锁江铁柱迁高台，古象遗骨今
发掘。忽游人指望粗钢索，"双飞跃"。①托孤事，
早湮灭。竹枝词，镌石刻。驱倭兴中华，全面改革。
天下游人均稀客，车来船往夜未彻。笑此时古庙
成佳丽，多亲热。

【注】

①指柯克伦、阿迪力徒步跨越长江。

张金河

重庆开县人，1947年2月生，中学退休教师，开州诗社社员，中华诗词学会会员。曾编纂《开县温泉镇志》、《开县交通志》。

小孙张可

孙女张可五岁，去广州二年矣。日间忙碌犹可，静夜思念难胜，起而记之。

一去经年念小孙，梦中俏语更时闻。
醒来犹有鬓边泪，隐隐还听唤爷声。
适与羊城通电话，细听可可报捷音。
幼儿园里红花艳，让你猜猜戴几回。
孙女新年需礼品，小车遥控样模新。
悄声问可啥回我，在你额头狠狠亲。

旧城拆迁大爆破

千载古域一日摧，高楼转瞬瓦石堆。
横江大坝殊寰宇，别绪泪珠为国挥。
万众风雨别故苑，漫天尘雾藏腹扉。
明年洪至成云梦，激滟湖光尽霞辉。

大 道

撰《开县交通志》夜不寐，起而信笔书之。

呕心沥血夜难眠，修纂良书遗后生。
做事原来做品性，为人究底为精诚。
慈航普渡慈航渡，大道修成大道成。
笔后静思今与古，无情除去是真情。

自度曲·感赋二〇〇八年

神州卅年，沧桑巨变，看大江截流，高峡成平湖；九天揽月，凌霄传天籁。祥云护奥运，百年梦圆。人为本，建和谐，灭腐败。党群一条心，建和谐社会，今日中国，举世钦羡。想文景治，开元盛，怎比得改革开放，新纪元。　　月有圆缺，自古难全。冰雪乱舞湘贵苦，地震狂癫西川泪，洪水肆虐江淮难。十三亿人一脉亲，众志成城英雄汉。重建新家园。党恩深，民情厚，军威壮，国运健。华夏好大地，赤旗更鲜艳。悲喜同岁，二〇〇八，堪纪念。

张志一

璧山县人，1923 年生。南京国立政治大学毕业。曾任中学校长、大学教师。中华诗词学会、重庆市诗词学会、四川省诗词学会会员。曾任璧山县金剑山诗书画社副社长、秘书长。著有《绍炎诗文存》。

山城春日

镇日山城烟雨漾，行人道上色匆匆。
春光乍透街头树，一派生机绿未浓。

沙坪赏菊

沙坪赏菊趁秋先，百态千姿艳众芳。
未必名姝皆绝色，经霜老圃久留香。

访重庆大学城 二首

(一)

深深绿荫觅黉宫，处处崇楼气象雄。
凤翥龙翔呈胜景，巴山一脉壮东风。

(二)

擘窠赫奕著林森，题写楹门记史乘。
学府沧桑余往迹，恢宏此日势干云。

渝北统景记游

斜风细雨打舱来，画舫轻摇去复回。
夹岸青山移影过，何殊三峡水一隈。

画家吕凤子抗战时办学璧山

烽烟奔栈道，璧水授丹青。
夜月弓桥影，弦歌土屋声。
美哉蜀正则，至矣凤先生。
仰止江南岸，斯人遗范存。

文　坛

何处非尘网？文坛擅胜场。

名山千载业，佳句几多行。

彩凤高梧集，亢龙豪气扬。

春江花月夜，郎朗自清芳。

有　赠

人世知音少，灵犀一点通。

狂吟抒慷慨，妙语寓深宏。

历尽沧桑变，无忧圣道穷。

巴山冬雪霁，和煦遍春风。

祭　母

萱帷空寂渺家山，陟屺追思泪欲潸。

幼小娇怜逾犊爱，聪明自负误鹏抟。

馨香奉献终余恨，菽水承欢竟绝缘。

劳瘁毕生成一恸，临危犹唤儿连连。

重游南温泉

重到南泉故地游，当年弦诵忆同俦。

花开叶落风兼雨，燕去凤还春易秋。

佳侣联芳探曲洞，群峰竞秀荡轻舟。

归时且向大桥过，万里江天一望收。

沁园春·抒怀

正值春光，园里花红，峰顶松青。望大江东去，波翻浪涌；朝阳喷薄，霞蔚云蒸。几度星霜，一天风雨，多少长宵愁拥衾。回眸处，对蛾眉浅笑，无限柔情。　　心潮激荡难平，怅清寂高空月半明。忆都门旅寄，挑灯经史；郊原客思，敝屣功名。飘泊山川，行吟湖泽，只剩南荒九死身。堪幸也，有书声琅琅，铁骨铮铮。

浣溪沙·大学校友聚会二首

（一）

记得蜀山吴水游，青春放浪不知愁。迷茫风雨只悠悠。　　同忆前尘空幻梦，重温往迹会渝州。笑谈相对鬓都秋。

（二）

夜话西窗恰少年，春光曾共秣陵边。孤帆远影去台湾。　　寄旅天涯知倦否？何时明月照君还？人间堪恋是家山。

自行车队上学

乳燕翩翩迅电驰，红妆少女浴晨曦。
轻轮飞转花团舞，急切童心上学时。

张忠海

1940 年生，重庆市大足人。原于望江机器厂参军，后供职中国船舶工业总公司隶属单位，时任工程师。系中华诗词学会会员、重庆市诗词学会理事。

巴山渝水竞放歌·庆重庆市直辖十周年诗词朗诵会纪赋

时贤雅集翠亨楼，朗朗佳音同唱酬。
才咏巴渝亮清嗓，又吟山水展诗喉。
流霞临牖铺华彩，飞鸽停檐频点头。
解放碑钟传远韵，和鸣兴会响神州。

牛年桃岭春来早

和风轻抚桃花岭，柔醒初蕾秀靥新。
碧涧红云映人面，黄莺紫燕奏芳春。
牧童弄笛空山应，村寨迎朋腊味烹。
开宴说牛牛气旺，倾杯不醉醉乡音。

登临重庆平顶山

云顶琼楼生紫烟，临风放览尽平川。
嘉陵江绕千间厦，歌乐峰翻万顷澜。
燕剪芳林玉兰寨，莺穿茂树杜鹃山。
俗尘一抖凡心净，小聚农家沽酒欢。

重庆缙云山行

松涛竹影舞婆娑，秀色袭人花树遮。
宁静鹃啼寒谷应，清凉风抚鬓丝摩。
林间无迹空山语，绝壁有踪凌顶歌。
别有民风乐天地，桃云缭绕酒家多。

大足宝顶山行吟

驱车又上万重山，缥缈蓬莱岚雾间。
画阁唐风新市井，香街宋韵旧时幡。
森森翠柏藏古刹，片片红榆织锦天。
石刻佛湾迷复路，导游笑指白云边。

永川茶山竹海雪

峰青峦翠迎飞雪，玉干琼枝笑寒彻。
静谧茶山白絮铺，喧腾竹海碧波歇。
疏篱忆菊竞霜华，蹊径寻梅绽春色。
银野茫茫几艳红，扬巾舞袖燃情烈。

回望江

同赴铁山临望江，激流破峡浪高扬。
一溪柳岸林楼秀，十里画廊梅竹芳。
访友坦诚钩旧事，问朋发奋续新章。
插花弹壳窗台诉，几度沉浮时运昌。

眷　恋

偕老相依手牵手，青春回味那年头。
一张旧影戎装伴，两颗同心鸾凤俦。
北国南疆戍边恋，西厢东阁寄情柔。
回归故里长厮守，夕照青山风韵流。

行香子·重庆人民广场晨曲

旋转华楼，舞动广场。最欢乐，旭日阳光。花团锦簇，黄桷绿冠。听灵之雀，音之爽，韵之扬。　　英姿健美，争抢镜头，痴迷了，金发女郎。渴求操练，加入阵行。一会儿拳，会儿剑，会儿枪。

张昌畴

笔名龙山，重庆市开县师范学校高级讲师，中华诗词学会会员、重庆市诗词学会理事、开县诗联学会会长、编著有诗集《军神》、《龙山诗稿》、《开州文韵》及文集《开县人文》、《开县民间文化》等多种。

高峡平湖游

大江水缓绉千层，高峡平湖浪不分。
极目兰天数白鹭，立身渡口看浮云。
登山漫步谒新庙，取道回城访旧邻。
老少偕游成雅趣，难忘夜雨话巴村。

澳门环岛游

南国西山已报秋，澳门环岛泛舟游。
琼楼倩影随波涌，舞榭歌喉逐浪悠。
入夜霓虹光若昼，通霄杯盏声不休。
从来纸醉金迷地，留下世人多少愁？

参加世界养生科学大会

年逾古稀气尚豪，舞文弄墨胜闲聊。
科学大会结新友，国际论坛少旧交。
言有创新文乃贵，人无矫饰品方高。
无心卖弄班门斧，断稿残篇四海飘。

赠红红烛园退休教师

红烛园中红烛光，四围桃李稻花香。
村居老圃身优健，林下园丁业未荒。
旧帽遮阳除夏草，荷塘漫话纳秋凉。
迎宾作食有佳味，腊脯山蔬城逊乡。

赠学生赵勇

入夜春风细无声，满园桃李尽含英。
临池玉树枝独秀，经雨琼花叶更青。
有道雪冰寒于水，须知学问始从精。
鲲鹏自有凌云志，展翅高飞奔远程。

吟笼中画眉

画眉天赋美容姿，双翼从来未展施。
健足只归腾跳用，歌喉专为逢迎嘶。
起居有赖人关照，食饮无须自主持。
猥琐甘当笼内鸟，不知是智还是痴！

采桑子·师魂

孤灯寒夜秋风紧，盼到黎明，送走黎明，字里行间费苦辛。　　讲坛情系教师魂，怕度黄昏，又是黄昏，舌敝唇焦又一春。

水调歌头·廉政颂

国泰民心顺，官好境宁安。和谐社会营建，为政尚清廉。试看古今中外，德法兼施治国，立党为公先。廉洁韵青史，腐败坠深渊。　　当公仆，讲奉献，勿贪婪。以人为本，切勿滥用手中权，迷恋风花世界，拜倒名利脚下，滩险泛孤帆。任尔心机巧，难逃纪监关。

留别老年大学诗词班

余在老年大学诗词班执教一年，旋因他事辞去，临别时赋诗一首以赠之。

弄斧班门整一年，析章觅韵共钻研。
愧无善教传真谛，勉为佳作探本源。
犹记登山寻盛字，难忘把酒联诗天。
留别寄语多珍重，莫让夕阳隐暮烟。

耳聋叹

今春突感听力下降，作诗自嘲，并非悲观厌世之语也！

近日突然病耳聋，重三道四意方通。
不闻废话堪称智，少听闲言也算聪。
心照何必多费舌，情深尽在不言中。
船停港口车停站，管啥东南西北风。

嘲自画

晚年兴致爱涂鸦，可叹工夫未到家。
画虎虽成头类犬，绘鸡不像尾如鸭。
老妻拍手捧腹笑，小女违心翘指夸。
劝尔后生多记取，书山有路学无涯。

应邀参加《三峡诗社》

此生品性少人知，执着耕耘情太痴。
领步艺坛君辈早，跻身文苑我独迟。
热情渐冷乏佳句，壮志将灰无好诗。
才入班门初弄斧，聊作朋辈笑谈资。

游阳朔世外桃源

漓江绿水南溪山，世外桃源别有天。
舟驶碧波通石洞，歌发峻岭震龙潭。
杨柳轻风稻菽浪，妪翁长寿期颐年。
竹林茅舍无忧患，不羡高官不慕仙。

【注】

在此居住者有多名百岁老人，为我国著名的长寿村。

鹧鸪天·致老编辑

眼布红丝发染霜，夕阳送走亮灯光。敢为病
砌动刀斧，乐与琐繁开处方。　纸满地，书满床，
为谁辛苦为谁忙？冥思苦索浑不顾，一卷编成方
下岗。

花仙峡赋

花仙峡谷在开县东里清江上游，幽深奇绝，风景如画，系新发现的"神秘峡谷"。

龙溪河上有深谷，芳名花仙隐丽妹，沉睡时间无从考，地质年代远胜蚕丛与鱼凫。悬崖洒下晴天雨，聚为小溪变飞瀑，天长日久成水路，流入清江达夔巫。　　君不见，两岸壁立如削斧，四围高山相对出，峰雄岩险空气净，潭深滩浅无尘污。原始林木多奇树，盛产药材与香菇，奇花，异草数难计；千姿百态可以入画图。　　又不见，怪石嶙峋如天姆，高低有序势相扶，百鸟争鸣蜂蝶舞，猿猴嬉戏互追逐。春来山花红烂漫，夏至绿阴凉体肤，秋到遍山红叶老，冬日积雪掩藤枯。山重水复路觅路，溶洞幽深孔难入。全峡分上为中下，奇特景点如连珠。　　吁嘻乎，借问花仙峡谷美何如？生花之笔也难书，我今且作花仙赋，难显花仙真面目。为使峡谷奇景早披露，聊用拙笔为之鼓与呼！

张笃均

1939年5月生，重庆市忠县人，曾任重庆市北碚区人民政府办公室主任、区政府副巡视员，中华诗词学会会员、重庆市诗词学会理事。

水调歌头·中秋寄语海外同胞

高旷青天静，游目醉金秋。佳期圆月，寒魄清辉盈九州。倩影湖光沉碧，野草山花不语，遐思无尽头。玉兔传书信，悃愫不胜稠。　　青山远，碧海阔，水悠悠。途程万里，灵犀一点作飞舟。夜梦蟾宫笑语，摘取桂枝在手，把与骨肉酬。明日尔归否？萦念似江流。

念奴娇·庆香港回归

百年风雨，不忍见、历历烽烟残月。铁蹄声声，肠断处、悲恨金瓯瓜裂。珠港蒙尘，国人震憾，满目寒霜烈。弹铗壮士，赤心滴沥丹血。　　经世奇耻尘污，从容计日间①，天河长别。海际天涯，华夏子、谈笑　"米"旗倾折。五岳高歌，长江狂起舞，九州欢悦。金樽频举，山河漫卷春色。

【注】

①　"计日间"。指香港回归前的倒计时期间。

渔家傲·六旬寿庆感赋

忽逾花甲如梦缕，胸中岸壑一何几？感慨人生沧海旅，晴和雨，风尘漠漠生眉宇。　　翠玉银花琼酿里，儿孙奉祝千般语：乐世悠悠心煦煦。杯再举，迟暮悠恩情何许。

满江红·澳门回归

长梦悠悠，四百载，箫凄边月。嗟镜湖，烟波飘渺，浪沧声咽。咫尺依依归雁杳，西风袅袅乡音绝。夜怆怆，空谷子规啼，千滴血。　　羞辱界，通商约。濠水泪，妈阁劫。撼神州天地，雷鸣风烈。镜水长哀英烈墓，天人愠恨亚马勒。喜今朝，两制共一瓯，人心悦。

鹧鸪天·秋怀

气爽天高闲霜萍，一行南雁自悲吟，春芳远去迷离处，落落秋山流水情。　　寒江渚，任浮沉，芦花飞絮未惊魂。暮云多识晨昏雨，何系悠悠一片心。

满庭芳·赋山城夜景

夜暮山城，两江灯火，看似天汉流星。彩光纷错，虹秀织华英。玉舫娉婷曼倩，三江浦①，岸砌清水②。尤须叹，羞星惭月，无可自多情。　　佳胜，堪称绝，童耋引项，折屐盱衡③。暖红醉金榍，楼榭琴声。衣锦车华眩目，正道是，天阙神京。凭栏望，东来紫气④，乘梦上青云。

【注】

①三江浦：指以渝中区为一方，南岸区、江北区各为一方的三方江岸。

②岸砌清水：三方江岸一幢幢高层建筑，在其内外灯光的辉映下，给人一种透明感，俨如晶莹剔透的冰块，高高地堆砌在岸上。

③折屐：据《晋书·列传，谢安》载：西晋时宰相谢安，得知他的兄弟谢石和侄儿谢玄破敌得胜的消息后，"心喜胜，不觉屐齿之折"。世人常用这个典故表示欣喜若狂。

④东来紫气：据《史记·老庄申韩列传》载：老子欲出函谷关而西隐，时关令尹喜见有紫气自东而来，后老子果乘青牛而至。后世丈人据此故事概括出"紫气东来"四字，用以表示祥瑞和美好期冀。杜有的《秋兴》诗中有"西望瑶池降王母，东来紫气满函关"之句，俱表祥瑞之意。

赞不老人生（秋出韵）

皓翁老妪未悲秋，神彩巍巍不等闲。
放眼茫茫论世事，用心切切寄温寒。
为求良友邀贤客，欲却陈疴陟远山。
秉笔书耕多智艺，滔滔胸海展春帆。

江城子·归故扫墓祭双亲

倚依荒冢草青青。槺中人，梦难寻。倦燕今
归，篱下已秋声。返哺未勤终抱恨，一鞠躬，九
销魂。　　舐犊茹苦逝青春。弄金斤①，捣寒砧②，
严父求葛，慈妣每分羹。万念牵肠飞泪下，冥界里，
再酬恩。

【注】

①金斤：铁斧。解放前全家住在垫江县新民乡小镇上，
靠父亲做木工手艺糊口。
②捣寒砧：母亲没有社会职业，曾给有钱人浆洗衣被，
挣点钱米以补家用。

满庭芳·游鼓浪屿

　　云浪交辉，横生紫气，港滨婉逝从容。日光岩上，舒目海天穷。洲屿飞鸿点点，涛花溅，万跌千峰。去千里，沧然碧秀，光照伴渔翁。　　春风，迎面笑，啾啁燕语，草绿英红。看蜃楼亭榭，妩媚清雍。雅韵频萦耳际，隐深处，宝刹仙踪。玲珑岛，空灵俊俏，煦煦大洋风。

诉衷情·水操台

　　经年霜暮水操台①，郑氏劈荆开。里峻嶒壁垒森峭，岁月逝，故情怀。　　申族辱，志同忾，九天陔②。正然豪气，血性漉漉③，势逼狼豺。

【注】

①水操台：三百年前郑成功在厦门（故名嘉禾岛）的演兵之地。

②陔：同阶。有层，重之意。

③漉漉：英勇威武貌。

清平乐·重阳登高（六首）

重阳登高，逸情满发，尤以登高怀远起兴，着眼一个"高"字，试欲悟白对世事、人情之诸多体验，说道非攀无以致高、非低无以成高、非高无以致远以及山高有极、时空无限、高处应知寒等一己之浅见，冀与人共勉。

（一）

云梯风杖[①]，助我登高岗。天阙佳人舒袖广，玉兔寒蟾桂酿。　　陶陶信步清都[②]，新秋遍地黄菊。万里潇湘夕照，一发难以回目。

【注】

①云梯风杖：步云为梯，扶风为杖。
②清都：指与红尘相对的仙界。

（二）

登高怀远，日月逐车撵[①]。远路关津多绝险，莫恨桑榆暮晚。　　涓涓流水成渊，沧桑镌镂山川，唯举绵绵跬步，舍其无以临巅。

【注】

①逐车撵：日起月落，循环如轮转，遂如逐岁月之车而行之。

（三）

登高怀远，对错当裁剪。莫道人间小溪浅，贵有鱼游龙卷。　　垒泥成就山蛮，飞鹰千尺复还①。无根竹蓬难茂，无谷何以成岩。

【注】

①千尺复还：鹰飞千尺，终须回到地面栖息之所休养生息。

（四）

登高怀远，坎井休欢颜①。蝉噪林巅流韵盘，雷动魂惊云汉。　　风云玉宇琼楼，悲欢尘俗春秋。冀欲留芳千古，当行济世高筹。

【注】

①此典引自《庄子》外篇《坎井之蛙》：坎井之蛙谓东海之鳖曰："吾乐与！出跳梁乎井千之上，入休乎缺甃之崖，……且夫擅一壑之水，而跨峙坎井之乐，此亦至矣。"东海之鳖告之海曰："夫千里之远不足以举其大，万仞之高不足以极其深，……此亦东海之大乐也！"这里描绘了坎井之蛙"坐井观天"而又"夜郎自大"的可悲形象。它告诫人们，坎井之地实在不值得夸耀。

（五）

登高怀远，山外多层1巘。银汉茫茫难望断，万里长江恨短。　　世人来去匆匆，晨昏永袭无终。俯仰物归陈迹，最宜放眼苍穹。

（六）

登高怀远，摒息长放眼。缕缕炊烟扬与偃，总有桑田丰欠。　　晨曦辉映天边，清风追送月残。雨打川原敝牖，居高应识温寒。

张桂香

　　女 1935 年生，山西忻州人，曾任重庆医科大学基础部党办主任等职。中华诗词学会、重庆诗词学会会员。高教老协晚晴诗社名誉社长。著有诗词集《秀容吟》、《枫林集》、《采珍录》、《吟诵中华五千年》和长篇小说《静静的躺虎坡》（与丈夫赵绍祖合著）。

携妹览山城

（一）

严冬存暖意，万绿映红花。
大厦穿云立，两江披薄纱。

（二）

过江乘索道，伸手摸云天。
鸟瞰波涛水，兴观千里船。

参观南湖

荡漾清波百鸟鸣，缅怀先哲敬豪英。
星星之火燎原处，点亮神州一盏灯。

昭君墓

呼市城南八角亭，昭君孤冢草青青。
和亲胡汉干戈息，功绩长存万古名。

故乡奇村镇

四季风光展丽容，地灵人杰物华丰。
金银峰顶朝晖艳，双乳湖中夕照红。
躺虎坡前飞彩凤，暖泉山后伏蛟龙。
村民致富添祥瑞，古镇繁荣春意浓。

汉宫春·著名词人李清照

门第书香，品端人美貌，才智非凡。填词高
手，遇明诚结良缘。研今考古，乐无穷，情趣缠绵。
天不测，风云突变，金兵侵犯摧残。　　字画古
玩书册，半生心血集，护送难全，南迁丈夫病逝，
孤苦熬煎。殊途雅径，易安词，享誉诗坛。《金
石录》，潜心编撰，完成爱婿宏篇。

高阳台·鉴湖女侠秋瑾

　　神态端庄，衣衫俭朴，传奇豪杰红颜。文武双全，轩昂气宇非凡。漂洋过海求真理，救国心，不畏艰难。写文章，抨击清廷，唤醒人间。　　参加革命同盟会，吸收新思想，奋勇争先。嫉恶如仇，主张男女平权。武装起义奔波急，满激情，联络宣传。断龙泉，勇赴刑场，气贯云天。

正宫·双鸳鸯看《白蛇传》口占

（一）

　　度迷津，降红尘，袅袅飘来白素贞。先到杭城观美景，轻舟游赏暗怀春。

（二）

　　遇佳宾，许官人，让伞登舟雨自淋。万顷西湖山水秀，姣娥依附结同心。

（三）

　　旧情深，报鸿恩，济世行医保庶民。棒打鸳鸯遭不幸，千年遗恨到如今。

张炯和

男，1934 年生于永川，曾在永川县、区团委及党政部门工作。曾主编《中国民间文学永川卷》，现为重庆市诗词学会会员，永川区诗词学会秘书长。

北京奥运开幕式

银花万朵燕京醉，圣火五星相映红。
溢彩流金诗入画，棕黄黑白赞东风。

庆香港回归

五星璀璨护荆花，万木葱茏映海霞。
东港明珠今胜昔，炎黄一脉大中华。

端午悼屈原

汨水悲吟万古风，清忠洁白傲苍穹。
何期天下皆蒲剑，斩尽奸邪慰屈翁。

岳 飞

金兵胆丧朱仙镇，直捣黄龙指日中。
昏主无心收失地，佞臣有意害元戎。
风波悔伴千秋恨①，西子欣随百代忠②。
武穆焉知身后事，"莫须有"罪伎尤工。

【注】

①风波：风波亭。
②岳飞墓在西湖畔。

鹧鸪天·犬颂

大字头旁一点红，擒凶破案建奇功，戍边出没硝烟里，护院逡巡风雨中。　生死共，患难同，忠肝义胆气如虹，人间逐利坑人者，枉著衣冠对犬公。

春 雨

无声润物伴春风，装点江山绿映红。
但愿梨桃花万朵，此身何惜坠苍穹。

春游男女石笋山

(一)

何来双剑刺蓝天？更有禅林缀岭巅。
暮鼓晨钟情断否？桃花怒放庙门前。

(二)

痴情守望总无缘，万语千言托杜鹃。
何不双双化蝴蝶？相随生死舞翩翩。

【注】

传说相距不远的两座形似石笋的山峰，原是一对情侣，婚姻破灭，双双殉情而死，化作石山。

七十述怀

古稀已至不知秋，两鬓堪容万斛愁。
报国忘家输赤胆，推心置腹贬荒陬。
饥寒不坠青云志，温饱仍怀四海忧。
谁见阴霾长蔽日，千红万紫竞风流。

梦亡女德芳

麻柳桥边霜露冷，梦中小女貌如生。
嘘寒问暖家常话，推食添衣反哺情。
似见翩翩舒袖舞，又闻朗朗读书声。
惊雷闪电怆然醒，我恨天公太不平。

张映辉

1950年6月生，四川武胜人，高级工程师，曾任建设工业集团公司标准化室主任，国防科工委标技委委员，建设诗社副社长，重庆市诗词学会会员。

沁园春·百年奥运

足踏祥云，身骋宇环，圣火腾龙。壮声声铜缶，字潮滚涌；层层画卷，山水恢宏。舞漫绸丝，帜挥兵俑，太极方圆竞技隆。我和你，灿张张笑脸，梦幻苍穹。　　国歌阵阵旗红。夺五一金牌灿玉琼。看健儿腾跃，千斤力搏；银球驰疾，万众声穷。剑击东西，艇飞南北，一代英豪竞世雄。兴华夏，展鹏程万里，宙宇辉虹。

水调歌头·游华蓥山感赋

日晓壮行役，雨注赴云山。登旋石叠林嶂，翠彩幻岚烟。濡沫夫妻迎拜，一吻千年情重，小屋爱之巅。远眺驼峰景，妙笔醉诗仙。　　生命源，英雄石，古今传。双枪老太，赤胆终身化冰寒。搏击沙场血沃，坎坷崎岖踏尽，青史灿红岩。留得人间美，佳话盛年年。

蝶恋花·怀故人

逝水流年丝似雪。六载同窗，卅载莺声绝。相对无言难述别，长街步步空枝折。　　物换星移风雨歇。何处寻君，辛泪如铅结。梦断残宵催落月，谁能补此情天缺。

沁园春·登鹅岭感巴渝卅年巨变

环目霄穹，云卷霞飞，场馆辉光。瞰两江潮涌，四龙程展；八桥虹跃，万厦银妆。汽笛声声，车轮滚滚，机啸层层骋九苍。千山翠，灿桷繁花放，一片芬芳。　　难忘卅载图强。建直辖年年焕彩章。感巴渝经济，商开世贸；高新技术，业聚群邦。众志回天，峡堤横锁，神女峰湖泛碧浆。腾兴路，看火凰振翅，世宇翱翔。

满江红·汶川大地震

浩浩乾坤，缘何至？山崩地坼，惊震起，蜀川大地，瞬间神泣。万岭峰摇飞石泥，亿房楼塌沉墟砾。断江流，路绝笛声咽，人车寂。　　鞭雨抽，雷电劈，温胡临，雄兵集。感橙黄绿白，机腾轮疾。搏宇搜生开险道，拼分夺秒倾全力。志成城，大爱铸中华，东风激。

鹊桥仙·寄语爱女张蓓爱婿怀波

人生有爱，情丝长伴，百载春光无限。蓓开蕾放荡清波，朝与暮，天成人愿。　　梅松不老，夫妻永恋，风雨同肩路灿。寻规律案付艰辛，搏寒暑、勤飞鸿雁。

张春林

1936年4月山生，汉族，重庆长寿人，中学语文高级教师，曾任重庆市第十一中学副校长，现为重庆市诗词学会会员。

诗言志三字经

学点诗，写点诗。以抒情，以言志。

不学诗，勿以言。不学礼，勿以立。

言必信，行必果。己欲立，而立人。

己欲达，而达人。己不欲，勿施人。

为人者，能好人。能恶人，能安人。

能求真，做真人。学不厌，教不倦。

不附势，不趋炎。不诈民，不愧天。

取有道，心不贪。坦荡荡，一身正。

为后生，留美名。读点诗，写点诗。

说真话，做真人！以言志，以求真。

教学三字经

写一本，三字经，以练笔，以求真。
余为师，四十年，教弟子，上万千。
学不厌，教不倦，言行习，求规范。
学之道，贵求安；教之道，贵以专。
学识渊，方为师；其身正，方为范。
讲言教，重身教，学生者，终生效。
十目视，十手指，欲教人，先正己。
师不严，道不尊；学无恒，业不精。
养不教，父之过；教不严，师之惰。
误人子，终生耻。功与过，载入史。
爱学生，亲如子。动以情，晓以理。
正面引，侧面敲，重表扬，志气高。
勤家访，勤谈心，树榜样，立标兵。
宽与严，要适度，优缺点，心有数。
不求名，不求利，讲师德，五认真。
重基础，少而精，重启发，求效应。
生动性，形象性，重点拨，贵求精。
重实践，读写练；重能力，勤检验。
对差生，莫嫌弃，多表扬，鼓士气。
对作业，全收改，补缺漏，智力开。
写杂记，天天交，细修改，勤指导。
博学之，审问之，慎思之，明辨之，
时习之，笃行之。三人行，有我师。
求甚解，每事问，使昭昭，不昏昏。

学不足，教知困，苟日新，日日新。

基本功，天天练，不离口，不释卷。

重积累，广收集，三笔字，勤研习。

律己严，待人宽，对生活，颇乐观。

论作风，求正派；不附势，不趋炎。

讲实干，不空谈；求上进，红又专。

重事实，戒主观；广言路，不武断。

求真理，善争辩，讲原则，无情面。

不高傲，不自卑，爱憎明，辨是非。

立如松，坐如钟，卧如虎，行如风。

大小事，颇认真，善始终，更求精。

惜年华，不虚度，颇发愤，老如故。

知必言，言必尽，行必果，言必信。

己欲立，而立人，己欲达，而达人。

己不欲，勿施人，不害人，不整人。

乐教学，苦耕耘。四十年，一挥间，

不怍民，不愧天。丝未尽，泪未干，

夕阳好，战犹酣。永康健，如南山！

原载《重庆日报》、重庆《教育周报》、《西南师范大学》
学报。

家教四字经

养子不教，父母之过。教而不严，师长之情。

家教有方，子女名扬。古时孟母，择邻而处。

孟轲不学，母断机杼。三迁其居，习礼习文。

孟继孔学，终成亚圣。孔孟之道，仁义礼智。

温良恭俭，一日三省。格物致知，正心修身。

齐家治国，天下太平。东晋陶侃，家父早逝。

其母湛氏，茹苦含辛。教侃勤学，诲侃为人。

侃大为官，一身清正。不占不贪，一代名臣。

北宋醉翁，文学大师。年幼之时，家贫如洗。

上无片瓦，下无寸地。食不饱肚，衣不蔽体。

饥寒交迫，朝不保夕。其母郑氏，独守清贫。

教修发愤，读书习文。芦荻为笔，沙滩作纸。

欧阳从命，不负苦心。终成大器，千古文人。

岳母刺字，精忠报国。若为文官，绝不贪财；

若为武将，英勇善战。抗击金兵，枕戈待旦。

收复失地，还我河山！金兵胆寒，狂呼哀叹；

撼山且易，撼岳军难！英雄美名，代代相传。

当代典型，不乏其人；毛氏岸英，有父严教。

普通一兵，从不矜骄。参加劳动，上山下乡。

保家卫国，抗美援朝。为国捐躯，尸不还乡。

壮哉岸英，一代英豪！领袖风范，家喻户晓。

家教无方，子女不肖。北宋神童，方氏仲永，

少小之年，才华出众。立地成文，遐迩闻名。

父母宠爱，仲永矜狂。长大成人，才疏学荒。

王君安石，专写文章，为之叹惜，为之哀伤。
呜呼仲永，贻笑大方。家教不严，子女放荡。
林氏立果，选美四方。纨绔子弟，何等猖狂。
口尚乳臭，作战部长！父子为奸，结派拉帮。
颠倒黑白，造谣中伤。明枪暗箭，害我忠良。
国家主席，惨遭祸殃。谋害领袖，另立中央。
阴谋败露，失措惊慌。驾机外逃，摔死异邦。
野心家者，如此下场！善有善报，恶有恶报。
不是不报，日子未到；日子一到，一切皆报。
古今雄才，多遭磨难。纨绔子弟，少有伟才。
少而不学，老来无成。少不发愤，老大伤悲。
天下父母，爱子如命。严字当头，爱在其中。
以身作则，教在其中。养成教育，毫不放松。
学做真人，首当其冲。热爱学习，热爱劳动。
文明守纪，尊敬父兄。严于律己，热心为公。
与人为善，心心相通。弘扬正气，抵制歪风。
目标远大，坦荡心胸。健康成长，父母轻松。
溺爱放纵，后患无穷。损人利己，播下祸种。
为人父母，长鸣警钟！

张德音

土家族，1931 年生，退休前任黔江自治县政协副主席，重庆市诗词学会会员，黔江诗词楹联学会顾问，著有《米香集》。

中秋望月有感

两岸连根系，浓情共海天。
今宵同望月，思绪共缠绵。

神七问天

联手同心步太空，风光无限任从容。
人间天上齐欢乐，美酒干杯献俊雄。

海南岛之旅

(一)

海南天涯任我游，乘风破浪荡清舟。
无边光景随流水，汗湿衣襟总不休。

(二)

亚龙湾里人如织，海阔天空视野宽。
烈日当头何所惧，心随潮涌乐怡然。

空调自述

边边角角任栖身，劳瘁心身福万民。
甭管严寒和酷暑，人间冷暖自平分。

春 怨

雪雨无端莫奈何，乍寒乍暖病尤多。
最烦柳絮随风舞，飞入寻常百姓锅。

老有所乐

（一）

老来遇事不吁嗟，博览群书一碗茶。
兴致浓时诗一首，常看电视又浇花。

（二）

碧水澄澄树影摇，春归冬去暖风飘。
持竿垂钓讥姜尚，鱼上钩时万事抛。

（三）

一年好景钓翁知，燕语莺歌阴雨时。
抛下金钩池畔坐，鱼儿出水乐滋滋。

夏日阳台观景

陋室深藏绿树林，清鲜空气最宜人。
窝前麻雀翻单杠，屋后斑鸠踩软纶。
草底雏鸡寻蟋蟀，空中紫燕掠流云。
莺声恰恰来天外，似佛如仙也若神。

一剪梅·春游即兴

　　平湖荡漾水连天，春意盎然，诗意盎然。泛舟入峡任流连，景色无边，乐趣无边。　　花间蜂蝶舞翩翩，红也争妍，绿也争妍。洞天绝壁看参禅，不是神仙，胜似神仙。

张瑜蕴

字志俊，女，1933年生于江苏省南京市，中学退休教师，曾任重庆市南岸区归侨侨眷联合会第一届委员会副主席，现为重庆市诗词学会会员。

秋日南山小憩 (新声韵)

窗含千树碧，碧藏万点金。
金桂吐馨香，香缕沁我心。

山乡晨妆 (新声韵)

晨起登高送目遐，茫茫云海漫天涯。
岭藏峰断浮青霭，竹影松声笼雪纱。

清平乐·纳凉 (新声韵)

晚霞红晕，沉醉乾坤间。群鸟归巢鱼潜隐，雅客纳凉茶饮。　　弯弯新月微矜，拂拂绿柳温馨。心境澹泊静谧，会融天地清醇。

夏日偕友人孔进游铜锣峡 (新声韵)

　　赤足戏涌浪，舟艇频穿梭。

　　飞浆犁白练，惊鸥掠绿波。

　　黛峰屏盛都，紫蔓护堤坡。

　　年少好友伴，鹤发纵情歌。

重温杜甫 (新声韵)《茅屋为秋风所破歌》有感

　　当年愁吟盼广厦，一瞬千载话沧桑。

　　金穗绿苗层层浪，红果紫花阵阵香。

　　九州桥路四海通，千幢高楼万户康。

　　诗圣若生今盛世，与民同乐笑声扬。

赞北京奥运 (新声韵)

　　亿众仰慕古燕京，文明乐章续新篇。

　　体坛竞赛精英会，火树银花盛世天。

　　九域健儿奇技展，五环旗帜彩云妍。

　　金牌友谊双峰伴，世界和谐美梦圆。

满江红·汶川抗震歌 (新声韵)

地裂山崩，一转瞬、死生凌虐。国殇巨，元首迅莅、三军踊跃。城镇百千毁于震，同胞亿万爱相挈。争秒分、忘我救余生，情切切。　中华魄，应无怯；天行健，自强烈！挟雄风踏破，唐家山缺。擒驯蟄龙民意惬，重修校舍童心乐。待从头、力创美家园，普天悦。

酒泉子·神七问天 (新声韵)

天地苍茫。璀灿金梭飞越，敢超夸父气轩昂。辟新航。　科学探秘九天翔。览遍太空奇幻，饮马银河奋蹄扬。播和祥。

清平乐·园林漫步 (新声韵)

彩蝶作伴，漫步花林畔。百态千姿蜂阵乱，更听鸟鸣婉转。　香樟伟岸擎天，翠冠温润如仙。凉爽浓荫惠众，印证大爱无言。

洞仙歌·雨浴南山后 (新声韵)

纤尘尽洗，显层林清朗。群鸟翔空和鸣畅。雾霭开、欢跃红日一轮，金鹰踞、睥睨英姿飒爽。　　难忘风雨夜，电闪雷鸣，枝断花零怒天晃。鹰鸟竟如何，伤病有吗？青山在、养精依傍。坚汝志、晴明会有时，重振翮、直击九天无量。

夏初临·游南山植物园感怀 (新声韵)

翠荷田田，红衣艳艳，金鲤波漾恬恬。蝶恋蜂迷，嫩黄娇紫争妍。墨蜓柳絮频穿。看圃旁、童稚撒欢。逐蝶少女，扶携翁妪，悠悠步娴。　　蝉兄愉悦，沸沸鸣声，郁郁荫浓，盈盈蝉媛。若思无憾，不见衔草屋檐。逝了流光，绿转黄，风打雨溅。哪堪怨？无以立锥，焉能续缘。

如梦令·二〇〇五年春游出生地南京秦淮区有感 (新声韵)

再见秦淮波漾，新燕喃呢乌巷。日寇铁骑狂，颠沛巴蜀离丧；凄怆，凄怆，遗恨大江逐浪。

念奴娇·一甲之后游少城 (新声韵)

锦官城上，朗天阔、重访旧园心悦。惊见老柳盘虬根，发焕青枝摇曳。回转一甲，天晴日丽，花靥多妖冶。公园周末，欢娱兄弟妹姐。　　凄历呼啸敌机，突击临界，弹落机枪掠，血肉横飞脑浆迸进，树挂断肢残颗。歌舞今朝，泪史勿忘，慎视东瀛阙。鬼灵犹拜，见微知著常戒。

【注】

抗战时期的少城公园即现在的成都市青羊区的文化公园，上阙所描述的悲惨情景，即当年日寇对公园实施狂轰滥炸的实景再现。

周 琪

网名"海棠依旧"。黑龙江哈尔滨人，1956 年生，回族，女，双桥区诗词学会会员，重庆市诗词学会会员。

画 兰

春暖香斋三尺宣，清溪幽谷意为先。
临风一笑回眸处，谁识檀心近占贤？

画 荷

轻描重彩入池栽，仙子凌波出浴来。
一点莲心情万种，绘花人醉在瑶台。

垂 钓

白鹭翩翩红鲤肥，画屏深处钓金晖。
沉浮百态皆收尽，唱晚渔舟送我归。

浪淘沙·农家游

相伴踏乡间，雨润芳妍。溪清竹翠行人烟。
指点田桑憧盛景，淡笑丰年。　　雅友聚堂前，
感慨频添。藕花深处赋新笺。回望晚霞留恋处，
鹤舞云天！

清平乐·郊游

橘红桂好，垄上行人早。益友良帅相伴丁，
哪管红哀翠老。　　清溪桥畔茅庐，嬉嬉采藕村
姑。相约东篱把酒，南山真趣何如？

画　竹

浓淡干湿五色分，劲节挺露朗乾坤。
无心刻意求风雅，直取虚怀正白身！

画山水

花青调好对藤黄，写意传神入画乡。
秋雨无眠清韵起，葱茏一跃满诗囊。

老父上网

八旬也爱赶新潮，笑把闲情网卜抛。
巧借鼠标斗雅趣，殷勤在线唱渔樵。

如梦令·画牡丹

轻染浅霞凝露，八恐天香难驻。巧笑绽枝头，
早已情归深处。争妒，争妒，微醉含羞相顾。

清平乐·慈母心

霜沉蕊老，灿恼心头扰。惊梦娇儿受冷厂，
秋意怨何恁早！　　情急哪管更深，细织万线千
针。莫怕霜风刺骨，寒衣尚有余温。

周小千

学名周德樑，四川广安人，1928 年生， 中学高级教师，重庆诗词学会、歌乐吟社、重庆高教老协晚晴诗社成员，著有《小千吟草》和《白头吟》。

诉衷情·香港回归之夜（新声韵）

红旗猎猎米旗颠，弦管赋珠还。林公泉下应慰，雪耻笑谈间。　　歌万啭，舞千旋，不眠天。此生何幸，游子归帆，统一催鞭！

西江月·登缙云山狮子峰（新声韵）

古寺钟声数点，奇峰玉笋千竿。农家院落白云间，咸菜豆花稀饭。　　开眼必须登顶，寻幽也要攻坚。狮峰一览好河山，年纪忽轻一半！

忆汉水筑堤开荒

忆昔从戎垦汉滨，残堤哀草泣荒屯。
夯歌动地苏腴野，锄柄凝红映晓暾。
千里江帆连武汉，一川稻海接荆门。
新镰欲试援朝急，卅载犹思郑集村。

退休十年

收起犁头挂起耙，退休方省有吾家。
几箱教案充蓬筚，一副老光吟晚霞。
废报旧书宜习字，破盆烂碗好栽花。
家无闲口唯闲我，日挽菜蓝谋醋茶。

夜　吟

夜吟不觉月光寒，垂暮友交苏老泉。
衣带渐宽君莫笑，新翻杨柳杏花天。

游峡度寿

母难六旬三峡游，江风呼酒寿春秋。
夔巫绕膝千觞劝，饮罢滔滔浪枕头。

重庆长江第二桥

天堑虹飞又一桥，一桥更比一桥娇。
各方争献银丝带，好教长江舞细腰。

我跳水女杰奥运夺冠

金樽美酒献谁家？百尺高台燕影斜。

碧水芙蓉波涌处，小丫采得状元花。

钓

一丝独钓大江秋，白浪滔滔下万舟。

逝水一川钩不住，得鱼沽酒亦风流。

思战友

东邻忆昔死生同，四十余年忽作翁。

沧海云帆何处是，重温旧简月明中。

周明扬

别号杨歌,乐知斋主。1928年生,重庆永川人。退休干部。中华诗词学会会员,重庆诗词学会会员,永川诗词学会顾问。著有《乐知斋吟稿》《明扬诗文选》。

秃翁自嘲

聪明绝顶未成家,冷暖先知可自夸。
污秽难藏高洁处,更无小辫让人抓。

咏矮牵牛花

秉性鲜明不上爬,墙边地角可为家。
无心理会时人眼,长日频开自在花。

七十感怀

若梦浮生梦未圆,炎凉几易鬓丝斑。
久尝苦果心多涩,频换舞台琴乱弹。
一事无成非我懒,三生有幸赖妻贤。
稀龄自慰身犹健,留得童心学少年。

学诗偶成

长憾人穷诗未工，为浇块垒学雕虫。
骚坛不拒出家晚，生路常从绝地逢。
乐吐真言抒实感，浅留雪爪效飞鸿。
夜吟每到忘情处，星耀穹庐月似弓。

登青城山

不辞艰险向嶙峋，敢为攀高一试身。
绝壁盘旋头顶路，悬崖峭拔足惊魂。
山翻上下朝真武，道走高低谒老君。
俯瞰群峰云半掩，长风浩荡展胸襟。

惜分飞

曾记朝阳驱恶雾，初识黄花含露。雨打梧桐树，惊凰飞往迷离处。　苦苦寻她千百度，青鸟茫然失路。蓦地归来晤，傲霜秋菊香如故。

沁园春·新居

　　昔日寒郊，今朝大道，横纵襟连。看新区竞展，前锋气派；老城重铸，现代衣冠。绿荫长街，车流八面，不尽风情别样看。惊回首，叹廿年蒙垢，蛰困饥寒。　　沧桑几度流年。星物换．豁然天地宽。喜邻存知己，谈诗论道；客来高士，把酒开轩。有幸安居，无忧后顾，琴瑟和谐自在弹。告陶令，得一枝足矣，何冀桃源！

金缕曲·哭母

　　百感伤离别。正春寒，惊闻噩耗，地崩天坼。痛忆先君辞世早，累母拖家跋涉。曲折路，坎坡重叠。幸赖娘胸宽是海，用双肩，挑起星和月。人四代，沐恩泽。　　省亲每次娘欣悦，叙家常。张罗饭菜，问寒询热。千里儿行娘牵挂，最怕风云莫测。谨教诲，为人有则。难报春晖如寸草，有来生，母子缘重结。今诀矣，痛何切！

周洪宇

字靖云，号棠邑琼舟，重庆市荣昌人。1971年生，执业中医师。中华诗词学会、重庆市诗词学会会员，荣昌县诗词楹联学会副秘书长。

逸　情

棠香融骨血，云气漫轩楼。
洪宇尤思广，心和事自周。

暮　景

天远将吞日，山横欲揽云。
澄湖溶绮彩，飞舸散鸥群。

临南桥大楼顶层

槛外云霞幻，胸中丘壑生。
天高星可摘，地旷路能征。

纪松溉诗词联谊会

青山绵亘大江东，古镇喜迎文苑风。
九地诗朋顾雅聚，骚声阵阵荡云空。

佳人（新声韵）

风也缠萦月也羞，百花失色燕思投。
嫣然一顾惊天地，何虑石心不转柔。

题扇面画《散花天女》

何处美天仙，因风姿万千。
月笼云绕处，花散鹊飞间。
眸转流星烁，手挥香玉纤。
总因芳洁故，不肯惹尘缘。

登高有怀

履险登高俗务空，无边浩气漫苍穹。
心随赤日巡天地，意逐春风种紫红。
放眼思驱千里骥，开怀欲树万年松。
江山指点临巅际，不觉形神尽与融。

贺荣昌县诗词楹联学会成立

百侣邀来喜结盟，新人耆宿共挥旌。
鸦山壑响风骚韵，濑水波翻雅颂声。
啸傲诗坛灵凤悦，逍遥艺海巨鳌惊。
今朝有幸荣昌聚，携得棠香宇内行。

题隆昌云顶寨

云顶山头起蜃烟，寨墙内外两重天。
一庄盘踞虎形备，万岭奔腾龙势延。
街巷微明开鬼市，柏松浓翠隐桃源。
成千文物今犹在，再现风流数百年。

参观隆昌南关石牌坊群

南关镇里久徘徊，古韵悠悠扑面来。
耸峙牌坊连碧宇，纵横驿道近琼台。
孝忠屡令英名显，贞节频将玉魄埋。
去粕留精传统继，眼前胜迹壮情怀。

周祚政

1941 年生，重庆市奉节人，小学高级教师。现为重庆市夔州诗词学会副秘书长，《夔门诗讯》副主编、中华诗词学会会员。

神七问天

三英跨箭昊苍行，萧洒出舱挥五星。
相倚群星亲切语，明春看我更峥嵘！

登天安门城楼

一上城楼天地宽，长街广厦笑中看。
中华首府何其璨，好梦连宵久未残。

乘车夜行长安街上

银汉泛槎心不惊，且寻牛女话乡情。
凭窗一瞥通天亮，笑数长街十万灯。

飞赴三亚

此身常想上天游，猴岁阳春夙愿酬。
万米高空闲寓坐，一轮明月昊苍浮。
庄周梦幻逍遥事，利伟巡天科技谋。
再驾神舟星际去，银河彼岸访阿斗。

漫步夔门长江大桥得句

仲春偕内沐朝阳，漫步长桥过大江，
不见橹桡哀软乃，但闻车艇乐康庄。
澄湖倒影岸山翠，名赋高吟古邑香。
斜倚竖琴风拂面，媪翁侧耳听宫商。

卜算子·三角梅

花簇嵌明窗，逗我开心笑。但愿红鲜久不凋，
长伴人年少。　　凋也本天然，时序遵循好。岁
岁炎阳岁岁荣，蕊共苍山老。

鹧鸪天·上白帝城

冉冉朝暾沐我身，廊桥漫步话良辰。平湖玉面三山捧，白帝珍珠一水濒。　　诸葛亮，述公孙，贤人有誉恶无闻。淘沙大浪瞿塘下，赤甲高峰耸入云。

周朝诚

重庆市涪陵区人，1930 年 8 月生。曾任涪陵师范学校，涪陵教师进修学校校长。现为中华诗词学会、重庆诗词学会、涪陵晚情诗社会员。著有《求索》、《求是》、《求真》三集。

旅美新曲

未曾梦想渡西洋，万水千山沧海茫。
昔日家贫愁世乱，今朝国富乐安康。
秋蝉合唱离巴峡，春燕联翩归故乡。
赴美探亲心愿了，旅游新曲韵悠扬。

新居祝词

祝贺女婿陈显峰、女儿玉梅，乔迁美国亚特兰大市北郊。

留学花旗善运筹，乔州敬业展宏猷。
芸窗帘外森林茂，别墅门前小径幽。
鸟语花香添雅兴，风清日丽乐优游。
治家有道勤为本，庆祝迁居唱和酬。

迎羊年侨胞联欢

亚特兰大美基督教分会，在东郊卫理公会教堂，主持华侨春节联欢晚会。美籍教师和国际学友40余人共进晚餐，兴高采烈，扣人心弦，思绪万千，欣然即事。

亚城连日撼冰寒，帘外梅花倚石栏。
乡友迎新斟岁酒，侨胞送旧聚年餐。
频传韶乐盈庭喜，忽听民歌四座欢。
腊尽春来生意旺，良宵盛会百忧宽。

红叶颂

枯条冻木亚城东，满目凄凉感寸衷。
落叶飘零天地老，秋风萧瑟古今同。
浑如烽火连千里，俨若旌旗照半空。
长念忠魂拼战死，悲歌一曲悼英雄。

万里关山留友声

车到庭前倒屣迎，喜逢知己叙离情。
三鲜余味红鳞美，四喜飘香白酒清。
今夕畅怀开夜宴，明朝极目望征程。
感时恨别难成醉，万里关山留友声。

无　题

海湾风暴肆摧残，沙漠横尸染血丹。
霸主无端燃战火，贫民失所忍饥寒。
揪心世界危机伏，放眼全球财力殚。
争夺原油欺小国，灾区饿殍泪流干。

看卫星电视·用杜甫韵

电话传真伊拉克，古都城外气萧森。
海湾波涛兼天涌，河岸峰烟接地阴。
逃难人抛他国泪，戍边卒系故园心。
沙场喋血曝尸处，忍看悲鸿积怨深。

春节即事

　　亚特兰大市侨教中心每年春节举办联欢会，吸引许多美国人参加，有口皆碑、赞叹不已！

火树银花不夜天，华侨祝福颂声传。
更阑人醉辞年酒，腊尽儿嬉压岁钱。
乍换桃符驱鬼怪，飞鸣鞭炮谒神仙。
中西合璧蹁跹舞，主客迎春忆旧缘。

游卡博东城公园

万里晴空气象雄，寻芳览胜入园中。
夭夭照野千枝翠，灼灼争妍万叠红。
惹眼酥胸酣暖日，抬头娇脸笑春风。
溪边水榭芳颜俏，游罢欲归兴未穷。

登石头山春望

石头山为巨大圆浑花岗岩，长 2000 米，宽 1000 米，高 500 米。

春分时节踏青游，巨石花岗一望收。
翠柏盘根沾两润，青松错节展风流。
登临绝顶众山小，远眺周边千里悠。
屋舍俨然平野尽，神工鬼斧造崇丘。

喜友见访·时在亚特兰大北郊

奔赴西洋万里行，频繁来往识群英。
倚楼极目来车疾，拥彗开樽倒屐迎。
傍晚论诗扬国粹，临窗叙旧话乡情。
神交心契忘年友，携手天涯谋共荣。

石头山公园圣诞节看灯

石头山上净风烟，溢彩流光映水渊。
貌若飞禽依草地，形如走兽傍林泉。
楼前火树千姿秀，阁外银花百态妍。
国际游人临胜景，万方合奏舞蹁跹。

寒秋怀古·时在亚特兰大北郊

金桂飘香赴美洲，群山红遍望中收。
秋风瑟瑟屈原恨，落木萧萧宋玉悲。
昔日先民忧冻馁，今朝后辈乐优游。
四时变幻波澜壮，万物霜天竞自由。

欢呼免征农业税

千年梦想草民康，横扫苛捐杂税狂。
往后读书全免费，从今种地不征粮。
江南稻熟鱼虾美，塞北羊肥瓜果香。
祖国农村新气象，家乡五谷积盈仓。

浣溪沙·采茶女

蝶舞蜂喧草色匀。落花簌簌满衣巾。采茶村女笑声频。　　倚树抬头撩绿鬓，临风举酒泛红晕。阿哥是我意中人。

浣溪沙·四月乡间忙插田

四月乡间忙插田，潇潇阴雨洒江天。凤凰山上绕云烟。　　少女赏花怀并蒂，流莺宛转好音传。楼前池畔意缠绵。

【注】

凤凰山在家乡涪陵区石龙乡。

南歌子·翠袖金环丽

翠袖金环丽，罗裙玉腕柔。梳妆台下几回眸，笑问画眉深浅、合时不？　挽手偎人久，含羞对唤鸠。画楼池畔逐嬉游。鱼水合欢、情意甚绸缪。

【注】

不，平声，载《诗韵合璧》，十一尤。

满江红·讨还血债

1938年—1943年五年间，日机袭渝，狂轰烂炸。据史料记载死伤6.13万人，其中死亡2.36万人。

日寇侵华，烽烟起、山河破裂。当此际、敌机空袭，陪都喋血。六万无辜遭浩劫，几千亲属伤离别。况而今，翻案起妖风，造新孽。　昔年耻、犹未雪。民众恨、冲天阙。秉良知诉讼，东京贤哲。携手并肩清旧案，和衷共济传新捷。都应是、依法律开庭，重裁决。

血 债

日寇狂轰重庆城，灰飞烟灭众心惊。
防空洞外堆尸首，扬子江边闻哭声。
母泣儿啼伤永别，心慌意乱诉衷情。
无辜罹难心悲恸，遥祭冤魂泪雨倾。

阿尔泰山喀纳斯见闻

阿尔泰山横北疆，高寒林海路茫茫。
岚青水秀云烟绕，马壮羊肥花果香。
图瓦牧民存古朴，边防卫士献忠良。
霓裳篝火联翩舞，土著风情雅兴长。

沁园春·庆祝建国六十周年

六十年前，战火纷飞，建国改元。望钟山莽莽，奔腾万马，长江滚滚，横渡千帆。百万雄师，靡披所向，攻克南京歼敌顽，凯歌响，庆辉煌战果，百族同欢。　　今朝气壮河山，有无数英雄血肉捐。赞京都奥运，金牌居首，神舟探月，火箭冲天。三代中枢，鸿图大展，因有和平发展观。怀远略，更陶钧运转，四海安澜。

满江红·悼彭德怀元帅

千里湘江，春潮泛，波澜壮阔。君不见、红军元帅，功昭日月。华北横戈驱日寇，湖南仗剑诛妖孽。赴朝鲜、率百万貔貅，除蛇蝎。　　愁眉白，肝胆裂。囚室黑，音尘绝。问苍天何故？滥诛人杰。壮士蒙冤魔鬼笑，英雄罹难孤魂别。今昭雪，公祭在天灵，心悲切。

沁园春·北京奥运开幕典礼

火炬祥云，照亮幽燕，好梦百年。叹飞人点火，惊天动地，长篇画卷，悦目开颜。击缶高歌，联翩起舞，气势恢宏忒壮观。凭盛会，报鸿图大业，国泰民安。　　千年文化流传。有无数雄才闻道先。赞蔡伦楮纸，名扬天下，毕昇活字，誉满坤乾。莽莽昆仑，悠悠华夏，曾有辉煌震宇寰。俱往矣，看今朝奥运，精彩无前。

周淑慎

女，1925 年 3 月生，重庆长寿人，复旦大学毕业，语文高级讲师。重庆诗词学会会员，三峡诗社社员。著有《兴灵流韵》。

丝路风情绝句六首·依韵和大马莫顺生诗长

（一）

塞外风光赤子情，不辞万里邀燕云。
秋高气爽丝绸路，艺海无垠任啸吟。

（二）

归去来兮意忘忧，中华洗净百年羞。
敦煌宝库陈异彩，揽胜探奇喜畅游。

（三）

石窟宝藏灿千秋，艺苑奇葩名亚欧。
声脆驼铃心醉柳，千佛洞里乐悠游。

（四）

鸣沙山拥月牙泉，落日红霞分外妍。
树影婆娑花似锦，沙涛水浪碧云天。

（五）

左公柳绿玉门关，塞外风光似江南。
休唱渭城朝柳曲，葡萄美酒共娱欢。

（六）

天山融雪灌田畴，西部开发意正遒。
笑指荒沙成碧野，炎黄世业焕神州。

读《梅岭三章》

梅岭三章气若虹，英雄虎胆震长空。
泉台矢志除残暴，艰苦卓绝不世功。

端　午

五月端阳喻万家，龙舟竞渡觅怀沙。
君王惯爱听谗谤，千古忠臣同命嗟。

昙 花

不与群葩竞艳装，冰肌玉骨露凝霜。
月华流盼相依慰，献与人间竟夜香。

题"江风渔火"卡贺年

一派风光映晚晴，江风渔火漾嘉陵。
龙蛇欢舞起何处？云际钟鸣世纪声！

读陆幼青《死亡日记》

华佗无术起沉疴，偏是英年遇癌魔。
《生命留言》山岳重，轻挥剧痛笑阎罗。

富道贤棣七中赠书活动致庆

七中幸会庆空前，喜看堂前青胜蓝。
文采光华织锦绣，春风化雨育英贤。
忠贞常系家国事，正气时怀民意篇。
纂史编年掬血献，巴渝方志灿千年。

西山龙门

远上西山路陡狭，龙门碧水绕危崖。
滇池浩渺连天宇，一片汪洋涌落霞。

郑 毅

半叶斋主人。一九五四年五月生，汉族，祖籍四川富顺。从事过多种职业，现为公务员处级干部，重庆诗词学会常务理事。

读法眼宗禅诗悟道①

九色隐心空，三生定法中。
一如空幻色，证色惑无穷。

又

不舍觅何求，缘为普渡舟。
心之藏弱水，一眼挂风流。

【注】

①法眼宗信奉"般若无知"理论，即因无知而无所不知，至智至圣也。该宗为中国禅宗最后出现之一派。

大理蝴蝶泉口占

彩云何不下流泉，浸润金花朵朵鲜。
待羡艳时飞百色，香空缘尽化翩翩。

又

几簇金花几束歌，阿鹏何奈小裙罗？
轻风肯令情帆举，欲载香包未过河。

登华山听五云峰卖笛翁吹笛

憩梯放笛买徐风，赚得清扬上岭东。
虚谷回音争与舞，豁然叫醒小桃红。

访尼日利亚促经济合作陪市政协刘副主席等飞阿布贾拜会阿堤库前副总统口占

越海投缘我敞襟，参商拱势演深沉。
识公半载谁重捣①，踢响巴渝一桶金！

【注】

① "公" 指阿堤库前副总统。

因陪尉亭瀚伉俪观学田湾大礼堂服装节迟到歉吟①

暮归轮滞久，一带雨延途。
局促浇心火，迟疑弄笛孤。
汹汹生道乱，攘攘堵车殊。
宵短灯檐细，怜时客忍呼。

【注】

①尉亭瀚先生为英国驻重庆总领事。

迎"神七"回家口占

千载问天河，归航赚泪多。
云收中国梦，月助大风歌。
壮士腾辉至，圆舱借伞挪。
荒原驱寂寞，转瞬闹祥和。

登居庸关

锁钥北门尘壤散，居庸唯带一屏开。
秦砖曾浴民生火，燕岭犹思国难台。
百世军都依旧绿，几波云海更翻灰。
岂愁天讳明清耻，大任斯时响远雷。

又

孟姜女哭古雄关，史宁空留七彩颜。

千血洗清苍郁地，万焚燎遍黝灰山。

兵车几度迎冰雪，灯火曾经化锦斓。

岭塞似悲王气黯，春风唱罢雨如潸。

游乾陵叹无字碑咏武则天

红白榴桃尽着花，沉丘长砌护皇家。

宫幽双岭停新燕，岭枉群车逐晚霞。

冥殿凝烟春草绿，细林空寂玉莲斜。

王都颜改孤灯灭，一脉青天出世涯。

赠薛香川先生有感于吾陪坐磁器口"钰和祥"茶楼①

云霄深处客迎安，迤逦经晴几日宽。

半壁荒波催起落，一杯清茗饮悲欢。

交诚肯问新园里，奉业当循远道端。

碧血黄花堪土润，也香万里尽相叹。

【注】

①薛香川先生，现为台湾行政当局"秘书长"。

端午欲送曾明先生返京不遇

君思杨柳迅回京，故里重逢愧不迎。

昨酌觞空无角黍，今谋业实续长城。

凌风宁啸秦巴岭，飞彩堪追雨雾程。

五月当知时节好，宜谁因势举繁荣？

又

先生忽返惜时深，两地奔劳未了心。

端午乘风车请缓，京畿取向翼当禁。

传觞我沮弹残滴，报国君来击大金。

但使神舟天地动①，相传亿口是龙芯②。

【注】

① "神舟"：指神舟六号飞船。

② "龙芯"：指曾先生参与领军攻关的"龙芯二号"芯片。
2005 年全国十大科技成果中，"神舟六号"飞船居第一，"龙芯二号"芯片居第二。

登台北阳明山

翠微深处隐人家，直上阳明岭踞斜。

山叶风轻身拂影，云岚黛细眼衔花。

开襟兴至三千步，阻道愁连八百车。

人倚暖归寒又浸，城灯忽发艳如霞。

又·登"一〇一"大厦

一楼雄视万楼低，灿烂星光沸眼迷。
客立高端心蹈北，道通大野月迁西。
新来且认茫茫地，旧感重思漫漫堤。
台海风云开与聚，抹天还待夜听鸡。

京生兄过渝与吾及春潍陈忠兄等一晤示句

男儿呼吸与山沉，万里清明拨义琴。
曾隐浮踪离惑路，尚筹豪气买华林。
水云才子寒窗月，松雪旌旗大宙心。
晨雾腾声因鸟闹，江天又作虎龙吟！

读康熙帝《江宁驻跸》韵和

除非取是汇谘诹，言寄皇恩顾旧游。
百姓未尝三顿热，寡人独占几分求？
苍天垂象宣勤勉，寒夜巡情莫怠留。
山态水形招色润，帐中御笔请先柔。

【附】

康熙原诗："心勤民隐独谘诹，不为江山作胜游。白下
回銮期已近，黔黎拥道欲何求。多怜野老堆盘献，勉就舆情
两日留。二十八年宵旰意，岂图远迩慕怀柔"？

北京奥运会开幕式咏

梦圆读秒亿家痴，引醉飞光掩泪眉。

示鸽放须今夜早，请儒计到百年迟。

鸟巢馆溢和平彩，"水立方"填理想碑。

画轴初开情漫卷，千声击缶仰秦仪！

晏济元翁入渝余因故未赴翁画展 亦食言未索翁诗结集愧作

墨开仙境手拈新，泼洒豪情纸跃神。

巴蜀迁家风径老，眼心立道画颜珍。

闻名屡忘诗无处，传世能违艺压身。

曾抚阳台花草活，枝枝蔓蔓肯相亲①。

【注】

①此句指令前年在翁蓉之寓所，扶翁流连于大阳台，翁一一指点花草之情景。

夜访黄中模翁借读马鹤凌先生诗
手稿遥忆陪都抗战史事①

　　百难除倭业竟成，最堪鼓动在人生。

　　笔撩烽火书哀血，心抵诗门守壮声。

　　染梦乡关风雨急，劳神海峡雁鸿清。

　　我从春日吟公句，过客依然笑请缨！

【注】

　　①马鹤凌先生：为台湾行政当局负责人马英九先生之父亲，抗战期间在渝多有唱作。

郑远彬

笔名郑予，四川合江人，1946年生。重庆市诗词学会常务理事，著有《郑远彬书法篆刻作品集》，诗词作品与人合集有《闲吟三叠》、《当代巴渝诗词十五家》、《当代渝州词一百首》等。

临江仙·贺德全兄花甲寿

笔底烟霞萦旧砚，门前万里行舟。酒斟豪兴画瘵愁。推窗吟醉月、隔水唤闲鸥。　　淡泊生涯长自在，墨磨炎夏凉秋。居然花甲未苍头。清贫嗟五柳、放旷识庄周。

即　兴

天生愚鲁笑痴顽，万事糊涂未悟禅。
老自退闲栖局外，贫赊放旷聚豪端。
一灯诗梦五湖涸，满纸竹描三径寒。
莫惜高朋筵上酒，醉来行路任人搀。

启宇兄示岁暮赠友诗原韵奉答

久坐蒲团未悟空，只缘身在俗尘中。
浮生梦醒黄梁熟，盖世名归白脸雄。
报载天官沦巨盗，书传女秘占孤桐。
可怜驴背放翁冷，一片诗心系野鸿。

中秋前夜月久不至诗以邀之

秋风寒鬓两萧萧，庭树窗灯共寂寥。
彻夜虫吟惊远梦，养闲书冷对清宵。
廿年琴剑锁高阁，三径台阶映白茅。
应信槐安城郭外，月怜幽旷不须邀。

读友人诗偶感

漫道红尘一百年，白头方觉此生闲。
诗吟贫贱忧邦国，笔愧愚顽种砚田。
南郭能吹逢运转，东篱不媚叹时艰。
禅心未净凭谁问，但恨人间只爱钱。

春日登钓鱼城

废垒荒苔久寂寥，孤城何处吊前朝。
云来燕去祠堂在，蝶乱峰忙戾气消。
一盏村茶偎古柳，三杯米酒过平桥。
江风依旧绕残堞，满地闲花送晚潮。

腊残寄友人

夜闻爆竹绕窗飞，乍觉新年此际归。
遥忆亲朋谁更健，莫因老懒意先颓。
诗心犹在常分韵，书信勤传少泥杯。
米饭三餐足温饱，不妨瘦劲但防肥。

游安居古镇

依山旧庭院，临水小楼台。
人逛城隍庙，车行石坂街。
清风扶巷柳，老酒洗尘埃。
江上闲吟处，汀鸥自去来。

郑英材

1931 年 3 月出生，湖南邵东县人。离休前任厂长书记，现系中华诗词学会会员、重庆市诗词学会理事。著有《玫瑰集》等 28 个专集和《英材诗选》上下册。

悼优秀特约顾问扬眉

白屋传人耀夕晖，嘉陵吟苑竞崔嵬。
君今跨鹤登仙去，我有疑难可问谁？

闻大贪官被执行枪决

万恶贪官郑筱萸，一枪毙命有余辜。
尝忧治腐软无力，今喜严刑上大夫。

愚翁怨

昔日畅游解放碑，摩天拔地甚崔嵬。
今朝一览何其短，疑是谁人胡乱为？

酬五十年前离宁赴朝战友

桂子逢秋十里香，荷花入夏满池塘。
江南四季风光好，不悔当年赴异邦。

题友人《毛泽东画像》

立地擎天伟岸身，一挥巨手定乾坤。
纵然晚岁多贻误，不愧中华第一人。

山城暴雨

大雨滂沱天地惊，长江嘉水孽龙横。
谁人深夜操心碎，力抗洪魔夜袭城。

悼任长霞

公安战线一枝花，巾帼英雄诚可嘉。
除暴安良思万户，扶贫济困虑千家。
嘘寒问暖一人苦，沥胆披肝众口夸。
灿烂一生今永别，通衢十里送长霞。

游黑山抒怀

拔地摩天一片林，枫香茂密似丛针。
闲情枝上闻蝉语，逸致林间看紫云。
树到深秋青始褪，人凌耄耋志难沉。
莫言往昔远征苦，今日一游情信真。

读万承宾诗稿感赋

鸿雁传珠玉，人眸展丽姿。
词清春意厚，韵雅激情驰。
笔健生华采，心红赋壮辞。
后生诚可畏，相与互为师。

深宵独处

深宵苦度夜犹年，辗转床头人梦难。
海誓山盟常在耳，情深意厚重如山。
凝眸不见贤妻面，遐想常期来世缘。
孤雁断鸿悲寂寞，哀思缕缕泪潸潸。

鹊桥仙·寄语素娥

仙宫召唤，素娥西去，银汉迢迢夜渡。瑶池王母喜相迎，便一见钟情如故。　　天庭美景，花团锦族，请尔安心永驻。贤妻若是盼吾时，又岂恋人间乐土！

临江仙·离人入梦

长恨娇娥西去，何堪冷月凄风。萦怀往事一重重。谢卿唯克己，助我夕阳红。　　今夜离人何处？料登寒月仙宫。夜阑人静憾愁浓。依稀卿入梦，醒后泪淙淙。

江城子·寄北京周爱群吟座

平生素昧各天方，未相逢，却难忘。《芳草》华章，牵动我柔肠。韵雅情深长受惠，如雨露，似琼浆。　　频赐珠玉咏春光，律精严，句芬芳。助我《嘉陵》，甚谢诉衷肠。鸿雁传情增友谊，如日久，与天长。

读全球汉诗总会副会长陈图渊先生《韩江柳》诗集感吟

吟坛巨擘誉寰瀛，天下谁人不识君？
甘做嫁衣扬国粹，不图青史载芳名。
陈公有志垂先苑，老朽自当步后尘。
并辔同銮勤跋涉，金兰初结启新程。

沁园春·赠李锐诗翁

铁骨铮铮，忠心耿耿，华夏脊梁。有真才实学，杜诗董笔。情怀民瘼，心系国昌。左祸横行，秦城囚禁，放逐十年北大荒。昭雪后，惜光阴已逝，白发苍苍。　　明珠喜得重光，更再创辉煌耀四方。幸诗心不老，华章隽永；吟坛典范，桃李芬芳。反腐倡廉，扬清激浊，秉笔直书慨且慷。吾人愿，祝宏图再展，文运绵长。

沁园春·赞袁隆平

水稻杂交，五大发明①，孰可与侔？！痛三年灾害，饿殍逼野，心灵震撼，矢志谋求。册载科研，殚精竭虑，良种兴农展壮猷。君知否？已全球受惠，造福千秋。　　隆平宏志方遒，引无数黎群尽赞讴。看郴州农户②，投资塑像，热情如炽，崇拜无俦。致富思源，诚非迷信，耿耿丹心情意稠。太空里，有袁星灿烂③，万代风流。

【注】

①被誉为中国第五大发明。
②指郴州农户曹洪球。
③以袁隆平命名之星。

沁园春·缅怀于佑任

　　青少时期，气宇轩昂，壮志凌云。昔讨袁护国，陈词慷慨；联俄联共，团结精诚。右翼蒋帮，一朝叛变，愤怒豪言斥逆行。驱倭寇，喜齐銮共辔，协力同心。　　于公政界精英，更书苑吟坛造诣深。看银钩铁画，堪垂后世；华章雅韵，竟切情真。"葬我高山"①，乡关远望，一曲悲歌举世惊。犹遗怨，痛陆台隔绝，骨肉离分。

【注】

　　①"葬我高山"乃于公震撼世界的爱国诗歌《望大陆》开篇之句。

郑德健

重庆市奉节县人，1941年生，系奉节县林业局治安室主任。现为夔州诗词学会副秘书长、中华诗词学会会员。

献身林业有感

人生弹指一挥间，林业献身双鬓斑。
破晓荷锄谈笑去，暮鸦噪树放歌还。
壑沟座座留踪影，林海茫茫接远山。
但愿新苗成栋柱，无边春色醉心田。

日本投降六十周年感赋二首

（一）

七七事变起狼烟，寇占中原半壁残。
恶鬼狠毒摧市镇，飞贼狂炸碎心肝。
屠杀处处死伤遍，受难家家血泪潸。
六秩春秋心尚痛，黄河永诉恨绵绵。

（二）

先锋抗日举旗挥，浴血八年强虏摧。
大地重光披锦绣，山河壮丽尽朝晖。
六旬奋斗图强盛，十亿人民显虎威。
倭寇阴魂今未散，还须打鬼请钟馗。

红翠脐橙

洁白雪花堆树稍，清馨扑面令人陶。
绿珠袅袅千林漫，金果沉沉万木摇。
星岛欢迎夔府客，国人喜接峡乡娇。
香橙晚熟正成势，四季飘香永不凋。

【注】

星岛，新家坡的别称。

贺夔门大桥通车

绿水青山重复重，平湖两岸沐春风。
白烟散尽夔门敞，碧水铺成砥道宏。
千里东西已舟畅，一桥南北又车通。
游人商贾频来往，物畅其流百业丰。

重庆市直辖十周年感赋

山城日月不知寒，万紫千红四季妍。
高速无何全市贯，轻车有影半空悬。
朝天门外画船聚，大礼堂前健舞欢。
直辖催开花万树，枝枝红杏出墙垣。

【注】

无何，不久之意。

步韵奉和彭炳夔会长《咏桃花》原玉

流长蜚短任他缠，岁岁开花依旧妍。
春色无之不明丽，群芳赖尔作中坚。
丹心一片孕嘉果，挚爱万分连世间。
人若如兹甘奉献，和谐托起舜尧天。

采风感赋

春风剪剪漾冬装，观赏桃花湖岸旁。
野店清茶迎贵客，山村美酒散浓香。
但求晚景多欢乐，莫负良辰好地方。
诗友行吟情未尽，依依不舍下山岗。

金玉良

重庆市人，1924 年生，高级工程师，中华诗词学会会员，重庆诗词学会理事，著有《秋斋吟稿》。

退休感怀

云开雾散见新天，勤奋生涯近卅年。
牛马精神甘负轭，瓦钉作用耻偷闲。
劫波渡后珍三白，心力何曾愧一缗。
盛世欣逢人却老，还夸沽酒有余钱！

塔吊礼赞

云楼高矗气豪雄，独臂将军百战功。
举重着轻凭硬骨，居高怀下出良衷。
立身刚直无偏倚，接物慎勤求正中。
视察周围真办事，何须糜费与人同？

现代行乐图

酒绿灯红小宴悠，繁华都市不言愁。
嘉宾半里皆呼"的"，名酿三杯各庆"收"。
入座春风听拍马，逢场土老看牵牛。
卡拉一曲陈香艳，写入诗词问乐忧？

谒岳王墓

精忠报国叹愚忠，共欲锄奸慰鬼雄。
跪地秦张原下手，谁知主子是真凶？

除夕爆竹

火炮年时震耳聋，万千钞票瞬成空。
消防队里铃声响，又是谁家一片红！

楚江晚眺

廖廓苍茫暑气回，烟云竹树楚江隈。
航标点点疑渔火，台上何人晚钓来？

送美藉华人宓海潜校友

萋萋芳草绿敷茵，三五难同一月轮！
未识异邦洋语里，笑谈可有故乡亲？

金缕曲·七七自寿抒怀

七十还添七，谓荆妻、古稀过了，吾生何惜？莫道池塘风浪浅，已尽萤光蚁力，犹自诩工场挥斥。况历十年惊梦晓，纵华年都付荒唐笔，情未断，胆犹赤！　　晚来每对斜阳立，看晴空，和平鸽阵、奋飞鸣镝。大地春回芳草茂，光烨烨，神舟传檄。渐扫除妖狐黠鼠，策骅骝，更向雄关逼，寄望眼，远山碧！

[南吕] 骂玉郎带感皇恩·采茶歌贺秦锡文校友离休

光阳不算等闲过，青年梦，老难醒，萧疏白发人称敬，彩笔兴，未了生，豪情剩！　　两个瘟生，一样心情。发狂吟，抒积愫，系苍生，曾经雾罩，到底还晴。远牛棚，携鹤侣，结鸥盟。　　未纵横，也峥嵘，眼前柳暗又花明，莫道桑榆时已晚，拼将余力播芳馨！

金正良

1930年生，重庆人，祖籍四川合江。大学毕业，高级教师。中华诗词学会、重庆市诗词学会会员。缙松诗社副社长。

今日山城美

楼盘高耸气堂堂，仪表雍容着盛装。
千座桥梁连四海，万家灯火映双江。
人如春蕾街如画，梦也风流食也香。
赢得友邦交口赞，月移花影上幽窗。

北京奥运之歌

京华盛会喜洋洋，友谊之光灿远航。
奥运先锋宏建树，体坛精锐竞飞翔。
群雄夺冠拼招术，高手擒龙赛锦囊。
万国旌旗同招展，中华气势不寻常。

渔歌子·西疆月

亘古西疆不问年，洪荒风雪马蹄前。今夜月，我巡边。驼铃响彻五更天。　　地下宝藏亿万年，今朝开发史无前。人马壮，月儿妍。红红火火拓西边。　　节水浇灌岂等闲，情真意切动心弦。流大汗，建家园。瓜香酒美月高悬。　　情韵深深咏月圆，悠悠羌笛不休闲。讴窈窕，意缠绵。欢歌劲舞夺丰年。

怀念周总理

竭虑殚精报国贞，人民总理爱人民。
艰难岁月同甘苦，砥柱情怀更笃淳。
赢得环球臻友善，振兴华夏起龙麟。
苍松翠柏精神在，屹立乾坤一巨人。

丰　碑

小平请退心安泰，举国尊崇毋懈怠。
绕膝儿孙倍有情，满城花露殊堪爱。
辟开富路育良贤，废弃终身何气概。
潇洒风流一代雄，丰碑高耸云天外。

鹧鸪天·晨曲

全面小康竞物华，春风吹绿庶民家。中枢勃勃栽希望，华夏蒸蒸映彩霞。　风雨后，趁清嘉，城乡宅畔广开花。精神物质俱升调，色彩缤纷果满桠。

凤凰台上忆吹箫·春

绿映楼台，花香大地，邀来词侣诗仙。喜高天丽日，风物无边。满目山河锦绣，雕栏外，翠海凝烟。春风里，韶音雅韵，奔月飞天。　留连。诗情画意，俯仰万山青，情意绵绵。忆巴山夜雨，雪漫幽燕。盛世情怀飘逸，长亭宴，万里婵娟。心花放，春潮澎湃，气象万千。

金家富

重庆涪陵人，1939 年生，涪陵区地方志办公室退休干部，《涪陵市志》副主编。中华诗词学会、重庆市诗词学会会员，涪陵区诗词学会理事，著有诗词集《秋吟集》公开出版。

乘车过清华北大校门

京华名校冠神州，稚子曾经梦里求。
缘浅虽难觑堂奥，门前一瞥也风流。

嫦娥一号探月成功看央视特别节目"拥抱月球"有作

世事沧桑慨古今，不甘人后苦追寻。
一帧图片凝眸久，天下炎黄泪满襟。

戊子人日乘车过李渡长江大桥

一洞出深幽，悠然豁远眸。
三台萦古寨，太乙讶新楼。
蛙自波中隐，岚从脚下浮。
回头望南浦，无复见扁舟。

【注】

蛙指长江北岸梁沱上之青蛙石，昔年枯水期间露出水面，三峡蓄水，已被永久淹没。

题《家琮诗选》第二集

诗骚荣枳邑，大纛独擎先。

忧乐共黎庶，锋芒向佞奸。

名随鹤梁显，影藉国刊传。

廉颇思民主，犹凭一寸丹。

【注】

鹤梁，指涪陵白鹤梁诗社（原晚情诗社），从建社开始，戴君家琮即担任该社社长长达二十年之久，现为名誉社长。

戊子季春京津纪游 (选四)

游 故 宫

高墙深院锁青春，无那年年柳色新。

半日周遭犹觉小，那堪禁里白头人！

游颐和园

走走停停过画廊，依山傍水赏春光。

当年海晏河清否？石舫无言对上苍。

游大观园

似曾相识入名园，曲槛回廊随处看。

可怜槛外萧萧竹，犹隔纱窗唤紫鹃。

登天安门城楼

人来人往太匆匆，过眼烟云一例同。

六百年间怀往古，汗青几度识英雄？

戊子惊蛰结伴自南湖寻别径登望州关

溯溪拾级漫登高，往复回环过小桥。

竹木参差望岩长，亭台错杂任人挑。

偶闻野老谑时俗，顿使荆妻笑折腰。

还绕紫藤临绝顶，开怀更比昔年饶。

【注】

紫藤：涪陵望州关古道下公路外有"紫藤花园"。

林 洁

曾用名，林桂银，玉泉居士，女，1947年生，重庆江津人，毕业于四川畜牧兽医学院。中华诗词学会会员、重庆诗词学会会员、江津诗词学会常委、组联部长。

赏根雕

人探古树一根茎，刻艺精雕妙如神。
起舞文姬琴咏起，仙山百鸟入诗林。

咏 荷

池塘莲藕吐芬芳，独占水中红着装。
紫气东来牵柳舞，鱼去龙门奏乐章。

江津遗爱池

清晨几水雾茫茫，苗铺道边草也香。
遗爱池中藏碧玉，中秋佳节月如霜。

爱自然

游人切莫损花残，牢记唇亡齿则寒。
草木怡情灵性有，和谐共处爱自然。

黄果树瀑布

天河浪涌震山摇，黔贵三江汇巨潮。
我欲仰观忧帽落，神州俏宝壮雄豪。

咏 梅

冰肌玉骨立寒门，五岳之颠香满盈。
老干经霜尘不染，世间唯有重真情。

缅怀屈原

汨罗一投入仙乡，诗祖灵台碧玉香。
绿水波迎风骨出，离骚一卷世无双。

四面山卧龙沟

江南秀丽誉千秋，四面山中眼底收。
假若秦观今尚在，奇文定载卧龙沟。

钗头凤·情尤昨

　　君离走，余黄酒，满腔愁绪悲凉有。秋风恶，吹人落，断肠人去，断肠人活。莫！莫！莫！　　心如旧，祈天佑，泪痕常湿襟衫袖。思君昨，池塘角，山盟虽在，海天难跃。跃！跃！跃！

思佳客·赠友人

　　蜀水巴山路万重，那年同饮醉颜红。深秋丹桂长空月，一夜飘香带阵风。　　分别去，梦魂空，墨和泪水并齐胸。今宵停电燃红烛；笔弄黄花千纸中。

林发礼

　　一九三八年生，重庆江津人。曾任江南职高校长，江津市老年大学诗词教师；现任江津区诗词学会副会长、《江津诗苑》执行主编、中华诗词学会会员。著作有《诗词曲格律教学》、《虎啸居吟稿》等。

重庆海底世界

泱泱海底容千族，古怪稀奇眼界开。
强弱相居无霸主，悲乎人类战成灾。

谒杜甫草堂

一代诗书诵不休，深思掩卷有来头。
居朝不废董狐笔，在野仍书宋玉愁。
宁愿破衾居草屋，但期寒士住琼楼。
难能字字千金值，无怪篇篇百代流。

九华山凤凰松

无愧人间第一松，风姿不与众松同。
蓁蓁羽叶如翔凤，矫矫鳞枝若衮龙。
几度沧桑犹郁郁，千年风雨更葱葱。
喜看古树青云志，振翅轩轩欲太空。

步蟾宫·咏昆明西山

悬岩曲径昆池畔，美女睡、任人攀看。闪波光、浩渺似无垠，五百里、烟霞如幻。　　龙门高处云纷乱，奇而险、上天一半。寻幽揽胜乐如仙，身临景、了心愿。

汉宫春·"神五"凯旋

"神五"经天，着陆如人愿，史辟新元。辉煌盖世，大江南北腾欢。奇勋瞩目，里程碑、环宇评传。俄美乞、联军攻克，空间国际难关。　　却笑强权收敛，见中华壮举，名列其间。功臣业垂万代，利伟冲前。巡星访月，看神州、待发飞船。时不久、堂堂华夏，太空谁敢标先？

［中吕］喜春来·英雄中国

　　汶川骤发空前震，地裂山崩万里痕。人房禽畜并遭吞。万邦君，慰藉又施恩。　　［重头］中央速调三军进，继日救人不顾身。力排湖患护生民。显师魂，军警创奇勋。　　［重头］扶伤救死秒分慎，防疫流行昼夜勤。舍身忘我救伤员。最情真，天使白衣人。　　［重头］灾情如令八方赈，众志成城泣鬼神。如流款物向灾民。奉慈仁十亿一家亲。　　［重头］胡温督战汶川郡，帷幄运筹善遣军。家园重建焕然新。问千村，枢要最功勋。

岳鹏飞

河南巩义市人，1932年生，军队离休干部。高级工程师，建设诗社会员，重庆诗词学会会员。撰有《七十回顾》。

夜班归人

冷月朦胧撒玉华，修长身影向东斜。
归人步伐轻而急，犹恐开门惊醒她。

登鹅岭

山绿两江水，朝天汇一川。
人杰地灵市，敢为天下先。

夏　读

天热蝉声噪，夜深蛙竞鸣。
读书难觉晚，良夜接清晨。

文廉武勇赞

武将能轻死，文官不爱钱。
如斯天下治，浩气固江山。

权　力

劲风能折木，窗纸亦难穿。
劝汝风云处，虔心向远山。

夏夜江边

月白云稀风更馨，粼粼波影小船轻。
乘凉漫步渠江岸，阵阵蛙声唱乱萤。

梦　境

天色如水，湖畔轻纱。
山高月小，飞鸣寒鸦。
小舟入睡，鱼跃浪花。
我心沉醉，融入天涯。

随　感

山高先见月，地平路好行。
海边闻涛啸，林间听风鸣。
欲知不平事，市井识民情。

三峡大坝赋

　　长江长长，江水泱泱。大坝昂立，山色湖光。电站发电，照亮四方。渝沪水远，万吨直航。世人竖指，敬佩赞扬。　　中外游客，前来观光。伟哉大坝，工程辉煌。孙文幻梦，国人理想。党的领导，夙愿终偿。　中国大步，迈向前方。

巨人之歌·祖国颂

　　头枕昆仑兮，脚浴东海涛。左手抚北漠兮，右手托南沙岛。望太空浩渺兮，背大地坚牢。听长风弹奏兮，观龙凤舞蹈。享日月光华雨露兮，与天地同寿考。巨人站起来兮，顶天立地；巨人意愿兮，与世同好。

欧文宽

女，重庆璧山人，1940年12月生。小学高级教师，退休于原渝州大学人事处。重庆高教老协晚晴诗社会员，重庆诗词学会会员。独撰《闻鸡起舞》诗词集，合撰有《中日友好诗词选》、《晚晴之歌》《神舟颂》等十余种。

六五述怀

春花秋月去如烟，六五韶华只惘然。
百事未成人渐老，三生有幸体犹安。
闻鸡起舞非今日，对盏敲诗已数年。
结社八年情正好，雏鸦学风共吟鞭。

参观七星岗通远门遗址

一方雄踞金城门，百孔千疮鉴古今。
火炮巍然决死战，虎贲勇猛誓图存。
丰碑永记丹心谱，残垒犹留碧血痕。
重建新楼抒望眼，七星添彩慰忠魂。

奥运健儿赞

张娟娟

搭箭张弓百步场，飕飕准射靶中央。
群星陨落东方亮，为国争光喜气洋。

陈若琳，王鑫

十米跳台两小丫，清纯稚嫩吐新芽。
纵身一跳金丝燕，入水红鱼水里花。

黔江小南海

当年大地一声吼，石破山崩冲斗牛。
伟力万钧天造海，碧波千顷送飞舟。
一亭伫立海中间，鱼跃鹤飞入眼帘。
日月每从肩上过，秀山常在水中看。

一剪梅·观回归国宝

牛虎猴头国宝光。栩栩如生，饱受创伤。清廷腐朽法英狂。掠夺名园，纵火生殃。　　旷世稀珍落异乡。世纪沧桑，旧恨难忘。今朝完璧返家邦，万众欣瞻，奋力图强。

仙女山赏雪

门前堆絮瓦生霜，野舍登门有烤羊。
仙女不知何处去，松林抖擞雪流香。

参观江油李白故里

陇西院

青舍瓦房古木森，陇西院述颂经人。
豪吟洗砚磨针处，要把诗仙灵气寻。

青莲石

诗仙四海久飘零，客死他乡心有灵。
化作陨石归故里，流连昔日读书声。

纪念胡耀邦同志诞辰九十周年

清正廉洁铸一生，山川踏遍体民情。
大刀阔斧评冤假，活在人心便永生。

苟 君

重庆人,1969年生,国家二级美术师、中华诗词学会会员、重庆市诗词学会理事,中国文联出版社曾出版发行《苟君书法作品集》、《桑海轩文著》,中华文化出版社曾出版发行《苟君诗词曲联选》。

论诗书画印

建安风骨格调高,气韵俨然情自操。
休学杜陵瘦硬语,仄声倾口也徒劳。
八法羞称馆阁工,无形草草竞鸿蒙。
篆籀学了好为古,拔去剑锋作笔锋。
画家胜景在初亭,手接玉花冻欲醒。
点化枝头超物化,何关学士描空灵。
冲刀一笔形神全,破碎支离始自然。
刻鹤屠龙三尺剑,线条描影让人怜。

如梦令·咏春

风摇柳黄无数,惊落春红蕊吐。短棹过萍波,一对水鸳倾慕。且住,且住,试问春归何处?

［双调］风入松·友人劝饮

醒时非酒亦生狂，才气两相当。颠张醉素心头沸，怎生的、平地波浪。笑谈糟丘破费，一时粉墨文章。

西湖楼外楼

上舟避暑开芳宴，轻折荷盘当酒罍。
半朵云芙擎翡翠，满湖甘露泻玫瑰。
堤边行饭多逢柳，野外寻诗难觅梅。
三十五年江海梦，反思不值手中杯。

和沈鹏先生题王铎草书原韵

走笔人生入数行，散闲八法精神藏。
印泥折股始秦汉，剑舞飞龙出晋唐。
隐者扪闻隐避世，醉书自笑醉能狂。
细看造物本无物，不滞情思上下扬。

和冯其庸先生题余草书原韵

掷笔十年半臂寒，狂龙醉蟒等闲看。
有灵文字非人力，剑舞之神通草翰。

念奴娇·赤壁怀古用东坡原韵

　　北冥鱼去，钺沉海、经纬千年何物。汉鼎三
分，江水热，弹指沧浪赤壁。万里冰轮，一线潮头，
舞尽飞鸿雪。云岩竞秀，几多天下英杰。　　谁
似坡老忘机，黄州海狱路，离骚狂发。宠辱流转，
欢与泪、心事等闲明灭。书剑飘零，情浓凝有处，
散开襟发。今谁存者，一川无主风月。

启功先生题敝庐

谁为爱此庐，题名勉为居。
驱尘千古物，贪床万卷书。
带雨润笔砚，回风责虫鱼。
炎凉世罕处，俯仰窗外车。

过三峡四首

（一）

神女朦胧影半斜，江风透入碧窗纱。
无情岂是真豪杰，一曲咏觞忆落花。

(二)

古城寥廓晦冥中，回首托孤万里风。

往事年年推后水，青山一发作飞龙。

(三)

劈川江束瞿塘阔，高峡流云窄泻过。

天外数峰映日赤，跳珠飞驭沐船蓑。

(四)

顶天楼阁俯长江，杳杳船低鹭起双。

更有啸吟群玉外，沉沉号子压雷降。

蠡园怀古

卧薪尝胆演春秋，飞鸟良弓几度休。

勾践难消西子恨，夫差愧报伍员仇。

红颜独忍十年泪，白首共偕一叶舟。

涡点沧浪启远志，人生何处应停留？

自　嘲

驮诗天一涯，马瘦步蹒跚。

蕉雨疏花绽，松风古砚寒。

落红寻诗句，挥笔退铅繁。

回首十年梦，新词何处刊？

贺新郎·读史前柳湾文化

万物载于土。友人西域来传迹，柳湾陶祖。直曲线描通一画，还模雕颜色拊。文化史前开今古。早比女娲人捏造，泥分高下等差不足。只记得，点斑塑。　　尘封岁月前缘渡。流水花逝不相待，总论天数。堪笑书生争名节，竖子圣贤同伍。窃国大盗封万户。千百之裘非一狐，世界宏观客反为主。强凌弱，把人掳。

苴却砚铭

五岳之外，天府之足。蜀山所钟，金水所浴。坚劲似铁，温莹似玉。化为片云，堕入我束。用以作砚，文字之福。　　墨沉花飞，月出藻沃。不假雕饰，天然古绿。斋之幽兮，唯研者之契兮；石之贞兮，唯用者之德兮；譬彼良田，留与相伴耕兮！

水调歌头·登长城

　　唏发北风急，落照啸雄关。当年湖海豪气，烽火数人还。遥想金戈铁马，唯有黄云古塞，举笔赋江山。登上八达岭，风景已斑斓。　　狼烟息，高台在，野花鲜。长城内外，感今念古一瞬间。漫说闻鸡起舞，可惜英雄揾泪，冲冠为红颜。万象皆过客，吾辈去忧患。

荀屏周

重庆綦江县人，1930 年生，高级讲师，曾任綦江师范学校语文教研组长，綦江诗词学会会员。著有《綦江县志·方言第一节语音、第四节语法》。

綦江师范校庆五十周年颂 (新声韵)

曲折征程五十年，喜看旧貌换新颜。
荒坟独厦潜踪影[1]，密树崇楼掩校园。
化雨春风徒半万[2]，建功立业杰成千。
扶摇搏击鹏程远，再创辉煌赖后贤。

【注】

[1]解放前綦师校园，可观者唯集教学、办公、师生住宿于一体之一楼一底之砖房，四周荒坟累累，可谓万座孤坟一幢楼也。
[2]据悉，五十年间，綦师初、中师毕业生逾五千。

庆香港回归祖国二首

(一)

昔霸全球不列颠，逼清得港冀千年。
东狮惊破黄粱梦，无可奈何拱手还。

（二）

长夜难明港九天，迎来吉旦庆回还。
"日不落"兮偏又落，华夏今当刮目看。

赞"110"

电话拨通"110"，几分钟内降天神。
强徒顿作瓮中鳖，群众欢心又放心。

老园丁欢庆教师节

教师佳节廿春秋，科技花开遍九州。
沥血呕心无怨悔，忘餐废寝苦追求。
万千学子成材日，耄耋园丁壮志酬。
国祚昌隆民富足，放歌纵酒庆丰收。

欢庆党八旬华诞

降魔伏怪建殊勋，拯国匡民主义真。
砥柱中流驱日蒋，鼎新革故得人心。
精神物质千帆劲，城市乡村万木春。
欣值八旬华诞际，载歌载舞庆生辰。

痛斥李洪志

罪魁祸首李洪志，丧尽天良大害虫。
狗嘴声言"真善忍"，葫芦卖药伪残凶。
反科反社反人类，败国败家败世风。
但愿痴迷皆醒悟，同批邪教法轮功。

綦江新虹桥咏二首

（一）

一桥飞跨城西东，溢彩流光伟丽容。
党政军民多壮志，归虹消失托新虹。

（二）

旧桥坍塌环球惊，数十军民痛丧生。
警示碑铭长警世：贪污渎职悖人情。

幽林逸致

粉蝶林间舞，黄花遍地香。
高天云聚散，深谷鸟飞藏。
量大忘荣辱，心宽羞短长。
浓荫随处在，傍树好乘凉。

乔迁喜报

广厦连云千万间，书生年迈喜乔迁。

庭园树茂花枝俏，宅第楼高气宇轩。

四室三厅双卫阔，五光十色百灯妍。

前贤时哲应含笑，此屋如今见眼前。①

2004．11．7迁新居后作

【注】

①杜甫《茅屋为秋风所破歌》有"安得广厦千万间"、"何时眼前突兀见此屋"句。

浣溪沙·孤鹤

冬日郊游，伫立林间小路，见一鹤飞落田间，彳亍靠近鸭群，俄而飞去，异且怜之。

红日偏西近远山，成群家鸭笑声喧，悠游觅食在农田。　野鹤此来无伴侣，彳亍渐近鸭群间，须臾自去惹人怜。

闻退休老师张君病重吟①

才过英年未老年，闻君病重我心酸。
教师体质堪忧虑，行业工薪亦可怜。
也有关怀多在口，虽能救治太花钱。
何时医保随人意，无忧无虑晚景恬。

【注】

①诗作于2008.10.8原想以此慰问张君，不想未及蒙面，
先生竟于同年12月病故，痛乎哉！

看家庭暴力影视随感

家庭暴力实堪忧，每睹银屏怒且愁。
拳脚交加伤骨肉，刀枪并举害身头。
妻离子散情何苦，家破人亡恨不休。
法理伸张兼惩教，和谐恩爱度春秋。

颂人民子弟兵汶川抗震

英雄十万奔汶川，军警消防总动员。
空降空投空运急，步行步涉步途艰。
垮坡飞石摸爬险，峻岭崇山攀越难。
抗震救灾功显赫，"人民子弟"不虚传。

铭记二〇〇八年

铭记二〇〇八年，吉凶悲喜不平凡。

冻冰肆虐湘黔鄂，特震摧残汶北绵。①

奥运百龄圆夙梦，神舟七号走蓝天。②

党政军民甘苦共，精诚团结叹空前。③

【注】

① 2008.5.12 四川汶川发生 8 级特大地震。汶川、北川、绵阳受灾均极惨重。

②"走蓝天"指航天员翟志刚出舱"太空漫步"。

③谓民族精神大发扬、大提升。

与妻儿结伴云贵行 (组诗)

(一) 大理好风光

爱子工休滇贵行，夫妻同往喜盈盈。

苍山不墨千秋画，洱海无弦万古筝。

游艇穿梭云水旷，索车上下地天明。

蝶泉三塔皆名胜，逛罢新城赏古城。

【注】

借引用游艇上书画之绝妙写景联意，以志不忘，并资共鉴。

（二）车行版纳热带作物园途中二首

（一）

行来但觉地天新，满目丛林罩路阴。
适才雨打车窗冷，忽又晴空看昔曛。

（二）

万亩棕榈万亩胶，蔗林茶带芭香蕉。
景洪州府傣家寨，物阜民丰赖舜尧。

（三）独往黄果树瀑布

天工造就美无穷，飞瀑洪流气势雄。
声若闷雷闻远近，貌如碎玉溅西东。
迷口烟雨衣衫湿，明灭水帘洞府宏。
老伴畏难余独闯，归来兴致乐融融。

卓丽华

女，笔名青山渺渺，重庆秀山人，1963年生，中学教师，重庆诗词学会会员，黔江诗词楹联学会理事，秀山自治县诗联学会副会长，著有《秋蝉集》。

如梦令·晚归

落日融金山爽，雾霭清清堪亮。独桨晚归来，一路披金湖上。轻唱，轻唱，醉得小舟摇晃。

如梦令·问候

捧束天堂祥鸟，苹果满怀骄傲。还有白荷花，加上青诚微笑。倾倒，倾倒，牵挂在乎多少？

如梦令·晚钓

三月池塘清秀，碧草野花香透。百鸟嘀枝头，唱醉夕阳山后。回手，回手，芳馥满盈衫袖。

如梦令·田舍

傍晚炊烟轻袅，田野四方香绕。一列火车来，惊破梦时方晓。轻吵！轻吵！惊我燕儿归了。

忆王孙·摘花

春光三月景难收，月季如霞开满楼。欲摘伸手好犯愁。舍还休，过了花期又怎留？

相见欢·独上天楼

无言独上天楼，慢悠悠。寂寞心灵深处，苦不休。　弄月桂，放池水，泄烦愁。不让难堪滋味，在心头。

长相思·清明

红花悠，白花悠，又见檐前春燕啾。情思载满愁。　心河流，泪河流，只是清明无尽头。群山一扁舟。

昭君怨·邻女出嫁

宝马花车小巷，笑脸欢声浩荡。红影伴馨香，入华堂。　　金饰粉妆玉赏，黄紫绫娟头上。点点闪珠光，落他乡。

点绛唇·山村晚晴

暮挂夕阳，惹来薄雾轻轻聚。远山轻顾，晚种江南语。　　烟锁丛林，几许农人户。黄花女，凭栏闲仁，剪燕归来数。

清平乐·凤凰山

枝头果满，独立凤凰寇。海阔天高天任远，不见南飞鸿雁。　　时来一阵清风，润泽一路苍穹。化与轻烟归去，凝成一片彩虹。

诉衷情·花间聚会

广场夜里舞翩跹，好友聚花间。浓香阵阵袭进，个个醉心田。　　说过去，道今天，笑来年。往昔堪忆，无愧从前，翘首人寰。

乌夜啼·夏日垂钓

顶上炎炎日，何觉热浪冲天。树荫竹下神仙醉，鱼懒水休眠。　　只盼龙王心软，遣来鳜鲤千千。一无所获终不悔，微笑奉人前。

朝中措·夕阳下

夕阳下去满余霞，林里尽归鸦。清水一江东去，悄悄牵走闲花。　　凉亭桥下，江枫渔火，暮霭兼葭。多少兴衰岁月，沿江灯火人家。

鹧鸪天·钟灵茶

渺渺青山醉彩霞，纤纤玉手捻奇葩。美轮美奂天仙子，步入凡尘百姓家。　　斟玉盏，酌青茶，宾朋满座乐开花，一杯品尽千山翠，梦里留香到天涯。

鹧鸪天·绿窗纱

楼顶阳台种满花，绿枝倒挂化窗纱。闲时无事窗前倚，最赏朝阳与晚霞。　　呼彩蝶，数黄花，妒来百鸟叫喳喳。情丝一缕腮边挂，梦里温馨醉天涯。

浪淘沙·中国银杏王

芳岭绿坡前，蔽日遮天。潇潇洒洒数千年。自在沐风承雨露，滴翠云边。　　凭记任风闲，往事如烟。一如既往自心虔。睹尽世间新旧事，夕照苍山。

行香子·黎明

渐尽黎明，天幕清清。闪光处，几粒星晶。依稀薄雾，冷露晶莹。正晨风轻，百鸟唱，蛩虫鸣。　　秋凉院落，晓露红亭。倚楼栏、独自倾情。楚天明遍，旭日东升。看朝霞红，流水静，远山青。

风入松·回家

绕山顺水踱回家，喜醉乐交加。蜂飞蝶舞芳菲径，迷人处、霭雾烟霞。最赏风轻日好，柔情一路黄花。　　踏歌漫侃妒云斜，羡得浪凝葩。童心难灭相邀伴，正含笑、玉枕丘沙。一任平江清水，将梦流到天涯。

卓绿波

重庆南川人，1921年12月5日生。西南师范大学毕业。现为中华诗词学会会员、重庆诗词学会会员。著有《白丁诗存》。

咏嫦娥一号探月成功

嫦娥探月甫成功，中国豪歌响太空。
世界能源消殆尽，月宫储备未开封。
地球人满将何往？宇宙无垠待串通。
代代跟踪齐戮力，五洲志勇总和衷。

丁亥中秋嘉州花园遣兴二首

（一）

嘉州丹桂已成行，四季开花来内江。
红白缤纷深绿护，快呼慢吸味芬芳。

（二）

落户嘉州已七年，诗词竟写上千篇。
虽无精品堪传世，染有心中点点丹。

戊子岁祖坟修缮落成中元节祭祖诗四首

（一）

过往祖坟寒气盛，如今已在冒青烟；
并非风水能随意，只是儿孙超祖先。

（二）

祖先都是老农民，孝悌持家且义仁；
后辈尤当光祖德，真心发奋做传人。

（三）

岚垭田畔祖安眠，水色山光日月悬；
社会和谐无限好，人间天上两香甜。

（四）

黑溪河水响淙淙，日夜奔流永向东；
卓氏儿孙须奋起，先人浸润应光宗。

咏四川汶川 512 特大地震

一世兴隆一瞬空，来无预兆去无踪。
山崩地裂还余震，屋塌江壅路桥终。
党政胡温疼百姓，军民中外共尊崇。
人能避险能行义，自救救人头等功。

言 老 志

梦入天堂客，身犹在底层。
时空无极限，宇宙任游行。
不耻钻营者，尊崇君子争。
自然须顺应，思想慎权衡。

罗必芬

女，笔名沁草，1927年生，四川兴文县人，曾任重庆市市政设施管理局办公室主任，中华诗词学会、重庆诗词学会、重庆市高教晚晴诗社、歌乐行诗社会员。合撰有《棠棣集》、《芳园吟咏录》、《枫叶流丹画集》，独撰有《沁草集》、《晚霞明唱》。

庆改革开放三十周年二首

（一）

如歌岁月艳阳晴，航正波平灯塔明。
文革十年风雨晦，改开卅载国家兴。
三中全会春雷响，十亿神州锦绣程。
谁领雄师重抖擞，《春天故事》说真情。

（二）念奴娇

邓公决策，我中华迈出、改开之步，爱国爱家人奋起，三十年飞奔去，更喜南巡、东风荡，春满神州路。回归港澳，庆成功办奥舞！　青藏铁路车奔：平湖高峡；七架神舟驭，探月之行舱外走，胜似闲庭游处；农税消除，种粮科技，奔小康农富！黄河为证，听长江赞歌布！

如梦令·红岩村革命纪念馆怀周公

(一)

怀念追思依旧，爱国爱民华胄，逢百拾生辰，
华夏亿人心挂，心挂！心挂！敬仰谒瞻堂下。

(二)

重庆红岩光射，迎接四方游者，黄葛树分岐①，
笑谈莫遭欺诈。谁怕？谁怕？先贤五星高挂！

(三)

伟绩丰功辉宙，人与泰山同寿，今日告英豪，
山水我华非旧！非旧！非旧！归港澳台澎后。

【注】

红岩村有棵黄葛树在岔路口，原国民党时期向左走即去
军统处，右走则到周公馆。

高峡平湖二首

（一）望海潮

平湖高峡，沧桑巨变，环球共赞中华。三代索求，多年苦斗，移民百万离家。今美景堪夸，逆流大江水，江水回巴，立丰碑镇锁龙蛇。　平湖出现清佳，看山溪变阔，景物添加，湖底旧城，新楼列岸，湖中岛钓鱼虾。神女笑迎迓，艇入神农峡，村晏谁嘉？结队轮船上下，输电到天涯。

（二）行香子

高峡平湖，目赏心舒，水天清，倒影沉浮，沙汀鹭点，浅水翔鱼。更巫山美，霜溪月，万枫朱。　水中城廓，城绕江芦，江边户，人喜新居，恋留故宅，忍旧城无，岸列新楼，农渔牧，水山呼。

汉宫春·喜迎奥运

万国嘉宾，鸟巢圣火，欢聚北京，中国办奥，五星照五环情。神州大地，卷狂欢，美梦成真。惊宇宙，前无先例，频传记录新兴！　　两悬国旗三面，是双金辉耀，男女全能，炎黄子孙智勇，乒乓精英。欢呼举重，占鳌头；水馆金晶！抬望眼，金牌51，五星冉冉高升！

天仙子·天庭喜迎双雄

六号神舟今日发，载人飞向银河越，双雄昂首入天庭，迎费聂①，奏仙乐，拱手群星皆列列。　　玉帝宴宾天阙沸，五星空灿诸仙悦，嫦娥万户喜光临，歌一阕，捧红贴，请赴月宫开发切。

【注】

费俊龙、聂海胜二航天员。

喜神舟七号飞天二首

（一）

嫦娥奔月古传流，神七今朝太空游，
出舱漫步天街走，华夏英雄翟景刘①。

（二）

全国欢呼神七行，仰天对话总理情。
同掌美俄出舱技，中华科技起新程。

【注】

翟志刚、景海鹏、刘伯明三航天员。

罗长友

重庆市璧山人，1940 年生，大专文化，曾任区公安分局刑警队副队长、派出所长、区计量所长。中华诗词学会会员、重庆市诗词学会理事，曾获中华诗词学会新会员作品一等奖。著有《灵音诗词选》。

登歌乐山云顶

歌乐灵音韵寸丹，风霜尽染立薇端。
名山万古韶华在，禹迹千秋有马川。
岳麓横烟天地小，绿波纵野水云宽。
红岩英烈能抛血，换取神州翻锦篇。

步和《惠风山庄唱和录》

为寻托付自行痴，诗苑翻腾听马嘶。
风若无心常淡淡，雨来寄意总丝丝。
秋花岸柳开新路，春月池荷忆旧时。
前望千峰芳草绿，更闻百鸟竞雄词。

和江老怀义访岳麓书院

道德文章天下济，豪情热血领逶迤。
幽通千叠书魂引，翠染九州舵手旗。
笔赋风云精气见，功成青史写传奇。
追寻先烈清秋碧，一往前行甘露滋。

乘船游漓江

今来亲近漓江水，顿觉山川大不同。
满载流光呈异彩，纷飞萤火入芳丛。

再行木洞

清幽古镇梦曾留，一水东西碧九秋。
小巷行歌波上走，荣枯几度照江流。

贺新郎·和友人兼怀往事

关山万叠，晓风动，枫点长空景色。香径歌飘，云处有，几许纤红水拍。五岳凭登，三江竞越谁说青春涩？牵魂酬梦，总寻开步良策。　　天地同铸诗心，历人间万象，铅华共泽。面对苍生，思满绪，溶入烟尘情切。可问神州，拿云当不是，只为承诺。经霜荷雪，并肩古道肠热。

苏幕遮·月下思往事寄友人

梦随春，年接岁。波去连天，谁让风烟会。雨下行来芳草翠，月夜流声，歌断柔肠辈。　　欲追寻，能有备？化作豪情，更向云间醉。转动群峰山照水，记否峨眉，笑对秋天惠。

自度曲·再行凉亭关

展情怀脚下几经年，又在白云边。用心良苦地，绿波飞卷，蝶乱秋烟。听唱高山流水，霜叶舞峰巅。往事非常忆，来续新篇。　　满面尘灰写意，揽星还啸月，露宿忘餐。苦甜酸辣味，胸内自留连。径通幽，梦能期许，菊花催，块垒诉真言。路迢迢，沧桑瑞气，霞满长天。

罗昭培

笔名华培，别号綦南山人，1945 年 1 月生，綦江县人，大学毕业，退休前任兵工企业处长。重庆市诗词学会理事、璧山县金剑山诗书画社秘书长。《金剑山》刊副编辑。

思 友

两地心牵五十秋，一腔爱意变离愁。
当年李下金兰结，斯日德前涵养修。
鹤发静清思稔友，征夫永远恋神州。
旧嫌不计同挥汗，时代变迁欢泪流。

（1999 年 10 月 1 日）

春 怀

人逢二月精神爽，示展雄姿喜若狂。
每遇河清情倍笃，文兴国泰志尤刚。
我虽山野溪边叟，心似草堂工部郎。
爱景如蜂勤奋力，你追我赶为春忙。

（2001 年 3 月 22 日）

六旬生日自白

甲申数九诞穷乡，被是霜天地作床。
四季苦寒随脚步，三餐糠菜伴儿郎。
春风化雨禾苗壮，知识满胸身手强。
处长任中追裕禄，如今界外看端详。

（2005 年 1 月 15 日）

题璧山摩崖石刻"悟"

一字珠玑趣味深，任人漫品细详情。
世间多少道和理，悟到头时心自明。

（2006 年 3 月 18 日）

梅

寒从天上起，冷在人间烈。
矫健数她身，英芳笑落雪。

（1979 年 1 月 15 日）

热烈庆祝重庆直辖十周年

千秋古国古渝州，多谢中央大计谋。

直辖提升时代速，高瞻打造小康瓯。

万家灯火从天降，百里桥城任眼收。

十载辉煌难尽数，欢心待上九霄楼。

（2007 年 6 月 18 日）

烛影摇红·难舍昔时情

孝子河边，莘莘学子春窗暖。求知养德仗先生，更喜莺莺伴。月下步儿轻慢，话蓝图、心声不断。志同肩并，细语绵长，无忧天晚。　　故地重游，景非人异霜花乱。荷塘难觅旧时痕，迎面西风满。遍访宗师未见，惊鸿传、黄泉路远。夜来榻上，梦晤金兰，欢颜犹展。

（2001 年 1 月 1 日）

菊

漫卷西风遍地霜，残荷败柳叹凄凉。
寒秋她自篱边笑，深信明天有艳阳。

（1992 年 10 月 4 日）

抒　怀

乐陶陶我爱挥毫，我爱挥毫不惧高。
不惧高光渝放彩，光渝放彩乐陶陶。

（2003 年 5 月 9 日）

窗友喜游璧山桃花山

满山满岭满桃花，满面春风未有涯。
挚友怡情游画境，难分谁美与谁差。

（2005 年 3 月 18 日）

罗国全

土家族，重庆黔江人，1966 年生，中学一级教师，重庆市诗词学会会员，重庆市黔江诗词楹联学会理事。

上海明珠塔

遥望明珠耀碧空，云舒云卷自从容。
冲天豪气来何处？三脚扎根大地中。

吊脚楼风光

（一）

左右厢房吊脚楼，门前溪水好清柔。
方塘半亩鱼吹浪，夹岸柳丝垂钓钩。

（二）

竹应月邀登吊楼，涂丫摇曳借风悠。
春茶一碗香栏外，醉得桃花也害羞。

（三）

花窗月影映床头，贪睡最宜村寨幽。
木叶绵绵频入梦，吊楼一觉最风流。

麒麟山

（一）

一岭千峰迤逦开，峰峰叠翠越天台。
夕阳红脸娇无限，日日山头慢入怀。

（二）

心烦暑气上麒麟，扑面天风洗客心。
遥看放羊山妹子，茵茵绿草牧白云。

（三）

麒麟炎夏最堪游，襟袖飘飘暑气休。
渺渺群峰来脚下，诗情万里上心头。

红籽恋歌

（一）

万盏灯笼一树中，寒风洗面更嫣红。
饥肠一缕相思意，犹在山间红籽丛。

（二）

昨夜山村玉屑飘，天明踏雪过溪桥。
谁将玛瑙枝头挂？红籽颗颗似火烧。

太 平 洞

天窗自启饮炊烟，用具天生一应全。
疑有神仙居此地，焉知百姓住其间。

火铺情怀

火铺冬来最可亲，合家聚拢享天伦。
哥哥摆起龙门阵，弟弟分开紫玉榛。
侄子炉边烧板栗，母亲锅里炖鸡豚。
开怀老父煨烧酒，情到浓时一口焖。

园丁之歌

年年桃李发新枝，正是同侪浇灌时。
作业山前逢月早，笔灰阵上莫言迟。
一方黑土终身事，两袖清风万缕丝。
但得花开香四野，人生轻重我心知。

罗昌重

女，重庆江津人，1930 年生，重庆市文广局公务员。中国诗词学会会员，重庆市诗词学会常务理事，重庆高教老协晚晴诗社副社长。

桃花岛之恋

含笑秋阳照水滨，桃花岛已树成林。
香泥阵阵酬知已，秀叫萧萧吻故人。
如梦林中思往昔，逼真湖畔幻当今。
金风白发繁华景，一快当年种植心。

四面山水口寺瀑布

凌空倾泻一飞泉，粒粒珍珠落玉盘。
朵朵花莲开水面，声声乐曲弄银弦。
濛濛薄霭飘岩岸，袅袅仙姬舞雾间。
习习柔风伴细雨，画中人醉醉留连。

朱鼎固老巧创木节画

点晴木屑思潮涌，化朽为奇创意新。
溪水江河情切切，雪山草地意深深。
飞禽走兽千姿栩，战士渔翁万状真。
巧夺天工谁妙手？苍苍白发老红军。

真情吟

世上友情甚买金，逆流顺境试真心。
不当锦上添花客，甘做雪中送炭人。

春节家庭歌舞会

新春初一合家欢，三代高歌迎虎年。
文艺老兵诗朗诵，校园学子舞翩跹。
美声金嗓歌喉显，民族唱腔韵味甜。
路上行人停步赏，音波余浪上云天。

苏幕遮·涉海

海涛来，浪千叠。七十阿婆，赤脚迎风立。
心旷神怡情脉脉。瀚海人生，礁石胜钢铁。　　仰
先贤，严黑白。中外古今，英杰多巾帼。天宇翔
鸥凤猎猎。入我词篇，似海心胸魄。

归自谣·与五岁孙同观国际机器人大赛

机器跑，比赛足球争夺秒。五洲竞智勤开脑，孩童随着狂舞蹈。都赢了，祖孙同乐哈哈笑。

转应曲·梦亡夫

思念，思念。两地夫妻梦恋。情深意切缠绵，同杯醉饮梦甜。甜梦，甜梦。永不醒罗昌重。

转应曲·坚韧

椎断，椎断。惹得心烦意乱。天天学鸟飞翔①，争还昨日健康。康健，康健。自奋勇勤操练。

【注】

床上功能锻炼。

一剪梅·多情鹭岛鼓浪屿

三叶梅花牵我裙，素面微晖，含笑频频。层楼隐露绿丛中，明媚冬阳，暖照游人。　　白鹭群群迎外宾，曼舞英姿，礼仪彬彬。悠扬乐曲颂海魂，丽岛花园，洗净心尘。

诗 绪

清风习习满阳台，雨后乘凉诗绪来。
何必矜夸权贵族，如金惜墨诵英才。

题小孙百日照

雏鹏百日把头昂，炯炯目光注远方。
骤雨疾风何所惧，他年展翅任邀翔。

汉诗结友情

华夏扶桑诗友聚，文坛交往古连今。
低吟高唱知音曲，梅蕊樱花同溢馨。

风浪行舟

奇洞山前独向空，扁舟一叶大江中。
巨轮辟浪洪峰涌，快艇穿涛怒水汹。
半侧船头波溅入，全思雅趣自轻松。
问君何故冒风险，逸兴只缘探放翁。

自 强

人生弹指一挥间，八十来临度晚年。
道路崎岖开慧眼，逆流练志作钢坚。
耻为名利卑躬者，但做自尊昂首贤。
默默埋头作奉献，黄花晚节笑依然。

忆江南·老年英语自学小组

驱寒气，求学热情高。雅韵佳音吟岁月，
ABCD 伴朝朝，翁妪尽风骚。

点绛唇·合川钓鱼城

峭壁千寻，波涛澎湃三江怒。抗蒙如虎，众
志金汤固。　　战鼓冬冬，上帝折鞭处。驱强虏，
英雄无数，功德垂千古。

一剪梅·怀君

淡泊无奢哭蔡郎，心系黎民，报国忠良。夫
妻对饮活家邦，际遇清凉，正气高扬。　　一片
冬愁愁断肠。情意绵绵，思绪茫茫，十年怕看锦
书囊。病也思量，梦也思量。

鹊桥仙·读汪崇义君《饮茶诗词集》

品茶韵味，诗含禅语，话外人间妙曲。多情君笔紧留春，绣华夏，花红柳绿。　　和音起伏，风光驻足，茶海诗波沐浴。化经史口舌生津，击掌赞、琳琅满目。

唐多令·军中姊妹花①

军旅育娇娃，双开姊妹花。艳牡丹，怎及她她。五十年峥嵘岁月，艺苑秀，核专家。　　功显不矜夸，双馨德艺佳。倚东风，心系中华。两鬓飞花何足道，豪情涌，乐晚霞。

【注】

①重庆藉女兵邓敬苏、敬兰。分别为师级艺术家，军级核医学专家。离休后仍继续作贡献。

罗福高

　　土家族，重庆黔江人，1933 年生，大学文化，退休前任中学教导主任，重庆市诗词学会会员，重庆黔江诗词楹联学会副秘书长，著有《桃蹊集》。

小南海采风

（一）

山妹摇新月，苗哥荡小船。
伊人秋水碧，情漫荻花滩。

（二）

南海水天色，一湖秋月圆。
嫦娥舒广袖，似我韵丝编。

（三）

野树摇烟雾，群峰倒影悬。
林深童笛渺，隐隐一挥鞭。

咏 竹

月夜闻风风过芜，琼枝弄影影疏疏。
幽篁低处笋初窜，窜出云霄绘壮图。

荣昌濑水河沿漫步

柔柳丝丝弄素琴，涓涓濑水动诗心。
虹桥小听月偷影，夜色撩人柳恋人。

早春图

晴雪梅花弄晓香，红杏枝头闹嚷嚷。
晨窗绿透芭蕉女，春色悠然过短墙。

孤 岛

仓皇一别古山城，泪洒慈溪眷故人。
此去何年重祭祖，不期孤岛隐孤身。

荷池漫步

分绿芭蕉扇面开，疏疏梅影映书斋。
莲池膏雨开新绿，河岸柳丝钓玉苔。
蝉语声声催日落，蛙声点点送春来。
朦胧山色披烟幕，碧水绸罗织几排。

浣溪沙·山乡

缕缕心思瓣瓣香。茫茫大地沐春光。山河秀
色著新装。　　万树梨花迎丽日，一溪烟雨绿垂
扬。清风几度叩家乡。

江城子·春深夜

春深夜重月黄昏，懒挑灯，听蛙声。暗绿纱
窗，曳影早斜横。凉意几丝催梦醒，芭蕉雨，滴
三更。　　梦回几度觉天明，叶菁惊，玉枝倾。
红减翠衰，花又重几分？莫道化工春意少，风儿
紧，雨儿勤。

奉 春

字斯金，号苦瓜居士。四川内江人，1961年4月生于重庆渝中区一书香世家，重庆市公安局一级警督，中华诗词学会会员、重庆市诗词学会理事，著有诗词集《苦瓜汁》。

汛情·记丁亥小暑嘉陵江发大洪水

又是通宵雨挟雷，江滨弱柳任风摧。
黄昏恶浪消还涨，拂晓洪峰去复回。
才借旧帆当卧具，即来新港护船桅。
连三昼夜惊涛里，何惧灾情阵阵催。

话 梅

何愁酩酊少人陪，畅快能干三百杯。
玉靥沁香醉当醒，冰肌凝雪抹还回。
黄昏有梦樽前约，疏影无痕眼底飞。
莫道风流总沾酒，多情恰爱引渝梅。

彷徨

趔趄马厩意彷徨，郁闷无凭望大江。
月挂中天多寂寞，岁牵半世缺糟糠。
贪杯本为愁而起，醉酒方知乐未央。
夜静星稀难入寐，斜敧陌榻疗心伤。

筵 贤

江水煮鱼香满湾，如钩新月钓阑珊。
喜邀豪赋星光耀，愧受华辞酡影潜。
付梓无心追薄利，开筵有意拜高贤。
谈诗酌酒佳篇涌，册页随风几顾看？

雨夜得句

沥沥西山雨，凄凄落寞人。
寒风吹子夜，晓雾罩孤村。
庙郭残更短，庭园积水深。
一洼萧瑟影，心寂了无痕。

游璧山青龙湖

涧旋岚霭生，泉响雨初停。
把棹闻啼鸟，伤怀感落英。
云残难逐韵，风倦有余声。
作客青湖上，心随雁字行。

秋游武胜太极湖

晨霭绕河湄，烟波涤翠微。
一声鸥鹭起，双影水天飞。
石鼓锤波响，巴茅掬浪肥。
棹摇舟渐近，谁又捕鱼归。

初春踏青过农家

夜雨盈堤堰，桃红点黛湖。
天空奔雪豹，檐角挂莹珠。
石畔闻鸡犬，山岚听鹧鸪。
锄夫唤行客，行客睨村姑。

春 晓

窗外好春光，伊人悄下床。
嗲声随影进，快喝腊蹄汤。

重阳感怀

已届深秋霜染袍，落英点点信登高。
欲将文墨修香桂，却抱西风剪野茅。
豪气沉腔能动鼓，柔情趁韵可扬箫。
平生盈缩羞言志，最爱重阳舞醉毫。

徘 徊

徘徊把盏渡南轩，绿豆佳醇照垢颜。
心寂何奢庭院暖，情愁哪管桂宫寒。
良辰易索残更梦，荒夜难猜晓月天。
蘸酒填成词一阕，化为凄泪洒栏杆。

夜投无名庵

残红一抹退荒庵，月色凄清罩玉关。
泉冷风荷生夜烛，尼空露竹点晨龛。
几经萤火心难寐，半就青灯影自闲。
蛮韵成诗期万古，不愁题句老深山。

寒蝉中秋

入夜徘徊出竹楼，寒蝉凄喋惹人愁。

衾粘落桂香如故，泪滴矮棠痕自留。

身向蟾宫追玉兔，心同娥女托云鸥。

中秋又遇潇潇雨，无息无声立陌头。

中秋父女情

中秋电话到遥关，风雨秀山收眼帘。

三省一锅添雅趣，二胡半曲惹心酸。

窗前落桂生乡绪，驿外传灯映画檐。

爱女笑将明月寄，渝州夜景入湘黔。

夜

有佳人作伴，心境如月。

雨后天晴夜，更为沉与黑。

唯其江岸楼，明胜中秋月。

狂　潮

频频出警已深宵，浪打船桅铁索摇。

洪水成魔江陡涨，丹心一颗压狂潮。

春梅·诗赠尹渝梅女士

横舟迎客过河汉，风雨无常岁月遐。
看似春心未尝动，老枝新巧著梅花。

画 荷

朱毫蘸墨浸红晕，举蕾听蛙野外鸣。
点露滴香荷叶里，珠圆玉润驻芳庭。

秋 叹

雾遮南岫水天低，秋去无痕鸟乱啼。
黄叶不知红叶怅，好生妒嫉逐流溪。

武陵山区中秋行吟

凤凰无凤正彷徨，彭水寻来问酉阳。
月隐秀山风著雨，清辉独爱下黔江。

雨 夜

跳珠簌簌响亭楼，雨夜飞烟韵可讴。
水满池沿蛙不动，风疏灯盏蝶轻游。
婆娑瘦竹难遮影，萧瑟藩篱可蔽羞。
已是更深人入梦，会心一睨抿温柔。

游乐山

惊涛浩瀚汇嘉州，佛镇三江浪亦柔。
载酒亭吟诗遣兴，东坡楼看砚行舟。
半屏朱阁含松影，一抹斜阳入玉瓯。
东去篷帆归渺渺，凌云随我进乌尤。

游丽江古城

清溪汩汩注秋池，石径蜿蜒看柳枝。
风起飞檐朝发处，意沉流水暮归时。
菊娇南国何生妒，鬓染北墙犹应思。
古镇悠闲寻剪影，往来小巷步迟迟。

朝天门点放孔明灯·为汶川地震死难者志哀

青川摧裂北川崩，何处关山不见茔。
忍对长江思汶水，渝城飘满孔明灯。

春　景

堤院青青枝乃发，蝶蛾飞舞入梨花。
桑姑戏水春波里，笑捧涟漪洒绿崖。

宿丁山湖农家登楼赏雨景

风卷高湖湖蹴天，峰成倒影雾回环。
楼台雨接青樟外，梢隙撑来一客船。

畅游洱海

浪影波光水接天，白云及顶上楼船。
苍山洱海随风动，两岸笙歌掀客衫。

春游（新声韵）

乙酉之春，与同事游綦江，夜宿长田银盘山庄，恰逢春雷初动，夜雨盈池。清晨醒来，满目葱茏，欣然吟诗一首，以记之。

盈池夜雨洗新苔，李敏桃捷杏绽开。
雾绕银盘白鹭远，黄莺一啭奉春来。

题丽江玉龙书院

霜扉不动亦矜持，嶂雾凌虚乃巧思。
飘渺苍松堪写意，吟家安敢乱题诗？

水龙吟·与万先生龙生同游凤凰古城

古城青石垣街，一桥二拱衔双月。风轻雨细，棹摇水皱，潜鱼可瞥。松蔽朱檐，竹疏翘阁，柳淹亭榭。捣衣声渐去，吊楼脚下，有苗女，歌和乐。　　早与凤凰有约，正中秋、却蒙蒙夜。茶几置岸，玉觞斟满，万公称惬。看惯霓虹，偏生乡绪，饼香难噎。把河灯点了，更深雾重，雨消风歇。

鹊桥仙

鹊桥杳杳，天河渺渺，又是一帘清宿。寒鸦瑟瑟立檐头，月辉冷，银钩清瘦。　　情迷亦幻，梦痴易断，离合生生尝透。更深独自守怅惘，独守那，孤灯苦酒。

点绛唇·月台送别

月影婆娑，月台离别还相偎。黯然挥袂，气笛声声碎。　　莫问归期，一问谁来慰？其滋味、让人陶醉，却又催人泪。

〖中华诗词存稿·地域专辑〗

中华诗词学会 编

重庆诗词卷

卷三

汪崇义 著

中国书籍出版社
China Book Press

目　　录

孟滋敏 ································· **749**

蓦山溪·鱼 ···························· 749

极相思 ······························ 750

蝶恋花·安居 ························· 750

黄莺儿·打工仔 ······················ 750

摸鱼儿·打工仔妻 ···················· 751

游涪陵白岩道观 ······················ 751

明成碧 ································· **752**

游桃花山庄 ·························· 752

咏黄桷树 ···························· 752

游鹅岭公园 ·························· 752

忆　春 ······························ 752

终南山 ······························ 753

浴北温泉 ···························· 753

凉风垭隧道 ·························· 753

颂改革开放三十年 ···················· 753

乡　情 ······························ 754

观荷赋诗 ···························· 754

姚益强 ································· **755**

书房自遣·····················755

杂　感·····················755

游深圳·····················755

纤夫曲·····················756

落　花·····················756

芳　草·····················756

登峨嵋金顶·····················756

由大连渡海至烟台·····················757

望海潮·春雨·····················757

蝶恋花·园林姑娘·····················757

青玉案·寻春·····················758

青　山·····················758

游园偶见·····················758

夜宿南山·····················758

游川南竹海·····················759

遣　兴·····················759

休　闲·····················759

生　涯·····················759

水调歌头·抗战胜利感赋·····················760

金缕曲·暮春·····················760

晚　眺·····················760

花　村·····················761

倒　影·····················761

服装表演·····················761

登泰山玉皇顶·····················761

落　日·····················762

浪淘沙·下岗工人 ……………………………………………… 762

鹧鸪天·买菜归来 ……………………………………………… 762

鹧鸪天·乡愁 …………………………………………………… 763

赵中秀 …………………………………………………… **764**

牵牛花 …………………………………………………………… 764

螺罐红云 ………………………………………………………… 764

赞荣昌冬泳健儿 ………………………………………………… 764

写诗有感 ………………………………………………………… 765

抗震救灾 ………………………………………………………… 765

渝东南诗友来荣联谊 …………………………………………… 765

独游沙堡 ………………………………………………………… 765

神舟六号飞天 …………………………………………………… 766

    （一）…………………………………………………… 766

    （二）…………………………………………………… 766

贺"嫦娥一号"成功发射 ……………………………………… 766

梅 ………………………………………………………………… 766

玉楼春·新农村赞 ……………………………………………… 767

忆江南·贺神七发射成功 ……………………………………… 767

赵云鹏 …………………………………………………… **768**

山乡农夫曲十首 ………………………………………………… 768

    （一）…………………………………………………… 768

    （二）…………………………………………………… 768

    （三）…………………………………………………… 768

    （四）…………………………………………………… 769

（五）……………………………………………………… 769
（六）……………………………………………………… 769
（七）……………………………………………………… 769
（八）……………………………………………………… 770
（九）……………………………………………………… 770
（十）……………………………………………………… 770

赵正明…………………………………………………… **771**

彭水首届娇阿依文化周畅吟……………………………… 771
（一）……………………………………………………… 771
（二）……………………………………………………… 771
论　诗…………………………………………………… 771
（一）……………………………………………………… 771
（二）……………………………………………………… 772
（三）……………………………………………………… 772
神州巨变………………………………………………… 772
（一）……………………………………………………… 772
（二）……………………………………………………… 773
鹧鸪天·习词偶得……………………………………… 773
（一）……………………………………………………… 773
（二）……………………………………………………… 773

胡久序…………………………………………………… **774**

春节回家华夏情结辩……………………………………… 774
石夹沟游记·访山腰农家有云：
　　中国现代化的关键是对农民的改造……………… 774

自秀山车往凤凰城途中 …………………………………………… 775

诗社情缘·建设诗社成立二十周年 …………………………… 775

后庭花·羡竹居 …………………………………………………… 775

踏莎行·儿媳博士论文答辩在即 …………………………… 776

蜀郡一守两千年·游都江堰仰李冰父子 ………………… 776

胡本栋 ………………………………………………………… **777**

春游北京植物园 ………………………………………………… 777

校　园 ………………………………………………………………… 777

"七一"颂·献给中国共产党八十五华诞 ……………… 777

花好月圆·为 2006 年国庆、中秋节而作 ……………… 778

庆新年二首 ………………………………………………………… 778

　　　　（一） ………………………………………………… 778

　　　　（二） ………………………………………………… 778

恭贺中华诗词学会二十周年华诞 …………………………… 779

观川剧 ………………………………………………………………… 779

旌旗艳·为奥运中国而作 …………………………………… 779

胡国禄 ………………………………………………………… **780**

重庆朝天门 ………………………………………………………… 780

青龙湖赏夏 ………………………………………………………… 780

参观红岩革命纪念馆 …………………………………………… 780

满江红·缅怀毛泽东 …………………………………………… 781

长　城 ………………………………………………………………… 781

金堂湖漫游 ………………………………………………………… 781

凉伞石 ………………………………………………………………… 782

致友人 ……………………………………………… 782

一棵松 ……………………………………………… 782

胡焕章 ……………………………………………… 783

巫山低 ……………………………………………… 783

登山海关城楼 ……………………………………… 785

新世纪寄语 ………………………………………… 785

甲申秋初游香港感赋 ……………………………… 785

题《长江垂钓图》 ………………………………… 785

侯洪文 ……………………………………………… 786

南海清波 …………………………………………… 786

洞塘水库 …………………………………………… 786

茂云山恋 …………………………………………… 786

游乌江河堤 ………………………………………… 787

都江堰 ……………………………………………… 787

丹　桂 ……………………………………………… 787

放　牧 ……………………………………………… 787

晨　操 ……………………………………………… 787

栽　秧 ……………………………………………… 788

打　柴 ……………………………………………… 788

诗　迷 ……………………………………………… 788

六旬抒怀 …………………………………………… 788

正　气 ……………………………………………… 788

战洪赋 ……………………………………………… 789

石城赋 ……………………………………………… 789

夜游万米河堤……………………………………… 789

春　韵…………………………………………… 790

临江仙·神龟峡………………………………… 790

一剪梅·夏……………………………………… 790

一剪梅·秋……………………………………… 791

八声甘州·思念母校…………………………… 791

钟少洲……………………………………… **792**

八角街大昭寺怀古（新声韵）………………… 792

攀登昆仑山有感（新声韵）…………………… 792

雪山晚会（新声韵）…………………………… 792

捻羊毛（新声韵）……………………………… 793

鹧鸪天·路过康定（新声韵）………………… 793

游剑门关（新声韵）…………………………… 793

走马岭赏桃花（新声韵）……………………… 793

荧屏观汶川震灾（新声韵）…………………… 794

渝中半岛（新声韵）…………………………… 794

夜（新声韵）…………………………………… 794

边卡抒情（新声韵）…………………………… 794

边关哭慈母（新声韵）………………………… 795

流亡者归思（新声韵）………………………… 795

观才旦卓玛献歌（新声韵）…………………… 795

浪淘沙·过五道梁（新声韵）………………… 796

参观故宫有感（新声韵）……………………… 796

黄葛晚渡（新声韵）…………………………… 796

夜读梁上泉《琴泉》诗集（新声韵）………… 797

羊八井温泉（新声韵）·································797

老友夏生桂学画有感（新声韵）·················797

钟守华···**798**

喜贺中共十七大胜利闭幕···························798

咏岩松··798

合浦珠还十年庆···798

戊子岁游南京怀古···799

渝西诗词联谊采风会······································799

津城春韵三首··799

（一）···799

（二）···800

（三）···800

农家作客··800

游杭州黄龙洞··800

钟志远···**801**

赞神舟七号胜利凯旋······································801

抗震救灾英雄礼赞···801

北京奥运赞···802

直辖颂歌··802

牛年贺岁诗···802

钟祥华···**803**

收玉米···803

晨行山间···803

过巴国城 …………………………………………… 803

过梨花山 …………………………………………… 804

道逢山乡耕作机 …………………………………… 804

　　（一）………………………………………… 804

　　（二）………………………………………… 804

长江三峡工程蓄水 ………………………………… 804

秋　菊 ……………………………………………… 805

鹧鸪天·过桃花山 ………………………………… 805

寿楼春·梦悼姨妹文香君 ………………………… 805

钟朝杰 ……………………………………………… **806**

施洞赴剑河途中 …………………………………… 806

阳台菊丛 …………………………………………… 806

重庆慈云寺随喜 …………………………………… 806

乡思怀旧雨 ………………………………………… 807

银　杏 ……………………………………………… 807

怀凯弟 ……………………………………………… 807

水龙吟·黄桷垭 …………………………………… 808

点绛唇·南山春 …………………………………… 808

姜中山 ……………………………………………… **809**

踏莎行·滨湖新城 ………………………………… 809

如梦令·呼吁库区环保 …………………………… 809

水调歌头·贺首批移民新居落成 ………………… 809

蝶恋花·上九节 …………………………………… 810

春　色 ……………………………………………… 810

晚　霞 ·················· 810

江　晚 ·················· 810

雪　景 ·················· 811

晓　晴 ·················· 811

百没沱独钓 ·················· 811

黄昏钓 ·················· 811

车窗图 ·················· 811

姜学双 ·················· **812**

春到濑溪 ·················· 812

鸡冠花礼赞（新声韵） ·················· 812

晚霞情（新声韵） ·················· 812

纪念朱德诞辰一百二十周年（新声韵） ·················· 813

古宇湖纪游 ·················· 813

长相思·春游麻雀湖 ·················· 813

谒金门·秋上岚峰 ·················· 814

西江月·新小区 ·················· 814

玉楼春·颂新农村 ·················· 814

唐元龙 ·················· **815**

登观文岩望故乡 ·················· 815

除　夜·原韵和端诚兄《除夜次韵和仁德》 ·················· 815

中秋夜 ·················· 816

常德诗墙 ·················· 816

游龙水湖偶见群鹭乱飞（新声韵） ·················· 816

登一棵树观重庆夜景 ·················· 816

过夔门 …………………………………………………… 816

雾中登重庆长江索道 ………………………………… 817

蓑衣峡 …………………………………………………… 817

剑门关 …………………………………………………… 817

念奴娇·汶川地震 …………………………………… 818

凌泽欣 …………………………………………… **819**

和崇义会长《挂冠》诗 ……………………………… 819

和崇义会长《饮茶诗词集近期付梓有感》 ………… 819

题《汪崇义饮茶诗词集》 …………………………… 819

崇义会长《梦钓子陵滩》 …………………………… 820

寄仁德兄 ………………………………………………… 820

步韵和仁德兄《雨中游合川钓鱼城》 ……………… 820

陪京城、蓉城诗人夜游钓鱼城 …………………… 820

鱼山夜宿 ………………………………………………… 820

钓鱼城见摩崖 ………………………………………… 821

近年间见街市流行坝坝舞 …………………………… 821

观合川嘉陵涪江二水合流 …………………………… 821

北海银滩 ………………………………………………… 821

丁亥洪水彻夜听雨 …………………………………… 821

己丑立春二绝 ………………………………………… 822

（一） ……………………………………………… 822

（二） ……………………………………………… 822

乡村四月 ………………………………………………… 822

秋　收 …………………………………………………… 822

秋日闲诗 ………………………………………………… 823

（一）………………………………………823

（二）………………………………………823

（三）………………………………………823

习水饮酒……………………………………823

题九凌阳台盆景……………………………824

赞月季花……………………………………824

无　题………………………………………824

乡　游………………………………………824

己丑正月十五涪江夜月……………………824

涪江渔夫……………………………………825

渠江渡头……………………………………825

嘉陵浪花……………………………………825

三江渔歌……………………………………825

涞滩古镇……………………………………825

竹枝词二首…………………………………826

　　端午……………………………………826

　　戊子端午………………………………826

闻汶川大地震………………………………826

公祭汶川大地震死难同胞…………………827

次韵和虞廷兄

　《剑门关用温飞卿韵与诸君同赋》并用原韵………827

参加永川毗邻诗会…………………………827

松溉古镇即笔………………………………828

花甲偶作……………………………………828

四月乡游……………………………………828

清平乐·夜雨后郊游………………………829

临江仙·泸沽湖 …………………………………………… 829

耕　夫………………………………………………… **830**

鹧鸪天·述怀 ……………………………………………… 830

祭家婆 ……………………………………………………… 830

题青龙湖 …………………………………………………… 831

四十岁生日感赋 …………………………………………… 831

游石钟山即兴 ……………………………………………… 831

渔歌子·山村行 …………………………………………… 832

　　（一）………………………………………………… 832

　　（二）………………………………………………… 832

　　（三）………………………………………………… 832

江城子·题九江敦颐祖墓重光 …………………………… 832

秦　勐………………………………………………… **833**

自度曲·三峡移民后记 …………………………………… 833

自度曲·秋山红叶 ………………………………………… 833

自度曲·红山茶 …………………………………………… 833

自度曲·游晋云山 ………………………………………… 834

春　游 ……………………………………………………… 834

自度曲·峨嵋山金顶 ……………………………………… 834

自度曲·大雪数日同小孙女登峨嵋山 …………………… 835

白海棠 ……………………………………………………… 835

故居感怀 …………………………………………………… 835

秦继尧………………………………………………… **836**

游聚云山·····················836

游点易洞公园·················836

燕归来·······················837

江东九曲溪···················837

水调歌头·登聚云山览长江天堑···837

念奴娇·白鹤梁···············838

北岩寺点易洞·················838

高传杰·····················839

喜览长江三峡大坝风光·········839

乘轻轨客车喜览重庆市容·······839

春夜抒怀·····················839

秋夜闻琴·····················840

吟诗赋志·····················840

汶川抗震救灾凯歌飞···········840

第十届亚洲艺术节圆满成功·····840

纪念郑和下西洋600周年········841

暑夜感事·····················841

多丽·惊叹北京奥运会开幕式···841

雨霖铃·三伏天兴游四川华蓥山风景区·······842

凤凰台上忆吹箫·心灵的呼唤···842

满庭芳·春夜抒怀·············843

水调歌头·暑夜抒怀···········843

水调歌头·惊叹神舟七号宇航员太空舱外漫游·········844

宝鼎现·纪念中共十一届三中全会召开三十周年·······844

凤凰台上忆吹箫·喜观《神雕侠侣》·845

水调歌头·六十花甲抒怀 ⋯⋯⋯⋯⋯⋯⋯⋯⋯⋯⋯ 845

高静波 ⋯⋯⋯⋯⋯⋯⋯⋯⋯⋯⋯⋯⋯⋯⋯⋯⋯⋯ **846**

家居窗前观赏鹅公岩大桥 ⋯⋯⋯⋯⋯⋯⋯⋯⋯⋯ 846

庆贺北京奥运胜利闭幕 ⋯⋯⋯⋯⋯⋯⋯⋯⋯⋯⋯ 846

畅游重庆白市驿天赐温泉 ⋯⋯⋯⋯⋯⋯⋯⋯⋯⋯ 846

春游重庆市缙云山风景区 ⋯⋯⋯⋯⋯⋯⋯⋯⋯⋯ 847

大学城重庆师大校区执教吟 ⋯⋯⋯⋯⋯⋯⋯⋯⋯ 847

水调歌头·春游重庆歌乐山 ⋯⋯⋯⋯⋯⋯⋯⋯⋯ 847

念奴娇·夏游湖南张家界风景区 ⋯⋯⋯⋯⋯⋯⋯ 848

声声慢·献给汶川抗震救灾中的英雄教师 ⋯⋯⋯ 848

念奴娇·主持重庆诗词界纪念端午节

　　不忘重庆大轰炸历史诗歌朗颂会 ⋯⋯⋯⋯⋯⋯ 849

满庭芳·王蒙先生在重庆师大

　　畅谈当代文学及其发展方向 ⋯⋯⋯⋯⋯⋯⋯⋯ 849

满江红·代表重庆带队赴西安参加全国大学生

　　纪念长征胜利七十周年演讲比赛活动 ⋯⋯⋯⋯ 850

水调歌头·挚友严澍赴澳洲留学感赋 ⋯⋯⋯⋯⋯ 850

青玉案·春游重庆古镇磁器口 ⋯⋯⋯⋯⋯⋯⋯⋯ 851

高德平 ⋯⋯⋯⋯⋯⋯⋯⋯⋯⋯⋯⋯⋯⋯⋯⋯⋯⋯ **852**

南海春景 ⋯⋯⋯⋯⋯⋯⋯⋯⋯⋯⋯⋯⋯⋯⋯⋯⋯ 852

海上放歌 ⋯⋯⋯⋯⋯⋯⋯⋯⋯⋯⋯⋯⋯⋯⋯⋯⋯ 852

题仙女幽岩 ⋯⋯⋯⋯⋯⋯⋯⋯⋯⋯⋯⋯⋯⋯⋯⋯ 852

钟　灵 ⋯⋯⋯⋯⋯⋯⋯⋯⋯⋯⋯⋯⋯⋯⋯⋯⋯⋯ 853

答谢梅江吟友·· 853

过小村有感·· 853

过武陵香山寺·· 853

高阳台·夜宿牛背岛·································· 854

鹧鸪天·春·· 854

鹧鸪天·春日小园···································· 854

鹧鸪天·神龟峡口···································· 855

风入松·官渡峡······································ 855

小南海即景·· 855

卜算子慢·龙泉寺即景······························ 856

高阳台·神龟峡······································ 856

夏业昌·· **857**

春　日·· 857

端午诗情·· 857

庆祝改革开放三十周年······························ 857

读百姓村报道有感···································· 858

虎照闹剧收场·· 858

怀珠湖·· 858

村　妇·· 858

瓜蔓亲·· 859

浣溪沙·吴家坝······································ 859

浣溪沙·教师吟······································ 859

夏百友·· **860**

随友江南采风·· 860

行香子·过长滩 …………………………………… 860

一剪梅·长寿火车站 ……………………………… 861

天仙子·万顺之春 ………………………………… 861

天仙子·洪湖泛舟 ………………………………… 861

相见欢·杨威 ……………………………………… 861

相见欢·程菲 ……………………………………… 862

［双调］蟾宫曲·香港回归 ……………………… 862

长相思·赞团团圆圆 ……………………………… 862

夏家绪 …………………………………………… **863**

秋游大梁山 ………………………………………… 863

同王以培金家富探看江东土高炉书慨 …………… 863

和张季农吟长《元夜曲》寄慨 …………………… 863

丁亥中秋外侄谭建明寓粤电话 …………………… 864

游北山坪 …………………………………………… 864

八十初度周朝诚吟长赐玉步韵为答 ……………… 864

读陈时柄吟长《晚霞生辉》 ……………………… 865

八十抒怀 …………………………………………… 865

陶代仁 …………………………………………… **866**

奥运举重冠军陈艳青（藏头赞） ………………… 866

欢庆神舟六号航天成功 …………………………… 866

（一） …………………………………………… 866

（二） …………………………………………… 866

（三） …………………………………………… 867

（四） …………………………………………… 867

（五）·· 867

猪年咏猪·· 867

（一）·· 867

（二）·· 868

为农民工写照（四首选二）·················· 868

（一）·· 868

（二）·· 868

聂　晖·· **869**

咏四君子·· 869

伴雪（梅）·· 869

钟情（竹）·· 869

清香（兰）·· 869

白怡（菊）·· 869

千古遗音·· 870

七　律·· 870

词：忆江南·秋···································· 870

自撰联：·· 870

徐胜毅·· **871**

吟黄山·· 871

谒双桂堂·· 871

登天山·· 871

圣登山怀古·· 872

题南泉建文殿·· 872

访孔园·· 872

送王蓉调分行 ···················· 872

雁门关感怀 ······················ 872

新疆行（新声韵） ················ 873

钓鱼城怀古 ······················ 873

读郭沫若问题诗，反其意而用之 ·· 873

建文殿怀建文帝 ·················· 873

路闻《梁祝》 ···················· 874

题云篆山 ························ 874

吟白居易 ························ 874

吟奇石 ·························· 875

读刊有感 ························ 875

钓鱼有悟 ························ 875

吟樵坪 ·························· 875

吟苏武 ·························· 876

题吴孝文长江石《自由女神》 ···· 876

见市场竞卖腊梅枝 ················ 876

山野寻梅 ························ 876

郭万擀 ························ **877**

悼周总理 ························ 877

特大喜讯 ························ 877

登庐山遇雨有感 ·················· 878

谒岳飞墓 ························ 878

悼邓小平逝世 ···················· 878

观绿化工人劳作 ·················· 878

六十感怀 ························ 879

西江月·咏袁世凯 ·················· 879

咏　竹 ·················· 879

浣溪沙·泣春花 ·················· 880

读《天安门诗抄》 ·················· 880

袁文彬 ·················· **881**

长寿沙田柚 ·················· 881

凤山公园 ·················· 881

问　天 ·················· 882

咏　菊 ·················· 882

春华秋实 ·················· 882

沉痛哀悼汶川死难同胞 ·················· 882

清平乐二首 ·················· 883

　　（一）京奥闭幕 ·················· 883

　　（二）赞教师 ·················· 883

忆秦娥·春节感赋 ·················· 883

贪　利 ·················· 883

袁普义 ·················· **884**

青玉案 ·················· 884

逛商场题塑模 ·················· 884

阮郎归·赠内 ·················· 885

问红豆 ·················· 885

添字画堂春 ·················· 885

阮郎归 ·················· 886

鹧鸪天·老友约聚 ·················· 886

袁旗常··**887**

颂十六大···887

集鲁迅诗句寄台北诸同学················887

抗旱救灾曲···887

赠余明文同志···888

王昭君···888

偶　成···888

怀念邓小平同志···888

朝天门晚眺···889

梁上泉··**890**

行香子·汶川吟···890

武陵春·牧场霜月···890

点绛唇·云阳张飞庙···890

长相思·黄山···891

菩萨蛮·黄山光明顶···891

水调歌头·游九华山···891

阮郎归·陶行知颂···892

八声甘州·致女词人蔡淑萍················892

梁文勋··**893**

登八达岭···893

遥望玉泉山···893

自剑门经翠云廊···893

阆中古城···894

洛带古镇···894

阳朔画廊 ·· 894

孟庙古柏 ·· 894

瞻孔庙奎文阁 ·· 895

咏象鼻山 ·· 895

九寨沟 ··· 895

满江红·反思 ··· 896

联军耻 ··· 896

水调歌头·神七航天员荣返 ····················· 896

行香子·咏三峡大坝 ······························ 897

鹧鸪天·春到农村 ································· 897

海南赞 ··· 897

玉带滩 ··· 897

梁绍霖 ·· **898**

二〇〇一元旦献词 ································· 898

小平好 ··· 898

南湖轶韵 ·· 898

群胜花果山 ··· 898

热烈欢呼重庆直辖十周年 ······················ 899

次韵陈仁德乙酉除夜诗 ························· 899

步冯鸣吟长《八一初度》原玉 ················ 899

海兰云天游 ··· 900

清理公安档案感赋 ································· 900

次韵冯尧安先生猴年贺岁诗 ··················· 900

梁祖国 ·· **901**

喜庆两岸三通 ……………………………………… 901

参加建设诗社沙龙活动感言 ………………………… 901

端午印象 …………………………………………… 901

观圆明园遗址 ……………………………………… 901

青龙瀑布 …………………………………………… 902

五十九岁感怀 ……………………………………… 902

随　感 ……………………………………………… 902

咏　梅 ……………………………………………… 903

建国六十周年颂 …………………………………… 903

黄　云 ……………………………………………… **904**

天安门人民英雄纪念碑 …………………………… 904

黄河新貌 …………………………………………… 904

咏青藏铁路 ………………………………………… 905

航天惊雷 …………………………………………… 905

自度曲·狼牙山五壮士咏 …………………………… 905

自度曲·腾飞韵 …………………………………… 906

圣火韵 ……………………………………………… 906

乘火车过秦岭 ……………………………………… 906

三峡大坝歌 ………………………………………… 906

黄仁栋 ……………………………………………… **907**

满庭芳·北京奥运开幕式 ………………………… 907

农机补贴好 ………………………………………… 907

减字木兰花·敬礼 ………………………………… 908

惊闻鼠兔铜首巴黎拍卖 …………………………… 908

［仙吕］一半儿·醉春 …………………………………… 908

颂　夏 …………………………………………………… 909

恋　秋 …………………………………………………… 909

咏　冬 …………………………………………………… 909

行香子·春日 …………………………………………… 909

黄玉兰 …………………………………………………… **910**

游湖南凤凰城 …………………………………………… 910

（一） …………………………………………………… 910

（二） …………………………………………………… 910

（三） …………………………………………………… 910

鹧鸪天·游小南海 ……………………………………… 911

醉东风·端午节龙舟赛 ………………………………… 911

浪淘沙·噙泪望汶川 …………………………………… 911

瑶台聚八仙·思妇 ……………………………………… 912

鹊桥仙·直辖十周年逢雨观礼花有句 ………………… 912

念奴娇·暮春初夏杂思 ………………………………… 912

点绛唇·菊缘 …………………………………………… 913

问　菊 …………………………………………………… 913

醉花间·祭母 …………………………………………… 913

感赋二首·步郑远彬先生原玉 ………………………… 914

（一） …………………………………………………… 914

（二） …………………………………………………… 914

落　英 …………………………………………………… 914

采桑子·赞莲花 ………………………………………… 915

蝶恋花·申奥成功喜赋 ………………………………… 915

黄节厚 ·· **916**

重温光明吟长《红枫集》 ························ 916

读劲柏吟长《柏叶集》 ························ 916

赞涪陵籍老红军彭家模抗日题壁诗 ··············· 916

参观纪念抗战争胜利六十周年诗书画展抒怀 ········ 917

再读希明吟长《石鱼诗稿》 ····················· 917

读抗日英烈王超奎牺牲前家书 ··················· 917

参观武隆天生三桥 ····························· 918

参观天生三桥眺望三潮水 ······················ 918

深谢陈克贤老师赐玉 ··························· 918

黄晓东 ·· **919**

昨夜春风 ···································· 919

读书感言 ···································· 919

题同学录 ···································· 919

清平乐·菜刀 ································· 920

浪淘沙·神龟峡 ······························ 920

江城子·红叶书签 ···························· 920

高阳台·八面山抒怀 ·························· 921

谌　泓 ·· **922**

又是巫山红叶时（辘轳体） ····················· 922

（一） ··································· 922

（二） ··································· 922

（三） ··································· 922

泣汶川 ······································· 923

（一）●●● 923

（二）●●● 923

登神女峰有感●●● 923

一剪梅·绿梅●● 924

巫山一段云·梅●●●●●●●●●●●●●●●●●●●●●●●●●●●●●●●●●●●●●● 924

康文俊●● **925**

翻越折多山●● 925

转战中尼路●● 925

神七太空行●● 925

车城大道●● 926

东风拂"三农"●● 926

黄昏练●● 926

临江仙·献给 5.12 救灾官兵 ●●●●●●●●●●●●●●●●●●●●●●●● 926

满江红·忆西藏平叛五十周年●●●●●●●●●●●●●●●●●●●●●●● 927

满江红·观奥运开幕式●●●●●●●●●●●●●●●●●●●●●●●●●●●●●● 927

龚举学●● **928**

七　绝·纪念鲁迅●●●●●●●●●●●●●●●●●●●●●●●●●●●●●●●●●●●● 928

七　绝·咏菊●●● 928

鹧鸪天·回家●● 928

（一）返　里●● 928

（二）见　妻●● 929

（三）见　儿●● 929

（四）见双亲●● 929

新津口大桥●●● 929

章星若·······························930

巴渝十二景··························930

（一）朝天汇流·调寄满江红·········930

（二）山城灯海·调寄水调歌头·······931

（三）缙岭云霞·调寄风入松·········931

（四）北泉温泳·调寄解佩令·········932

（五）独钓中原·调寄念奴娇·········932

（六）四面飞瀑·调寄水龙吟·········932

（七）飞大足石刻·调寄瑶台聚八仙·····933

（八）南山醉花·调寄醉花阴·········933

（九）南塘溪趣·调寄蓦山溪·········933

（十）统景峡猿·调寄秋波媚·········934

（十一）歌乐灵音·调寄凤凰台上忆吹箫···934

（十二）长湖浪屿·调寄望海潮·······935

梅疏影·······························936

丙戌上元夜书·························936

山居春日偶书·························936

春日杂吟···························936

（一）···························936

（二）···························937

山房杂咏···························937

咏　竹·····························937

红　梅·····························937

春日游渝南山老君洞·····················938

春日至黄翁处看花·····················938

木芙蓉·· 938

上啃轩夫子··· 939

　　（一）·· 939

　　（二）·· 939

　　（三）·· 939

　　（四）·· 939

　　（五）·· 940

　　（六）·· 940

　　（七）·· 940

　　（八）·· 940

　　（九）·· 940

　　（十）·· 941

　　（十一）··· 941

　　（十二）··· 941

汶川地震志悼··· 941

山中偶得·· 941

山居夏雨·· 942

西　　湖·· 942

黄山道上·· 942

叠韵寄山选··· 942

　　秋　　山··· 942

　　冬　　山··· 943

　　雨　　山··· 943

　　云　　山··· 943

　　雪　　山··· 943

　　住　　山··· 943

看　　山 ·· 944

痴　　山 ·· 944

德　　山 ·· 944

友　　山 ·· 944

悟　　山 ·· 944

画　　山 ·· 944

程琼玖 ·· **945**

江山祥瑞乐臣民 ··· 945

雷雨之夜 ··· 945

最高楼·纪念朱德同志诞辰一百二十周年 ········· 946

水调歌头·乘船往返里定与丹娘渡口 ············· 946

浪淘沙·也说九幺幺 ·································· 946

好事近·柑林秋韵 ···································· 947

敬　　梅 ··· 947

羲之观鹅 ··· 947

程溥恩 ·· **948**

纪念抗日战争胜利六十四周年 ···················· 948

赠友人 ·· 948

重庆直辖十年 ··· 948

游桃花溪 ··· 949

纪念邓小平诞辰一百零五周年 ···················· 949

沁园春·雪灾战歌 ···································· 949

石州慢·抗震曲 ······································ 950

浣溪沙·师魂 ··· 950

［南吕骂玉郎］·寻故里 ……………………………… 950

［南吕四块玉］·医楼人 ……………………………… 950

颂期颐老人 …………………………………………… 951

哭糟糠 ………………………………………………… 951

芙蓉花开（嵌名诗）………………………………… 951

花季年华（藏头诗）………………………………… 951

　　　　（一）………………………………………… 951

　　　　（二）………………………………………… 952

满江红·斥小泉 ……………………………………… 952

忆秦娥·英明策 ……………………………………… 952

长相思·神七颂 ……………………………………… 953

忆江南·游江南镇 …………………………………… 953

游长寿湖 ……………………………………………… 953

谢明星 ……………………………………………… **954**

瞻白屋诗人墓 ………………………………………… 954

参观贵阳黔灵公园·张学良、

　　杨虎成两将被先后囚禁处 …………………… 954

残　菊 ………………………………………………… 954

登昆明大观楼 ………………………………………… 955

看长江三峡巫山神女峰 ……………………………… 955

西江月·加江津民建迎春会 ………………………… 955

如梦令·万有能画师乔迁志喜 ……………………… 956

纪念改革开放三十周年 ……………………………… 956

咏　梅 ………………………………………………… 956

谢南容 ……………………………………………… **957**

竹海幽梦·······························957

（一）嘉陵月·······················957

（二）板桥月·······················958

冬 至·································958

早春二首·······························958

（一）·························958

（二）·························958

临江仙·格一柳月楼·················959

临江仙·格二文曲荷雨·················959

满江红·九曲黄河赠友西部放歌·········959

烛影摇红·····························960

九张机·······························960

苏幕遮·荷梦·························961

苏幕遮·荷月·························961

柳梢青·荷·························961

天仙子·荷露·························961

雪 庐·································962

谢维森··························**963**

南湖灯塔照航程·····················9623

且笑生平无悔事·····················963

（一）·························963

（二）·························963

赞家乡古镇一石马河开发建设·········964

游西安乾陵·························964

台湾连战大陆行·····················964

牢记人情亲情美德 ·············· 964

游朱总司令故居一仪陇 ·············· 965

七绝·过火焰山 ·············· 965

[越调]天净沙·春游丽江 ·············· 965

韩治国 ·············· **966**

西藏行吟·新韵组诗外二首 ·············· 966

　　（一） ·············· 966

　　（二）青藏途中寄内 ·············· 966

沁园春·有酒皆尝遍 ·············· 967

江城子·初秋又见菜花黄 ·············· 967

有感嗑长头者 ·············· 968

诉衷情·拉萨探亲 ·············· 968

过米拉山口 ·············· 968

自度曲·布达拉宫 ·············· 969

林芝题渝香阁 ·············· 969

如梦令·柏树王 ·············· 969

水调歌头·牦牛赞 ·············· 970

十六字令·山 ·············· 970

从兰州到宝鸡 ·············· 970

尾　声 ·············· 971

外一首　哭贤妻 ·············· 971

竹枝词·帚与竿 ·············· 971

韩廷昌 ·············· **972**

忆儿时 ·············· 972

缅怀大姊 ···················· 972

己未槐月三日朝辞巫溪城 ···················· 972

重阳吟 ···················· 973

雨中汨罗观龙舟 ···················· 973

戊子荷月重游铜梁巴岳寺 ···················· 973

地震哀悼日感赋 ···················· 973

迎奥运缅怀志士刘长春 ···················· 973

美人蕉赞 ···················· 974

雨后桃花山行 ···················· 974

蒋子恒 ···················· **975**

奔月梦幻成真（新声韵） ···················· 975

（一） ···················· 975

（二） ···················· 975

（三） ···················· 975

（四） ···················· 976

一剪梅·北京奥运贻芳（新声韵） ···················· 976

山城巨变（新声韵） ···················· 976

观四面山望乡瀑布（新声韵） ···················· 976

红歌唱响山城（新声韵） ···················· 977

卜算子·师恋（新声韵） ···················· 977

欢庆重大党代会召开（新声韵） ···················· 977

蒋应国 ···················· **978**

贺钧威先生届知命 ···················· 978

中年抒怀三首 ···················· 978

（一）…………………………………………… 978

（二）…………………………………………… 979

（三）…………………………………………… 979

咏　桥………………………………………………… 979

神舟七号飞天赞……………………………………… 979

纪念邓小平百年诞辰………………………………… 980

满江红·缅怀邓小平………………………………… 980

蒋怀荣…………………………………………… **981**

鸦屿山………………………………………………… 981

螺罐云峰寺…………………………………………… 981

秋　思………………………………………………… 981

醉太平·昌州腾飞…………………………………… 982

卜算子·昌州巨变…………………………………… 982

临江仙·飞天梦圆…………………………………… 982

沁园春·汶川大地震………………………………… 983

赞北京奥运开幕式…………………………………… 983

蒋厚本…………………………………………… **984**

中央领导到农家……………………………………… 984

赞环卫工……………………………………………… 984

纠风杂感……………………………………………… 984

初到彝乡……………………………………………… 984

又收凉山贺卡………………………………………… 985

凉山州竹核温泉……………………………………… 985

闻郴州窝案…………………………………………… 985

"三盆水精神"赞…………………………………… 985

三月游黄瓜山……………………………………… 985

永川茶山竹海……………………………………… 986

松溉古镇新景观…………………………………… 986

赞永川市医院老年康复中心……………………… 986

小孙女……………………………………………… 986

蒋维世 987

自题龙门溪桥小照………………………………… 987

鹧鸪天·一九五八年秋…………………………… 987

大路中学初六五、六六级校友返校活动………… 988

医 道……………………………………………… 988

满江红·大路中学揽月亭遐思…………………… 988

南歌子·来凤中学掠影…………………………… 989

临江仙·纪念刘少奇同志诞辰一百一十周年…… 989

临江仙·雅典奥林匹亚采集圣火仪式直播……… 989

彭 晓 990

三峡工程赞………………………………………… 990

郊 游……………………………………………… 990

中 秋……………………………………………… 990

重过三峡…………………………………………… 991

西江月·重庆直辖十周年………………………… 991

山坡羊·香港回归十周年………………………… 991

浣溪沙·飞天颂…………………………………… 991

西江月·缅怀刘伯承元帅………………………… 992

彭邦兴 ·· **993**

江边茶话 ··· 993

戊子春磁器口古镇感怀 ················ 993

石柱县感怀 ······································· 993

千野草场 ··· 994

迎 春 ·· 994

北海银滩休闲四首 ························· 994

（一） ··· 994

（二） ··· 994

（三） ··· 995

（四） ··· 995

祭 震 ·· 995

答谢蓬溪书画协会 ························· 995

游杜甫草堂 ······································· 996

游上里古镇 ······································· 996

重游四面山 ······································· 996

（一） ··· 996

（二） ··· 996

（三） ··· 997

（四） ··· 997

渝黔公路感怀 ··································· 997

戊子秋赏邦兴北都屋顶花园 ········· 997

游中山古镇 ······································· 998

农家乐 ·· 998

答荣儒璧先生贺诗 ························· 998

滨江路有感 ······································· 998

咏茉莉花献贤内子 ………………………………… 999

七十叙怀 …………………………………………… 999

　　（一）…………………………………………… 999

　　（二）…………………………………………… 999

　　（三）…………………………………………… 999

　　（四）…………………………………………… 1000

过二郎山 …………………………………………… 1000

跑马山观感 ………………………………………… 1000

草原即景 …………………………………………… 1000

过高原之一 ………………………………………… 1001

过高原之二 ………………………………………… 1001

书　趣 ……………………………………………… 1001

墨　感 ……………………………………………… 1001

新都桥小憩 ………………………………………… 1001

高原峡谷 …………………………………………… 1002

武夷山放排 ………………………………………… 1002

遂宁广德寺湖边小憩 ……………………………… 1002

彭清平 …………………………………………… **1003**

夜雨情思 …………………………………………… 1003

酉阳桃花源 ………………………………………… 1003

小南海地质公园 …………………………………… 1003

咏牵牛花 …………………………………………… 1004

凤凰城灵韵 ………………………………………… 1004

秋夜滨江路随感 …………………………………… 1004

广州火车站抗灾十日 ……………………………… 1005

抗震救灾 ··· 1005

魅力江津 ··· 1005

贺 48 公斤女子举重陈燮霞首夺金 ················· 1006

忆江南·津城好 ·· 1006

彭炳夔 ·· **1007**

望海潮·新重庆 ·· 1007

望海潮·新夔州 ·· 1007

菩萨蛮·三峡水库蓄水 135 米感赋 ················ 1008

咏三峡湖 ··· 1008

湖中游白帝城 ··· 1008

江城子·奉节脐橙 ·· 1009

董味甘 ·· **1010**

赠江友樵 ··· 1010

奉和李德身教授《嘉陵江纤夫》原玉 ················ 1010

秋容老圃喜逢时（八首选一） ························ 1011

苏州园林 ··· 1011

菊花吟·七律十二首为丙戌重阳鹅岭雅集作 ······· 1011

忆　菊 ··· 1011

访　菊 ··· 1012

种　菊 ··· 1012

对　菊 ··· 1012

供　菊 ··· 1012

咏　菊 ··· 1013

画　菊 ··· 1013

问　菊 ……………………………………………… 1013

簪　菊 ……………………………………………… 1013

菊　影 ……………………………………………… 1014

菊　梦 ……………………………………………… 1014

残　菊 ……………………………………………… 1014

孙家群百米巨画《三峡古韵》留题 ……………… 1015

抗洪歌 ……………………………………………… 1016

水龙吟·寄成都川大校友 ………………………… 1017

沁园春·中秋问月寄台湾 ………………………… 1017

江城子·警世钟（双调） ………………………… 1018

水调歌头·题南京阅江楼 ………………………… 1018

董国琴 ……………………………………… **1019**

喜迎中共十七大 …………………………………… 1019

长寿火车站 ………………………………………… 1019

九日登黄山 ………………………………………… 1020

虎头大队观景 ……………………………………… 1020

重庆解放碑 ………………………………………… 1020

青藏铁路 …………………………………………… 1020

长寿长江大桥 ……………………………………… 1021

长寿湖赛艇 ………………………………………… 1021

水调歌头直辖十年看重庆（新声韵） …………… 1021

傅　斌 ……………………………………… **1022**

怀旧吟 ……………………………………………… 1022

春　梦 ……………………………………………… 1022

夜别巫山 …………………………………………… 1022

咏　春 …………………………………………… 1023

赋赠长寿晏家故里 ………………………………… 1023

咏　梅 …………………………………………… 1023

胡山炮台 …………………………………………… 1023

泉州开元寺贪兽吟 ………………………………… 1024

咏　牛 …………………………………………… 1024

无　题 …………………………………………… 1024

野　花 …………………………………………… 1024

曾德甫 ………………………………………… **1025**

迁居赋 …………………………………………… 1025

登泰山 …………………………………………… 1025

慰　友 …………………………………………… 1026

赞谭千秋老师 ……………………………………… 1026

某公近况 …………………………………………… 1026

八十抒怀 …………………………………………… 1026

霜天晓角 …………………………………………… 1027

江城子 …………………………………………… 1027

童象尧 ………………………………………… **1028**

老君山村新记（新声韵）………………………… 1028

　　新　村 ……………………………………… 1028

　　新　家 ……………………………………… 1028

　　新　路 ……………………………………… 1028

龙兴古镇（新声韵）……………………………… 1029

古镇风彩 …………………………………………… 1029

刘家大院 …………………………………………… 1029

华夏宗祠 …………………………………………… 1029

游茂然 ……………………………………………… **1030**

欢庆我党八五大寿（藏头诗） …………………… 1030

全民拯灾（用《长征》韵） …………………… 1030

塔吊赞 ……………………………………………… 1031

官二首 ……………………………………………… 1031

（一） …………………………………………… 1031

（二） …………………………………………… 1031

夜　读 ……………………………………………… 1031

菩　萨 ……………………………………………… 1032

风　筝 ……………………………………………… 1032

清平乐·纪念鲁迅学习鲁迅 …………………… 1032

西江月·春游鹿山村 …………………………… 1032

喇叭花 ……………………………………………… 1033

满江红·赞开县师范军训 …………………… 1033

祝肖景林诗友九十华诞暨诗作第三集出版二首 ……… 1033

稀龄学画 …………………………………………… 1034

杆　秤 ……………………………………………… 1034

怀开县老友兆贵兄 …………………………… 1034

王润波团长抗日殉国祭 ………………………… 1035

蒲健夫 ……………………………………………… **1036**

和罗昭白海棠 …………………………………… 1036

过宜宾 ································· 1036

重阳小集赋赠诸诗友 ··················· 1037

寄　北 ···························· 1037

青玉案·忆鲁青 ······················ 1037

定风波·参观文革中武斗死难者墓 ··········· 1038

重游泸州 ··························· 1038

过贺兰山 ··························· 1038

期　盼 ···························· 1038

赖德明 ···························· **1039**

水调歌头·日出韶山 ··················· 1039

行香子·重庆西藏中学荣膺绿色学校 ········· 1039

满江红·访歌乐山（用岳飞《满江红》词韵）····· 1040

满江红·连战率团访问大陆感赋 ············ 1040

庆祝重庆直辖十周年 ·················· 1041

育　才 ···························· 1041

梦　海 ···························· 1041

咏　菊 ···························· 1042

柳树吟 ···························· 1042

　　春　柳 ························· 1042

　　夏　柳 ························· 1042

　　秋　柳 ························· 1042

　　冬　柳 ························· 1043

抗震救灾感言 ······················ 1043

为学生题照 ························· 1043

谭　干 ···························· **1044**

踏莎行·读纳兰词 …………………………………… 1044

生查子（二阕）………………………………………… 1044

  老 树 ………………………………………… 1044

  秋风客 ………………………………………… 1044

斜 阳 …………………………………………… 1045

水 仙 …………………………………………… 1045

渔家傲·长征胜利七十周年 ……………………… 1045

菩萨蛮·叹民工 ……………………………………… 1046

菩萨蛮·白狐 ………………………………………… 1046

谭连兴 ……………………………………………… **1047**

感恩长寿湖·为周总理来长寿湖五十周年而作 ……… 1047

夜登黄草山 …………………………………………… 1047

长寿沙田柚 …………………………………………… 1048

卜算子·咏铁花大闸蟹 ……………………………… 1048

水调歌头·戊子元宵抒怀 …………………………… 1049

今朝长寿八联 ………………………………………… 1049

  桃 花 ………………………………………… 1049

  江 南 ………………………………………… 1049

  晏 家 ………………………………………… 1049

  凤 城 ………………………………………… 1050

  长寿湖 ………………………………………… 1050

  大洪湖 ………………………………………… 1050

  五华山 ………………………………………… 1050

  菩提山 ………………………………………… 1050

赴彭县军垦四十周年抒怀 …………………………… 1050

谭钛芯·························· 1051

暗香·库区高速魂 ················ 1051

满庭芳·草堂湖 ················· 1051

菩萨蛮·春日放牧 ··············· 1052

念奴娇·禁种铲毒巾帼赞 ········· 1052

齐天乐·百年大旱考验重庆 ······· 1052

廖正伦·························· 1053

和谐景 ························· 1053

夜宿巫峡舟中 ·················· 1053

古镇晚情 ······················ 1053

秋　菊 ························· 1053

与外孙女上山偿花 ·············· 1054

归牧图 ························· 1054

春　迟 ························· 1054

［越调］小桃红·鱼舟夜泊沙滩 ···· 1055

［正宫］叨叨令·峨嵋道中 ········· 1055

管维忠·························· 1056

读　史 ························· 1056

咏　石 ························· 1056

题钓鱼城 ······················ 1056

贺二十九届奥运会在北京开幕 ······ 1057

自画像 ························· 1057

咏　月 ························· 1057

咏　风 ························· 1057

咏　菊·· 1058
水调歌头·汶川地震························· 1058

缪元和·· **1059**

杜　甫··· 1059
步陈仁德"尘海"韵···················· 1059
望海潮·和彭炳夔诗友················· 1060
悟·· 1060
追和杜甫《登高》····················· 1060
神七颂··· 1061
诗仙广场·· 1061

熊庆元·· **1062**

报业颂·写在重庆直辖十周年········ 1062
读书乐··· 1062
嫦娥奔月颂·· 1063
富强和谐是目标·贺十六届六中全会········ 1063
改革开放三十周年颂················· 1063
贺罗成友赴京盛会······················ 1064
欢呼取消农业税·························· 1064

蔡名扬·· **1065**

咏　柳··· 1065
铜梁巴岳山夫妻榕······················ 1065
山村晨曲·· 1065
游壁山青龙湖·· 1066

浦东南泾蛙鼓 …………………………………………… 1066

读江津临江城长联 ……………………………………… 1066

棉　花 …………………………………………………… 1066

访农家 …………………………………………………… 1067

西江月·中国重庆亚太市长峰会焰火晚会 ………… 1067

满江红·嫦娥探月工程一号 ………………………… 1067

蔡盛炽 ………………………………………………… **1068**

元　日 …………………………………………………… 1068

荷　池 …………………………………………………… 1068

赠友人 …………………………………………………… 1068

双　燕 …………………………………………………… 1069

自　乐 …………………………………………………… 1069

即　景 …………………………………………………… 1069

菊　展 …………………………………………………… 1069

茉莉花 …………………………………………………… 1069

记　梦 …………………………………………………… 1070

山居夏午 ………………………………………………… 1070

绿阴轩古榕 ……………………………………………… 1070

上塘口 …………………………………………………… 1070

村　居 …………………………………………………… 1071

顶　楼 …………………………………………………… 1071

儿时书屋 ………………………………………………… 1071

苳藤溪水塘 ……………………………………………… 1072

林　趣 …………………………………………………… 1072

山村夏夜 ………………………………………………… 1072

上山遇故人 ·· 1073

杜甫草堂荷池边 ······································· 1073

下潭溪 ·· 1073

神龟峡渔家 ··· 1074

对月·忆秦娥（36首选3） ······················· 1074

　　（一） ··· 1074

　　（二） ··· 1074

　　（三） ··· 1074

秋蕊香·登犀角岩 ····································· 1075

虞美人·煨酒 ··· 1075

一剪梅·黄龙 ··· 1075

苏幕遮·长江夜航 ····································· 1076

行香子·春游汉葭公园 ····························· 1076

黄钟乐·中塘乡即景 ································· 1076

自度曲·山村雪 ··· 1077

蒙自亮 ··· **1078**

颂祖国 ·· 1078

贤妻赞 ·· 1078

归乡吟 ·· 1078

颂残奥会 ··· 1079

采桑子·参加新市中学退休教师座谈会有感 ········ 1079

鹧鸪天·解痛 ··· 1079

忆秦娥·美前程 ··· 1080

三农政策好 ··· 1080

潘　绰 ··· **1081**

三峡纪行 ……………………………………………… 1081

步陈哲同志《过葛洲坝》原韵 …………………… 1081

咏　竹 ………………………………………………… 1082

山城夜瞰 ……………………………………………… 1082

望海潮·重庆 ………………………………………… 1082

沁园春·重庆颂庆祝重庆市直辖十周年 ………… 1083

钓鱼城怀古 …………………………………………… 1083

登钓鱼城感赋 ………………………………………… 1084

次韵奉和赖恒平同志 ……………………………… 1084

暮年吟 ………………………………………………… 1084

静夜吟赠内 …………………………………………… 1085

缅怀世纪伟人邓小平 ……………………………… 1085

热烈欢迎黔江区诸吟长莅临采风 ………………… 1085

　　（一） ………………………………………… 1085

　　（二） ………………………………………… 1085

玉楼春·汶川大地震 ……………………………… 1086

　　（一） ………………………………………… 1086

　　（二） ………………………………………… 1086

北京奥运百年梦圆 ………………………………… 1087

神七颂 ………………………………………………… 1087

穆首成 …………………………………………… **1088**

大足新貌 ……………………………………………… 1088

咏龙水 ………………………………………………… 1088

观华严三圣感赋 …………………………………… 1089

龙水湖 ………………………………………………… 1089

秦始皇陵·················· 1089

游宝鸡感赋················ 1090

凉州词··················· 1090

峨眉山··················· 1090

薛新力················· **1091**

忝列重庆佛学院教席三年感作兼呈道坚大和尚········ 1091

刘公岛古炮台··············· 1091

自　嘲··················· 1092

永遇乐··················· 1092

永遇乐·谒辛公墓············· 1093

戴　明················· **1094**

纪念书圣王羲之诞辰一千七百周年········· 1094

（一）················· 1094

（二）················· 1094

赞改革开放总设计师············ 1094

永川观剧有感··············· 1095

参观星富同志书画展············ 1095

祝贺川剧《金子》

荣获国家舞台艺术十大精品剧目称号············· 1095

（一）················· 1095

（二）················· 1096

赞红军团················· 1096

甲申三百六十年祭············· 1096

改革开放颂··············· 1096

戴家琮⋯⋯⋯⋯⋯⋯⋯⋯⋯⋯⋯⋯⋯⋯⋯⋯⋯⋯ **1097**

夜宿峨嵋山报国寺⋯⋯⋯⋯⋯⋯⋯⋯⋯⋯⋯⋯⋯⋯ 1097

三峡蓄水135米⋯⋯⋯⋯⋯⋯⋯⋯⋯⋯⋯⋯⋯⋯⋯ 1097

八十述怀（之一）⋯⋯⋯⋯⋯⋯⋯⋯⋯⋯⋯⋯⋯⋯ 1097

杨　修⋯⋯⋯⋯⋯⋯⋯⋯⋯⋯⋯⋯⋯⋯⋯⋯⋯⋯⋯⋯ 1098

红卫兵墓⋯⋯⋯⋯⋯⋯⋯⋯⋯⋯⋯⋯⋯⋯⋯⋯⋯⋯⋯ 1098

平安寺庙会⋯⋯⋯⋯⋯⋯⋯⋯⋯⋯⋯⋯⋯⋯⋯⋯⋯ 1098

夏日街头菜农⋯⋯⋯⋯⋯⋯⋯⋯⋯⋯⋯⋯⋯⋯⋯⋯ 1099

除夕小儿长途电话问讯⋯⋯⋯⋯⋯⋯⋯⋯⋯⋯⋯ 1099

魏永健⋯⋯⋯⋯⋯⋯⋯⋯⋯⋯⋯⋯⋯⋯⋯⋯⋯⋯ **1100**

重温《五一六》通知⋯⋯⋯⋯⋯⋯⋯⋯⋯⋯⋯⋯⋯ 1100

庐山赏月⋯⋯⋯⋯⋯⋯⋯⋯⋯⋯⋯⋯⋯⋯⋯⋯⋯⋯⋯ 1100

改革开放颂⋯⋯⋯⋯⋯⋯⋯⋯⋯⋯⋯⋯⋯⋯⋯⋯⋯ 1100

题赤水燕子岩⋯⋯⋯⋯⋯⋯⋯⋯⋯⋯⋯⋯⋯⋯⋯⋯ 1101

满庭芳·韵和万老师⋯⋯⋯⋯⋯⋯⋯⋯⋯⋯⋯⋯⋯ 1101

水调歌头·七五初度⋯⋯⋯⋯⋯⋯⋯⋯⋯⋯⋯⋯⋯ 1101

汶川地震组诗（选一）⋯⋯⋯⋯⋯⋯⋯⋯⋯⋯⋯ 1102

江北区老年诗书画研究会
　　成立20周年致贺并与诸会友共勉 ⋯⋯⋯⋯⋯ 1102

孟滋敏

男，重庆涪陵人，1943 年生，重庆市诗词学会、涪陵区诗词学会会员。

蓦山溪·鱼

小溪浅窄，北海多寒冷。又不为明珠，又不为，龙庭问鼎。随波逐浪，偶有望天空，出浊水，进清泉，怎地筌和阱。　　千年一作，有甲无牙命。怎盼得江湖，万里间，回回侥幸。太公①尚可，弹铗者②存心，砧板上，箸丛间，恨不多生鲠。

【注】

①传说姜太公虽钓鱼，而其志不在食鱼。
②孟尝君门客冯谖唱曰："长铗归来乎，食无鱼。"

极相思

冷门深闭无言，半躺忆从前。悬心戒子，才收挞杖，一转逢难。　　佳节归得三两日，只一瞬，算作团圆。娇孙小口，声声爷奶，都让肠酸。

蝶恋花·安居

楼馆嶙嶙初上曙。江伏长烟，街上无丝雾。风打两行葱木缕，两三点雨敲玻户。　　忍俊看回翁媪舞。粥饼摊前，慢用兼荤素。筇杖一支谙旧路，茶堂诗侣争今古。

黄莺儿·打工仔

工棚轻薄寒无已。枕席如冰，乡梦难成，旧事朦胧，少妻千里。料想正备春耕，只恐疏桃李。一封书信南来，少解廻肠，魂赴桑梓。　　无计。误了韶华人，入得飘零地。渐忘归程，剩识西东，迷茫始知迢递。砖瓦尽上重霄，意重殊难徙。便垂千百条丝，怎吊它愁起。

摸鱼儿·打工仔妻

月如舟、纤云如帛，去年风景常有。此时江岸虽如画，不见双鸳良久。门径畔，菊已茂，沿篱香遍牵谁嗅。歇心闭牖。细浆洗无央，夜牛慢嚼，万种事依旧。　　暗暗夜，几吻摇篮睡幼。泪珠无纤沾袖。重温旧信千千度，怎解心间环纽。传偶谬，怯电唬，函题万请端书就。知妻惮咎。这种种忧愁，娇儿笑谈，落日下山又。

游涪陵白岩道观

江水盈盈群岫青，长堤紧锁古名城。
伤心厉鬼朝朝怨，护法仙师日日兴。
清静无为求大治，虔诚得报化余惊。
既来何不参回卦，非为今生为后生。

明成碧

女，1942 年生，汉族，重庆市大足县人。小学高级教师，是重庆市诗词学会会员和大足县诗词学会会员。

游桃花山庄

阳光明媚上山岗，桃树万株馥郁香。
柳绿花红乐紫燕，蜂飞蝶舞着华妆。

咏黄桷树

不妒桃花不羡松，挺生山壑显威风。
虬枝茂叶抗风雨，巨干根深屹险崆。

游鹅岭公园

春来岭上雨中游，老树新枝万木幽。
白鹭成群栖古柳，清风阵阵戏沙鸥。

忆　春

一春常忆果林中，桃杏不言相间红。
曾是去年花下客，又逢今日柳梢风。

终南山

南山青霭入看无，天气校晴众壑殊。
游客欲投何处宿，隔溪招手问憔夫。

浴北温泉

北泉活水匠心裁，保建疗疾乐快哉。
四季葱茏花蕊吐，池边常有鸟飞来。

凉风垭隧道

高山峻岭隔途通，万载千秋无迹踪。
日月如梭星斗转，发明创造傲长空。
开天劈地炮声震，地动山摇气势宏。
隧道畅通车有道，群英智慧显奇功。

颂改革开放三十年

改革开放三十春，经济腾飞震乾坤。
科学发展人为本，理论光辉逐日臻。
四海黎元歌祖国，国强民殷土变金。
山欢水笑百花艳，中华崛起举世惊。

乡 情

濑溪两岸沐朝晖，柳碧松苍绕翠微。

翘角飞檐楼换彩，红墙绿瓦壁生辉。

南桥水榭姿容美，柚树茂林果子肥。

今日海棠生态美，蒸蒸日上展翅飞。

观荷赋诗

锦陌绵绵一路歌，熏风拂面越塘荷。

无边绿叶风生浪，不尽红云日映坡。

村女殷勤邀品赏，骚人雅兴起吟哦。

高朋吟友诗情重，佳句如金不必多。

姚益强

安徽繁昌人，1928年生，曾任重庆市南岸区副区长。现为重庆市诗词学会顾问。主要著作有：诗集《求索》、《燃烧的心事》、《扬花的早晨》，散文集《南城轶事》等。

书房自遣

宦海生涯累半生，而今潇洒坐书城。
不忧鬓自诗中白，但愧文无眼里青。
落笔迟成常悔晚，谋篇难就务求精。
小楼极目开窗望，一任风云不自惊。

杂　感

世态由来屡变迁，风云雨雪自年年。
水因广纳方成海，山到至高始近天。
蚁喙齿微能啃骨，螺丝壳小可耕田。
人间多少艰难事，端在跨鞍一着鞭。

游深圳

明珠一颗灿迩遐，光耀东南望眼赊。
拔地高楼凌日月，摩天窗口纳云霞。
门迎南北东西客，路接五湖四海车。
舞劲歌旋人不寐，夜深犹自竞繁华。

纤夫曲

汗帕纤绳扣铁肩，热风冷雨走千川。
一声呼喊江流急，曲岸险滩一线牵。

落　花

风飞清影坠迟迟，锦绣年华梦有思。
一寸春心红到老，香消犹自恋芳枝。

芳　草

漫道名园寄此身，萋萋郊野自成茵。
垅头陌上舒芳色，不向高枝争艳春。

登峨嵋金顶

踏步如虚幻，眼花气塞胸。
千峰沉谷海，万象净云空。
秀色餐天地，烟岚锁寺钟。
舍身崖畔立，笑对夕阳红。

由大连渡海至烟台

久欲渡沧海，今朝一线通。
烟浮天水阔，波涌旭阳红。
浪激千珠雪，潮推万顷风。
披襟舷畔立，心共水云空。

望海潮·春雨

天公着意，邓林春晓，东风更播潇潇。蕉叶弹诗，桃枝作画，洗开柳挂金条。抚百草舒腰。尽缠绵淅沥，浸润泥膏。陌上芳菲，染春光万树千梢。　　回思往岁非遥。叹秋霜冬雪，山枯水涸。天转地旋，乾坤有主，吹来珠露轻抛。脉脉涨新潮。更丝丝缕缕，似漆如胶。溶进农家梦里，稻浪逐层高。

蝶恋花·园林姑娘

幽径姗姗春苑晓，拂露挥锄，银剪枝间撩。削秽删繁心手巧。汗珠颗颗肥芳草。　　绿上云鬓香染脑。花解人勤，频把青枝袅。蝶眷蜂缠衣袖绕。花颜人面般般好。

青玉案·寻春

年年春去知何处？数今古、天涯路，觅觅寻寻千百度。燕莺缄默，落花不语，满眼风飘絮。　　寻来觅去春未去，十里长街久栖住。写就一篇春色赋。几坪青草，满城芳树，招展风情女。

青　山

青山葬人杰，绿草护英骸。
最是山花意，年年带血开。

游园偶见

行到园深处，蝉嘶伴寂寥。
幽栏人不见，花锁一声娇。

夜宿南山

小楼夜半雨潇潇，晓起晴光上碧梢。
万树樱花香雪海，郊原又见涨春潮。

游川南竹海

匝地遮天万壑苍，云岚滴翠竹风香。
游人但觉衣衫绿，一路青光到合江。

遣 兴

淡泊生涯蔬米香，布裳敝履旧藤床。
无烟无酒情常疚，有果有茶意也长。
月下书城三五卷，年吟韵稿百千行。
不愁油尽灯犹亮，灼灼余光映画堂。

休 闲

了却浮名万事松，宽心岁月度从容。
忍抛世事诗书外，强遣情怀笔墨中。
且喜洁身归我有，不愁贫橐与人同。
庭花院叶多闲思，立尽夕阳帐晚风。

生 涯

忧患生涯一代贫，虽非流血亦艰辛。
镜中白发难为碧，酒后红颜不是春。
浪急风高甘涉海，牛勤马奋苦忘身。
余年幸有诗情在，暖日寒灯度晓昏。

水调歌头·抗战胜利感赋

域北烽烟起，半壁铁蹄红。山河破碎支离，国难万千重。遍野哀鸿泣血，满目疮痍饿殍，陆沉水火中。天地呼声急，奋起缚元凶。　尧之疆，禹之甸，炎之宗。于中多少英杰，报国赴从容。头掷长城内外，躯弃大江南北，热血祭长空。一部千秋史，悲壮写英雄。

金缕曲·暮春

春去还来否？怅门前、飞花万点，坠零如许！夜夜鹃啼声带血，百紫千红凄楚。思绪似、绵绵飘絮。犹恋枝头留香处，只旧时蜂蝶频凝伫。莺敛翅，燕无语。　谁收春色将归去？问苍苍、几翻雨雪，几多朝暮！园柳鸣禽何岑寂，任尔群蛙噪鼓，但放眼芳菲难阻。花落重开终有日，望天涯芳草平原树，春又到、归时路。

晚　眺

绮丽云霞散晚风，苍茫暮色灼如枫。
夕阳归去情无限，犹照群山一抹红。

花　村

芳村无处不清新，一径小桥通碧茵。
粉院红楼花映牖，绿杨低护几家春。

倒　影

两岸风光水色清，幽溪倒映影分明。
一框画卷怀乡恋，浪曳波推不动情。

服装表演

霞曳云飘款款来，抒腰舞臂步歌台。
若移芳甸全妆出，满院鲜花不敢开。

登泰山玉皇顶

磴道难成险，飞车缆线通。
苍山沉海岛，丽日灿长空。
目举收环宇，衣飘欲乘风。
谁云高处冷？卓尔自天雄。

落　日

日落光源在，群山势欲吞。
今宵予素月，明日照乾坤。
霞似彩花绽，云如焰火喷。
华灯明大地，未必便黄昏。

浪淘沙·下岗工人

抛却怨和忧，走向街头。店开餐饮自绸缪。
北味南肴身手调，众誉声稠。　　何事足风流？
不息追求！人生不信等浮沤。珍惜今朝风日好，
更上层楼。

鹧鸪天·买菜归来

欢悦盈篮出市朝，红鲜绿嫩几经挑。乳茄凝
露初沾雨，豆荚丰肥欲破包。　　甜玉藕，辣香椒。
丝丝片片手亲调。青橙蓝紫真滋味，不羡春盘腻
厚膏。

鹧鸪天·乡愁

别恨牵愁路八千，一封鱼雁慰缠绵。关山望断云和月，湖海神驰岁复年。　　鸿渺渺，燕翩翩。天涯照影共婵娟。人间多少思乡梦，化作鹃声到客边。

赵中秀

女，1951 年生，重庆荣昌人，别号疏影楼主。退休教师，重庆市诗词学会会员，荣昌县诗词楹联学会副秘书长。

牵牛花

院外东篱挂喇叭，穿红戴绿显荣华。
生来软弱无能耐，附势攀援往上爬。

螺罐红云

散花天女降人间，朵朵红云绕翠峦。
螺罐山中桃万树，馨香更胜武陵源。

赞荣昌冬泳健儿

严寒酷暑水中游，浪里蛟龙遏小舟。
鸟伴飞翔鱼引路，八仙过海也回头。

写诗有感

才疏学浅腹空囊，最惧尊师索短长。
刮肚搜肠凑几句，乱麻一篓不成章。

抗震救灾

汶川地震举国惊，断壁残垣乱石崩。
天降神兵温暖送，开山劈路抗灾情。

渝东南诗友来荣联谊

七月骄阳情似火，黔江濑水共欢歌。
诗联道出知心语，举国和谐喜乐多。

独游沙堡

如燕身轻划碧波，流星追月荡溪河。
翻飞浪里人痴醉，眼前美景似穿梭。

神舟六号飞天

(一)

千载飞天梦玉蟾，寒宫相会舞翩翩。
嫦娥捧酒宴宾客，同坐神六返故园。

(二)

女娲信步彩云间，忽见神六过眼前。
广建太空探秘站，从今不用再镶天。

贺"嫦娥一号"成功发射

祥云直涌广寒门，玉兔恭迎贵客临。
一对嫦娥亲拥抱，欢呼科技巨龙腾。

梅

冰天雪地精神爽，秉性清高品格珍。
不与李桃争艳丽，却从寒苦溢香馨。
迎春壮志群贤仰，傲骨雄心众士钦。
三友同行君最幼，孤芳自赏总宜人。

玉楼春·新农村赞

　　山村改革宏图好，拔地新楼春意闹。条条道路贯千家，花香处处蜂蝶绕。　　池塘鲢鲤欢欣跳，果树枝头镶玛瑙。亲朋闹市慕名来，齐赞脱贫春报早。

忆江南·贺神七发射成功

　　多年梦，神七邀苍穹，漫步太空今已现，摘星揽月气如虹，科技创奇功。

赵云鹏

字国平，1945 年生，高小毕业，务农终生，中华诗词学会会员，夔州诗词学会理事。

山乡农夫曲十首

（一）

春蚕已卧几张床，村女垄头忙采桑。
风剪嫩芽刚入眼，鸟催布谷又穿窗。
童寻芳草爬桃树，翁卖新椿沽杜康。
尤见果林飞蝶舞，与蜂同醉一山香。

（二）

饮醉山花天酌酒，风翻梧叶树拉弦。
拼将劳累换生计，哪有闲情赏杜鹃。
夫荷锄锹填堰坎，妻栽瓜豆进蔬园。
衣沾泥点裤高卷，谁晓春歌甘苦编。

（三）

半生漂泊老归家，耘谷田畴事种瓜。
一垄芳荆藏狡兔，半池绿水闹青蛙。
布鞋踏破林间月，绣枕梦簪山野花。
沽酒同邻邀共饮，笑谈改革话桑麻。

（四）

暑往寒来又是秋，人生六十有何求。

数间茅屋挡风雨，几把挖锄修地球。

一袭蓑衣围堰水，三更夜草饲栏牛。

憨包不做黄粱梦，堪笑和砷玩掉头。

（五）

山羊一圈几条牛，放牧扬鞭钻大沟。

俚曲乡音随口唱，南坡北岭伴云游。

身依野草作绒毯，棋下裤裆敲石头。

嘴抿葫芦来点酒，忽呼黄狗咬斑鸠。

（六）

微风细雨我栽瓜，妻砍藤条编竹笆。

小子南山除稗草，幺姑田埂采黄花。

忙披星月早耕地，闲读诗书夜听蛙。

日落牧归横笛远，山宁水静月笼纱。

（七）

常开书帙读春秋，清水河边理钓钩。

堪笑他人谀大款，自栽桃李悦丰收。

生平最恨土蚕子，一世甘当过水丘。

四韵诗成明月夜，三更好梦百花洲。

（八）

力破层峦公路通，村姑摩托舞裙风，
三千鳖戏垭河水，十万蜂游杨柳冲，
娱乐场依黄桷树，加工厂对白盐峰。
人人都有生财道，你种黄瓜我种葱。

（九）

风穿山坳灌新楼，夜半雨临珍若油。
爷顶矿灯添草料，子拎手电堵塘沟。
凌晨高唱杜鹃鸟，扶耙急催麻牯牛。
媳扯秧苗婆送饭，孙归禾插老龙丘。

（十）

起早收秋八月天，羊肥牧放野茅湾。
修仓囤集金黄谷，煮酒香飘乳白烟。
栽草经霜终得药，知禅忘欲即成仙。
与邻月下说农事，蒲扇漏风心自宽。

赵正明

重庆彭水人,1941年生,重庆市诗词学会会员,重庆黔江诗词楹联学会会员,彭水苗族土家族自治县诗词楹联协会副主席。

彭水首届娇阿依文化周畅吟

(一)

争睹黔中金凤凰,牵魂猎魄暖心房。
原滋乐谱天生味,古朴民风九域扬。

(二)

才郎妹女授歌王,蜚誉殊荣赤县扬。
传播苗乡神韵雅,柔情似水沁衷肠。

论 诗

(一)

九叩三呼不是诗,拾人牙慧乏真知。
潜心揣世寻佳构,隽语惊魂吐杰思。
挥洒情怀倾枵腹,精研翰墨灌宏基。
芙蓉出水争称秀,不带污泥叫绝奇。

（二）

破竹惊魄意念悬，振聋发聩撼心田。
招神撵鬼仙风起，寄志抒情利箭弹。
激浊扬清倾肺腑，驱邪扶正吐铮言。
咬文嚼字酿佳构，传世精珍势泰然。

（三）

充分酝酿克维艰，命意毫先理念悬。
妥贴剪裁镶腹稿，聚精咽嚼写心篇。
遣词切忌拉郎配，对仗须工结侣缘。
后顾前瞻相统一，事丰文约铸周全。

神州巨变

（一）

启闸洪流三十春，风雷滚滚倍牵魂。
农村免税驱穷困，经济翻番脱弱贫。
港澳归根珠璧合，胡连挽臂脉胞亲。
国防科技同升帐，改革丰碑闪烁金。

（二）

弹指一挥三十年，辉煌岁月史无前。

春回雪化百花艳，冬去冰消卅载甜。

开拓创新修坦道，攻坚革故著宏篇。

秉持发展谋昌盛，众志成城建乐园。

鹧鸪天·习词偶得

（一）

霎有神思莫等闲，迅将意境注毫端。花开叶落缘情咏，浪卷涛飞潮水填。　人百态，事千般，笺言点滴汇江澜。经年不辍倾心积，充实胸腔著壮篇。

（二）

下闸狂涛突挽澜，雄狮烈马一绳拴。点睛落笔龙腾跃，琴断余音曲绕弦。　游北国，逛江南，娱园饱览享尧天。奇思妙构情无限，隽永空灵囊宇环。

胡久序

江西南昌人，1940 年生。曾任重庆建设工业集团公司高级工程师。重庆市诗词学会会员，中华诗词学会会员。编有公司女诗友集。

春节回家华夏情结辩

人间离别寻常事，春节团圆世代兴。

地冻天寒人讯涌，铁龙银燕力难胜！

奈何华夏远途苦，宁避高峰择日行。

但得相邀一聚首，年中何日不深情？

石夹沟游记·访山腰农家有云：
中国现代化的关键是对农民的改造

风光如画叹神功，笑语盈沟游兴浓，

山民背篓随人后，细说当年少人踪：

自给自足种棉粮，隔三岔五赶乡场，

倾其所累通有无，道是桃源乌托邦。

入住山腰水晶湖，垂涎欲啃糯包谷，

阡陌小道访民居，若惊若喜农家妇，

屋后自选扳包谷，门前仰赞核桃树，

大橡新楼七八间，也学宾馆供吃住。

农家有女貌如花，父亲和颜色似蜡，

慈母捧出热玉米，瞥彼残肢怜苦煞！

匆匆告别意难平，一幢民居肝胆倾。

血汗筑出旅游路，山村几时照福星？

自秀山车往凤凰城途中

一座青山一页书，横排小字写蔬谷。
云英才叹渲紫绯，茶树又惊泼墨绿。
短笛牧童画里见，苗家耕牛田间舞。
盘桓山路氧吧里，时见砖坯入瓦炉。

诗社情缘·建设诗社成立二十周年

一从邂逅苦情牵，追梦寻声十八年！
地动潮升心共振，民生国是调频弹。
橱中典籍堆成垛，枕畔新刊拥入眠。
生命如歌爱大美，笔耕应是少闲田！

后庭花·羡竹居

鱼塘那畔萧萧竹，少些尘俗。且移三枝庭前竖，试做篁主。　　待来年玉笋，晴光甘露、月睃云拂。修叶婆娑层出，竞鸣笙筑！

踏莎行·儿媳博士论文答辩在即

　　水木斜阳、金陵古道，情牵总是清平调。寒窗未教负金梭，指期会看飞华藻。　　晨露沾衣，微机凿窍，离乡鞍马忘饥饱。欲托邮便慰轻樽，难禁积愫诗肠搅。

蜀郡一守两千年·游都江堰仰李冰父子

　　卑居灌县气非凡，郡守擎锸天地间。
　　作堰淘滩传典艺，抽心截角递真言。
　　激流浩荡声声邈，畎亩膏腴滴滴潺。
　　分水飞沙叱咤令，冰清灵动复年年！

胡本栋

笔名胡卜天，1944 年 10 月生于四川省三台县富顺镇。退休前为重庆 39 中语文一级教师，退休后参加了重庆市诗词学会，任理事，2005 年参加中华诗词学会。

春游北京植物园

香溢千花苑，阴浓万木园。
地铺青锦缎，人赏乐游原。

校 园

山明水秀好晴天，鸟语花香画满园。
悦耳歌声添喜庆，翩跹舞步展新颜。
微机技术千人会，美妙诗文万代传。
促进文明强国力，尊师重教美人寰。

"七一"颂·献给中国共产党八十五华诞

南湖建党点明灯，起义群雄聚井冈。
万里长征星火炽，八年抗战恶魔降。
三山推倒惊天地，两制兼行胜汉唐。
求是指针方向正，和谐社会乐洋洋。

花好月圆·为 2006 年国庆、中秋节而作

包机天堑看通航，国庆中秋两岸忙。
绚丽鲜花引眼热，脆甜水果沁脾香。
曾经酷暑期霖雨，渐入深秋恋旭阳。
社会和谐人共乐，团圆皓月照尧疆。

庆新年二首

（一）

日耀京华赤县明，新年景象贺升平。
农民抗旱丰收乐，公众减灾友谊生。
雨顺风调千业旺，春来夏去万花盈。
诗情画意精神美，虎跃龙腾赏彩灯。

（二）

龙王盛庆四时新，过海八仙祝酒频。
锦绣繁花圆美梦，及时大雨济灾民。
寒风凛冽蚊虫敛，野菊芬芳隐士欣。
春夏秋冬诗配画，京城艺苑聚高人。

恭贺中华诗词学会二十周年华诞

诸贤创业破千难，廿载勋劳岂等闲。
九畹馨香拥鼻管，百花灿烂顺心丸。
诗人春夏欣阳暖，骚客秋冬耐岁寒。
重振雄风兴大雅，青梅煮酒润朱颜。

观 川 剧

　　戏剧在文学史上，居诗歌、散文之后。梓州川剧是综合艺术，在舞台上亦算奇葩，今秋休闲潼川镇，有闲饱览它的风彩。诗以记盛。

尔在文坛算第三，万花园里色香鲜。
诗文唱作寻新乐，生旦彩装演旧欢。
锣鼓震天惊织女，管弦悦耳动人寰。
宜付川剧如薪火，百代相传广厦安。

旌旗艳·为奥运中国而作

赤县扬旌缀五环，阳春瑞雪兆丰年。
列星夺冠君击鼓，宾客赏芳众和弦。
虎斗龙争风气正，诗吟曲颂友情传。
凯歌频奏红旗展，锦绣神州换地天。

胡国禄

重庆璧山县人，1933 年生，曾任中共璧山县委常委，县政协副主席，重庆市诗词学会会员，璧山县金剑山诗书画社顾问。

重庆朝天门

天门宽敞亦雄伟，送往迎来游客多。
背负高山城一座，脚掀江水万顷波。
索桥横跨人飞越，气笛长鸣船似梭。
石级低房今不见，广场靓丽绕笙歌。

青龙湖赏夏

碧波绿水戏青龙，翠竹苍松送爽风。
古寨深林迷曲径，欢歌笑语绕芳丛。
杜鹃日晓鸣幽谷，蛙鼓夜阑破寂空。
荡罢轻舟何处去，吹螺赏佛石狮雄。

参观红岩革命纪念馆

日照红岩霞满天，参观展览忆当年。
山河大半已沦陷，拯救中华重任担。
故特圈中斗智勇，嘉陵江畔挽狂澜。
饶君仗义捐楼院，伟业丰功代代传。

满江红·缅怀毛泽东

旭日东升，韶山亮，光昭马列。锤镰举，井岗山上，政权红色。万里长征播火种，八年抗战降倭贼。率大军，打倒蒋王朝，人心悦。　　新中国，施良策，行土改，兴工业。展宏图，改变九州穷白。五岳三江传捷报，一星两弹称强国。看今朝，喜讯满神州，轰轰烈。

长　城

长城举世雄，华夏显神工。
如虎跃千岭，似龙腾九重。
喜迎四海客，笑会五洲朋。
威武镇疆土，文明立亚东。

金堂湖漫游

山峦倒影叠湖中，大坝堤高绿水容。
巨石悬崖临细浪，青松翠柏拂微风。
轻舟荡漾随波动，白鹭翱翔映日红。
夕照涟漪金闪烁，遥听露德响疏钟。

【注】

①露德即湖边的天主教堂—露德堂。

凉伞石

千钧巨石崖边立，凉伞一张挂半空。
雨打风吹坚不动，云遮雾绕润坪中。
远观扬子东流水，俯视梯田稻菽葱。
美景还须登顶上，天宽地阔展豪胸。

致友人

忠诚执教育苗长，桃李芬芳鬓有霜。
莫让忧愁添白发，夕阳甚好似春光。

一棵松

渝府江南一棵松，常年挺立雾云中。
昼观扬子千船过，夜赏山城五彩容。

胡焕章

字十之，1925年生，广东五华人。曾任重庆市奉节县人大常委会副主任。中华诗词学会会员，重庆市诗词学会顾问，三峡诗社名誉社长。主要著作有《胡焕章诗集》、《胡焕章文选》、《杜甫夔州吟》、《三峡诗文选注》等。

巫山低

古有《巫山高》，多写巫山神女啦。今三峡工程蓄水成功，平湖千里，水涌山低，崭新景观，天下独绝。作二峡畅想曲，曰《巫山低》噫吁嚱，巫山低！巫山之低低在高峡涌平湖。大江西来如猛龙，奔啸万里触夔巫。造成三峡天卜险，落差水势藏机枢。综合开发三峡水，先贤早有雄图计。经天日月几回环，空任滔滔向东逝。向东逝，可余何！战乱频仍谁顾它？艨艟巨轮不可过，水力发电终蹉跎。星移物换开新宇，要令江河听人意。葛洲坝上一闸横，便使奔腾初失势。回水汤汤荡岸平，黄牛峡里蒸云起。九十年代来，三斗坪前大战开。高峡工程跨世纪，五湖四海汇英才。机车日夜临江吼，群英壮气冲牛斗。筑坝技能赛五丁，移山更有拿天手。填江乱石声雷轰，江神山鬼惊回首。排波劈浪秋复秋，盖世愚公战未休。一朝截断西陵口，万众欢呼水倒流。江水涌，山渐低。负鳖乐，百鸟啼，猿猴唱起新竹枝。人造明珠千万亿，神州大地增光辉。从兹电力神威显，一马当先万马战。工交百业赖繁荣，凹化航船桅已见。巫山巨变惊瑶姬，结伴乘风下翠微。仙娥扬起联翩袖，脚踩平湖作舞池。宝坪村里昭君女，丰姿娴娜闻风至。江畔群娃出产随，仙凡共跳庆功舞。讴歌高唱遏行云，奇迹工程到处闻。天上人间几曾有，八方齐赞中华魂。我本岭南一游子，盟山誓水常居此。躬逢盛世放歌行，焉可无诗颂共事？愿借长天作笺纸，便取巫峰当笔挥。蘸起长江一江水，为写三峡壮美诗。

登山海关城楼

天下雄关第一楼，登临独趁海风秋。
始皇驰道成陈迹，明季烽台剩土丘。
海域尚闻歼寇史，门砖犹证血痕仇。
纷纷敌国今安在？修我长城未可休。

新世纪寄语

宇宙无垠生命少，地球虽小战争多。
何如共享和平好，不唱悲歌唱牧歌。

甲申秋初游香港感赋

百年心愿得初还，看遍香江道道湾。
岭海有灵应识我，老夫今上太平山。

题《长江垂钓图》

开襟草帽背斜阳，万丈丝纶一小舡。
大海未曾鳌首占，一竿容我钓长江。

侯洪文

苗族，重庆彭水人，1943 年生，退休前任重庆市黔江区人口计生委副主任，中华诗词学会会员，重庆市诗词学会会员，重庆黔江诗词楹联学会顾问，彭水诗词楹联协会名誉主席，著有《林泉集》。

南海清波

南海茫茫鸥鹭旋，秀峰环抱锁云烟。
松苍竹翠杜鹃艳，绿水清波荡画船。

洞塘水库

山重水复洞塘幽，一叶轻舟画里游。
千顷琉璃镶翡翠，碧波荡漾映红楼。

茂云山恋

辞别云山难动身，绵绵情意在山蓁。
离愁满腹向谁诉？只把相思注赋文。

游乌江河堤

河堤款步漫吟哦，清满乌江万顷波。
激我心河三尺浪，放歌改革创新多。

都江堰

两道长堤似铁墙，河床浩浩吞岷江。
围追堵截驯洪兽，从此乖乖不敢狂。

丹　桂

青枝绿叶伴红花，满树芬芳满树霞。
蜂采蜜糖飞万里，暗香浮动漫天涯。

放　牧

山花遍野溢芬芳，浪漫孩童喜欲狂。
放牧回家骡负草，人骑牛背笛悠扬。

晨　操

绿阴树下一枝花，满面春风映彩霞。
飒爽英姿舒醉眼，柳腰玉腕舞罗纱。

栽 秧

晴空朗朗荡霞云，水里天光影照人。
我赶你追携手干，同铺锦绣共描春。

打 柴

少小勤劳常打柴，披星戴月运回来。
浑忘饥渴和劳累，慈母紧偎泪湿腮。

诗 迷

鸡鸣拂晓五更时，独坐书斋静夜思。
灵感突来如闪电，一挥而就即成诗。

六旬抒怀

荏苒光阴六十春，饱尝风雨历艰辛。
韶华不在志犹在，长啸高歌抒壮心。

正 气

不从邪道走，应自法门来。
莫把喉咙堵，须将言路开。
官场多俊杰，衙吏少奴才。
五体都行正，何愁风气歪！

战洪赋

决战声威震太空，洪魔岂敢逞狂凶。
兵山座座长城伟，铁壁重重气势宏。
力挽狂澜擎大纛，强驱灾患显英雄。
江堤千里丰碑铸，礼赞军民百世功。

石城赋

河堤万米柳成行，烂漫公园花草香。
碧水悠悠抒雅韵，广场浩浩泛春光。
巍巍大厦金珠灿，漫漫长街绿树苍。
莫道黔州偏僻地，武陵山里有苏杭。

夜游万米河堤

漫漫河堤万米长，夜来两岸闪银光。
金珠彩练波中耀，海市蜃楼水里藏。
紫气飘扬舒翠柳，清风荡漾拂红装。
诗情画意游人醉，对月高歌举酒觞。

春 韵

云开雪霁野茫茫，人换精神地换装。
风有柔情苏草木，雨无寒意润沧桑。
栽蓝种绿铺诗卷，持耙挥锄绣画廊。
珍惜光阴如惜命，黄金时节著华章。

临江仙·神龟峡

龟峡长廊如画卷，茂林修竹斑斓。石钟石笋半空悬。银流飞泻，瀑布似垂帘。　　霞染山冈千嶂秀，奇峰比比争妍。腰缠玉带舞翩跹。黄莺戏水，鱼跃动微澜。

一剪梅·夏

树上金蝉吹喇叭，吹绿山茶，吹乐农家。夜深人静听青蛙，田里呱呱，地里哇哇。　　一片丰盈喜有加，山下桑麻，山上葵花。满园桃李满园瓜，老的夸夸，少的哈哈。

一剪梅·秋

云淡天高风又柔，芦缀金瓯，枫染金秋。桂香菊艳弄风流，月也清悠，夜也清幽。　　一片橙黄醉眼眸，粮食丰收，钞票增收。民康物阜福星稠，乐在心头，喜上眉头。

八声甘州·思念母校

忆春风化雨五旬年，青史照千秋。创辉煌业绩，流芳华夏，光耀神州。历尽沧桑巨变，旧貌付东流。桃李荣天下，艳丽金瓯。　　忆昔攻书两载，得名师教导，品学兼优。惯忘餐废寝，苦亦乐心头。感殷殷、爱生如子，诲谆谆、好似暖风柔。承师德，育吾成器，思念难休。

钟少洲

四川省仁寿县人,1941年7月生,大专文化,土建工程师,重庆市诗词学会会员。

八角街大昭寺怀古 (新声韵)

古刹朦胧入杳冥,寒鸦噪柳晚风轻。
奠基犹忆羊驮土,砌石尚留月隐星。
梵呗灵音图画阁,唐碑激荡舅甥情。
土蕃政教归一统,割据群雄始罢兵。

攀登昆仑山有感 (新声韵)

鸟道探寻走太空,昆仑绝顶气如虹。
天赐冷雪装银岭,地献寒冰砌玉峰。
放眼高瞻怀远志,并非虚幻觅仙踪。
壑深惟听西风哮,云厚难观落日红。

雪山晚会 (新声韵)

峰峦托举月轮高,峡谷风吹烈火烧。
一曲兵歌抒壮志,几番劲舞赶时髦。
脸盆敲击寒星抖,号角频吹冷雪飘。
节目自编情更迫,心灵深处涌狂涛。

捻羊毛 (新声韵)

滴水成冰雪满天，双双巧手捻线线。
阿妈织衣情万缕，哨兵穿上火一般。

鹧鸪天·路过康定 (新声韵)

跑马溜溜挂彩云，古城隐隐树森森。雪溪拭
剑劈街巷，激浪叮咚乱弄琴。　　坡放牧，坝农耕，
康巴风土壮诗心。阿哥骠捍如钢铸，阿妹情歌似
酒醇。

游剑门关 (新声韵)

古柏森森蜀道难，天劈绝岭设雄关。
风穿幽壑观云涌，雨过长空听响泉。
七二剑峰刺广宇，氤氲紫霭绕山峦。
恒侯战地彪青史，伯约碑前谒圣贤。

走马岭赏桃花 (新声韵)

信步悠闲踏远郊，何须跑马舞鞭梢。
花开玉树喷焰火，水染胭脂唱小桥。
缥缈云烟垂紫帘，喧腾燕子乱红绡。
麦黄季节飘香气，邀约仙家采寿桃。

荧屏观汶川震灾 (新声韵)

天公染病雨声沉，地脉痉挛血味殷。
广厦瞬间墙壁乱，神州咫尺手足分。
死生度外三军勇，日夜操劳总理亲。
抗震长城摧不倒，救灾雄起四川人。

渝中半岛 (新声韵)

两江浩荡汇朝天，三岸灯山烁火焰。
半岛朦胧如巨艇，琼楼玉宇载一船。

夜 (新声韵)

狂歌唱落满天星，麻战惊魂夜色沉。
独驾清风飘四海，索回彩笔写黎明。

边卡抒情 (新声韵)

脚踏山峰数我高，刺刀闪烁入凌霄。
玉冰铺设巡逻路，银雪沾衣白战袍。
哨卡犹如镇妖塔，红旗恰似烈焰烧。
长空风哮排云阵，深壑雷鸣涨浪潮。

边关哭慈母 (新声韵)

千里迢迢雪封山，传书鸿雁已迟延。
欲悲慈母登仙界，临阵何须热泪弹。
行孝兵营当闯将，尽忠故国守边关。
硝烟缕缕焚香烛，捷报张张化纸钱。

流亡者归思 (新声韵)

流落异帮已碎心，随波逐浪乱飘零。
寒衾不暖思亲梦，冷月偏窥带罪身。
折翅雏鹰愁豢养，迷途马驹盼归程。
天涯孤雁恋乡土，窗外杜鹃啼血痕。

观才旦卓玛献歌 (新声韵)

霓虹闪烁映天仙，缥缈云烟绽雪莲。
荡气回肠倾藏布，金喉婉转绕珠颠。
凤凰展翅双飞袖，孔雀开屏五彩衫。
一曲颂歌情万缕，感恩玛米换人间。

浪淘沙·过五道梁 (新声韵)

日落暮云垂，雪打风锥，寒沙长腿紧相随。
变脸天公成野鬼，大发淫威。　　车载未来归，
吐气扬眉，荒原鸣笛鼓声摧。极地情怀歌不断，
闪烁军徽。

参观故宫有感 (新声韵)

祥光瑞气满都城，金碧辉煌旧帝京。
风阁空闲无凤舞，龙楼不在现龙腾。
尘封宝座银屏冷，繁后栖鸦内苑鸣。
赌物方知天子贵，兴亡自有史家评。

黄葛晚渡 (新声韵)

烟波浩淼晚风轻，黄葛朦胧月色明。
古渡喧嚣成闹市，新楼挤走小渔坪。
珊瑚坝开千顷画，灯火焰喷百里城。
南北何须船往返，彩虹一道跨天庭。

夜读梁上泉《琴泉》诗集（新声韵）

手捧铅华读夜寒，心随章句访巴山。
气如革命燎原火，情似高峰瀑布悬。

羊八井温泉（新声韵）

金黄牧草接云端，刺骨寒风卷雪团。
山色湖光腾暖气，天烟地火煮龙泉。

老友夏生桂学画有感（新声韵）

退休未必近黄昏，画苑重开第二春。
白发童心难泯灭，喜从山水觅知音。

钟守华

重庆市江津区人，1940年生，大专毕业，退休教师，中华诗词学会会员，重庆市诗词学会常务理事，江津区诗词学会常委、副秘书长。

喜贺中共十七大胜利闭幕

北京盛会喜闻多，四海五湖唱赞歌。
华夏精英谋国策，中枢掌舵劈鲸波。
承先启后循新径，反腐倡廉废旧窠。
社会和谐人为本，复兴民族壮山河。

咏岩松

抱石悬崖五棵松，虬枝铁干战邪风。
凌云劲节无尘染，挺立人间情意浓。

合浦珠还十年庆

紫荆绽放艳阳春，弹指挥间世宇闻。
忆昔百年蒙耻辱，喜今两制灿星辰。
同心协力迎新任，破浪扬帆渡彼津。
合浦珠还十年庆，邓旗高举展鹏鲲。

戊子岁游南京怀古

魂牵梦绕谒金陵，槐月偕妻伴友行。

"国父"陵前评帝制，雨花台上祭英灵。

万人坑刻侵华史，夫子庙闻论语声。

岁月悠悠烟雨过，六朝圣地看新晴。

渝西诗词联谊采风会

双桥聚会喜吟秋，冒雨乘舟竞唱酬。

松鹤楼前描壮景，西山脚下戏群鸥。

耕夫举耜长天乐，渔翁垂钓雅韵留。

诗海漫游言已志，宏扬国粹展鸿猷。

津城春韵三首

（一）

沿堤信步品津城，五百华巅笑语频。

地覆天翻更旧貌，日新月异焕青春。

"联楼""白屋"流清韵，聂帅江公泽后昆。

盛世欣逢人未老，振兴华夏献忠贞。

（二）

半岛沙滩着盛装，父老乡亲喜洋洋。
琼楼玉宇花铺地，绿树黄莺影映江。
聂帅广场迎贵客，景观大道送儒商。
地灵人杰英雄谱，文化名城万代昌。

（三）

春暖鼎山碧，悠悠几水清。
文坛多俊杰，华彩耀津城。

农家作客

昔日河滩白玉楼，红花绿竹忆绸缪。
纹窗彩蝶双飞舞，雅室骚人众唱酬。
美酒佳肴猜拳盛，豆花腊肉话丰收。
惠农政策中央定，兑现条条靠县头。

游杭州黄龙洞

黄龙吐翠金须翘，碧水盈池茂竹桥。
奇石绕亭幽壑醉，刘郎名句领风骚。

【注】

奇石上刻有刘禹锡名句"水不在深，有龙则灵"。

钟志远

重庆九龙坡区人，1944年生，男，中学教师，长寿凤鸣诗词学会会员。

赞神舟七号胜利凯旋

银箭破云上碧空，载人漫步游苍穹。
蟾宫摆酒迎佳客，玉帝放声唱大风。
海外华人心潮涌，神州赤子笑声隆。
宇航科技开新页，雅韵美文赞群雄。

抗震救灾英雄礼赞

山崩地裂震长空，悲痛震惊众心同。
总理率众赴险境，主席运筹帷幄中。
千军万马声威壮，五湖四海爱意浓。
捐资献血人潮涌，救死扶伤往前冲。
万众一心克危难，中华儿女气如虹。
友邦感佩伸援手，港澳台胞情意重。
海外华人争解囊，爱如潮水赞英雄。
教师以身护学子，女警乳汁哺难童。
三过家门不入内，大禹后生有遗风。
主席灾区遇余震，指挥若定更从容。
民生情怀溢言表，英雄气慨傲苍穹。
总理再次赴险地，指挥除险慰工农。
语重心长励学子，多难兴邦志向宏。
学好本领兴华夏，重建家园立新功。

北京奥运赞

北京奥运梦真圆，凤舞龙腾尧舜天。
一炬雄风开胜景，千秋青史入新篇。
摘金夺冠显身手，破纪标新展笑颜。
更有五环添异彩，繁荣盛世喜空前。

直辖颂歌

直辖十载庆丰功，欢呼雀跃众心同。
纵览渝疆八万里，条条碧水卧彩虹。
高楼繁花呈异彩，绚丽缤纷耀苍穹。
山水之城山河美，都市景观气势雄。
湖广会馆重焕彩，洪崖吊楼有渝风。
画舫慢弋娱远客，凌空轻轨驰俊龙。
瞰胜楼上观夜色，晶殿彩灯连九重。
经济连翻跨世纪，百业勃兴更繁荣。
高歌漫舞庆今日，民安国泰党恩浓。

牛年贺岁诗

悲喜交加又一年，冰雪地震共摧残。
万众一心克危难，气定神闲迈向前。
北京奥运圆好梦，神七飞天访广寒。
春风喜送芳菲景，禹甸笑迎福满园。

钟祥华

重庆綦江人，1946年生，重庆诗词学会会员，綦江诗词学会会员。著《耕夫诗文选》等。

收玉米

曲曲弯弯小径悠，箩筐冒出两山头。
犹飞健步田郎影，跳进金晶万户楼。

晨行山间

草叶托甘露，西风薄雾凉。
小桥流水绿，溪岸菊花黄。
梳羽鹤栖柏，开心鸭戏篁。
画眉飞眼底，玉妹洗衣忙。

过巴国城

持斧故都门，先人浩气存。
国危生蔓子，头断谢荆人。
牧野千军魄，嘉陵一旅魂。
耕夫长叹喟，禹域一昆仑。

过梨花山

缓缓登山步石梯，丝丝白雾蕨芽低。
梨花风目盈秋水，笑问游郎可有妻。

道逢山乡耕作机

（一）

隆隆马达语声多，袅袅青烟上峻峨。
泛笑田哥开阔步，盘旋九曲唱山歌。

（二）

启齿询言价几文，田哥笑曰两千分。
青牛揖别人间世，述职天庭李老君。

长江三峡工程蓄水

峻峡平湖水镜天，瑶池织女戏荷莲。
张飞畅笑巫山麓，屈子狂歌楚国川。
大禹惊呼超鬼斧，润芝喜赋展华笺。
轮船千艘渝州聚，开发西疆唱舜年。

秋 菊

朔风拂面百花残，冷雨披身肺腑寒。

昂首苍天师劲竹，炎凉任尔演悲欢。

鹧鸪天·过桃花山

风度翩翩化小童。青丝远雪不龙钟。呼朋引
伴寻蹊径，指道青山花万丛。　　牵倩玉，吻华容。
娇阳俯首笑颜红。相逢恨晚三诗客，缱绻花前听
暖风。

寿楼春·梦悼姨妹文香君

听风啼西窗。卧雷园只影，舟溯沱江。唢呐
悲铜锣咽，泪飞灵堂。姨妹妹，丝披霜。半百秋、
君何忙忙？盼丙戌梅红，君临半岛，兄妹话情
长。　　青峨笑，蒲河扬。眺镰飞担走，五谷登场。
绛帐愚师羞赧，万言盈腔。难酬谢，君文香。岂
料今、长眠资阳。竟永诀人间，呼君梦里还故乡。

钟朝杰

四川会理人，1930 年生，副研究员，中华诗词学会，重庆市诗词学会会员。

施洞赴剑河途中

朝别施洞冷，深秋翠岭妍。
一篙轻点水，数艑渡长川。
狭谷流如箭，急滩浪满船。
剑河迟暮里，几日逆程还。

阳台菊丛

日照楼低少，秋深菊放迟。
阳台黄耀眼，峰岭绿多姿。
枝叶拥繁茂，神形惹妙思。
朔风吹复紧，摇曳忆迷痴。

重庆慈云寺随喜

慈云门踞青狮大，镌玉缅来供释迦。
依岭叠修禅院静，隔江遥对市街哗。
唐时明月留心境，印度菩提悟法家。
游目长河催浪起，扇亭高处瞰红霞。

乡思怀旧雨

前尘事业笑勤微，淡泊终生未必非。
郁结乡情常苦忆，嘤鸣友谊久难违。
秋风白马芙蓉瘦，暑雨青山稻谷肥。
滚滚长江流不尽，文峰默立对斜晖。

银　杏

千载擎天直上苍，公孙丛聚气昂藏。
珍珠遍洒酬人间，挥去寒风万扇狂。

怀凯弟

又逢春雨杏花开，不尽哀思滚滚来。
犹记江滨临别语，千山梦绕隔泉台。

水龙吟·黄桷垭

　　凉风古道岚垭，两廊滴翠峰峦转。宽街十里，阁楼竞异，山乡巨变。信息城宏，万人学子，英才堂殿。数园庄美食。笙歌日夜；黄葛树，垭栽遍。　　览胜登临满眼。隔江灯，流光灿烂。涂山禅寺，禹功真武，铁桅云卷，文塔松涛，洞游老君，菏塘香漫。最渝州肺叶，梅樱次第，幽兰泉涧。

点绛唇·南山春

　　夜雨新晴，树笼晓雾轻烟散。绿黄红乱，相约春花看。　　溢彩流光，俯仰千樱灿。山茶炫，海棠清曼，写尽风流卷。

姜中山

办公室主任，重庆市诗词学会、开县诗社会员。

踏莎行·滨湖新城

三峡秋深，长江蓄满，汉丰湖畔佳城现。波平岸丽水连天，凭栏隔望南山远。　　旭日红红，湖光灿灿，欲摹西子悄争艳。龙腾虎啸意昂扬，宏图铸就千年愿。

如梦令·呼吁库区环保

三峡骄姿新造，潋滟水宽烟渺。欲永葆青春，强化库区环保。环保，环保，生命等同关照。

水调歌头·贺首批移民新居落成

巨臂绕圈转，力大可搬山。铁牛怪出长爪，巨石竟轻拈。建筑工人振奋，工地机声震耳，昼夜战寒炎。楼舍比山起，幢幢插云天。　　登高阁，举健步，进新间。室中室外，洋溢欣喜曲声缠。大摆乔迁盛宴，款待亲朋知已，把盏众人欢。时顺握机遇，携手建家园。

蝶恋花·上九节①

开县汉丰兴上九，上九之时，空巷登高岫。寻盛门前梯势陡，观音庙里虔诚逗。　　林密深深何所有，一捧甘泉，权当迎春酒。换得家人重抖擞，引吭朝着飞云吼。

春　色

油菜飘香遍野黄，抽新换绿絮轻扬。
裁云紫燕漫施剪，俏语村姑赛插秧。

晚　霞

斜阳照凤凰②，奇彩映清江。
云上托鸿雁，与天争短长。

江　晚

日落古松苍，云低暮色茫。
山丘倚峰静，澎水入清江。

雪　景

瑞雪纷纷下，晶莹无玷瑕。
琼楼生北岭，玉带绕天涯。

晓　晴

夜雨晓初晴，窗明外野清。
两行飞絮柳，一对啭黄莺。

百没沱独钓

自助舟横野渡边，秋潭碧影锁繁喧。
青衣钓叟临渊坐，一任浮沉不起竿。

黄昏钓

老叟钓河矶，竿梢弄日飞。
白鳞频出水，篓满不思归。

车窗图

绿柳成排去，沙洲翩白鹭。
蓑翁轻舞竿，滩上钓斜雨。

姜学双

女，1944 年出生，重庆市大足县人，1964 年参加工作，1999 年退休，曾任荣昌县公安局秘书科、法制科科长。中华诗词学会、重庆诗词学会、荣昌县诗词楹联学会会员。

春到濑溪

春雨丝丝濑水明，碧溪两岸柳青青。
林围农舍桃花艳，枝上黄莺相对鸣。

鸡冠花礼赞 （新声韵）

头顶雄冠不是鸡，群芳苑里踞一席。
打鸣唱晓谁稀罕，自有骄姿俏绿篱。

晚霞情 （新声韵）

欲挽光阴注笔端，何愁学艺路艰难。
画竹润墨濑溪水，作赋采风螺罐山。
有幸微躯歌舞健，不忧云鬓雪霜添。
挥毫换取心如镜，满目青山夕照妍。

纪念朱德诞辰一百二十周年 (新声韵)

戎马一生未下鞍，南昌首义夜方阑。
帅军征战威名显，督士运粮气度宽。
振救黎民出水火，提培干部辨忠奸。
有灵老总下寰宇，应喜神州户户欢。

古宇湖纪游

平湖如镜映山丘，笔友吟朋结伴游。
笑语掀开千尺浪，歌声惊散几群鸥。
夕阳铺彩波光闪，寒菊拂衣香露收。
喜上亭楼极目望，诗情画意满轻舟。

长相思·春游麻雀湖

岸上松，水底松，湖水粼粼日出东。游船入画中。　　舞东风，沐东风，燕子衔泥飞瓦棚。山村春意浓。

谒金门·秋上岚峰

　　秋已半，岭上风光无限。滴翠林泉行未遍，后山丹叶灿。　　桔映清溪水缓，柳岸鸾鸣凰唤。靓丽楼台窗幔卷，游人归去晚。

西江月·新小区

　　临水小区楼靓，环城大道灯华。彩光闪闪映窗纱，新挂素帘添雅。　　楼底水池游泳，楼巅林苑栽花。莺歌燕舞到新家，昵语声声情话。

玉楼春·颂新农村

　　锦衣少女挥鞭舞，喜驾轻舟池里度。欢歌笑语伴风来，船入藕塘幽远处。　　行人展望青山路，碧瓦红楼掩玉树。园林硕果压枝头，百卉飘香阿妹住。

唐元龙

笔名荒田，祖籍湖北麻城县孝感乡，1941 年生于重庆唐家沱，曾任国家级重点职业高级中学常务副校长，中华诗词学会会员，重庆市诗词学会副会长，2008 年荣获第二届华夏诗词奖。已出版《绝句一百首》、《短笛声声》、《元龙诗文集》等专著。

登观文岩望故乡

登山欲觅少时颜，几字江干满夕烟。
童卧竹排春日暖，房悬水岸吊楼寒。
鹊鸣高树草房外，人约断桥柳影间。
入夜铁龙呼啸过，一轮明月照床前。

除 夜·原韵和端诚兄《除夜次韵和仁德》

雄鸡谢幕夜初阑，金犬吠春动岁寒。
把酒千村人尽醉，张灯十里画初看。
红云彩弹连金绣，火树银花共锦天。
钟震严冬除夕尽，东风已上柳条端。

中秋夜

雨阻嫦娥扫兴天，黄花独自出窗前。
小儿吃罢鸡丝饼，几次牵衣问月圆。

常德诗墙

诗国长城花满路，江天一览大桥浮。
依栏直上凌云阁，引我雄心入画图。

游龙水湖偶见群鹭乱飞 (新声韵)

碧湖佳梦引秋声，船过鹤山雨未停。
岸上忽传高咏起，惊飞白鹭破黄昏。

登一棵树观重庆夜景

又倚花间树一株，凭栏指点万家图。
几人闲话颁金奖，最是山城一舰浮。

过夔门

夹岸青山气势雄，秋波万里涌长风。
一门怎锁千江水，滚滚惊涛泻楚东。

雾中登重庆长江索道

遮天蔽日锁长流，跨水飞车解客愁。
云里方闻江浪起，瞬间已到会仙楼。

蓑衣峡

　　在金刀峡中段，一斜向岸壁上分布着几十块平整的石块凸出岩面，大的如桌面，小的如茶几，上面长满青苔和蕨类植物，远远望去，状若蓑衣。

栈道逶迤泉水碧，潇潇风雨好吟诗。
蓑衣岸上徘徊久，不见渔翁钓此溪。

剑门关

三百里程万树山，山山遥接古今天。
故楼烽火飞灰尽，我自悠然入剑关。

念奴娇·汶川地震

　　川西震怒，瞬息间、锦绣山河湮灭。沃野千村家院毁，六巷三街音绝。百姓逢殃，命悬一线，惨状声声烈。余波又起，敢咒苍天肆虐。　　中央果断抗灾，总理先行，施救情堪切。将士三军争浴血，天使①通宵未歇。华夏举哀，万邦驰援，共补天边月。废墟重建，喜看来日宫阙。

【注】

①天使指白衣天使，泛指医疗队和救护队。

凌泽欣

1946 年 12 月生于重庆合川，中华诗词学会会员，重庆市诗词学会副会长，重庆市合川作协顾问、诗词学会顾问，历任重庆市政协委员，合川市政协副主席，合川市总商会会长，著有《旅途诗集》。

和崇义会长《挂冠》诗

归田自此乐闲暇，戎马余年幸有家。
拾掇山中三亩地，来年待客上新茶。

和崇义会长《饮茶诗词集近期付梓有感》

好茶自是苦含甘，笑把浮华雾里翻。
过眼云烟终识破，红尘富贵不须贪。

题《汪崇义饮茶诗词集》

开卷风生肋下香，华章耀眼放毫光。
从今愿与茶为友，莫认他乡是故乡。

崇义会长《梦钓子陵滩》

人间最爱一身轻，世事难分白与青。
休去管它牛马斗，秋波浪里钓星星。

寄仁德兄

夜雨巴山未对床，天封借宿岂能忘。
三农问题一车话，尚待仁兄再赐祥。

步韵和仁德兄《雨中游合川钓鱼城》

老树苍藤护国门，人将屐齿印苔痕。
荒城古堞烽烟散，雾雨鱼山欲断魂。

陪京城、蓉城诗人夜游钓鱼城

月光似水沐鱼城，乘夜山游论古今。
说到当年元宋战，金戈铁马尚嘶鸣。

鱼山夜宿

九月秋风消噪蝉，驱车投宿入云烟。
鱼山夜半添新雨，敲打残荷不让眠。

钓鱼城见摩崖

鱼城墨客爱山花，醉后题诗写寺崖。
信手涂鸦君莫笑，他年或许可笼纱。

近年间见街市流行坝坝舞

徐娘下岗不彷徨，夜夜高歌舞广场。
莫道红楼灯火灿，街头自乐更安祥。

观合川嘉陵涪江二水合流

一江污浊一江滢，二水合时泾渭清。
待到东流三五里，肮脏洁净不分明。

北海银滩

白沙松软世间稀，北海银滩不染泥。
胯下戈矛连蟹阵，横行尽是小东西。

丁亥洪水彻夜听雨

潇潇夜雨未曾眠，市井朦胧半入烟。
拂晓推窗闻鸟唱，朝阳依旧满蓝天。

己丑立春二绝

（一）

一夜春风暖气回，黄梅谢了放红梅。
群芳尚作含苞态，早有蜜蜂闪翅催。

（二）

老树枝头芽叶绽，郊原嫩绿草丝肥。
晓天才染春晖色，便有欢呼雀跃飞。

乡村四月

四月山花次弟妍，田园秀色使人怜。
农夫更展丹青手，渲染青秧十里田。

秋　收

秋收七月又丰年，劳苦农家累暑天。
幸喜夕阳西下后，田园处处有炊烟。

秋日闲诗

（一）

秋来依旧郁葱葱，夏去居然硕果丰。
更喜登高重九日，菊花香送白头翁。

（二）

秋阳艳丽照南垭，漫步山中赏菊花。
不觉人饥时近午，村姑卖酒唤农家。

（三）

欲消残暑向山崖，正是秋分採桂花。
野鸟飞来添我趣，三三两两绕篱笆。

习水饮酒

驱车习水高山下，百里醇香酒气飞。
况是秋高天色好，开怀畅饮莫言归。

题九凌阳台盆景

着花老树不知名，弄巧含羞百媚生。
莫让春风轻剪了，留来醉后诉衷情。

赞月季花

花团锦蔟满园秋，秀美群芳代谢稠。
月季天天争妩媚，红着笑脸不言羞。

无 题

谁言范蠡是情痴，另有衷情越女知。
一叶扁舟天地阔，五湖烟水避狐悲。

乡 游

村笛悠悠伴牧歌，溪头一骑唱烟蓑。
红尘过客遥相问，欲去桃源路若何？

己丑正月十五涪江夜月

春波十五月如银，照耀涪江古渡津。
恋恋徘徊难舍去，不知今夜待何人？

涪江渔夫

傍晚涪江染落霞，渔夫撒网逐鱼虾。
更深捞尾鲜岩鲤，未及天明送酒家。

渠江渡头

荒村野渡雨滂沱，客向船头挤烂蓑。
白发稍公犹逗笑：一篙送汝过渠河！

嘉陵浪花

嘉陵水美小三峡，碧浪翻开万朵花。
峻岭重山遮不住，欢歌笑语向天涯。

三江渔歌

连天水送无穷碧，撩耳渔歌半入窗。
欲把合川夸远客，风情万种属三江。

涞滩古镇

画阁凭栏野镇荒，层峦起伏翠苍苍。
江山一派祥和气，古寺鸣钟送夕阳。

竹枝词二首

端午

菖蒲艾草挂门檐，箬竹清香裹粽甜。
屈子冤魂端午祭，龙舟竞渡鼓角严。
铜锣鼓点震天鸣，浪起舟飞短棹轻。
两岸呼声催未及，健儿唾手得红旌。

戊子端午

天灾不断屡添愁，累月崩山震未休。
昨夜西川传短信，今年五月罢龙舟。
青山绿水化荒芜，塌地惊生堰塞湖。
遍野鹃啼归未得，龙舟纵赛有谁呼？

闻汶川大地震

噩耗传来泪怆然，神惊鬼骇震西川。
鳌鱼眨眼沉烟海，诺亚漂舟失井田。
世上休嫌黄叶地，人间更爱碧云天。
愚公应悔挖山罪，还我和谐大自然。

公祭汶川大地震死难同胞

惨号凄鸣恸地来，滂沱涕泗洒尘埃。
锦江雨冷连心落，玉垒风寒透骨摧。
四野忽闻新鬼泣，九州乍见暮云哀。
哪堪昨夜添余震，更上高台奠土堆。

次韵和虞廷兄《剑门关用温飞卿韵与诸君同赋》并用原韵

余曾访胜剑门晖，时有西风晚照微。
走马吟诗骚客去，骑驴纵酒醉人归。
巴崖古栈春风起，蜀道流莺碧树飞。
却喜虞廷传短信，欢欣旧貌焕生机。

参加永川毗邻诗会

海内寻知己，毗邻系两川。
松山留醉客，濑水续诗缘。
夜静闻秋雨，鸡鸣见曙天。
依依休作别，后会又何年？

松溉古镇即笔

渝西古镇寻松溉，官府豪门一路通。
俗客都操川普话，居人未改入声风。
闲闲鸟戏千花树，碌碌农耕几媪翁。
已是秋深飞冷雨，依然满眼郁葱葱。

花甲偶作

名疆利锁误人争，解脱方知万事轻。
少壮何曾多奉献，平生也未少殊荣。
从今只作桃源计，回首休将老泪横。
马放南山开口笑，舟摇月下五湖明。
岁月匆匆花甲过，浮华淡淡渺如烟。
闲无正事催人做，醉有歪诗任我编。
闹市已经千百度，公门才别两三天。
风光更爱江湖好，短棹长歌上画船。

四月乡游

四月乡村堪入画，三春雾雨散如烟。
小姑居处栖新燕，神女祠前宣杜鹃。
大树桥头溪水碧，长杆钓下鲤鱼鲜。
农家正午炊烟起，野老寻来买醉眠。

清平乐·夜雨后郊游

　　青春渐老，岁月蹉跎了。夜雨潇潇催拂晓，晚润早晴更好。　　起来一阵东风，吹开睡眼朦胧。艳李秾桃怒放，燕儿来去匆匆。

临江仙·泸沽湖

　　泸沽波涛神女泪，九村旧事如烟。阿肖夜恋应无眠，风流骑骏马，潇洒坐猪船。　　水荇洋花浮草海，幽香淡淡回旋。捞来美味胜时鲜，摩梭山里客，刘阮梦中仙。

耕 夫

号东篱下主，本名周厚勇，1963年生，工商管理硕士。中华诗词学会会员，重庆诗词学会名誉会长。著有《耕夫行吟》、《耕夫诗词手抄》（作家出版社出版发行）等。

鹧鸪天·述怀

清正一身耐寂寒，耕书犁雨枕烟岚。庭前栽柳招莺燕，篱下邀朋品菊兰。　　心向善，品须端，自持有为步阳关。商场文苑忙中乐，怡悦人生寝可安。

祭家婆

二十一年后重修家婆墓，伫立墓前，十七岁从军惜别家婆，十七年抚育深恩涌心头……成此章。

柳芽初绿清明节，二十余年悲痛稠。
花叠墓碑情永系，心伤尊长泪空流。
深恩莫报存遗憾，慈训恒昭忆未休。
当哭长歌风沐里，哀思戚戚恨悠悠。

题青龙湖①

偏宜林间雨，秋风未及寒。

缓步湖滨路，山青好相看。

虬枝隐栖鸟，曲径见天然。

静谷能明性，花开可悟禅。

人生若临此，胡为思回还？

但随轻舟出，摇破水中山。

【注】

①青龙湖，家乡重庆市璧山县之美景也，湖水碧澈，翠竹茂密，远离都市喧闹，隐青山绿水于悠悠旷野，休养生息之佳所。

四十岁生日感赋

四十年华行色匆，蹉跎岁月忆峥嵘。

五湖春梦扁舟雨，万里秋风撑大蓬。

偶羡沙鸥翔碧海，甘随孺子作黄牛。

立身从业须当慎，坦荡人生尽释愁。

游石钟山即兴

十年商海路迢迢，今访石钟意兴豪。

得遂男儿沧海愿，湖波江浪汇狂涛。

渔歌子·山村行

（一）

山后山前尽是花，红如炉火艳如霞。播稻种，采新茶，村民忙煞百千家。

（二）

霞似轻纱绕翠微，山山莺啭子规飞。催布谷，唤堆肥，牧童踏月放歌归。

（三）

阵阵花香挟晚风，此山淡淡彼山浓。松弄影，月当空，声声长笛竹篁中。

江城子·题九江敦颐祖墓重光

拜瞻先哲又浔阳，仰文光，意深长。北宋当年，理学发初篁。业启程朱承孔孟，三荡气，九回肠。　　千秋圣地起苍黄，柳轻飏，松成行。喜看今朝，春意满九江。重颂濂溪道脉光，莲素洁，永流芳。

秦　勐

重庆人，女，1943年生，重庆纺织学校教师，重庆诗词学会会员。同丈夫合著有《勐云诗词选》。

自度曲·三峡移民后记

江潮平，霜天云，江水漫过江边岭。修电站，美景添。三峡湖阔，几连云天。赞！赞！赞！　家搬尽，远信传。新居冷暖党关心。三杯酒，别亲友。国民齐天，依依执手。走！走！走！

自度曲·秋山红叶

送走炫丽春与夏，火红蓝透斜阳下。山下江水依，山中闻鸟啼。　风摇秋叶碎，脂染娇颜醉。无奈百花离，艳独栌叶奇。

自度曲·红山茶

枝叶半隐玉珠彤，春风轻抚展娇容。千红万紫谁是主？思匆匆。　冷寒孕育一树绿，朝阳描染两腮红。柔柔香风开情怀，与春同。

自度曲·游晋云山

　　深幽峰峦绕霞烟，修竹万杆参云天。画廊翠柏拥，金狮枉啸松。　　携手攀峻岭，柳舞溪轻吟。鸟藏叹昼短，风送林涛喧。

春　游

　　红楼玉栏小桥，曲径幽山路遥。
　　骄阳艳蝉儿叫，倦倦神迷难觉。
　　清风吹送柳絮，蝶舞繁花轻摇。
　　娇儿斗虫阿婆笑，忽觉斜阳去了。

自度曲·峨嵋山金顶

　　枝上枯叶竟飞远，昏鸦空啼高天寒。雪拥殿廓浮云上，隙透金光祥瑞间。　　云低游，人留连。若使时空倒流转，金乌飞度玉兔隐，朝霞拱托佛光瞻。

自度曲·大雪数日同小孙女登峨嵋山

雪压冰积分外寒，紧抓铁栏拼力攀。钉鞋带草手柱杖，发际凉湿热汗咸。　　山路窄，雪原宽，老小相扶共登山。峨嵋金顶云端上，执手已在云上边。

白海棠

红叶霜染照重门，翠碧托雪盈绛盆。

冰玉凝脂留芳影，琴心琼骨露为魂。

淡描云姿冷更艳，嫣红姹紫洗无痕。

清风不识情千结，心曲轻吟唱黄昏。

故居感怀

暮鼓晨钟佛音轻，蜿蜒石径绕门庭。

绕膝娇儿愁何在，稚气未脱家已倾。

离居千里失旧梦，沧海独听风雨声。

水镇桥头泊船处，白发重逢是故人。

秦继尧

重庆涪陵区人，1921 年生。重庆市诗词学会会员，涪陵区诗词学会会员。诗作曾在《重庆诗讯》、《华夏吟友》等刊物发表。著有《野草诗词稿》付梓。

游聚云山

连绵秋雨幸天晴，漫步迎岚登聚云。
仙洞神宫欣草木，龟龙长寿振乾坤。
长虹跨峡掀潮响，古刹鸣钟听梵音。
欲识玄经参妙谛，佛光普照醒迷津。

游点易洞公园

北岩幽洞领风光，致远碧云迎紫阳。
欣绕墨池思古迹，细探石刻过长廊。
两江浩瀚千帆竞，万户楼台百业昌。
易学灵根蕴至理，乾坤正道看辉煌。

燕归来

春去秋来年复年，迢迢千里暑寒传。

浪尖欣越搏风暴，波谷激飞闪电鞭。

不有雪霜滋润地，哪来晴朗艳阳天。

桃红李白映川绿，蝶舞莺鸣百卉鲜。

江东九曲溪

七龙蔚大观，九曲涌甘泉。

白鹭画中徙，渔歌天外传。

一林红杏雨，两岸绿杨烟。

茅店茶香溢，旗亭待酒仙。

水调歌头·登聚云山览长江天堑

信步鼋龙险，昂首聚云峰。悬崖陡峭何惧，谒佛壮心雄。幸得秋潦乍过，草木迎曦苍茂，健履若乘风。凝睇神仙洞，岚气漫山松。　　鸡鸣峡，晴碧筱，起长虹。纵目天堑，桥横波阔万帆通。古刹鸣钟悠远，佛殿香烟缭绕，法雨梵音宏。三峡旅游境，雄秀崛川东。

念奴娇·白鹤梁

中流砥柱。莽石梁，傲阅万千岁月。几度灵鹤冲霄去，名士长留笔墨。满目琳琅，碑林瑰丽，文史辉石刻。神鱼戏水，丰年共庆欢悦。　　鉴湖潋艳清澄。鱼舟弄笛，碧浪听鱼迭。扬子乌江群渚会，涛吼震凌天阙。北望碧云，神驰古洞，点易思先哲。旭日喷薄，征途万马飞越。

北岩寺点易洞

万家珠绣映华岩，扬子奔流激岸台。
白浪滔滔追鹤去，乌江滚滚破山来。
松屏列翠凌云起，飞阁迎晖古洞开。
明道至诚点易处，观澜亭畔看春回。

高传杰

男，1947年7月生，江苏省镇江市人，字陆远，笔名晨曲，是重庆机械电子技师学院高级讲师。是中华诗词学会，重庆诗词学会会员；重庆高教晚晴诗社副社长。

喜览长江三峡大坝风光

大江东去唱新篇，雄坝清波焕峡间。
发电兴桑飞巨舰，观光致富乐无边。

乘轻轨客车喜览重庆市容

风驰电掣客宾欢，都市风光蔚壮观。
锦绣江山飘彩带，人间仙境胜桃源。

春夜抒怀

春江月夜醉窗前，电视炎凉展世间。
如梦人生悲喜度，兴家报国孝忠全。

秋夜闻琴

秋风明月桂花香，静夜琴声醉凤凰。
花甲将临春梦忆，青梅竹马叹沧桑。

吟诗赋志

汗青彪柄楷模多，盛世更闻典范歌。
欲海浮沉淹醉客，商城驰骋坠疲骡。
欣吟陌室诗词曲，厌恋华堂酒舞锣。
淡泊平生明壮志，丹心为国勿蹉跎。

汶川抗震救灾凯歌飞

山崩地裂城乡毁，数万人民命运悲。
领袖救灾频表率，军民抢险屡扬威。
捐赠爱涌中华浪，义助情凝世界杯。
抗震扶伤肝胆照，家园重建凯歌飞。

第十届亚洲艺术节圆满成功

亚洲千古屹人间，悠久文明世界先。
卅亿人民歌幸福，众多民族舞蹁跹。
和平发展兴家国，友谊长存绿苑田。
百态英姿风貌艳，今朝欢庆乐无边。

纪念郑和下西洋600周年

永乐兴隆万国朝，汉风沐浴亚东骄。
通商巨舰西洋敬，探险群豪土著邀。
开放迎来疆域阔，睦邻送去道儒潮。
巍巍华夏千秋屹，先辈功勋盛世超。

暑夜感事

风雨人生涉世难，平安处事梦邯郸。
少年寒雪终身忆，白发明霞半世欢。
笑看窗前车马竞，犹听苑内燕莺喧。
名缰利锁诗书乐，家国和谐赋感叹。

多丽·惊叹北京奥运会开幕式

颂歌中，五星旗艳升空。礼花飞，恢宏画卷，文明展现雅容。五千年，辉煌灿烂：仙曲妙，丽景情浓。科技新奇，人文荟萃，沐温馨绿色清风。各民族，古今携手，甘苦立丰功。迷今夜，乾坤异彩，姹紫嫣红。　　睡狮醒，炎黄雪耻，百年圆梦兴隆。北京迎，鸟巢聚会，万邦汇，无数英雄。雅典开源，五洲接力，为和平跃虎腾龙。构思巧，飞天圣火，攀奥运高峰。寰球赞，如痴如醉，盛典讴崇。

雨霖铃·三伏天兴游四川华蓥山风景区

峰峦群屹，陡梯云绕，径曲泉澈。攀行怪石溶洞，天坑幽穴。古庙香馨树绿，索桥石林绝。暴雨歇，风爽奇观：一吻千年难别。　　峥嵘岁月怀先烈。打江山，洒几多热血。双枪老太名耀，惊敌胆，史讴雄杰。蜡像英姿，民敬，游人远近瞻谒。放眼处，新貌华蓥，阔步传飞捷。

凤凰台上忆吹箫·心灵的呼唤

天上人间，爱情迷醉，古今多少悲欢。世代鸳鸯谱，泪洒尘寰。红叶书传流水，佳眷配，雅俗奇观。千秋史，痴男怨女，梦逸邯郸。　　惊叹。喜逢盛世，科技沐神州，处处荣繁。短讯如潮涌，倾诉心宽。珍惜温馨情谊，呼挚友，同享甜酸。三生誓，青春恋歌，白发吟谈。

满庭芳·春夜抒怀

扑面春风，九天明月，万家灯火家园。夜深观景，高处醉桃源。群厦巍峨灿烂，两江绕，淡雾峰峦。叹都市，马龙车水，昼夜貌容妍。　　无眠。思绪涌，沧桑巨变，痕迹斑斑。岂忘度艰难，家国辛酸？乱序阴晴气候，烦恼重，情海波澜。须珍惜，今生良缘，更放眼明天。

水调歌头·暑夜抒怀

七月似流火，三伏正扬威。初更扑面风热，处处步徘徊。鹅岭登高览胜，夜市游玩品味，满眼景观迷。明月厦楼照，竹影送人归。　　温水沐，空调爽，阖家怡。感恩盛世和谐，今夕喜扬眉。跋涉崎岖险径，经历沧桑巨变，家国沁芳菲。儿女多传教，奉献报春晖。

水调歌头·惊叹神舟七号宇航员太空舱外漫游

　　浩瀚太空碧，神七喜飞天。今朝舱外漫游，千载梦欢圆。亘古星球迎客，俄美邻居添伴，仙女舞蹁跹。览景赞桑梓，通话报平安。　　科技妙，文明续，尽开颜。中华儿女，多少奇迹映人间。光大先驱智慧，超赶西洋步伐，开拓谱新篇。壮志跃高峰，造福为桃源。

宝鼎现·纪念中共十一届三中全会召开三十周年

　　卅年风雨，改革成就，寰球讴敬。驱恶梦，繁荣强富，桑梓今朝呈美景。盛世路，览嫦娥奔月，三峡平湖倩影。港澳返，台湾共唤，奥运中华荣幸。　　浩劫灾害难罄。国家危，经济癌病。观念乱，歪谈马列，无视人权民族哽。极左派，遍烧荒唐火，焚毁文明宝鼎。道德堕，人才惜缺，祖国何时跃骋？　　欣沐十月东风，尤醉酷寒春雷醒。九州迎开放，凝聚人民闯竞。迈富裕，特区奇境。处处新风咏。反腐败，华夏腾飞，社会和谐喜庆。

凤凰台上忆吹箫·喜观《神雕侠侣》

风雨江湖，几多恩怨，历经人世沧桑。古墓青春度。练武情长。甘苦相依携手，奇侠侣，岂惧冰霜？嘲磨难，攀山涉水，饱览芬芳。　　堪伤。武林险恶，仇杀嫉争，竞舞刀枪。正气乾坤溢，龙女杨郎。精典神州名著，文笔妙，传统辉光。叹屏幕，和鸣凤鸾，胜读华章。

水调歌头·六十花甲抒怀

潇洒度人世，耳顺梦中临。少年历尽霜雪，风雨觅知音。雅趣遨游学海，惬意耕耘教苑，壮志献丹心。儿女锦程唤，盛世沐甘霖。　　爱诗词，研国学，醉书琴。静修闹市，名利缰锁笑浮沉。褒贬兴衰景象，结识炎凉挚友，四季畅怀吟。放眼彩霞艳，康健步芳林。

高静波

女，1978 年生，江苏省镇江市人。重庆师范大学文艺学硕士研究生毕业，现任职重庆师范大学文学与新闻学院讲师。是重庆诗词学会会员。

家居窗前观赏鹅公岩大桥

雄桥跨堑通途现，碧水青山映彩虹。
远处轻舟鸣汽笛，窗前国画沐东风。

庆贺北京奥运胜利闭幕

百年奥运聚中华，今古文明醉亿家。
虎跃龙腾神技竞，扬眉吐气举世夸。

畅游重庆白市驿天赐温泉

山川秀丽蕴温泉，满眼氤氲万代延。
鸟语花香迷四季，波清影倩醉婵娟。
亭台雅致汤池满，径道幽深设备全。
天赐名扬遐迩聚，健身沐浴赛神仙。

春游重庆市缙云山风景区

姿胜峨嵋绕雾霞，九峰峻秀誉天涯。
珍禽异兽千秋景，姹紫嫣红四季花。
远古神仙寻美梦，今朝旅客品名茶。
作家基地雄西部，雅庙云楼曲赋佳。

大学城重庆师大校区执教吟

大学新城屹虎溪，乡村转眼燕莺迷。
馆楼林立馨花卉，设备齐全醉弟师。
明亮课堂科技沐，奥深学海纵情驰。
育才为国丹心献，谱写华章壮赤旗。

水调歌头·春游重庆歌乐山

三月好风景，歌乐迩遐游。山青水绿风爽，云顶峻峰留。放眼渝州新貌，感叹沧桑巨变，豪迈放歌喉。鸟语卉花艳，百姓画诗讴。　　敬先烈，祭家墓，寄哀愁。陪都遗迹，经历霜雪显风流。观赏农家乐趣，享受和谐环境，老少乐悠悠。共展宏图愿，业绩耀春秋。

念奴娇·夏游湖南张家界风景区

　　险峰异石，叹原始风貌，武陵仙域。古寨峭岩遐迩览，飞瀑清溪林密。翠玉龙宫，晶莹溶洞，百态千姿熠。珍稀禽兽，自由王国生息。　　历尽沧海桑田，文明开发，世代遗奇迹。鬼谷屈原曾拜谒，秦帝留侯芳册。除恶兴邦，贺龙英杰，民众讴功绩。旅游佳境，爽风陶醉宾客！

声声慢·献给汶川抗震救灾中的英雄教师

　　风云突变，地裂山崩，汶川地震罕见。满目苍凉凄惨，四方惊颤。高楼处处倒塌，古寨沉，庶民熬煎。学校毁，废墟中，辗转泪呼呜咽。　　一代师魂碑灿，为学子，丹心映身躯献。紧急关头，舍己护生待援。亲人觅同事唤，祭英灵，赤县好汉。百姓敬，光大发扬史册赞。

念奴娇·主持重庆诗词界纪念端午节不忘重庆大轰炸历史诗歌朗颂会

激昂慷慨，正吟诗诵赋，满腔鲜血。讨伐倭魔侵略者，处处疯狂屠杀。轰炸山城，民丧隧道，惨案人间咽。同仇敌忾，九州多少英杰！　伟大爱国精神，屈原楷模，世代传承烈。虎跃龙腾惊世界，民富邦强威屹。历史休忘，扬荣知耻，冷对东洋蝎。和平携手，五洲欣沐明月。

满庭芳·王蒙先生在重庆师大畅谈当代文学及其发展方向

当代文豪，文坛驰骋，重庆师大宣扬。纵谈文学，论发展良方。服务人民事业，颂祖国，促进康庄。同心建，和谐社会，正日益荣昌。　千秋青史耀，群星灿烂，伟大炎黄。叹经历风霜，饱览沧桑。承继精华荟萃，百花艳，处处芬芳。丹心献，讴荣贬耻，喜挥笔华章。

满江红·代表重庆带队赴西安参加全国大学生纪念长征胜利七十周年演讲比赛活动

飞赴西安，长征颂，群情激烈。先辈志，誓扬旗帜，敌仇消灭。万水千山盈正气，雄关险道讴豪杰。五洲叹，马列沐英雄，频传捷。　　黄陵敬，延水谒；秦俑览，江山阔。正传承光大，小康初越。七十光阴容貌变，千秋赤县炎黄悦。前景佳，建社会和谐，观新月。

水调歌头·挚友严澍赴澳洲留学感赋

挚友远方去，留学到天涯。青春岁月深造，壮志令人夸。才进京城学府，又赴邻邦名校，学习劲头佳。喜讯电波跃，胜似赏琵琶。　　忆当年，育才校，同窗纱。晨吟夜读，高考分手别渝巴。从此飞鸿互励，勇负兴邦重任，才德报中华。吾幸结良友，万里沁芳葩。

青玉案·春游重庆古镇磁器口

　　驰骋神马长春鼓，古埠闹，苍龙舞。鹤叟童颜欢乐聚，珠裙流转，玉词落趣，香缀青石路。　　华灯雪瓦水晶树。袅袅苍松瑞云暮。畅醉渝州仙洞府。金盘盈郁，盛世吐卉，群谱春光赋。

高德平

土家族，重庆黔江人，1941 年生，退休中学教师，重庆市诗词学会会员，重庆黔江诗词楹联学会副会长，著有《耕霞集》、《百年吟》、《巴渝流韵》。

南海春景

春到人间草木知，千峰染翠正当时。
三重小岛三帧画，一海清波一海诗。

海上放歌

一截青峰一画屏，一湾溪水一张琴。
帅哥靓妹鸣金嗓，半海笙歌半海情。

题仙女幽岩

俊秀清怡望若飞，同来底事不同归？
只缘贪恋人间景，嫁与幽岩何用媒！

钟 灵

清风细雨袅溪烟，水绕山环竞秀妍。
云影天光篙点破，扁舟荡漾水云间。

答谢梅江吟友

夜枕清幽月满棂，柔光飘梦到钟灵。
舟边水榭梅花赋，江上云亭柏叶铭。
促膝谈心歌遂愿，敲诗品酒醉忘形。
情深反觉平湖浅，买尽青山作画屏。

过小村有感

驱车游览夏山前，入目千峰图画妍。
竹影频摇云满地，荷香时送气清天。
一湾风月花含醉，十里山村马著鞭。
往事悠悠何足道，今朝妙手绘尧年。

过武陵香山寺

叩问香炉讨吉祥，凝眸寺景细端祥。
羽人天半烟霞骨，玉笋云中冰雪肠。
峰立夕阳山着彩，壑含晚籁水流香。
动情梵唱留君住，无限禅机意未央。

高阳台·夜宿牛背岛

野月穿窗，山云拥户，松弦狂奏涛声。起坐披衣，轻推沉睡朱门。平湖几点粟星动，媚无边，弄眼情人。问龙王，可是娇娇，粉脸初匀？　　金鸡唤起晨曦出，旋青天碧海，黛帽霞巾。趁取芳时，共寻岛上红云。丛丛簇簇琪花舞，更耳边，百鸟欢鸣。算斯时，一腹云章，一脸熙春。

鹧鸪天·春

摇锦繁花滴翠岚，春风细剪柳枝帘。水天互映波光烁，山石相勾肥瘦兼。　　莺婉转，燕呢喃，丹青妙手绘江南。空漾山色诗同瘦，淡泊生涯梦也甜。

鹧鸪天·春日小园

竹韵泉音入画帘，青阴翠影水盈蓝。闲庭浅草随阶绿，曲径新花着意鲜。　　云抱石，月弄杉，一帧剪影味尤甘。夫妻相对松间酌，棋子轻敲石上弹。

鹧鸪天·神龟峡口

活脱神龟豁眼眸，骄姿点断一江秋。龟头伸展明明见，龟背擎天劲劲浮。　　烟霭散，翠云收，江岚飘带入峡沟。悠闲自得谁能拟，不着人间半点愁。

风入松·官渡峡

银河泻水洒江天，溅玉飞珠泉。悬崖峭壁藤罗缀，依稀是、翡翠珠帘。一线长天雾绕，烟霞明灭峡间。　　平湖如带荡游船，访水寨悬棺。船停岩岸问神女："欸乃中，相好曾还？"欣听游人笑语，顿时一改愁颜。

小南海即景

郁郁葱葱牛背竹，粼粼艳艳五溪烟。
山开翠扇千层碧，水泛银衣一镜妍。
欸乃渔歌船荡漾，呀咿童语韵翩跹。
游人睹景心先醉，今世浮生魂梦牵。

卜算子慢·龙泉寺即景

摇红叠翠，岚绕雾飘，晚籁放声崖角。飞玉清泉，随意溅珠飘落。晚霞中，龙柱龙门卓。正残照、金波似镜，长虹紧抱挽神阁。　　万里游人约。念雅韵龙泉，厚情山岳。警语笙钟，唤起众人思索。对良辰、谁不将心濯。须应是，风清月朗，恰如云中鹤。

高阳台·神龟峡

峭壁危崖，短沟长涧，深洞峡谷高峰。一线长天，白云飘忽西东。乱石穿空惊涛涌，雪浪飞，声若雷轰。凭谁知，年月时分，春夏秋冬。　　一条巨坝横空锁，看礁石隐迹，巨浪潜踪。如织游船，随弯长湖画中。临风把酒诉情怀，缚苍龙，海洋心胸。仰天啸，桃面佳丽，皓首玩童。

夏业昌

1937年生，重庆永川人。大学文化。永川教师进修学校高级讲师，中学语文特级教师。重庆市诗词学会会员，永川诗词学会常务理事。

春 日

万卉千花齐撒娇，海棠红艳妒桃天。
粼粼鸭绿鱼追影，袅袅鹅黄雀弄绵。
竞走雏鸡频抢道，争锋嫩笋急抽梢。
知时好雨随风至，布谷声中动土膏。

端午诗情

竹叶露珠晨滴晴，菖蒲陈艾暗香盈。
琅琅齐诵涉江赋，郁郁潜滋哀郢情。
角粽品尝思汨水，龙舟竞渡问涛声。
每逢重五倍兴感，浩荡灵修惑郑精。

庆祝改革开放三十周年

春天故事暖寰中，南国先鞭顶逆风。
高峡江灯灿银汉，祥云圣火耀珠峰。
神舟开拓太空旅，飞艇探原玉兔踪。
纾难强邦赖民本，喜看稻浪卷千重。

读百姓村报道有感

古有朱陈两姓屯，承宗接代互通婚。
昔时不晓遗传学，今世已遵摩尔根。
嫁娶血缘思远近，亲疏地域燮乾坤。
太平村里家家乐，开放庄门强子孙。

虎照闹剧收场

虎照荧屏假乱真，识邪慧眼辨纤尘。
兽王崇岭无踪影，铁栅名园有柙驯。
悬赏疏防方术士，穿绷惊现隐身人。
弥彰欲盖昏官丑，坏事多依保护神。

怀珠湖

怀珠湖似镜，倒影柳成阴。
红豆梢悬日，绿筠枝荡金。
游船惊鲫鲤，钓叟静身心。
广厦瞰情侣，时闻三籁音。

村　妇

天镜波光映竹缕，浣衣村妇爱晴柔。
湖中揉碎虚无景，桃水浇园共白头。

瓜蔓亲

阳台垒土种丝瓜，翠蔓攀缘邻里家。
楼上忍冬藤直下，金银争艳一帘花。

浣溪沙·吴家坝

河岸风轻竹木斜，群群白鹭集枝丫，宛如树
树玉兰花。　　万亩膏腴无旱涝，千年稼穑敢矜
夸！蓝天碧水最宜家。

浣溪沙·教师吟

晨雾茫茫即起身，伸腰踢腿旺精神，诗文吟
诵待朝暾。　　黑板一方书宇宙，讲台三尺话鹏
鲲。求新温故度青春。

夏百友

笔名龙山、下里，重庆涪陵人。1923 年 10 月生，曾任中小学教师 30 余年。1979 年 10 月于龙桥中学退休，长寿凤鸣诗词学会会员。独撰、合撰有《龙山新吟》《骥鸣集》《凤鸣诗词选》等六种。

随友江南采风

诗翁不顾两鬓斑，跋涉江南步履艰。
廉颇寻思能饭后，老莱披彩戏亲前。
羲之字法留神韵，道子丹青作圣传。
一片冰心情未了，莺啼千里已忘年。

行香子·过长滩

水涨船高，浪涌江潮。太匆忙，水手船艄。人声杂沓，铁座飘摇。过快滩急，陡滩险，慢滩遥。　　平安上岸，顾虑难消。想当初，众口唠叨；行船万里，主舵一招。望大江宽，长江远，满江涛。

一剪梅·长寿火车站

尝读诗仙《蜀道难》，难上青天，仰叹青天。车厢一列履平川，越过高山，钻过高山。　　莫道巉岩不可攀，人上峰巅，车上峰巅。客来客往尽开颜，回首当年，不是当年。

天仙子·万顺之春

如画江山谁彩绘？绘出家园春意媚。大洪河畔柳丝垂，风拂蕙，花移晷。婉啭黄莺山色翠。

天仙子·洪湖泛舟

风月无边骚客醉，一叶轻舟天接水。游鱼比目燕双飞，齐赞佩，洪湖美。竹外桃花留韵味。

相见欢·杨威

全能五项扬威，夺高魁。拇指一伸唯我舍其谁？　　先一辈，诚为贵，破陈规。且看林间笨鸟可先飞。

相见欢·程菲

瞌瞌众目程菲，正旋飞。下马漫留遗憾与心违。　　难后悔，空垂泪，别伤悲。巾帼何尝不可挽春归？

[双调] 蟾宫曲·香港回归

眼巴巴遥望南方，话一会香江，念一会香江。恨悠悠祸起萧墙。恨一阵豺狼，骂一阵豺狼。风雨狂，岁月长，身儿不离娘，心儿不离娘。今海沧，明田桑，叶儿在家乡，根儿在家乡。喜滋滋欢聚一堂，椿萱颂流芳，兰桂盼腾芳。

长相思·赞团团圆圆

念团团，赞圆圆，适应新家处泰然。甘心代代传。　　从雅安，到台湾。山接水来水接山。寻根血肉联。

夏家绪

重庆垫江人，1929 年生，重庆市涪陵区地方志办公室离休干部，中华诗词学会、重庆市诗词学会会员，涪陵区诗词学会副会长，著有《闲吟集》《杖藜集》付梓。

秋游大梁山

又是一年篱菊黄，风清云淡上高岗。
农夫北去银锄落，大雁南飞健翼张。
绿橘林中思屈赋，白头心底叹冯唐。
一杯浊酒愁颜解，赏景观光自倘佯。

同王以培金家富探看江东土高炉书慨

野草丛中故迹留，茕茕孑立五旬秋。
元戎升帐村烟杳，狂热惊魂玉树愁。
禹域熊熊燃烈火，高炉卓卓筑荒丘。
未忘钢铁滑稽梦，评说当年古渡头。

和张季农吟长《元夜曲》寄慨

箫鼓清晖夜，行年叹素秋。
韶光挥汗急，晚景钓竿幽。
雪鬓催何速，唐音唱复休。
鱼龙灯尽兴，鹡鸰一枝求。

丁亥中秋外侄谭建明寓粤电话

千里闻声倍觉亲，又当佳节赏冰轮。
同为白发垂垂老，得享天伦日日春。
海角天涯劳跋涉，体衰人瘦见风尘。
今宵皎皎共相望，叠叠云山实可嗔。

游北山坪

草长莺飞上翠微，晴岚飘渺润芳菲。
林丰宛若青纱帐，鹤唳俨如丁令威。
铁柜踪留兴汉室，鹰岩神助入春闱。
登临观景思千绪，难驻春光又绿肥。

八十初度周朝诚吟长赐玉步韵为答

丹铅涂抹白头心，学海书山亦欲临。
李杜文章可知古，诗词格律正昭今。
八旬常怨囊萤少，六义勤思随意吟。
寄赠华篇多内疚，杖藜得句请君斟。

读陈时柄吟长《晚霞生辉》

耄耋高龄习五音，吟哦风物自胸襟。

品茶屡屡酌佳韵，咏事时时入旧衾。

并茂诗书春草绿，相辉图影白头心。

一编赠与频频读，戛玉敲金个里寻。

八十抒怀

荏苒光阴怅昊天，发须如苎憩林泉。

晨曦举步南湖柳，夕照凭栏北岭烟。

书海细心思律韵，髦龄怒目易权钱。

沧桑欣遇开新宇，顾影常悲衰老年。

陶代仁

重庆涪陵人，1933 年生，中学语文一级教师，重庆市诗词学会会员、涪陵区诗词学会理事，著有《鸡肋篇》、《感悟篇》付梓。

奥运举重冠军陈艳青 （藏头赞）

陈家有女初长成，艳丽端庄御风行。
青锋宝剑利无比，好胜佳人谁敢亲！

【注】

陈艳青举重夺金后大喊："谁敢亲我！" 欣喜之情，溢于言表。

欢庆神舟六号航天成功

（一）

金秋彤日耀太空，神六航天探苍穹。
往返平安齐欢庆，龙的传人展雄风。

（二）

神一神六历七载，飞天成功顺归来。
次次提高含金量，太空奥秘必解开。

（三）

传说金猴闹天宫，原是神话娱蒙童。
而今飞船游天际，往返自如真英雄。

（四）

航天科技摘探花，九域五洲竞相夸。
超英口号今实现，赶美还得把油加！

（五）

常娥飞天留广寒，思恋红尘不得还。
亲人驾舟来探望，想回娘家也不难。

猪年咏猪

（一）

农家六畜猪为首，居勿求安忘奢求。
生熟饮食不嫌弃，精粗饲料总点头。
贪吃好睡非懒惰，静卧宽心好长油。
粪便攒肥庄稼宝，全身利民品行优。

（二）

幽然自得不知年，赖人豢养腹便便。

三餐饱食无所事，一圈安栖嗜睡眠。

繁生后代称能手，造粪积肥可沃田。

解体捐躯作奉献，蒸炒焖炖样样鲜。

为农民工写照 （四首选二）

（一）

农民进城挣了钱，生活习惯大改变。

西装革履常穿戴，手表手机也买全。

天天都打小牙祭，餐餐吃得肚胀圆。

谁说农夫乡巴佬，泥巴脚杆是昨天。

（二）

市民农民共一天，生活质量同改变。

早餐豆浆加油饼，中午饭菜配齐全。

晚上全家吃宵夜，卤菜下酒慢慢绵。

满足温饱刚起步，争当老板把梦圆。

聂 晖

女，生于 1976 年，重庆人。现为重庆烟草工业公司团委副书记。

咏四君子

伴雪（梅）

俊俏寒梅笑雪狂，冰肌玉骨傲严霜。
争奇斗艳非吾意，净洁英姿暗送香。

钟情（竹）

纤纤细叶郁葱葱，枝干长长节节空。
投进心波摇俏影，临风把酒拆情钟。

清香（兰）

窈窕婀娜幽谷间，餐风饮露向云端。
白随蕙质真姿展，散发清香引醉呢。

白怡（菊）

风吹舍外蓓蕾台，玉洁红颜五指猜。
赤子拳中千百态，凡霜岂扰净心哉。

千古遗音

七　律

月照丝桐风拂尘，焚香独对浸佳音。
蔡公火里惜焦尾，秦相堂前认拙荆。
司马敲金倾卓女，孔明振玉退曹兵。
如今古调少人识，徒遗圣典鉴史经。

词：忆江南·秋

　　西风起，叶落染衣襟。花伴鸟飞痴入冢，世间万象似无心，草木却多情？

自撰联：

　　醉饮诗中酒；笑乘画里舟。
　　灵帝无珠走良将；焦桐有幸裁名琴。

徐胜毅

重庆人，1956 年生，大专文化。

吟黄山

百万奇松谁剪扎？天都梦笔吐莲花。
轩辕飞去奇峰在，俯首青烟是九华。

谒双桂堂

千年贝叶飞何地？双桂堂中独桂新。
白鹤不归缘底事，佛前红泪落纷纷。

【注】

双桂堂曾珍藏贝叶经一部，但守经和尚被杀，真经被盗，案件未破气死方丈，后双桂死了一株、白鹤远飞不回。

登天山

杨柳屯关外，春风绿北疆。
当年榆树在，可记左宗棠？

圣登山怀古

云壑祠前觅惠帝，枯藤古木鸟惊心。
露珠犹是当年泪，如诉松涛怨到今。

题南泉建文殿

朱棣铁蹄踏正宗，侄儿剃度隐青峰。
木鱼敲老悠悠恨，七下西洋总是空！

访孔园

东来烽火映红墙，民国风云聚小窗。
六十八年风雨后，寒梅犹吐旧时香。

送王蓉调分行

四载小行初孕蕾，七星大厦绽清辉。
无亭折柳一杯酒，回首巴南是翠微。

雁门关感怀

扑面寒风似乱刀，雁门万载镇狂涛。
游人拍照嫌楼矮，不见雄关万丈高！

新疆行 (新声韵)

千里白云万里沙，朔风一起暗天涯。
举头疑有十颗日，揉眼仍无一处家。
舁榛出关入汉史，销烟临海近胡笳。
游人莫怨西行苦，法显当年六十八！

钓鱼城怀古

江边城下水悠悠，钓起斑斑锈箭头。
飞石无情偏半寸，铁蹄若雨罩三洲。

读郭沫若问题诗，反其意而用之

蒙哥泉下恨苍天，南宋崖山没锦帆。
飞矢折鞭歌百世，开关忍泪保三川。
千秋玉玺多鱼臭，一将芳名万骨残。
壁上菩萨头尽毁，荣枯似水去茫然。

建文殿怀建文帝

梦断青灯坐玉泉，虫鸣冷月乱松间。
始颁新政灰中泣，终有老鹰岭上旋。
村女香桃三伏雨，木鱼苦泪五更烟。
黄昏常叹花溪水，后涌前呼过应天。

路闻《梁祝》

荒丘一卧几春秋，裂冢合坟乃嗾头。
对舞花丛原是梦，千年传唱是何由。

题云篆山

山势蜿蜒书大篆，惊飞宿鸟乱晨钟。
孤江无语苍山下，万木有声明月中。
古寺常开五花艳，残堞应记半坡红。
鸣蛙犹讲当年事，醉卧农家听绿踪。

【注】

云篆寺曾有一株十分珍贵的五色茶花树，石达开的太平军曾在云篆山血战一场。

吟白居易

野草入玄武，春风起乐天。
尊诗贱大米，高马矮长安。
把酒西湖月，悲琴秋夜船。
朝文达圣殿，暮鼓隐香山。

吟奇石

浪底山问不记年，共工一撞坠凡间。
曾随精卫填沧海，又伴娲皇补漏天。
度尽劫波心未老，蜕光浮饰骨尤坚。
莫愁尘世无知己，人海时时遇米癫。

读刊有感

平型关上气如虹，东北平原一掌中。
舟寄五湖非易事，晓风残月叹良弓。

钓鱼有悟

昂头亮尾晚霞游，徒有圆睛不识钩。
五十年前争入网，至今杜宇暮啼愁。

吟樵坪

四十八门壮古今，方舟渡难倚樵音。
龙泉涌米珍珠灿，佛寺传钟山水新。
狮鬼崖边圣春妙，将军岭上藏真经。
巴渝宝地好风景，一寨长栖五翰林。

吟苏武

沉醉李陵泣梦乡，无眠苏武出毡房。
丁年持节乘龙马，廿载挥鞭叹牡羊。
雁断南天眸尽血，梦回北海草皆霜。
临风常羡寒穹月，夜夜清辉入洛阳。

题吴孝文长江石《自由女神》

海边高耸自由神，竟是长江浪底魂。
莫怪吴公发现晚，创新多是自由人！

见市场竞卖腊梅枝

龚氏疗梅遗恨长，如今枝干剪精光。
芳枝不解老桩痛，瓶内尤发淡淡香。

山野寻梅

寻梅踏雪尽残桩，孤叶纸钱颤土黄。
城市报春香短短，山村剩干痛长长。
冰枝始近荣华梦，玉骨终抛废弃场。
院坝门前余老幼，寒梅数捆下山岗。

郭万擀

重庆永川人，1945年1月生，国企退休干部。中华诗词学会会员，重庆市诗词学会理事、永川诗词学会副会长。曾获首届华夏诗词奖。

悼周总理

英名早"翔宇"，盛德布中华。
伟人长眠去，举世挽青纱。

【注】

这首诗是一九七六年一月九日即就古绝。

特大喜讯

忽闻蓝苹被拘留，欣喜若狂热泪流。
只恨妖妃拥高位，可怜忠良困神州。
家邦齐陷水和火，父子曾说愁与忧。
此应苍天终有眼，口诛笔伐快同仇！

作于一九七六年十月十六日晚十时。

登庐山遇雨有感

庐山秀色笼烟云，或岭或峰何处分？
唯有苍苍松柏劲，教人长忆大将军。

谒岳飞墓

元帅坟茔古柏青，枝头滴露泪盈盈。
莫须有遗千秋恨，谁点真凶万岁名！

悼邓小平逝世

噩耗惊传举国哀，万邦旗降悼函来。
休言信仰多差异，共惜经天纬地才。

观绿化工人劳作

经年挥汗育芳华，装点江山岂自夸。
不计凌烟名未表，倾心兰桂治尘沙。

六十感怀

甲申小子命如何？幼岁遭逢险恶过。
父陷阳谋风雨急，吾求生计苦辛多。
时防鬼蜮抓"牛鬼"，心寄荷莲效菡荷。
喜罢庙堂妖雾靖，又将忧乐漫吟哦。

西江月·咏袁世凯

大帅拥兵自重，众人乏力回旋。党魁无奈失
全权，民贼居心日现。　　先附共和建国，后称
万岁齐天。黄粱易熟梦难圆，闹剧连连上演。

咏　竹

叶绿山川翠，虚心寄管弦。
国凭传典藉，家赖报安然。
作器勤民众，成林引圣贤。
岁寒邀二友，披雪扫尘缘。

浣溪沙·泣春花

禹甸初春万物昌，上林紫陌竞芬芳。凤鸣蝶舞百花香。　　着意江山添秀色，无心炫耀靓奇妆。天公何雨且风狂！

读《天安门诗抄》

血泪清明祭，长歌震八荒。
悲声呼总理，怒目向豺狼。
初献扬眉剑，终为靖国方。
诗人虽弱体，生死也安邦！

袁文彬

重庆长寿人，1943 年生。中学高级教师。重庆诗词学会会员、长寿区凤鸣诗词学会会员。

长寿沙田柚

龙溪河畔秀橙黄，霜降临冬采果忙。
叶蔽葫芦①娇欲语，客迷玉树暗闻香。
沙田柚子驰中外，产地山村誉市乡。
青帝②送来金钥匙，这边已是小康庄。

【注】

①指果形；
②传说中的东方之神，此指广西。

凤山公园

绿水青山景色妍，茂林广电接蓝天。
树枝逆上层层秀，花蕊盛开朵朵鲜。
摇橹荡舟掀碧浪，习拳舞剑起轻弦。
游人漫步林间路，度假休闲好乐园。

问 天

银河喜悦迎新客，神七飞船上九天。
玉兔金乌同雀跃，牛郎织女共狂欢。
遥看海上生明月，笑问天涯觅奥员。
谁个不言华夏棒，高尖技术敢争先。

咏 菊

逢冬独自妍，浩气傲霜寒。
沉默迎人笑，平身不改颜。

春华秋实

流年翻翰墨，烛焰映涂鸦。
岁月催人老，盛开有百花。

沉痛哀悼汶川死难同胞

地震同胞遇大难，环球祭奠史空前。
国旗半降同悲悼，领袖人民泪满颜。

清平乐二首

（一）京奥闭幕

幕阖陶醉，场面非常媚。记忆塔深铭腑肺。奥运之魂万岁。　　体坛大显神威，健儿摘桂夺魁。无愧炎黄后辈，国家添彩增辉。

（二）赞教师

食桑叶片。吐锦绢绸缎。默默无言丝不断。不表寸功实战。　　含辛茹苦排难。冰清玉洁心甘。奉献人生博爱，栽培俊彦犹酣。

忆秦娥·春节感赋

过春节，烟花爆竹声声烈。声声烈，洪钟敲响，鼠辞牛接。　　去年伟绩惊天绝，金牛励志新飞跃。新飞跃，六旬国庆，九州欢悦。

贪　利

一毛不拔铁公鸡，恰似蚊虫吸血脂。
纸醉金迷心手狠，燕儿口里夺衔泥。

袁普义

重庆涪陵人，1937年生，中学语文高级教师。中华诗词学会、重庆市诗词学会会员、涪陵区诗词学会理事，有诗词曲集《山肴野蔌》。

青玉案

雨余良夜飞星渡，倚亭立，连翘顾。豆蔻阿娇衷曲吐。当归君子，寄身何处？二地相思苦。　　休教芍药花无主，紫菀勤浇蕊心抚。苦意怜心凝雁柱。寄奴心愿，合欢相护，扶手人生路。

【注】

中藏21味中药名。依次是：雨余良（禹余粮）、亭立（葶苈）、连翘、豆蔻、阿娇（阿胶）、当归、君子（使君子）、寄身（桑寄生）、二地（生地、熟地）、相思、芍药、紫菀、勤浇（秦艽）、苦意（苦薏）、怜心（莲心）、寄奴（刘寄奴）、合欢、相护（香附）、扶手（佛手）、人生（人参）。

逛商场题塑模

蛾眉粉面衬朱唇，玉立亭亭可乱真。
秀发犹如离子烫，娇容恰似画师皴。
温文尔雅天仙貌，贤淑端庄静女身。
空有皮囊君莫笑，上钩全是有心人。

阮郎归·赠内

月残花老意如初，丰姿已渐无。额纹鱼尾暗增粗，银丝两鬓舒。　　牢扣手，共搀扶，危难互剪除。酸甜麻辣味尤殊，鲜汤酒一壶。

问红豆

通经理气一微丸，频惹相思为哪般。
月下痴男愁不绝，枕边怨女泪难干。
骚人苦索千秋咏，迁客绵思万古叹。
本系无情常用药，曷沾风月肇争端？

添字画堂春

风和日丽柳依依，山光水色妍奇。怡情遣兴最相宜，切莫负良机。　　信步香丛小径，践红踏软神驰。相邀老伴卧芳菲，笑我老花痴。

阮郎归

别来鱼雁懒传书，朦胧似有无。一居深院一穷庐，情随岁月疏。　　霜叶冷，晓星孤，两心何若初。人生难得一糊涂，愁肠赖酒舒。

鹧鸪天·老友约聚

老友相逢格外亲，雅怀豪兴举杯频。轮环戏侃当年趣，未减童心一半分。　　情切切，意醇醇，布衣权显等卑尊。夕阳不问荣枯事，但共桑榆笑俗尘。

袁旗常

重庆长寿区人（1922 年 5 月～2009 年 2 月），大学本科，曾任长寿师范学校语文教师，长寿区凤鸣诗词学会常务理事，《凤鸣》诗刊编审。

颂十六大

党恩滋雨露，华夏上台阶。

祖国天天变，鲜花处处开。

雄师阵海峡，正义斥澎台。

赖有英明策，黎民幸福来。

集鲁迅诗句寄台北诸同学

管它冬夏与春秋，俯首甘为孺子牛；

渡尽劫波兄弟在，相逢一笑泯恩仇。

抗旱救灾曲

大旱无情人有情，深山送水胜甘霖。

一方危难八方助，千户同胞万户亲。

荆棘崎岖何足惧，弟兄姐妹总关心。

英雄谱写救灾曲，百姓欢歌颂党恩。

赠余明文同志

凤邑何人不识君，经纶秉赋白天真。
艺坛三绝诗书画，除却板桥还有人。

王昭君

一自明妃出玉关，琵琶幽怨曲中传。
胡沙镇日埋香冢，遗恨千秋未了缘。

偶　成

老年唯独爱黄花，把卷闲吟自品茶。
休问平生多少憾，同君一样是天涯。

怀念邓小平同志

改革难忘设计师，甘棠广植想丰仪。
中华两制无先例，遗爱千秋有口碑。
百世英名垂史册，半生坎坷系安危。
仁恩遝被众星拱，欣看河清海晏时。

朝天门晚眺

万家灯火望巴南，烟锁两江不夜天。
大厦穿云连玉宇，危楼耸翠接峰峦。
长堤隐隐依山尽，流水潺潺伴客眠。
若许春光常驻足，风流不让大罗仙。

梁上泉

四川达县人，生于 1931 年 6 月，国家一级作家，诗人，现任重庆诗词学会名誉会长，已出版各种著作近 40 种。

行香子·汶川吟

三山竞秀，二水争流，夹岸街正起新楼。笑问何处？古城威州。看九顶花，茂汶果，百里沟。　　羌笛悠悠，藏舞柔柔，姜维城泯却冤仇。双桥紧扣，众人手相勾，迎寨寨红，岭岭翠，片片秋。

武陵春·牧场霜月

秋上高原方九月，青春已金黄。快马如飞走牧场，银夜更清凉。　　投宿帐篷难入梦，窗口降明霜。霜盖被毡月盖房，情朗朗，意茫茫。

点绛唇·云阳张飞庙

江上风清，巍然一座张飞庙。大刀鸣啸，千古闪光耀。　　身在阆中，头颅云阳到。回眸一笑，恩仇未报，谁把丰碑造？

长相思·黄山

　　大山峰，小山峰，雾浪翻腾仙有踪，苍茫云海中。　　迎客松，送客松，铜干虬枝舞好风，相招情自通。

菩萨蛮·黄山光明顶

　　金鸡报晓人方醒，争光登上光明顶。顶上望莲花，晨开朵朵霞。　　天都犹在眼，引我控奇险。云雾顿然消，三峰鼎立高！

水调歌头·游九华山

　　昨下黄山顶，今上九华峰。三道天门高处，又见迎客松。林木风中律动，山岭霞间崎峄，齐绽九芙蓉。李白吟游地，千载意无穷。　　踏梯石，过村舍，穿竹丛。天台捧日亭里，接引一轮红。辗得云腾雾卷，掩得庵藏寺隐，何处觅仙踪？雀鸟投林静，归来听晚钟。

阮郎归·陶行知颂

一生求实亦求真，教人做真人。知行终改行知名，以身壮国魂。　　倾厚爱，为平民，捧来一颗心，去时不带草半根，大师石世尊！

八声甘州·致女词人蔡淑萍

叹川中淑女若飘萍，有家也无家，年青伤离乱，孤身只影，远去天涯。大漠地窝深处，苦种难抽芽。埋在底层底，负了年华！　　所幸星移物换，学填词习韵，情漫黄沙。遣愁迎春意，笑靥绽桃花。乘长风，关山回度，鬓虽斑，泪眼恋朝霞。吟哦久，梦惊边塞，魂绕秦巴。

梁文勋

重庆铜梁人，1936 年生，铜梁一中教师。中华诗词学会会员，重庆市诗词学会理事，铜梁县诗词学会顾问（曾任副会长），铜梁《龙乡吟》责任编辑。

登八达岭

好汉坡巅忆始皇，骂名千古似流芳。
功成一统纷争势，誉败高横万里墙。
欲借焚坑求永世，焉知闾左起渔阳。
残城剩有游人处，鉴古思今话短长。

遥望玉泉山

淡影寒山雾色冥，浮屠隐隐锁冤深。
横刀立马将军泪，注进昆湖见血痕。

自剑门经翠云廊

雄关喘定又驱西，碧浪东倾碍骋驰。
百里行程三万树，千峰画卷一般姿。
参大古柏读秦汉，滴翠云廊觅小诗。
历览大千何所悟？生机万类各参差。

阆中古城

绿水青山古阆州，地灵人杰两堪优。
桓侯祠古多豪气，贡院棚真见学舟。
状元坊添才子迹，滕王阁拥锦屏秋。
三巴独秀因天厚，付与今人自在游。

洛带古镇

先丞尽瘁未扶倾，玉带无颜落井沉。
往事云烟唯淡月，客家兰蕙漫芳馨。
民风尚礼崇儒雅，商贾开诚耻拜金。
秀镇雍容无俗字，人文尽写古朴真。

阳朔画廊

坦荡漓江滚滚东，峣姿倒映尽峥嵘。
驼峰拥翠千嵩愧，玉笋争妍百画庸。
九马跃山甄慧眼，八仙渡水竞神通。
多亏数码留清影，国色长陪久忆中。

孟庙古柏

三迁母教醒先贤，一断机丝圣绪延。
古柏虬枝成篆隶，似书仁义有渊源。

瞻孔庙奎文阁

万世之师华夏魂，奎文圣迹见碑林。
生民未有千秋范，俎豆兴衰识凤麟。

咏象鼻山

普贤坐骑藐天规，渴望清波下翠微。
恋意深含情切切，憨姿活现壮巍巍。
躬身欲尽漓桃绿，宁化奇山不愿归。
从此人间添胜景，登临客醉两江湄。

九 寨 沟

秋游九寨绣成堆，圣水灵泉下翠微。
寒谷悬帘幽梦美，林岚浮郁野芳肥。
琼浆倒映参差树，玉镜澄莹五彩瑰。
历览大观同一笑，瑶池留影赛仙归。

满江红·反思

　　近史重翻，羞辱事、连篇累牍。伤痛定，国人嗟叹，反思激烈。　　锁国闭关骄井底，积贫积弱赔鲜血。笑"神鞭"、竟向火枪拼，留悲切。

联军耻

　　犹未雪。倭寇扰，何曾歇。八年硝烟苦，乃祛卑怯。作浪兴风温旧梦，卧薪尝胆操新钺。看而今，敢对尔狂枭，扬刚烈。

水调歌头·神七航天员荣返

　　"神七"届时返，骄子载荣归。荧屏户户凝目，四海仰崔巍。当步安车缓进，潮涌航天村里，浩荡共芳菲。此景胜诗画，华夏尽朝晖。　　圆天梦，增国誉，显军威。太空行走，牵动十亿壮思飞。抖擞穿云胆魄，霄汉层楼更上再树里程碑。史页耐人读，万载闪光辉！

行香子·咏三峡大坝

动地惊天，横坝截湍。庆三峡、今共婵娟。崇山短影，滟灏潜渊。听涛声吼，歌声沸，赞声甜。　　寰球伟绩，亘古奇观。尽毛翁、水调词妍。促携渝沪，吞吐财源。看电能足，运输畅，旅游欢。

鹧鸪天·春到农村

燕剪东风醒鼓蛙，蝶穿苑圃数新葩。冻雷惊笋苏寒蛰，夜澍催枝绽嫩芽。　　参错树，隐约花，星罗华宅是农家。弦歌胖崽村姑俏，遍绘娇图胜落霞。

海南赞

熠熠明珠气派佳，指山甘乳万泉妈。
角梅市苑赢娇誉，博论鳌坛放百花。
椰遍琼州株挺干，景环金岸浪淘沙。
天涯海角观音绝，海口如春不用夸。

玉带滩

万泉归海博鳌谐，喧嚣宁静坦然开。
双礁焉阻排天浪，力障狂澜亦壮哉！

梁绍霖

1931 年生于四川丰都县，著有《三余楼杂咏》及《丰都县梁氏族谱续集》两卷。现为中华诗词学会，重庆诗词学会会员。

二〇〇一元旦献词

情满神州世纪新，三年脱困梦成真。
时人纵论中兴事，一片葵花向日心。

小平好

小康途坦怀元老，平地楼高喜广安。
四海风云多变幻，神州大地卷狂澜。

南湖轶韵

逶迤层峦松竹茂，山光水色共长泓。
观音桥上堪娱目，半壁巴南激滟中。

群胜花果山

农家三月桃花绽，绿女红男汇若川。
咫尺风光犹览胜，何须跋涉拥南山。

热烈欢呼重庆直辖十周年

十年直辖庆渝州，众志成城好计谋。
桥隧腾空连广宇，琼楼拔地绘金瓯。
和谐社会神州共，绮丽风光慧眼收。
慢道已穷千里目，尚期更上一层楼。

次韵陈仁德乙酉除夜诗

慢舞轻歌夜正阑，酒酣不觉漏声寒。
良宵苦短情难舍，百族娇妍人赖看。
邻里谐和无犬吠，烟花飞爆积渣山。
晨钟破晓天明候，锦绣前程好启端。

步冯鸣吟长《八一初度》原玉

岁月峥嵘八一辰，无端孽火炼金身。
联凝珠玉香山翠，笔舞蛇龙锦绣春。
多舛命途踌满志，炎凉世态抖精神。
弘扬国粹蜚声远，融水文彰第一人。

海兰云天游

春雨连绵入海兰，云天倒影鼓银帆。

幽篁易地飘新叶，古树乔迁拔绿冠。

悦目琼楼纯水岸，纵情半岛浅沙滩。

归来湿却轻衫半，乐道农家腊味甘。

清理公安档案感赋

年迈古稀志未泯，夕阳炯炯涌清氛。

铿锵满纸雾都剑，热血一腔皓首心。

边学边清边改进，逐年逐月逐村分。

理成范牒百千卷，青史悠悠慰警魂。

次韵冯尧安先生猴年贺岁诗

猴羊交替本同更，旭日东升瑞气盈。

万里江山披锦绣，长街闾里鼓琴笙。

流连癸未多如意，展望甲申别有情。

奋起千钧法纪正，尘埃荡尽九州清。

梁祖国

笔名余久思,重庆市人,1950 年 2 月生,重庆市九龙坡区司法局调研员,建设诗社社员,重庆市诗词学会会员。

喜庆两岸三通

陈江牵手建殊功,四项谈成两岸通。
互利双赢商路畅,同胞联袂共繁荣。

参加建设诗社沙龙活动感言

初入沙龙步韵难,喜忧参半未曾谙。
胸中只觉少文墨,幸有春风解赧颜。

端午印象

粉团香粽寄情抛,竞渡龙舟似怒蛟。
孝女忠臣肝胆在,讴今尚古诵离骚。

观圆明园遗址

上苑琼楼世所称,金煌碧映帝王庭。
天朝没落联军劫,一片青芜乱石横。

青龙瀑布

银箭奔崖振鹭飞，珠玑百丈玉帘垂。
观音指处霓虹起①，雾里青龙吼迅雷。

【注】

①瀑布顶端生长着一蔸植物，水再大都冲不倒，当地老
百姓称观音树。

五十九岁感怀

负愧劳心子媳妻，佳肴美味沁心脾。
平生奋勉无奢欲，自得悠然花甲期。

随　感

余到西南医院看望一危重病人，得知其病情后，感赋一首。

朝朝暮暮嗜琼浆，漠视仁君谛谍襄。
玉液悄悄成腹水，银丸滚滚下饥肠。
学堂弟子同僚盼，院里医生护士忙。
适度强身兼乐趣，欢心更忌恣酣觞。

咏 梅

朔风铸就铁铮枝，一束随身惹梦思。

玉颊嫩红桃杏色，檀心轻晕雪霜姿。

胭脂一抹沙尘惑，喜鹊群飞草木知。

墨宝流芳无数画，骚人笔下几多诗。

建国六十周年颂

甲子春秋写巨篇，神州处处换新颜。

宜居城市龙腾跃，探月卫星人上天。

港澳回归皆雪耻，陆台携手促团圆。

三农免税家家乐，盛世和谐万众欢。

黄 云

　　笔名勐云,原名黄荣万,重庆人,1934年生,高级政工师。曾任重庆社会科学院党委副书记。重庆诗词学会会员。编著、合著、独著有《勐云诗词选》、《艺苑霞光》、《中国爱国诗歌尝析》（讲议）等六部书。

天安门人民英雄纪念碑

巍巍碑塔耸蓝空,沧桑风雨竞英雄。
血洒神州歌劲节,献身高节颂丰功。
壮士头颅奠高楼,先烈英魂化长虹。
岁岁清明花圈满,华夏江山代代红。

黄河新貌

千里绿树千里园,累累硕果展新天。
黄河上空飞虹彩,头向北京尾江南。
百万玉龙何处去,稻梁翻滚遍中原。
"黄祸"一去不复反,水静河清福万年!

咏青藏铁路

彩云绕山铺轨道，深谷虹桥，八仙岂能造。顿时雪飞起风暴，个个战士更英豪。　　青藏高原进军号，开山炮响，车在云中跑。西部开发响彻宇，珠峰鸣笛传捷报。

航天惊雷

熊熊火箭入苍穹，唯见神舟驰太空。
华夏歌圆千年梦，且看行将游月宫。

自度曲·狼牙山五壮士咏

烈士浩气留，碧血染山沟。半世纪草木绿油，仰望狼牙山巍巍。五壮士雄纠纠。　　誓死报国仇，还我江秀。怒满腔，痛斥贼寇。弹尽粮绝投悬崖，穷凶敌，哀鸣吼。

自度曲·腾飞韵

读圣洁书，为百姓事，切莫做假大空。关切黎元，深入生活，人民做主人翁。书海入云耸，博学大无涯，苦学成龙。望眼全球，顺潮流者为俊雄。 提倡求学成风，应设读书节，重奖豪雄。学府圣洁，崇尚科学，师德教授为重。高素质全民，贵社会和谐，人心思公。小康定成，看奔腾亚洲龙。

圣火韵

珠峰圣火齐天燃，照红华夏满个天。
六十亿人看北京，奥运丰碑铭宇寰。

乘火车过秦岭

李白曾嗟蜀道难，我今乘龙上青天。
人云剑门有多险，万里征途一日还。

三峡大坝歌

闸门神力锁蛟龙，三峡大坝天下雄。
黄水顿变金银水，送电灌溉福无穷！

黄仁栋

重庆市大足县人，1944年生，原大足县制锁厂工会主席，已退休。中华诗词学会会员，重庆市诗词学会会员，有《随弹集》出版。

满庭芳·北京奥运开幕式

焰火腾空，鸟巢声沸，宾朋十万同欢。中华画卷，一层五千年。四大发明悠久，缶犹壮，震撼山川。和为贵，丝绸路漫，青瓷耀人寰。　群星来会聚，轻歌曼舞，撩动心弦。看流光溢彩，绚丽斑斓。浓缩时空变幻，我和你，天籁留连。全球叹，奇招点火，奥运史无前。

农机补贴好

大地复苏万户讴，农机补贴惠民猷。
人勤处处春耕早，不见水牛见铁牛。

减字木兰花·敬礼

时年三岁，地震被埋灰砾内。战士顽强，勇救儿童灾祸降。　　千言万语，伤臂慢抬来敬礼。好样郎铮，幼小心灵知感恩。

惊闻鼠兔铜首巴黎拍卖

沧桑历史永难忘，英法联军似虎狼。
铜首生肖悲掠尽，皇家林苑惨烧光。
厚颜无耻销赃者，掩耳有铃拍卖行。
国宝回归华夏愿，笑看蟊贼梦黄粱。

[仙吕]一半儿·醉春

莺啼草长蝶蜂飞，鸭戏陂塘杨柳垂。桃李东风酿玉醅，举金杯，一半儿清醒一半儿醉。

颂 夏

榴花炽热闹枝头，流水欢言竹韵幽。蛙噪蝉
鸣仙鹤讴，亮歌喉，一半儿轻吟一半儿吼。

恋 秋

东篱菊笑话陶痴，霜染丹枫艳满枝。累累高
粱稻熟时，景如诗，一半儿金黄一半儿赤。

咏 冬

银蛇腊象望无涯，斗俏红梅灿似霞。雪盖寒
林归暮鸦，夕阳斜，一半儿风光一半儿画。

行香子·春日

绿翠山冈，碧水横塘。风徐徐，和煦阳光。
海棠竞放，杨柳轻扬。正桃花艳，梨花洁，菜花
香。　　黄莺婉转，白鹭飞翔。草青青，犬逐牛羊。
群鸡嬉戏，鹅鸭争粮。任燕儿欢，蝶儿闹，蜂儿狂。

黄玉兰

一九四八年生，重庆市人。退休医师。重庆市诗词学会理事。著有《初蕾集》。

游湖南凤凰城

(一)

花环扮靓逸芳姿，青眼游人赞美时。
陶醉芳心难自禁，星光月影共神驰。

(二)

神驰银汉彩虹迷，倒影霓波双月奇。
恍恍悠悠如梦里，飘飘仙乐惹遐思。

(三)

遐思打住护禅心，亲近沱江齐点灯。
叠影萤光随夜淌，一帘烟雨任飘零。

鹧鸪天·游小南海

南海魂牵几载情，今朝朝拜听梵音。明珠得佑天然美，翡翠连天映水清。　波养眼，绿沁心，任它自在四时春。青山不断游人意，雅士寻诗诗咏真。

醉东风·端午节龙舟赛

端午牵手，结伴邀亲友。处处龙舟屈子怨，看祭拜年年有。　离弦之箭追歌，桨翻逐浪迎波。更喜骚人赞美，大夫消受如何？

浪淘沙·噙泪望汶川

噙泪望汶川，满目凋残，山倾屋毁地龙翻。百万生灵何处去，泉下人间。　忍看痛连连，一脉牵牵，爱心涌动垒金砖。更有奇兵临绝境，抢救家园。

感赋二首·步郑远彬先生原玉

(一)

世间何故酿顽疴？敢向苍天问达摩。
唯愿炎凉悲苦少，那堪邪恶斗争多。
牢门黑屋囚豺豹，佛殿青灯示子蛾。
百态人生台上戏，难为角色小泥蜗。

(二)

半百耽诗人笑痴，秋声犹似玉蝉嘶。
飞身遇雨惊风处，奋翅栖枝望远时。
有限夕阳翻赤浪，多情热土掉青丝。
月轮难系休惆怅，只把平生入拙词。

落 英

落英去处细堪斟，莫念蜂欢蝶梦昏。
净土难寻寻净土，香魂欲坠坠香魂。
相思漫洒相思切，怀抱缠绵怀抱贞。
碎骨粉身终无悔，和泥默默助新生。

采桑子·赞莲花

清贫莲洁轻豪富，魂也清馨，骨也清馨、浊水不污别样新。　　亭亭玉立罗裙秀，含羞持矜，乱雨持矜，洁白冰心笑对君。

蝶恋花·申奥成功喜赋

斗转八年分胜负。申奥曾经，扼腕前番误。落选明珠神韵驻。华光穿破层层雾。　　再显辉煌风雨住。振臂高呼，泪水计无数。情迸火花星月处，青空竞灿寰球路。

黄节厚

笔名巴声，重庆市秀山人，1931年生，土家族；原涪陵地区文化局副局长；重庆市诗词学会会员、涪陵区诗词学会理事，公开出版有《巴声诗词曲联集》和《历代名家咏三峡》等专著。

重温光明吟长《红枫集》

初读《红枫集》，顿觉耳目新。
重温此华卷，虽老也年青。

读劲柏吟长《柏叶集》

读罢《柏叶集》，深信柏不老。
虬枝能傲霜，夕阳无限好。

赞涪陵籍老红军彭家模抗日题壁诗

涪陵红军彭家模，北上抗日过芦山。
题壁锦句于军次，留下文物颇壮观。
书法遒劲诗情茂，凌厉滂礴敌胆寒。
红军伟迹人人赞，革命精神代代传。

参观纪念抗战争胜利六十周年诗书画展抒怀

抗日胜利六十春，世事沧桑满目新。
挥豪歌颂共产党，绘画表彰人民军。
幅幅展品张正义，个个作家表诚心。
勿忘国耻求发展，团结一致谋复兴。

再读希明吟长《石鱼诗稿》

盛集一卷如春风，仔细钻研暖心胸。
彪彪炳炳多才艺，诗如其人见真功。

读抗日英烈王超奎牺牲前家书

抗日英烈王超奎，家书字字撼人心。
惩倭前线刀兵烈，历数车夷罪恶深。
绝笔誓死雪国耻，赤胆忠心铸军魂。
杀敌立功遂宿愿，长垂青史照乾坤。

参观武隆天生三桥

天坑地缝世间奇，座座龙桥令人迷。
鬼斧神工叹观止，闺秀深藏殊惋惜。
世界遗产早申报，天然瑰宝无匹敌。
金甲一出群山亮，游人争攀乐不疲。

【注】

张艺谋导演电影《满城尽带黄金甲》，曾将此地作为唯一主要场景，增加了景点的人文氛围，提高了该景点的吸引力和知名度。

参观天生三桥眺望三潮水

圣水三潮古有名，一日三潮从未停。
新景游人今火爆，然何古迹成冷门？

【注】

笔者一行到武隆旧地重游天生三桥时，问导游去不去"三潮水"看看？业内有人竟然不知近在咫尺的"三潮水"的大名。

深谢陈克贤老师赐玉

陈师画坛一大家，德艺双馨众口夸。
今蒙赐玉无以报，聊握秃笔乱涂鸦。

黄晓东

汉族，重庆黔江人，1952 年生，三级高级法官，重庆市黔江诗词楹联学会副会长。

昨夜春风

春风昨夜住谁家？唤醒南山涌锦霞。
原是农人心里血，浇开万树碧桃花。

读书感言

开篇解惑墨油香，云卷气舒娱腑肠。
醉品书山风雨里，是非雅俗识春光。

题同学录

留书通讯录，回听少时音。
再涉兰溪水，重寻高涧云。
青衣谈雾雨，皓首问瑶琴。
转瞬童年事，春秋爽在心！

清平乐·菜刀

千锤百锻，烈火红炉炼。本性生来英雄汉，青石砺锋光灿。　　切荤削素寻常，吟寒咏暑神扬。不以位卑懈怠，厨房巧写诗章。

浪淘沙·神龟峡

峡口访神龟，碧水潆洄。蓬江细浪涌霞晖。云淡天高峰耸翠，峭壁巍巍。　　畅饮酒三杯，送醉风微。婵娟笑与我相随。一叶扁舟舒雅韵，意漾神飞！

江城子·红叶书签

我收红叶作书签，题青山，记秋篇。挥笔西风，去与白云玩。雁在归程行路远，频回首，意缠绵。　　火红枫树拥天边，如血磐，抹霞烟。恁是激情，托起碧空蓝。听任雨后仍爽朗，梳落叶，写霜寒！

高阳台·八面山抒怀

约雾邀云，驱辰驾月，沧桑八面威风。古刹莲观，中山绝顶霞红。高峰峭壁奇悬险，二仙岩、缥缈寻踪。泊秋春，林海惊涛，浪竹波松。　　危崖晓色如歌韵，哼乡间野调，小曲情浓。不唱悲愁，不诉由衷。只将正气冲天去，傲然行、履步从容。踏清寒，抖搂精神，潇洒英雄！

谌 泓

女，重庆巫山人，1965 年生，公务员，重庆市诗词学会会员，巫山县诗词学会理事，合著纪实文学《南粤情悠悠——广东对口支援巫山纪实》、《重庆六十年代国民经济调整》。

又是巫山红叶时 (辘轳体)

（一）

又是巫山红叶时，月霞流韵扮瑶池。
荆王纵梦无云雨，醉卧霜林有史诗。

（二）

霜风漫度峡江枝，又是巫山红叶时。
日向平湖留晚照，云从古刹觅秋池。

（三）

百万移民舍祖祠，黄栌植作异乡枝。
看青成紫飞思绪，又是巫山红叶时。

泣汶川

（一）

惊闻汶川受巨灾，潸然泪下独悲哀。
恨无广厦千千万，亦迎同胞陋室来。

（二）

莽莽汶川水，葱茏岭谷间。
横遭魔肆害，裂地又崩山。
众亲阴阳隔，惨然揪肺肝。
疮痍一长望，众志定胜天。

登神女峰有感

丹枫掩小径，寒露浸丛林。
绝嶂望夫女，千年听浪吟。
轻舟来又去，归鹤杳无音。
斑驳容颜损，游人泪满襟。

一剪梅·绿梅

绿萼衔珠向凛寒，素影楼台，逸韵幽然。云中清月觅香来，不媚风情，无意争欢。　　皓态孤芳谁比肩？莫怪高标，只入书笺。春风一夜玉枝残，袅袅余香，荡涤心弦。

巫山一段云·梅

素影枝头少，凭栏愁绪多。芳菲散尽那堪歌，忍泪惜香娥。　　莫叹韶光短，苍生岁月蹉。清茶浊酒笑吟哦，蹇运又如何。

康文俊

四川安岳人，1942 生。曾任原四川汽车制造厂铸造分厂党总支书记。重庆市诗词学会会员，双桥区诗词楹联学会会员。

翻越折多山

峻岭入云万仞雄，势连川藏气如虹。
山巅老雪凝千古，谷底殷雷起半空。
古壁尚留红军迹，丰碑犹记远征功。
如今国道盘山转，铁马萧萧过险峰。

转战中尼路

瓦弄硝烟散未尽，藏南鼓角又催征。
中尼古道兼风雨，喜玛山间立大营。
冰锁群峰红日丽，雪压广漠碧空清。
军民共筑边关路，友谊桥头竖赤旌。

神七太空行

腾焰飞龙举世骄，问天三杰逞英豪。
太空漫步观沧海，星殿疾驰巡鹊桥。
紫箭射穿千载梦，金雕冲破九重霄。
丹心赤子谱青史，万众同歌共玉瓢。

车城大道

通大紫陌长，一路尽芬芳。
铁马奔驰过，引来金凤凰。

东风拂"三农"

金秋细雨润无声，遍洒桑田浸草根。
拂面东风绿沃土，山乡催我去植春。

黄 昏 练

水兰扇舞迎朝燕，腰鼓咚咚送暮鸦。
银剑双飞清韵起，老妻"征战"我持家。

临江仙·献给 5.12 救灾官兵

地裂山崩何所惧？成衣历尽余寒。大军百万
赴西川。死生置度外，心系万民安。　　冒险打
通生命线，敢于死神并肩。废墟堆里救伤员，忠
诚无限爱，热血铸诗篇。

满江红·忆西藏平叛五十周年

遥望西陲，狼烟起。阴风惨月。平叛乱，挥刀跃马，杀声威烈。长剑倚天天欲坠，宝刀挂日日将灭。荡妖氛，烈焰怒冲天，焚魔穴。　哈达舞，歌庄热，苏农①笑，文成②悦。看雪原胜概，艳阳春色。雅水奔流天地远，布宫耀映长空阔。好山河，万灯沐朝晖，消残雪。

【注】

①苏农，松赞干布，
②文成，文成公主。

满江红·观奥运开幕式

盖世神龙，空中舞。祥云追月。紫塞①下，长卷舒展，活宁跳跃。琴唱瑟和留古调，唐风宋韵开新阕，京城内，圣火缀五环，天工绝。　迎奥运，全民热，群英汇，兴国业。夙中华梦愿，炎黄情结。百鸟狂欢歌地动，万民齐奏钧天乐。画图中，相聚奥家村，全球客。

【注】
①紫塞——长城。

龚举学

重庆市云阳县人，1950 年生，档案馆员曾任《云阳县志》副主编，独撰、合撰《云阳县志》、《云阳县年鉴》、《云阳县军事志》、《云阳县交通志》等 16 部，著有中长篇小说、《苦悠斋诗稿》、《人生箴言》5 种 14 部，合计 700 余万字。

七 绝·纪念鲁迅

真理在胸笔在手，无私无畏即自由。
时光如涛思想在，砥柱触天捍中流。

七 绝·咏菊

不期青女忍相欺，老圃新枝竟吐奇。
秋色还如春色好，西风莫闹撼东篱。

鹧 鸪 天·回家

（一）返 里

有志男儿征海涯，沙场百战始返家。门前细柳成梁栋，屋后松柏止暮鸦。　青豆米，煮鱼虾，韭菜炒肉炖冬瓜。五千战士身与血，换就窗前百合花。

（二）见　妻

梦里呼侬声几回，醒来余意竟相随。堂前独意相思柳，月下单恋美人蕾。　　青馈老，帐幄垂，相亲又碍儿傍陪。转眼东床呼儿去，泪湿青衫忆冬围。

（三）见　儿

曾在警中听儿声，急扑火海死相拼。娇阳走马忘辛苦，冰霜横卧也疏心。　　连环画，麦乳精，语文课本大头钉。膝前粗手把细手，一腔深思对老亲。

（四）见双亲

热泪双双对老亲，手足无措话早咽。头伏老父肩头泣，又对家慈瘦体昏。　　抛苦情，理家珍，红苕洋芋也醇新。欢喜话儿今转题，先赞儿媳再抱孙。

新津口大桥

劈地开天第一桥，五一游兴分外骄。
不是游子不成梦，梦到渠成万古骚。

章星若

籍贯江苏太仓市，1926 年出生。重庆市新华书店离休干部。重庆市诗词学会会员，重庆高教老协晚晴诗社名誉社长。

巴渝十二景

（一）朝天汇流·调寄满江红

惬意津关，舒游目，双流盘廓。漩涡激，洪峰漫卷，巨浪腾跃。江底一谜金竹渺①，烟中四岸银涛托。拥青山，云束绿崖间，皆琼阁。　　玉阶耸，红岩灼；横虹带，悬空索。眺千轮来往，万商经略。瑰丽雾都世味辣，黄金水道雄风卓。挂征帆豪气凌巴天，浪尖搏。

【注】

①民间传朝天门江底有丛生金竹的金竹寺。

（二）山城灯海·调寄水调歌头

欲赏龙门月，惊见漫天星，妙如金饰半岛，钻石嵌都城。孔雀屏开水面，琼宇虹垂烟岸，火树触天庭。船泊珍珠港，车驶珊瑚滨。　　临江景，胜仙境，动幽情。高风奇志凝就，紫气冲霄腾。借得银河流焰，增缀雄关靓丽，光耀万方明。多彩渝州夜，无处不迷人。

（三）缙岭云霞·调寄风入松

温塘峡上俏峨嵋①，缙岭悉崔巍。层峦不掩九峰翠，烟霞渺，眼乱情迷。雾罩远山低小，林藏古寺新辉。　　太虚台聚彩云堆②。遥望似仙闺。松涛声里辨猿啸，黛湖边，野卉芳菲。修竹影垂龙寓③，清风沁入心扉。

【注】

①缙云山被誉为"小峨嵋"，也集雄、奇、险、幽景色。
② 1939 年为纪念太虚大师，在狮子峰上筑太虚台，遥望对面的"猿啸峰"。
③贺龙元帅在渝时避暑的住处。

（四）北泉温泳·调寄解佩令

山幽寺古，塘清水滑，有烟云缕缕腾波起，绕殿穿廊，暖流内，赤鱼相嬉。顺莺声，畅游胜地。　芬芳雾漫，叮咚泉滴，水晶帘欲遮难蔽。倩影纷争，击飞浪，浮沉涛里。碧池弥，无边春意。

（五）独钓中原·调寄念奴娇

合流三水，越东津，环抱钓鱼山麓。剑岭刀峰霏雨里，缥缈佛岩灵谷。鹰搏苍穹，莺啼翠壑，上下千层绿。雄关飞峙，凭栏吊古遥瞩。　傲笑一代天骄，举旌十万，策马巴凌巴蜀。狂恃奔雷闪电势，好胜风迷心目。宋炮反攻，元骑折戟，烟灭蒙哥纛。松涛长啸，义存独撑危局。

（六）四面飞瀑·调寄水龙吟

山连黔北川南，丹岩翠叠万重岭。岚封栈道，雾沉野谷，云环峰顶。嶂围洪海，风翻细浪，波推游艇。赏花香崖岸，椒馨田舍，农家引，探幽景。　宇泻银河蔚炳，湍飞珠进。雷鸣气凛，雨霏日照，池浮虹影。漭漫灵氛，长驱尘梦，悠扬天性。站望乡台上，酒浇逸兴，醉桃源境。

（七）飞大足石刻·调寄瑶台聚八仙

宝顶龙岗。幽崖上仙界俏佛琳琅。唐姿宋彩，妍比塞北敦煌。罗汉万尊迷众目，观音千手闪灵光。猛金刚，虬髯虎眼，巡视禅堂。　　连环经图变像。善恶因果报，教义宣扬。意外惊奇，民俗气息芳香。古风情趣再现，妙笛女牧歌绕石梁。随流韵，神宫览胜，艺海翱翔。

（八）南山醉花·调寄醉花阴

岩顶金鹰巡翠嶂，风起腾红浪。烟雨海棠娇，樱艳兰芳，香诱倾城赏。　　莲消暑气蝉声响，促桂开菊放。冬展寿星茶，雪护梅花，相顾酡颜漾。

（九）南塘溪趣·调寄蓦山溪

建文峰下，虎啸悬流泻。峭壁飞泉腾，掀狂飙，风雷咤吒。五湖沾雨，滟预荡轻舟，掉头驾。外衣卸，闲意多潇洒。　　温汤浴罢。徐步穿亭榭。垂钓浣花溪，倚翠竹，心翔芳野。神游古洞，留影伴仙姬，承天眍，添佳话，不绝幽思惹。

【注】

建文峰、虎啸悬流、峭壁飞泉、滟预归舟、五湖沾雨、南塘温泳、古仙女洞等都是当地著名景点。

（十）统景峡猿·调寄秋波媚

女娲留有乳峰山①，高耸入云端。观天谷底，含烟峡口，泛桨河湾。　　波冲小岛海螺响，召唤峭岸猿。啸风啼雨②，攀藤越树，夺食追欢。

【注】

①山形似乳峰，据传说是女娲挤乳汁化甘泉，遂解当地缺水之苦，乳峰渐化成山峰。

②当地民谚：猿啸生风，猿啼来雨。

（十一）歌乐灵音·调寄凤凰台上忆吹箫

林壑千寻，云山九叠，渝西第一奇峰。簇，青峦清秀，翠木溟蒙。险峙陪都要塞，凝豪气威凌苍穹。天宇荡。上方仙乐，神意心通。　　烟笼亭台馆洞，隐约绿荫中。循迹追踪。仰，毛临蒋邸，舌剑急锋。十里诗碑雕像，芳四溢，英烈遗风。红岩魂，耀辉新纪，竞树殊功。

（十二）长湖浪屿·调寄望海潮

　　龙溪妩媚，狮滩雄伟，坝拦万顷烟波。柏护苍堤，湖吞绿岭，峰成飘渺青螺。孤岛似浮珂。任艇飞浪涌，湍急鱼梭。凫弋鸥翔，逐流腾扑乐如何？　　风播婉转莺歌。羡，红星亭蔚，白石碑峨。湘子仙踪，赵云兵寨，诱人辨迹参摩。虎洞百灵诃①。育，果花同树，柚橘盈坡。碧水环山造就，胜地寿星多②。

【注】

　　①此地有韩湘子学道的仙山，三国赵云屯兵的古寨，以及刘伯承元帅在丰都战役中负伤后藏于湖旁老虎洞内养伤，均是名胜地。

　　②长寿湖属长寿区，多寿星。

春日游渝南山老君洞

危楼高踞俯尘寰，佳日偶然来此间。
春好未曾纾我累，愁深怎耐看人闲。
景同旧识焉堪忆，道似长疏不惯攀。
多少心头难了事，求签问卜岂相关。

春日至黄翁处看花

黄翁相约去看花，但说溪头老树斜。
晨起拂烟穿雾至，香弥柳径第三家。

木 芙 蓉

丽姿何绰约，不向锦城开。
寒露闲装点，霜风自剪裁。
素心源梵刹，明色出琼台。
昨报冬初至，乍疑春又来。

上啸轩夫子

闻啸轩夫子于新宅前植梅十二，自号十二梅花吟馆，漫成七绝十二首以上：

（一）

锦官自古属芙蓉，稀得冰姿月下逢。
若个相逢能解意，春机原是隐残冬。

（二）

为佐幽人共品诗，梅花十二最相宜。
但寻钱帛贿青帝，一月叫他开一枝。

（三）

清吟何处觅知音，不向红尘队里寻。
纵使花开常闭户，恐人认作是桃林。

（四）

枝繁未必费吟哦，浩荡春风莫讶多。
椽笔一支闲管领，千花万蕊奈人何。

（五）

事自纷纭花自芳，但凭冷眼看猖狂。

漫天雪落益增白，匝地风来只助香。

（六）

搜罗万卷到新居，十二金钗伴读书。

一夜春风吹绽后，梅花但看不骑驴。

（七）

一度春回一度开，和风和月作诗材。

相逢莫道林和靖，若爱梅花手自栽。

（八）

冬寒久畏喜春晖，一盏香茗半掩扉。

竟日和风林下坐，不劳归去更熏衣。

（九）

晚归始觉香弥径，斜月黄昏风不定。

忽尔中心忆故人，花枝折取宜相赠。

（十）

自古情高便影单，俱言善耐雪霜寒。
春风过处百花艳，几个又知梅子酸。

（十一）

或道锦城近不寒，看花镇日倚阑干。
春来自是无他事，只把梅花看到残。

（十二）

吟风笑雪每伴狂，姿态平平无甚香。
月下独怜疏影淡，一枝还任倚门墙。

汶川地震志悼

北向何堪看翠微，频传噩耗胜花飞。
捶胸顿足空兴叹，拔屋倾城任逞威。
几许精魂随望帝，一千泪眼似湘妃。
来年草木应犹茂，十万蒸黎下作肥。

山中偶得

未名山下未名溪，野柳深封草一堤。
独木朽桥过不得，清波那畔惹人迷。

山居夏雨

骤雨无端访我庐，横窗山色乍模糊。
不循门户敲鳞瓦，还向阶前乱撒珠。

西 湖

肌肤为水玉为裳，杨柳腰肢菡萏香。
何处更逢苏学士，年年空自试新妆。

黄山道上

灵石苍松斗异姿，淡云微雨最相宜。
自非五岳无佳胜，输与黄峰一段奇。

叠韵寄山选

秋 山

聒耳蝉声不肯闲，接天一派烂漫山。
纷纷红叶逐溪水，几个题诗又寄还。

冬 山

物渐萧条人渐闲，或言不老是青山。
接天银浪卷残岁，一放梅花春又还。

雨 山

龙女省亲暂得闲。明珠万斛馈青山。
寄言远别诸游子，入海碧流今尚还。

云 山

漫舞霓裳妖且闲，亭亭神女下巫山。
天风唯晓弄裙带，惆怅襄王去不还。

雪 山

犹是天公最有闲，粉妆冰钿扮青山。
有时絮帽青衣去，却教银盔银铠还。

住 山

守得岩阿任我闲，出游悉是费钱山。
庐旁松竹最亲我，多惠清风不用还。

看 山

每慕轻飞去鸟闲，驰心只在万重山。
黄昏恼教烟收去，晨起喜随云送还。

痴 山

大德幸能无逾闲，些须小癖是攀山。
敲枰仙叟慎毋看，恐到烂柯人未还。

德 山

亘古巍峨若等闲，尘灰不弃始成山。
肥甘蓄得滋嘉木，聊共云烟作往还。

友 山

邪气此中应可闲，仁人悦水智人山。
息心朝夕借峰色，性海天真许得还。

悟 山

节候循环未肯闲，衰荣犹是到青山。
其间多有广长舌，为说流光逝不还。

画 山

写照传神我未闲，拈毫漫拟惯看山。
横涂竖抹五师法，董巨荆关去不还。

程琼玖

笔名琼玖，女，湖南长沙人，1948年生，军队职员干部。重庆诗词学会会员，著有《琼玖诗画作品选》专集和《琼玖山水画》册页、等。

江山祥瑞乐臣民①

江山俊伟育雄杰，松柏凌空启智仁。
级级浮屠荫圣德，昭昭古刹显佛恩。
崖云骤雾何遮目，峭雨飞泉最运神。
昔日前贤图奋至，今朝华夏乐臣民。

【注】

①自题赠张万年副主席同名山水画。

雷雨之夜①

季春乍暖又清凉，夜霈风寒扣塑窗。
闪电飞飞嘹视浊，吼雷阵阵刺听盲。
更堪胆怯心胰悸，最怕肝惊肺腑伤。
玉体娇慌钻左侧，锦棉空半叹惆怅。

【注】

①是夜，夫、予因公外出，余独遇此情景，久久无眠。

最高楼·纪念朱德同志诞辰一百二十周年

　　行天命，闷将弃滇营。它石可精兵。逐汪蒋府都奔北，喜朱毛赣地旗旌。抗东夷，鏖内战，业恢弘。　　忘不了，老区花甲悦。忘不了，禁城开国阅。诸葛智，腹如瀛。琼楼九鼎寒安在，荣华粪土玉壶冰。国元勋，人颂戴，史垂名。

水调歌头·乘船往返里定与丹娘渡口

　　渡口三千米，帅视雅江行。烟波浩淼东去，漂四号舟营。晴雨西风促浪，无语神山佑畔，苍翠米林屏。船弄银河境，巍裹白纱轻。　　峦层叠，帘尤尽，路何明？袖舒云雾彤现，照水更宽宏。天不畏人岂惧，将士同舟共戍，汉藏一胞生。敢欲娘身缺，华夏有奇兵！

浪淘沙·也说九幺幺

　　惊世九幺幺，祸起墙萧。两楼五角火尘霄，千命呜呼倾瓦砾，布政滩礁。　　痛定不思交，英日帮嚣，冤冤恐暴庶民糟。霸弱恃强多失道，怎禁烟硝！

好事近·柑林秋韵^①

笑语浸柑林，枝挂锦灯如节。杆舞树欢人醉，
妒煞蟠桃颊。　　归来情切笔随心，点染妹容悦。
莫道老娱花甲，妙龄长长歇。

【注】

①题与江碧波先生合作同名画。

敬　梅^①

万物昏眠君独醒，冰霜雪冻炼丹心。
迎寒怒放幽香溢，唤得春归即隐身。

【注】

①题与高济民先生合作同名画。

羲之观鹅^①

谁说吟诗捻断须，羲之亦喜看鹅娱。
点横撇捺侧勾竖，时见池塘颈掌舒。

【注】

①题与陈景琦先生合作同名画。

程溥恩

重庆长寿人，1931 年生，曾在重庆市长寿卫生学校担任书记职务。中华诗词学会会员、重庆市诗词学会会员、长寿凤鸣诗词学会常务理事、《凤鸣》诗刊主编。

纪念抗日战争胜利六十四周年

穷兵黩武罪滔天，反战烽烟遍地然。
大木克荷成旧事，共工抗日有新篇。
投鞭思济河流断，纵马横刀敌胆寒。
拼杀八年终灭寇，中华儿女尽开颜。

赠友人

老境清闲惜寸光，还将秃笔谱新章。
乐为患友驱疼痛，喜与伤员配药方。
董奉韶光春永驻，时珍后辈福无疆。
德同松柏千年碧，品似芝兰一味香。

重庆直辖十年

渝州直辖十周年，笑语欢歌改革篇。
万马奔腾驰大地，群龙崛起跃云天。
危楼耸翠鱼鳞次，字水桥横栉比连。
更喜三江春色艳，桥都百卉竞争妍。

游桃花溪

迂回山势起烟霞，一曲清流映碧纱。

两岸层楼如玉笋，三洞瀑布似银花。

垂纶浣女人间事，飞鸟游鱼世外家。

若是陶公今尚在，武陵不去泛仙槎。

纪念邓小平诞辰一百零五周年

沧海横流日，求真劫难频。

临危无所惧，效命在征尘。

乱世生英杰，经纶出伟人。

令名传万代，理论永遵循。

沁园春·雪灾战歌

猪鼠之交，南国冰霜，北国太阳。看湘黔等地，六花飞舞，霆霖翳日，四处遭殃。阻断交通，压坍电塔，顿使南方一片凉。英雄誓：战胜天灾后，再放光芒。　　人民并不彷徨。决心短时间医好伤。幸英明领导，大军出动，多方资助，慷解金囊。施畅春风，无私奉献团结精神大发扬。迎来笑，雪灾终被灭，重建家乡。

石州慢·抗震曲

地动山摇，惊散宿鸟，惊动凉月，瞬间家破人亡，顿使元元心折。烟横水漫，惨状苦不堪言，云愁雨恨音尘绝。余震在轰鸣，恶魔何时灭？   情切。铁军来到，领导亲临，汶川天白。佟偬辛劳，众志成城除孽。共创奇迹，发扬大爱精神，任何艰险能消竭。受害者生还，众心齐欢悦。

浣溪沙·师魂

心底无私胆气遒，震灾袭击不低头。讲台三尺显风流。   蜡烛成灰书爱史，桑蚕丝尽写春秋。为生舍己熟与俦？

[南吕骂玉郎]·寻故里

长江有尽情无尽，目断晏家坪。原来旧址难相信，亲眼看，在意聆，从头认。

[南吕四块玉]·医楼人

卷里搜，心间授，风雨楼中写春秋。一心扑在医疗头，桌上忧，枕上愁，离世休。

颂期颐老人

人生百岁不忧愁，种草栽花乐晚秋。
昔日征尘多苦难，而今盛世足风流。
柴门老骥心千里，白屋书生意未酬。
喜看夕阳多灿烂，孙枝秀挺绍箕裘。

哭糟糠

凤岭新摧北观峰，士林垂泪意相逢。
祇须医范留青简，不使功勋上景钟。
三洞桃花缀地府，九原英貌偿春风。
遐想医林人物论，几回中夜惜鞠通。

芙蓉花开 （嵌名诗）

吴子敏聪添彩霞，郭公晶艳结晶花。
芙蓉水国齐开放，闪闪星光曜国家。

花季年华 （藏头诗）

（一）

陈迹标明已著功，若干都慕水芙蓉。
琳琅满目玫瑰碧，好霁天空出彩虹。

（二）

王孙跃水似蛟龙，鑫记经营有远谋。
再摘桂冠何所计，创新再上一层楼。

满江红·斥小泉

异口同声，斥日贼、小泉造孽。参神社，又掀逆浪，不忘侵辙。万众齐诛军国罪，九州共捣江田穴。莫嚣张，惹火必烧身，成灰别。　　三光债、犹未结；挑衅者、觊心揭。看江涛滚滚，洪流谁截？螳臂挡车休自大，貔貅霸道终将灭。挽雕弓，抱恨射天狼，人心悦。

忆秦娥·英明策

英明策，清源正本兴宏业。兴宏业，小康建设，独家特色。　　中华科技争飞跃，神舟游宇西方慑。西方慑，东龙崛起，势与天接。

长相思·神七颂

访苍穹，问苍穹。华夏谁能走太空？志刚夺首功。　　情也浓，意更浓。慕世嫦娥出月宫。笑迎中国龙。

忆江南·游江南镇

江南好，风景独暄妍。五堡龙山苍似海，龙桥湖水绿如兰。谁不颂江南？

游长寿湖

长湖好，景色胜姑苏。岸上银花香万里，湖中鱼跃戏千夫。能不爱长湖？

谢明星

　　重庆永川人，1924 年出生，高中文化，原江津县龙门砖瓦厂副厂长兼职工学校校长，曾先后参加江津诗书画院、江津诗著有《明星诗稿》。

瞻白屋诗人墓

奎星永耀思三绝，白屋诗坛负盛名。
孤冢闲云撩野鹤，青山黑石伴豪英。
《婉容词》悼婉容女，《护国岩》歌护国军。
辽阔秋风天地暗，抚碑默默吊诗魂。

参观贵阳黔灵公园·张学良、杨虎成两将被先后囚禁处

探史寻踪谒黔灵，麒麟洞禁两将军。
一床冷簟窥寒月，四野狼烟锁恶云。
梦握金刀诛日寇，神持宝剑见真心。
身囚囹圄空余恨，壮志难酬泪满襟。

残　菊

黄花零落数星稀，已少闲人叩院篱。
宁抱枝头傲霜雪，不随落叶玷污泥。

登昆明大观楼

昆明胜景大观楼，髯老楹联誉九州。
借砚滇池挥彩笔，倚屏西岭绘灵鸥。
残碑断碣千年事，芳草斜阳几度秋。
九夏芙蓉春翠柳，疏钟隐隐泛鱼舟。

看长江三峡巫山神女峰

巫山神女伫霞峰，玉阙瑶姬下九重。
助禹疏河降水魅，千秋神话寄哀鸿。

西江月·加江津民建迎春会

奎阁鎏光四溢，帅馆射塔临空。万千广厦展
新容，几水长天与共。　　岁序期年聚首，畅谈
改革春风。群芳绽艳岂相同，老干新枝并茂。

如梦令·万有能画师乔迁志喜

新宅迎来新燕，了却一生心愿。雅室浸莹光，
墨染丹青画卷。欣羡，且看桃芳李艳。

纪念改革开放三十周年

改革开放三十秋，富民兴国展鸿猷。
高寒铁路连青藏，跨海长桥冠美欧①。
三峡平湖惊世界，珠峰圣火耀全球。
"嫦娥"探月弹新谱，科技蒸蒸更上楼。

【注】

①指杭州湾公路大桥，全长 36 公里，是世界之最。

咏 梅

艳骨凝香耐冻冰，露浓花瘦总堪怜。
柔枝傲雪芳魂冷，可唤春风度玉门？

谢南容

笔名绿云。女，大学，重庆市永川人。生于 1972 年 12 月。主管检验技师，永川诗词学会会员。

竹海幽梦

兰芽溪浸短，梅破冻寒胭。
松月幽湖梦，苔痕白石眠。
迎霜还冉冉，映雪更芊芊。
秋尽望鸿雁，春归闻杜鹃。
霭昏流涧响，日暮怒涛掀。
雨细如垂泪，风轻似拨弦。
岩根菇菌嫩，涧土笋芽鲜。
起舞声蝉伴，踏歌鸣凤翩。
晓妆初雨罢，清影野云牵。
烟黛眉山远，檀心柳水怜。
含羞情脉脉，浅笑语涓涓。
执手秦人渡，结庐溪草边。

（一）嘉陵月

一脉春江水，帆归云海空。
悠悠千古意，潮落月明中。

（二）板桥月

溪柳板桥外，槐窗几度花。
秋千梧井寂，明月照谁家？

冬　至

陌上葭灰扑柳烟，西窗竹影伴幽泉。
魂飞白雪云峰外，梦绕春陂水月边。
北海长空排浊浪，嘉陵蒿里启芦船。
何须怜取风前絮，冬去莺飞又一年。

早春二首

（一）

叶嫩花娇二月初，飞鸿云寄八行书。
小池轻柳拖烟雨，夕照春溪忆雪庐。

（二）

锁梦烟云春翠地，采桑陌里曳长裙。
新池柳叶莺声啭，门外东风暖碧渠。

临江仙·格一柳月楼

情迷漫漫思无路，云随碧水西流。槐花木屋掩春愁。轩窗孤影，柳月上妆楼。　　竹溪桥畔人何在？荷香豆绿年年。蔷薇院落泣谁边？鸢飞雁远，烟雨梦魂牵。

临江仙·格二文曲荷雨

疏雨蜻蜓池上舞，轻雷柳外流过。游鱼叶下戏莲波。南风浑不解，却散乱云荷。　　文曲牡丹亭石畔，鸳鸯浴水菱歌。菡萏残梦泣春罗。渝西寻旧迹，年少恨何多？

满江红·九曲黄河赠友西部放歌

九曲黄河，飞天去，几曾回首？千浪卷，万山皆在，一舟之后！君为放歌西部客，我为水国池边柳。登砥柱，蘸笔写风流，挥云手。　　桑田老，牛枥瘦，黄鹤去，人依旧。展长空碧野，絮云情厚。笛弄三声江渡口，临风一盏梅花酒。遥祝君，袖墨舞春秋，香痕久。

烛影摇红

感语：爱为何物？自古情难缠……

又是冬残，白雪遥，晓月闲，春云远。花前谁梦入西窗，柔语频轻唤。　　今夜寒风满院，便吹飞，香魂缠散。魄兮何处？小院池边，梅根相见……

九张机

一张机，清溪竹下浣纱衣。风轻浪细浑无力，桥头云畔，桑榆双燕，水上柳摇丝。　　二张机，春风陌上草如丝。青梅两小桥头戏，回眸一笑，凝眸一望，底事付云知。　　三张机，池塘水暖柳先知。莺飞更在斜阳外，蝶粘草色，烟云翠地，怎不惹相思。　　四张机，凭窗欲语泪先垂。长安蜀道音尘绝，东风恨远，杨花满袖，月落子归啼。　　五张机，槐花木屋板桥西。渔郎五月可相忆，秋千院落，蔷薇架下，露透薄罗衣。　　六张机，无情苦雨燕离飞。梨花逐水春庭寂，三更惊起，梧桐夜滴，曲巷鸟空啼。　　七张机，临江小阁月徘徊。清辉照水人无寐，溶溶夜曲，悠悠天际，潮落几时回？　　八张机，东风吹不到天涯。小池轻柳拖烟雨，嫩寒孤梦，飞鸿杳寄，雪屋解春溪。　　九张机，鹅儿菱荇满山溪。采芳洲蝴蝶舞，莺声翠地，风薰草暖，杏雨湿人衣。

苏幕遮·荷梦

一溪烟，三里柳。涧下幽泉，桥上凝眸久。湖畔云愁荷泣露，几点汀鸥，故故，惊回首。　竹轩窗，花影瘦。幽梦遥遥，何处筝声漏？天上人间还自守。垂手临鱼，尺素何时有？

苏幕遮·荷月

灞桥烟，隋岸柳。秋恨绵绵。奴问归期久。翠袖云荷帘雨透。幽笛声声，冷月随云走。　晓霜寒，眉黛瘦。孑立西风。君讯来年有？月若思云云自守。遥盼春来，芳草还依旧！

柳梢青·荷

六月娇丫，翠衣水苑，溢露披霞。魂入清塘、影依皓月、梦枕兼葭。　飘零一夜池花。雨声罢、犹听晓蛙。日落黄昏，轻揉绿绮，清伴云涯。

天仙子·荷露

池上笛人何独立？怅依秋水眉山寂。西风起袂薄罗轻，心远忆，泪珠滴。冷月寒塘声历历。

雪　庐

一帘飞舞意姗姗，茅舍园篱映碧栏。

庐外东风吹雪影，林边明月照溪滩。

青山绿水①浮春盏，兰笋葱芽试玉盘。

冬絮杨花不须辩，人间真味是清欢。

【注】

①青山绿水：渝西香茗，色翠、味微苦、透亮、清芬、品后唇齿留香。

谢维森

笔名佳林,重庆江北区人,1932年生,处级干部,从事工会、理论工作,重庆诗词学会会员,合编《艺苑霞光》诗集。

南湖灯塔照航程

南湖灯塔照航程,星火燎原除蒋军。
抗日烽火歼倭寇,天翻地覆扭乾坤。
改革开放兴家国,紫荆荷花都回程。
西部开发正前进,两岸统一振国兴。

且笑生平无悔事

(一)

七十春秋瞬间至,为党效劳尽天职。
暴风骤雨安度过,且笑生平无悔事。

(二)

入世生日同庆,宾朋满座欢欣。
笑论国事家事,神州腾飞猛进。
祖国繁荣昌盛,余热挥洒未尽。

赞家乡古镇—石马河开发建设

石马腾飞跨世纪，彩虹飞架变康庄。
高速车奔如神箭，万家灯火照天堂。
往昔高炮驱倭寇，而今古镇奔小康。
万千变化非昔比，人欢马跃乐无疆。

游西安乾陵

一代女皇武则天，心地聪慧意志坚。
改朝立位施德政，树碑无字任人诠。

台湾连战大陆行

和平之旅大陆行，分久必合顺民心。
锦涛连战紧握手，坚持和解反分裂。
国共两党有共识，两岸交流定双赢。
和平统一争朝夕，意义深远载丹青。

牢记人情亲情美德

友情爱情亲情难得，新情旧情触景生情。新
情易建旧情难忘，难忘旧情长留在心。牢记人情
亲情美德，情感交流其乐盈盈。

游朱总司令故居一仪陇

仪陇出个总司令，旅欧觉醒列党名。
举旗井冈伸大义，会师八一报军情。
长征北上突围困，抗日运筹走雳霆。
摧毁独裁蒋统治，丰功伟绩史书铭。

七绝·过火焰山

火焰山中热浪高，孙猴在此借芭蕉。
千年留下西游记，传史佛经盛世交。

[越调] 天净沙·春游丽江

古城新貌堪夸，小桥流水商家。不息人流挤
压，如诗如画，高歌香格里拉。

韩治国

重庆荣昌人，1938 年生，县中医院自学成才痔瘘主治医师（退休）重庆市诗词学会；荣昌诗书画院、诗词楹联学会理事。著有诗集《勇士和烈马》自传《梅花绢》等。

西藏行吟·新韵组诗外二首

（一）

顶霜跛腿志愈坚，赖有车船访大千；
临别同窗呈曲谱，浩歌一路上高巅。

（二）青藏途中寄内

远游跛腿每多艰，思汝随行解万难；
天下风光青藏好，无缘美景共参观。

沁园春·有酒皆尝遍

惜痛川西，素手曾牵，瞬化别愁。忆青年贫病，歧黄夜读，涪江卖艺，谁予吴钩？苦短人生，疲于糊口，心比天高难自由。却怎料，世运昌盛久，一日三秋。　　有人陋技频求。小康乐，今将宿愿酬。更朗，瞻旅费，涛教摄影①，妻筹行李，送上楫舟。青藏虽高，脚疾依旧，无碍逍遥雪域游。吾何恨，有酒皆尝遍，一醉方休。

【注】

①朗即女儿明朗，涛指儿子韩涛。

江城子·初秋又见菜花黄

一年最是好春光，绿山岗，百花香。执手郊游，众臆尽激昂，喟叹欢心倏即逝，驹过隙，意彷徨。　　初秋又见菜花黄，藏青乡，杂牛羊。再节人生，艰苦化芬芳。庆幸青春今又再，逢盛世，乐无疆。

有感嗑长头者

青海布宫几段云，信众嗑头上征尘；
以身丈路沐风雨，尔心至诚足坚贞；
饥渴困顿遭折磨，是坚是愚终难分。
佛心仁善深似海，佛若有知岂可忍？

诉衷情·拉萨探亲

当年郎舅衍表亲，蜗蛰尽为邻。而今萍自南
北，相遇在边城。　　先辈逝，少分离，苦伶仃。
泰然遭遇，聚散隋缘，共祝康宁。

过米拉山口

只缘登临缓，不觉到高巅，
四顾峰低阔，如浪拍天边，
前路锉峦下，忽迥坠深渊。

自度曲·布达拉宫

　　山是一爿宫，宫是一座山，壮哉，伟哉，白云蓝天。柱双拐，登临苦亦甘。忽上忽下，廊道回环，似迷宫，幸导游引牵。倚栏鸟瞰拉萨，凭窗兀鹰盘旋。壁画琳琅，戛罗①光坚。夏宫红，冬宫白，金佛万尊，珠宝镶嵌。巅峰智慧，伦常深渊，浓缩历史，疑固时间，列国倾慕，藏胞圣殿。怪，崇山包裹，莽林荒漠一弹丸，何以思辩深邃，工艺精湛，直令世人费解，炫然？！

【注】

　　①戛罗，用黄泥、石子和酥油打的古地板，可与现代地砖媲美。

林芝题渝香阁

　　助兴佳联品火锅，边城雅室渝香阁；
　　巴山美味添双翅，异地扎根结果硕。

如梦令·柏树王

　　古柏参天成片，影冠掩峰遮坂，腰大可藏牛，风雨二千年届。悠远，悠远，似岁石级流转。

水调歌头·牦牛赞

西藏毛牛伙，水土气精灵，吞干草也能壮，劣境强繁生。处雪域期高远，居广袤恒集聚。恬淡性无争。耐久行承重，自警策奔腾。　　严寒抗，艰辛忍，志分明。向滞藏地，族众散布在川青。幸逢通天路峻，得以融合海内，献智慧身心。砥励乡邦旺，尽瘁神州兴。

十六字令·山

山，层递升高欲触天。车如箭，送我入云端。

山，似浪排空上九天。托盘大，草原茫无边。

山，白雪皑皑雾霭间。沁泉乳，花草牧人欢。

山，奉献甘泉养草滩，狰狞貌，颜丑确心甜。

山，郁郁葱葱烂熳天。云欲塞，河汉白烟翻。

山，清澈瑶池似镜嵌。峰巅倒，上下两重天。

从兰州到宝鸡

车过兰州广菜畦，忽遭叠障地天瘃；

曲直隧道吞长虫，横纵桥梁柱万基；

宽道峡江如网织，高山深谷两为依；

风驰电掣疾同矢，无阻通达到宝鸡。

尾 声

车如流水轰轰响，飞过平川与岭岗；
一觉醒来千里外，天旋地转到家乡。

外一首 哭贤妻

忍饥少小冬衫薄，布裙荆钗韵亦幽；
种玉耕田追日月，养儿育女过春秋；
持家无畏身心瘁，待客何妨囊橐羞；
乘鹤汝今倏然去，老天何故把俺留？

竹枝词·帚与竿

郎是扫帚无避嫌，妹是帚心一竹竿；
一但竿被抽将去，站也软来坐也软。

韩廷昌

1943 年 8 月生，重庆市铜梁巴川镇人，退休前系重庆第五建筑公司机械设备分公司经理。重庆市诗词学会会员，永川区诗词学会、铜梁诗词学会会员。

忆儿时

巴山莽莽顶上尖，逗趣儿歌巷陌传。
明月桥边抓鳝蟹，藕塘湾内荡秋千。
野炊古庙玄天走，揽胜三丰洞府攀。
跟逐龙灯鞭炮捡，归疲酣睡梦中欢。

缅怀大姊

学步蹒跚赖护帮，糠粑野菜度饥荒。
而今国富民丰裕，思姊音容倍感伤。

己未槐月三日朝辞巫溪城

边城四月倍天寒，事毕思归辗转眠。
十里啼鸡辞客栈，五更冒雪搭蓬船。
猴攀峭岸惊风起，滩触飞舟骇浪翻。
莫道难行荒僻地，顺流一橹下巫山。

重阳吟

邀朋醉酒觅悠哉，怎奈黄花别处开。
帐望乡关归雁去，可捎一缕菊香来。

雨中汨罗观龙舟

潇潇雨泣楚江寒，鼓急舟飞悼屈原。
自古忠魂多苦难，缘何屡有直臣冤。

戊子荷月重游铜梁巴岳寺

当年古寺遍蓬蒿，拜佛今来闻磬敲。
凭吊遗踪温旧梦，殿前静看紫烟缭。

地震哀悼日感赋

笛声悲啸地苍凉，泣血亡魂绕故乡。
寄语家园重建日，心香一炷报天堂。

迎奥运缅怀志士刘长春

难忘奥运一孤龙，苦搏豪强不朽功。
灵爽归来高处望，珠峰圣火耀长空。

美人蕉赞

倩影临风频点头，冰肌玉骨展风流。
嫣然一笑真情露，半带妖娆半带羞。

雨后桃花山行

桃花沐雨焕新妆，乱溅胭脂十里香。
靓妹憨玩寻蝶舞，周边尽是好春光。

蒋子恒

笔名旭日，1926年生，四川阆中人，大学毕业．现任重庆大学诗书画院名誉副院长、教授；中华诗词学会会员、重庆市高教老协晚晴诗社、歌乐行名誉社长。著有《子恒诗词选》、《子恒行草书集》。

奔月梦幻成真（新声韵）

（一）

"嫦娥"奔月升空传，一路风光宵汉间。
实现千年飞月梦，嫦娥不是人成仙。

【注】

"嫦娥"：指嫦娥一号卫星．未加引号的嫦娥，系传说中偷食蟠桃的婵娟。

（二）

"嫦娥"奔月腾空传，探索太空起步喧。
寻找吴刚问究竟，试观宇宙几重天？

（三）

"嫦娥"奔月精娇妍，近又改道环月勘。
巨冷骤热双考验，飞天梦唤玉兔园。

（四）

"嫦娥"奔月科技尖，绕月盘桓数百转。
送回清晰音像图，飞天梦现众狂欢。

一剪梅·北京奥运贻芳 (新声韵)

鸟巢连接水立方。科技创新，美丽辉煌。凝聚亿万人关注，齐声赞扬，绿色环保。　　古老文明现代邦。友谊交融，五环荣光。健将云集似乡情，留恋难舍，北京贻芳。

山城巨变 (新声韵)

歌峰嘉水育精英，云雾日喷人杰灵。
重庆直辖起巨变，从天飞降又新城。

观四面山望乡瀑布 (新声韵)

望乡瀑布奔腾下，水柱飞流百丈渊。
震撼吼声动地转，要冲污秽出人间。

红歌唱响山城（新声韵）

红歌高唱响山城，一日一歌树市风。
节奏和谐长志气，温馨旋律春满庭。
声声史实鼓干劲，件件历程寄亲情。
一路欢歌快步走，传承前辈万里行。

卜算子·师恋（新声韵）

师在龙之头，情满龙之尾。一曲飞觞祝寿星，
激荡长江水。　　黄坪白沙沱，师道风云汇。桃
李沧桑几十年，更见师功伟。

欢庆重大党代会召开（新声韵）

盛世白头重大兴，肩负重担党信任。
化解危机为机遇，扬长避短育精英，
争创一流众所望，科教兴国勇攀登。
团结务实齐奋斗，师生欢庆指航程。

蒋应国

男，现年45岁，号登龙子，宁河钓叟。曾任职于县委宣传部、政府办公室。现为重庆市诗词学会会员、三峡诗社社员、巫山县诗词楹联学会会长。

贺钧威先生届知命

与君相识兮岁在壬寅，七月流火兮君之豪情。书香门弟兮虚怀若谷，家风传承兮神朗气清。谈古论今兮伶牙俐齿，激扬文字兮据典引经。五十知命兮三峡撷英，八千为寿兮福祉无垠。高朋满座兮千杯为贺，吾今惴惴兮数句作歌行。

乙酉檀月良旦贺

中年抒怀三首

（一）

人近五十虽当年，扎志未酬任悠闲。
书山聊寻宁静意，学海苦觅淡泊篇。
嗷嗷犬子堪呵护，幽幽糟糠常挂牵。
偶将残笺抒胸襟，满眼春风舞翩翩。

（二）

背井离乡奔武汉，适逢正月过新年。
三峡舟楫破晓雾，荆楚列车穿雪原。
但随乩已觅新友，义进课堂效群贤。
天命始觉基业浅，备胎人生何恬恬。

（三）

无灯昨夜独凭栏，风送花香醉心田。
长街放眼车流急，舞榭静听唱腔圆。
低头浅吟盛世在，回首仰观忧思绵。
月照树枝婆娑影，虚象也作实景妍。

咏 桥

一道彩虹跨巫峡，南北相连万千家。
天堑通途预言早，人间奇迹看中华。

神舟七号飞天赞

梦想飞天衣带宽，精英绝唱数百年。
且看神舟邀新宇，中华儿郎舞翩跹。

纪念邓小平百年诞辰

波澜壮阔九十年，神州兴衰在心间。
既以百色攻太行，管教华夏换新天。
沉浮不坠青云志，老迈更谱治世篇。
建设小康喜开放，人民亿万怀先贤。

满江红·缅怀邓小平

妙笔生花，终难写、小平邓老。纵宇内、几人匹比，日辉月皓。七十功名犹弃土，几番谪贬如脱帽。算只算、华夏换人间，神州笑。　　强国路，开放巧。一统业，收港澳。怕改革乏力，特区巡考。地厚天高功何述，云纱缟素哀难表。待实现、全面小康时，同声告。

蒋怀荣

号海棠居士，重庆市荣昌县人，1947 年生，退休前系西南大学职员，重庆市诗词学会会员，荣昌县诗词楹联学会副秘书长。

鸦屿山

鸦屿棋枰草露深，吟诗月夜鸟知春。
浮云暮雨山川润，水色荷香亦醉人。

螺罐云峰寺

竹掩宫墙半傍山，云峰深处觅神仙。
晨钟暮鼓几香客，剪雾裁烟夜露寒。

秋 思

曾经聚散平常事，长夜留君话别难。
老朽莫谈青壮勇，月明渡口看灯残。

醉太平·昌州腾飞

鳞次栉比，群楼矗立。棠城沐浴晨曦，喜和
谐大地。　　腾飞展旗，魂牵梦依。种梧桐凤凰栖，
更扬鞭奋蹄。

卜算子·昌州巨变

大道疾延伸，陋巷残痕尽。游子归来不辨途，
只去楼群问。　　十里接浓荫，百鸟鸣声润。当
是棠城巨变时，香国跨神骏。

临江仙·飞天梦圆

三杰乘风翔宇宙，扶摇直上苍穹。嫦娥含笑
喜由衷。深蓝碧涌处，祖国似仙宫。　　华夏飞
天圆美梦，国人期盼成功。太空行走态从容。炎
黄宏自信，再驭九天龙。

沁园春·汶川大地震

地裂山崩，路断桥沉，楼宇全倾。叹神州内外，同时颤振，长城上下，闻讯皆惊。血雨腥风，山岳悲恸，蔽日烟尘化渺冥。军民警，赴灾区救困，昼夜兼程。　　天空速降神兵，有主席运筹大本营。更古稀总理，临危受命，指挥若定，详视灾情。华夏军民，捐钱献物，救死扶伤济众生。国殇日，祭笛传九郡，大爱和鸣。

赞北京奥运开幕式

圣京奥运五洲讴，七彩银光焰火稠。
画卷千秋文化灿，发明万代品行优。
弦音动地韶华远，花语飞天练路游。
活字成书传世界，儒家大道播全球。

蒋厚本

重庆市铜梁县人，1943 年生，外科副主任医师，现为重庆市诗词学会、铜梁诗词学会会员，永川诗词学会副会长。

中央领导到农家

嘘寒问暖话桑麻，水乳交融似一家。
群众切身无小事，以人为本不虚夸。

赞环卫工

三更灯火五更鸡，正是长街除秽时。
横扫人间污浊物，堪称城市美容师。

纠风杂感

文件频颁会议多，五申三令又如何？
歪风恰似春畦韭，割了这窝生那窝。

初到彝乡

云雾山巅几处房，锅庄三石草为床。
日餐两顿盐汤下，明月高悬望故乡。

又收凉山贺卡

新春贺卡每年来，美意融融心顿开。
久别火塘思故友，开门逢敬酒三杯。

凉山州竹核温泉

泉水淙淙热浪飘，严冬仍旧水温高。
贪尘贿垢如能洗，万里山河格外娇。

闻郴州窝案

贪婪大案叹何多，又见郴州烂一窝。
惩腐药方难奏效，或需手术治沉疴。

"三盆水精神"赞

新官上任水三盆，先洗肌肤后浣魂。
手净头清多动步，民心最敬爱民人。

三月游黄瓜山

瓜山三月遍梨花，万树千枝玉满桠。
农税千年今已免，果乡百里正风华。

永川茶山竹海

纳凉竹海听清泉，漫步茶山仰碧天。
满目翠微留客住，无边美景沁心田。

松溉古镇新景观

街巷依山石径斜，滨江古树绽新花。
满坡灯火如星布，三峡移民喜建家。

赞永川市医院老年康复中心

喜登麻柳岸边楼，保健医疗解客忧。
此处桑榆明夕照，寒霜赶下老年头。

小孙女

两岁小孙孙，甜甜爱叫人。
唐诗吟几句，雏凤试新声。

蒋维世

重庆璧山人，1927年生，中学高级教师，曾任中学校长。现为中华诗词学会会员、重庆市诗词学会理事、璧山县金剑山诗书画社理事长。有《一卉集》、《细雨留痕》、《龙门溪草》、《猪草集》问世。

自题龙门溪桥小照

龙门溪曲水悠悠，流尽青丝流白头。
桥旧桥新多少路，花花草草扮春秋。

鹧鸪天·一九五八年秋

赏尽百花辞锦城，声声跃进震嚣尘。风风火火劳形影，暮暮朝朝炼赤心。　　挑矿石，理苕根。工农商学找诗魂。一天廿载催人奋，都昧良心放卫星。

大路中学初六五、六六级校友返校活动

那堪回首言六六？遍地劫波遍地愁。
慢叹三家遭烈火，更怜一切变冤囚。
落花流水春归去，鬼哭狼嚎夜不收。
风雨十年松柏劲，还看大道壮怀酬。

医　道

医道走邪唯孔方，农民生病更惶惶。
求诊挂号寻低价，输液打针叹窘囊。
一滴盐浆一滴泪，半瓶药水半年粮。
苍天当有好生德，快遣许仙和白娘！

满江红·大路中学揽月亭遐思

独立亭间，情浩浩、一轮驹隙。多少路、北
南河畔，东西山侧。长夜黎明星火耀，朝阳春暖
红旗悦。树樟林、逸韵散千家，思潮激。　　深
院静，钟声彻；街道挤，踵肩接。看楼台小苑，
几番迁拆。沥胆披肝心血铸，老蹄新骏沙场阅。
愿年年、折桂上蟾宫、凭揽月。

南歌子·来凤中学掠影

来凤红旗艳，校园花树鲜。新楼林立接蓝天，更喜凤雏抒翅越关山。　　扑面生机畅，忆昔抢时间。龙腾虎跃健儿欢，试看芙蓉逸韵碧波翻。

临江仙·纪念刘少奇同志诞辰一百一十周年

百一十年风雨急，中原逐鹿分瓯。刀光剑影绘春秋。阋墙多少事，一笑泯恩仇。　　血染五星旗展秀，何堪暗箭横流。归农无计恨长留。凌烟驱雾散，碑树花明楼。

临江仙·雅典奥林匹亚采集圣火仪式直播

雅典奥林匹亚，千年古朴风光。残垣断壁见辉煌。庙坛神圣地，美女幻沧桑。　　橄榄芳枝送绿，健儿策马松缰。点然圣火寄飞凰。北京连四海，友谊系八方。

彭 晓

1957 年生，中学高级教师。中华诗词学会、重庆市诗词学会会员、开州诗社社委。著有《东尧吟草》、《硬笔书法》等。

三峡工程赞

巨擘当年绘锦图，大江今日现平湖。
移民开发骧龙步，寂寞瑶姬惊世殊。

郊 游

岚烟晴翠鸟鸣欢，溪畔红梅白玉兰。
漫步郊田诗兴起，蓝天丽日纸鸢翩。

中 秋

中秋团聚喜洋洋，赏月登楼乐小康。
今夜婵娟千里共，同胞两岸齐举觞。

重过三峡

江面增宽水变深，右瞻左顾景翻新。
平湖浩渺辉星月，大坝巍峨冠古今。
电站欢歌惊白帝，巨轮飞驶慰昭君。
虹桥航道赛蛛网，锦绣河山妙绝伦。

西江月·重庆直辖十周年

十载中央直辖，巴渝盛绽奇葩。山城靓丽景堪夸，百舸双江竞发。　　三峡人文荟萃，火锅川戏双佳。八时重庆快鞭加，赶沪追京齐驾。

山坡羊·香港回归十周年

百年雪恨，十年巨变，香江泛彩荆花艳。小龙腾，史无前。　　金融风暴如潮卷，浪静风平无骇无险。今，港景灿；明，港景灿。

浣溪沙·飞天颂

"神七"逍遥上太空，银河织女喜盈盈，相逢不借鹊桥功。　　梦想千年今实现，中华国力与时增。巨龙奋起傲苍穹。

西江月·缅怀刘伯承元帅

反蒋抗倭鬼骇，横刀跃马神惊。翻天覆地定乾坤，一代元戎名震。　　战策兵书贻世，军营良将如云。功高位显不骄矜，万古千秋堪敬。

彭邦兴

1938 年生于四川蓬溪。重庆市诗词学会顾问。

江边茶话

东风送暖褪裘衫，缕缕春光正扫寒。
卵石滩头人雅集，嘉陵江畔市声喧。
一壶香茗宽天地，几个文朋乐水山。
未近黄昏先得句，落霞长影是诗篇。

戊子春磁器口古镇感怀

日落霞飞醉古香，白墙青瓦映斜阳。
风霜百代成新貌，盛世千家换旧装。
街巷人声喧耳鼓，茶楼天籁绕房梁。
抚今追昔休闲地，无愧骚人话短长。

石柱县感怀

日照纱窗影上墙，茶生云雾放清香。
难忘歌舞龙河夜，始信仙乡在土乡。

千野草场

草地茫茫千野场，蒲公英放独芬芳。
团团云朵碧空舞，娓娓轻歌唤马羊。

迎 春

雪灾过后春如画，绿蔓纤纤正吐芽。
待到园中蝶起舞，轻风又是拂新花。

北海银滩休闲四首

（一）

窗前艳日照银滩，海跃金龙拨碧弦。
天籁随风传妙韵，酒楼赏景得悠闲。

（二）

沙软为床云作毡，清风拂过似摇篮。
涛声漫唱催眠曲，海伴老夫成睡仙。

（三）

水天一色宇无穷，渔火星光闪夜中。
波影随船行浪里，心聆潮涌若雷轰。

（四）

遥望天边金日悬，西方水面染脂胭。
渔夫出海扬帆去，妻祷平安盼早还。

祭　震

惊闻地震毁汶川，流断山崩一瞬间。
冤魄新悲无处告，唐山旧痛隐心田。
含悲扒土告苍冥，已死伤残千万人。
岷山岷水神作证，谁掀大地葬生灵。
五洲大爱万民怀，四海赈灾千里来。
国祭众魂同激奋，半旗一降亿人哀。
县城村落化泥墟，回望家园痛别离。
举国同悲成一体，山河重建有来时。

答谢蓬溪书画协会

蓬溪一册贺南山，墨韵百家书画间。
开页心沉乡土气，何须天马盼归还。

游杜甫草堂

秋风瑟瑟叶飘落，子美当年泪写歌。
一曲茅屋千古唱，万间广厦数今多。

游上里古镇

幽幽古镇小溪边，石板长街店店连。
深巷老楼天若线，飞檐青瓦色如烟。
过滩流水发清响，跳磴行人跨步难。
桥拱二仙云霭过，品茶树下自成仙。

重游四面山

（一）

有志凌云岭上登，轻车慢拐顺山行。
不惊虎口穿崖过，了却乡思瀑布情。

（二）

丹崖峭壁上云台，画卷凌空垂下来。
土地神岩多故事，天工鬼斧自安排。

（三）

四面皆山山外山，天低云雾绕峰巅。
心仪湖畔鸟歌唱，送爽林风哪知还。

（四）

有幸重游四面山。群峰似在白云间。
蝉鸣鸟语瀑声起，茶品思诗乐自然。

渝黔公路感怀

夜郎国里山连山，慢道雄关腹内穿。
故地情思泉似涌，轻歌一路洒渝黔。

戊子秋赏邦兴北都屋顶花园

萧萧落木被风残，灿灿琼楼庭院间。
不见丹枫来抢景，黄槐树茂映高天。

游中山古镇

日烈天高伏已三，轻车驱我过农田。
喜观稻谷金光灿，犹爱梧桐蝉噪欢。
拱石成桥溪上跨，楼悬吊脚水流间。
山中小镇四方客，青瓦家家冒古烟。

农家乐

池塘杆起钓鱼欢，碗里披红成美餐。
酒菜味浓乡土气，青山绿水乐天然。

答荣儒璧先生贺诗

月缺月圆皆有光，日升日落也辉煌。
春来夏去花争艳，勤享秋收果实香。

滨江路有感

车逛滨江似织梭，银桥座座跨天河。
龙王戏水摇宫影，楼阁飞虹映彩波。
舟楫如来追昔日，纤夫不再唱悲歌。
千年两岸沧桑梦，已变蓬莱仙景多。

咏茉莉花献贤内子

茉莉花开最洁白，长发芬芳沁心膈。
盛夏朝朝采不尽，枕边几朵睡仙悦。
睡仙情悦相思切，愿尔香风莫断歇。
最忆塑花初表意，时光添得真花色。
花增颜色鬓如雪，岁月蹉跎情更铁。
濡沫相将人赞颂，与卿携手千秋业。

七十叙怀

（一）

豪情万种畅心怀，不夜楼台笑语开。
华诞吉祥生喜气，皆因宾客四方来。

（二）

彩结华灯贺七旬，一生风雨伴相行。
最难亲友同舟共，薄酒千杯谢众宾。

（三）

不觉秋光上白头，劲松叠翠映山幽。
人生稀寿何言老，愿作长街携手俦。

（四）

世事沧桑七十春，业兴家合正随心。
诗书茶酒平生慰，无限青山晚照明。

过二郎山

一龙横亘在高原，挥斧神兵战恶山。
隧道穿山通险路，悬崖铁马跨藏川。
万山茶道今作古，千载碑文功绩传。
绿野蓝天白云淡，又想吹弹学少年。

跑马山观感

康定来游跑马山，长空日月两情牵。
东升旭日峰头照，西下嫦娥舞影翩。
远眺藏房铺绿毯，近观基地围铁栏。
冬虫夏草人工育，动物山花共枕眠。

草原即景

莽莽群峰致远天，茵茵草地漫无边。
牦牛骏马悠然放，七彩牧装映日鲜。

过高原之一

绕山云雾静，曲径路难行。
铁马登千丈，衣襟寒气生。

过高原之二

天青云淡叠峰峦，铁马层层山路弯。
千里高原今已过，神清气爽心怡然。

书 趣

初学挥毫趣入神，消闲字字吐心声。
并非钓誉沽名意，索我墨书皆友人。

墨 感

翰墨诗文共夕阳，邦渝苑里绽花香。
岂忧头上披银发，乐在人生亦闪光。

新都桥小憩

烈日当空过草原，新都桥镇藏连川。
天堂摄影忙中取，裸鲤佳鲜更解馋。

高原峡谷

深深峡谷悬崖下，百态千姿披绿纱。
溪水哗哗腾急浪，银河天落泻丹巴。

武夷山放排

春到追寻大自然，阖家齐上武夷山。
溪中日丽九曲水，排上人游十八湾。
叠嶂奇峰夹岸屹，大王玉女遥相看。
船夫嘴上古今事，"闪闪红星"到耳边。

遂宁广德寺湖边小憩

风扶醉柳湖边扬，桃李争妍吐艳芳。
暮霭烟波船近岸，密林深处是禅堂。

彭清平

女，重庆市江津区人，1949 年生，高中毕业，退休工人，重庆诗词学会会员、江津区诗词学会理事。

夜雨情思

暮春子夜炸雷惊，风雨交加闪电腾。
摇曳花枝情散乱，可怜满地落红英。

酉阳桃花源

天成古洞通幽径，世外桃源一洞开。
耸翠松峰呈绿障，竹坞掩舍涧溪偕。

小南海地质公园

船行雾里不知东，峭壁悬崖连秀峰。
岛上葱茏清气爽，观音索道似游龙。

咏牵牛花

朝蓝午紫换红纱，奋力攀沿向上爬。
治病丑牛功不小①，风情万种喇叭花。

【注】

它的籽入中药称为黑白丑牛，有泻水通便、利尿、杀虫的功效。

凤凰城灵韵

奇峰寺塔古城墙，楼阁临江紫气扬。
石板幽深阡陌巷，英才辈出耀湖湘①。
青山叠嶂游人悦，绚丽风光百卉香。
庙宇鼓声飘荡荡，休闲胜地凤凰昌。

【注】

①近代文学家沈丛文，画家黄永玉等

秋夜滨江路随感

夕晖散尽夜朦胧，两岸峰峦紫气融。
月落清江波似镜，虹飞彩影雀无踪。
亭前菊桂千姿竞，曲径松槐百态葱。
漫步轻歌黎庶乐，怡情自悦醉其中。

广州火车站抗灾十日

雪封归路着衣单，党令三军斩魔顽。
勇士通衢鱼水重，公安护卫戚忧关。
驱寒解饿心舒暖，疏导分流各尽欢。
十日冰灾齐奋战，和衷共济客欣还。

抗震救灾

山摇地动大灾生，路断河填乱石横。
总理亲临作筹运，三军觅径与时争。
伤亡累累无声泣，中外纷纷大爱行。
劫难空前何怯惧，同舟共济志成城。

魅力江津

虹桥横跨两山娇，十里亭楼傍柳梢。
聂帅江渊功绩耀，云舫芳吉雅词豪；
林场橘灿花椒郁，峻损湖幽瀑布飘。
百业腾飞随日上，鼎新革故启春潮。

贺 48 公斤女子举重陈燮霞首夺金

燮霞一举扬国威，竞技非凡喜夺魁。
金奖贺师生日乐①，神州大地又增辉。

【注】

①陈燮霞获金之日是她的教练马文广 52 岁生日。

忆江南·津城好

　　津城好，水抱鼎山娇，东部新城增自豪，踏
歌柳岸阜民逍，步上小康桥。　　津城好，江面
雾轻飘，树郁花妖莺鹊闹，小桥流水乐陶陶，灯
饰领风骚。

彭炳夔

重庆市奉节县人，1945 年生。大学本科文化。曾任神农架报总编辑、奉节县文广新局助理调研员。中华诗词学会会员，重庆市诗词学会理事，夔州诗词学会会长兼《夔门诗讯》主编，合编有《三峡旅游诗词选》《三峡移民诗歌选》。

望海潮·新重庆

朝天门敞，巨轮昂首，渝州破浪开航。高厦树林，长街结网，双江四岸伸张。轻轨破天荒。彩虹频飞跨，画舸徜徉。商贾如云，优良环境引资忙。　新修高速沿江，八小时重庆，插翅飞翔。千里库区，春波涨绿，新兴产业方昌。乔徙步康庄。区县争先进，虎步龙骧。开足全民马力，疾驶向前方。

望海潮·新夔州

夔门天险，三峡门户，夔州自古名扬。白帝阵图，孤洲碧水，诗仙诗圣留芳。虹影卧长江。险滩成平路，巨舸通航。港口新城，茂林高厦满山岗。　宏图再展辉煌，建旅游环线，高速周行。商贸愈隆，乌金更亮，大型火电登场。金果遍山乡。振诗城文化，光耀家邦。秀美和谐开放，椽笔写华章。

菩萨蛮·三峡水库蓄水 135 米感赋

去年依斗门前立，惊看江水西流急。云雨驻巫山，瞿塘无险滩。　　古城沉大泽，往事空留忆。新埠似云霞，熏风吹万家。

咏三峡湖

西陵石壁锁龙头，长把巫山云雨留。
敢借鄱阳万寻阔，肯输西子七分柔。
瑶姬守护无功做，神女梳妆有镜修。
白帝洲孤夔峡壮，新观旧景任君游。

湖中游白帝城

水环古庙静幽幽，亭榭楼台物外留。
白鹭群飞静湖面，青峰孤立彩云头。
诗仙绝唱传千古，蜀相神机扬九州。
蓬岛何须沧海觅，瞿塘峡口有瀛洲。

江城子·奉节脐橙

孩提时代别家乡，渡重洋，到尧疆。疲弱纤柔，两眼泪汪汪。呵护细微无不至，吾爱汝，贴肝肠。　　精心培育汝超常，貌端庄，品优良。翡翠衣衫、脸蛋泛红光。一笑嫣然倾四海，归故里，耀家邦。

【注】

家乡，指美国奉节脐橙系从美国华盛顿脐橙品系中的变异单株培育而成的。

董味甘

男，汉族。四川荣县人，1926年5月出生。重庆师范大学文学院教授、重庆文史研究馆馆员。四川、重庆诗词学会顾问。著有《味庐诗词选》、《味庐诗词选续稿》、《钟云舫天下第一长联解读》主编及合著有《普通写作学》、《阅读学》、《散文名著欣赏》、《唐宋元小令鉴赏词典》等十馀部。

赠江友樵

江兄来舍示雪曼师一字歌题《寒江独钓图》，因仿其笔意为之。

一台一砚一毫锋，一纸神行一代工。
一点呼来一轮月，一钩挑起一江风。

奉和李德身教授《嘉陵江纤夫》原玉

酷日炎蒸冬雪寒，人间道路俯身看。
负天拄地勤挣扎，步步艰难步步宽。

秋容老圃喜逢时 （八首选一）

优游未料乐如斯，载酒浮舟任所之。
柳暗花明堪起舞，风清月朗好吟诗。
潮生天地来佳句，情满人间铸妙词。
坦荡仁心常自在，秋容老圃喜逢时。

苏州园林

天堂美景誉姑苏，闻道园林胜画图。
四代精华留雅筑，千年积淀串珍珠。
水乡秀媚藏春久，野趣浑成逸兴殊。
亭上沧浪观拙政，问君消得俗尘无？

菊花吟·七律十二首为丙戌重阳鹅岭雅集作

忆 菊

秋篱老圃想容光，依旧黄花映夕阳。
淡意如人邀素月，清心晚节傲寒霜。
满园玉露含晶润，过户金风播远香。
转羡当年彭泽令，归来三径未全荒。

访 菊

晚照馀辉沐晚芳，秋来乘兴觅秋光。
渊明酒意酣犹甚，子美诗情醉欲狂。
曲径疏篱容步履，轻烟淡雨隐行藏。
幽崖远壑寻佳友，只问高标处士乡。

种 菊

偶得偷闲暂罢忙，泥盆借用育秋光。
植根入土知深浅，立干朝天识短长。
嫩叶多蒙施雨露；初枝已解耐风霜。
相扶莫忘叮咛语，傲骨生成不许狂！

对 菊

默默无言淡若忘，敬亭山近旧风光。
篱边莫恨知何晚，月下惟期聚久长。
但借冥冥通积愫，何须絮絮诉衷肠。
相看谁会嫌陶醉，情到浓时劝一觞。

供 菊

洗净明几焚好香，宝瓶清亮玉生光。
如开雅室迎佳友，请驻秋魂忆故乡。
傲骨最难随俯仰，奇枝依旧任低昂。
晨昏把酒常相伴，胜似天涯各一方。

咏　菊

灿烂黄花奇有光，无忧风雨近重阳。
诗怀广拓充枵腹，秋色平添入锦囊。
瘦蕾层英舒远抱，浮金泛玉润枯肠。
几回拈得髭须断，对月吟来口角香。

画　菊

秀色当餐迹未荒，丹青出蓝美行藏。
浓施不改怀清韵，淡扫偏宜抱冷香。
露蕊幽姿迷霁月，含苞瘦蕾傲寒霜。
落英权作充饥饼，疗得相思免断肠。

问　菊

秋装底事色惟黄？丽质何凭抗冷霜？
傲骨几时坚似铁，奇姿因甚硬成钢？
胡为韵雅如人淡？岂是情深逐客狂。
记否卷帘清照瘦？三花殿后可应当。

簪　菊

清标入镜耐端详，秋水为神骨傲霜。
细蕊缤纷披左右，斜枝横逸试低昂。
诗来淡处情方好，酒到酣时兴欲狂。
不是偏怜予发短，黄花插遍满头香。

菊　影

镜里添辉赖有光，绿深碧浅入池塘。
朦胧夜月秋容淡，灿烂宵灯花海黄。
一任风波磨玉碎，依然气宇复轩昂。
天工妙到精微处，神笔空传有马良。

菊　梦

睡意沉沉秋夜凉，无边秋色两江长。
冲天香阵随风散，遍地繁花沐雨黄。
方庆醉魂归故里，转怜醒眼在他乡。
太平岁月常相忆，节序重阳乐未央。

残　菊

战罢寒风斗罢霜，无羞憔悴减容光。
鞠躬尽瘁丹心耿，故我依然傲骨昂。
明日黄花嗤冷眼，今朝白酒热中肠。
枝头紧抱馀香烈，耻作随波逐浪狂。

孙家群百米巨画《三峡古韵》留题

山崩直落昆仑雪，泻地长驱三峡裂。

肇自鸿蒙天堑开，至今犹诵禹王台。

一出夔门浪千里，百代依然情未已。

千盘排闼列苍苍，四川流水汇茫茫。

江潮怒激生烟雾，山灵欢啸兴风雨。

朝天门启水朝天，江前帆隐暮江前。

白鹤梁深藏所在，石宝寨浮无所碍。

缥缈虚无十二峰，偏教神女露真容。

滟滪曾经大如马，扁舟何日能东下？

两岸猿声隐约闻，断肠谁泣杜鹃魂？

逝者如斯流不尽，铁锁沉江空有恨。

白帝城高八阵横，心潮起伏不能平。

伯仲谁堪侣诸葛？可怜难展冲天翮。

载送诗仙倍有情，轻舟一日到江陵。

风急天高景如昔，谁怜工部飘零急？

前人佳话忆三游，居然一洞诵千秋。

丘壑胸中原历历，谈笑从容挥彩笔。

绘出如斯百米图，何人见此不惊呼！

峡风古韵存真迹，留作馆藏珍拱璧。

裁诗寄与孙家群，高峡平湖尚待君。

画出新风成对比，江山美在宏图里。

抗洪歌

罡风吹落女娲石，恶云吞没羲和日。

泛槎谁使决银河，飞流怒泻连天湿。

卷屋穿堤势如扫，低成泽国高成岛。

滚滚滔滔洪水来，田畴淹没知多少。

电骇雷奔竟我欺，茫茫何处觅枝栖？

一声号令齐奋起，钢铁人墙压浪低。

跋涉艰难泥没膝，顶风冒雨无休息。

党员干部子弟兵，中流砥柱巍然立。

万众挥戈山可倾，力挽狂澜神鬼惊。

风涛愈险人愈奋，人声压过风涛声。

水怪河妖齐俯首，息鼓偃旗东海走。

还我田园还我家，更展经纶补天手。

捐衣赠物车船多，情暖人间笑语和。

洗净疮痍庆功日，坐对荧屏听凯歌。

否去泰来百事举，陇头陌上倾心语。

李冰父子凿离堆，鲧过禹功当记取。

江南塞北又晴光，鼓腹讴歌奔小康。

大灾之年无饿殍，盛世新风百代香。

水龙吟·寄成都川大校友

匆匆才告分离，却问何时聚。西楼望月，东篱待酒，南窗觅句。别梦依稀，蓉城秋色，锦江春雨。任追风情结，拿云心事，潮涌起，涛奔去。　　难得绮霞红举。夕阳天，岂容轻负。黄花晚盛，丹枫犹旺，为欢几许！鹤舞樽前，鸥盟林下，凭君吩咐。借成渝高速，星驰电往，报平安语。

沁园春·中秋问月寄台湾

峡海茫茫，登楼望月，把酒问天。是谁磨金镜，光生碧海；长时恨缺，此夕偏圆？桂影蟾华，珠辉璧彩，底事轻抛别梦边？心惊否？甚团圆一面，动辄经年？　　沧溟几度桑田？岂无悔升天窃药前？望云中杳渺，何来素女？花间寂寞，哪有诗仙？淡淡银河，悠悠玉宇，未必嫦娥不自怜？情安耷？照离人两岸，怎共婵娟？

江城子·警世钟（双调）

报载：香港回归之夜，南京静海寺（中英南京条约签定之地）举行警世钟首撞仪式，而北京大钟寺之警世钟亦已揭幕，于普天同庆之一片欢腾中，传此雷音，南北呼应，弥觉惊心动魄，惕然自警，能不感而赋之乎！反复咏叹，遂成一十二首，兹选一首。

洪炉烈火卷飙风，焰腾空，汁销熔。水引江河，土聚九州同。鼓铸兴亡千古恨，昭百代，万钧钟。　　声声镗鞳似雷轰，撼苍穹，振寰中。夕惕朝乾，奋进气如虹。国耻虽湔休忘痛。歌激越，五星红。

【注】

《周易乾》："君子终日乾乾，夕惕若厉，无咎。"乾，自强不息；惕，谨慎小心。

水调歌头·题南京阅江楼

欲识春消息，迳上阅江楼。浩渺苍茫无际，六合望中收。吹送岷嵊烟雨，激荡沧溟云水，涤尽古今愁。大地钟灵秀，时彦竟风流。　　人间换，朱曦暖，物华稠。指点龙盘虎踞，昂起醒狮头。睥睨前朝雄主，小试补天身手，同乐愿初酬。寄语浮桴客，何日泛归舟？

董国琴

笔名千里草，重庆市长寿区人，1928 年生，曾任长寿县体委副主任，长寿区凤鸣诗词学会会员，撰有《凤阳春草》诗集。

喜迎中共十七大

盛会京都喜气洋，群贤献策话沧桑。
江山处处流金彩，举国人人奔小康。
一代英豪商国是，九州黎庶颂虞唐。
千门万户瞳瞳日，社会和谐家国昌。

长寿火车站

火车进站笑声高，长笛悠悠入碧霄。
夹道迎宾张笑脸，倚窗待客喜眉梢。
大妈牵子朝前走，幺妹送郎分外娆。
缕缕浓烟惊玉宇，车流滚滚闹通宵。

九日登黄山

巍峨妙绝此山中，峭壁悬崖倒挂松。
沟壑神奇来眼底，层峦叠翠变无穷。
多重岭岭逶迤出，云海茫茫现绝峰。
五岳名山无比拟，自然景物自然容。

虎头大队观景

身立绿洲望虎头，白银滩里水悠悠。
葡萄熟了红融翠，果满枝头不胜收。
鱼戏池塘翻锦浪，人怀科技展新猷。
乡关无限风光好，八路小车日夜流。

重庆解放碑

丰碑堪比众楼雄，影落长江势未收。
钟响街亭重庆动，为将应点报渝州。

青藏铁路

天路建成云里走，从朝笑到日西斜。
山河处处添新景，青藏盛开塞外花。

长寿长江大桥

长龙卧水水滔滔，横架长江万里桥。
喜落行人多少泪，车稠人密涌春潮。

长寿湖赛艇

激浪汤汤倒溅珠，惊涛拍岸水天舒。
飞舟往复穿行急，吓起游鳞乱跳湖。

水调歌头直辖十年看重庆 (新声韵)

重庆直辖市，崛起动惊天！锦涛扶上长策，开放十周年。经济腾飞超世，玉宇琼楼耸立，高处好安然。立下万全计，康乐在人间。　　廿九桥，心欢度，两场宽。神奇妙景，如明珠遍洒花园！万颗星星融聚，笑看楼台烟雨，弹奏两江弦。但愿春常驻，明月照人寰。

傅 斌

重庆长寿人,1936 年生。重庆诗词学会理事,出版诗集(新诗)《滴血的玫瑰》,《桔乡蜜韵》,等五部。

怀旧吟

社鼠扰民忧, 城狐窜九州。
而今思主席, 定不赦张刘①。

【注】

①张刘指张子善,刘青山。

春 梦

夜来风雨骤, 春梦已三更。
月影窗前过, 邻家麻将声。

夜别巫山

皓皓巫山月, 依依送我航。
怀吟千里夜, 鬓染白头霜。
灯扫平湖暗, 峡高风露凉。
朦胧神女梦, 不觉抵宜昌。

咏 春

和风送暖遍神州，翠柳吐芽莺燕啁。
最是桃花妖且艳，千红万紫竟风流。

赋赠长寿晏家故里

改革雄风万里扬，千秋古镇换新装。
当年陋室愁云雨，今日高楼接艳阳。
车水马龙喧昼夜，粮山果海富城乡。
宏图再展鹏程志，万众齐心奔小康。

咏 梅

何须抗击三九天，阵阵幽香送世间。
任你北风狂扫打，岁寒佳友是竹兰。

胡山炮台

炮台日晒晚风吹，关海当年壮士威。
到此游人留个影，不忘往事记安危。

泉州开元寺贪兽吟

口吞元宝脚踏金，眼恋鲜花酒气醺。
双塔难呈工匠意，雕成贪兽戒来人。

咏　牛

犊子初生无所畏，起蹄不怕路艰辛。
躬耕忍负不言累，禾满田间是愿心。

无　题

烟波浩渺岳阳楼，到此常思乐与忧。
迁客骚人今不见，唯有江鸥逐水流。

野　花

自开自落惹蜂忙，烂漫山中扑面香。
纵使无人消寂寥，也添一派好风光。

曾德甫

笔名曾卓之，1924 年生，重庆市璧山县人，原永川市政协驻会专职常委；现为重庆市文史研究馆馆员、中华诗词学会、永川区诗词学会会员。

迁 居 赋

依依离旧筑，惴惴卜新居。
地僻诗朋远，庭深画友稀。
夜阑花饮露，晨曙鸟争枝。
得失难兼美，怡然自可栖。

登 泰 山

泰岱何其伟，巍然接碧空。
人群趴蚂蚁，车队逐甲虫。
海阔风吹面，山高云荡胸。
置身东岳顶，尤仰蜀西峰。

慰　友

汉史多灾难，怪圈君碰头。
诚心论国是，不意堕阳谋。
一烙黄金印，半生粪土侯。
沉浮须放眼，哀乐写春秋。

赞谭千秋老师

先生平日性情柔，抗震汶川他最牛！
宁护学童拼一死，人间大爱说千秋。

某公近况

门外萋萋草渐齐，一闻车过意清凄。
荧屏不上昔时影，无奈街边看下棋。

八十抒怀

浮名障眼醒常迟，检点平生误在嬉。
书既不工何论画，文无可读况于诗。
蹉跎岁月如斯矣，际会风云岂任之。
环顾千峰争秀色，老夫聊赋壮遊词。

霜天晓角

汶川壮烈，地坼山崩裂，城毁志坚难折。齐纾困，心如铁。　有胡公决策，有温公执节，全国共担灾难。重建设，群情热。

江城子

少年懵懂不知狂。脚泥黄，少银洋。幸念丹青，巨匠召门墙。意气书生多梦想，开视野，奋飞翔。　越时半纪未能忘。醉词章砚腾香。老凤箴言：学海广疆。艺术人生真善美，弘国粹，射龙光。

【注】

吕凤子先生是20世纪画坛百年巨匠之一。时（抗日时期）任国立艺专、私立正则艺专（璧山文风桥）校长。其美学教育思想有云："艺术制作即人生制作、艺术制作止于美、人生制作止于善。"画格与人格同铸。

童象尧

重庆市渝北区人，中学退休教师。重庆市诗词学会会员。

老君山村新记 (新声韵)

新　村

重上君山缓步行，春光如画涌激情。
风拂绿水千鸭闹，雨润青峦百鸟鸣。
小麦扬花蝶曼舞，香梨吐蕊鹂常停。
人勤春早比先富，村社和谐天下平。

新　家

杉木架楼傍柳烟，瓷砖贴壁绘江帆。
庭前数棵黄葛树，屋后几株红牡丹。
电脑学知情趣广，手机通话地区宽。
月刊日报满书柜，喜看农家别有天。

新　路

昔日出村九拐弯，今朝奋起赶平川。
劈山开路豪情壮，驯水搭桥素志坚。
新路可达区市地，坦途岂畏雨风天。
小康规划宏图绘，日夜兼程车马喧。

【注】

胡锦涛总书曾在渝北区老君山村调研。

龙兴古镇 （新声韵）

古镇风彩

御临河畔耀明珠，龙兴古镇万象苏。
小巷曲街甜水井，深宅大院老席铺。
贺家寨里数箭垛，刘氏屋中拨算珠。
华夏宗祠香火旺，寻根问祖看碑书。

刘家大院

刘家大院耀乡场，名噌一时盛气扬。
画栋雕梁三进院，游龙戏凤五围床。
小曲轻唱榨油累，香味浓播酿酒忙。
喜看河山生巨变，高楼大厦立斯旁。

华夏宗祠

华夏宗祠器宇彰，炎黄二帝坐中央。
百家姓氏千秋盛，四壁碑文万代芳。
探本求源知世系，寻根问祖叹沧桑。
人文教化继传统，龙子龙孙百世昌。

【注】

龙兴镇在渝北区，是距土城最近古镇。

游茂然

男，1931 年生，原开县师范学校语文高级讲师。现住重庆市渝北区，是重庆市三峡诗社和重庆市诗词学会会员。著有《诗词、楹联、书法小汇》。

欢庆我党八五大寿 （藏头诗）

欢天喜地遍神州，庆此尧天舜日稠。
我赋小诗吟玉宇，党兴伟业固金瓯。
八方合奏青春曲，五岳齐声镰斧讴。
大众虔心抒祝愿，寿星永健万千秋。

全民拯灾 （用《长征》韵）

汶川地震酿千难，惨绝人寰非等闲。
献爱驰援掀热浪，拯民筹措济生丸。
捎钱寄物送温暖，馈食捐衣解馁寒。
不待灾区飞大雪，万千广厦展新颜。

塔吊赞

顶天立地展雄风，铁臂钢筋气宇宏。
可拔山峰成大坝，能将物料运高空。
襟怀坦荡凭升降，情致昂扬无暑冬。
直到工完身退日，默言解甲不言功。

官二首

（一）

百姓人人盼好官，以民为本品行端。
无贪无腐真公仆，熠熠丰碑耀宇寰。

（二）

百姓人人憎腐官，无才缺德竟加冠。
吃喝嫖赌贪婪甚，忿忿骂声臭万年。

夜 读

夜读诗书倍觉香，更阑人静好思量。
详翻历代兴衰史，多是官贪致国亡。

菩　萨

岸然道貌坐高堂，主宰荣华与祸殃。

佑尔消灾勤敬供，包君受福屡焚香。

如临邪恶装聋哑，每见捐输喜面庞。

凭借神权欺众庶，推翻在地理该当。

风　筝

纸糊篾扎上云天，全赖他人把线牵。

一旦附身红线断，回天无术坠深渊。

清平乐·纪念鲁迅学习鲁迅

横眉冷对，挥笔驱魑魅。匕首投枪冲敌垒，毕世无私无畏。　　首开文化新风，擎旗陷阵冲锋。怒向刀丛剑树，伟哉民族英雄。

西江月·春游鹿山村

苑圃果瓜盈架，田园麦薯桑茶。桃花遍岑映朝霞；树隐高楼大厦。　　开发兴农科技，村民福祉无涯。三农良策富千家。放眼鹿山如画。

喇叭花

沿墙靠树一枝花，一意攀高朝上爬。

喇叭吹它成长快，求荣附物实堪嗟。

满江红·赞开县师范军训

手舞长缨，开师校，兵场激烈。抬望眼，晴空似火，骄阳如血。虎虎少年英气壮，莘莘学子豪情越。列队间，怀赤子丹心，春潮热。　官演教，兵操习；沉浮事，斯民责。为江山永固，志承雄杰。我自炎黄后起秀，岂容华夏金瓯缺！枕干戈，投笔骋疆场，诛妖孽。

祝肖景林诗友九十华诞暨诗作第三集出版二首

横枪跃马数春秋，飒爽英姿战日酋。

解甲换岗公仆事，务工乘隙韵池游。

从军从政民情贵，写曲写诗意境优。

九十高龄犹抖擞，三编雅集耐吟讴。

英年跨马聘疆场，壮岁率群奔小康。

皓首情思增雅兴，高歌盛世写诗忙。

【注】

肖老解放初期，转业党政部门，曾任某省民政厅副厅长。

稀龄学画

年届古稀方学画，陶情冶性度年华。
开篇我把公鸡画，未料乖孙竟认鸦。

杆 秤

不问官员和百姓，不分豪富与贫民。
无欺无诌成天性，正直公平一颗心。

怀开县老友兆贵兄

少同窗砚友情稠，而立怜君失自由。
迷雾散开红日出，紧箍摘掉错冤纠。
重归园圃浇桃李，再育栋梁无怨尤。
耄耋与兄争永健，晚霞灿烂共吟讴。

王润波团长抗日殉国祭

开县有男儿，家住西津处。少小志不群，束发从戎伍。熔炉炼精英，韬略习黄埔。品学俱优良，脱颖屈指数。军阀遽相争，黎庶倍灾苦。塞北豺狼来，雄姿张强弩。壮士挽时艰，矢志卸外侮。书陈报国情，大义禀慈母："马革可裹尸，岂甘屠刀俎！"率师逐东洋，沉舟而破釜。古北战火熊，官兵势若虎。激战连三天，几经破倭虏。胜利当高歌，政弹忽穿脯。廿八正英年，浩气存千古。伟哉王团长，史添英雄谱。

蒲健夫

四川蓬溪人，1937 年生，大学教授，曾任渝州大学传统诗词研究所所长，中华诗词学会、四川省诗词学会会员，重庆市诗词学会名誉副会长，独撰、合撰有《问学集》、《二十世纪中国文学发展史》、《中华当代文学新编》、《民间口传文学的珍贵遗产》、《巴蜀近代诗词选》等十九种。

和罗昭白海棠

装成素色赴朱门，金作栏干玉作盆。
暗把浓香通汉苑，时警幽怨掩啼痕。
篱边怕见东邻菊，月下羞窥处士魂。
若是严霜移节序，那堪风雨向黄昏。

过宜宾

将心求爱古戎州，孰料悲歌哭楚囚。
千种痴情卿与我，一杯苦酒月当楼。
投瓜漫道无红叶，抱子何堪有柏舟。
收拾遗踪成块垒，云烟渺渺水悠悠。

重阳小集赋赠诸诗友

石雁飞鸣杜若洲，清波照影入云流。
残荷尚带三分绿，高树早惊一叶秋。
访菊斟来朱墨酒，敲诗唱徹玉兰讴。
明年此日祝君健，同插茱萸秉烛游。

寄 北

情结鸭头绿，花开夕照红。
好风来昨夜，知否月玲珑？

青玉案·忆鲁青

当时辜负东风约，西楼月，灯花落。灿烂年华浑似昨。笑盈眉睫，气倾山海，转瞬成离索。　　云烟渺渺怯杯勺，此刻心情倩谁托？最恨春来风雨虐：竹楼光景，苦茶滋味，思量情何薄！

定风波·参观文革中武斗死难者墓①

分绿穿云过岭来，沙坪丛菊待谁开？忽地秋光阴似铁，凄恻。悄临荒塚辨灵台。　　瑟瑟金风吹面冷，微醒。十年秦火诉蒿莱。愚众造神昭警戒，期待。萧萧松竹响余哀。

【注】

①文革武斗死难者墓位于重庆沙坪公园旁。

重游泸州

长歌一曲绾行舟，绿树红灯认酒楼。
十年买得江阳醉，漫把吟笺赋白头。

过贺兰山

贺兰翠耸白云高，断瓦黄沙认夏朝。
一笑挖坟人去也，大河千载水滔滔。

期　盼

好风吹送碧云开，鞭石心情动九垓。
白发红颜同屈指，牛年香港赋归来。

赖德明

四川遂宁人，1938 年生，中学高级教师。西藏教育厅办公室主任，现系中华诗词学会会员，重庆市诗词学会理事，重庆市高教老协晚晴诗社常务副社长，兼《晚晴诗词》主编。著有《净荷轩诗词选》。

水调歌头·日出韶山

日出韶山顶，地跃人中龙。欲驱黑暗千载，浩气贯长虹。燃点井冈星火，力挽狂澜既倒，三座大山蘪。建立新中国，华夏震苍穹。　　抓纲领，治穷白，绘图宏。援朝抗美，敢与霸王决雌雄。评说三分世界，奋撰激扬文字，马列荡东风。不落韶山日，永远照晴空。

行香子·重庆西藏中学荣膺绿色学校

雨霁天清，霞蔚云蒸。教学楼，翠拥天庭。石栏瑰丽，亭阁峥嵘。更樱花笑，黄桷秀，雪松青。　　校园似画，学子如鹰。喜而今，绿校方兴。八方来访，四面传经。赞环保好，方针对，措施灵。

满江红·访歌乐山（用岳飞《满江红》词韵）

歌乐灵音，传千里，古今未歇。游侣众，参观访问，群情激烈。大禹诸候歌事竣，国民将士吟风月。绿波天，谁不动丹心，同关切。　国之耻，虽洗雪；鹏举志，焉能灭？继忠魂歌乐，金瓯补缺。港澳回归联璧玉，江山一统倾心血。沐春阳，着力建和谐，辉京阙。

满江红·连战率团访问大陆感赋

祭祖寻宗，倾心语，情深意切。南至北，万人空巷，热诚迎接。两岸一家如手足，九州同脉连根节。济同舟，建设大中华，谁不悦？　国和共，昔隔绝；桥与路，今铺设。以"一中"理念①，商谈方略。互利双赢同进步，共生平等齐开发。让海台，愿景更辉煌，同凉热。

【注】

①指一个中国的原则。

庆祝重庆直辖十周年

直辖花朵向阳开，捷报如潮日日来。
画栋倚云重打造，长虹卧水巧安排。
名优弦管知风化，雅致林亭足畅怀。
经济腾飞赢盛誉，庆功筵上举金杯。

育　才

育才重担重如山，多少雄心系此间。
学子莘莘凌绝顶，良师济济破难关。
新苗饮露争芳艳，老树经霜未改颜。
更是令人欣慰处，不愁前路接无班。

梦　海

昨日梦中扬远帆，舟行大风大浪间。
水宫探宝开新运，海底采珠堆满山。
夜月奇寒书帐冷，蜃楼寂静墨池阑。
邀来龙女联诗对，谈笑生风奏凯还。

咏 菊

金菊株株映短墙，柔枝嫩叶恋秋光。
高怀雅量迎明月，玉骨冰肌傲冷霜。
不与春花争艳丽，愿将笑靥对重阳。
谁人能解此中趣，呼醒陶公共举觞。

柳树吟

春 柳

柳眼初醒抽绿丝，春风摇翠展柔枝。
任人攀摘插他处，蔽日浓荫会有时。

夏 柳

万条碧柳织浓荫，时有黄莺枝上鸣。
身沐烈阳浑不怕，专门消暑护苍生。

秋 柳

翠减黄增枝亦疏，凉风肃穆蝶蜂无。
秋晖长浴添华发，仍有春心藏玉壶。

冬　柳

瘦骨嶙峋尽秃枝，盘根深扎更迷痴。
连天大雪迎风舞，正是含芳静待时。

抗震救灾感言

汶川巨震史无前，地动山摇屋宇坍。
子弟官兵驱苦难，灾民生命得宁安。
爱心热浪卷华夏，人性光辉暖大千。
重建家园增信念，春风杨柳舞翩跹。

为学生题照

春风阵阵吹桃李，桃李迎风展笑容。
但愿枝繁花更秀，年年月月笑春风。

谭 干

男，1958 年生，重庆涪陵人，长江师范学院职工。中华诗词学会会员，重庆诗词学会理事，涪陵区诗词学会副秘书长，著有诗集《川江风物吟草》公开出版。

踏莎行·读纳兰词

寂寂芝兰，德馨欲度，深居简出芳丛处。竟来梅雨谢纤红，落英不意春心暮。　　踏遍龙城，咏才高古，却为凄艳幽魂误。清词几阙寄孤鸿，一时无语何须诉。

生查子（二阙）

老 树

易干老树枝，皮裂心难死。但逢降甘霖，可见新芽迟。　　无心却惹蜂，竟又成连理。一夜满枝青，莫笑春风急。

秋风客

一生何事忙，伴作秋风客。不意菊花黄，芙蓉无谓白。　　婆娑霜雾姿，尤觉心摇曳。欲摘两三枝，不忍伤芳泽。

斜　阳

斜阳远道挂寒关，腥汗风尘日月斑。

自古悲歌伤壮士，从来艳曲痛红颜。

苍烟晓雾飞扬去，骤雨惊雷跋扈还。

莫笑刑天干戚舞，冲冠怒触不周山。

水　仙

凌波浩渺踏烟来，清白素心何惹埃。

不染纤尘云袅袅，岂招蛱蝶意徘徊。

吟风信步软罗袜，对月噙香浸粉腮。

冷露淡妆馨碧水，闲愁莫度洛神怀。

渔家傲·长征胜利七十周年

北上远征除倭贼，雄关漫道千山叠。漫野鹅毛风不歇，沼泽阔，天兵震怒残阳血。　　铁索销魂魑魅怯，滔滔赤水涛飞雪。云绕六盘旌猎猎，天险越，苍龙缚住看英杰。

菩萨蛮·叹民工

不堪贫瘠飘零露，空劳血汗餐风宿。一纸坑三农，土财为富雄。　　讨薪遭怒目，无奈受刀俎。白骨落黄沙，含冤永别家。

菩萨蛮·白狐

修行寂寞难孤独，千年孽债红尘度。百感寸肠枯，痴情枉作狐。　　寒窗陪苦读，金榜看花烛。起舞为君抒，别君声已呜。

谭连兴

上海宝山人,1942年生,高级讲师,曾任长寿县人大主任,中华诗词学会会员,重庆市诗词学会常务理事,长寿区凤鸣诗词学会会长。

感恩长寿湖·为周总理来长寿湖五十周年而作

碧波潋滟雨绵绵,水色空濛鸟语传。
两只雄狮蹲绿坝,一行大雁上青天。
三黄报喜夏橙熟,百岛呈样寿字连。
龙水驱轮千里暖,甲鱼迎客话当年。

【注】

三黄:名果夏橙,经三青三黄后成熟。

夜登黄草山

龙水依依别柚香,江风飒飒渔歌扬。
绿绒铺盖群山暖,皓月清明胜故乡。

长寿沙田柚

东林寺外响秋风，万点金黄碧绿中。

十里沙田瓤似蜜，一条河坎①客如蜂。

雷君②昔日引苗壮，小伙今朝举果雄。

金柚神州登榜首，天人水土百年功。

【注】

①河坎：指魏家河坎，长寿最早种植沙田柚的地方。
②雷君：指当年引沙田柚入长寿的雷某，时任广西公务员。

卜算子·咏铁花大闸蟹

江口海滩生，远嫁桃花水，待得秋风蹈火锅，红甲黄膏美。　　无意顺东流，甘作西行鬼。梦在清溪育子孙，百万成新辈。

水调歌头·戊子元宵抒怀

明月今时有，和韵答苏仙。中秋大醉月夜，今夕越千年。我自北门望去，满目琼楼玉宇，只是在人间。千古桃花水，两岸尽婵娟。　　追时代，挥大笔，展新颜。渝东长寿，高速道上勇争先。天上一轮明月，地面百家彩霓，美景看窗前。弄影亦歌舞，把酒谢青天。

今朝长寿八联

桃 花

新城屹立只三夏，古木乔迁又一春。

江 南

钢都正坐龙山寨，铁索斜拉扬子桥。

晏 家

两园高地争先起，四海巨商恐后来。

凤　城

商圈超市新潮涌，广场红歌老凤鸣。

长寿湖

三黄报喜夏橙熟，百岛呈祥寿字连。

大洪湖

风果摇枝指南北，雨舟荡桨任西东。

五华山

凤山一顶冲天岳，龙水三条横地沟。

菩提山

银树三春花吐蕾，金橙十月脐喷香。

赴彭县军垦四十周年抒怀

风云欲散雨绵绵，汗臭川西浑水田。
鸭子河中摸卵石，莲花山上弄灰烟。
消融冰雪轻歌唱，沐浴阳光重任肩。
往事霏霏望红塔，夕阳依旧百花鲜。

谭钛芯

字入川，号居3山牧王，1962年8月生，重庆市奉节县人，曾任重庆市奉节县上庄乡党委书记（副处级），中华诗词学会会员，夔州诗词学会副秘书长。

暗香·库区高速魂

登临极目，被峡江秀色，痴情追逐。风景已殊，神女思凡诉衷曲。湖上通衢坦阔，巴山路、依然弯蹙。求发展、描绘宏图，动脉出巴蜀。　高速，竞捷足。话大办交通，为民谋福。劈山掘路，桥隧长长紧相续。路地和谐共建，风雨里、灵犀同笃。庆典上、曾记否，太行王屋！

满庭芳·草堂湖

郁郁芳菲，翩翩彩蝶，春消息喧喧。草堂湖畔，姹紫付嫣然；处处清清爽爽，春风里，无际无边。轻舟泛，摇摇荡荡，绿水拥青山。　年年，诗圣忆，萦萦绕绕，思绪翩翩。想杜公曾住，数载留连；喜乐山山水水，留多少、赞美诗篇。凭栏处，莺歌燕舞，春色满人间。

菩萨蛮·春日放牧

春风和煦清波荡,春光明媚芳菲放。蝶舞满园馨,鱼嬉江水清。　　笛音悠荡乐,牛哞吭声和。锦绣缀今朝,逍遥纵九霄。

念奴娇·禁种铲毒巾帼赞

林公挥手,虎门处、滚滚浓烟天接。建国初期挥利剑,鸦片一时禁绝。斗转星移,妖花又发,毒祸烧眉睫。铲除罂粟,大军清剿歼灭。　　尤忆巾帼英姿,束轻装上阵,须眉无让,斩棘披荆,荒野里沐雨栉风穿越。涉水爬山,留排查足迹,笑迎风雪。夔门凝睇,盛夸巾帼国豪杰。

齐天乐·百年大旱考验重庆

巴渝大地高温烤,天灾百年难见。似火骄阳,枯焦草木,多少溪河流断。无情大旱。听预警声声,几多惊叹。举国连心,骤然关注共忧患。　　层层经受考验,靠英明决策,驱逐灾难。百万军民,救灾生产,朝夕顽强鏖战。临危不乱。创无数神奇,载为经典。勃勃生机,入恢宏画卷。

廖正伦

重庆市荣昌县人，1945 年 12 月生，荣昌县诗书画院秘书长，重庆市诗词学会会员。著有《学耘山房诗草卷一》。

和 谐 景

人至鸟无惊，植松山更青。
蓝天翔白鹤，鱼现水波清。

夜宿巫峡舟中

青山兀立月微光，暮色苍苍溶大荒。
船下波涛船上客，三声鸣笛过巫阳。

古镇晚情

晚风轻袭垄田东，小镇家家现烛红。
夜寂深沉人不寐，古城犹在月明中。

秋 菊

桠杈簇上见深黄，秆老犹增秋叶苍。
暑去金风吹拂后，枝头扬立战寒霜。

与外孙女上山偿花

初冬日色景尤佳，手牵乖孙上翠崖。
尽兴闲游寻艾草，留住斜阳照野花。

归 牧 图

暮霭寒林渐起烟，蛙声淡出小溪边。
归人牛背吹横笛，远看斜阳含翠山。

春 迟

春氛滞后延，三月带轻寒。
往岁花开放，今朝萼闭含。
苍山升暮霭，碧水起晨烟。
寂寞思游兴，但须红日还。

[越调] 小桃红·鱼舟夜泊沙滩

白银滩下一轻舟，晚唱鱼歌奏。落日江波凉意透，泊沙洲。天中又见残霞绣，有月如钩。舷边水叩，隔岸宿凫鸥。

[正宫] 叨叨令·峨嵋道中

清秋气爽登临路，云封庙院忙忙顾，烟笼佛寺频频住，回瞻岭下依稀雾。止步也么哥！止步也么哥！明朝金顶阳初露。

管维忠

重庆较场口人，笔名白水。1947 年生，重庆合川区诗词学会会员，自撰出版有旧体诗词集《断想诗稿》和新诗集《织女》。

读 史

英魂入海去犹痴，春藕抛残万缕丝。
遗恨天藏天有愧，别情地窖地无知。
千秋荣辱花笺梦，百代是非草字诗。
父女相逢终陌路，潸潸墨泪夜深时。

咏 石

如花似鸟形亦真，草篆鱼龙意象神。
水泡从无软壳蛋，天生只有硬骨身。
潇潇洒洒焉图富，正正堂堂不欺贫。
残梦通灵知遇巧，无言小石最可人。

题钓鱼城

浩浩英风贯蜀川，鱼城七百卅年前。
蒙哥枉作中原梦，五公敢折上帝鞭。
炮台雄威泊血海，晨钟豪放问苍天。
桑麻铺满康庄道，松翠鸟鸣绕炊烟。

贺二十九届奥运会在北京开幕

火树银花耀鸟巢，牛郎织女不孤寥。
千年汉字九州和，一幅卷图万国娇。
圣火飞天天未寝，白鸽化影影扶摇。
梦想成真我和你，今夜狂澜胜海潮。

自 画 像

琴棋书画旧情浓，异想奇思自毁容。
梦断风流谁不染，鬼城迟早也相逢。

咏 月

悬天绕地自无根，借口报恩却有魂。
只为阴晴人变脸，添来多少劫余痕。

咏 风

独来独往亦无踪，爱恨情仇一了空。
偶尔鞭斥骑墙草，春秋冷暖与心同。

咏 菊

傲世清霜相会迟，余香淡泊几人知。
秋来自照黄花瘦，影随西风尽可思。

水调歌头·汶川地震

地陷龙门动，川陕倍凄凉，楼房校舍残毁，堰塞月无光，瘦垒阴森如墨，瘟疫暗袭小镇，血手向穹苍，生死离别路，悲雨啸风霜。　心相聚，长相守，战一场，英雄遍地，秃山映秀菊花黄，国以民生为本，民与苦难共渡，大爱水云乡，祭酒三春后，翠绿盖南荒。

缪元和

字文祥，壬午岁腊月生，重庆奉节人，平民，体力为生，勤奋好学，中华诗词学会会员、夔州诗词学会会员、集著《夔门吟草》一部。

杜 甫

际逢丧乱杜公来，一代贤良屈宋才。
虽有匡时齐①世计，难能入仕鞠躬台。
终身意失客行处，满目痍生民极灾。
彩笔随心干所见，篇篇咏就史诗恢。

【注】

①齐理之意。

步陈仁德"尘海"韵

青春难可再从头，失意忠怀恋九州。
顶日披星充岁月，穿衣吃饭降层楼。
惜人有空多玩耍，恨我无银为著谋。
幸得方家诗激励，行吟几句亦消愁。

望海潮·和彭炳夔诗友

雄称天下，门开三峡，夔州白帝名扬。盐甲刺天，瞿塘浩阔，往来商舰驰航。大异旧长江。引神思目注，游侣观光。水水山山，人为天就构华装。　　平湖恰到辉煌。让诗城迁建，破了天荒。街道树阴，农村市化，统筹一体城乡。正正又堂堂。绝妙宏图在，感觉非常。激我千重雅兴，挥笔著琼章。

悟

寒微因爱好书山，坎坷征途入老年。
骚客从来无大用，风云自古任苍天。
劳劳苦苦生存迫，是是非非道理连。
不会谋财偏弄笔，文章又值几何钱。

追和杜甫《登高》

老杜重生不再哀，心中尧舜已经回。
前尘疾苦翻然去，后世康甜浩荡来。
喜目今朝民得意，豪情雅兴此登台。
诚期四海同仁到，赋罢琼章碰几杯！

神七颂

二步开篇已出征，协调三马一同行①。
探求舱外工操易，赢得自由新里程。

【注】

①三位航天员都生于属马的 1966 年。

诗仙广场

功就新城反掌间，诗仙爱慕拍歌还。
从今常驻好吟咏，万里风光水与山。

熊庆元

曾用名李贤明，重庆市涪陵区人，1942年生，主任编辑，曾任重庆农村报总编辑，重庆日报区县部主任、重庆诗词学会会员，著有通讯报告选《西藏纪事》。

报业颂·写在重庆直辖十周年

直辖十年间，报业起巨变。

日晚晨主流，各报齐并肩。

兴渝挑重担，承担舆论先。

版面日日新，群众喜夸赞。

新闻产业链，各业齐发展。

集团人心齐，资效成倍翻。

重庆新起点，锦涛导航线。

报业重任再，明天更灿烂。

读书乐

喜逢盛世享华年，又恋书山好赋闲。

智慧甘泉如饮露，精神盛宴似餐鲜。

雄心可揽天下月，浩气能消世上难。

莫道桑榆风景少，老而弥壮有书翻。

嫦娥奔月颂

神舟系列游太空，嫦娥一号奔月球。
王母举办欢迎会，吴刚敬献接风酒。
玉兔蹦跳忙报喜，开心仙子舞广袖。
遥看华夏盛世景，科技领先第一流。

富强和谐是目标·贺十六届六中全会

六中全会发号召，举国上下热情高；
社会主义民为本，富强和谐是目标；
依法治国方略好，民主法制把民保；
就业分配有理序，人民生活步步高；
政府服务优配套，全民素质大提高；
科学创新出活力，改革发展又新貌。

改革开放三十周年颂

三十年来风雨路，中国特色丰碑树。
华夏腾飞气象新，国力强盛民殷富。
力挽狂澜靠舵手，小平理论是砥柱。
科学发展重民生，社会和谐江山固。

贺罗成友赴京盛会

出生贫寒好读书，耕田种菇学养猪；
代干区镇文化站，立志终身事农夫。
田坎记者十四年，服务三农鼓与呼。
痴心赢得农拥戴，新闻业界榜样树。
推为全国党代表，讴民议事赴京都。
荣誉面前重任在，再接再厉紧迈步。

欢呼取消农业税

皇粮国税千千年，如今免征喜讯传。
祖辈耕田愁赋税，今朝种田乐开怀。
英明决策催征战，和谐社会定实现。
齐心协力建小康，民富国强天下安。

蔡名扬

四川合江人，1930 年生，铜梁县政协干部，中华诗词学会会员，重庆诗词学会会员，铜梁县诗词学会顾问，《龙乡吟》执行主编，著有《足音诗文集》。

咏　柳

媚骨天生就，随风弄舞姿。
长荣金粉地，应使笑吾痴。

铜梁巴岳山夫妻榕

道阻相思苦，真情誓不休。
昨宵乘皓月，一吻便千秋。

山村晨曲

微风薄雾过桥东，水绕山村覆绿重。
飞鹭窥鱼晾弄影，啼莺笑我看花红。

游壁山青龙湖

一坝擒咬一道河，条条画肋漾清波。
连天碧海林荫里，伫听枝头鸟唱歌。

浦东南泾蛙鼓

世界名都百姓家，莺飞鱼跃树笼花。
春风带雨池边过，二十四楼听鼓蛙。

读江津临江城长联

满腔冤喷泻长河，纵古论今发浩歌。
忧国忧民能夺魄，亦词亦曲更扬波。
江城从此为生色，翰苑而今尽着魔。
血泪书成成一绝，沧桑岁月任销磨。

棉　花

出世名花生垅庙，经纶满腹闪光华。
白如霜雪三冬暖，柔似羽毛百姓夸。
岁岁年年频吐蕚，丝丝缕缕任抽纱。
粉身碎骨热心在，总为防寒福万家。

访农家

龙吟九老入农家，少女一杯云雾茶。

为解枝头青鸟语，央题园内墨菊花。

三杯清酒五粮酿，满碟新丰八月粑。

别去阶前犹嘱咐，明秋请再问桑麻。

西江月·中国重庆亚太市长峰会焰火晚会

宴客巴渝雅意，天人山水和谐。系船江里百花开，与共交融亚太。　　焰火横空泻瀑，天江献舞芭蕾，开颜笑咏龙徘徊，与共传神博爱。

满江红·嫦娥探月工程一号

一箭凌空，漫漫路、飞奔皓月。抬眼望、神州涌动，全球关切。千载梦圆今阔步，百家合力同攀越。觅蟾宫何处可登临、描图碟。　　朱户启、莲步捷。衣冠整、重帏揭。喜嫦娥指点、广寒城阙。盛世多情探我早，芳心长愿汉家接。桂花酒、天上共人间，干杯悦！

蔡盛炽

重庆市彭水自治县人，1932 年生，笔名贺英歌，苗族，大学文化，副编审。主编有《彭水县志》《彭水自治县概况》等。著有《山韵集》，辑注有《乌江画廊古今诗词楹联集》等。

元　日

风暖石头浪暖沙，蓝天丽日挂高崖。
半江春水绿流玉，山上樱桃树树花。

荷　池

荷池日暖绿生香，几朵含苞叶下藏。
清夜月明花入梦，风摇叶荡露珠光。

赠友人

负笈归来不授书，残春梦醒鸟相呼。
开门欲问谁家病，小店檐前竹数株。

双　燕

比翼归来入小楼，梁间双燕语啁啾。
新巢自比旧巢好，高处更无低处忧。

自　乐

非鱼不识鱼游乐，非鸟不知鸟语欢。
读报读书勤考索，自爬格子自爬山。

即　景

蔷薇香漫午时风，蝉唱园林春渐浓。
雨白槐花风绿柳，喜人天气日初融。

菊　展

簇簇彩珠颜色新，金为龙爪玉为鳞。
菊花自有凌寒骨，叶带霜痕才是春。

茉莉花

几番风雨几番凉，地上落花朵朵香。
不羡枝头颜色好，悄然着土也芬芳。

记　梦

几株杨柳黄芽新，几树桃花泛红云。
东风不管邻居事，专向吾家送早春。

山居夏午

树影婆娑日影稀，黄峰得粉绕巢飞。
妇人眯眼穿针眼，撕块白云补夏衣。

绿阴轩古榕

曾将密叶护山谷，雷劈风撕腰半屈。
苦盼诗人九百年，春风一夜满枝绿。

上 塘 口

汽笛惊晨梦，晓风刺面寒。
沙平霜似雪，江冷汽如烟。
山影朦胧处，水光飘渺间。
朝阳云缝出，金色满江天。

村 居

屋边连片树，门外满田秧。

有月林愈黑，无风荷也香。

雨来水洗路，云过月明窗。

村老半宵话，史诗又一章。

顶 楼

静静顶楼走道通，桌前独享夏时风。

青萍浮水遮云影，绿树依墙失鸟踪。

野外幼蝉鸣旧曲，花间小蝶舞低空。

如泉思路催人写，笔滑墨香过午钟。

儿时书屋

旧宅书房故纸堆，蠹鱼偏爱椟中灰。

记牢纲目迎师考，写出疑难待父归。

查典析文穷汉赋，冻毫僵手练唐碑。

黄昏熏草防蚊咬，清早开窗放燕飞。

芨藤溪水塘

石上清泉石下塘，山阴树影蔽晴光。

小蛙游水因天暑，大蟹推沙趁午凉。

蝉唱高腔空谷应，鸟谈细语密林藏。

纵身溪水悠然卧，回味童年岁月香。

林 趣

林间树老断枝横，嫩叶飘摇鸟不惊。

松鼠隔桠轻巧跳，竹鸡得伴侣随鸣。

离梢鼯鼠乘风落，出洞豪猪带露行。

寂寞野花黄蝶舞，春山啄木两三声。

山村夏夜

山里无风夜自凉，几声鸟语惜更长。

树梢北斗沉星海，架上南瓜入梦乡。

竹黑影深萤火绿，月圆水静露荷香。

饱肠荒狗抛酸枣，惊起群鸠扑密篁。

上山遇故人

上山偶与故人期，面似松皮鬓似丝。
灯下倾谈嫌夜短，林间漫步觉天低。
蓝烟升起晨炊早，绿幔低垂午梦迟。
信宿留连情未尽，临行握手两依依。

杜甫草堂荷池边

水畔品茗荷叶香，蛙伸双腿跳池塘。
绕池绿树低垂水，沿路紫荆高过墙。
雨打荷声添雅调，风摇竹影送清凉。
儿骑摇马妻观画，我构新诗又一行。

下 潭 溪

下潭溪畔竹阴寒，黍叶秧针绿满川。
烈日无风挥热汗，高山有水饮凉泉。
穿行树下蛛丝断，坐赏林间蝉唱欢。
有意自寻攀越苦，累中得乐亦悠闲。

神龟峡渔家

一叶扁舟一酒壶，一张鱼网一竿竹。

藤梢钓水无鱼衔，树顶撑天有鸟入。

短笛吹开石蒜红，长篙点破峡波绿。

月光万点甲鳞浮，微醉乘风岩下宿。

对月·忆秦娥 (36首选3)

(一)

仲春月，和风好雨绿添叶。绿添叶，花争图画，鸟争音乐。　　衔泥紫燕穿飞捷，黄峰探蜜赶花节。赶花节，全天忙碌，全心创业。

(二)

船头月，一江闪耀碎银箔。碎银箔，微波荡漾，秋风萧瑟。　　两山一线天光窄，玉蟾跳过峡中黑。峡中黑，江风凄冷，江涛呜咽。

(三)

水中月，清波浩渺空明澈。空明澈，无人无我，无声五色。　　世人总被红尘惑，忙忙碌碌梦中蝶。梦中蝶，禅心寂定，我心淡泊。

秋蕊香·登犀角岩

　　脚下密林深壑，头上擎天犀角。金樱花老桐花落，远望山平野阔。　　春风轻暖春阳薄，鸟儿乐。去年枯树今年活，遮住几声山雀。

虞美人·煨酒

　　林边望尽赶场路，沉沉天欲暮。殷殷盼父早归家，他要回来教我浪淘沙。　　一行人影翻垭口，父在前头走。秋风掀起薄衣衫，快把酒壶煨在火炉边。

一剪梅·黄龙

　　梯田块块水盈盈，白玉为垠，黄玉为塍。翡翠流光玛瑙纹，黄得透明，蓝得晶莹。　　清溪流过矮丛林，叶影浮沉，枝影纵横。世上宝藏何处寻，瀑布泻金，泉水流银。

苏幕遮·长江夜航

月行天，江走地。烟水茫茫，漆黑浑无际。几点航标光细细，寂寞孤舱，奋力溯流去。　　叹此生，亦如是。浪谷波峰，检点人间事。白头不改青云志，小舟沧海，浪里觅佳趣。

行香子·春游汉葭公园

春意阑珊，春雨乍寒，又放晴明丽好天。残花坠地，新叶上山。恨昨晨风，今晨雨，送春还。　　几树榆钱，几亩荷钱。买不回春色半天。一江流水，难上浅滩。任黄莺叫，紫燕追，绿柳牵。

黄钟乐·中塘乡即景

千顷秧针绿满田，一河碧水，拥雪抛珠下浅滩。农家坝子鸡争食，一丛玫瑰染篱间。　　山村屋顶袅炊烟，白犬奔来，斑鸠飞进竹林间。几声短笛不成调，牛背牧童随意编。

自度曲·山村雪

　　飘飘鹅羽，霏霏柳絮，一宵千里白。松傅粉，柏披纱，竹身炸裂。池面毛玻璃，山头新琥珀。　　天地两沉默。鸟不飞，鱼不跃。林间风动，垮下堆堆银屑。院坝一张大纸，犬画梅花，鸡添竹叶。

蒙自亮

重庆长寿人，1933年生，大学文化，中学一级教师。重庆市长寿区凤鸣诗词学会常务理事，《凤鸣诗词》编委，重庆市诗词学会、中华诗词学会会员。

颂祖国

民强国富颂东风，万紫千红景色浓。
两岸河山求统一，神州经贸看兴隆。
尧天舜地超俄美，虎跃龙腾胜西东。
华夏扬鞭歌盛世，中华新秀尽英雄。

贤妻赞

童婚伉俪品忠贞，美满夫妻万里程。
友爱情深相勉励，心投意切互耘耕。
理家有序钱源涌，育子从严素质精。
偕老白头花艳丽，放歌乐道誉安平。

归乡吟

清晨挂袋喜还乡，赶路匆匆趁地凉。
眼见青云丽日出，身披细雨湿衣裳。
离情游子三春草，遥想亲人两颊霜。
路转天台心境迫，竹林深处乃吾庄。

颂残奥会

北京残奥会，旭日照神州。
病体心花放，英名万古留。
争先扬大气，夺冠誉千秋。
女将精神爽，男儿壮志酬。

采桑子·参加新市中学退休教师座谈会有感

座谈欢度重阳节，茶热瓜香。灿烂夕阳，倾
吐心声情意长。　　昔日共济经风雨，工作同窗。
今喜相逢，体健身安盛气扬。

鹧鸪天·解痛

齿缝残渣酸物攻。釉壳破坏竟成弓。洞牙齿
牙龈痛，蛀齿成灾齿口红。　　牙拔掉，嘴生风。
补齐缺齿变新童。解除病苦精神爽，当谢良医汗
马功。

忆秦娥·美前程

太阳升。霞光万丈通天明。通天明。扬鞭擂鼓，祖国繁荣。　　市场经济财源生。人民幸福谈廉贞。谈廉贞，和谐社会，美好前程。

三农政策好

三农政策震天涯，济困安邦举世夸。

改革春风民致富，青山绿岭满奇瓜。

潘 绰

　　广东河源市人，1925年生，高级工程师，离休干部，中华诗词学会会员，重庆市诗词学会会员，重庆市双桥区诗词楹联学会顾问，著有《闲适集》。

三峡纪行

> 长河东逝水，滚滚绕山回。
> 白帝观澜卷，夔门接浪来。
> 峰腾巴雾出，峡向楚江开。
> 大坝迎流立，轩昂惬壮怀。

步陈哲同志《过葛洲坝》原韵

> 仰望巫山十二峰，峡云来去自从容。
> 长河落日翻金浪，滟滪回澜撼碧空。
> 风物几惊双岸异，烟波不改四时同。
> 横江大坝遮难断，滚滚川流又逝东。

咏 竹

　　庐山仙人洞北侧悬崖峭壁，翠竹丛生，因感其坚贞高洁而咏之：

　　　莫嫌地僻崖边瘦，挺拔清姿傲上苍。
　　　不与群芳争艳丽，虚怀有节斗风霜。

山城夜瞰

　　　流光溢彩夜通明，影入双江万景生。
　　　疑是天公曾抖擞，银河洒落满山城。

望海潮·重庆

　　西南形胜，巴渝州府，山城自古驰名。三峡雄关，长江天堑，当年驻马陈兵。历史几衰兴，而今归一统，海晏河清。崛起中华，重逢盛世庆承平。　　一从直辖升程，即东风万里，百业争荣。亮丽广场，滨江路绕，激流飞渡桥横。楼宇接苍冥，更华灯斗夜，异彩纷呈。深愿红岩英烈，含笑慰天灵。

沁园春·重庆颂庆祝重庆市直辖十周年

千载巴渝，山川秀丽，风土清嘉。昔龙门皓月，海棠烟雨，洪崖滴翠，缙岭云霞。歌乐灵音，华蓥雪霁，字水宵灯迓客槎。得形胜，据雄关三峡，天堑无涯。　　十年直辖堪夸，引百业争荣风物华。颂坚持发展，富民兴市，厉行改革，掀浪淘沙。经济腾飞，人文炳蔚，泽被黎元福祉遐。瞻前景，更和谐共建，灿烂如花。

钓鱼城怀古

钓鱼山上钓鱼城，客子登临百感生。
卅载孤撑延宋祚，一隅坚守挫蒙兵。
王张英烈千秋颂[①]，珊璞奇谋万世名[②]。
历史沧桑遗胜迹，江流不尽古今情。

【注】

①王张：南宋守将王坚、张珏。
②珊璞：冉琎、冉璞兄弟。南宋末年，四川安抚制置使兼知重庆府余玠为抗击蒙哥入侵，采纳播州（今贵州遵义）人冉琎、冉璞建议，在钓鱼山上筑城设防，并迁合州治所于其上。

登钓鱼城感赋

阳春联袂合州行，纵目河山感不胜。
卅载风云收故垒，三江波浪护荒城^①。
草侵秃石巨人迹，藓没残碑烈士名。
堞外未闻嘶战马，林间空听啭流莺。

【注】

①三江即嘉陵江、涪江、渠江。

次韵奉和赖恒平同志

敲声琢句措新词，半纪沉浮尽入诗。
巴岭栖迟游子憾，羊城空寄故园思。
炎凉世态谁能料，风雨人生我自知。
老圃黄花持晚节，凋零犹忆傲霜时。

暮年吟

休闲淡泊乐尧天，回首平生亦坦然。
几卷古今消永日，一窗昏晓送流年。
无求知足心常惬，守道安贫志不迁。
老有所为恒自勉，传薪后秀效先贤。

静夜吟赠内

月华如水洒庭阶，往事无端扰梦怀。
半世沉浮随遇适，一生风雨与卿偕。
曾经劫难年空老，终见尧天运不乖。
羸病相扶娱蔗境，晚晴心旷乐和谐。

缅怀世纪伟人邓小平

南巡讲话响惊雷，改革春潮荡九垓。
经济特区连崛起，繁荣画卷续张开。
复兴民族凌云志，指点江山旷世才，
发展堪称硬道理，小平您好寄情怀。

热烈欢迎黔江区诸吟长莅临采风

（一）

双桥扫径接行旌，千里诗缘喜识荆。
地小自惭风韵少，附庸高雅学嘤鸣。

（二）

地微车马少，倒屣欲谁迎。
不怨巴山隔，惟期渝水清。
姑将闲适意，抒发暮年情。
忽报风人至，殷勤迓远征。

玉楼春·汶川大地震

（一）

震波八级何强烈！地裂山崩通道绝。生灵九万赴黄泉①，顷刻家园罹毁灭。　　中枢明敏方针决，人性救援行动捷。军民协力抗天灾，无数英雄金榜列。

【注】

①据民政部报告，截至 2008 年 9 月 4 日 12 时已确认汶川地震遇难 69226 人，失踪 17923 人，合计 7149 人，故以约数 9 万人入诗。

（二）

爱心援助寰球热，生命搜求无间歇。白衣天使战晨昏，抢救伤员精力竭。　　悼亡举国同悲切，汽笛长鸣声惨咽。脊梁坚挺渡难关，重建家园新岁月。

北京奥运百年梦圆

萨翁宣布音方落，举世华人喜欲狂。

国力支撑孚众望，真诚陈述压群芳。

当年三问终圆梦①，今日双赢互奉觞②。

试看祥云飘海宇，北京奥运共辉煌。

【注】

①三问：早在1908卒，《天津青年》在一篇题为"竞技运动"的文章里提出三问：中国何时才能派出一位选手参加奥运会？中国何时才能派出一支队伍参加奥运会？中国何时才能举办奥运会？

②双赢：指北京成功地举办了第二十九届奥运会，而国际奥委会则满意地看到了一届最出色的北京奥运会。

神七颂

神七飞船一箭翀，征天豪气贯长虹。

出舱漫步巡星际，挥手扬旗傲太空。

壮士履痕留紫宙，华人身影炫苍穹。

而今圆就千年梦，青史名垂不朽功。

穆首成

重庆大足人，1951年生，重庆成宇物资有限公司总经理。中华诗词学会会员、重庆市诗词学会常务理事、大足县政协委员、县文联副主席诗词学会会长，《大足诗词》主编。

大足新貌

科学文化振家邦，鱼米之乡建设忙。
万顷稻菽翻碧浪，千家企业泛金光。
成渝铁路车轮速，智风机场银燕翔。
贸易兴隆通海外，大足石刻世无双。

咏龙水①

濑水滔滔势若龙，山川秀丽育英雄。
栋臣巴岳驱洋鬼②，赤胆忠心志大公。
机械五金销海外，钢材废铁运江东。
戒骄戒躁谋发展，创业兴邦代代红。

【注】

①龙水：指重庆市大足县龙水镇，因濑溪河自大足奔腾呼啸而来，势若龙腾，故得名。龙水小五金制造业非常发达，有千年之历史。这里有闻名全国的五金市场和金属市场。

②栋臣：指余栋臣。余栋臣是1898年大足人民反洋教起义领袖。

观华严三圣感赋

华严三圣显佛湾，气度非凡引客瞻。
绝技藏身施法力，崇德扬善解民冤。
顶天立地托金塔，除魔驱妖走宇间。
普渡众生黎庶敬，行凶作孽弹头穿。

龙　水　湖

明珠一颗落西山，碧水微波泛画栏。
松似孩童潜海底，塔如利剑指蓝天。
鹭鸳曼舞杨柳上，堤坝横卧大地间。
环境清新空气好，游人励志展风帆。

秦始皇陵

巍巍陵墓遏行云，塞上犹闻战鼓声。
万簇石榴遗迹在，千秋功罪后人评。
秦皇挥剑浮云决，稽岭铭勋帝业成。
一统九州功盖世，坑灰未冷动哀鸣。

游宝鸡感赋

神农故里是陈仓，渭水滔滔育栋梁。

垂钓蹯溪痕迹在，明修栈道凯歌扬。

周秦文化千秋灿，礼仪之邦万代昌。

川陕物资集散地，雄鸡一唱铸辉煌。

凉 州 词

马踏飞燕上祁连，一座新城入眼帘。

和畅春风拂大地，红花绿树扮雄关。

峨眉山

震旦第一山①，雄姿显宇寰。

云鬟凝翠色，红日映佛颜。

鹰越华严顶，猴攀象池沿。

仙茗香四海，游客不知还。

【注】

①震旦：古印度语音译，意即中国。

薛新力

笔名蔚然行，重庆市人，1949年生，重庆工商大学教授、硕士生导师，中华诗词学会会员，重庆市诗词学会常务理事。主编出版《古典文学文献学》《重庆文化史》《当代重庆文化》《巴蜀近代诗词选》《近代巴蜀散文选读》《巴渝古代要籍叙录》等学术著作，其中五部均获省部级奖。

忝列重庆佛学院教席三年感作兼呈道坚大和尚

华岩殊胜地，灵境在巴山。
梵呗晨钟里，经声暮鼓间。
胸中野鹤出，头上白云闲。
三载何功德？遥看月一弯。

刘公岛古炮台

此地依然古炮台，百年饮恨草中埋。
国门若问因何破？满腹黄沙口不开。

自 嘲

一峰瘦石出天然，半似聪明半似癫。

琴少知音人影只，官多捷径士心寒。

性灵应使六根净，血肉偏教五内燃。

莫道书生空议论，弱毫挥处亦波澜。

永遇乐

2003年辛弃疾国际学术研讨会感赋用辛词《永遇乐·京口北固亭怀古》韵

四海群英，风云际会，论剑何处？百代词风，英雄气慨，相约铅山去。山庄迹杳，带湖水瘦，人道稼轩曾住。借瓢泉①，愁肠一洗，换来豪气如虎。　投闲置散，蛾眉人妒②，荣辱何须一顾。冷遇经年，肝肠似火③，望断长安路④。淳熙论"盗"，骂官斥吏，敢为生民击鼓⑤。反躬问：书生我辈，如斯有否？

【注】

①铅山、带湖、瓢泉皆为辛弃疾赋闲居处，在古信州（今江西上饶）境内。

②辛弃疾词有"蛾眉曾有人妒"句。

③夏承焘先生谓辛词"肝肠似火，色貌如花"。

④辛弃疾词有"西北望长安"句。

⑤辛弃疾《淳熙己亥论盗贼剳子》曰："民者国之根本，而贪浊之吏迫使为'盗'。"

永遇乐·谒辛公墓

雨冷风寒，羊肠泥径，侠影寻遍。古墓砖新，残碑字隐，诉尽英雄怨。玉阶泪湿，青山容动，千古此情难断。风声里，当今世界，谁把俊杰呼唤？　　吏风整饬，河山收拾，长策救荒治乱。词苑风流，经纶圣手，马上能征战。虬龙毋用，云霓迷眼①，遗恨雄才未展。辛公在，甘随马后，把功业建。

【注】

①"虬龙""云霓"出王逸《离骚经序》："虬龙鸾凤，以托君子；飘风云霓，以为小人。"

戴 明

重庆铜梁人，1926 年生，戏剧编导，曾任铜梁县川剧团团长，重庆市诗词学会会员，铜梁县诗词学会顾问，有诗集《菊棚歌谣》问世。

纪念书圣王羲之诞辰一千七百周年

（一）

兰亭集序万方崇，铁画银钩走蛇龙。
书圣巍巍垂典范，千秋墨海有师宗。

（二）

兰亭集序世珍奇，艺苑争传代代迷。
书圣遗风功万世，百花争放压枝低。

赞改革开放总设计师

落起三遭宠不惊，身经百战扫千军。
谦恭儿子怀民众，尽瘁公仆献赤心。
富国强兵兴特色，安邦固本绘长春。
蓝图展现康庄路，万世长歌舵手勋。

永川观剧有感

初开蓓蕾馥盈城，雏凤清于老凤声。
芦荡休忧无火种，梨园后继有新人。

参观星富同志书画展

凤岭栖霞一艺翁，知多识广受尊崇。
"非遗"专著增龙色①，溪老真传绘悟空②。
文仰苏韩多浩气，艺追颜柳有遗风。
稀年秉独勤挥毫，益寿期颐不用笻。

【注】

①出版《铜梁龙灯制作与欣赏》。
②师从周北溪画猴。

祝贺川剧《金子》荣获国家舞台艺术十大精品剧目称号

（一）

"原野"名篇久负名，"金子"锤炼更精神。
七年磨剑终成器，誉满神州炉火纯。

（二）

舞台精品出渝州，艺不惊人誓不休。
历尽寒霜梅后笑，出新拔萃上层楼。

赞红军团

举义揭竿上井岗，南征北战美名扬。
驱倭捣蒋功威赫，御侮强兵钢铁墙。
炉火精英推百将，龙腾国典庆隆昌。
军民共建文明县，拥爱双优业辉煌。

甲申三百六十年祭

甲申三百祭重温，大业空成令智昏。
四十京梦千古恨，长钟警世痛何深。
甲申三百祭重温，七届二中鉴知新。
"务必"铭心当谨记，为公立党手莫伸。

改革开放颂

弹指一挥三十年，中华崛起卷狂澜。
清源正本兴科技，澍雨催花朵朵妍。
思想无羁步子宽，科研发展重人先。
城乡统筹开新宇，经济腾飞创纪元。

戴家琮

重庆涪陵区人，1929年生，重庆市涪陵区政协离休干部。中华诗词学会会、重庆市诗词学会会员，涪陵区诗词学会副会长，白鹤梁诗社名誉社长。著有《诗文选稿》、《家琮诗选》。

夜宿峨嵋山报国寺

黄昏入山寺，权作出家人。
殿宇灯光亮，佛堂沙发陈。
房间供水果，电视播新闻。
和尚多清戒，如今也革新。

三峡蓄水 135 米

水蓄一三五，故乡库底沉。
平湖波浩渺，浪涌荡心魂。
草木情难忘，圃园小径亲。
鱼儿如有意，请叩我家门。

八十述怀 (之一)

严冬雪尽是阳春，气象晴和迎寿辰。
诅咒廿年人祸困，欢呼八秩自由身。
认清真假心舒坦，识别鬼神眼视新。
世界潮流民作主，期颐可待告知音。

杨 修

敏锐天资朝野稀，丞相心意竟先知。
行军口令传鸡肋，碑刻曹娥绝妙辞。
主簿聪明反被误，不谙世事一书痴。
权谋诡诈难猜透，自古才高受主欺。

红卫兵墓

正是少年郎，肩披红卫章。
游行呼万岁，造反动刀枪。
寂寂墓茔夜，凄凄星月凉。
向谁说感慨，唯有问阎王。

平安寺庙会

平安庙会又重开，邻里乡亲朝拜来。
烟气模糊求保佑，纸灰迷漫护神台。
佛陀高座难睁眼，信士低头实可哀。
借问人间善恶事，思前想后费疑猜。

夏日街头菜农

扁挑当枕靠屋旁，日影西斜风送凉。
瓜菜卖完无挂念，悠然入梦到仙乡。

除夕小儿长途电话问讯

57年打为右派后，妻带小儿离去。40年未通音信，98年除夕忽得长途电话问讯。

襁褓怀中忍别离，妻儿远走各东西。
几经劫难摧人老，未料今生通信息。
惊喜除夕来电讯，拭擦热泪久疑痴。
独酌且饮千杯酒，庆幸相逢应有期。

魏永健

湖北宜昌人，1932 年生，中专毕业，曾在重庆市民政局工作至退休，任经济师。现为重庆市及中华诗词学会会员，曾获中华诗词学会新会员入会作品一等奖，著有《学而集》一卷。

重温《五一六》通知

铺天大字报如潮，底事苍生笔作刀。
谁不沉思不垂泪，那年今日起狂飙！

庐山赏月

立马横刀未下鞍，上书那用卜危安。
庐山明月皎如故，谁与今宵共玉蟾。

改革开放颂

潮起东南沿海滨，士农工贸应潮新。
九州崛起营巢凤，四海归飞展翅鲲。
彪炳千秋光玉宇，匡扶百业裕黎民。
南巡肺腑一番语，震撼山河铭记心。

题赤水燕子岩

千里来寻燕子家，漫天飞舞掠丹霞。

危岩凹处空巢列，古木丛中石径斜。

溪水涓涓呼去燕，桫椤静静盼归槎。

茶楼酒肆应无恙，坐看飞泉淌泪花。

满庭芳·韵和万老师

五度春秋，一轮明月，冉冉晖映帘罗。月华如水，清朗伴吟哦。难忘风尘辗转，十八载，掏尽心窝。金秋果，夕阳璀璨，谁不乐呵呵。　　先秦唐宋卷，家珍国粹，烟海星河。看如画江山，绚丽婀娜。诗艺信无止境，唱不尽，短调长歌。争能负，一腔赤血，千箧《忆秦娥》。

水调歌头·七五初度

风雨路遥远，弹指一挥间。小荷昨日初露，尖角已苍颜。记得山花烂漫，朝露何其短暂，骤雨半凋残。惆怅复惆怅，极目望江南。　　江南春，秋云暮，月蓝蓝。闻鸡起舞，一江春水自东还。荡桨澄湖柳畔，跑马高原草地，拾贝海滨滩。更种梅花瘦，雪野最经寒。

汶川地震组诗 (选一)

不同肤色但同仁，同住地球一个村。
昨日帐篷医院里，扶伤又见白求恩。

江北区老年诗书画研究会成立
20 周年致贺并与诸会友共勉

渝港北城一水间，群贤聚首百花园。
远山迤逦嘉陵碧，往事依稀尺素丹。
风展五环方落幕，云腾七号已鸣銮。
彩毫同与神舟跃，更借东风奥梦圆。